국경을 넘어

The Crossing

세계문학전집 380

국경을 넘어

The Crossing

코맥 매카시

김시현 옮김

민음사

일러두기
본문 중에 나오는 스페인어는 괄호를 사용하여 뜻을 병기했다.

차례

1부

그들이 그랜트 카운티를 떠나 남쪽으로 왔을 때 보이드만큼이나 아기 티가 완연한 그곳은 이달고 카운티라 불리었다. 이달고에서 그들은 누이와 외할머니의 뼈를 묻었다. 이 새 고장은 풍요롭고 거칠었다. 울타리도 없는 국경선을 지나면 곧장 멕시코로 갈 수 있었다. 소년은 안장 앞쪽에 보이드를 태우고는, 풍경이며 새며 동물 등의 이름을 영어와 스페인어로 일러주었다. 새 집에서 형제는 부엌에 딸린 곁방에서 잠을 잤다. 소년은 한밤중이면 깨어나 어둠 속에서 가만히 동생의 숨소리를 들으며 앞으로의 꿈과 계획에 대해 나직이 속삭이다 도로 잠들곤 했다.

그곳에서 보낸 첫 겨울의 어느 밤, 소년은 집 서쪽 나지막한 언덕에서 들리는 늑대 소리에 잠에서 깼다. 녀석들은 달빛을 받으며 평원으로 달려가 이제 막 쌓인 눈 위로 영양을 내몰 터였다. 소년은 침대 발판에서 바지를 집어 들고 셔츠와, 담요로 안감을 댄 코트를 챙겨서는 침대 아래에서 부츠를 꺼내 부엌으로 나갔다. 스토브의 온기가 희미하게 남아 있는 어둠 속에서 옷을 걸친 다음 창가로 가 부츠의 왼짝과 오른짝을 분간하여 발에 꿰고 일어나 부엌문으로 나가 문을 닫았다.

소년이 마구간을 지나는데 말들이 추위 속에서 나직이 히힝거렸다. 눈이 부츠 아래에서 바드득거리고, 입김이 푸르스름한 빛 속에서 하얗게 엉겼다. 한 시간 후 소년은 마른 개천 바닥의 눈 속에 웅크리고 앉아 있었다. 여울의 모래밭이나 눈에 남은 흔적으로 보아 그곳은 늑대들이 오가는 길목이 분명했다.

늑대는 이미 평원으로 가 버린 뒤였다. 개천이 남쪽 계곡으로 접어드는 삼각형 모양의 자갈밭에는 늑대들이 지나간 자국이 선명했다. 소년은 눈에 젖지 않도록 소맷자락을 말아 올리고는 무릎과 손으로 바닥을 기었다. 애니머스 봉우리 아래에 있는 드넓은 계곡의 개천에서 가장 가까이 자란 작고 시커먼 향나무로 다가간 소년은 조용히 웅크린 채 숨을 가다듬은 다음 살며시 일어나 주위를 둘러보았다.

늑대들이 영양 사이로 뛰어들자, 영양들은 눈 속의 유령처럼 어지럽게 주변을 돌다가 방향을 바꾸었다. 차가운 달빛에 마른 눈가루가 날리고 내면의 불길에 달아오른 입김이 추위에 파리하게 피어나는 와중에도 늑대들은 완벽히 다른 세계에 속한 존재인 양 소리 없이 뛰어오르고 방향을 틀었다. 계곡 아래로 내려간 늑대들은 방향을 돌려 평원 깊숙이 달려가 어스레한 하얀 빛 속의 한 점이 되었다가 완전히 사라졌다.

매서운 추위가 몰려왔다. 소년은 가만히 기다렸다. 사위가 고요했다. 하얗게 서린 입김이 바람의 방향을 가늠케 해 주었다. 쉼 없이 입김이 나타났다 사라지고 나타났다 사라지는 광경을 지켜보며 소년은 오래도록 기다렸다. 이윽고 늑대들이 돌아왔다. 껑충껑충 뛰어오르고 몸을 비틀며. 춤을 추며. 주둥이로 눈을 파며. 둘씩 껑충껑충 뛰고 달리고 치솟으며 춤을 추다 다시 내달렸다.

일곱 마리의 늑대는 소년에게서 6미터도 안 되는 거리에서 달리고 있었다. 소년은 달빛 속에서 늑대의 아몬드 눈을 보았다. 늑대의 숨소리를 들었다. 강렬하게 뿜어 나오는 늑대의 영리함을 느꼈다. 늑대들은 우르르 나아가며 서로를 주둥이로 비비거나 핥아 주었다. 그러다 멈추었다. 귀를 쫑긋 세우고. 몇몇은 앞발 하나를 가슴에 치켜들고 있었다. 늑대들은 소년을 바라보았다. 소년은 숨을 죽였다. 늑대들도 숨을 죽였다. 그저 가만히 서 있었다. 그러다 방향을 틀어 조용히 종종걸음 쳐 가 버렸다. 집에 돌아오니 보이드가 깨어 있었지만 소년은 자신이 어디에 갔었는지, 무엇을 보았는지 말하지 않았다. 그 누구에게도.

보이드가 열네 살 되던 해 겨울, 마른 강바닥에 자란 나무들은 일찌감치 헐벗다 못해, 나날이 잿빛을 더해 가는 하늘 아래서 점점 더 파리해졌다. 이곳의 역사가 그러하듯 모든 권리가 소멸한 뒤 한참 후에야 작성된 지불 장부인 양, 차가운 북풍은 흙을 몰고 와 헐벗은 나무줄기를 휘갈겼다. 집 아래쪽 강굽이 가장자리에 옹기종기 모여 뼈다귀 같은 가지를 내민 미루나무들은 희거나 푸르거나 시커먼 나무껍질이 벗겨져 혈색을 잃었고, 강 너머까지 가지를 뻗었던 거대한 나무들은 난도질되어 그루터기만 남아 그 겨울 국경을 지난 이들의 가로 1.2미터 세로 1.8미터짜리 캔버스 천 텐트의 나무 바닥이 되어 주었다. 소년은 숲을 나아가며 말뚝처럼 박힌 나무들을 지나치는 자신과 말과 트래보이[1]의 그림자를 바라보았다. 트래보이에 올라탄 보이드는 형과 함께 모은 땔감을 지키겠다는 듯, 도끼를 쥐고 서쪽 헐벗은 산 아래 마른 붉은 호수 속에서 부글대는 태양과 툭 튀어나온 평원의 소 떼 사이에 서서 고개를 끄덕이는 영양의 실루엣을 실눈으로 바라보았다.

마른 강바닥에 뒹구는 가랑잎을 지나 웅덩이에 이르자 소년은 안장에서 내려 말에게 물을 먹였고, 보이드는 사향뒤쥐의 흔적을 쫓아 강가를 거닐었다. 보이드가 지나가는데도 쪼그리고 앉아 있던 인디언은 눈조차 들지 않았다. 보이드가 이상한 느낌에 돌아보았을 때도 인디언은 자기 벨트만 쳐다보다가 보이드가 걸음을 멈추고서야 고개를 들었다. 손을 뻗으면 닿을 거리였다. 숨어 있었던 것이 아니라 성긴 갈대밭 아래 웅크리고 앉아 있었을 뿐이건만 보이드는 그 인디언을 전혀 보지 못했던 것이다. 인디언은 낡은 32구경 단발 소총을 무릎에 올려놓고서, 물을 마시러 올 짐승을 어스름 속에서 기다리고 있었다. 그는 아이의 눈을 마주 보았다. 아이도 그의 눈을 마주 보았다. 너무 까매서 눈이 전부 동공 같았다. 그 눈 속에서

---

1) 두 개의 장대를 붙들어 매어 개나 말이 끌게 하는 운반 용구.

태양이 가라앉고 있었다. 태양 곁에는 어린아이가 서 있었다.

아이는 그때까지만 해도 다른 사람의 눈에 태양이나 사람이 비쳐 보일 수 있으리라고는 상상도 하지 못했다. 하얗다시피 한 금발 머리에 비쩍 마른 기묘한 아이가, 그것도 자신과 똑같은 아이가 담긴 그 시커먼 우물 속에서 보이드는 뿌리박힌 듯 서 있었다. 마치 오래전 잃어버린 혈육이 붉은 태양이 영원히 가라앉는 다른 세계의 창 앞에 서 있는 것처럼 보였다. 영혼의 고아는 삶이라는 미로에서 길을 잃고 헤매다가 기어이 영원히 돌아 나올 길 없는 고대의 시선이라는 벽 너머로 가 버린 듯했다.

아이가 서 있는 곳에서는 형도, 말도 보이지 않았다. 갈대밭 너머에서 말이 물을 먹으며 생겨난 둥근 물결이 느릿느릿 번져 오고, 인디언의 수염 없는 마른 턱 아래 근육이 살짝 실룩였다.

인디언이 고개를 돌려 웅덩이 쪽을 바라보았다. 들리는 것이라고는 말의 쳐든 주둥이에서 뚝뚝 듣는 물방울 소리뿐이었다. 그는 아이를 바라보았다.

이 망할 자식 같으니.

나는 아무 짓도 안 했어요.

누구랑 왔어?

형이랑요.

형은 몇 살인데?

열여섯요.

인디언이 일어났다. 단번에 사뿐히 일어나 고개를 돌려, 말을 쥐고 서 있는 빌리를 쳐다보더니 다시 보이드를 바라보았다. 그는 누더기나 다름없는 낡은 인디언 외투에 기름이 번지르르한 종 모양의 낡은 카우보이 모자를 쓰고, 터진 부분을 철사로 꿰맨 부츠를 신고 있었다.

여기는 뭐하러 왔니?

나무 하러요.

먹을 것 있어?

아뇨.

어디 살아?

아이는 머뭇거렸다.

어디 사냐니까.

아이는 손으로 하류 쪽을 가리켰다.

얼마나 멀어?

잘 몰라요.

이 망할 자식.

그는 총을 어깨에 걸치고는 웅덩이 쪽으로 걸어가 말과 빌리를 바라보았다.

안녕하세요. 빌리가 말했다.

인디언은 침을 뱉었다. 이 동네도 완전히 망조가 다 들었어, 안 그래?

다른 사람이 있는 줄 전혀 몰랐어요.

먹을 것 있니?

아뇨.

어디 살아?

3킬로미터쯤 하류에요.

집에는 먹을 것 있지?

네.

내가 너희 집 근처로 갈 테니 먹을 것 좀 가지고 나올래?

저희 집으로 오세요. 엄마가 음식을 주실 거예요.

집에는 가기 싫어. 네가 가지고 나와.

그러죠.

음식 가지고 나올 거지?

네.

그럼 됐어.

소년은 말을 쥐고 서 있었다. 말은 인디언에게서 눈을 떼지 않았다.

보이드, 이리 와.

너희 집에 개 기르니?

한 마리요.

가둬 놓을 거지?

그러죠. 가둬 놓을게요.

짖지 않도록 어디 안에다 잘 넣어 놔.

그럴게요.

나는 총알 맛이나 보려는 게 아니야.

잘 넣어 둘게요.

그럼, 됐어.

보이드, 이리 와. 가자.

보이드는 웅덩이 맞은편에 서서 형을 바라보고 있었다.

이리 와. 조금 있으면 캄캄해질 거야.

어서 네 형 말대로 해. 인디언이 말했다.

아저씨를 귀찮게 하려던 건 아니었어요.

이리 와, 보이드. 가야지.

아이는 자갈밭을 지나 트래보이에 올라탔다.

여기로 와. 빌리가 말했다.

아이는 장작더미에서 내려와 인디언을 한 번 돌아보고는 손을 뻗어 빌리의 손을 잡고서 안장 뒤쪽에 올라탔다.

나중에 아저씨를 어떻게 찾지요? 빌리가 말했다.

인디언은 총을 양쪽 어깨에 걸쳐 두 손으로 쥐고 서 있었다. 달 쪽으로 걸어오면 돼.

달이 안 뜨면요?

인디언이 침을 뱉었다. 달도 없는데 달 쪽으로 오라고 했을까 봐? 내가 그렇게 멍청해 보여? 어서 가기나 해.

소년은 발로 말의 옆구리를 차고는 나무 사이로 나아갔다. 트래보이 장대가 마른 소리를 내며 낙엽 위를 출발했다. 태양이 서쪽에 나지막이 걸려 있었다. 인디언은 두 소년이 사라지는 것을 바라보았다. 형의 허리를 한 팔로 감은 동생의 얼굴과 백발 같은 머리가 태양에 울긋불긋 물들었다. 돌아보지 않는 것으로 보아 형이 돌아보지 말라고 이른 모양이었다. 마른 강바닥을 건너 평원으로 들어섰을 무렵에는 이미 태양이 펠론칠로 산봉우리 뒤로 가라앉고, 서녘 하늘이 구름 모래톱 아래 붉게 물들어 있었다. 두 소년은 마른 강의 지류를 따라 남쪽으로 나아갔다. 빌리가 돌아보니 인디언은 800미터쯤 뒤에서 한 손에 소총을 헐겁게 쥔 채 어스름 속을 걸어오고 있었다.

형은 왜 돌아봐?

형이니까.

정말 먹을 것을 갖다 줄 거야?

그래. 그 정도는 할 수 있을 것 같아.

할 수 있다고 해서 다 좋은 생각인 건 아니잖아.

나도 알아.

소년은 거실 창 너머로 검은 하늘을 바라보았다. 저녁 일찍 시커먼 갓돌에서 뽑혀 나온 별들이 남쪽 강가를 따라 늘어선 나무들의 죽은 가지에 걸려 있었다. 아직 뜨지 않은 달은 동쪽 계곡 안개에 누르스름한 빛을 드리웠다. 이윽고 달빛이 황량한 초원의 가장자리를 따라 번지더니 새하얀 둥근 달이 막에 휘감긴 머리를 내밀었다. 소년은 의자 위에 무릎을 꿇고 있다가 내려와 동생에게로 갔다.

빌리는 콩을 담은 주석 컵과 스테이크와 비스킷을 보자기로 싸서 부엌문 근처 식료품 선반에 놓인 시계 뒤쪽에 미리 숨겨 두었다. 소년은 동생을 먼저 내보내고 기척을 살핀 후 뒤따라 나갔다. 훈제실을 지나는데 개가 낑낑대며 문을 긁었다. 소년이 조용히 하라고 타이르자 개는 잠잠해졌다. 그들은 울타리를 따라 몸을 숙이고 나아가다 숲으로 들어갔다. 강가에 이르니 달이 꽤 높이 솟아 있었고, 인디언이 또 멍에처럼 소총을 목에 걸고 서 있었다. 그의 입김이 추위에 하얗게 퍼졌다. 그가 몸을 돌려 걷자 두 소년은 뒤따라 자갈밭을 지나 강

하류 멀리 목장의 가장자리 오솔길을 걸었다. 공기 중에 나무 탄내가 맴돌았다. 그들은 집에서 400미터쯤 떨어진 미루나무 사이의 야영지에 다다랐다. 인디언은 소총을 나무에 기대 세워 놓고 몸을 돌려 그들을 바라보았다.

이리 다오.

빌리는 모닥불로 다가가 옆구리에 끼고 있던 꾸러미를 건넸다. 꾸러미를 받아 들고 불 앞에 쪼그리고 앉는 인디언의 동작이 마치 꼭두각시 인형처럼 사뿐했다. 그는 꾸러미를 풀어 콩이 든 컵을 불 가에 놓아 데우고는 비스킷과 스테이크를 꺼내 씹었다.

컵이 까맣게 그을겠어요. 집에 도로 가져가야 하는데. 빌리가 말했다.

인디언은 모닥불빛에 눈을 반쯤 감은 채 음식을 씹었다. 집에 커피는 없니?

갈아 놓은 건 없어요.

네가 직접 갈면 되잖아?

소리가 요란해서요.

인디언은 비스킷 반쪽을 입에 쑤셔 넣고는 상체를 살짝 숙여 몸 어디에선가 칼을 꺼내 컵 속의 콩을 저었다. 그러더니 빌리를 쳐다보며 칼날을 혀에 쓰윽 문지른 다음 칼을 뒤집어 다른 쪽 날을 문지르고는 불타는 장작의 끄트머리에다 칼을 박았다.

여기서는 얼마나 살았니?

10년요.

10년이라. 너희 가족이 여기 땅 주인이니?

아뇨.

그는 손을 뻗어 두 번째 비스킷을 집어 희고 네모난 이로 께물었다.

어디에서 왔어요? 빌리가 말했다.

세상천지에서.

어디로 가세요?

인디언은 몸을 숙여 칼을 장작에서 빼내 다시 콩을 젓고는 칼날을 핥았다. 그러더니 시커메진 컵의 손잡이에 칼날을 끼워 컵을 땅에 내려놓고서 칼날로 콩을 퍼먹었다.

너희 집에 또 뭐가 있니?

네?

집에 또 뭐가 있냐고?

인디언이 고개를 들어 천천히 턱을 놀리며 반쯤 감은 눈으로, 모닥불빛 속에 서 있는 두 소년을 응시했다.

어떤 것 말인가요?

아무거라도. 팔 만한 거면 뭐든 좋아.

아무것도 없어요.

아무것도 없다고.

네.

그는 곰곰이 생각했다.

집이 텅 비었니?

아뇨.

그러면 뭐라도 있을 것 아냐.

가구랑 이런저런 물건이 있어요. 조리 기구 같은 거요.

총알은 없니?

있어요. 조금이지만.

몇 구경이니?

아저씨 총에는 안 맞는 거예요.

몇 구경이냐니까?

44구경 40그레인[2]요.

그럼 나한테 몇 개 좀 갖다 주지 않을래?

소년은 나무에 기대 세워진 소총을 턱으로 가리켰다. 44구경이 아니잖아요.

상관없어. 다른 총알이랑 바꾸면 돼.

총알을 드릴 수는 없어요. 아버지한테 들킬 거예요.

그러면 애초에 총알 이야기는 왜 했니?

그만 가자. 보이드가 말했다.

컵을 돌려받아야 해.

또 뭐가 있니? 인디언이 말했다.

아무것도 없어요. 보이드가 말했다.

너한테 안 물었다. 또 뭐가 있어?

몰라요. 뭐가 있는지 찾아볼게요.

인디언은 비스킷의 나머지 반 토막을 입에 넣었다. 그리고 손을 뻗어 손가락으로 컵을 툭툭 치더니 컵을 집어 들어 남은 콩을 입속에 털어 넣었다. 그러고는 한 손가락으로 컵 안을 훑

---

2) 탄약에 들어 있는 화약의 양을 재는 단위. 1그레인은 0.0648그램이다.

어 그 손가락을 깨끗이 핥은 뒤 컵을 도로 내려놓았다.

커피를 가져와라.

커피 가는 소리가 나면 부모님이 깨실 거예요.

그냥 가져와. 내가 돌로 직접 갈 테니.

알았어요.

동생은 여기 두고 가.

왜요?

말동무나 하게.

말동무를 한다고요?

그래.

얘는 여기 있을 이유가 없어요.

안 해쳐. 염려 마.

물론 그렇겠죠. 여기 있지 않을 거니까요.

인디언이 이를 핥았다. 날 속이려는 건 아니겠지?

속이지 않아요.

그가 그들을 가만히 바라보았다. 이윽고 쉿 소리를 내며 이를 핥았다. 그럼 가 봐라. 설탕도 좀 챙겨 오고.

그러죠. 컵 주세요.

나중에 가져가면 되잖니.

다시 오솔길로 나온 빌리는 보이드를 돌아보고 숲속의 모닥불을 돌아보았다. 평원에 달빛이 환해 소를 일일이 셀 수 있을 정도였다.

커피 갖다 줄 거 아니지? 보이드가 말했다.

당연하지.

컵은 어떡해?

그냥 둬야지.

엄마가 컵에 대해 물으면?

사실대로 말해야지. 어떤 인디언에게 주었다고. 인디언이 집으로 찾아와서 주었다고.

알았어.

나 혼자 욕을 먹지는 않을 거야.

누굴 끌고 가려고.

그래, 다 일러바쳐라.

안 그래도 그럴 생각이야.

그들은 집에서 새어나온 불빛과 울타리를 향해 탁 트인 초원을 가로질렀다.

처음부터 여기 나오지 말아야 했어. 보이드가 말했다.

빌리는 대답하지 않았다.

괜한 짓을 한 거야.

아냐.

어째서?

나도 몰라.

아직 어둠이 가시지 않은 새벽에 아버지가 부엌 곁방으로 왔다.

빌리.

소년은 벌떡 일어나 앉아, 부엌 빛을 등지고 선 아버지를 바라보았다.

개가 왜 훈제실에 있지?

풀어 준다는 걸 깜박했어요.

깜박했다고?

네?

애초에 왜 거기 가두었는데?

소년은 침대에서 부랴부랴 나와 차가운 바닥에 발을 딛고는 옷을 집어 들었다. 지금 바로 풀어 줄게요.

아버지는 문가에 가만히 서 있다가 몸을 돌려 부엌을 지나 복도로 갔다. 열린 문으로 들어온 빛이 다른 침대에 웅크리고 잠든 보이드를 비추었다. 빌리는 바지를 입고 부츠를 신고는 밖으로 나갔다.

개에게 먹이와 물을 주고 나니 사방에 빛살이 들었다. 소년은 버드에 안장을 씌우고 올라타 마구간을 나와서는 인디언을 찾아보거나 아직 거기 있는지 확인해 볼 셈으로 강으로 갔다. 개가 뒤에서 졸래졸래 따라왔다. 목초지를 가로질러 강 하류로 내려가다 숲으로 들어갔다. 소년은 말을 세웠다. 개는 곁에 서서 주둥이를 쳐들어 빠르게 킁킁거리며 지난밤의 사건을 재구성했다. 소년은 다시 말을 앞으로 몰았다.

인디언이 불을 지폈던 자리로 가 보니 모닥불이 거멓게 죽어 있었다. 말이 초조하게 발을 구르고, 개가 등털을 곤두세운 채 잿더미 주위를 돌며 코를 킁킁거렸다.

집에 돌아오니 아침이 차려져 있었다. 소년은 모자를 못에 걸고 의자에 앉아 계란을 자기 접시에 담았다. 보이드는 벌써 먹고 있었다.

아버지는요?

음식 냄새라도 맡고 싶으면 기도부터 해라. 어머니가 말했다.

네, 엄마.

소년은 고개를 숙여 기도문을 외운 다음 비스킷으로 손을 뻗었다.

아버지는 어디 가셨어요?

침대에 계셔. 벌써 다 드셨다.

언제 들어오셨는데요?

두 시간 전에. 밤새 말을 타고 오셨대.

왜요?

집에 빨리 오고 싶으셨겠지.

얼마나 오래 주무실까요?

그야 깰 때까지 주무시겠지. 너는 어째 보이드보다 더 질문이 많구나.

나는 아무것도 안 물었어요. 보이드가 말했다.

그들은 아침을 먹은 후 마구간으로 갔다. 그 사람 어디에 있을까? 보이드가 말했다.

여기저기 떠돌아다니겠지.

어디에서 왔을 것 같아?

그야 모르지. 멕시코 부츠를 신고 있던데. 딱히 별거 있겠어. 그냥 떠돌이야.

형은 인디언이 무슨 짓을 할 수 있는지 몰라.

인디언에 대해 뭘 안다고 까불어.

형도 모르기는 마찬가지잖아.

사람이 무슨 짓을 할 수 있는지 네가 뭘 안다고.

보이드는 공구 함에서 낡은 스크루드라이버를 꺼내고, 마구간 기둥에 걸린 솔빗을 집어 들고, 마구 걸이에서 밧줄 고삐를 챙겨서는 자기 말이 있는 칸의 문을 열고 안으로 들어가 말에 고삐를 씌워 밖으로 끌고 나왔다. 마구 걸이에 고삐를 반 매듭 지어 묶고는 손으로 말의 앞발을 아래로 쓸어 발굽을 들게 했다. 그리고 말굽 바닥을 깨끗이 닦고 살핀 다음 발을 내려놓았다.

어디 좀 보자. 빌리가 말했다.

말굽은 멀쩡해.

좀 보자니까.

그럼 보든지.

빌리는 말굽을 들어 자기 무릎 사이에 받치고는 유심히 살폈다. 괜찮은 것 같아.

멀쩡하다고 했잖아.

걸려 보자.

보이드는 고삐의 매듭을 풀어 말을 마구간 안에서 이리저리 이끌었다.

안장도 얹어 볼래? 빌리가 말했다.

그래도 된다면야.

보이드는 안장실에서 안장을 가져와 말 등에 담요를 씌우고 안장을 힘겹게 얹은 뒤 뱃대끈을 묶고는 가만히 서서 기다렸다.

저러니 버릇이 나빠지지. 옆구리 한 대만 갈기면 배가 쑥 들어갈 텐데.

이 녀석이 나를 때리지 않았는데 내가 왜 이 녀석을 때려.

빌리는 마구간 바닥의 마른 여물에 침을 뱉었다. 그들은 기다렸다. 말이 숨을 내쉬었다. 보이드가 뱃대끈을 꽉 조였다.

그들은 아침 내내 말을 타고 이바네스 목초지를 돌며 소들을 살폈다. 긴 다리와 얼룩덜룩한 얼굴과 온갖 색깔의 몸통에 멕시코계 피가 섞였거나 뿔이 긴 소들은 멀찍이 서서 그들을 관찰했다. 저녁에 그들은 한 살짜리 암소를 밧줄로 묶어 집으로 끌고 왔다. 그러고는 아버지가 볼 수 있도록 마구간 바로 위쪽 울타리 기둥에 매어 놓은 뒤 집으로 들어가 세수했다. 아버지는 벌써 식탁에 앉아 있었다. 얘들아. 아버지가 말했다.

어서 앉으렴. 어머니가 말했다. 어머니는 기름에 튀긴 쇠고기 스테이크가 놓인 큰 접시와, 콩이 담긴 대접을 탁자에 내려놓았다. 감사 기도가 끝나자 어머니는 스테이크 접시를 아버지에게 건넸고, 아버지는 스테이크 한 장을 자기 접시에 덜고는 빌리에게 스테이크 접시를 내밀었다.

아버지가 그러시는데 이 동네에 늑대 한 마리가 돌아다닌다는구나. 어머니가 말했다.

빌리는 스테이크 접시를 든 채 포크를 찌르려다 말고 우뚝 멈추었다.

늑대요? 보이드가 말했다.

아버지가 고개를 끄덕였다. 포스터 골짜기 위쪽에서 꽤 큰 송아지를 잡아먹었어.

언제요? 빌리가 말했다.

일주일쯤 됐을 거다. 올리버네 막내가 흔적을 쫓아 산까지 들어갔대. 멕시코에서 온 늑대라는구나. 샌루이스 고개를 넘어 애니머스 서쪽 비탈로 와서는 테일러스 골짜기로 내려와 계곡을 건너 펠론칠로 산맥으로 들어왔어. 눈을 뚫고 그 먼 길을 온 거야. 암늑대가 송아지를 잡아먹은 곳에는 눈이 5센티미터나 쌓여 있었지.

암컷인지 어떻게 알아요? 보이드가 말했다.

어떻게 아실 것 같아? 빌리가 말했다.

늑대가 볼일을 본 곳을 보면 되지. 아버지가 말했다.

아. 보이드가 말했다.

어떡하실 거예요? 빌리가 말했다.

잡아야지. 안 그러냐?

그렇죠.

에콜스가 여기 있었다면 잡았을 텐데. 보이드가 말했다.

에콜스 아저씨라고 해야지.

에콜스 아저씨가 여기 있었다면 잡았을 텐데.

그래, 그랬을 거야. 하지만 없잖니.

저녁을 먹은 후 세 사람은 15킬로미터 떨어진 SK 바 목장으로 가 말을 세우고 큰 소리로 인사했다. 샌더스 씨네 손녀가 내다보더니 할아버지를 불러냈고, 그들은 현관 베란다에 주르르 앉았다. 아버지가 샌더스 씨에게 늑대에 대해 말했다. 샌더스 씨는 무릎에 팔꿈치를 괸 채 발 사이의 바닥 널을 뚫어지게 보며 고개를 끄덕이다 이따금 새끼손가락으로 담뱃재를 털었다. 아버지가 말을 마치자 노인이 고개를 들었다. 아름다운 푸른 눈은 가죽 같은 얼굴의 주름살에 반쯤 묻혀 있었다. 이 고장의 황량함이 감히 범할 수 없는 무언가가 깃들어 있는 듯했다.

에콜스의 덫하고 장비는 여전히 오두막에 있네. 자네가 그걸 썼다고 해서 에콜스가 뭐라고 하지는 않을 걸세.

노인은 담배꽁초를 마당에 던지더니 두 소년에게 활짝 웃어 보이고는 두 손으로 무릎을 짚고 일어났다.

열쇠를 갖다줌세.

문을 열어 보니 오두막 안은 어둡고 퀴퀴한 데다 갓 잡은 고기 같은 밀랍 냄새가 풍겼다. 아버지는 문가에 잠시 섰다가 안으로 들어갔다. 방에는 낡은 소파와 침대와 책상이 있었다. 그들은 부엌으로 들어가 집 뒤편 창고로 갔다. 거친 소나무 판자로 짠 선반 위 자그마한 창문으로 먼지투성이 빛이 넘어들어 과일 병조림과 젖빛 유리 마개가 꽂힌 병과 낡은 약병을 비추었다. 저마다 빨간 테두리를 두른 구식 팔각형 라벨이 붙어 있었는데, 에콜스의 깔끔한 필체로 내용물과 날짜가 적혀 있었다. 시커먼 액체가 담긴 병. 말린 내장. 간, 쓸개, 신장. 수십만 년 넘게 이어지는 꿈속에 빠져 인간을 꿈꾸는 짐승의 속엣것. 악의로 가득 찬 시시한 인간에 대한 꿈은 생소한 창백함을 적나라하게 드러낸 채 그들의 혈족을 살육하고 집에서 내쫓는다. 낭자한 선혈로도 항복으로도 달랠 수 없는 탐욕 가득한 인간. 좁은 창고는 먼지로 뒤덮인 유리병들 사이로 내리치는 빛 탓에, 야수와 같은 인간들 덕분에 존재하게 되었으나 그 인간들로 인해 곧 사라질 의식(儀式)에 바쳐진 예배당처럼 보였다. 아버지는 병 하나를 집어 돌려 보고는 둥근 먼지 자국에 정확하게 도로 내려놓았다. 아래쪽 선반에는 모서리를 열장이음식으로 맞물린 목조 탄약 상자가 놓여 있었는데, 안에는 라벨이 없는 10여 개의 자그마한 병이 지리했다. 상자 뚜껑에는 붉은색 크레용으로 7번 매트릭스라고 적혀 있었다. 아버지는 병 하나를 집어 빛에 비추어 흔들어 보더니 코르크 마개를 뽑아 병을 코 아래로 쓱 스쳤다.

아이쿠야. 아버지가 중얼거렸다.

나도 맡아 볼래요. 보이드가 말했다.

안 돼. 아버지는 그 병을 주머니에 넣었다. 덫을 찾아보았지만 허사였다. 오두막 안뿐만 아니라 현관 베란다와 훈제실까지 뒤졌으나 마찬가지였다. 기다란 쫌틀을 단 채 훈제실 벽에 걸려 있는 낡은 코요테 덫 세 개가 다였다.

여기 어디 있을 텐데. 아버지가 말했다.

그들은 처음부터 다시 뒤졌다. 얼마 후 보이드가 부엌에서 나왔다.

찾았어요.

덫을 담은 두 개의 나무 상자는 장작더미 아래 깔려 있었다. 돼지기름인지 뭔지를 바른 덫이 청어처럼 차곡차곡 포개져 있었다.

어떻게 장작 아래 볼 생각을 했니? 아버지가 말했다.

아버지가 여기 어디 있을 거라고 하셨잖아요.

아버지는 부엌의 리놀륨 바닥에 낡은 신문지를 펼치고는 덫을 하나 꺼냈다. 쫌틀을 접어 부피를 줄인 덫이 사슬에 친친 감겨 있었다. 그는 사슬을 풀었다. 기름이 덕지덕지 긴 사슬이 나무처럼 삐걱였다. 사슬 가운데에 고리가 달려 있고, 양 끝에는 묵직한 쇠틀과 고정용 갈퀴가 각각 매달려 있었다. 그들은 쪼그리고 앉아 덫을 바라보았다. 거대해 보였다. 곰이라도 잡겠는데요. 빌리가 말했다.

늑대용 덫이야. 뉴하우스 4.5번 모델이지.

그는 덫 여덟 개를 바닥에 늘어놓고는 손에 묻은 기름을 신문지로 닦았다. 그들은 상자에 뚜껑을 도로 씌우고 원래 있던 대로 상자 위에 장작을 쌓았다. 아버지가 창고에 가서 바닥이 철망으로 된 자그마한 나무 상자와 로그우드 나무의 톱밥이 든 종이 봉투와 덫을 담을 바구니를 챙겨 왔다. 그들은 오두막에서 나와 현관문의 맹꽁이자물쇠를 잠근 다음 매어 놓은 말을 풀어 안장에 올라 본채로 갔다.

샌더스 씨가 현관으로 나왔지만 그들은 말에서 내리지 않았다.

저녁이나 들고 가게.

그만 가 볼게요. 말씀만으로도 감사합니다.

그럼 가 보게.

덫을 여덟 개 가져갑니다.

알았네.

어떻게 될지 두고 보죠.

글쎄. 서둘러야 할 걸세. 늑대가 이곳에 익숙해질 만큼 오래 머물지는 않을 거야.

에콜스가 그러더군요, 요즘 늑대는 다 그렇다고요.

그 친구 말이라면 틀림없지. 사실 반은 늑대나 다름없는 친구잖나.

아버지는 고개를 끄덕였다. 그리고 살짝 몸을 틀어 아래쪽 지역을 내다보았다. 이윽고 다시 노인을 바라보았다.

에콜스가 쓰는 미끼 냄새를 맡아 보신 적이 있나요?

그럼, 있지.

아버지는 고개를 끄덕였다. 그리고 한 손을 들어 보이고는 말 머리를 돌려 도로로 나아갔다.

저녁을 먹은 후 그들은 난로 위에 아연으로 도금한 대야를 올려놓고 양동이로 물을 퍼부은 뒤 잿물 한 국자를 넣고 덫을 삶았다. 잠자리에 들 무렵까지 계속 장작을 때다 로그우드 톱밥을 뿌린 새 물에 덫을 잰 뒤 난로 가득 장작을 넣어 놓고 자러 갔다. 보이드는 한밤중에 깨어 집 안에 내려앉은 시커먼 고요에 귀 기울였다. 평원에서 불어오는 바람에 집이 삐걱이고 난로가 철컹댔다. 빌리의 침대가 비어 있는 것을 보고 보이드는 잠시 기다렸다 자리에서 일어나 부엌으로 갔다. 빌리는 부엌 의자를 돌려놓고 창가에 앉아 있었다. 두 팔을 등받이에 얹은 채 강 위에 뜬 달과 강가의 나무와 남쪽 산맥을 바라보고 있었다. 빌리가 고개를 돌려 문가에 선 보이드를 쳐다보았다.

여기서 뭐 해? 보이드가 말했다.

난로를 살펴보려고 일어났어.

뭘 보고 있었어?

아무것도. 볼 게 있어야 보지.

그럼 왜 그러고 앉아 있어?

빌리는 대답하지 않았다. 그러더니 잠시 후 말했다. 가서자. 나도 금방 갈 테니.

보이드는 부엌으로 들어갔다. 그리고 식탁 옆에 섰다. 빌리가 돌아보았다.

어쩌다 잠이 깬 거야?

형 때문에.

아무 소리도 안 냈는데.

나도 알아.

다음 날 아침 빌리가 일어나 보니 아버지는 무릎에 가죽 앞치마를 두르고 손에 낡은 사슴 가죽 장갑을 낀 채 식탁에 앉아 덫의 강철 부분에 밀랍을 바르고 있었다. 나머지 덫들은 바닥에 펼쳐진 송아지 가죽 위에 놓여 짙은 남빛을 번쩍였다. 아버지가 고개를 들어 장갑을 벗더니 덫과 함께 앞치마로 감싸고는 그 꾸러미를 바닥의 송아지 가죽에 내려놓았다.

대야 좀 같이 치우자. 나머지 덫에 밀랍도 좀 바르고.

빌리는 그 말을 따랐다. 글자가 새겨진 쥐틀 받침대에 밀랍을 바르고, 1.5미터짜리 묵직한 사슬의 각 고리가 맞물린 틈새와 사슬 끝의 묵직한 두 갈래 갈퀴에 조심스레 밀랍을 발랐다. 일이 다 끝나자 아버지는 집 냄새가 배지 않도록 추운 바깥에 덫을 걸어 두었다. 다음 날 새벽 아직 해도 뜨기 전에 아버지가 부엌 곁방에 들어와 불렀다.

빌리.

네, 아버지.

5분 후면 아침이 차려질 거다.

네, 아버지.

문을 나서니 맑고도 싸늘한 하루가 시작되고 있었다. 아버지가 덫을 담아 어깨에 멘 버드나무 바구니는 어깨끈이 길쯤해 바닥이 안장 꼬리에 걸쳐졌다. 그들은 남쪽으로 나아갔다. 저 너머 블랙 포인트에 새로 내린 눈이, 아직 계곡 바닥 위로 솟지도 않은 태양빛에 반짝였다. 피츠패트릭 웰스로 가는 옛길을 지날 무렵 태양이 덩두렷이 돋아 그들은 햇볕 속에서 목장 위쪽을 가로질러 펠론칠로 산맥으로 올라갔다.

9시경 그들은 송아지가 죽어 나동그라져 있는 고원의 가장자리에 말을 세웠다. 그들이 지나온 숲속에는 사흘 전 아버지의 말이 눈 위에 새겨 놓은 발자국이 선명했다. 송아지가 쓰러져 있는 나무 그림자에는 오고 간 코요테의 발자국과 낭자한 선혈로 짓뭉개진 눈이 녹지 않고 남아 있는 데다, 갈기갈기 뜯긴 송아지 살점이 피로 물든 눈 위에, 또 그 너머 맨땅에 흩어져 있었다. 아버지는 장갑을 벗어 담배를 말고는 장갑 든 손을 안장 머리에 얹고 말 위에 앉은 채로 담배를 피웠다.

내릴 것 없다. 늑대의 발자국이 남아 있는지 살펴보자.

그들은 말을 몰아 땅을 여기저기 살펴보았다. 말들이 핏자국을 보고 불안해하자 두 사람은 말에게 무안이라도 주겠다는 듯 조롱 조로 명령했다. 늑대의 발자국은 하나도 없었다.

아버지가 말에서 내려섰다. 이리 와 봐라.

여기에 덫을 놓으실 거예요?

아니. 어서 내려와.

소년은 말에서 내렸다. 아버지가 덫이 담긴 바구니를 눈밭에 내려놓고 무릎을 꿇더니, 닷새 전 늑대가 남긴 수정(水晶) 발자국에 새로 내려앉은 눈을 입으로 불었다.

그놈이에요?

그래.

앞발이군요.

그래.

큰 놈 같아요. 그죠?

그래.

여기로 돌아오지 않겠죠?

그래. 안 올 거다.

소년은 일어나 섰다. 그리고 고지대의 초지를 둘러보았다. 앙상한 나무에 갈까마귀 두 마리가 앉아 있었다. 아까 두 사람이 말을 타고 올 때 날아서 달아난 모양이었다. 그것 말고는 주위에 아무것도 없었다.

나머지 소 떼는 어디로 갔을까요?

그야 모르지.

목장에서 소가 죽으면 다른 소들이 계속 거기 머무르나요?

왜 죽었느냐에 따라 다르지. 늑대가 있는 목장에는 소가 남아 있을 리 없지.

늑대가 다른 곳에서 또 소를 죽였을까요?

발자국 옆에 쪼그리고 앉아 있던 아버지가 일어나 바구니를 집어 들었다. 그럴 가능성이 크지. 준비됐니?

네, 아버지.

그들은 말에 올라 고원을 가로질러 반대편 숲으로 들어가서 계곡 가장자리의 오솔길을 따라 나아갔다. 소년은 갈까마귀를 바라보았다. 잠시 후 두 녀석은 나무에서 내려와 죽은 송아지에게로 소리 없이 날아갔다.

아버지는 늑대가 지나간 고갯길 아래쪽에 첫 번째 덫을 놓았다. 송아지 가죽을 뒤집어 던지고는 그 위로 발을 딛고서 바구니를 내려놓는 아버지의 모습을 소년은 말에 앉아 바라보았다.

아버지는 바구니에서 사슴 가죽 장갑을 꺼내 손에 끼고는 모종삽으로 땅에 구멍을 파 덫의 고정용 갈퀴를 꽂고 사슬을 그 뒤쪽에 돌돌 쌓은 뒤 흙으로 덮었다. 그리고 그 옆에 쇗틀 모양으로 얕게 땅을 팠다. 구멍에 쇗틀을 대어 본 다음 다시 땅을 더 팠다. 파낸 흙을 담아 둔 철망 바닥 상자 곁에 모종삽을 내려놓더니 바구니에서 소형 C 자 바이스를 두 개 꺼내 쇗틀의 아가리를 활짝 젖혔다. 그리고 쇗틀을 단단히 움키고서 받침대에 새겨진 흔적을 유심히 살펴 나사를 돌려 촉발 장치를 조정했다. 태양을 등지고 울퉁불퉁한 그림자 속에 웅크리고 앉아, 덫을 눈높이까지 들어 올려 아침 하늘을 배경으로 살펴보는 아버지의 모습이 흡사 유서 깊은 정교한 도구를 조정하는 사람처럼 보였다. 고대의 천문 관측의나 육분의를. 세상 속에 자신의 위치를 확고히 하기 위해 애쓰고 있듯. 자신과 세상 사이의 공간에 호를 그리거나 현을 걸고자 하는 사람처럼. 물론 그러한 공간이 있고, 인간이 알아낼 수 있다면 말이다. 그는 벌어진 쇗틀 아래 손을 놓고는 엄지로 살짝 받침대를 기울였다.

다람쥐가 여기로 뛰어오지 말아야 할 텐데. 어디 말릴 수가 있어야지.

아버지는 바이스를 빼내고는 구멍에 쥠틀을 넣었다.

녹인 밀랍에 적신 네모난 종이로 쥠틀을 덮고서 철망 바닥 상자를 그 위로 가져가 체질을 하여 살살 흙을 덮고는 모종삽으로 부식토와 가랑잎 따위를 뿌린 다음 웅크리고 앉아 덫을 살펴보았다. 전혀 덫이 묻혀 있는 것 같지 않았다. 마침내 아버지는 코트 주머니에서 에콜스의 미끼 병을 꺼내 코르크 마개를 뽑아 나무의 잔가지를 담갔다가 덫에서 30센티미터쯤 떨어진 땅바닥에 꽂고는 마개를 끼워 도로 주머니에 넣었다.

아버지는 일어나 아들에게 바구니를 건네고는 몸을 숙여 송아지 가죽을 집어 흙 묻은 채로 접더니 등자에 발을 걸어 말에 올라 가죽을 안장 머리에 걸치고 말 머리를 돌렸다.

이제 너도 할 수 있겠니?

네, 아버지. 할 수 있을 것 같아요.

아버지는 고개를 끄덕였다. 에콜스는 말에서 편자를 벗겨 내곤 했단다. 그리고 말발굽에 송아지 가죽을 씌워서 덫을 묻을 곳에 갔지. 올리브 말로는, 에콜스가 아예 말에서 내려오지도 않고서 덫을 설치했다는구나. 말 위에 앉아서 말이다.

어떻게 그게 가능하죠?

나야 모르지.

소년은 바구니를 무릎에 올려놓은 채 앉아 있었다.

어깨에 메거라. 다음 덫을 설치할 때 필요할 거다.

네, 아버지.

그들은 정오까지 덫을 세 개 더 설치하고는 클로버데일 크릭 위쪽 검은 참나무 숲에서 점심을 먹었다. 그들은 팔꿈치를 괴고 누워 샌드위치를 먹으며 과달루페 쪽 계곡과 남동쪽의 삐죽빼죽한 능선을 바라보았다. 구름 그림자가 드넓은 애니머스 계곡을 따라 올라가다 머나먼 멕시코로 향했다.

녀석을 잡을 수 있을까요?

못 잡을 것 같으면 오지도 않았다.

전에 잡힌 적이 있거나 덫을 본 적이 있으면요?

그러면 잡기 힘들겠지.

여기 늑대는 완전히 멸종된 것 같아요. 있다 해도 멕시코에서 건너왔을 거고요. 안 그래요?

그럴 거다.

그들은 음식을 먹었다. 식사를 마치자 아버지는 샌드위치를 담아 왔던 종이 봉투를 접어 주머니에 넣었다.

다 먹었니?

네, 아버지.

열세 시간이나 돌아다닌 터라 집 마구간에 다시 이르렀을 때 그들은 지칠 대로 지쳐 있었다. 두 시간 동안 어둠을 뚫고 말을 몬 끝에 부엌 등만 밝혀진 집에 도착한 것이다.

들어가서 저녁 먹어라.

괜찮아요.

들어가 봐. 말은 내가 넣을 테니.

늘대는 108도 30분 자오선이 교차하는 지점에서 국경선을 건너 1.5킬로미터 북쪽 옛 네이션스 도로를 건너 화이트워터 크릭을 따라 서쪽으로 이동하여 샌루이스 산맥으로 들어왔다. 그러고는 소문대로 애니머스 산맥으로 통하는 북쪽 고개를 넘어 애니머스 계곡을 가로질러 펠론칠로 산맥으로 들어왔다. 늘대의 엉덩이에는 딱지 앉은 상처가 있었는데, 2주일 전 소노라 산맥 어디에선가 짝이 문 자국이었다. 암컷이 떠날 생각을 않자 수컷이 물어 내쫓은 것이다. 강철 덫에 앞발이 낀 수컷이 마구 으르렁댔지만 암컷은 사슬이 아슬아슬하게 닿지 않을 곳에 앉아 있었다. 암컷은 귀를 납작 눕히고 낑낑댈 뿐 떠날 생각을 하지 않았다. 아침에 사람들이 말을 타고 왔다. 암컷은 100미터 너머 비탈에 서서, 짝이 사람들을 마주하는 것을 바라보았다.

짝을 잃은 늑대는 일주일 동안 시에라 데 라 마데라의 동쪽 비탈을 떠돌았다. 이 땅에서 조상들은 자그마한 원시 말과 낙타를 사냥했다. 하지만 이제는 늑대가 먹을 것이 거의 없었다. 사냥감 대부분은 이 땅에서 도살당했다. 숲 대부분이 베여 광산의 쇄광기 보일러에 땔감으로 들어갔다. 늑대는 오랫동안 소를 잡아먹었지만 소의 무지함은 늑대에게 수수께끼였다. 산의 초지에서 삽 같은 발로 비틀대고 피를 뚝뚝 흘리며 울어 대는 소는 혼란에 겨워 울타리에 제 몸을 짓이기면서 기둥과 철사를 질질 끌고 돌아다녔다. 목장주들은 말했다, 늑대는 다른 야생 동물에게보다 유난히 소에게 잔혹하게 군다고. 마치 소가 늑대 안의 분노를 일깨우는 듯. 혹은 옛 질서가, 옛 의식(儀式)이, 옛 규칙이 무너져 늑대를 화나게 하는 듯.

늑대는 바비스페강을 건너 북쪽으로 향했다. 태어나서 처음으로 새끼를 밴 늑대는 자신이 어떤 곤경 속으로 들어서고 있는지 알지 못했다. 늑대가 그 고장을 떠난 것은 사냥감이 없어서가 아니라 친구가 필요해서였다. 뉴멕시코주의 펠론칠로 산맥 포스터 골짜기 위쪽에서 송아지를 잡았을 때 늑대는 2주일간 썩은 고기 외에는 거의 먹은 것이 없었고, 혼이 나간 듯한 몰골이었다. 주위에는 다른 늑대의 흔적이 전혀 없었다. 늑대는 고기를 먹고 휴식을 취하고 다시 고기를 먹었다. 배가 바닥에 질질 끌릴 만큼 먹고는 다시는 그 자리로 돌아가지 않았다. 늑대는 한 번 사냥한 곳으로는 결코 돌아가지 않았다. 대낮에 도로나 철도도 절대 건너지 않았다. 같은 장소에서 철조망 울타리도 두 번 지나지 않았다. 이는 새로운 규칙이었다. 전에는 없던 제한이었다. 하지만 이제 늑대는 그러한 규칙을 따랐다.

늑대는 서쪽으로 나아가 애리조나주 코치스 카운티에서 스켈리톤 개천의 남쪽 지류를 건넜고 스타베이션 협곡 위쪽을 지난 뒤에 남쪽으로 방향을 틀어 호그 협곡 샘터에 이르렀다. 그러고는 다시 동쪽으로 방향을 틀어 클랜턴과 포스터 골짜기 사이의 고지대에 이르렀다. 밤에 늑대는 애니머스 평원으로 내려와, 야생 영양 떼가 달려가며 분지 바닥에 연기처럼 일으킨 먼지 속에서도 사냥감의 흔들리는 머리와 정확한 지표인 다리 관절을 예의 주시하여, 조금씩 속도를 늦추며 모여드는 무리 속에서 사냥감을 골랐다.

이 계절에 암사슴은 벌써 새끼를 배고 있었는데, 날이 차기도 전에 유산하는 일이 흔해 두 배의 기쁨을 주었다. 새벽빛 속에서 연푸르다 못해 반투명에 가까운 빛을 띤 태아는 아직 따뜻했고, 마치 다른 세계에서 유산된 존재처럼 멍한 눈을 하고 있었다. 눈이 먼 채 눈 속에서 죽어 가는 태아를 늑대는 뼈까지 아득아득 씹어 먹었다. 해가 돋기 전 평원을 떠난 늑대는 계곡을 굽어보는 나지막한 벼랑이나 바위에 서서 주둥이를 쳐들어 끔찍한 침묵을 깨뜨리며 짖고 또 짖었다. 아마도 블랙 포인트 서쪽 고개 아래에서 늑대 냄새를 맡지 못했다면 진작 이곳을 떠났으리라.

늑대는 한 시간은 족히 덫 주위를 돌며 다양한 냄새를 분류하고 체계화하여 이곳에서 일어난 일을 재구성하고자 했다. 이윽고 늑대는 서른여섯 시간 전 말들이 남긴 흔적을 따라 고개 남쪽으로 내려갔다.

저녁에 늑대는 여덟 개의 덫을 모두 찾아내고는 다시 그 고개로 돌아와 낑낑대며 주변을 돌았다. 늑대는 땅을 팠다. 덫을 따라 옆쪽으로 땅을 파 덫을 덮은 흙이 흘러내리자 쥠틀이 드러났다. 늑대는 그것을 바라보며 서 있었다. 그리고 다시 땅을 팠다. 늑대가 떠난 자리에는, 쥠틀을 덮은 밀랍 종이 위로 한 움큼의 흙에 덮인 덫만 땅에 덩그마니 드러나 있었고, 다음 날 아침 그곳으로 찾아온 소년과 아버지를 그 꼴로 맞이했다.

아버지가 말에서 내려 송아지 가죽 위에 발을 딛고 덫을 살피는 모습을 소년은 가만히 바라보았다. 그는 덫을 새로 설치하고 일어나 의심스럽다는 듯 고개를 저었다. 그들은 나머지 덫을 차례로 찾아갔다. 다음 날 아침 다시 찾아왔을 때 첫 번째 덫은 역시나 파헤쳐져 있었고, 다른 덫 네 개도 마찬가지였다. 그들은 남은 덫 세 개를 파내 오솔길에 블라인드 덫을 설치했다.

소가 덫을 안 밟게 막을 방법이 있나요?

없지.

사흘 후 송아지 한 마리가 또 죽은 채 발견되었다. 닷새 후 오솔길의 덫 중 하나가 파헤쳐져 뒤집혀 있었다.

그날 저녁 그들은 SK 바 목장으로 가서 다시 샌더스 씨를 불렀다. 그들은 부엌에 앉아 사정을 이야기했고, 노인은 고개를 주억거렸다.

한번은 에콜스가 말했지, 늑대를 이기려는 것은 아이를 이기려는 것과 같다고. 늑대가 더 영리해서가 아냐. 이것저것 생각이 많지 않을 뿐이지. 한두 번인가 그를 따라간 적이 있네. 늑대는커녕 아무 짐승도 지나간 흔적이 없는 곳에다 덫을 놓지 뭔가. 왜 여기냐고 물으면 그는 반 정도도 대답을 못 했지. 그냥 대답을 못 했어.

그들은 오두막으로 가서 덫을 여섯 개 더 챙겨 집으로 가져가 삶았다. 어머니가 부엌으로 와 아침을 차릴 때 보이드는 바닥에 앉아 덫에 밀랍을 바르고 있었다.

그런다고 마음이 바뀔 것 같니?

아뇨.

언제까지 삐쳐 있을 거야?

내가 언제 삐쳤다고 그래요.

어쩜 그 아버지에 그 아들이라고 둘이 똑같이 쇠고집인지.

그렇게 타고난 걸 어쩌겠어요.

어머니는 난로 곁에 서서, 아들이 일하는 모습을 바라보았다. 그러다 몸을 돌려 선반에서 철제 냄비를 내려 난로 위에 얹었다. 난로 문을 열어 장작을 넣으려고 보니 이미 아들이 넣어 둔 뒤였다.

아침 식사가 끝나자 아버지는 입을 닦고 냅킨을 내려놓고는 의자를 밀치고 일어났다.

덫은 어디 있니?

빨랫줄에 걸어 뒀어요. 보이드가 말했다.

그는 일어나 부엌에서 나갔다. 빌리는 컵을 쭉 들이켜고는 앞에 내려놓았다.

내가 말이라도 해 볼까?

됐어.

그래, 본인이 싫다면 어쩔 수 없지. 말해 봐야 소용도 없겠지만.

10분 후 아버지가 마구간에서 돌아왔을 때 보이드는 셔츠 차림으로 장작더미 앞에서 장작을 패고 있었다.

같이 갈래?

괜찮아요.

아버지는 집 안으로 들어갔다. 잠시 후 빌리가 나왔다.

뭐 잘못 먹었냐?

잘만 먹었으니 염려 마. 형이야말로 뭐 잘못 먹었어?

머저리 짓 좀 그만해. 어서 코트 입고 따라와.

지난밤 산에 눈이 내려 블랙 포인트 서쪽으로 가는 고갯길에는 눈이 30센티미터나 쌓여 있었다. 아버지는 늑대의 흔적을 쫓아 말을 끌고 걸어갔다. 그들은 아침 내내 고지대에서 발자국을 쫓았지만 클로버데일 크릭 도로 바로 위쪽에서 늑대는 눈 속으로 자취를 감췄다. 그는 말에서 내려 늑대가 사라진 광야를 바라보다 다시 안장에 올라 말 머리를 돌려 되돌아가 고갯길 반대편에 설치한 덫을 살폈다.

새끼를 뱄구나.

아버지는 오솔길에 블라인드 덫을 네 개 더 설치하고는 집으로 향했다. 보이드는 입술이 파랗게 언 채 부들부들 몸을 떨었다. 아버지가 속도를 늦추어 곁에 오더니 코트를 벗어 건넸다.

안 추워요.

춥냐고 물은 적 없다. 어서 입어.

이틀 후 빌리와 아버지가 다시 덫을 살피러 가니 눈이 쌓인 곳과 경계를 이룬 땅에 덫 하나가 파헤쳐져 있었다. 거기서 오솔길을 따라 30미터 아래 눈이 녹으며 흙이 씻겨 간 곳에 소 발자국이 찍혀 있었다. 조금 더 가니 덫이 있었다. 고정용 갈퀴에 붙들린 소는 쥠틀 아래쪽에 쭈글쭈글 접힌 피투성이 가죽만 남긴 채 사라지고 없었다.

그들은 아침 내내 절뚝거리는 소를 찾았지만 보이지 않았다.

내일 너랑 보이드가 찾아봐야겠다.

예, 아버지.

지난번처럼 제대로 입지도 않고 돌아다니게 하지는 마라.

예, 아버지.

형제는 다음 날 이른 오후에 문제의 소를 찾았다. 소는 개 잎갈나무 숲 가장자리에 서서 그들을 바라보았다. 나머지 소 떼는 초지의 낮은 쪽 가장자리를 거닐고 있었다. 늙고 마른 암소였는데, 십중팔구 산에서 혼자 떠돌다 덫을 밟았을 터였 다. 그들은 숲으로 들어가 소를 초지로 몰려고 해 보았지만 늙은 암소는 눈치를 채고서 더 깊은 숲으로 들어가 버렸다. 보 이드가 말에 박차를 가해 쫓아가 소를 가로막고는 올가미를 씌워 밧줄을 감았다. 하지만 소가 밧줄에 묶인 채 내달리는 바람에 뱃대끈이 끊기며 안장이 와락 미끄러져 소 뒤쪽 비탈 아래로 굴러 나무 둥치에 쿵쿵 부딪쳤다.

말 등에서 공중제비를 돈 보이드는 땅바닥에 주저앉아, 개 잎갈나무 사이로 빠르게 사라지는 소를 바라보았다. 빌리가 따라잡았을 때 보이드는 이미 안장도 없이 말에 올라 있었고, 그들은 다시 소를 쫓아갔다.

안장 파편이 이내 눈에 띄더니 조금 더 가자 안장이 혹은 갈기갈기 찢긴 가죽 몇 점이 붙어 있는 나무가 보였다. 보이드 가 말에서 내리려 했다.

그냥 둬. 빌리가 말했다.

보이드는 말에서 내렸다. 안 돼. 가죽이라도 챙겨 가야지. 제기랄, 돌아가시겠군.

그들이 절뚝거리는 소를 밧줄로 묶어 끌고 와 우리에 넣자 아버지가 나와 코노라 연고를 소의 다리에 발라 주고는 아들 들과 함께 집으로 들어가 저녁 식탁에 앉았다.

소 때문에 보이드의 안장이 박살 났어요. 빌리가 말했다.

고쳐 쓸 수 있겠니?

완전히 부서져서 고칠 것도 없어요.

뱃대끈이 끊어진 거니?

네, 아비지.

마지막으로 살펴본 게 언제니?

가죽끈이야 워낙 낡아서 어차피 오늘내일했는걸요. 보이드가 말했다.

그 낡은 가죽끈이 네가 가진 유일한 가죽끈이었으니 문제지. 아버지가 말했다.

다음 날 빌리는 혼자서 덫을 살피러 갔다. 또 소가 덫을 밟은 모양이었지만 피부가 약간 벗겨지고 발굽이 살짝 긁힌 것 외에는 특별한 흔적이 없었다. 밤에 눈이 내렸다.

덫 위로 눈이 50센티미터는 쌓였겠구나. 아무 소용없게 됐어. 아버지가 말했다.

늑대가 다니는 길을 찾아볼게요.

늑대가 지나간 길이겠지. 그곳을 찾는다 해도 내일이나 모래에는 늑대가 어디로 갈지 알 수 있을 것 같지 않구나.

어쨌든 뭐라도 알아낼 수 있겠죠.

아버지는 커피 잔을 응시하며 생각에 잠겼다. 그래라. 하지만 말을 너무 힘들게 하지는 마라. 눈밭을 걷다가 말이 다칠 수도 있어. 눈이 내린 산은 말한테 위험해.

네, 아버지.

어머니가 부엌문 가에서 도시락을 주었다.

조심해라.

예, 엄마.

어두워지기 전에 돌아오고.

예, 엄마. 애써 볼게요.

꼭 그래야 해. 무사히 잘 다녀오고.

예, 엄마.

소년이 마구간에서 버드를 꺼내는데 아버지가 셔츠 바람으로 소총과 안장용 총집을 들고 집에서 나왔다. 아버지가 그것들을 건넸다.

혹시나 늑대가 덫에 걸려 있거든 바로 와서 나한테 알려라. 다리가 부러지지 않았다면 말이다. 늑대 다리가 부러져 있으면 그 자리에서 총으로 쏘고. 다리가 멀쩡하면 늑대가 다리를 비틀어 달아날 수도 있어.

예, 아버지.

늦어서 괜히 엄마 걱정시키지 말고.

예, 아버지. 늦지 않을게요.

소년은 말 머리를 돌려 가축용 문을 지나 길을 따라 남쪽으로 향했다. 개가 쫓아오다가 문에 멈춰 서서 소년을 가만히 바라보았다. 소년은 길을 가다 말고 말에서 내려 총집을 안장 옆에 고정시키고는 개머리판을 살짝 젖혀 약실에 총알이 들었는지 확인했다. 그런 다음 소총을 총집에 꽂고 단추를 채운 뒤 다시 안장에 올라 나아갔다. 멀리 앞쪽에는 햇볕에 눈부신 흰빛을 띤 산맥이 솟아 있었다. 경솔한 신이 용도도 생각지 않고 금방 빚어낸 창조물 같았다. 새로운 무언가. 소년의 심장이 가슴을 뚫고 튀어나올 듯이 쿵쾅거렸다. 말에 탄 사람만큼이나 어린 말이 고개를 쳐들고 옆으로 한 걸음 내딛더니 뒷발질을 했다. 이윽고 그들은 나아갔다.

　고갯길의 눈은 말의 배까지 반쯤 쌓여 있었지만 말은 바람에 휘날리는 눈밭 위로 더없이 우아하게 발을 디디면서, 하얀 수성 암초 위로 주둥이를 저으며 콧김을 내뿜고, 시커먼 숲 너머를 바라보거나 느닷없이 날아오르는 자그마한 겨울새에 귀를 쫑긋 세웠다. 고갯길에는 아무 흔적도 없었고, 고개 너머 고지대 초지 역시 소도, 소의 발자국도 없었다. 추위가 매서웠다. 고개 남쪽으로 1.5킬로미터쯤 간 소년은 눈 때문에 물빛이 시커멓게 변한 개천을 건넜다. 밤새 개천 바닥이 갈라져 생겨났을지도 모를 끝없는 균열이 저 아래 있는지 없는지 알 수 없어 말은 자그마한 물결의 변화에도 질겁했다. 100미터쯤 갔을 때 소년은 오솔길을 따라 산 아래로 이어진 늑대 발자국을 보았다.

　소년은 말에서 내려 고삐를 놓고는 쪼그리고 앉아 모자챙을 엄지손가락으로 밀었다. 늑대가 눈밭에 남긴 자그마한 우물 바닥에는 완벽한 발자국이 새겨져 있었다. 널찍한 앞발. 좁다란 뒷발. 젖이 눈에 끌린 자국이나 주둥이를 댄 자국이 이따금 보였다. 소년은 눈을 감고 늑대의 모습을 상상했다. 산을 빚을 때 자문이라도 한 듯 자기네들에게 완벽한 쓰임새를 가진 새하얀 고지대를 뛰노는 그 늑대와 늑대들과 유령 늑대들. 소년은 일어나 말이 서 있는 곳으로 돌아갔다. 그리고 늑대가 간 쪽을 바라보고는 말에 올라 앞으로 나아갔다.

　1.5킬로미터쯤 더 간 후 늑대는 오솔길에서 벗어나 노간주

나무 숲속으로 뛰어갔다. 소년은 말에서 내려 고삐를 쥐고 말을 끌고 갔다. 늑대가 뛰어오른 발자국이 3미터 간격으로 찍혀 있었다. 숲 가장자리에서 늑대는 방향을 틀어 종종걸음으로 고원의 위쪽 가장자리를 따라 나아갔다. 소년은 다시 말에 올라 초지로 내려갔다가 다시 올라갔다가 다시 내려갔지만 늑대가 무엇을 쫓아간 것인지는 알 수 없었다. 소년은 늑대의 발자국을 따라 탁 트인 초지를 가로질러 남쪽 비탈을 내려가 클로버데일 골짜기 위쪽의 단구에 이르렀다. 이곳에서 늑대는 노간주나무에 둘러싸여 있던 소규모 소 떼를 쫓아, 소들이 미쳐 날뛰며 단구 아래로 와락와락 미끄러지고 넘어지는 와중에 두 살배기 송아지를 숲 가장자리에서 죽였다.

나무 그림자 아래 눈을 번들거리며 혀를 빼어문 채 옆으로 쓰러진 송아지의 뒷발 사이에 앉아 늑대는 간을 삼키고, 창자를 눈밭으로 뽑아내고, 허벅지 안쪽 살집을 몇 킬로그램이나 뜯어 먹었다. 송아지는 그다지 뻣뻣하지도, 차갑지도 않았다. 송아지가 누워 있는 곳 주위로 눈이 녹아 시커먼 실루엣을 드리웠다.

말은 송아지 고기를 전혀 원치 않았다. 목을 웅숭그리고 눈알을 굴리며 콧구멍에서 화산처럼 김을 뿜었다. 소년은 말의 목덜미를 다독이며 속삭여 주고는 안장에서 내려 고삐를 나뭇가지에 묶은 다음 죽은 짐승 곁으로 가 살폈다. 말려 올라간 한쪽 눈알은 멀거니 푸른빛을 발할 뿐 그 어떤 세상도, 그 어떤 사물도 담고 있지 않았다. 까마귀나 다른 새도 보이지 않았다. 정적과 추위뿐이었다. 소년은 말에게로 돌아가 소총을 총집에서 꺼내 다시 약실을 점검했다. 추위 탓에 몸짓이 뻣뻣했다. 소년은 엄지로 공이치기를 젖힌 다음 고삐를 풀고 말에 올라 소총을 무릎에 얹은 채 숲 가장자리를 따라 나아갔다.

소년은 종일 늑대를 쫓았으나 직접 보지는 못했다. 한번은, 덤불이 바람을 막아 주고 볕이 따스하게 내리쬐는 남쪽 비탈에서 잠들었던 늑대가 소년의 기척에 놀라 달아났다. 아니, 적어도 소년의 생각에는 그랬다. 소년은 풀이 눌린 자리에 무릎 꿇고 앉아 손을 대 보고 온기를 확인하고는, 풀이 저절로 일어나기를 가만히 기다렸지만 풀은 미동도 하지 않았다. 그 자리가 늑대 때문에 따뜻한 것인지, 햇볕 때문에 따뜻한 것인지 확인할 길이 없었다. 소년은 말에 올라 나아갔다. 클로버데일 크릭 초지에서 눈이 녹은 탓에 두 번 늑대의 발자국을 놓쳤지만 그 주위를 빙빙 돌아 다시 흔적을 찾아냈다. 클로버데일 도로 맞은편에 연기가 오르기에 가 보니 펜들턴 씨네 바케로(카우보이) 셋이서 점심을 먹고 있었다. 그들은 늑대가 돌아다닌다는 사실조차 모르고 있었다. 다들 설마 하는 표정으로 서로의 얼굴을 쳐다볼 뿐이었다.

그들이 앉았다 가라고 권하기에 소년은 그렇게 했다. 그들은 커피를 주고, 소년은 셔츠에서 도시락을 꺼내 그들에게 권했다. 그들은 콩과 토르티야[3]를 먹고, 앙상한 염소 뼈를 쪽쪽 빨아 먹었다. 여분의 접시도 없고 음식을 나눌 방법도 없어서 그들은 권하고 거절하는 몸짓을 계속하며 아까와 변함없

---

3) 멕시코 지방에서 주식으로 먹는 둥글넓적한 옥수수빵.

이 점심을 먹었다. 그들은 소와 날씨에 대해서 이야기하고, 멕시코의 친척에게 일자리를 구해 줄 셈으로 소년의 아버지에게 일손이 필요하지 않은지 물었다. 그들은 소년이 쫓고 있는 발자국이 아마 덩치 큰 개일 거라고 말했다. 그곳에서 400미터만 가면 발자국을 직접 볼 수 있을 텐데도 그들은 확인하러 가 볼 마음이 전혀 없는 듯했다. 소년은 죽은 송아지에 대해 말하지 않았다.

식사를 마치자 그들은 접시를 모닥불의 재로 문지른 다음 토르티야 조각으로 깨끗이 닦아 그 토르티야를 먹고는 접시를 안장주머니에 넣었다. 그리고 안장 뱃대끈을 단단히 조인 뒤 말에 올랐다. 소년은 컵을 흔들어 털고 자기 옷자락으로 닦은 뒤 좀 전에 컵을 준 이에게 건넸다.

아디오스 콤파드리토. 아스타 라 비스타.(안녕, 작은 친구. 다음에 또 보자.) 그들은 모자에 손을 대고는 말 머리를 돌려 나아갔다. 그들이 시야에서 사라지자 소년은 말에 올라 늑대가 사라진 서쪽으로 오솔길을 되짚어 갔다.

저녁에 늑대는 다시 산에 들어가 있었다. 소년은 말을 끌며 걸어갔다. 늑대가 땅을 판 자리를 살펴보았지만 무엇 때문에 땅을 팠는지는 알 수 없었다. 소년은 태양과 지평선 사이를 팔 길이로 재어 시간을 가늠하고는 결국 다시 말에 올라 방향을 틀어 젖은 눈밭을 지나 고개와 집으로 향했다.

이미 어스름이 내려앉았기에 소년은 부엌 창 쪽으로 말을 몰아 몸을 숙여 유리창을 빠르게 두드린 다음 마구간으로 갔다. 저녁 식탁에서 소년은 자신이 본 것을 가족들에게 말했다.

산에서 죽은 송아지에 대해서도 말했다.

호그 협곡으로 도로 건너갈 때 어느 길로 갔니? 소들이 지나간 곳이던?

아뇨, 아버지. 동물이 지나간 흔적은 거의 없었어요.

거기다 덫을 놓을 수 있겠니?

네, 아버지. 시간만 충분했다면 거기에 덫을 놓고 왔을 거예요.

덫을 하나 파 두었니?

아뇨, 아버지.

내일 다시 갈 거냐?

네, 아버지. 그러고 싶어요.

좋았어. 덫을 두 개 파내고 거기다 블라인드 덫을 설치해. 일요일에 나랑 같이 덫들을 살펴보자.

안식일을 지키지도 않는데 주님이 과연 덫에 축복을 내려 주실지 모르겠네요. 어머니가 말했다.

도랑에 빠진 소를 구하는 건 아니지만 송아지를 죽음에서 구하는 일이잖아.

아이들한테 참 좋은 본이 되겠네요.

아버지는 컵을 내려다보며 앉아 있다가 아들을 바라보았다. 덫은 월요일에 살피러 가자.

그들은 추위와 어둠이 가득한 침실에 누워, 서쪽 초지에서 울어 대는 코요테 소리에 귀 기울였다.

늑대를 잡을 수 있을까? 보이드가 말했다.

그야 모르지.

잡으면 어떻게 할 건데?

그게 무슨 말이야?

늑대를 어떻게 할 거냐고.

뭐, 현상금을 받겠지.

그들은 어둠 속에 누워 있었다. 코요테들이 구슬피 울었다. 잠시 후 보이드가 말했다. 내 말은 늑대를 어떤 방법으로 죽일 거냐고.

총으로 쏴야지. 달리 방법이 있냐.

살아 있는 늑대를 보고 싶어.

어쩌면 아버지가 너도 데려가실지 모르지.

말은 어떻게 타고?

안장 없이 타면 되지.

그래. 안장은 없어도 괜찮아.

그들은 어둠 속에 누워 있었다.

아버지가 내 안장을 너한테 주실 거야. 빌리가 말했다.

형은 어떡하고?

마켈 씨네에서 하나 사 주실 거야.

새걸로?

아니. 새거는 무슨.

밖에서 개가 짖어 대자 아버지가 부엌문으로 나가 개 이름을 외치니 개가 바로 조용해졌다. 코요테는 계속 울어 댔다.

형?

응.

아빠가 에콜스 아저씨한테 편지 썼어?

응.

답장은 안 왔지?

응.

형?

응.

꿈을 꿨어.

무슨 꿈.

같은 꿈을 두 번 꿨어.

무슨 꿈인데 그래.

마른 호수에 큰 불이 났어.

마른 호수에 뭐 탈 게 있다고.

나도 알아.

어찌 되었는데.

사람들이 불에 탔어. 호수도 불타고, 사람들도 불타고.

뭘 잘못 먹었나 보군.

같은 꿈을 두 번 꿨는데.

같은 음식을 두 번 먹은 모양이지.

그건 아냐.

아무 꿈도 아냐. 그냥 악몽일 뿐이야. 어서 자.

깨어 있는 것처럼 생생했어. 정말 눈앞에서 벌어지는 일 같았어.

사람은 누구나 꿈을 꿔. 아무 의미도 없어.

그럼 뭐 하러 꿈을 꾸는 거야?

나도 몰라. 어서 자.

형?

응.

뭔가 아주 나쁜 일이 일어날 것만 같은 예감이 들어.

아무 일도 안 일어나. 그냥 악몽일 뿐이야. 악몽이 곧 나쁜 일이 일어난다는 걸 의미하지는 않아.

그럼 뭘 의미하는데?

아무 의미도 없어. 어서 자.

남쪽 비탈 숲에 내린 눈은 전날의 햇살에 부분적으로 녹았다가 밤새 도로 얼어 표면에 얇은 껍질이 생겨나 있었다. 껍질은 새가 거닐어도 될 만큼만 단단했다. 쥐 정도도 문제없을 것 같았다. 오솔길에는 소가 지나간 흔적이 보였다. 산에 설치한 덫은 눈이 먼 채 무심히 침묵하고 있는 강철 괴물처럼 쥐틀을 멍하니 벌린 채 눈 아래 그대로 묻혀 있었다. 소년은 덫 세 개를 파내어 장갑 낀 손으로 쥐고서 쥐틀 아래로 손을 뻗어 받침대를 건드렸다. 덫이 펄쩍 튀어 올랐다. 철컥하며 아가리를 악무는 쥐틀의 외침이 차가운 대기 속으로 메아리쳤다. 열리고 닫히는 쥐틀에서는 아무것도 보이지 않았다. 이제 쥐틀이 열렸다. 이제 쥐틀이 닫혔다.

소년은 덫을 바구니 바닥의 송아지 가죽 아래에 넣었다. 낮게 뻗은 나뭇가지를 피하느라 몸을 옆으로 기울여도 덫이 떨어지지 않도록 하기 위함이었다. 길이 두 갈래로 갈라지는 곳에 이르자 소년은 전날 밤 늑대가 호그 협곡을 향해 서쪽으로 갈 때 택한 길로 들어섰다. 그곳 오솔길에 덫을 설치한 다음 나뭇가지를 잘라 덫 주위에 꽂고는 마음 내키는 대로 길을 택해 남쪽으로 1.5킬로미터를 가서 클로버데일 도로를 따라가 마지막 덫 두 개를 살펴보기로 했다.

위쪽 도로에는 여전히 눈이 쌓여 있어 자동차 타이어와 말 발굽과 사슴 발굽 자국이 선명했다. 샘터 근방에서 소년은 도로에서 벗어나 초지를 가로질러 가서는 안장에서 내려 말에게 물을 먹였다. 태양으로 보아 정오가 가까워지고 있었다. 소년은 클로버데일 쪽으로 6.5킬로미터를 더 들어가 다시 도로를 타고 가기로 했다.

말이 물을 먹고 있는데 모델 A 픽업트럭을 탄 노인이 울타리에서 차를 세웠다. 빌리는 말의 머리를 끌어올리고 안장에 올라 다시 도로로 가서 트럭 옆에 말을 세웠다. 노인이 창밖으로 몸을 내밀고 소년을 바라보았다. 어깨에 멘 바구니도 바라보았다.

뭘 잡으려고?

노인은 국경선을 따라 저지대 계곡에 펼쳐진 목장의 주인이었다. 빌리는 그의 이름을 알았지만 알은체하지 않았다. 노인은 코요테를 잡을 덫이라는 말을 듣고 싶어 할 것이 뻔했다. 사실대로 말할 수도, 그렇다고 거짓말을 할 수도 없었다.

그게, 이 근방에 코요테 발자국이 많더군요.

놀랄 일도 아니지. 우리 목장으로 내려와 부엌 식탁에 앉는 것 빼고는 안 하는 짓이 없으니.

노인은 엷은 빛깔의 눈으로 일대를 둘러보았다. 한낮의 목초지에 자그마한 자칼이라도 나와 있는 양. 노인이 담뱃갑을 꺼내 한 개비를 뽑아 입에 물더니 그에게 내밀었다.

피우나?

아니요. 감사합니다.

노인은 담뱃갑을 치우고 주머니에서 황동 라이터를 꺼냈는데, 파이프를 땜질하고 페인트를 녹여 없애고도 남을 만한 물건처럼 보였다. 라이터를 켜자 푸른 불꽃이 쉬익 타올랐다. 노인이 담배에 불을 붙인 뒤 라이터를 찰칵 닫았지만 불꽃은 어쩐 일인지 사그라들지 않았다. 입김을 불어 불을 끈 노인은 라이터를 한 손에 들고 흔들어 식혔다. 그리고 소년을 바라보았다.

가솔린을 그만 쓰든가 해야지.

그러게요.

결혼은 했나?

아닙니다. 이제 열여섯 살인걸요.

결혼하지 말게. 여자는 미치광이야.

예, 어르신.

드디어 짝을 찾았는가 싶으면 전혀 그렇지 않지. 자네 그거 아나?

뭐 말입니까?

여자 역시 그리 생각한다네.

그렇군요.

저기에 큰 덫도 들어 있나?

얼마나 큰 것 말입니까?

가령, 4번 모델 같은 것.

아니요. 실은 덫은 하나도 가지고 있지 않습니다.

그럼 얼마나 큰 거냐고는 왜 물었나?

네?

노인이 도로를 턱으로 가리켰다. 어제 저녁에 여기서 1.5킬로미터 떨어진 곳에서 퓨마가 도로를 건너더군.

놈들은 이 일대에서 계속 얼쩡거리죠.

우리 조카는 개를 기른다네. 리 형제네 블루틱의 후손이지. 꽤 괜찮은 녀석들이야. 녀석들이 덫을 밟는 일이 없어야 할 텐데.

저는 여기서 호그 협곡 쪽으로 해서 블랙 포인트로 갈 겁니다.

노인이 담배를 빨았다. 말이 고개를 돌려 트럭을 쿵쿵거리더니 다시 고개를 돌렸다.

텍사스 퓨마와 뉴멕시코 퓨마 이야기 들어 본 적 있나? 노인이 말했다.

아뇨. 들어 본 적 없는 것 같습니다.

텍사스 퓨마와 뉴멕시코 퓨마가 살았다네. 둘은 갈림길에서 각자 다른 길로 가 사냥을 하기로 했지. 그리고 샘에서 만나 성과를 비교하기로 했네. 하지만 그럴 때마다 텍사스로 간 퓨마는 점점 몰골이 초췌해졌어. 뉴멕시코에서 지낸 퓨마는 동료를 보고는 꼴이 왜 그러냐고 물었지. 대체 무슨 일이 있었냐고. 텍사스 퓨마가 말했어, 자기도 모르겠다고. 굶어 죽을 지경이라고. 그러자 뉴멕시코 퓨마가 어떻게 사냥을 했는지 말해 보라고 했어. 어디가 잘못됐는지 알아보자며 말이야.

텍사스 퓨마가 말했지. 나는 전통적인 방법을 충실히 따랐을 뿐이야. 오솔길이 내려다보이는 나뭇가지에 올라가 있다가 텍사스인이 아래로 지나갈 때마다 우렁차게 외치고는 그자를 향해 펄쩍 뛰어내렸지. 그뿐이야.

그러자 뉴멕시코 퓨마가 동료를 쳐다보며 말했어. 그러고도 죽지 않은 게 천만다행이군. 그런 잘못된 사냥법으로는 겨울을 날 수 없어. 내 말 잘 들어. 우선, 그렇게 외치면 그놈들이 놀라서 완전히 혼이 나가게 돼. 몸뚱아리에 껍데기밖에 안 남는 거지. 그런 와중에 자네가 펄쩍 뛰어내리면 그때 생긴 바람에 몸뚱이가 날려 갈 수밖에. 그러면 혁대하고 부츠밖에 더 남겠나.

노인이 운전대에 엎드리더니 씨근거렸다. 이윽고 기침을 해 댔다. 노인이 일어나 물기가 어른대는 눈을 손가락으로 훔치고서 절레절레 고개를 젓고는 소년을 바라보았다.

무슨 말인지 알겠지? 텍사스 놈들 말이야.

빌리는 미소 지었다. 네, 어르신.

자네 설마 텍사스 출신은 아니겠지?

그럼요.

그래, 그건 내가 허락할 수 없지. 나는 이만 가 봐야겠네. 코요테를 잡고 싶거든 우리 집에 들르게.

그러겠습니다.

노인은 자기 집이 어디인지 말해 주지 않았다. 기어를 넣고 시동을 건 다음 도로를 따라 멀어졌다.

월요일에 덫을 살펴보러 가니 북쪽을 면한 링콘(모퉁이)이나 고갯길 북쪽 비탈 아래 숲속 깊은 곳을 제외하고는 눈이 모두 녹아 있었다. 늑대는 호그 협곡 오솔길의 덫만 빼고 나머지 덫을 모두 파헤쳐 놓았다. 쇠틀이 뒤집힌 채 접혀 있었다.

아버지는 파헤쳐진 덫을 회수해 덫 아래 덫을 뒤집어 하나 더 묻어 두는 이중 덫을 두 개 설치했다. 그리고 그 주위로 블라인드 덫을 놓았다. 이렇게 두 군데에 덫을 설치한 다음 집으로 돌아갔다가 다음 날 아침에 가서 살펴보니 첫 번째 덫에 코요테가 죽어 있었다. 그들은 그곳에 묻은 덫을 모두 파낸 뒤, 빌리의 안장 꼬리에 코요테를 매달고 나아갔다. 코요테의 방광에서 샌 오줌이 말의 옆구리를 따라 흘러내리며 기묘한 냄새를 풍겼다.

코요테가 왜 죽었을까요?

글쎄다. 가끔은 그냥 죽기도 해.

두 번째 덫은 다섯 개 쇠틀이 전부 파헤쳐져 접혀 있었다. 아버지는 그 광경을 한참 동안 바라보며 가만히 앉아 있었다.

에콜스에게서는 여전히 소식 한 자 없었다. 빌리와 보이드는 목장 외곽을 돌아 소들을 중심부로 모아들였다. 송아지 두 마리가 더 죽어 있었다. 그리고 또 다른 송아지도.

아버지가 묻지 않는 이상 송아지 얘기는 하지 마. 빌리가 말했다.

왜?

그들은 말을 나란히 하고 앉아 있었다. 보이드는 빌리의 옛 안장에, 빌리쯤 아버지가 구해 온 멕시코 안장에. 그들은 숲속의 시체를 가만히 바라보았다. 저렇게 큰 송아지를 늑대가 죽였을 리 없어. 빌리가 말했다.

그럼 왜 말을 안 해? 보이드가 말했다.

괜히 아버지 걱정하시잖아.

그들은 말 머리를 돌려 나아갔다.

그래도 아버지는 상황을 알고 싶으실 텐데.

나쁜 소식을 듣고도 기뻤던 적 있어?

아버지가 송아지를 보면 어떡해?

보면 보는 거지.

그땐 뭐라고 설명할 건데? 괜한 걱정 끼쳐 드리고 싶지 않았다고?

젠장. 너는 엄마보다도 더 지독해. 그래, 다 내 헛소리고, 다 내 잘못이다.

소년은 혼자서 덫을 살피러 갔다. 그러고는 SK 바 목장으로 가 샌더스 씨한테 열쇠를 받아서는 에콜스의 오두막으로 가 좁은 창고의 선반을 유심히 살폈다. 그는 바닥에 놓인 상자에서 새로운 병을 찾아냈다. 먼지로 뒤덮인 병에 기름으로 얼룩진 라벨에는 퓨마나 고양이라고 적혀 있었다. 누렇게 바랜 라벨이 떨어져 둘둘 말려 있는 병에는 숫자만 적혀 있었다. 또한 라벨이 아예 붙어 있지 않고 자줏빛이 너무 진해 시커멓게 보이는 병도 있었다.

소년은 이름 없는 병 몇 개를 주머니에 넣고는 오두막의 방으로 가 에콜스의 자그마한 상자에 담긴 책을 살폈다. S 스탠리 호베이커가 쓴 『북미 모피 동물 덫으로 잡기』를 집어 들고서 바닥에 앉아 읽어 보았지만, 펜실베이니아 출신이었던 호베이커는 늑대에 대해서는 그다지 기록한 게 없었다. 다음 날에도 덫은 전과 마찬가지로 죄다 파헤쳐져 있었다.

다음 날 아침 소년은 길에서 벗어나 애니머스로 들어갔다가 일곱 시간 후 다시 길로 돌아왔다. 거대한 미루나무들로 둘러싸인 빈터의 샘 가에서 차가운 스테이크와 비스킷으로 점심을 떼우고는 도시락을 담아 온 종이봉투로 배를 접어 샘물에 올려놓은 채 그곳을 떠났다. 종이배는 점점 까맣게 젖어들다 뒤집혀 아래로 가라앉았다.

그 집은 읍내 남쪽 초원 위, 길도 없는 곳에 있었다. 한때는 오솔길이 있었지만 이제는 오래전 마차가 지나간 듯한 흔적이 울타리 모퉁이 기둥까지 이어져 있을 뿐이었다. 소년은 말을 묶고는 문으로 걸어가 두드린 후 초원 너머 서쪽 산맥을 바라보며 서 있었다. 가장 바깥쪽 고개를 따라 말 네 마리가 걸어가다가 멈추어서 이쪽을 바라보았다. 3킬로미터 너머에서 소년이 문을 두드리는 소리를 듣기라도 한 듯. 소년이 다시 몸을 돌려 문을 두드리려는데 문이 열리고 여자가 나타났다. 그녀는 말없이 사과만 우적거렸다. 소년은 모자를 벗었다.

부에나스 타르데스. 엘 세뇨르 에스타?(안녕하세요. 어르신 계십니까?)

여자는 크고 하얀 이로 사과를 와삭 베어 물었다. 그리고 소년을 바라보았다. 엘 세뇨르?(어르신?)

돈 아르눌포.(아르눌포 씨 말입니다.)

여자는 소년의 어깨 너머로 울타리 기둥에 묶인 말을 쳐다보더니 다시 소년을 바라보았다. 여자는 사과를 씹으며 까만 두 눈으로 소년을 가만히 응시했다.

엘 에스타?(안 계십니까?)

생각 중이야.

생각할 게 있나요? 계시거나, 안 계시거나 둘 중 하나겠죠.

그야 모르지.

저는 돈이 하나도 없습니다.

여자는 다시 사과를 베어 먹었다. 와삭 소리가 요란하게 울렸다. 아르눌포 씨는 돈 같은 건 바라지도 않아.

소년은 손에 모자를 든 채 서 있었다. 아까 말들이 있던 곳을 돌아보았지만 말들은 고개 너머로 사라지고 없었다.

좋아.

소년은 여자를 바라보았다.

노인 양반은 병환 중이야. 아무 말도 안 할지도 몰라.

네. 그야 말씀을 하거나, 안 하거나 둘 중 하나겠죠.

다음에 다시 오는 게 좋을걸.

시간이 없습니다.

여자는 어깨를 으쓱했다. 부에노. 파살레.(좋아. 들어와.)

여자가 문을 활짝 열어젖히자 소년은 나지막한 흙집으로 들어섰다. 그라시아스.(감사합니다.)

여자가 턱으로 가리켰다. 아트라스.(뒷방이야.)

그라시아스.(감사합니다.)

노인은 집 뒤편에 있는 좁고 어두운 방에 있었다. 방에는 장작을 피운 냄새와 등유 냄새와 시큼한 침대 냄새가 감돌았다. 소년은 문가에 서서 노인의 모습을 찾았다. 뒤를 돌아보니 여자는 벌써 부엌으로 사라지고 없었다. 소년은 방 안으로 발을 들여놓았다. 구석에 철제 침대가 놓여 있었다. 자그마하고 시커먼 형체가 그 위에 구부정하니 누워 있었다. 방에서는 먼지나 흙 냄새도 감돌았다. 마치 그것이 노인의 냄새이기라도 한 양. 하지만 방은 바닥마저도 맨흙이었다.

소년이 노인의 이름을 부르자 노인이 몸을 움직였다. 아델란테.(들어오게.)

소년은 여전히 모자를 손에 쥔 채 앞으로 나아갔다. 서쪽 벽의 자그마한 창이 비딱한 사각형 빛을 드리웠고, 소년은 그 빛을 유령처럼 통과했다. 먼지구름이 요란하게 피어 올랐다. 추운 방 안에서 노인의 파리한 입김이 피어올랐다 사라지는 것이 보였다. 그는 베갯잇도 없는 아마포 베개에 누워 있는 노인의 찌든 얼굴에서 검은 눈을 보았다.

구에로. 아블라 에스파뇰?(금발이군. 스페인어를 할 줄 아나?)

시 세뇨르.(네, 어르신.)

노인이 살짝 손을 들다가 다시 떨어뜨렸다. 나는 왜 찾아왔나?

늑대 덫에 대해 여쭈려고요.

늑대라.

예, 어르신.

늑대라. 나 좀 거들어 주게.

네?

나 좀 거들라고.

노인이 한 손을 쳐들었다. 몸에서 떨어져 나온 듯 부분적인 빛 속에서 파르르 흔들리는 그 손은 모든 것과 공유되거나 아무것과도 공유되지 않는 그 무엇이었다. 가죽과 뼈로 된 그 무엇. 노인이 몸을 일으키려 버르적거렸다.

라 알모아다.(베개.) 노인이 쎄근거리며 말했다.

소년은 침대에 모자를 내려놓으려다 멈추었다. 별안간 노인의 아귀 힘이 강해지며 검은 눈이 단단해졌지만 더 이상 말은 하지 않았다. 소년은 모자를 머리에 쓰고는, 노인 뒤쪽으로 손을 뻗었다. 그러고는 기름때에 절어 흐느적대는 베개를 집어 철제 침대 머리판에 기대 세웠다. 노인이 다른 손마저 내밀어 소년을 잡더니 겁에 질린 듯 몸을 뒤로 누이다 마침내 베개에 편히 기대었다. 노인이 소년을 올려다보았다. 이토록 연약한 육신이 그토록 강한 악력을 지니고 있다니. 노인은 소년의 눈과 마주칠 때까지 소년의 손을 놓지 않을 작정인 듯했다.

그라시아스.(고맙네.) 노인이 쎄근거리며 말했다.

포르 나다.(별말씀을요.)

부에노. 부에노.(좋아. 좋아.) 노인이 아귀 힘을 풀자 빌리는 한 손을 빼내 모자를 도로 벗고는 모자챙을 쥐었다.

시엔타테.(앉게.)

소년은 침대 스프링을 덮고 있는 얇은 매트의 가장자리에 조심스레 걸터앉았다. 노인은 손을 풀지 않았다.

이름이 뭔가?

파햄입니다. 빌리 파햄.

노인이 침묵 속에서 그 이름을 되새겼다. 테 코노스코?(우리가 아는 사이던가?)

노 세뇨르. 에스타모스 아 라스 차카스.(아닙니다. 우리 가족은 차카스에 살아요.)

라 차르카.(차르카 말이군.)

시.(네.)

아이 우나 이스토리아 아야.(그곳에는 그곳의 역사가 있지.)

이스토리아?(역사요?)

시.(그래.) 노인은 소년의 손을 쥔 채 누워 천장에 박힌, 불쏘시개처럼 가느다란 나뭇가지를 응시했다. 우나 이스토리아 데스그라시아다. 데 오브라스 데살마다스.(불명예스러운 역사. 비열한 행위.)

소년이 그 역사에 대해 모른다고, 알고 싶다고 하자, 노인은 어떤 곳에서는 결코 좋은 일이 나올 수 없으며, 그곳도 바로 그런 곳 중 하나이기 때문에 모르는 것이 낫다고 했다. 씩씩거리는 숨소리가 엷어지자 차가운 대기에 아슴푸레 돋았던 하얀 입김 역시 엷어졌다. 하지만 노인의 손은 여전히 소년의 손을 쥐고 있었다.

샌더스 씨가, 어르신한테 특별한 냄새 미끼를 살 수 있을지도 모르겠다고 하시더군요. 꼭 가서 여쭤 보라고 하셨습니다.

노인은 대답하지 않았다.

샌더스 씨한테서 에콜스 씨 미끼를 받긴 했지만, 늑대가 덫을 모두 파헤쳐 버렸어요.

돈데 에스타 엘 세뇨르 에콜스?(에콜스는 어디 있나?)

노 세. 세 푸에.(저도 모릅니다. 여길 떠났어요.)

엘 무리오?(죽었나?)

아니에요. 그런 소식은 없었어요.

노인은 눈을 감더니 다시 떴다. 아마포 베개에 기댄 목이 살짝 비틀려 있었다. 마치 내동댕이쳐진 듯이. 사그라드는 빛 속에서 그 눈은 아무것도 드러내지 않았다. 노인은 방에 깃든 그림자를 분석하고 있는 듯했다.

코노세모스 포르 로 라르고 데 라스 솜브라스 케 타르디오 에스 엘 디아.(그림자의 길이를 보면 하루의 때를 알 수 있지.) 노인은 말했다. 한 시간이니 뭐니 하며 요란하게 떠들어 대지만 사실 세상에 그런 것은 없다고.

7번 매트릭스[4]라고 적힌 병이 하나 있어요. 또 아무것도 안 적혀 있는 병도 있고요. 소년이 말했다.

라 마트리스.(매트릭스.) 노인이 말했다.

소년은 노인이 계속 말하기를 기다렸지만 노인은 더 이상 말하지 않았다. 잠시 후 소년은 이 매트릭스에 무엇이 들어 있는지 물었으나 노인은 의심스럽다는 듯 가느다란 입을 꼭 다물고 있을 뿐이었다. 노인이 소년의 손을 꼭 쥔 채 두 사람은 그대로 가만히 있었다. 소년이 다시 질문을 하려는데 노인이 입을 열었다. 노인은 매트릭스란 쉽게 정의 내릴 수 없는 거라고 말했다. 사냥꾼마다 나름의 제조법이 있으며, 특징에 따라

---

4) 매트릭스란 어머니의 자궁, 즉 모체를 뜻하는 라틴어 mater에서 나온 말로서 세상 만물이 시작되고 빚어지는 곳을 의미한다. 여기서 매트릭스는 미끼의 기본이 되는 물질을 말하지만, 그 상징적인 의미를 살려 주기 위해 그대로 매트릭스라고 표기했다.

이름이 붙기는 하지만 미끼만 보고는 재료를 알아낼 수 없다고. 발정기의 암늑대만큼 적절한 재료의 원천은 없다고. 소년은 자신이 쫓고 있는 늑대가 암컷이니 그 점을 고려해야 하지 않겠느냐고 말했지만, 노인은 이제는 더 이상 늑대가 없다는 이야기만 했다.

에야 비노 데 메히코.(멕시코에서 건너온 늑대예요.) 소년이 말했다.

노인은 듣고 있지 않은 듯했다. 노인은 에콜스가 늑대를 모두 잡았다고 했다.

엘 세뇨르 샌더스 메 디세 케 엘 세뇨르 에콜스 에스 메디오 로보 엘 미스모. 메 디세 케 엘 코노세 로 케 사베 엘 로보 안테스 데 케 로 세파 엘 로보.(샌더스 씨 말씀으로는 에콜스 씨 자신이 반은 늑대나 다름없었다고 하시더군요. 늑대가 아는 것은 늑대가 그것을 깨닫기도 전에 에콜스 씨가 알았다고요.)

하지만 노인은 인간은 늑대가 아는 것을 알 수 없다고 말했다.

태양이 서쪽으로 내려앉으며 창으로 들어온 빛이 벽에서 벽으로 가로질렀다. 전기를 띤 무엇인가가 방 가운데서 풀려난 듯했다. 마침내 노인이 중얼거렸다. 엘 로보 에스 우나 코사 잉코그노스시블레. 로 케 세 티에네 엔 라 트람파 노 에스 마스 케 디엔테스 이 포로. 엘 로보 프로피오 노 세 푸에데 코노세르. 로보 오 로 케 사베 엘 로보. 탄 코모 프레군타르 로 케 사벤 라스 피에드라스. 로스 아르볼레스. 엘 문도.(늑대란 알 수 없는 존재야. 덫에 잡힌 늑대는 이빨과 털가죽에 불과해. 진짜 늑대는 아무도 알 수 없어. 늑대든, 늑대가 아는 것이든. 그건 마치 돌이, 나무가, 세계가 무엇을 아느냐고 묻는 것과 마찬가지야.)

기운을 쓴 탓인지 노인이 숨을 헐떡였다. 소리 없이 기침을 하더니 가만히 누워 있었다. 이윽고 다시 말을 시작했다.

에스 카사도르, 엘 로보. 카사도르. 메 엔티엔데스?(사냥꾼은 사냥꾼이고, 늑대는 늑대야. 사냥꾼. 내 말 알겠나?)

소년은 자신이 그 말을 이해하는지 못하는지 알 수 없었다. 노인은 이어서, 사냥꾼은 사람들이 생각하는 것과는 다른 존재라고 말했다. 사냥감이 흘린 피가 아무 영향도 주지 못한다고들 믿지만 늑대는 진실을 알고 있다고. 늑대는 보다 큰 질서에 속한 존재이기 때문에 인간이 모르는 것을 알며, 이 세계에는 아무 질서도 없고 죽음만이 질서를 가져올 수 있다고. 인간은 신의 피를 마시지만 자신이 하는 행동의 심각성을 전혀 깨닫지 못한다고. 인간은 깨닫고 싶어 하지만 어떻게 깨달을 수 있는지를 전혀 모른다는 것이었다. 행동과 의식(儀式) 사이에 세계가 놓여 있고, 이 세계에서 폭풍이 불면 바람에 나무가 휘청이고 주님이 창조하신 모든 동물이 이리저리 이동하지만 인간은 이 세계를 보지 못한다고. 인간은 자신의 손으로 행한 것이나 자신이 이름 붙여 부르는 것은 볼 수 있지만, 그 사이에 있는 세계는 보지 못한다고.

늑대를 잡고 싶다니, 가죽을 팔아 돈을 벌고 싶은 거겠지. 부츠나 그런 걸 사려고 말이다. 얼마든지 그럴 수 있어. 하지만 늑대는 어디에 있나? 늑대는 코포 데 니에베(눈송이) 같은 거야.

눈송이요.

그래, 눈송이. 눈송이를 손으로 잡은 뒤 손을 펼쳐 보면 어느새 사라지고 없지. 자네는 그 데차도(패턴)를 보고 싶겠지. 하지만 보기도 전에 사라져 버린다네. 정 보고 싶으면 자기 자리에 있는 그것을 보는 수밖에 없지. 손으로 잡으면 사라져 버리니. 그리고 한번 사라지면 다시는 돌아오지 않지. 심지어 하느님도 도로 살려 낼 수 없어.

소년은 자신의 손을 쥐고 있는 가늘고 끈적거리는 손을 내려다보았다. 높다란 창으로 들어온 빛이 엷어지며 해가 가라앉았다.

에스쿠차메, 호벤.(내 말 새겨듣게, 젊은이.) 노인이 쌔근거리며 말했다. 자네가 아주 강하게 숨을 내쉬면 늑대를 날려 버릴 수 있어. 눈송이를 날려 버리듯 말이야. 칸델라(양초)의 불꽃을 입김으로 꺼 버리듯 말이야. 늑대는 세상 만물이 만들어진 것과 똑같은 방법으로 만들어졌어. 자네는 세상을 만질 수 없어. 자네는 세상을 손으로 쥘 수 없어. 왜냐하면 세상 만물은 숨결로 만들어졌거든.

이 선언을 하기 전에 노인은 살짝 몸을 곧추세웠지만, 이제는 베개에 푹 파묻혀 머리 위 천장 기둥만 응시하는 것 같았다. 가늘고 차가운 손이 서서히 풀렸다. 해는 어디 있나?

세 푸에.(해는 졌어요.)

아이. 안달레, 호벤. 안달레 푸에스.(이런. 가야겠군, 젊은이. 어서 가 보게.)

소년은 손을 빼내고 일어났다. 모자를 머리에 쓰고 모자챙에 손을 댔다.

바야 콘 디오스.(주님이 함께하시길.)

이 투, 호벤.(자네에게도 함께하시길 비네, 젊은이.)

하지만 소년이 문에 이르기도 전에 노인이 다시 불렀다.

소년은 몸을 돌리고 섰다.

쿠안토스 아뇨스 티에네스?(자네 몇 살인가?) 노인이 말했다.

디에시세이스.(열여섯입니다.)

노인이 어둠 속에 조용히 누워 있었다. 소년은 기다렸다.

에스쿠차메, 호벤. 요 노 세 나다. 에스토 에스 라 베르다 드.(내 말 새겨듣게, 젊은이. 나는 아무것도 모른다네. 그게 진실이 야.)

에스타 비엔.(괜찮습니다.)

그 마트리스(매트릭스)는 도움이 안 될 걸세. 노인은 소년이 하느님의 행위와 인간의 행위가 하나 되어 그 둘이 구분되지 않는 곳을 찾아야만 한다고 했다.

이 케 클라세 데 루가르 에스 에스테?(어떤 곳이 그런 곳이 죠?)

루가레스 돈데 엘 피에로 야 에스테 엔 라 티에라. 루가레스 돈데 아 케마도 엘 푸에고.(철이 이미 지상에 있는 곳이지. 불이 타오르고 있는 곳.)

이 코모 세 엥쿠엔트라?(그런 곳을 어떻게 찾죠?)

노인은 그곳은 찾을 수 있는 것이 아니라 스스로 모습을 드러낼 때 알아보아야 하는 것이라고 했다. 그곳에서는 하느님이 당신께서 힘들게 창조하신 것을 파괴할 방법을 궁리하며 앉아 계신다고 했다.

이 포르 에소 소이 에레헤. 포르 에소 이 나다 마스.(이 점에 있어서만은 나는 이단자지. 이것 하나에 대해서만은 말이야.)

방은 어둑했다. 소년은 다시 감사 인사를 했지만 노인은 대꾸하지 않았다. 어쩌면 듣지 못했는지도 모른다. 소년은 몸을 돌려 방에서 나왔다.

여자는 부엌문에 기대 서 있었다. 노란 불빛을 등지고 있어 얇은 드레스 속 몸매가 실루엣으로 드러났다. 노인이 뒷방의 어둠 속에 홀로 누워 있다는 사실을 전혀 개의치 않는 듯했다. 여자는 노인이 늑대 잡는 법을 가르쳐 주더냐고 물었고, 소년은 가르쳐 주지 않았다고 대답했다.

여자는 관자놀이를 문질렀다. 제대로 기억하지 못할 때가 있어. 나이가 있다 보니.

그렇군요.

아무도 찾아오지 않아. 너무하지?

예.

심지어 신부님도 오지 않아. 한두 번인가 오고는 끝이야.

아니 왜요?

여자는 어깨를 으쓱했다. 사람들 말로는 저 영감이 브루호(마법사)라나. 브루호가 뭔지 알지?

예.

저 영감을 보고 브루호라고들 해. 하느님한테서 버림받았다고. 사타나스(사탄)의 죄를 지었대. 오르구요(자만)의 죄 말이야. 오르구요가 뭔지 알지?

예.

저 영감은 자기가 신부님보다 더 잘 안다고 생각해. 심지어 하느님보다도 말이야.

하지만 저한테는 자신이 아무것도 모른다고 하시던데요.

하, 설마 그 말을 믿는 건 아니겠지? 너도 직접 봤잖아? 하느님 없이 죽으면 뭐가 끔찍한지 아니? 하느님께 버림받은 자가 되는 게 얼마나 끔찍할까? 잘 생각해 봐.

그러겠습니다. 이만 가 볼게요.

소년은 모자챙에 손을 대고는 여자를 지나 문으로 나와 저녁 어둠 속으로 걸어갔다. 초원 너머 읍내의 불빛이 푸른색 베일 속에 점점이 박혀 있는 게, 시원한 저녁 하늘에 보석처럼 빛나는 뱀자리 같았다. 소년이 돌아보니 여자가 문가에 서 있었다.

감사합니다. 소년이 말했다.

저 영감은 나랑 아무 상관도 없는 사람이야. 노 아이 파렌테스코.(친척도 아니지.) 파렌테스코가 뭔지 알지?

예.

파렌테스코도 아니야. 죽은 남편의 죽은 아내의 티오(삼촌)야. 그게 뭔데? 내 말뜻 알지? 그런데도 나는 그를 돌보고 있어. 달리 돌볼 사람이 없잖아? 내 말뜻 알지? 아무도 없다고.

그렇군요.

잘 생각해 봐.

소년은 울타리 기둥에서 고삐를 풀었다. 네, 그러겠습니다.

너한테도 있을 수 있는 일이야.

알겠습니다.

소년은 말에 올라 말 머리를 돌리고는 한 손을 들어 보였다. 남쪽 산맥이 보랏빛 하늘을 등지고 시커멓게 솟아 있었다. 북쪽 비탈에 쌓인 눈이 너무도 새하였다. 마치 메시지라도 적으라고 남겨 놓은 공간 같았다.

라 페. 라 페 에스 토다.(믿음이야. 믿음이야말로 모든 것이야.)

소년은 마차 바퀴가 새겨 놓은 흔적을 따라 나아갔다. 돌아보니 여자는 여전히 열린 문가에 서 있었다. 추위 속에서. 소년이 마지막으로 돌아보았을 때 문은 여전히 열려 있었지만 여자는 보이지 않았다. 소년은 아마도 노인이 여자를 불렀나 보다 생각했다. 그러나 이내, 노인은 아무도 부르지 않을 거라는 생각이 들었다.

이틀 후 소년은 클로버데일 도로를 내려가다 아무 이유 없이, 예전에 바케로들이 점심을 먹었던 곳으로 가 말 위에 앉은 채 시커먼 모닥불 자리를 내려다보았다. 무엇인가가 잿더미를 파헤친 흔적이 있었다.

소년은 말에서 내려 나뭇가지를 집어 잿더미를 찔러 보았다. 그리고 다시 말에 올라 주위를 돌아보았다. 코요테의 짓이 아니라고 할 만한 이유도 없었지만 어쨌든 돌아보았다. 천천히 말을 몰며 세밀하게 방향을 돌렸다. 실력을 선보이는 서커스 기수처럼. 모닥불에서 약간 멀어져서 두 번째로 돌다가 소년은 멈추었다. 바람맞이 바위 아래 쌓인 모래에 늑대의 앞발이 완벽하게 찍혀 있었다.

소년은 말에서 내려 고삐를 등 뒤로 쥔 채 무릎 꿇고는 발자국 위에 흩어진 흙을 입김으로 분 다음 발자국의 섬세한 가장자리를 엄지로 눌렀다. 그리고 다시 말에 올라 도로로 돌아가 집으로 갔다.

다음 날 소년이 새로운 냄새 미끼를 바른 덫을 살피러 가니 예전과 마찬가지로 모두 파헤쳐져 접혀 있었다. 소년은 다시 덫을 설치하고 블라인드 덫을 두 개 만들었지만 마음은 건성이었다. 정오에 고갯길을 되짚어 오다 클로버데일 계곡을 내다보는데 바케로의 모닥불 자리에서 멀찍이 떨어진 곳에 가느다란 연기 가닥이 솟고 있었다.

소년은 말을 탄 채 오래도록 그 자리에 서 있었다. 안장 꼬리에 손을 얹고 고갯길을 돌아보고 다시 계곡을 내다보았다. 이윽고 몸을 돌려 도로 산으로 올라갔다.

덫을 파내 바구니에 담고서 계곡을 내려가 도로를 건너니 초저녁이었다. 소년은 다시 한번 지평선과 태양의 거리를 손바닥으로 가늠했다. 일몰까지는 이제 채 한 시간도 남아 있지 않았다.

모닥불에 이르자 소년은 말에서 내려 바구니에서 모종삽을 꺼내 쭈그리고 앉아 재와 숯과 새 뼈가 뒤섞인 공간을 치웠다. 모닥불 중심에 여전히 남아 있는 불씨를 옆으로 밀쳐 식히고는 그 아래 구멍을 판 다음 바구니에서 덫을 꺼냈다. 소년은 굳이 사슴 가죽 장갑을 끼지 않았다.

바이스로 쥠틀 아가리를 벌려 촉발 장치를 걸고는 모닥불 치운 자리를 눈여겨보며 바이스의 나사못을 풀었다. 소년은 바이스 두 개를 다 제거하고 고정용 갈퀴와 사슬을 구멍에 넣은 뒤 모닥불 속에 덫을 설치했다.

덫이 들썩거리지 않도록 받침대 아래 숯을 깨끗이 치우고는 쥐틀 위에 기름 입힌 사각 종이를 올려놓은 다음, 철망 상자로 그 위에 재를 뿌리고 숯과 타다 남은 장작과 뼈와 시커먼 가죽 찌끼를 도로 올려놓았다. 그리고 또다시 재를 뿌린 다음에야 일어나 몇 발자국 떨어져 차갑게 식은 모닥불을 쳐다보며 모종삽을 청바지에 문질렀다. 마지막으로 모닥불 앞의 모래 바닥을 평평하게 고르고 풀을 뽑고는 바케로들에게 남기는 메모를 바람에 지워지지 않도록 깊게 눌러 썼다. 쿠이다도. 아이 우나 트람파 데 로보스 엔테라도 엔 엘 푸에고.(조심하세요. 모닥불 아래에 늑대 덫이 설치되어 있어요.) 나뭇가지를 집어 던진 소년은 모종삽을 바구니에 담고, 그 바구니를 어깨에 멘 다음 말에 올랐다.

도로를 향해 초지를 가로지르다, 소년은 차가운 푸른빛 황혼 속에서 가라앉는 해를 마지막으로 돌아보았다. 그리고 상체를 숙여 침을 뱉었다. 메모를 보겠지. 글자만 읽을 수 있다면야. 소년은 집으로 말을 몰았다.

해가 지고도 두 시간이나 지난 후에야 소년은 부엌으로 들어갔다. 어머니는 난로 앞에 앉아 있었다. 아버지는 여전히 커피를 마시며 식탁에 앉아 있었다. 수입과 지출을 기록하는 낡은 푸른색 장부가 식탁 한쪽에 놓여 있었다.

어디에 갔다 이제 오는 거니? 아버지가 말했다.

그는 아들이 의자에 앉아 하는 말을 가만히 듣더니 설명이 끝나자 고개를 끄덕였다.

와야 할 곳에 와야 할 시간보다 조금 늦게 온 인간부터 아주 늦게 온 인간들까지 다양한 인간들을 평생 봐 왔지. 하지만 한 번도 핑계가 그럴싸하지 않은 경우는 없더구나.

예, 아버지.

하지만 진짜 이유는 딱 하나뿐이야.

예, 아버지.

그게 뭔지 아니?

아뇨, 아버지.

믿지 못할 인간이기 때문이지. 예나 지금이나 앞으로나 그게 유일한 이유야.

예, 아버지.

어머니는 난로 위의 보온기에서 저녁거리를 꺼내 소년 앞에 놓고, 칼과 포크를 놓았다.

어서 먹어라.

어머니가 부엌에서 나갔다. 아버지는 소년이 음식 먹는 것을 바라보며 앉아 있었다. 잠시 후 그는 일어나 싱크대로 컵을 가져가 헹구고는 식기대에 뒤집어 엎었다.

아침에 깨우마. 멕시코인이 덫에 걸리기 전에 도착해야 할 거다.

예, 아버지.

뒷말이 나오지 않게 해야 해.

예, 아버지.

그네들 중 한 명이라도 글을 읽을 수 있다는 보장이 없잖니.

예, 아버지.

소년은 저녁을 다 먹고 침대로 갔다. 보이드는 이미 잠들어 있었다. 소년은 늑대에 대해 생각하며 오랫동안 깨어 있었다. 늑대의 눈에 보일 세상을 상상해 보았다. 밤에 산속을 달리는 늑대를 그려 보았다. 노인의 말처럼 늑대가 그토록 알 수 없는 존재인지 궁금했다. 늑대가 냄새 맡고 맛보는 세상은 어떤 세상일지 궁금했다. 늑대의 목구멍을 타고 내려가는 신선한 피는 그 자신의 비릿한 피와 맛이 어떻게 다를지 궁금했다. 또한 하느님의 피와는 어떻게 다를지도. 아침에 소년은 해가 돋기 전에 일어나 마구간의 차가운 어둠 속에서 말에게 안장을 씌우고는 아버지가 일어나기 전에 대문을 나왔다. 그리고 다시는 아버지를 보지 못했다.

길을 따라 남쪽으로 가니 소가 건너지 못하게 판 도랑과 길게 이어지는 울타리 너머 어둠 속에서 소 떼 냄새가 풍겨 왔다. 클로버데일을 지날 즈음 어스름한 빛이 사방에 스며들었다. 소년은 클로버데일 크릭 도로로 접어들어 계속 나아갔다. 뒤쪽 샌루이스 고개에서 떠오르는 태양이 갓 생긴 소년의 그림자를 가늘고도 길게 도로에 드리웠다. 소년은 숲속의 옛 무도회장을 지나 나아갔다. 도로에서 벗어난 지 두 시간 후 바케로의 점심 모닥불 자리를 향해 초지를 가로지르는데 늑대가 서서 소년을 맞았다.

말이 우뚝 멈추더니 뒷걸음치며 발을 굴렀다. 소년은 고삐를 단단히 쥐고서 말을 쓰다듬고 속삭이며 늑대를 주시했다. 심장이 가슴 밖으로 튀어나올 듯이 쿵쿵거렸다. 늑대는 오른쪽 앞발이 덫에 걸려 있었다. 고정용 갈퀴가 모닥불에서 30미터도 안 떨어진 촐라선인장에 박혀 늑대는 오도 가도 못 하고 있었다. 소년은 말을 쓰다듬고 속삭이며 손을 뻗어 총집 버클을 풀고는 소총을 꺼내 들고 말에서 내려 고삐를 놓았다. 늑대가 살짝 등을 웅크렸다. 숨으려는 듯이. 그러다 다시 우뚝 서서 소년을 바라보다 고개를 돌려 산을 바라보았다.

소년이 다가가자 늑대가 이빨을 드러냈다. 그렇지만 으르렁거리지는 않고 노란 눈으로 주시하기만 했다. 쥠틀에 에워싸인 피투성이 상처에 하얀 뼈가 엿보였다. 아랫배의 성긴 털 사이로 젖이 드러나 있었다. 덫에 걸린 늑대는 꼬리를 곤두세운 채 서 있었다.

소년은 늑대 주위를 빙 돌았다. 늑대가 몸을 돌렸다 바로 했다. 높이 떠오른 태양이 잿빛이 도는 암갈색 늑대를 비추었다. 목둘레 털은 끝이 연갈색이었고, 등에 검은색 줄무늬가 하나 있었다. 몸을 돌려 사슬 길이만큼 나아가는 늑대의 옆구리가 들숨과 날숨에 홀쭉해졌다 부풀었다. 소년은 쪼그리고 앉아 소총을 땅에 받쳐 세우고 총부리를 쥐고는 한참 동안 가만히 있었다.

설마 이런 일이 생길 줄은 상상도 못 했었다. 안 올지도 모르겠지만 아무튼 바케로들이 오는 정오가 되기 전에, 집으로 돌아가 아버지를 모시고 와야겠다는 생각은 아예 들지도 않았다. 소년은 아버지가 한 말을 떠올리려 애썼다. 늑대 다리가 부러져 있거나 발이 덫에 걸려 있다면. 소년은 태양의 높이를 가늠하고는 도로 쪽을 돌아보았다. 고개를 바로 하니 늑대가 엎드려 있다가 벌떡 일어났다. 말이 고개를 젓자 재갈이 챙강거렸지만 늑대는 말에게는 아무 관심도 보이지 않았다. 소년은 일어나 말에게로 걸어가 소총을 총집에 꽂고는 고삐를 쥐고 말에 올라 방향을 틀어 도로로 나아갔다. 반쯤 가다 멈추어 뒤를 돌아보았다. 늑대는 아까와 마찬가지로 소년을 바라보고 있었다. 소년은 말을 멈춘 채 오래도록 가만히 있었다. 햇볕에 등이 따뜻해졌다. 세계가 기다리고 있었다. 이윽고 소년은 다시 늑대에게로 다가갔다.

늑대가 일어나 서자 옆구리가 홀쭉해졌다 부풀었다. 기다란 아랫니 사이로 빼어문 혀가 파르르 떨렸고, 머리는 살짝 낮추고 있었다. 소년은 굵은 밧줄 하나를 빼내 어깨에 걸치고는 말에서 내렸다. 그리고 안장 뒤쪽 주머니에서 가는 밧줄을 몇 개 꺼내 혁대에 건 다음 굵은 밧줄을 던질 준비를 하며 늑대 주위를 맴돌았다. 이 순간 말은 전혀 도움이 되지 않았다. 말이 밧줄을 밟기라도 한다면 늑대가 죽거나 덫에서 빠져나오거나 혹은 둘 다 일어날 수 있었다. 소년은 늑대 주위를 돌며 밧줄을 고정시킬 만한 것을 찾아보았다. 반으로 접은 밧줄이 닿을 만한 거리에는 아무것도 없는지라 결국 소년은 코트를 벗어 말의 눈을 가리고는 바람이 불어오는 쪽으로 말을 끌고 가 고삐를 놓았다. 그리고 밧줄을 풀어 올가미를 만들어 늑대에게로 던졌다. 덫에 걸린 채 올가미를 피한 늑대는 올가미를 쳐다보다 소년을 바라보았다. 올가미가 덫의 사슬에 걸리고 말았다. 소년은 기가 차다는 듯 올가미를 쳐다보다가 밧줄을 내려놓았다. 그러고는 사막으로 가 팰로버디 나무를 찾아내 끝이 양갈래로 갈라진 2미터가량의 장대를 깎은 후 빙 돌아가며 잔가지를 쳐냈다. 늑대는 소년의 모습을 가만히 지켜보았다. 소년은 장대 끝에 올가미를 걸어 자기 쪽으로 끌고 왔다. 늑대가 장대를 물어뜯지 않을까 싶었지만 늑대는 가만히 있었다. 올가미를 다시 손에 쥔 소년은 12미터짜리 밧줄 전체를 올가미로 만들어 늑대에게 던졌다. 늑대는 밧줄이 다가오는 모습을 유심히 지켜보다 올가미가 덫의 사슬 위를 스치자 뒤쪽의 죽은 풀 사이로 들어가 다시 엎드렸다.

소년은 올가미를 더 작게 줄여서 다가갔다. 늑대가 일어났다. 소년이 올가미를 던지자 늑대는 귀를 납작 젖히고 고개를 휙 숙이더니 소년에게 이빨을 드러냈다. 두 번 더 시도한 끝에 세 번째에야 올가미가 늑대의 목에 걸렸다. 소년은 밧줄을 팽팽히 당겼다.

늑대는 묵직한 덫을 가슴께로 치켜든 채 뒷발을 움직여 몸을 비틀고 밧줄을 할퀴어 댔다. 늑대가 나직이 끙끙대며 처음으로 소리를 냈다.

소년은 뒤로 물러서며 늑대가 엎드려 헐떡일 때까지 밧줄을 당겨 감은 뒤 밧줄을 조금씩 풀었다. 그런 후 말에게 다가가 밧줄 중간 부분을 안장 머리에 감고는 밧줄 끝을 쥐고 늑대에게로 돌아갔다. 소년은 걸음을 멈추고는, 덫에 걸려 피투성이가 된 늑대의 앞발을 살폈지만 도울 길이 없었다. 늑대가 엉덩이를 세우더니 옆으로 뒹굴어 밧줄과 씨름하며 고개를 휙휙 저어 댔다. 한번은 소년이 막을 새도 없이 완전히 벌떡 일어나기도 했다. 소년은 겨우 몇 발자국 떨어져 밧줄을 쥔 채 웅크리고 앉아 있었다. 잠시 후 늑대가 나직이 헐떡이며 땅바닥에 엎드렸다. 늑대는 노란 눈으로 소년을 응시하다 서서히 눈을 감더니 고개를 돌렸다.

소년은 한 발로 밧줄을 밟고 서서는 칼을 꺼내 조심스레 손을 뻗어 팰로버디 장대를 쥐었다. 그리고 장대 끝 쪽을 1미터도 안 되게 자른 뒤 칼을 도로 주머니에 넣고 혁대에서 가는 밧줄을 하나 빼내 올가미를 만들어 이에 물었다. 밟고 있던 밧줄에서 발을 떼어 그 끄트머리를 쥐고서 반토막 난 장대를 가지고 늑대에게 다가갔다. 그 모습을 지켜보던 늑대의 한쪽 아몬드 눈의 노란 홍채가 호박색으로 짙어졌다. 늑대는 흙투성이 얼굴로 주둥이를 벌린 채 너무나도 완벽한 하얀 이빨을 드러내며 밧줄 끝에서 몸을 팽팽히 긴장시켰다. 소년은 안장 머리에 감은 밧줄을 더 바짝 당겼다. 늑대의 목이 완전히 졸릴 때까지 당기고는 늑대 입에 얼른 팰로버디 막대를 물렸다.

늑대는 아무 소리도 내지 않았다. 머리를 숙인 채 고개를 비틀며 막대를 악물더니 그것을 빼내려 했다. 소년은 밧줄을 세게 당겨 늑대를 쓰러뜨리고는 아래턱이 땅에 닿도록 막대를 눌렀다. 다시 밧줄 끝을 밟고 선 소년의 발은 늑대의 아가리에서 30센티미터도 떨어져 있지 않았다. 소년은 입에 물고 있던 가는 밧줄을 빼내 늑대의 주둥이에 올가미를 씌워 단단히 조이고는 늑대의 한쪽 귀를 움켜쥐고 삽시간에 밧줄을 주둥이에 세 번 감고 반매듭을 지은 다음 살아 있는 늑대를 양쪽 다리 사이에 끼우고 앉았다. 늑대는 쌕쌕 공기를 빨아들이며 흙과 부스러기가 잔뜩 묻은 이빨을 혀로 핥았다. 늑대가 우아하게 비스듬히 찢어진 눈으로 소년을 응시했다. 그 눈은 오늘의 악마까지는 아니더라도, 오늘 자신에게 일어난 일에 대해서는 충분히 알고 있다고 말하는 듯했다. 이윽고 늑대가 눈을 감자 소년은 목의 올가미를 느슨하게 풀고는 일어나 물러섰다. 주둥이에 막대가 물린 늑대는 덫에 걸린 앞발을 뒤로 뻗은 채 가쁜 숨을 헐떡였다. 소년 역시 헐떡이며 서 있었다. 온몸이 땀에 젖어 서늘했다. 소년은 몸을 돌려, 머리에 코트를 뒤집어쓴 채 서 있는 말을 쳐다보았다. 젠장. 젠장할. 소년은 땅바닥에 나둥그러진 밧줄을 주워 감으며 말에게로 다가가 안장 머리 위로 밧줄을 번쩍 들었다. 그리고 말의 턱 아래에 묶인 코트 소매를 풀어 코트를 안장에 걸쳤다. 말이 머리를 들어 숨을 내쉬더니 늑대를 돌아보았다. 소년은 말의 목덜미를 다독이며 속삭인 뒤 안장주머니에서 바이스를 꺼내고 둘둘 감은 밧줄을 어깨에 멘 채 늑대에게로 돌아갔다.

소년이 가까이 가기도 전에 늑대가 벌떡 일어나 덫의 사슬을 향해 돌진하더니 덫에 걸리지 않은 발로 주둥이를 긁고 머리를 마구 흔들어 댔다. 소년은 밧줄을 당겨 늑대를 제압했다. 이빨 사이로 하얀 거품이 부글부글 끓었다. 소년이 천천히 다가가 늑대의 주둥이에 물린 막대를 움켜쥐고 속삭였지만 소년의 목소리를 들은 늑대는 오히려 부르르 진저리를 쳤다. 소년은 덫에 걸린 발을 바라보았다. 상태가 심각한 듯했다. 소년은 덫을 쥐고서 바이스를 한쪽 죔틀에 물리고는 나머지 한쪽도 물렸다. 죔틀이 눈 모양으로 서서히 벌어져 받침대의 경첩을 지나 벌컥하고 열리자 피투성이가 된 늑대의 발이 힘없이 빠져나오며 하얀 뼈가 반짝였다. 소년이 상처를 만지려고 손을 뻗자 늑대가 발을 급히 빼내 우뚝 섰다. 놀라울 정도로 민첩한 동작이었다. 늑대는 싸울 기세였다. 소년이 무릎을 꿇고 있어 서로 눈높이가 비슷했지만 늑대는 소년과 눈을 마주치지 않았다. 소년은 어깨에 걸치고 있던 밧줄을 땅에 내려놓고 끄트머리를 집어 자신의 주먹에 두 번 감았다. 그리고 늑대의 목을 옥죈 올가미를 살짝 풀어 주었다. 늑대는 부상당한 발을 땅에 딛고서 살펴보더니 다시 들어 올렸다.

가고 싶으면 가. 갈 수 있다면 말이야.

늑대가 몸을 돌려 훌쩍 뛰었다. 어찌나 잽싼지 소년이 눈앞의 뒷발을 잡을 새도 없이 밧줄이 팽팽해졌다. 늑대가 옆으로 뛰어올랐다가 등부터 땅바닥에 떨어지더니 소년의 팔꿈치를 향해 돌진했다. 소년이 벌떡 몸을 일으키려 했으나 늑대는 이미 방향을 바꾼 뒤였다. 밧줄이 다시 팽팽해지면서 소년이 넘어질 듯 휘청였다. 소년은 몸을 틀어 발꿈치를 땅에 깊이 박고는 밧줄을 허리에 감았다. 늑대가 말 쪽으로 뛰어오르자 말이 콧김을 내뿜으며 고삐를 늘어뜨린 채 도로로 달려갔다. 팽팽해진 밧줄을 따라 늑대가 빙글빙글 돌다 덫의 갈퀴가 꽂힌 출라선인장에 이르자 밧줄과 선인장 가시 사이에 끼여 기가 꺾인 채 헐떡였다.

소년은 일어나 늑대에게로 걸어갔다. 늑대는 웅크리고 앉아 귀를 납작 뉘었다. 침이 하얀 선처럼 턱에 흘러내렸다. 소년은 칼을 꺼내 들고는 늑대의 주둥이에 물린 막대를 쥔 채 속삭이며 머리를 쓰다듬어 주었지만 늑대는 움찔하며 몸을 떨 뿐이었다.

뻗대 봤자 소용없어. 소년은 말했다.

소년은 늑대의 입 양쪽으로 튀어나와 질질 끌리는 길쭉한 막대를 짧게 자르고 칼을 치운 다음 촐라선인장을 따라 빙 돌아가 감긴 밧줄을 풀었다. 늑대는 땅바닥에 몸을 비비며 머리를 저었다. 늑대의 강인함은 놀랍기 그지없었다. 소년은 밧줄을 쥔 양손을 허벅지 양쪽에 얹고 다리를 벌리고 서서는 몸을 돌려 일대를 둘러보았다. 말을 찾기 위해서였다. 늑대가 쉽게 포기할 리 없다고 생각한 소년은 다시 밧줄 끝을 쥐어 주먹에 두 번 감고 발꿈치를 땅에 깊이 박고는 늑대가 마음껏 짓까불도록 내버려 두었다. 다시 밧줄이 팽팽해지면서 늑대가 공중에 벌떡 뛰어올랐다가 등으로 떨어져 그대로 뻗었다. 소년은 밧줄을 당겨 늑대를 자기 쪽으로 질질 끌고 왔다.

일어나. 멀쩡한 거 다 알아.

소년은 숨을 헐떡이며 쓰러져 있는 늑대에게로 걸어가 우뚝 섰다. 그리고 부상당한 발을 살폈다. 양말인 양 밀려 내려온 발목 피부가 덜렁대고, 상처 부위가 가랑잎이며 나뭇가지며 흙 따위로 엉망이었다. 소년은 무릎을 꿇고 늑대를 쓰다듬었다. 일어나. 너 때문에 내 말이 달아났으니 찾으러 가야지.

늑대를 끌고 도로에 들어섰을 때는 소년도 지칠 대로 지쳐 있었다. 말은 100미터 너머 도랑에서 풀을 뜯고 있었다. 말이 고개를 들어 소년을 쳐다보더니 다시 고개를 숙여 풀을 뜯었다. 소년은 밧줄을 울타리 기둥에 반매듭으로 묶고는 혁대에서 마지막 남은 가는 밧줄을 빼내, 올가미가 느슨해지지 않도록 올가미 매듭 옆에 묶은 뒤 일어나 초지로 들어가 땅에 떨어진 코트와 덫을 집어 들었다.

소년이 돌아오니 늑대는 이리저리 걸어다니다 목이 반쯤 졸린 채 울타리 기둥에 기대어 있었다. 소년은 덫을 내려놓고는 무릎을 꿇어 울타리 기둥의 반매듭을 풀고 밧줄 전체를 울타리 철사줄 사이로 이리저리 넘겨 늑대를 풀어 주었다. 늑대는 일어나려다 먼지가 뒤덮인 풀밭에 주저앉더니 이빨 사이에 거품이 부글대고 팰로버디 막대에서 침이 뚝뚝 떨어지는 채로 산맥 쪽 도로를 휘익 둘러보았다.

아직도 네 처지를 모르는구나.

소년은 일어나 코트를 걸치고 바이스를 코트 주머니에 쑤셔 넣고 덫의 사슬을 어깨에 메고는 늑대를 도로 중간으로 끌고 갔다. 늑대가 다리를 뻗대며 질질 끌려와 흙과 자갈 사이에 기다란 자국이 새겨졌다.

말이 고개를 들어 그 광경을 유심히 보며 생각에 잠긴 듯 턱을 놀렸다. 그러다 고개를 돌려 도로 아래쪽을 보았다.

소년도 걸음을 멈추고 그쪽을 보았다. 그리고 고개를 돌려 늑대를 보았다. 멀리서 늙은 목장주의 모델 A 픽업트럭 소리가 덜컹덜컹 들려왔다. 그제야 소년은 늑대가 이미 한참 전에 그 소리를 들었다는 것을 깨달았다. 소년은 두 팔 길이만큼 밧줄을 짧게 쥐고 늑대를 길가 도랑으로 끌고 가 울타리 곁에 서서는, 언덕을 넘은 트럭이 먼지구름 속에서 덜컹덜컹 다가오는 모습을 바라보았다.

노인이 속도를 늦추더니 고개를 밖으로 내밀어 뚫어져라

처다보았다. 소년은 획획 몸을 비트는 늑대를 뒤쪽에서 양손으로 단단히 쥐었다. 트럭이 곁에 다다랐을 때 소년은 늑대의 배를 양다리로 감싸고 늑대의 목을 양팔로 감은 채 바닥에 누워 있었다. 노인이 차를 세우고 몸을 쭉 뻗어 창문을 내렸다. 이런 젠장. 이런 젠장.

시동 좀 끄면 안 될까요?

우라질 늑대잖아.

예, 맞아요.

기가 막히군.

트럭 소리에 늑대가 겁먹었어요.

늑대가 겁먹었다고?

네, 어르신.

너 뭐 잘못 먹었냐? 늑대가 풀려나기라도 하면 널 산 채로 잡아먹을 거다.

알아요, 어르신.

저놈을 가지고 뭘 어떻게 하려고?

암컷이에요.

뭐라고?

암컷요. 여자 늑대예요.

아이쿠야, 지금 암컷인지 수컷인지가 대수냐. 그래, 뭘 어떻게 할 셈이냐?

집으로 데려가려고요.

집이라고?

네, 어르신.

뭘 잘못 처먹지 않고서야, 왜?

시동 좀 끄시면 안 될까요?

다시 시동 걸기가 여간 어려워야지.

그리면 저기로 차를 몰고 가서 제 말 좀 데려다주시면 안 될까요? 늑대를 묶어 둘 수도 있지만, 밧줄이 자꾸만 울타리에 얽혀서요.

내가 할 일은 네가 산 채로 잡아먹히지 않도록 막는 거야. 대체 저걸 뭐 하러 집에 데려간다는 거냐?

얘기하자면 길어요.

시간이야 얼마든지 있다.

소년은 말이 풀을 뜯고 있는 길 아래쪽을 보았다. 그리고 노인을 바라보았다. 그게, 늑대가 덫에 걸려 있으면 아버지를 데리러 오라고 하셨거든요. 그런데 늑대 혼자 둘 수가 있어야지요. 그 근처에서 바케로들이 점심을 먹곤 하는데, 혹시나 이 녀석을 보면 쏘아 죽일지도 모르거든요. 그래서 녀석을 데리고 집으로 가기로 한 거예요.

너 예전부터 정신이 나가 있었던 거냐?

모르겠어요. 전에는 제 정신을 시험할 일이 별로 없었거든요.

너 몇 살이지?

열여섯요.

열여섯이라.

네, 어르신.

너는 새대가리만도 못한 머리를 가졌구나. 그거 아니?

아마 그럴 거예요.

네 말이 저걸 달고 얌전히 있을 것 같니?

제가 고삐만 잡으면 얌전히 굴 거예요.

저걸 말 뒤에 끌고 갈 셈이냐?

네, 어르신.

늑대가 잘도 쫓아가겠다.

선택의 여지가 없으니까요.

노인은 소년을 가만히 바라보았다. 그러다 트럭에서 내려 문을 쾅 닫더니 모자를 바로 하고 차를 빙 돌아 걸어와 도랑 가장자리에 섰다. 노인은 담요 안감을 대고 코르덴 깃을 단 코트와 캔버스 바지와 굽 낮은 부츠에, 비버 한 마리가 통째로 들어간 존 B. 스테츤[5] 모자를 쓰고 있었다.

얼마나 가까이 가도 되냐?

원하시는 만큼요.

노인은 도랑을 건너 다가와 서서 늑대를 유심히 살폈다. 그러다 소년을 쳐다보더니 다시 더 오래 늑대를 바라보았다.

새끼를 뱄구나.

네, 어르신.

이놈을 잡아 천만다행이다.

네, 어르신.

늑대를 만져도 되니?

네, 어르신. 얼마든지 만지세요.

노인은 웅크리고 앉아 늑대에 손을 댔다. 늑대가 머리를 숙

---

5) 일명 카우보이 모자라 불리는 모자의 유명 상표.

이고 몸을 비틀자 노인은 손을 도로 거두었다. 그리고 다시 손을 뻗었다. 노인이 소년을 바라보았다. 정말 늑대로군.

네, 어르신.

늑대를 어떡할 셈이냐?

모르겠습니다.

현상금을 받겠지. 가죽도 팔고.

네, 어르신.

늑대는 손이 닿는 걸 싫어하는군, 그치?

네, 어르신. 썩 좋아하지는 않네요.

시에네가 스프링스에서 계곡으로 소 떼를 몰고 가면 보통 거버먼트 골짜기에서 첫날 밤 야영을 했지. 그러면 녀석들이 골짜기를 건너오는 소리가 들렸어. 바로 첫날 밤에 말이야. 골짜기 그쪽에는 거의 언제나 늑대가 있었어. 한데 요 몇 해 동안에는 통 늑대 소리를 못 들었지.

이 늑대는 멕시코에서 온 거예요.

당연히 그렇겠지. 망할 것들은 다 거기서 온다니까.

노인이 일어나 말이 풀을 뜯고 있는 도로 쪽을 쳐다보았다. 충고 한마디 하마. 내가 저기 안장에 꽂혀 있는 소총을 갖다 줄 테니 이 망할 것의 눈알 사이에 총알을 박아 넣어.

저는 말고삐만 잡을 수 있으면 돼요.

정 그렇다면 할 수 없지.

네, 어르신. 그렇게 하겠습니다.

노인은 절레절레 고개를 저었다.

노인이 트럭으로 돌아가 올라타더니 말이 있는 곳으로 갔다. 트럭이 다가오자 말은 도랑을 건너 울타리 곁에 섰다. 노인은 차에서 내려 울타리를 따라 말에게 다가가서는 땅바닥에 늘어진 고삐를 잡고 말을 끌고 왔다. 소년은 늑대를 부둥켜안은 채 앉아 있었다. 늑대는 매우 조용했다. 길을 따라 퍼져 가는 소리라고는 자갈을 밟는 말발굽의 희미하고도 건조한 달각 소리와 노인이 길가에 세워 둔 트럭이 꾸준히 부르릉대는 소리뿐이었다.

소년이 늑대를 끌고 도로에 서자 말이 몸을 돌려 늑대를 마주했다.

말을 묶어 두는 편이 나을 거다.

1분만 잡고 계시면 돼요.

글쎄다. 차라리 내가 늑대를 잡는 편이 낫지 않을까.

소년은 늑대가 도랑까지는 갈 수 있되 울타리에는 이르지 못할 만큼만 밧줄을 풀었다. 그리고 남은 밧줄을 안장 머리에 감고는 늑대를 쥔 손을 놓았다. 늑대는 세 발로 도랑으로 잽싸게 뛰어가다가 밧줄이 금세 팽팽해지자 휙 몸을 돌려 도랑에 웅크린 채 기다렸다. 소년은 몸을 돌려 노인에게서 고삐를 받아 들고는 손가락을 모자챙에 댔다.

신세 많았습니다.

괜찮아. 정말 흥미진진한 하루로군.

예, 어르신. 아직 제 하루는 끝나지 않았지만요.

아무렴. 재갈이 풀리지 않게 조심해라. 자칫하다가는 다시는 모자를 못 쓰게 될지도 몰라.

예, 어르신.

소년은 등자에 발을 걸고 단번에 안장에 올라 안장 머리에 감은 밧줄을 확인한 후 모자를 살짝 젖힌 뒤 노인에게 고개를 숙였다. 정말 감사합니다.

소년이 말을 몰자 늑대는 다친 발을 가슴에 댄 채 도랑에서 나와, 박제된 듯 뻣뻣하게 걸어가는 말의 뒤에서 질질 끌려갔다. 소년은 말을 멈추고 뒤를 돌아보았다. 노인이 길에 서서 그들을 바라보고 있었다.

어르신?

그래.

지금 트럭으로 가서서 타는 편이 나을 듯합니다. 그래야 우리를 지나쳐 가지 않을 수 있거든요.

좋은 생각이군.

노인은 트럭의 운전석에 올라타서 고개를 돌려 뒤쪽을 돌아보았다. 소년이 손을 들었다. 노인은 뭐라고 말을 하려는 듯했지만 결국 아무 말 없이 손을 들더니 몸을 바로 하고 클로버데일 도로를 따라 멀어졌다.

소년은 계속 걸었다. 광풍이 길 위의 흙먼지를 쓸어 올렸다. 소년이 돌아보니 늑대는 바람이 몰고 오는 입자를 피해 눈을 가늘게 뜨고 고개를 낮춘 채 절뚝절뚝 따라오고 있었다. 그가 멈춰 섰다. 늑대는 그대로 걸어오다 밧줄이 느슨해지자 다시 도랑 쪽으로 몸을 틀었다. 소년이 막 말을 몰려는데 늑대가 도랑에 웅크리고 앉아 오줌을 누었다. 그러고는 그 자리에 코를 킁킁대다 주둥이를 쳐들어 바람을 점검하더니 다시 길로 나와 꼬리를 뒷발 사이에 끼우고 섰다. 바람이 늑대의 털가죽 위로 자그마한 고랑을 냈다.

소년은 말 위에 앉아 오래도록 늑대를 바라보았다. 그러다 말에서 내려 고삐를 놓고는 수통을 꺼내 늑대가 서 있는 곳으로 다가갔다. 늑대는 밧줄이 닿는 한 멀리 물러섰다. 소년은 수통을 어깨에 메고 밧줄을 무릎 사이에 끼워 늑대를 자기 쪽으로 끌고 왔다. 늑대가 몸을 꼬며 서자 소년은 올가미에 손을 집어넣어 주먹에 친친 두 번 감은 뒤 늑대를 길가 풀숲에 강제로 눕혀 그 위에 걸터앉았다. 그리고 수통을 어깨에서 풀어 이빨로 마개를 열었다. 말이 길에서 발을 구르자 소년은 말에게 속삭여 주고는, 늑대 주둥이의 막대를 쥐어 머리를 소년의 무릎에 닿도록 젖힌 다음 입가에 조금씩 물을 부어 주었다. 늑대는 가만히 있었다. 눈이 전혀 움직이지 않았다. 이윽고 늑대가 물을 삼켰다.

물은 대부분 바닥으로 흘러내렸지만 소년은 막대와 이빨 사이 틈새에 조금씩 계속 물을 부었다. 수통이 비어 소년이 막대를 놓을 때까지 늑대는 조용히 숨을 가다듬으며 누워 있었다. 소년이 일어나 물러섰지만 늑대는 움직이지 않았다. 소년은 사슬에 매인 마개를 수통에 얹어 돌리고는 말에게로 돌아가 안장주머니에 수통을 넣은 뒤 늑대를 돌아보았다. 늑대는 소년을 지켜보며 서 있었다. 소년은 안장에 올라 발꿈치로 살짝 말을 찼다. 돌아보니 늑대가 밧줄 끝에서 절뚝거리며 따라왔다. 소년이 멈추면 늑대도 멈추었다. 한 시간 후 도로 위에서 그들은 오래도록 가만히 있었다. 로버트슨 교차로였다. 한 시간을 더 가면 클로버데일과 북쪽으로 가는 도로에 이를 터였다. 남쪽에는 탁 트인 초지가 펼쳐져 있었다. 노란 풀잎이 바람에 휘청이고 태양이 달려오는 구름을 피해 사방에 햇살을 퍼뜨렸다. 말이 고개를 젓고 발을 구르다 섰다. 이런 망할. 우라지게 망할.

소년은 말 머리를 돌려 도랑을 건너, 남쪽 멕시코 산맥 쪽으로 드넓게 펼쳐진 초원으로 들어섰다.

정오에 소년은 과달루페 산맥 동쪽 가장자리의 나지막한 고개를 넘어 탁 트인 골짜기로 내려갔다. 멀리 초원에 말을 탄 사람들이 보였지만 그들은 가던 길을 내처 갔다. 늦은 오후에 소년은 화산 지대의 나지막한 원뿔형 언덕들을 지나 한 시간 후 미국의 마지막 울타리에 이르렀다.

울타리는 동쪽과 서쪽 방향으로 쭉 이어져 있었다. 건너편에 흙길이 보였다. 소년은 동쪽으로 말 머리를 돌려 울타리를 따라 나아갔다. 울타리를 따라 오솔길이 나 있었지만 소년은 늑대가 철사 아래로 기어들지 못하도록 길에서 밧줄 길이만큼 떨어져 목장주의 집으로 향했다.

땅이 봉긋 솟은 곳에서 소년은 말을 멈추고 집을 살폈다. 늑대를 남겨 둘 만한 안전한 장소가 마땅치 않아 소년은 계속 나아갔다. 대문에 이르자 소년은 말에서 내려 빗장을 벗기고 대문을 활짝 젖혀 말과 늑대를 안으로 들이고는 다시 대문을 닫고 말에 올랐다. 늑대는 파이프에서 거꾸로 끄집어낸 듯 털이 엉망으로 뻗친 채 고개를 푹 숙이고 길가에 서 있었다. 소년이 말을 몰자 늑대가 뻗대며 끌려 왔다. 소년은 늑대를 돌아봤다. 하긴 나라도 이 집 소를 잡아먹었다면 여기 오기 싫겠다.

소년이 다시 말을 몰려는데 집 쪽에서 요란하게 짖어 대는 소리가 들렸다. 소년이 쳐다보니 길 위쪽에서 커다란 개 세 마리가 나지막이 몸을 낮춘 채 총알같이 달려오고 있었다.

이런 망할.

소년은 말에서 내려 울타리의 꼭대기 철사줄에 고삐를 묶고 총집에서 소총을 잽싸게 꺼냈다. 버드가 눈알을 희번덕이며 발을 굴렀다. 늑대는 꼬리와 털을 곤두세운 채 가만히 서 있었다. 말이 몸을 돌려 달아나자 울타리 철사줄이 둥글게 휘었다. 혼란 속에서 못이 탁 튕겨 나가는 소리가 들렸다. 말의 유령이 초원을 전속력으로 달려가고, 늑대가 밧줄에 묶인 채 뒤를 따르고, 개들이 미친 듯이 추격하는 모습이 악몽처럼 소년의 머리를 강타했다. 소년이 얼른 안장 머리에서 밧줄을 풀기 무섭게 고삐가 찢어지더니 말이 방향을 틀어 전속력으로 달려갔다. 늑대와 단둘이 남겨진 소년은 소총을 든 채 몸을 돌려, 삽시간에 자신을 에워싼 개들과 마주 섰다. 개들은 눈알을 희번덕이며 미친 듯이 짖어 대고 이빨을 드러냈다.

개들이 흙바닥을 할퀴며 주위를 맴돌자 소년은 늑대를 자기 다리에 바짝 붙이고, 소총 개머리판을 휘두르며 고함을 쳤다. 개 두 마리의 목에는 끊어진 사슬이 대롱거렸고, 나머지 한 마리는 아예 개목걸이도 하고 있지 않았다. 소용돌이치는 아수라장 속에서 소년은 늑대가 전기에 감전된 듯 몸을 떨고 있는 것과 늑대의 심장이 두방망이질하는 것을 느낄 수 있었다.

개들은 모두 농장견이었다. 주위를 돌며 짖어 대고는 있었지만 사람의 수중에 있는 것을 공격하기가 꺼려지는 것이 분명했다. 설령 그것이 늑대라 해도. 소년은 개들에게로 몸을 돌렸다. 그리고 그중 한 마리를 골라 개머리판으로 따귀를 갈겼다. 꺼져, 자식아. 그 무렵 농가에서 두 사람이 달려 나왔다.

그들이 개 이름을 외치자 두 마리가 우뚝 멈추어 뒤를 돌아보았다. 세 번째 개가 등을 굽히고 조금씩 옆으로 걸어 늑대에게 다가와서는 와락 덮쳤다 물러나며 길게 짖어 댔다. 남자 한 명은 셔츠 목깃에 냅킨을 꽂은 채 무겁게 헐떡였다. 줄리. 이 망할 녀석. 가서 막대기라도 가져와, RL. 이런 세상에.

다른 남자가 버클을 풀어 혁대를 빼내더니 버클이 있는 끝쪽을 마구 휘둘렀다. 개들이 즉각 낑낑대며 달아났다. 둘 중 나이가 많은 남자는 달려오던 걸음을 멈추고 양손을 엉덩이에 얹은 채 숨을 가다듬었다. 그가 소년 쪽으로 시선을 옮겼다. 그러다 자기 옷에 꽂힌 냅킨을 빼내어 이마를 닦고는 냅킨을 뒷주머니에 쑤셔 넣었다. 대체 여기서 뭐하는 거냐?

내 늑대를 개들한테서 보호하고 있었어요.

지금 농담하냐?

아니에요. 울타리를 따라오다 대문으로 들어왔을 뿐이에요. 이런 난장판이 벌어질 줄은 몰랐어요.

그럼 어떤 일이 일어날 줄 알았는데?

여기에 개들이 있는 줄 몰랐어요.

이런 젠장, 집을 봤을 거 아니냐?

예, 아저씨.

목장 주인이 눈을 가늘게 떴다. 너 윌 파햄네 아들이구나. 맞지?

예, 아저씨.

이름이 뭐니?

빌리 파햄입니다.

빌리, 쓸데없는 질문인지는 모르겠다만, 대체 저걸 가지고 뭘 하려는 거냐?

제가 잡았어요.

그럴 거라 생각했다. 입에 막대가 물려 있으니. 늑대를 데리고 어디로 가는 거냐?

집으로요.

아니잖아. 집은 반대쪽 아니냐.

처음에는 집으로 가려고 했는데 마음을 바꾸었어요.

왜?

소년은 대답하지 않았다. 개들이 등 털을 곤두세운 채 주위를 서성였다.

RL, 개들을 집으로 데려가 둬. 엄마한테는 내가 곧 간다고 하고.

그는 다시 소년에게로 고개를 돌렸다. 말은 어떻게 되찾을 셈이냐?

발자국을 따라가야죠.

첫 번째 도랑은 3킬로미터나 떨어져 있어.

소년은 늑대를 움켜쥔 채 서 있었다. 그러다 말이 사라진 쪽 길을 돌아보았다.

저걸 트럭에 태울 수 있을까?

소년은 그게 무슨 소리냐는 표정으로 그를 바라보았다.

젠장. 내 말 잘 들어. RL이 너를 트럭에 태워 말을 찾게 도 와줄 거야. 내 말 알겠니?

예, 아저씨. 저 형 말은 순한 편인가요?

RL, 내 말이 순한 편이냐?

예, 아버지.

순하다는군.

혹시 지금 말을 탈 게 아니라면 제가 좀 타면 안 될까요?

설마 늑대를 끌고 우리 말을 타겠다는 건 아니겠지.

물론이죠. 그럴 생각은 전혀 없어요.

저것이 트럭에서 뛰어내릴까 봐 그러는 거라면 저걸 옆에 태우고 네가 차를 몰고, 우리 아들은 짐칸에 타면 된다.

RL은 개들이 질질 끌고 다니던 사슬을 모아 쥔 뒤 세 번째 개한테 자기 벨트로 목걸이를 채우고 있었다. 옆에 늑대를 태 우고 트럭을 모는 제 모습이 훤히 그려지는데요. 정말 재미있 겠어요.

목장 주인이 늑대를 바라보았다. 이윽고 모자를 바로 하려 고 손을 올렸다가 모자가 없다는 것을 깨닫고는 머리를 긁었 다. 그리고 소년을 바라보았다. 이 동네에 사는 미치광이는 다 안다고 생각했더니. 온갖 미치광이들이 이 나라로 모여들지. 심 지어 이웃하고도 가까이 지낼 수가 없어. 그래, 저녁은 먹었냐?

아니요, 아저씨.

그럼 우리 집에 가자꾸나.

이 애는 어떡하고요?

애?

늑대 말예요.

우리가 식사하는 동안 부엌 한구석에서 기다리라고 해야지.

부엌에서요?

농담이다, 애야. 이런 젠장. 저걸 집 안에 들였다가는 우리 마누라 때문에 앨버키키의 모든 전화선에 불이 날 거다.

늑대를 바깥에 둘 수는 없어요. 공격을 받을지도 모르잖아요.

나도 알아. 어서 따라와. 아무도 볼 수 없는 곳에 둘 테니. 누가 이걸 본다면 나를 희귀동물이라고 채집해 가려고 들걸.

그들은 늑대를 훈제실에 넣어 두고는 부엌으로 갔다. 목장 주인은 소년이 들고 있는 소총을 쳐다보았지만 아무 말도 하지 않았다. 부엌문 앞에 이른 소년은 소총을 벽에 기대 놓았다. 주인이 먼저 들어가라며 문을 열어 주고는 뒤따라 들어왔다.

음식이 식지 않도록 오븐 위에 올려 두었던 안주인은 음식을 도로 식탁에 차리고는 소년 앞에 접시를 하나 더 놓았다. 밖에서 RL이 트럭에 시동 거는 소리가 들렸다. 그들은 으깬 감자와 얼룩콩과 튀긴 스테이크가 담긴 그릇을 돌려 가며 음식을 덜었다. 소년은 있는 대로 음식을 가득 담은 다음 바깥주인을 바라보았다. 그가 소년의 접시를 턱으로 가리켰다.

우린 이미 감사 기도를 드렸다. 그러니 하느님께 개인적 용무가 있는 게 아니라면 바로 먹어라.

예, 아저씨.

그들은 먹기 시작했다.

여보, 이 친구한테 한번 물어봐. 늑대를 데리고 어디로 가는지.

굳이 말하기 싫다는데 캐물을 건 없잖아요. 안주인이 말했다.

멕시코로 데려가려고요.

바깥주인이 버터로 손을 뻗었다. 그래, 거참 좋은 생각이군.

멕시코로 가서 풀어 줄 거예요.

바깥주인이 고개를 끄덕였다. 풀어 준다고.

예, 아저씨.

여기 어디에 새끼들이 있겠지?

아니에요. 없어요.

확실하니?

예. 지금 임신 중이거든요.

그런데 멕시코인들을 왜 그리 싫어하니?

싫어하지 않아요.

그럼 멕시코에도 늑대가 한두 마리 정도는 필요할 거라고 여기나 보군.

소년은 스테이크 한 조각을 잘라 포크로 집었다. 바깥주인이 소년을 바라보고 있었다.

이왕이면 방울뱀도 좀 갖다주지 그러냐?

늑대를 멕시코인에게 주려는 건 아니에요. 그냥 그곳으로 데리고 가서 풀어 줄 거예요. 거기서 온 늑대니까요.

바깥주인이 비스킷 가장자리를 따라 칼로 차근차근 버터를 발랐다. 그리고 비스킷을 뒤집은 뒤 소년을 바라보았다.

자네 정말 괴짜야. 그거 알고 있나?

몰랐습니다. 저는 지금까지 제가 다른 사람과 다르지 않을 걸로 알고 있었는데요.

전혀 그렇지 않아.

예, 아저씨.

말해 보게. 국경을 지나 그냥 늑대를 풀어 줄 생각은 아니겠지? 혹시 그럴 거라면 내가 소총을 가지고 자네를 뒤따라가야겠어.

산에다 풀어 줘야죠.

산에다 풀어 준다고. 그는 사색하듯 비스킷을 쳐다보더니 서서히 깨물었다.

총각 가족은 어디서 왔지? 안주인이 말했다.

집은 차카스예요.

그 전에는 어디에서 살았느냐는 말이야. 바깥주인이 말했다.

그랜트 카운티에서요. 그리고 그 전에는 데바카에 살았고요.

바깥주인이 고개를 끄덕였다.

여기 온 지는 오래됐어요.

얼마나?

10년째죠.

10년이라. 시간이 정말 쏜살같지?

어서 들어. 괜히 이이한테 신경 쓰지 말고. 안주인이 말했다.

그들은 식사를 계속했다. 잠시 후 트럭이 마당으로 들어와 집을 지나가자 안주인이 일어나 RL의 접시를 오븐 위 보온기에서 꺼냈다.

저녁을 먹은 후 밖으로 나오자 해가 서산에 걸쳐 어스름과 추위가 더해지고 있었다. 버드가 밧줄 고삐를 쓴 채 대문에 묶여 있었는데, 원래 고삐는 안장 머리에 걸려 있었다. 안주인이 부엌문 가에 서서, 남정네들이 훈제실로 걸어가는 모습을 지켜보았다.

문 열 때 조심해. 재갈이 풀려 있다면 차라리 악어와 욕조에 있게 해 달라고 빌게 될걸.

예, 아저씨.

바깥주인이 걸쇠로 쓰는 U 자 못을 빼내자 소년은 조심스레 문을 밀었다. 늑대는 한구석에 서서 문 쪽을 바라보고 있었다. 자그마한 어도비[6] 건물에는 창문이 없어서 늑대가 빛줄기에 눈을 깜박였다.

괜찮아요.

소년이 문을 활짝 젖혔다.

가엾은 것. 안주인이 말했다.

바깥주인이 애써 참는 기색으로 돌아보았다. 제인 엘렌, 여기서 뭐하는 거요?

다리가 저래서 얼마나 아플까. 하이메를 불러와야겠어요.

뭘 한다고?

여기서 기다려요.

그녀가 돌아서서 마당을 가로질렀다. 반쯤 갔을 때 코트를 벗어 어깨에 걸쳤다. 바깥주인은 문에 기대선 채 절레절레 고개를 저었다.

---

6) 햇볕에 말려서 만든 벽돌로, 미국 남서부와 멕시코에서 많이 사용한다.

어디 가시는 거죠? 소년이 물었다.

미쳐도 이만저만 미친 게 아니야. 광기도 전염되는 모양이지.

그는 문가에 서서 담배를 말았고, 소년은 밧줄로 늑대를 잡고 앉아 있었다.

담배 피우니?

아닙니다.

다행이야. 애시당초 버릇을 들이지 마라.

그는 담배를 피웠다. 그러다 소년을 바라보았다. 저걸 판다면 얼마에 팔겠니?

팔지 않을 거예요.

만약에 판다면 말이야.

팔지 않을 거니 생각할 필요도 없죠.

안주인이 늙은 멕시코인과 함께 돌아왔다. 그는 겨드랑이에 자그마한 녹색 양철통을 끼고 있었다. 그가 목장주에게 인사하며 모자를 슬쩍 들어 올린 다음 훈제실로 들어오자 안주인이 뒤를 따랐다. 그녀는 깨끗한 시트 뭉치를 들고 있었다. 멕시코인은 소년에게 고개를 끄덕이며 다시 모자에 손을 댄 뒤 늑대 앞에 무릎 꿇고 앉아 가만히 바라보았다.

푸에데 데테넬라?(잡고 있을 수 있겠니?)

시.(네.) 소년이 말했다.

네세시타스 마스 루스?(너무 어둡지 않나요?) 안주인이 물었다.

시.(그렇군요.) 멕시코인이 대답했다.

목장주는 마당으로 나가 담배꽁초를 버리고 발로 짓이겼다. 그들은 늑대를 문 쪽으로 옮겼다. 소년이 늑대를 붙잡고

있는 동안 멕시코인이 다친 발을 쥐고 유심히 살폈다. 안주인
은 바닥에 양철통을 놓고 뚜껑을 열어 하마멜리스[7] 약병을
꺼내 시트 조각에 몇 방울 떨어뜨렸다. 그리고 시트 조각을 건
네자 멕시코인이 그것을 받아 들고 소년을 바라보았다.

에스타스 리스토, 호벤?(준비됐나, 젊은이?)

리스토.(준비됐어요.)

소년은 늑대를 움킨 손을 다시 다잡고는 발로 늑대의 몸통
을 감쌌다. 멕시코인이 늑대의 앞발을 쥐고 소독을 시작했다.

늑대가 목이 졸리는 듯 낑낑대며, 소년의 팔에 휘감긴 몸을
비비 꼬더니 멕시코인의 손에서 자기 발을 낚아챘다.

오트라 베스.(한 번 더.) 멕시코인이 말했다.

그들은 다시 했다.

두 번째 시도에서 소년이 훈제실 바닥으로 나동그라지자
멕시코인이 재빨리 뒤로 물러섰다. 안주인은 이미 달아나고
없었다. 우뚝 선 늑대의 잇새로 부글부글 거품이 빨려 들었다
밀려 나왔다. 소년은 늑대의 목에 매달린 채 바닥에 누워 있
었다. 마당에 나가 있던 목장주가 새 담배를 말다 말고 셔츠
주머니에 도로 넣고 모자를 바로 했다.

잠시만 기다려. 이런 젠장. 1분이면 돼.

그는 문으로 들어와 손을 뻗어, 늑대를 묶은 밧줄 끝을 쥐
고 주먹에 감았다.

망할 늑대를 치료해 줬다는 소문이 나면 난 이 동네를 떠야

---

7) 북미산 나무. 껍질과 잎에서 채취하는 액으로 타박상 따위를 치료한다.

할 거야. 좋아. 이 망할 것. 안달레.(어서.)

그들은 마지막 햇살 속에서 치료를 마쳤다. 멕시코인은 차분히 앉아 늑대의 너덜거리는 피부를 제자리에 놓고, 지혈제를 바른 자그마한 굽은 바늘로 꿰맨 뒤 코로나 연고를 듬뿍 바른 다음 시트를 붕대 대신 감고 꽉 묶었다. RL이 나오더니 이를 쑤시며 그 광경을 지켜보았다.

물은 좀 줬니? 안주인이 말했다.

예, 아주머니. 물을 먹이기가 쉽지 않아요.

저걸 빼내면 밥을 먹을 수 있을 텐데.

목장주가 늑대 몸통을 넘어 마당으로 나갔다. 밥이라니, 아이고 하느님.

소년이 30분 후 말을 타고 나왔을 때 사위는 칠흑 같았다. 소년은 덫을 목장주에게 주며 대신 보관해 달라고 했다. 안장 주머니에는 보자기로 싼 커다란 도시락과 아까 찢고 남은 시트와 코로나 연고 단지가 들어 있었고, 안장 뒤에는 둘둘 만 낡은 살티요 담요가 묶여 있었다. 찢어졌던 고삐는 누가 고쳤는지 새 가죽으로 잇대어져 있고, 늑대는 목장주의 이름과 뉴멕시코주 클로버데일에 이어 번지수가 찍힌 황동판이 달린 마구용 가죽 개목걸이를 차고 있었다. 목장주는 대문까지 배웅을 나와 빗장을 열고 대문을 활짝 열어젖혔다. 늑대를 뒤에 걸린 채 말을 끌고 온 소년은 대문에서 안장에 올랐다.

조심해라, 애야.

예, 아저씨. 조심할게요. 정말 감사합니다.

너를 여기 붙들고 있을까도 했다. 네 아버지한테 소식을 보내고 말이야.

예, 아저씨. 저도 압니다.

이 일을 알면 너희 아버지가 나한테 채찍을 휘두를지도 모르겠구나.

그러진 않으실 거예요.

글쎄다. 강도를 조심해라.

예, 아저씨. 조심할게요. 이렇게 도와주셔서 정말 감사합니다.

목장주는 고개를 끄덕였다. 소년이 한 손을 들어 보이고 말을 고삐로 쳐 짙어 가는 어둠을 가로지르자 늑대가 절뚝절뚝 뒤를 따랐다. 목장주는 대문 곁에 서서 소년을 바라보았다. 남쪽에 시커멓게 선 산맥을 오르는 그들의 흐릿한 모습은 이내 어둠에 묻혀 말도 기수도 보이지 않았다. 그가 바람 부는 황야에서 마지막으로 본 것은, 점점 더해지는 추위와 어둠 속을 떠도는 기묘한 허연 정령처럼 무작위의 스타카토로 움직이는, 늑대의 다리에 감긴 하얀 붕대였다. 이윽고 그마저도 어둠에 스며들자 그는 대문을 닫고 집으로 돌아섰다.

화산이 빚어내어 구릉으로 에워싸인 광대한 평원을 그들은 짙은 황혼 속에서 가로질렀다. 푸른 어스름에 구릉이 남색을 띠고, 조랑말의 둥근 발에 황무지의 자갈이 납작 눌렸다. 동쪽에서부터 떨어져 내린 밤은 그들에게 다가와 느닷없는 추위와 정적의 숨결을 내뱉고 다시 달려갔다. 한때 사람들이 믿었던 이야기처럼, 그리고 지금도 믿고 있을지 모를 이야기처럼 밤은 서쪽으로 서둘러 넘어가는 태양의 암살자 같았다. 마

지막으로 스러지는 빛 속에서 평원을 가로지른 사람과 늑대
와 말은 바람에 수없이 깎인 나지막한 언덕의 테라스를 올라
울타리를 혹은 예전에 울타리가 있었던 곳을 지났다. 떨어져
나온 기다란 철사줄이 둘둘 말려 나뒹굴고, 벌거벗은 자그마
한 메스키트 덤불 줄기가 등이 굽고 비틀린 연금 수령자 행렬
처럼 어둠 속에 일렬로 이어졌다. 어둠 속에서 고개를 넘은 소
년은 말을 멈추고, 저 멀리 남쪽 멕시코 평야에 내리치는 번개
를 바라보았다. 바람이 나무 사이로 슬쩍슬쩍 몸부림치며 진
눈깨비를 흩날렸다. 소년은 고개 남쪽의 마른 시내에서 바람
이 들지 않는 곳을 골라 야영지로 삼고는 장작을 모아 불을
지피고 늑대에게 한껏 물을 먹였다. 그리고 색을 잃고 휘어진
미루나무 줄기에 늑대를 묶고 돌아와 말의 안장을 벗기고 앞
다리에 느슨하게 밧줄을 묶었다. 소년은 담요를 펼쳐 어깨에
둘러쓰고는 안장주머니를 집어 들고 모닥불 앞에 가 앉았다.
늑대는 시내 아래쪽에 웅크리고 앉아 모닥불에 빨갛게 물든
집념 어린 눈으로 소년을 주시했다. 이따금 고개를 숙여 옆니
로 다리의 붕대를 풀려고 했지만 입에 물린 막대 때문에 붕대
자락이 물리지 않았다.

소년은 효모 빵과 스테이크로 만든 샌드위치를 안장주머니
에서 꺼내 포장을 벗겨 먹었다. 자그마한 모닥불이 바람에 너
울대고, 미세한 진눈깨비가 어둠 속에서 비스듬히 떨어져 숯
불에 씻씻거렸다. 소년은 샌드위치를 먹으며 늑대를 바라보았
다. 늑대가 귀를 쫑긋 세우며 고개를 돌려 어둠 속을 쳐다보
았지만 지나가던 그 무엇은 이미 사라지고 없었다. 잠시 후 늑

대는 자신의 선택과는 전혀 상관없는 그 땅을 망연히 바라보며 서 있다 세 번 맴돌더니 모닥불을 마주하고 엎드려 꼬리 아래에 주둥이를 묻었다.

추위 속에서 소년은 밤새 깨어 있었다. 소년이 일어나 모닥불에 장작을 더할 때마다 늑대가 그를 바라보았다. 불꽃이 활활 타오르면 늑대의 눈은 다른 세계로 통하는 문에 걸린 램프인 양 붉게 이글거렸다. 알 수 없는 공허의 해변에서 타오르는 세계. 피와 피의 연금술 액체와 중심부의 피와 겉표면의 피로 이루어진 세계. 피 이외에는 그 어느 것도, 시시각각 세계를 집어삼키려고 위협하는 공허에 대항할 힘이 없었다. 소년은 담요로 몸을 감싸고 늑대를 바라보았다. 그들이 목격한 세계와 그들의 눈이 마침내 위엄 있게 본래의 자리로 돌아온다 해도 또 다른 불꽃이 일어 또 다른 목격이 일어날 것이고, 그렇지 않다 해도 또 다른 세계가 지켜볼 것이었다. 하지만 그들의 세계를 보는 것은 아니리라.

해 뜨기 전 마지막 몇 시간 동안 소년은 추위도 잊고 잠이 들었다. 그러다 잿빛 여명 속에서 일어나 담요로 몸을 휘감고 무릎 꿇고 앉아 죽은 재들 사이에서 헛되이 불꽃을 일으키려 했다. 소년은 동녘 일출을 볼 수 있는 곳으로 걸어갔다. 얼룩덜룩한 구름이 중립의 사막 하늘을 빠르게 가로질렀다. 바람이 가라앉은 새벽은 소리 하나 없었다.

소년이 수통을 들고 다가가자 늑대는 새침해하지도, 등을 휘지도 않았다. 소년이 쓰다듬자 늑대가 슬쩍 물러섰다. 소년은 늑대의 목을 휘감은 개목걸이를 움켜 늑대를 억지로 눕힌 다음 이빨 사이로 물을 졸졸 흘려 넣었다. 늑대의 혀가 움직이며 목구멍이 꿀꺽거리고, 비스듬한 차가운 눈이 소년의 손을 응시했다. 소년은 물이 땅바닥에 떨어지지 않도록 주둥이 아래에 손을 받친 채 수통이 텅 비도록 물을 부었다. 소년은 늑대를 쓰다듬으며 앉아 있었다. 그러다 손을 뻗어 늑대의 배를 만졌다. 늑대가 몸부림치며 사납게 눈알을 희번덕였다. 소년은 늑대에게 나직이 속삭였다. 그리고 늑대의 따뜻하고 벌거벗은 젖 사이에 손바닥을 대고는 오래도록 가만히 있었다. 이윽고 뭔가가 움직이는 것이 느껴졌다.

남쪽을 향해 골짜기를 가로지를 때 풀잎이 아침 햇살에 황금빛으로 물들었다. 800미터 너머 동쪽 평야에서 영양 떼가 풀을 뜯고 있었다. 늑대도 영양을 보았나 싶어 돌아보았으나 늑대는 아무 내색도 하지 않았다. 개처럼 말 뒤를 꾸준히 절뚝절뚝 쫓아올 뿐이었다. 정오가 다 됐을 무렵 그들은 이런 식으로 국경을 건너 멕시코의 소노라 주에 들어섰다. 그들이 떠나온 땅과 별반 차이도 없건만 왠지 완연히 낯설고 이질적으로 보였다. 소년은 말 위에 앉아 붉은 언덕 너머를 바라보았다. 동쪽에 경계석으로 세워진 콘크리트 탑이 우뚝 서 있었다. 불모의 황무지에서 그 탑은 실종된 탐험대를 기리는 기념비 같았다.

두 시간 후 그들은 골짜기에서 벗어나 나지막한 구릉지를 올랐다. 드문드문 돋은 풀과 오코티요.[8] 앞에서 비쩍 마른 소 몇 마리가 종종걸음으로 달아났다. 산맥을 가로질러 남쪽으

---

8) 미국과 멕시코 사이의 돌투성이 사막에서 자라는 선인장과의 나무.

로 가는 주요 통로인 카혼 보니타를 한 시간 동안 한 걸음 한 걸음 나아가자 자그마한 목장이 나왔다.

소년은 말 위에 앉아 밧줄을 잡아당겨 늑대를 곁에 바싹 붙이고는 소리를 질러 개들이 나타나는지 기다렸지만 아무 기척도 없었다. 소년은 천천히 앞으로 갔다. 무너져 가는 어도비 건물 세 채가 있고, 그중 한 곳의 문가에 누더기 차림을 한 남자가 서 있었다. 이제는 폐허가 된 옛 간이역처럼 보이는 집이었다. 소년은 계속 나아가 남자 앞에 멈춰서는 양쪽 손목을 교차해 안장 머리에 얹었다.

아돈데 바?(어디 가는 길이오?)

아 라스 몬타냐스.(산으로 갑니다.)

남자는 고개를 끄덕였다. 그리고 소맷자락으로 코를 훔치더니 몸을 돌려, 소년이 말한 산 쪽을 바라보았다. 마치 전에는 산에 대해 깊이 생각해 본 적이 없다는 듯. 남자는 소년을 쳐다보고 말을 쳐다보고 늑대를 쳐다보더니 다시 소년을 쳐다보았다.

에스 카사도르 우스테드?(사냥꾼인가 보오?)

시.(네.)

부에노. 부에노.(좋아요. 좋아.)

햇살이 환히 내리쬐긴 했지만 공기가 싸늘한데도 남자는 반쯤 벌거벗은 꼴이었고, 건물 어디에서도 연기가 피어오르지 않았다. 남자가 늑대를 바라보았다.

에스 부에나 카사도라 수 페라?(저 개는 사냥을 잘 합니까?)

소년은 늑대를 바라보았다. 시. 메호르 노 아이.(네. 최고지요.)

에스 페로스?(사나운가요?)

아 베세스.(가끔은요.)

부에노. 부에노.(좋아요. 좋아.)

남자는 소년에게 담배가 있는지, 커피가 있는지, 고기가 있는지 물었다. 소년은 그중 어떤 것도 갖고 있지 않았고, 남자는 이 피할 수 없는 현실을 받아들이는 듯했다. 그는 문가에 기대서서 땅을 바라보았다. 잠시 후 소년은 그가 혼잣말을 하고 있다는 것을 깨달았다.

부에노. 아스타 루에고.(그럼, 이만 가 보겠습니다.)

남자가 한쪽 팔을 휙 올렸다. 누더기가 펄럭거렸다. 안달레.(안녕히 가시오.)

소년은 다시 길을 떠났다. 그러다 뒤를 돌아보니 남자가 여전히 문가에 서 있었다. 마치 누가 또 오기로 되어 있다는 듯 길 아래쪽을 바라보면서.

늦은 오후에 소년이 말에서 내려 수통을 들고 다가가자 늑대는 서커스 동물처럼 서서히 엎드리더니 옆으로 드러누워 기다렸다. 노란 눈이 소년을 가만히 바라보는 동안 귀는 모양의 변화 없이 호를 그리며 움직였다. 늑대가 물을 얼마나 먹고 싶어 하는지, 물이 얼마나 늑대의 목으로 들어가는지 소년은 알 수 없었다. 소년은 늑대의 이빨 사이로 물을 흘려 넣으며 늑대의 눈을 응시했다. 그리고 늑대의 주름진 입가를 쓰다듬었다. 소리의 세계가 쏟아져 들어가는 줄무늬 벨벳 동굴을 유심히 살폈다. 소년은 늑대에게 속삭였다. 말이 길가에서 풀을 뜯다 말고 고개를 쳐들어 소년을 돌아보았다.

그들은 나아갔다. 높이 굽이치는 구릉 사막의 능선을 타고 오솔길이 이어졌다. 사람이 오가는 길처럼 보였지만 주위에는 개미 그림자 하나 보이지 않았다. 비탈에는 아카시아와 스크럽오크 나무가 서 있었다. 입장료 없는 향나무 공원. 저녁에 토끼 한 마리가 30미터 앞쪽 길 한가운데에 나타났다. 소년이 고삐를 당겨 말을 세우고 두 손가락을 입에 대 휘파람을 불자 토끼는 그대로 얼어붙었다. 소년은 말에서 내려 소총을 총집에서 빼내 단번에 공이치기를 젖히며 소총을 들어 올려 발사했다.

말이 미친 듯이 뒷걸음치자 소년은 재빨리 고삐를 잡아당겨 말을 진정시켰다. 늑대는 길가 덤불 속으로 사라지고 없었다. 소년은 소총을 허리께에 받친 뒤 빈 탄피를 빼서 주머니에 넣고 새 총알을 끼우고 엄지로 공이치기를 젖혔다. 그러고는 밧줄을 풀고 고삐를 놓은 뒤 늑대를 살피러 갔다.

늑대는 줄기가 배배 꼬인 나지막한 향나무 조금 못 미친 곳 잡초 사이에서 부들부들 떨고 있었다. 소년이 걸어오는 기척에 늑대가 펄쩍 뛰어오르더니 서서 버둥거렸다. 소년은 소총을 나무에 기대 세우고는 밧줄을 따라 다가가 늑대를 꼭 안고 말을 걸었지만 늑대는 진정하지 못하고 계속 부들부들 떨었다. 얼마 후 소년은 소총을 집어 들고 말에게로 돌아가 총집에 총을 꽂고 토끼를 찾으러 길을 올라갔다.

길 중앙에 총알이 낸 기다란 홈이 파여 있고, 토끼는 덤불 속으로 튕겨 들어가 잿빛 총알 구멍에 내장을 매단 채 뻗어 있었다. 거의 두 동강이 나 있었다. 소년이 따스하고 부드러운 몸통을 합쳐 들자 토끼 머리가 손 밖에서 대롱거렸다. 숲으로 들어가니 바람에 쓰러진 나무가 있었다. 소년은 껍질이 너덜거리는 소나무 줄기를 부츠 굽으로 걷어차 껍질을 벗기고는 그 자리를 손으로 털고 입김으로 불어 깨끗이 치웠다. 그리고 토끼를 놓고 칼을 꺼낸 뒤 나무를 다리 사이에 끼고 서서 토끼 껍질을 벗기고 내장을 제거하고 머리와 발을 잘라 냈다. 간과 심장을 소나무에 대고 주사위 꼴로 자른 소년은 가만히 앉아 바라보았다. 양이 얼마 안 되는 듯했다. 소년은 죽은 풀에 손을 문질러 닦고는 토끼를 집어 들어 등과 엉덩이 살을 길게 발라내 주사위 꼴로 잘랐다. 자른 고기가 한 움큼 정도 되자 소년은 토끼 가죽으로 고기를 감싸고 칼을 접어 넣었다.

소년은 돌아가 죽은 토끼를 부러진 소나무 가지에 꽂고는 늑대가 웅크리고 있는 곳으로 갔다. 소년이 쪼그리고 앉아 손을 내밀었지만 늑대는 밧줄이 팽팽해질 때까지 물러섰다. 소년은 토끼 간 조각을 꺼내 내밀었다. 늑대가 슬쩍 킁킁거렸다. 소년은 늑대의 눈과 그 눈에 어리는 추측을 응시했다. 그리고 가죽 콧구멍을 응시했다. 늑대가 고개를 한쪽으로 틀었다. 소년이 다시 고기를 건네자 늑대는 뒤로 물러서려 했다.

아직 배가 덜 고픈가 보군. 앞으로 고기 구경은 어림도 없을 줄 알아.

그날 밤 소년은 바람이 불어오는 쪽 산비탈 아래 자그마한 습지에서 잠잘 채비를 했다. 팰로버디 가지에 꿴 토끼를 모닥불 앞에 놓아 익게 둔 뒤 말과 늑대를 보러 갔다. 소년이 다가가자 늑대가 우뚝 섰다. 처음 소년의 시선을 끈 것은 붕대가 사라진 늑대의 다리였다. 이윽고 입에 물렸던 막대 역시 사라진 것을 깨달았다. 주둥이를 묶고 있던 가는 밧줄도 사라지고 없었다.

늑내는 등 털을 곤두세운 채 소년 앞에 단호히 서 있었다. 개목걸이에 묶인 밧줄은 늑대에게 씹힌 자리가 너덜너덜해지고 축축이 젖어 있었다.

소년은 걸음을 멈추고 그대로 얼어붙었다. 그러다 밧줄을 따라 뒷걸음으로 말에 다가가서는 안장 머리에서 밧줄을 풀었다. 결코 늑대에게서 시선을 떼지 않은 채.

소년은 안장 머리에서 풀어낸 밧줄 끄트머리를 쥐고는 늑대의 주위를 돌았다. 늑대가 방향을 돌려 소년을 지켜보았다. 소년과 늑대 사이에 자그마한 소나무가 끼어들었다. 소년은 태연하게 움직이려고 애썼지만 늑대가 자신의 속내를 알아차리고 있다는 것이 느껴졌다. 소년은 소나무의 위쪽 가지에 밧줄을 감아 쥐고 뒤로 물러서며 힘껏 당겼다. 잡초와 솔잎 사이에 늘어져 있던 밧줄이 팽팽해지며 늑대의 목걸이를 끌어당겼다. 고개를 낮춘 늑대가 밧줄에 끌려왔다.

늑대가 소나무 가지 아래에 이르자 소년은 밧줄을 당겨 늑대의 앞발이 땅바닥에서 거의 떨어지게 했다가 아주 조금만 풀어 주고 밧줄을 묶은 뒤 늑대를 바라보았다. 늑대는 이빨을 드러내고 고개를 비틀며 벗어나려 했지만 그럴 수 없었다. 마치 어떻게 해야 할지 고뇌하는 듯했다. 잠시 후 늑대가 다친 발을 들어 핥기 시작했다.

소년은 모닥불로 돌아가 모아 둔 땔감을 모두 불 위에 쌓았다. 수통을 집어 들고 안장주머니에서 남은 샌드위치 중 하나를 꺼내 포장을 벗겨 그 종이와 수통을 들고 늑대에게 다가갔다.

늑대는 소년이 부드러운 풀밭에 구멍을 파서 부츠 굽으로 벽을 단단히 다지는 것을 지켜보았다. 소년은 움푹 팬 구멍 위로 종이를 펼쳐 돌멩이로 눌러 놓은 뒤 구멍 가득 수통의 물을 부었다.

소년은 밧줄을 풀어 조금씩 늘어뜨리며 뒤로 물러섰다. 늑대는 가만히 지켜보며 서 있었다. 소년은 몇 발자국 더 가서 밧줄을 쥔 채 쪼그리고 앉았다. 늑대는 모닥불을 보다가 소년을 보았다. 그리고 웅크리고 앉아 다친 상처를 핥았다. 소년이 일어나 구멍으로 가 물을 더 붓고는 손가락으로 튕겼다. 그리고 마개를 닦아 수통을 물구멍 옆에 세운 다음 다시 뒤로 물러나 앉았다. 그들은 서로를 바라보았다. 이제 곧 어둠이 짙어질 터였다. 늑대가 일어나 주둥이를 살짝 흔들어 대기의 냄새를 맡았다. 그러다 앞으로 다가왔다.

물구멍에 이르자 늑대는 주저하듯 코를 킁킁거리더니 머리를 들어 소년을 바라보았다. 늑대는 다시 모닥불을 바라보고, 모닥불 너머의 말을 바라보았다. 불빛에 늑대의 눈이 이글거렸다. 늑대가 물 위로 주둥이를 낮추어 코를 킁킁거렸다. 결코 소년에게서 시선을 거두지도 않았고, 이글거림도 멈추지 않았다. 늑대가 고개를 숙여 물을 마시자 시커먼 물 위로 늑대의 눈이 떠올랐다. 마치 다른 늑대가 이 땅에 살고 있거나, 심지어 이런 가짜 웅덩이를 비롯해 모든 비밀 장소에서 기다리고 있어 늑대는 혼자서도 언제나 굳건하며 결코 이 세상에서 완전히 버림받는 일이 없다는 듯이.

소년은 양손으로 밧줄을 쥔 채 쪼그리고 앉아 늑대를 바라보았다. 마치 사용법을 거의 모르는 물건을 위탁받은 듯. 구멍의 물을 다 먹은 늑대는 입가를 핥더니 소년을 쳐다보다 고개를 숙여 수통에 코를 쿵쿵거렸다. 수통이 쓰러지자 늑대가 놀라 나뭇가지 아래 원래 자리로 달아나 다시 앉아 다친 발을 핥았다.

소년은 밧줄을 머리 위로 적당히 당겨 묶고는 모닥불로 돌아갔다. 꼬챙이의 토끼를 뒤집은 뒤 고기 조각을 싼 토끼 가죽을 꺼내 늑대에게로 가 흔들어 보였다. 그러곤 토끼 가죽을 땅바닥에 펼친 다음 밧줄을 풀어 손에 쥐고 뒤로 물러섰다.

소년은 늑대를 바라보았다.

늑대가 고개를 숙여 코를 쿵쿵거렸다.

토끼야. 토끼 고기는 한 번도 못 먹어 봤을걸.

소년은 늑대가 다가오기를 기다렸지만 늑대는 가만히 있었다. 소년은 모닥불의 연기를 보고 바람의 방향을 가늠한 뒤 토끼 가죽을 도로 뭉쳐 바람이 늑대에게 불어 가는 쪽으로 가서 한 손으로 토끼 가죽을 내밀고 다른 손으로 밧줄을 쥐고 섰다. 이윽고 토끼 가죽을 바닥에 내려놓고 다시 물러섰지만 늑대는 여전히 움직이지 않았다.

소년은 도로 걸어가 밧줄을 아까처럼 묶고 모닥불로 돌아갔다. 꼬챙이의 토끼는 반은 타고 반은 설익어 있었지만 소년은 앉아서 그것을 먹은 뒤 등자 위쪽 흙받이에서 잘라 낸 가죽 두 조각과 자기의 혁대로 부리망을 만들었다. 칼로 구멍을 내고 끈으로 가죽 조각을 이어 붙이며 때때로 늑대를 유심히 살폈다. 늑대는 모닥불 빛 속에서 수직으로 치닫는 밧줄에 묶인 채 나무 아래에 몸을 둥그렇게 말고 있었다.

내가 잠들 때까지 기다렸다가 밧줄을 끊고 달아나려는 수작인 것 다 알아.

늑대가 고개를 들어 바라보았다.

그래, 너한테 한 말이야.

부리망이 완성되자 소년은 자기 손에 씌워 버클을 채웠다. 꽤 그럴싸해 보였다. 소년은 칼을 접어 치우고 부리망을 뒷주머니에 쑤셔 넣은 뒤 안장주머니에서 마지막 남은 가는 밧줄을 꺼내 혁대 고리에 걸고 말의 다리를 묶는 밧줄을 꺼내 다른 뒷주머니에 넣었다. 그리고 밧줄이 묶인 곳으로 걸어갔다. 늑대가 일어나 가만히 기다렸다.

소년은 개목걸이에 연결된 밧줄을 서서히 당겼다. 늑대가 밧줄을 할퀴며 이빨로 물어뜯으려 했다. 소년은 늑대에게 말을 걸어 진정시키려 했지만 소용이 없어 보이자 조용히 밧줄을 당겼다. 머리가 나뭇가지에 거의 닿을 정도로 뒷발로 선 늑대가 반쯤 목이 졸리는 듯하자 밧줄을 반매듭으로 묶었다. 이어서 바닥에 엎드린 소년은 늑대가 몸을 비틀고 있는 곳으로 엉금엉금 기어가 늑대의 뒷발을 말 다리 밧줄로 묶고, 그 밧줄에 늑대의 목을 묶은 밧줄의 다른 쪽 끝을 감아 묶은 뒤 옆으로 몸을 굴려 늑대에게서 멀어진 후에야 일어나 돌아갔다. 반매듭을 당겨 푼 다음 한 손으로는 늑대의 개목걸이에 묶인 쪽 밧줄을 느슨하게 풀되 다른 손으로는 늑대의 뒷발에 연결된 쪽 밧줄을 당겼다.

누가 이 꼴을 본다면 나에게 구속복을 입혀 정신병원에 처넣을 거야.

늑대가 앞뒤 발을 쫙 펴자 소년은 나머지 말 다리 밧줄을 꺼내, 기둥으로 삼았던 자그마한 방크스소나무에 늑대의 뒷다리를 묶은 뒤 뒷발 밧줄에 연결했던 굵은 밧줄을 풀어 친친 감아 어깨에 걸쳤다. 목이 느슨해진 걸 느낀 늑대가 몸을 비틀어 일어나더니 뒷발의 밧줄을 물어뜯으려 했다. 소년은 다시 밧줄을 세게 당겨 늑대를 쓰러뜨리고는 밧줄이 감긴 나뭇가지로 성큼성큼 걸어갔다. 소년은 밧줄을 가지 위로 넘겨 감긴 것을 풀고 뒤쪽으로 걸어가 늑대가 앞뒤 발을 쫙 펴게 했다.

내가 널 죽이려는 거라고 믿겠지. 하지만 아니야.

소년은 밧줄을 다른 방크스소나무에 묶고 혁대 고리에서 가는 밧줄을 꺼내 늑대에게 다가갔다. 늑대는 밧줄 사이에서 온몸을 쭉 뻗은 채 부들부들 떨며 헐떡이고 있었다. 소년은 가는 밧줄로 올가미를 만들어 늑대의 주둥이 위로 내려뜨렸다. 두 번째 시도에서 늑대가 밧줄을 확 깨물었다. 소년은 늑대 위에 서서 늑대가 밧줄을 뱉기를 기다렸다. 노란 눈이 소년을 응시했다.

어서 뱉어.

소년은 밧줄을 잡아당겼다.

좋아. 이제 멍청한 짓 좀 그만해.

소년은 늑대에게 말하고 있는 것이 아니었다.

이러다 늑대한테 잡아먹히겠어. 혁대 버클 하나 남지 않을걸.

늑대가 밧줄을 뻗지 않자 소년은 늑대의 목에 연결된 밧줄을 움켜쥐고 숨이 막힐 때까지 당겼다. 늑대가 가는 밧줄을 뻗은 후에도 소년은 여전히 목의 밧줄을 풀지 않은 채 가는 밧줄의 올가미를 던져 늑대의 주둥이를 꽉 묶고는 나머지 끄트머리로 주둥이를 세 번 감고 반매듭을 지은 후에야 목의 밧줄을 다시 느슨하게 풀어 주었다. 소년은 물러나 앉았다. 모닥불이 사위며 빛 역시 사위었다. 좋아. 포기하지 마. 망할 열 손가락이 아직 멀쩡하잖아.

소년은 주머니에서 부리망을 꺼내 늑대의 주둥이에 씌웠다. 꽤 잘 맞았다. 코 부분이 너무 헐렁해 부리망을 도로 빼내 칼로 새 구멍을 내고 끈으로 다시 엮고는 늑대의 주둥이에 씌워 귀 뒤로 버클을 채웠다. 그러다 버클을 한 구멍 더 바짝 당겨 다시 채웠다. 부리망에 연결된 긴 가죽끈을 개목걸이에 묶은 다음 부리망 옆으로 칼을 내밀어 늑대의 주둥이를 휘감은 가는 밧줄을 끊었다.

늑대가 처음으로 한 일은 공기를 길게 들이쉬는 것이었다. 이윽고 가죽을 물어뜯으려고 했다. 하지만 널찍하고 뻣뻣한 안장 가죽을 재갈로 썼기에 이빨을 앙다물 수 없었다. 소년은 늑대의 뒷발을 풀어 주고는 물러났다. 늑대가 일어나 밧줄 끝에서 몸을 던져 댔다. 소년은 솔잎 위에 웅크리고 앉아 늑대를 지켜보았다. 늑대가 마침내 몸부림을 멈추자 소년은 일어나 소나무에서 밧줄을 풀어 늑대를 모닥불로 끌고 갔다.

불을 무서워하리라 생각했는데 예상과 달리 늑대는 태연했다. 소년은 모닥불에 말리고 있는 안장 머리에 밧줄의 중간 부분을 묶고 시트와 연고 단지를 꺼내 늑대 위에 걸터앉아 다리의 상처를 소독하고 붕대를 감았다. 부리망이야 어쨌든 물려고 덤비지 않을까 싶었지만 늑대는 얌전히 있었다. 치료를 마치고 소년이 비켜 주자 늑대가 일어나 밧줄 끝까지 걸어가더니 붕대에 코를 대고 킁킁거리다 엎드려 소년을 바라보았다.

소년은 안장을 베개 삼아 잠이 들었다. 밤에 두 번 머리 밑에서 안장이 움직이는 느낌에 깬 소년은 밧줄을 붙잡고 늑대에게 말을 걸었다. 소년은 발을 모닥불 쪽으로 두고 누워 있었다. 늑대가 밤에 주위를 돌아 밧줄을 모닥불에 태우려면 소년을 밟고 지나가야만 했다. 늑대가 여느 개보다 영리한 것은 확실했지만 얼마나 더 영리한지는 알 수 없었다. 코요테가 아래쪽 구릉지에서 울어 대자 소년은 늑대가 관심을 보이는지 돌아보았지만 늑대는 잠이 든 듯했다. 하지만 소년의 시선이 닿기 무섭게 번쩍 눈을 떴다. 소년은 시선을 피했다. 나중에 다시 한 번 더 은밀히 늑대를 돌아보았다. 이번에도 늑대는 눈을 번쩍 떴다.

소년은 고개를 끄덕여 보인 뒤 잠을 잤고, 모닥불은 재로 바스러졌다. 추위에 잠이 깨니 늑대가 자신을 지켜보고 있었다. 소년이 다시 잠이 깼을 때 달은 지고 없고 모닥불은 거의 꺼져 있었다. 쓰라린 추위였다. 별들이 양철 랜턴의 불꽃처럼 자리에 박혀 있었다. 소년은 일어나 모닥불에 장작을 더하고 모자를 흔들어 불꽃을 키웠다. 코요테도 잠잠해진 뒤라 밤은 온통 어둠과 침묵뿐이었다. 소년은 꿈을 꾸었더랬다. 꿈속에서 전령이 남쪽 평야에서 다가와 장부 조각 같은 것에 쓰인 무언가를 내밀었지만 소년은 읽을 수 없었다. 그래서 전령을 바라보았지만 전령의 얼굴은 그림자에 묻혀 이목구비가 보이지 않았다. 전령은 그저 전령일 뿐, 아무 소식도 전하지 않으리라는 것을 소년은 알았다.

아침이 되자 소년은 다시 모닥불을 지피고 담요로 몸을 휘감은 채 벌벌 떨며 불 앞에 쪼그리고 앉았다. 목장주의 아내가 준 마지막 샌드위치를 먹은 소년은 안장주머니에서 토끼 가죽을 꺼내 늑대가 누워 있는 곳으로 갔다. 소년이 다가가자 늑대가 벌떡 일어났다. 소년은 뻣뻣해져 가는 토끼 가죽을 펼쳐 늑대에게 내밀었다. 늑대는 코를 킁킁대다 소년을 힐끗 보더니 토끼 가죽 주위를 두 걸음 맴돈 뒤 귀를 살짝 앞으로 숙이고 가만히 바라보았다.

속으로는 먹고 싶은 마음이 굴뚝같겠지.

소년은 주위를 걷다 부러진 나뭇가지를 집어 적당한 길이로 잘라 한쪽 끝을 가느다란 주걱 모양으로 다듬었다. 그리고 다시 늑대에게 돌아가 땅바닥에 주저앉아서는 개목걸이를 움켜쥐고 늑대를 자기 다리에 바짝 당겨 붙인 뒤 늑대가 몸부림을 그만둘 때까지 기다렸다. 소년은 땅바닥에 토끼 가죽을 펼쳐 시커먼 심장 조각을 주걱으로 떠 야생의 늑대 머리를 끌어안은 채 주걱을 가까이 대었다 멀리 떨어뜨리며 냄새를 풍겼다. 그리고 늑대의 기다란 주둥이를 한 손으로 감싸 기묘한 시커먼 가죽 같은 윗입술을 들어 올렸다. 늑대가 입을 벌리자 소년은 주걱을 부리망과 이빨 사이에 밀어 넣고 뒤집어 늑대의 혓바닥에 싹싹 문지르고는 주걱을 도로 빼냈다.

늑대가 주걱을 물어뜯지 않을까 생각했지만 그러지 않았다. 늑대가 입을 다물었다. 소년은 늑대의 혀가 움직이는 것을 보았다. 늑대의 목이 꿀꺽거렸다. 늑대가 다시 입을 벌리더니 고기를 삼켰다.

따로 챙겨 둔 한 움큼의 토끼 고기를 늑대가 다 먹자 소년은 토끼 가죽을 내던지고 주걱을 풀잎에 문질러 주머니에 넣은 뒤 말을 마지막으로 보았던 곳으로 갔다. 말은 산을 반쯤 내려가 겨울 풀이 무성한 습지대에 서 있었다. 소년은 고삐를 들고 다가가 말을 야영지로 끌고 와서는 안장을 얹고 늑대의 밧줄을 안장 머리에 묶고 말에 올라 늑대를 뒤세운 채 카혼 보니타를 따라 남쪽으로 산속 깊이 들어갔다.

소년은 종일 나아갔다. 늑대는 이 고장에 흥미를 느끼는 듯했다. 늑대가 머리를 들어, 우뚝 솟은 용설란과 노란 풀로 뒤덮인 목초지 너머를 바라보았다. 목초지는 서쪽의 두 봉우리 사이에 움푹 팬 안부(鞍部)를 향해 굽이치며 멀어졌다. 고갯마루에서 말이 숨을 가다듬으며 쉬면 늑대는 길가 잡초 사이로 살금살금 들어가 웅크리고 앉아 오줌을 누고는 그 자리에 코를 박고 킁킁거리곤 했다. 그들이 처음 마주친 이들은 당나귀에 짐을 싣고 북쪽으로 가던 중이었는데 100미터 너머에서부터 걸음을 멈추고 소년에게 길을 내주었다. 그들이 주뼛주뼛 인사했다. 늑대가 풀숲으로 들어가 웅크리고 털을 곤두세웠다. 그 순간 당나귀 한 마리가 늑대의 냄새를 맡았다.

당나귀의 콧구멍이 진흙 구멍처럼 열리며 눈알이 허옇게 까뒤집혔다. 당나귀가 귀를 납작 누이고 고개를 숙여 뒷발 두 개를 동시에 내지르는 바람에 뒤에 있던 당나귀가 다리를 걷어차였다. 뒤쪽 당나귀가 비명을 지르며 길가로 쓰러지자 눈 깜짝할 사이에 대혼란이 벌어졌다. 당나귀들이 고삐를 마구 흔들더니, 아리에로(몰이꾼)를 꽁무니에 매단 거대한 자고새처럼 산 아래로 나무를 피해 쏜살같이 달려가다 넘어지고 엎어지고 다시 벌떡 일어나 달려갔다. 조잡한 나무 안장이 박살 나고 짐 바구니가 부서져 산허리를 구르며 가죽과 담요와 가재도구가 줄줄이 흩어졌다.

소년은 발을 구르고 달음질치는 말의 고삐를 단단히 움키고 팔을 뻗어 안장 머리의 밧줄을 풀었다. 늑대가 산 아래로 달려가 나무 주위에 몸을 숨기자 소년은 말을 몰고 내려갔다. 반쯤 정신이 나가서 가지 않으려고 버티는 늑대를 질질 끌고 다시 돌아오니 길에는 늙은 여인 하나와 여자애 하나만 남아 있었다. 그들은 길가 풀밭에 앉아 담배 가루와 옥수수 껍질을 주거니 받거니 하며 담배를 말고 있었다. 소년보다 한두 살 어린 듯한 여자애는 담배에 불을 붙이고 에스클라라호(라이터)를 늙은 여인에게 건넨 뒤 담배를 빨고 머리를 흔들며 소년을 대담하게 쳐다보았다.

소년은 밧줄을 감아 말고 말에서 내려 고삐를 놓고는 감은 밧줄을 안장 머리에 건 다음 두 손가락을 모자챙에 댔다.

부에노스 디아스.(안녕하세요.) 소년이 말했다.

여자애는 고개만 끄덕였고, 늙은 여인은 인사에 응답했다.

여자애가 가만히 쳐다보았다. 소년은 밧줄을 따라 수풀에 웅크리고 있는 늑대에게로 다가가 무릎 꿇고 속삭이다 개목걸이를 움켜쥐고 길로 끌고 나왔다.

에스 아메리카노.(미국인인가 보오.) 늙은 여인이 말했다.

시.(네.)

여인이 담배를 세차게 빨더니 연기 사이로 실눈을 뜨고 소년을 쳐다보았다.

에스 페로스 라 페라, 노?(개가 사납소?)

바스탄테.(꽤 사납답니다.)

그들은 집에서 만든 옷에 생가죽과 가죽 끈을 덕지덕지 기워 만든 우아라체스(샌들) 차림이었다. 늙은 여인은 어깨에 검은 숄인지 레보소(스카프)인지를 두르고 있었지만 여자애는 얇은 면 옷 말고는 걸친 게 없었다. 그들의 피부는 인디언처럼 짙었고, 눈은 칠흑같이 까맸다. 그들은 가난뱅이들이 음식을 먹듯 간절히 담배를 피웠다.

에스 우나 로바.(이건 늑대랍니다.)

코모?(네?) 늙은 여인이 물었다.

에스 우나 로바.(늑대입니다.)

여인이 늑대를 바라보았다. 여자애가 늑대와 여인을 쳐다보았다.

데 베라스?(정말요?) 여인이 말했다.

시.(네.)

여자애가 일어나 달아날 자세를 취하자 늙은 여인이 그녀를 비웃으며 카바예로(기수)가 농담을 한 거라고 말했다. 여인이 담배를 입꼬리에 물고는 늑대를 불렀다. 어서 오라며 땅을 두드렸다.

케 파소 콘 라 파타?(발은 어쩌다 저리되었소?)

소년은 어깨를 으쓱하고는 덫에 걸렸다고 말했다. 저 아래 산비탈에서 아리에로들이 외쳐 대는 소리가 들려왔다.

여인이 담배를 권했지만 소년은 정중히 사양했다. 여인은 어깨를 으쓱했다. 소년은 당나귀가 달아나게 해 정말 미안하다고 말했고, 여인은 아리에로들이 미숙하여 짐승을 제대로 다루지 못한 탓이라고 말했다. 혁명이 이 고장의 진짜 남자를 모두 죽였고, 남은 건 오직 톤토(머저리)들뿐이라는 것이었다. 게다가 그 머저리들은 꼭 저 같은 자식을 낳았는데, 오늘 일이 바로 그 증거이며, 그런 머저리들은 덜떨어진 여자들만이 상대하기에 그들의 임신은 두 배의 저주라고 했다. 여인은 거의 재밖에 남지 않은 담배를 한 번 더 빨고는 꽁초를 버리고 실눈으로 소년을 바라보았다.

메 엔티엔데?(이해가 되오?) 여인이 말했다.

시, 클라로.(네, 그럼요.)

여인은 늑대를 유심히 살폈다. 그리고 다시 소년을 바라보았다. 반쯤 닫힌 눈은 부상 때문이지 싶었는데, 덕분에 정직을 요구하는 듯한 분위기를 자아냈다.

바 아 파리르.(곧 새끼를 낳겠군.)

시.(네.)

코모 라 호벤시타.(저 애랑 같은 신세로구려.)

소년은 여자애를 바라보았다. 임신한 것처럼 보이지 않았다. 여자애는 그들에게 등을 돌리고 앉아 담배를 피우며 주위를 둘러보았다. 아직도 저 아래에서 들려오는 희미한 외침 소리를 제외하고는 볼 것 하나 없는데도.

에스 수 이하?(따님 되세요?)

여인은 고개를 저었다. 여자애는 아들의 아내라고 했다. 결혼을 하긴 했지만 신부님에게 줄 돈이 없어 교회에서 식을 올리지 못했다고.

로스 사세르도테스 손 라드로네스.(신부라는 인간들은 다 도둑이에요.) 여자애가 말했다. 그녀가 처음으로 입을 연 것이다. 늙은 여인은 여자애에게 턱짓을 하며 눈알을 굴렸다. 우나 레보루시오나리아. 솔다데라. 로스 케 노 푸에덴 레코르다르 라 상그레 데 라 게라 손 시엠프레 로스 마스 아르디엔테스 파라 라 루차.(혁명가. 투사. 전쟁의 피를 기억하지 못하는 이들은 항상 전쟁에 목말라하지.)

소년은 이만 가 보겠다고 했다. 여인은 상관하지 않았다. 여인은 자신이 어렸을 때 아스센시온이라는 마을에서 신부가 총에 맞아 죽는 것을 보았다고 했다. 사람들이 신부를 교회 벽에 기대 세워 총알을 퍼붓고 가 버렸다고. 그자들이 사라지자 마을의 여자들이 나와 무릎 꿇고 신부를 들어 올렸지만 신부는 죽었는지, 죽어 가고 있었는지 그랬고, 몇몇 여인이 손수건을 신부의 피에 적셔 그 피가 예수의 피라도 되는 양 스스로를 축복했다고. 그때 거리에서 총에 맞아 죽은 신부를 본 젊은이들은 종교관이 변하고 말았다고 여인은 말했다. 요즘 젊은이들은 종교나 신부나 가족이나 고향이나 하느님에 대해 아무 관심도 없다고 했다. 이 땅이 저주받은 것 같다며 의견을 물었지만, 소년은 이 고장에 대해 아는 것이 별로 없다고 대꾸했다.

우나 말디시온. 에스 시에르토.(저주받았지. 아무렴.)

저 아래 비탈에서는 더 이상 아리에로의 고함이 들려오지 않았다. 오직 바람 소리뿐이었다. 여자애는 담배를 다 피우고 일어나 꽁초를 길에 버리고는, 그 안에 남의 불행을 기뻐하는 생명체라도 깃들어 있는 양 샌들로 마구 짓이겼다. 바람에 그녀의 머리가 휘날리고, 얇은 옷이 펄럭였다. 여자애가 소년을 쳐다보았다. 그녀는 늙은 여인이 늘 저주와 죽은 신부에 대해 말한다고, 반쯤 정신이 나갔으니 신경 쓰지 말라고 했다.

사베모스 로 케 사베모스.(아는 만큼만 보이는 법이지.) 늙은 여인이 말했다.

시. 로 케 에스 나다.(그렇죠. 그리고 보이는 건 아무것도 없고요.)

늙은 여인이 손바닥을 위로 해 손을 여자애 쪽으로 뻗었다. 마치 주장의 근거를 요구하듯. 여인은 소년에게 둘 중 누가 제대로 알고 있는지 보라고 청했다. 여자애는 고개를 쳐들고 말했다. 적어도 자신은 아이 아버지가 누구인지는 안다고. 늙은 여인은 손을 번쩍 들었다. 아이 아이.(아 아.)

소년은 밧줄을 당겨 늑대를 다리에 딱 붙였다. 그리고 가봐야겠다고 말했다.

늙은 여인이 늑대를 턱으로 가리키며, 곧 새끼를 낳을 거라고 했다.

시. 데 아쿠에르도.(네. 저도 그렇게 생각합니다.)

데베 키타르 엘 보살.(부리망을 벗겨 주어야 해요.) 여자애가 말했다.

여인이 여자애를 쳐다보았다. 여자애는 페라(개)가 밤에 새끼를 낳으면 핥아 주어야 한다고 했다. 부리망을 씌운 채 내버려 두었는데 새끼를 낳을 때 근처에 아무도 없으면 어떻게 하겠냐는 것이었다. 어미 개는 새끼를 핥아 준다면서, 세상 모두가 그것을 안다면서.

에스 베르다드.(맞는 말이오.) 늙은 여인이 말했다.

소년은 모자챙에 손을 댔다. 그리고 좋은 하루가 되길 빈다고 인사했다.

에스 탄 페로스 라 페라?(개가 사납나요?) 여자애가 말했다.

소년은 그렇다고 했다. 믿으면 안 되는 개라고.

여자애는 그런 사나운 개한테서 태어난 강아지를 갖고 싶다고, 그러면 훌륭한 감시견으로 자라 다가오는 사람은 모두 물 거라고 했다. 토도스 케 벵가스 알레데도르.(다가오는 사람 모두요.) 여자애는 손을 휘저어 소나무와, 소나무에 깃든 바람과, 사라진 아리에로들과 검은 레보소 틈으로 자신을 바라보는 늙은 여인을 모두 쓸었다. 도둑이나 원치 않는 누군가가 근처에 얼쩡거리면 개가 밤에 짖을 것이라고 여자애는 말했다.

아이 아이.(아 아.) 늙은 여인이 눈알을 굴리며 탄식했다.

소년은 가 봐야 한다고 말했다. 여인은 주님의 은총을 빈다고 했고, 호벤시타(여자애)는 가고 싶으면 얼마든지 가라고 했다. 소년은 늑대와 함께 오솔길을 걸어가 말을 붙잡아 밧줄을 안장 머리에 묶고 말에 올랐다. 돌아보니 여자애는 여인 곁에 앉아 있었다. 서로 말을 나누지는 않았지만 그들은 나란히 앉아 아리에로들이 돌아오기를 기다렸다. 소년이 등성이를 따라가다 굽잇길에서 다시 뒤돌아보니 그들은 여전히 그대로 앉아 있었는데, 거리가 멀어서인지 맥이 풀린 듯 보였다. 마치 소년이 떠남으로써 그들에게서 무엇인가가 사라진 것처럼.

주변 풍경은 조금도 변하지 않았다. 계속 나아갔지만 남서쪽에 높이 솟은 산맥은 날이 저물 때까지도 전혀 가까워지지 않은 듯 보였다. 저녁이 다가올 무렵 난쟁이 참나무 숲을 지나는데 칠면조 떼가 푸드덕 날아올랐다.

아래쪽 숲에서 먹이를 먹던 새들이 개울 너머로 날아 맞은편 숲속으로 사라졌다. 소년은 말 위에 앉아 눈으로 새를 쫓았다. 이윽고 길에서 벗어나 산을 내려가 말을 묶고, 늑대 밧줄을 풀어 나무에 묶은 뒤 소총을 꺼내 들고 총신을 젖혀 장전 여부를 확인하고는 한쪽 눈으로 태양을 주시하며 자그마한 골짜기를 건넜다. 해는 이미 골짜기 머리맡 서쪽 나무들 너머로 가라앉고 있었다.

숲속 빈터에 내려앉은 칠면조들이 짙어 가는 어스름 속에서 껍질이 벗겨진 나무 사이를 서성이는 것이 꼭 사육제 부스의 사격용 새 같았다. 소년은 웅크리고 앉아 숨을 고르고 천천히 다가갔다. 100미터쯤 남았을 무렵 암컷 칠면조 하나가 줄무늬 그림자를 벗어나 탁 트인 곳에 서서 목을 길게 빼더니 다시 걸음을 옮겼다. 소년은 공이치기를 젖히고 자그마한 물푸레나무 줄기를 한 손으로 붙잡고서 총신을 손가락 관절에 괴었다. 그리고 엄지로 총을 밀어 나무줄기에 대어 고정시킨 다음 새를 겨냥했다. 내리막이라는 점과 빛이 가늠쇠에 비스 듬히 떨어진다는 점을 감안하여 소년은 방아쇠를 당겼다.

묵직한 소총이 껑충 뛰어오르며 총성의 메아리가 일대에 울려 퍼졌다. 칠면조가 풀썩 쓰러져 배배 몸을 꼬았다. 나머지 새들은 나무를 뚫고 사방으로 날아올랐는데, 몇몇은 바로 소 년의 머리 위를 지나갔다. 소년은 가만히 서 있다 쓰러진 새에 게로 달려갔다.

주위의 가랑잎들이 온통 피를 덮어쓰고 있었다. 옆으로 누 워 발을 잎 속에서 버둥거리는 칠면조의 목이 기묘하게 뒤로 꺾여 있었다. 소년은 칠면조를 움켜쥐고 땅에 바짝 눌렀다. 총 알은 새의 아래쪽 목을 부러뜨리고 한쪽 날갯죽지를 찢어발 겨 놓았다. 아슬아슬하게 맞힌 것이었다.

소년은 늑대와 둘이서 새를 남김 없이 먹어 치우고는 불 가 에 나란히 앉았다. 밧줄이 닿는 만큼 가까이 앉아 있던 늑대 는 모닥불이 나직이 타닥대는 소리에 화들짝 놀라 몸을 떨었 다. 소년이 쓰다듬으니 늑대의 몸이 손 아래에서 파르르 떨렸 다. 꼭 말의 몸 같았다. 소년은 늑대에게 자신의 삶에 대해 이 야기했지만 그것이 늑대의 두려움을 진정시켜 주는 것 같지는 않았다. 잠시 후 소년은 노래를 불러 주었다.

아침에 소년은 말을 타고 가다, 그 고장에서 처음으로 말을 탄 무리와 마주쳤다. 모두 다섯 명인 그들은 무장을 하고 좋 은 말을 타고 있었다. 그들은 저 앞에서 말을 세우고 얼핏 신 이 난 듯 인사를 건네면서도, 눈으로는 소년의 모든 것을 샅샅 이 훑었다. 옷이며 부츠며 모자며. 말이며 소총이며. 잘린 안장이며. 끝으로 그들은 늑대를 살폈다. 길에서 1미터도 안 떨어진, 고산지대의 허술한 고사리 수풀에서 무슨 수로 몸을 숨기겠는가.

케 티에네스 아야, 호벤?(저게 뭐요, 젊은이?) 그들이 소리쳤다.

소년은 안장 머리에 두 손을 교차해 얹고 앉아 있었다. 그러다 몸을 숙여 침을 뱉었다. 모자챙에 가려진 소년의 시선이 그들을 살폈다. 남자 하나가 늑대를 더 잘 보려고 말을 앞으로 몰았지만 말이 뻗대며 움직이려 들지 않았다. 그는 몸을 숙여 말의 따귀를 갈기고는 고삐를 거칠게 끌어당겼다. 늑대는 밧줄에 묶인 채 바닥에 납작 엎드려 귀를 뒤로 젖혔다.

쿠안토 키에레스 포르 투 로보?(늑대를 얼마에 팔겠나?)

소년은 늑대의 밧줄을 살짝 풀어 준 뒤 다시 묶었다.

노 푸에도 벤데를로.(팔 수 없습니다.)

포르 케 노?(왜지?)

소년은 말 위의 남자를 유심히 살폈다. 노 에스 미아.(제 것이 아닙니다.)

노? 데 키엔 에스?(그래? 그럼 누구 건가?)

소년은 부들부들 떨고 있는 늑대를 바라보았다. 그리고 남쪽의 푸른 산맥을 바라보았다. 소년은 늑대를 보살피라고 위탁을 받았을 뿐 자기 늑대가 아니기에 팔 수 없다고 말했다.

한 손은 고삐를 느슨하게 쥐고, 다른 손은 허벅지에 올려놓고 앉아 있던 남자가 고개를 슬쩍 돌려 소년에게서 시선을 떼지 않은 채 침을 뱉었다.

데 키엔 에스?(누구 건가?) 남자가 거듭 물었다.

소년은 남자를 바라보고, 오솔길에서 기다리고 있는 나머지 일행들을 바라보았다. 소년은 늑대가 위대한 아센다도(목장주)의 재산이며, 자신은 늑대를 잘 보살피라고 위탁을 받았을 뿐이라고 말했다.

이 에스테 아센다도, 엘 비베 엔 라 콜로니아 모랄레스.(그럼, 모랄레스에 사는 목장주 말인가?)

소년은 목장주가 거기에도 살고 있으며, 다른 곳에도 거처가 있다고 했다. 남자는 소년을 오랫동안 유심히 뜯어보다가 앞으로 말을 몰았다. 그러자 다른 이들도 따라서 말을 몰았다. 마치 보이지 않는 끈이나 법칙에 의해 하나로 합쳐져 있듯. 그들은 소년을 지나쳐 나아갔다. 나이 순인 행렬의 맨 마지막 남자는 한참 어려 보였는데, 소년을 지나치며 검지를 모자챙에 댔다. 수에르테, 무차초.(행운을 빌어요, 형씨.) 그들은 나아가며 아무도 뒤돌아보지 않았다.

산속의 추위는 매서웠고, 높은 고개와 카베예라 산맥에는 여전히 눈이 남아 있었다. 카베예라 협곡 위쪽 길은 족히 1.5킬로미터는 눈이 덮여 있었다. 새로 내린 눈임에도 발자국이 꽤나 찍혀 있는 것이 이 나라의 여행자들이 말이 다가오는 소리를 듣고 겁에 질려 길에서 몽땅 달아난 것이 아닌가 하는 생각이 들 정도였다. 소년은 길을 더욱 유심히 살폈다. 남자와 당나귀 발자국. 여자 발자국. 부츠 자국도 더러 보였지만, 대부분은 굽 없이 납작한 우아라체스가 고지대 황야에 어울리지 않는 타이어 자국을 새겨 놓았다. 아이들 발자국에 이어 오늘 아침 소년과 마주쳤던 이들의 말발굽 자국도 보였다. 또한 눈길을 맨발로 걸어간 자국도 보였다. 길가에 웅크리고 숨은 여행자를 늑대가 알아차리지 않을까 싶어 소년이 기색을 살폈지만 늑대는 주둥이를 흔들어 대며 코를 킁킁거릴 뿐 얌전히 뒤를 따랐다. 눈길에 박힌 커다란 늑대 발자국에 세라노(멕시코인)들은 놀라움의 탄성을 지르리라.

그날 밤 소년은 바위 골짜기 바닥에서 잘 준비를 했다. 물이 고여 있는 아래쪽 바위에 늑대를 끌고 간 소년은 늑대가 웅덩이로 내려가 물을 마시는 동안 밧줄을 단단히 움켰다. 늑대가 고개를 들자 목줄기가 꿀꺽대며 턱에서 물이 주룩주룩 흘러내렸다. 소년은 바위에 앉아 밧줄을 쥔 채 늑대를 바라보았다. 시퍼레지는 어스름 속에서 바위 사이에 까맣게 고인 웅덩이 위로 늑대의 숨결이 하얗게 김을 드리웠다. 늑대는 새가 물을 마시듯 고개를 낮추었다 쳐들었다.

소년은 그날 마주쳤던 유일한 사람들이 주고 간 토르티야 두 장과 콩으로 저녁을 먹었다. 여자애를 의사에게 데려가기 위해 북쪽으로 가던 메노파[9] 신도들이었다. 지난 세기에 그려진 그림에서 튀어나온 농부들 같던 그들은 통 말이 없었다. 여자애가 어디가 아픈지도 이야기하지 않았다. 토르티야는 가죽 같았고 콩은 쉬기 시작했지만 소년은 모두 먹었다. 늑대가 계속 바라보았다. 늑대가 먹는 게 아냐. 그러니 그만 쳐다봐.

식사를 마친 소년은 수통에 새로 담은 차가운 물을 길게

---

9) 16세기 네덜란드 신학자 메노 시몬스가 창시한 급진적인 기독교 종파로, 재세례파의 한 갈래.

들이켠 뒤, 모닥불을 피워 빛의 테두리를 따라 주위를 돌았다. 구할 수 있는 장작이라고는 그게 전부였다. 길에서 꽤 떨어진 곳이긴 해도 이런 지형에서는 먼 곳에서도 빛이 보일 터였다. 밤늦게 길을 가던 여행자라도 찾아오지 않을까 소년은 반쯤 기대했다. 하지만 아무도 찾아오지 않았다. 소년이 담요로 몸을 휘감고 앉아 있는 동안 밤의 추위가 드세지며 별들이 남녘의 시커먼 산 모양 실루엣 너머로 타오르며 추락했다. 분명 저곳에는 늑대가 살고 있고, 늑대의 집이 있으리라.

다음 날 소년은 남쪽을 면한 골짜기 바위 사이에 피어 있는 자그마한 푸른 꽃을 보았다. 정오 무렵 소년은 널따란 고갯마루에 올라 바비스페강 계곡 너머를 바라보았다. 굽이굽이 감아도는 저 아래 산길에 희푸른 연기가 걸려 있었다. 허기를 느낀 소년은 말을 세우고 늑대와 함께 코를 킁킁거려 공기 중에 떠도는 냄새를 맡은 뒤 더욱 조심스레 앞으로 나아갔다.

연기는 길 아래 골짜기, 인디언들이 점심 끼니를 준비하는 곳에서 솟아오르고 있었다. 그들은 치와와 서부 광산에서 온 노동자들로, 그들의 좁은 눈썹 사이에는 끈 자국이 가로질러 새겨져 있었다. 현장의 비계 아래에서 죽은 동료의 시신을 여섯 명에서 육로로 운반하여 소노라의 고향으로 돌아가는 중이었다. 사흘 전에 출발했고 앞으로 사흘만 더 가면 도착할 거라고, 날씨가 좋아 다행이라고 했다. 시신은 장대와 소가죽으로 조잡하게 지어 잎을 깔아 멀찍이 둔 들것 위에 누워 있었다. 털가시나무 가지 위의 캔버스 천 수의는 빨간 리본과 초록 리본이 달려 있고 풀잎과 밧줄로 묶여 있었다. 인디언 하나가 수의를 지키려는 것인지 아니면 죽은 이의 말동무를 해 주려는 것인지 그 곁에 앉아 있었다. 그들은 더듬거리는 스페인어로 허물없이 식사를 권했다. 그들의 고향 풍습이 그런 모양이었다. 늑대에게도 별 관심을 보이지 않았다. 집에서 만든 얇은 옷을 입고 쪼그리고 앉아, 색칠한 양철 그릇에 담긴 포솔레[10]를 손가락으로 떠먹고, 자기네가 즐겨 먹는 풀로 끓인 찻물이 든 공용 들통을 서로 주고받았다. 그리고 손가락을 핥고 팔등에 문질러 닦더니, 푼체(싸구려) 담배 가루를 옥수수 잎에 놓고 말았다. 아무도 소년에 대해 묻지 않았다. 어디 출신인지, 어디로 가는지. 그들은 멕시코인들이 벌인 전쟁을 피하려고 애리조나로 달아난 삼촌과 아버지 들에 대해 이야기했는데, 그중 한 명은 아흐레를 걸어 산을 넘고 사막을 건너 오로지 구경 삼아 그곳에 갔다가 다시 아흐레를 걸어 돌아왔다고 한다. 애리조나 출신이냐는 물음에 소년이 아니라고 답하자 그는 고개를 끄덕이더니 누구나 자기 고장의 장점은 과장하는 법이라고 말했다.

습지 가장자리를 잠자리로 삼은 밤, 15킬로미터 너머 바비스페의 한 마을에서 노랗게 빛나는 창문들이 보였다. 습지는 어스름에 움츠러든 꽃들로 가득했는데, 달이 뜨자 다시 활짝 피어났다. 소년은 불을 지피지 않았다. 소년과 늑대는 어둠 속에 나란히 앉아, 습지에 나타나 빠르게 사라졌다가 다시 나타

---

10) 닭이나 돼지의 뼈와 옥수수를 넣어 수프처럼 걸쭉하게 끓인 멕시코 음식.

나는 것들의 그림자를 바라보았다. 귀를 앞으로 기울인 늑대의 코는 공기 중의 미세한 변화를 하나도 놓치는 법이 없었다. 마치 이 세상의 생명을 뒤에서 조종하고 있는 듯했다. 어깨에 담요를 두르고 앉은 소녀는 뒤쪽 산 너머로 달이 오르면서 변하는 그림자를 지켜보고, 하나씩 하나씩 사위다 마침내 모두 잦아든 아득히 먼 바비스페의 불빛을 바라보았다.

아침에 소년은 자갈밭에 말을 세우고는 광대한 강을 따라 흘러가는 맑은 물을 바라보다, 하류 쪽 강굽이를 감아 도는 격류에 떨어진 빛살을 살폈다. 소년은 안장 머리에서 늑대의 밧줄을 풀고 말에서 내렸다. 말과 늑대를 여울로 끌고 가 셋이서 함께 차가운 잿빛 강물을 마셨다. 소년은 일어나 입가를 훔치고 남쪽을 바라보았다. 아침 햇볕 속에 필라레스 테라스의 드높고도 거친 산줄기가 우뚝 솟아 있었다.

늑대의 발이 닿을 만큼 얕은 여울은 아무리 둘러봐도 없었다. 소년은 늑대가 헤엄을 치겠지 싶어 상류의 자갈밭으로 돌아가 말을 강 속으로 몰았다.

얼마 못 가 늑대가 헤엄을 치더니 이내 버둥댔다. 부리망 때문에 숨을 못 쉬는 듯했다. 안 그래도 미친 듯이 버르적버르적 물을 가르는데, 앞다리에 감긴 붕대마저 풀려 요동치자 늑대는 더럭 겁이 났는지 되돌아가려고 했다. 소년이 고삐를 당기자 말이 몸을 돌려 세찬 물결 사이에 버티고 서서는 안장 머리에 묶여 팽팽히 당겨지는 밧줄을 바라보았다. 소년은 고삐를 강물에 맡겨 둔 채 말에서 내렸다. 허벅지까지 물이 올라왔다.

다른 수가 없어 소년은 늑대의 개목걸이를 움켜 끌어 올렸다. 그리고 다른 손을 늑대의 가슴 아래 집어넣어 받쳐 주었다. 털이 거의 없어, 가죽 같은 느낌이 드는 차가운 젖꼭지가 손에 닿았다. 소년은 늑대를 진정시키고자 했지만 늑대는 미친 듯이 버둥댔다. 늑대를 묶은 밧줄이 기다란 고리를 그리며 하류로 밀려나 개목걸이를 잡아끌었다. 소년이 늑대를 번쩍 들어 말에게로 걸어가는데 부츠 아래 돌멩이가 들썩대고 물결이 다리를 강타했다. 소년은 밧줄을 풀어 강물의 흐름에 맡겼다. 밧줄이 강 아래로 흘러가며 고리가 스르르 풀려 똑바로 펴지더니 물결 따라 흔들흔들 춤을 추었다. 늑대의 다리를 감았던 시트 자락은 완전히 풀려 떠내려가고 없었다. 소년은 강기슭을 돌아보았다. 그 순간 말이 소년을 지나쳐 종종걸음 치듯 여울을 건너 자갈밭에 이르더니 몸을 돌려, 아침 한기에 하얗게 김을 피우며 서 있다 고개를 저으며 하류로 걸어갔다.

소년은 늑대의 머리가 물에 잠기지 않도록 안고서 속삭이며 힘겹게 발을 뗐다. 늑대의 발이 바닥에 닿을 만큼 얕은 곳에 이르자 늑대를 내려놓고는 같이 강 밖으로 걸어 나가 자갈밭에 서서 물에 빠진 밧줄을 감아올렸다. 늑대가 곁에서 부르르 몸을 떨었다. 소년은 감은 밧줄을 어깨에 걸치고는 말을 찾아 고개를 돌렸다. 하류 쪽 자갈밭에서 말을 탄 두 사람이 나란히 서서 그들을 지켜보고 있었다.

도무지 마음에 드는 구석이 없는 사람들이었다. 소년은 그들 너머로 버드나무 잎을 뜯고 있는 자신의 말을 보았다. 안장 옆 총집에 소총 개머리판이 비쭉 나와 있었다. 소년은 늑대를 돌아보았다. 늑대는 말을 탄 사람들을 바라보고 있었다.

그들은 지저분한 치노 작업복에 모자와 부츠 차림으로, 미국 정부가 만든 45구경 자동 권총을 혁대의 검은 가죽 총집에 차고 있었다. 시건방진 태도로 그들이 말을 몰아 다가왔다. 소년의 왼쪽에 다다르사 그중 한 명이 말을 세웠고, 나머지 한 명은 계속 가다가 뒤쪽에서 말을 세웠다. 소년은 몸을 돌려 그들을 바라보았다. 첫 번째 사람이 고개를 끄덕여 보였다. 그러고는 소년의 말이 있는 하류 쪽을 돌아보더니 늑대를 쳐다보고 다시 소년을 바라보았다.

데 돈데 비에네?(어디서 왔나?)

아메리카.(미국에서요.)

남자는 고개를 끄덕였다. 그리고 강 건너편을 바라보았다. 그가 몸을 숙여 침을 뱉고 말했다. 수스 도쿠멘토스.(서류를 꺼내 보게.)

도쿠멘토스?(서류요?)

시. 도쿠멘토스.(그래. 서류.)

노 텡고 닝구노스 도쿠멘토스.(서류 같은 건 없어요.)

남자가 소년을 주시했다.

케 에스 수 놈브레.(이름이 뭔가.)

빌리 파햄.(빌리 파햄입니다.)

남자가 살짝 턱을 들어 하류 쪽을 가리켰다. 에스 수 카바요?(자네 말인가?)

시. 클라로.(네. 그럼요.)

라 팍투라 포르 파보르.(영수증을 꺼내 보게.)

소년은 다른 남자를 바라보았지만, 그는 해를 등지고 있어 얼굴에 그림자가 져 있었다. 소년은 다시 심문자를 바라보았다. 요 노 텡고 에소스 파펠레스.(서류 같은 건 하나도 없습니다.)

파사포르테?(여권은?)

나다.(없습니다.)

남자는 양쪽 손목을 느슨하게 엇갈린 채 말 위에 앉아 있었다. 그가 동료에게 고개를 끄덕이자 다른 남자가 자갈밭 아래로 가 소년의 말을 붙잡아 데리고 왔다. 소년은 자갈밭에 주저앉아 부츠를 하나씩 벗어 뒤집어 강물을 빼낸 뒤 다시 신었다. 그리고 팔꿈치를 무릎에 괴어 늑대를 바라보고 강 건너편 햇볕 속에 우뚝 솟은 필라레스를 바라보았다. 적어도 오늘은 저기에 못 갈 게 분명했다.

그들은 길을 따라 하류로 나아갔다. 대장이 소년의 소총을 자기 안장 머리에 얹고서 나아갔고, 소년은 늑대를 말발굽에 바짝 붙인 채 뒤를 따랐고, 두 번째 남자가 30미터 떨어져 쫓아왔다. 오솔길은 강에서 갈라져 나와, 소들이 풀을 뜯는 드넓은 초지를 가로질렀다. 소들은 느릿느릿 놀리던 턱을 쳐들어 옆으로 우르르 몰려가 말을 탄 이들을 유심히 살피더니 다시 고개 숙여 풀을 뜯었다. 초원을 가로지르다 길이 나오자 그들은 남쪽으로 방향을 틀어 길을 따라가 길가에 흙집 몇 채가 늘어선 부락에 들어섰다.

좌우로 한눈파는 일도 없이, 그들은 바큇자국이 팬 길을 계속 나아갔다. 햇볕을 쬐고 있던 개 몇 마리가 자리에서 벌떡 일어나 말 뒤로 쫓아와 코를 킁킁거렸다. 길 끝 어도비 건물에서 그들이 말을 세우고 내려섰다. 소년은 늑대를 근처에 세워진 마차에 묶고는 두 남자와 함께 안으로 들어갔다.

방에서는 퀴퀴한 냄새가 풍겼다. 벽에는 색 바랜 프레스코
화가 그려져 있고, 페인트를 칠한 징두리판벽의 흔적이 희미
하게 남아 있었나. 머리 높이 가로지른 비가(들보)에 리넨 천
장이 너덜너덜 걸려 있었다. 바닥에는 유약을 칠하지 않은 큼
직한 타일이 깔려 있었는데, 벽과 마찬가지로 대부분 떨어져
나온 데다 말발굽에 군데군데 부서져 있었다. 유리도 없이 남
쪽과 동쪽 벽에만 난 창문은 겉창이 달린 것은 닫혀 있고 겉
창이 없는 것은 뻥 뚫린 채 바람과 먼지와 제비가 들락거렸
다. 방 맞은편 구석에는 길쭉한 사각형 식탁과 화려하게 조각
된 높은 등받이 의자가 하나씩 놓여 있고, 그 뒤쪽 강철 서류
함의 맨 윗서랍에는 과거의 어느 날 도끼에 찍혀 뜯긴 자국이
선명히 남아 있었다. 타일에 두껍게 앉은 먼지 위로 새와 쥐와
도마뱀과 개와 고양이의 발자국이 사방팔방 새겨져 있었다.
마치 근방의 모든 생명체에게 불변의 수수께끼로 존재하는 방
인 듯했다. 두 남자는 이끼처럼 늘어진 리넨 천장 아래 섰다.
대장이 소총을 한 팔에 안은 채 방 한쪽에 있는 문으로 걸어
가 노크를 하고 소리를 친 다음 모자를 벗어 들고 섰다.

몇 분 후 문이 열리고 나온 젊은 모소(하인)와 이야기를 하
던 대장이 밖을 턱으로 가리켰다. 모소는 현관문 쪽을 바라보
더니 다른 남자와 소년을 쳐다보고는 다시 물러나 문을 닫았
다. 그들은 기다렸다. 바깥에서는 개들이 건물 앞에 모여들기
시작했다. 그중 몇 마리가 열려 있는 문을 통해 보였다. 개들
과 밧줄에 묶인 늑대가 서로를 바라보는 동안 잿빛 잡종개 한

마리가 꼬리를 치켜들고 등 털을 곤두세운 채 개들 앞을 서성였다.

건장해 보이는 젊은 알구아실(경찰)이 문에 나타났다. 그는 소년을 힐끗 보더니 소년의 소총을 들고 서 있는 남자에게로 고개를 돌렸다.

돈데 에스타 라 로바?(늑대는 어디 있나?)

아푸에라.(바깥에 있습니다.)

경찰이 고개를 끄덕였다.

그들은 모자를 쓰고는 방을 가로질렀다. 소총을 든 남자가 소년을 앞으로 밀자 알구아실이 새삼 소년을 바라보았다.

쿠안토스 아뇨스 티에네?(몇 살인가?)

디에시세이스.(열여섯입니다.)

에스 수 리플레?(자네 총인가?)

에스 데 미 파드레.(아버지 총입니다.)

노 에스 라드론 우스테드? 아세시노?(자네 도둑인가? 아니면 자객인가?)

노.(아닙니다.)

경찰이 남자에게 턱짓으로 소년에게 소총을 돌려주라고 하고는 열린 문 너머로 걸음을 옮겼다.

집 앞 길에는 20여 마리의 개들과, 거의 비슷한 수의 아이들이 와글와글 모여 있었다. 늑대는 마차 아래로 기어들어가 벽을 등지고 서 있었다. 손으로 만든 부리망 사이로 입 안의 이빨이 모조리 드러나 있었다. 알구아실이 쪼그리고 앉아 모자를 뒤로 젖히더니 손바닥을 허벅지에 댄 채 늑대를 유심히 살폈다. 그리고 소년을 바라보았다. 그는 늑대가 사납냐고 물었고 소년은 그렇다고 말했다. 어디서 늑대를 잡았느냐는 물음에 산에서 잡았다고 했다. 경찰은 고개를 끄덕였다. 그리고 일어나 부관에게 뭐라고 말하더니 몸을 돌려 안으로 들어갔다. 부관들은 불안한 기색으로 서서 늑대를 바라보았다.

결국 그들은 밧줄을 풀어 늑대를 마차 아래에서 끌어냈다. 개들이 짖어 대며 서성이는데, 커다란 잿빛 개가 돌진해 늑대의 엉덩이를 물었다. 늑대가 몸을 돌려 고개를 낮추었다. 부관들이 늑대를 잡아끌었다. 잿빛 개가 다시 한 번 공격의 기회를 노리며 주위를 맴돌자 부관 하나가 몸을 돌려 부츠 발로 개의 턱을 걷어찼다. 탁 소리와 함께 개의 주둥이가 닫히자 아이들이 웃음을 터뜨렸다.

그 무렵 모소는 열쇠를 들고 집 밖에 나와 있었다. 그들은 늑대를 길 너머로 끌고 가 어도비 창고 문의 자물쇠를 열고 사슬을 풀어 안에 늑대를 집어넣고 다시 문을 잠갔다. 소년은 그들에게 늑대를 어떻게 할 셈이냐고 물었지만 그들은 어깨만 으쓱했다. 그러고는 말에 올라, 마치 주위에 여자라도 있는 양 고삐로 말 머리를 좌우로 움직이며 의기양양하게 멀어졌다. 모소가 절레절레 고개를 젓더니 열쇠를 가지고 도로 집 안으로 들어갔다.

소년은 정오가 지나도록 문간에 앉아 있었다. 소총에서 총알을 꺼내 소총과 총알을 말리고 다시 장전하여 총집에 넣었다. 그리고 수통의 물을 마시고 나머지 물을 모자에 부어 말에게 먹이고 창고 문에서 개들을 쫓아냈다. 화창하고 선선했지만 거리는 텅 비어 있었다. 오후에 모소가 문으로 나오더니 무엇을 원하는지 주인어른께서 알아보라고 하셨다고 했다. 소년은 늑대를 원한다고 했다. 모소는 고개를 끄덕이고 도로 들어갔다. 다시 나온 그는 늑대는 밀수품으로 압수되었으며, 나이가 어린 점을 고려해 관대하게 풀어 주신 알구아실에게 감사의 마음을 가지고 그만 가 보라고 했다. 소년은 늑대가 밀수품이 아니라 자신이 맡아 보호하기로 한 재산이며 반드시 가지고 돌아가야 한다고 했다. 모소는 그 말을 듣더니 몸을 돌려 집 안으로 들어갔다.

　소년은 앉아 있었다. 아무도 나오지 않았다. 오후 늦게 부관 한 사람이 온갖 사람들로 구성된 작은 무리를 이끌고 돌아왔다. 그의 바로 뒤에는 그 고장 광산에서 부릴 법한 자그마한 검은 노새가 있었고, 노새 뒤에는 나무 바퀴가 달린 구식 카레타(수레)가 매달려 있었다. 수레 뒤에는 여자들, 아이들, 청년들이 잡다하게 뒤섞인 무리가 걸어왔는데, 대개가 짐을 지고 있거나 바구니나 들통을 들고 있었다.

　무리는 창고 앞에서 멈추었다. 부관이 말에서 내렸고, 수레꾼이 카레타의 조잡한 나무 우리에서 기어 내렸다. 그들은 길에 서서 메스칼주(酒)[11] 병을 주고받았다. 잠시 후 모소가 집에서 나와 창고 문의 자물쇠를 열자 부관이 나무 문살에서 철컹철컹 사슬을 풀어 문을 활짝 젖혔다.

---

11) 선인장 즙을 증류하여 만든 멕시코의 전통 술. 전통적으로 메스칼주 병에는 선인장 애벌레 한 마리를 함께 넣어 둔다.

늑대는 문에서 가장 먼 구석에 있다 벌떡 일어나 눈을 껌벅였다. 카레테로(수레꾼)가 뒤로 물러나 코트를 벗어 노새 머리에 씌우고는 소맷자락을 턱 아래에 단단히 묶은 뒤 굴레의 뺨쪽 가죽끈을 단단히 쥐고 섰다. 부관은 창고 안으로 들어가 밧줄을 집어 들어 늑대를 문 쪽으로 끌어냈다. 군중이 다시 모여들었다. 술기운과 구경꾼들의 경탄 어린 눈길에 용기를 얻은 부관이 개목걸이를 움켜쥐고 늑대를 질질 끌고 나오다 개목걸이와 꼬리를 잡아 늑대를 번쩍 들더니, 짐꾼이 흔히 그러하듯 발 하나로 늑대의 배를 받쳐 늑대를 수레 위에 턱 얹었다. 그리고 밧줄을 수레 옆으로 둘러 앞쪽 바닥판 틈새에 집어넣고 반매듭을 지었다. 길가에 선 사람들은 부관의 움직임을 하나도 놓치지 않고 지켜보았다. 훗날 이날의 목격담을 말해 보라는 요청을 받을지도 모른다는 듯 유심히 지켜보았다. 부관이 고개를 끄덕여 보이자 카레테로가 노새의 턱 아래 묶은 소맷자락을 풀고 코트를 벗겼다. 그리고 고삐를 노새의 목 아래에 모아 쥐고 서서 노새의 반응을 기다렸다. 노새가 서서히 고개를 들어 코를 쿵쿵거렸다. 이윽고 뒷발을 번쩍 쳐들어 가죽끈 사이로 날려서는 늑대가 묶여 있는 수레 바닥판에 구멍을 뚫었다. 열려 있던 수레 뒤쪽으로 늑대가 기어나오고 부서진 판때기가 뒤를 잇자 사람들이 혼비백산하여 달아났다. 노새가 비명을 지르며 옆으로 몸을 날리는 순간 수레 오른쪽 부분이 부서져 내렸고, 노새는 길바닥에 쓰러져 발길질을 해댔다.

카레테로는 강하고 민첩했다. 그는 재빨리 노새의 목 위로 뛰어올라 걸터앉더니 노새의 귀를 이로 악물고 코트로 노새 머리를 덮었다. 그는 헐떡이며 주위를 둘러보았다. 말에 올랐던 부관이 도로 내려와 길바닥에 늘어진 밧줄을 붙잡아 늑대를 획 낚아챘다. 그리고 부서진 판자에 묶인 밧줄 매듭을 풀고 판자를 내던지더니 늑대를 다시 창고로 질질 끌고 가 문을 닫았다. 미레.(보세요.) 카레테로가 코트로 노새 머리를 덮은 채 길바닥에 누워 외치며 한 손을 저어 마차의 잔해를 가리켰다. 미레.(보세요.) 부관은 흙바닥에 침을 뱉고는 길을 건너 집 안으로 들어갔다.

수리공이 와서 오랜 시간에 걸쳐 나뭇가지와 생가죽으로 마차를 수리했다. 수레를 따라 마을로 들어온 무리들은 길 서쪽에 늘어선 건물의 그늘에 들어앉아 점심을 먹고 레모네이드를 마셨다. 오후 늦게 수레가 준비되었지만 아무리 찾아도 부관이 보이지 않았다. 남자애 하나를 집으로 보내 물어보라고 했다. 부관은 그로부터 한 시간이나 지나서야 나타나 모자를 바로 하며 태양을 눈여겨보더니, 마차 검사를 대신할 권한이라도 위임받은 양 몸을 숙여 마차를 살피고는 다시 집 안으로 들어갔다. 모소와 함께 다시 나온 그는 길을 건너 창고로 가 자물쇠를 열고 사슬을 풀어 또다시 늑대를 끌고 나왔다.

카레테로는 눈을 가린 노새를 가슴팍에 꽉 껴안고 서 있었다. 부관은 그를 가만히 보더니 모소 데 쿠아드라(마구간지기), 하고 외쳤다. 남자애 하나가 앞으로 나왔다. 부관은 그 아이에게 노새를 맡으라고 하고는 카레테로더러 마차에 오르라고 했다. 카레테로는 불안해하며, 노새를 안고 있던 손을 풀었다. 그리고 부리망을 쓴 늑대를 빙 돌아 수레에 올라 묶어 둔 고삐를 풀고 준비 자세로 섰다. 부관은 다시 한 번 늑대를 카레타에 실어 뒤쪽 판자에 단단히 묶었다. 카레테로는 고개를 돌려 늑대를 바라보고, 부관을 바라보았다. 이윽고 기다리다 다시 모여든 사람들에게로 시선을 돌리다 늑대를 몰래 갖고 들어온 젊은 엑스트란헤로(외국인)와 눈이 마주쳤다. 부관이 모소데 쿠아드라에게 고개를 끄덕이자 남자애는 노새의 머리에서 카레테로의 코트를 벗기고 물러났다. 노새는 봇줄에 묶인 채 미친 듯이 날뛰었다. 카레테로는 뒤로 넘어져 수레 앞판을 부여잡고 늑대 위로 뒹굴지 않으려고 안간힘을 썼다. 늑대는 밧줄에 묶인 채 돌진하며 미친 듯이 슬픈 비명을 내질렀다. 부관이 껄껄 웃어 대며 말을 부츠로 차더니 모소에게서 코트를 뺏어 들고 올가미인 양 머리 위로 빙빙 돌리다 카레테로에게 던지고는 말을 세웠다. 노새와 수레와 늑대와 수레꾼이 집 사이로 요란스레 덜컹덜컹 나아가며 먼지에 휩싸였다.

사람들은 이미 자기 짐을 챙겨 들고 있었다. 소년은 집 옆에 놓아둔 안장을 집어 들어 말에 씌우고 안장용 총집을 채운 뒤 말에 올라 바큇자국이 팬 길 쪽으로 말 머리를 돌렸다. 말 그림자가 드리우자 걸어가던 이들이 길가에 바짝 몸을 붙였다. 소년은 그들에게 고개를 끄덕였다. 아돈데 바모스?(어디로 가는 겁니까?)

그들이 소년을 올려다보았다. 레보소를 두른 늙은 여인들. 바구니를 함께 들고 가는 여자애들. 아 라 페리아.(축제예요.)

라 페리아?(축제요?)

시, 세뇨르.(네, 나리.)

아돈데?(축제가 어디에서 열리죠?)

엔 엘 푸에블로 데 모렐로스.(모렐로스 마을에서요.)

에스 레호스?(여기서 먼가요?)

그들은 말을 타고 가면 그리 멀지 않다고 했다. 우나스 포카스 레구아스.(4~5킬로미터쯤 돼요.)

소년은 나란히 말을 몰며 말했다. 이 아돈데 바 콘 라 로바.(늑대는 어디로 데리고 가는 건가요?)

아 라 페리아, 신 두다.(당연히 축제에 가는 거죠.)

소년은 늑대를 왜 축제에 데려가느냐고 물었지만 그들은 이유를 모르는 듯했다. 그들은 어깨를 으쓱하고는 말 곁에서 터벅터벅 걸었다. 한 늙은 여인이, 늑대가 어린 학생들을 잡아먹었다가 시에라(산)에서 잡혔다고 말했다. 그러자 다른 여인은 늑대가 숲속에서 벌거벗은 채 달아나던 어린 남자애와 함께 잡혔다고 했다. 세 번째 여인은 늑대를 시에라에서 잡은 사냥꾼들 말로는 다른 늑대들이 쫓아오다 밤이 되면 모닥불 너머 어둠 속에서 마구 울부짖었다고, 사냥꾼 몇몇은 그것들이 순종 늑대가 아니라고 했다고 말했다.

길이 강과 모래톱에서 멀어지며 북쪽의 드넓은 골짜기로 이어졌다. 어스름이 내릴 무렵 그들은 고지대 초지에 이르러 모닥불을 피우고 저녁을 준비했다. 말을 묶고 풀밭에 앉아 있는 소년은 무리에 속하는 것도, 속하지 않는 것도 아니었다. 소년은 수통 마개를 돌려 열어 마지막 남은 물을 마시고 다시 마개를 닫은 뒤 텅 빈 수통을 손에 쥐고 앉아 있었다. 얼마 후 남자애가 다가와 모닥불로 오라고 초대했다.

그들은 대단히 공손했다. 이제 열여섯 살밖에 안 된 소년을 카바예로(나리)라고 불렀다. 소년은 모자를 뒤로 젖히고 책상 다리로 앉아 콩과 노팔리토스[12]와 마차카[13]를 먹었다. 말린 염소 고기로 만든 마차카는 시커멓고 질긴 데다 냄새가 독했고, 여행용인지라 말린 고춧가루를 뒤집어쓰고 있었다. 레 구스타?(먹을 만했습니까?) 그들이 말했다. 소년은 아주 맛있었다고 했다. 어디서 왔냐고 묻기에 누에보 메히코(뉴멕시코)에서 왔다고 하자 그들은 서로를 힐긋거리더니 집에서 그토록 멀리 떨어져서 무척 슬프겠다고 했다.

해 질 무렵의 초지는 집시 캠프나 난민 캠프처럼 보였다. 길을 따라 새로운 사람들이 속속 도착하여 수가 불면서 새 모닥불이 지펴지고, 모닥불 사이의 시커먼 공간을 형체들이 가로질렀다. 짙은 자줏빛 서녘 하늘을 배경으로 비스듬히 비탈진 초지에서 당나귀들이 풀을 뜯고, 자그마한 카레타가 광산용 수레처럼 줄줄이 끌채를 땅에 박은 채 비스듬히 서 있었다. 그 무렵 사내 여럿이 야영지에 합류했는데 서로 메스칼주 병을 주고받았다. 그중 두 명은 새벽까지도 차갑게 식은 재 앞에 그대로 앉아 있었다. 여인들이 일어나 아침거리를 준비하려 모닥불을 다시 지피고 반죽을 두드려 토르티야를 빚어, 양철 지붕을 잘라 만든 코말[14]에 얹었다. 여인네들은 죽치고 앉

---

12) 멕시코에서 채소로 먹는 식용 선인장.
13) 주로 소고기를 양념하여 말린 일종의 멕시코 육포.
14) 과자나 빵을 굽는 번철.

아 있는 술꾼들을, 말리려고 담요를 덮어 놓은 안장과 똑같이 무시하고 일했다.

9시경 무리가 다시 이동을 시작했다. 너무 취해서 움직일 수 없는 이들을 위해 수레의 가재도구 사이에 자리가 마련되었다. 마치 누구에게라도 닥칠 수 있는 불행을 맞은 이들을 돌보듯.

그들이 나아간 길은 집은커녕 오가는 사람 하나 없는 황량한 지대로 이어졌다. 그들은 정오에도 멈추지 않고 계속 걸어 곧 고개를 넘었다. 고개 아래 3킬로미터 너머에 강이 흐르고, 어린애가 흙바닥에 그린 선 같은 사거리를 따라 띄엄띄엄 집이 서 있는 콜로니아 모렐로스가 보였다.

무리가 마을 남쪽 범람지에 야영지를 세우는 동안 소년은 늑대를 찾을 수 있을까 하여 길을 따라 하류로 나아갔다. 수레바퀴 자국으로 단단하게 주름이 잡힌 흙길은 말발굽에도 모양이 흐트러지지 않았다. 높은 시에라에서 남쪽으로 뻗어 나온 맑고 찬 강물은 마을 쪽으로 굽이치다가 필라레스의 서쪽 벽 아래에서 다시 남쪽으로 방향을 틀었다. 소년은 큰길에서 벗어나 강을 따라 오솔길을 나아가다 말을 세워 시원한 여울 물을 먹였다. 한 노인이 당나귀를 끌고 가며, 자갈밭에 떠내려온 나무를 모으고 있었다. 배배 꼬인 창백한 나무가 당나귀 등에 쌓인 모습이 마치 뼈의 태피스트리를 보는 듯했다. 소년이 말을 상류 쪽으로 몰자 말발굽이 둥근 자갈 사이에서 달각거렸다.

소년이 들어선 마을은 지난 세기에 옛 모르몬교도들이 정착한 곳으로, 양철 지붕을 인 벽돌 건물들에 이어 가짜 나무 앞면을 댄 벽돌 가게가 보였다. 벽돌 가게 맞은편 알라메다(가로수 길)에는 나무와 나무 사이에 깃발이 걸려 있고, 소규모 악단이 거물이 오기를 기다리듯 자그마한 정자에 앉아 있었다. 거리 쪽으로 난 현관과 알라메다에는 카카우아테(땅콩)나 고춧가루를 뿌린 찐 옥수수 알이나 부뉴엘로(도넛)나 나티야(크림)나 종이처럼 얇은 과일 조각을 파는 노점상들이 늘어서 있었다. 소년은 안장에서 내려 말을 묶고는 도둑맞지 않도록 소총을 총집에서 꺼내 들고 알라메다로 걸어갔다. 마른 흙과 야윈 나무로 이루어진 자그마한 공원을 오가는 행인 중에는 소년보다 더 이국적인 방문객도 간혹 눈에 띄었다. 덕지덕지 기운 캔버스 텐트 사이에서는 누더기 꼴을 한 가족들이 멍하니 움직이고, 가슴받이가 달린 작업복과 밀짚모자 차림의 메노파교도가 약장수 쇼를 구경하는 시골뜨기들처럼 모여 있고, 기형 인간을 과장스레 묘사한 캔버스 그림 앞에는 아이들이 반쯤 넋이 나간 채 서 있고, 타라우마라 인디언과 야키 인디언이 활과 화살을 들고 돌아다니고, 사슴 가죽 부츠 차림에, 칠흑처럼 까맣고 위엄 있는 눈을 한 아파치 남자애도 둘 있었다. 마지막 남은 자유민 아파치들이, 한때는 일원이었던 국가의 그림자처럼 살아가는 산중 거주 구역에서 내려와 진지한 눈길로 빚어내는 초라한 곡예는 그들에게 배당된 새롭고 끔찍한 역할을 화려하게 치장한 것인지도 몰랐다.

소년은 이내 늑대를 찾아냈지만 늑대를 보려면 10센타보

[15]가 필요했다. 자그마한 이륜 수레 위로 친 임시 천막 앞에는 늑대의 내력과 잡아먹었다고 알려진 사람의 수를 적은 표지판이 걸려 있었다. 소년은 줄을 서서 들어갔다 나오는 몇 안 되는 사람들을 바라보았다. 자기네들이 본 것에 그다지 흥분하는 기색은 아니었다. 소년이 늑대에 대해 묻자 그들은 어깨를 으쓱했다. 그냥 늑대일 뿐이라고 말했다. 사람을 잡아먹었을 리 없다고.

천막 앞에서 돈을 받던 사내는 상황을 설명하는 소년의 말을 고개 숙인 채 유심히 들었다. 그가 머리를 들어 소년의 눈을 바라보았다. 파살레.(들어가 봐.)

늑대는 짚을 깐 수레 바닥에 누워 있었다. 개목걸이에 밧줄 대신 묶인 쇠사슬이 수레 바닥 사이로 얼기설기 엮여 있어 늑대가 할 수 있는 일이라곤 일어나 서는 것이 고작이었다. 늑대 옆에 흙그릇이 하나 놓여 있었는데, 아마도 물이 담긴 듯했다. 막대기를 느슨하게 어깨에 걸친 꼬맹이가 수레 옆판에 팔꿈치를 괴고 서 있었다. 사람이 들어오자 돈을 낸 구경꾼인 줄 알고 꼬맹이가 벌떡 일어나 막대기로 늑대를 찌르며 쉿쉿 소리를 냈다.

늑대는 그러든지 말든지 무시했다. 나직이 숨을 들이쉬고 내쉬며 옆으로 누워 있을 뿐이었다. 소년은 다친 다리를 보았다. 그리고 수레에 소총을 기대 세우고는 늑대를 불렀다.

늑대가 얼른 일어나 고개를 돌려 귀를 쫑긋 세우고 소년을

---

15) 멕시코의 화폐 단위. 1페소는 100센타보이다.

바라보았다. 막대를 든 꼬맹이가 수레 너머로 소년을 올려다 보았다.

소년은 늑대에게 오랫동안 말을 했다. 늑대를 지키던 꼬맹이는 무슨 말인지 알아듣지 못했으나 소년의 마음을 느낄 수는 있었다. 소년은 약속을 반드시 지키겠다고 늑대에게 맹세했다. 친구들이 있는 산으로 반드시 데려다주겠다고. 소년을 응시하는 늑대의 노란 눈에는 절망은 없었지만, 절망에 못지않게 헤아릴 수 없는, 세상의 중심을 차지한 깊은 고독이 어려 있었다. 소년은 몸을 돌려 꼬맹이를 바라보았다. 소년이 막 말을 하려는데 천막 앞의 사내가 안으로 고개를 들이밀고 나직이 말했다. 엘 비에네. 엘 비에네.(그가 와. 그가 온다고.)

말디시오네스.(망할.) 꼬맹이가 막대기를 내던지더니 사내와 함께 천막을 걷고, 흙바닥에 박힌 말뚝에서 밧줄을 풀었다. 천막이 내려앉는데 카레테로가 종종걸음으로 알라메다를 걸어와 천막 자락을 잡아끌어 철거를 거들며 서두르라고 쉿쉿댔다. 그들은 이내 눈을 가린 자그마한 노새를 끌채 사이에 끼워서 고삐를 씌우고 버클을 채웠다.

라 타블리야.(표지판.) 카레테로가 외쳤다. 꼬맹이가 표지판을 얼른 집어 밧줄과 천막 더미 아래에 쑤셔 넣자 카레테로가 수레에 올라 소리를 쳤고, 천막 앞의 사내가 노새에게서 눈가리개를 벗겨 냈다. 노새와 수레와 늑대와 수레꾼이 덜컹덜컹거리를 나아갔다. 축제에 놀러 온 사람들이 이리저리 비켜섰다. 카레테로는 허둥지둥 고개를 돌려, 알구아실이 무리를 이끌고 막 마을 남쪽으로 들어서고 있는 길을 바라보았다. 알구아실의 친구와 부하뿐 아니라 하인과 모소 데 에스트리보(발받침꾼)와 모소 데 쿠아드라 들이 장비를 햇빛에 번뜩이며 말 다리 사이로 종종걸음 치며 들어섰고, 뒤이어 사냥개 20여 마리가 쫓아왔다.

소년은 이미 몸을 돌려 말이 있는 쪽으로 걸어갔다. 소년이 고삐를 풀고 소총을 총집에 끼우고 안장에 올라 말 머리를 거리 쪽으로 돌렸을 무렵 알구아실 무리는 네 명씩 여섯 줄을 지어 알라메다를 나아가며 서로에게 소리를 질러 댔다. 그들 중 상당수는 반짝이와 은실 장식을 하고 바지 솔기에 은 단추를 주르르 댄 노르테뇨[16]나 차로[17] 복장을 화려하게 차려입고 있었다. 접시만 한 납작한 은 장식 안장에 앉아 있었는데, 술에 취한 몇몇은 말 때문에 건물 옆으로 비키거나 안으로 들어가는 여인들에게 이국적인 공손한 몸짓으로 거대한 모자를 벗어 보였다. 그 아래에서 절묘하게 종종걸음 치는 사냥개들만이 술에 취하지 않은 채 목표에 전념하는 듯했다. 털을 곤두세우고 쫓아오는 마을 개에도, 그 어떤 것에도 전혀 관심을 보이지 않았다. 사냥개 중 몇 마리는 완전히 검은색이거나 검은색과 황갈색으로 얼룩덜룩했지만, 대부분은 오래전 북쪽에서 데려온 블루틱이었다. 그중에는 옆에서 걸어가는 얼룩말과 색깔이며 무늬가 너무도 비슷해 마치 같은 가죽으로 재단한 껍질을 덮어쓴 듯한 개도 있었다. 말들이 고개를 쳐들고 옆걸음질

16) 멕시코 전통 음악가.
17) 멕시코 전통 카우보이.

치자 말에 탄 이들이 고삐를 당겼지만, 개들은 무언가에 열중하고 있는 듯 일체의 동요 없이 계속해서 행진했다.

소년은 교차로에서 그들이 지나가기를 기다렸다. 몇몇이 말을 탄 소년을 동등한 이로 여긴다는 듯 고개를 끄덕여 인사를 건넸다. 알구아실은 새로운 곳에서 새로운 모습으로 말 위에 앉아 있는 소년을 알아보았는지 못 알아보았는지 아무 기색이 없었다. 그들이 모두 지나가자 소년은 다시 말을 몰아 그들과 카레타를 뒤따랐다. 수레는 이미 상류 멀리로 가 버려 보이지 않았다.

그들이 통과한 문 안의 아시엔다(목장)는 여러 가닥이 얽히고설켜 흐르는 바토피토 강과 큰길 사이의 평지에 자리하고 있었는데, 목장 이름은 그들이 넘어온 동쪽 산맥에서 따온 것이었다. 사이프러스 숲의 얇은 초록 지붕 아래 둥글게 굽이치는, 석회를 바른 가느다란 담 너머 목장의 광경이 아슴푸레 펼쳐졌다. 하류 쪽에는 과일나무와 피칸 나무가 줄지어 숲을 이루고 있었다. 알구아실 무리가 저 앞에서 중간 대문으로 들어서는 것을 보며 소년은 기다란 진입로를 나아갔다. 밭에는 이고장에 새로이 들여온 교배종 황소들이 길쭉한 귀와 굽은 등을 과시하고, 일꾼들이 짤막한 괭이를 손에 든 채 허리를 펴고 일어나 소년이 지나가는 것을 바라보았다. 소년이 손을 들어 인사했지만 그들은 그대로 다시 몸을 숙여 일할 뿐이었다.

소년이 중간 대문으로 들어서니 알구아실 무리는 자취도 보이지 않았다. 모소가 다가와 말을 붙잡자 소년은 안장에서 내려 고삐를 건넸다. 모소는 소년의 차림새를 살피고는 턱으로 부엌문 쪽을 가리켰고, 몇 분 후 소년은 새로 도착한 무리의 부하들 20여 명과 함께 탁자에 앉아 있었다. 그들 모두는 코말에서 구운 뜨거운 토르티야와 콩과 튀긴 스테이크를 마구 먹어 댔다. 식탁 끝에는 그 카레테로가 앉아 있었다.

접시를 든 소년이 긴 의자를 넘어 앉자 카레테로는 고개를 끄덕여 보였으나, 늑대에 관한 물음에는 그저 페리아(축제) 때문에 데려온 것이라고만 말할 뿐 더 이상 답하지 않았다.

소년은 식사를 마치고 일어나 접시를 식기대에 갖다 놓고 코시네라(요리사)에게 파트론(주인어른)이 어디 있는지 물었지만, 여자는 힐끗 쳐다보더니 팔을 크게 휘두를 뿐이었다. 강을 따라 아시엔다를 이루고 있는 수천 헥타르의 땅을 의미하는 것이리라. 소년은 감사 인사를 하고는 모자에 손을 대고 밖으로 나갔다. 저 멀리에 와인 창고나 곡물 창고로 보이는 건물과 마구간과, 길게 이어진 일꾼 숙소 흙집이 보였다.

늑대는 마구간의 빈 칸에 사슬로 묶여 있었다. 한쪽 구석 벽을 등지고 서 있는 늑대에게 두 꼬마가 칸막이 문 너머로 고개를 내밀어 쉿쉿대고 침을 뱉으려고 했다. 소년은 자신의 말을 찾아 마구간 복도를 쭉 내려갔지만 말은 한 마리도 보이지 않았다. 소년은 다시 밖으로 나갔다. 사냥개 사냥을 하려고 상류로 갔던 알구아실 일행이 집으로 돌아오고 있었다. 저택 뒤편 마당에서 카레테로가 자그마한 노새를 다시 수레에 묶고 마부석에 올랐다. 둔탁하게 고삐를 치는 소리가 멀리서 울리는 총성처럼 목장을 가로지르며 노새와 수레가 출발했다. 수레가 막 중간 대문을 지나는데 말을 탄 이들과 개들의 선발대가 앞쪽 길로 들어섰다.

그들을 뚫고 나아갈 수는 없기에 카레테로는 길가 풀밭으로 노새를 몰아 그들이 먼저 지나가게 했다. 수레꾼은 마부석에 서서 과장된 태도로 모자를 벗어 들고는 다가오는 무리들 사이에서 알구아실을 찾았다. 그리고 다시 고삐를 쳤다. 노새가 부루퉁하게 걸음을 옮기자 울퉁불퉁한 땅 탓에 수레가 기우뚱대며 삐걱였다. 다른 개들과 말들은 지나쳐 가는데도 대장 개는 코를 쳐들어, 수레를 넘어 불어오는 바람에서 냄새를 맡더니 요란하게 짖어 대며 몸을 돌려, 길가를 따라 나아가는 수레 뒤로 달려갔다. 다른 개들도 어깨에 털을 곤두세우고 달려가며 주둥이를 이리저리 흔들었다. 카레테로는 놀라 뒤를 돌아보았다. 그 순간 노새가 등을 굽히고 발길질을 하더니 수레를 끌고 전속력으로 들판을 가로질렀고, 개들이 목청껏 짖어 대며 뒤를 따랐다.

알구아실과 측근들은 등자에 발을 걸고 일어나 서서는 웃고 떠들며 고함쳤다. 그중 젊어 보이는 몇몇이 박차를 가해 노새와 수레를 쫓아가 껄껄대며 카레테로를 불렀다. 카레테로는 수레 판자를 꽉 움킨 채 수레 옆으로 몸을 내밀어 개들을 향해 모자를 흔들어 댔지만, 개들은 껑충껑충 뛰어올라 수레를 할퀴었다. 그중에서도 수레만큼 키가 큰 서너 마리는 수레 안으로 뛰어들어 길게 울부짖고 낑낑대며 짚을 뒤지더니 급기야 다리 하나를 들어 오줌을 갈기다 비틀비틀 옆판에 부딪혀 넘어져 카레테로와 다른 개들에게 오줌 벼락을 씌웠다. 그 탓에 잠시 개들이 자기들끼리 싸움을 벌이다 이내 수레 앞판에 앞발을 주르르 올리고 서서는, 곁에서 달려오는 개들을 내려다보며 짖어 댔다.

수레를 따라잡은 젊은이들은 껄껄 웃으며 전속력으로 수레를 에워쌌고, 그중 한 명이 올가미를 던져 노새를 붙잡아 세웠다. 그들은 환호성을 지르며 서로의 이름을 소리쳐 부르고는 밧줄을 두 겹으로 접어 갈겨 개들을 내쫓은 뒤 수레를 다시 길 쪽으로 이끌었다. 개들이 밭을 가로질러 달려가자 그곳에서 일하던 여자애와 젊은 여인네들이 비명을 지르며 두 손을 정수리에 올렸고, 남자들은 선 채로 괭이를 휘둘렀다. 길에서 알구아실이 카레테로를 부르더니 주머니에서 은화 한 닢을 꺼내 정확히 그에게로 던졌다. 카레테로는 은화를 붙잡아 모자 챙에 갖다 댄 다음 길에 내려서서 수레와 조잡한 쐐기로 고정한 나무 바퀴와 고삐와 얼마 전에 수선한 끌채를 살폈다. 알구아실이 측근들 너머로 시선을 옮겨 길에 서 있는 소년을 바라보았다. 그가 주머니에서 동전을 하나 더 꺼내 던지자 동전이 빙그르르 돌았다.

포르 엘 아메리카노.(미국인에게도 한 닢 주지.) 그가 소리쳤다.

동전을 주운 사람은 아무도 없었다. 동전은 흙바닥에 떨어진 채 그대로 놓여 있었다. 알구아실이 말을 세웠다. 그리고 소년을 향해 턱짓했다.

너 주는 거다.

말을 탄 이들이 소년을 바라보았다. 소년이 몸을 숙여 동전을 줍자 알구아실이 고개를 끄덕이며 웃었지만 소년은 감사 인사를 하지도, 모자에 손을 대지도 않았다. 소년은 그에게로 걸어가 동전을 내밀었다.

노 부에도 아셉타를로.(받을 수 없습니다.)

알구아실이 눈썹을 이치 모양으로 치켜세워 활기차게 고개를 끄덕였다.

시. 시.(받게. 받아.)

소년은 알구아실의 등자 곁에 서서 동전을 건네는 몸짓을 했다. 노.(안 됩니다.)

노? 이 코모 노?(안 된다고? 왜?)

소년은 늑대를 원한다고 말했다. 늑대를 팔 수는 없다고. 벌금이든 통행세든 허가비든 돈을 내야 한다면 벌어서라도 내겠지만 늑대의 보호를 위탁받은 이상 늑대와 헤어질 수는 없다고 했다.

알구아실은 소년의 말을 다 듣고 동전을 받더니, 그 광경을 지켜보던 카레테로에게 던졌다. 한 번 준 동전은 다시 돌려받을 수 없었기 때문이다. 알구아실은 말 머리를 돌려 측근들을 부르고는 개들을 앞세워 아시엔다로 달려가 중간 대문 너머로 사라졌다.

소년은 카레테로를 바라보았다. 그는 다시 수레에 올라 고삐를 풀고 소년을 내려다보았다. 그는 알구아실이 소년에게 동전을 주었었다고, 동전을 원했다면 처음 줄 때 받아야 했다고 말했다. 소년은 그자의 돈은 그때도 지금도 받고 싶지 않다고 말했다. 당신은 그자를 위해 일할지 모르겠지만 자기는 아니라면서. 하지만 카레테로는 고개만 끄덕였다. 지금은 네가 이해하지 못하겠지만 언젠가 다행스럽게도 그것을 이해할 날이 오지 않겠느냐고 말하듯. 나디에 사베 파라 키엔 트라바하.(자신이 누구를 위해 일하는지는 아무도 모르는 법이야.) 수레꾼은 고삐로 노새의 엉덩이를 쳐 길을 따라 나아갔다.

소년은 늑대가 사슬에 묶여 있는 마구간으로 걸어갔다. 저택의 늙은 모소가 늑대가 괴롭힘 당하거나 달아나지 않도록 지키려고 와 있었다. 노인은 마구간 문에 등을 대고 앉아 엷은 어스름 속에서 담배를 피웠다. 모자는 옆의 바닥에 깔린 짚 위에 놓여 있었다. 소년이 늑대를 볼 수 있느냐고 묻자 모소는 그 요청을 검토하듯 담배를 깊이 빨았다. 이윽고 아센다도의 허락 없이는 아무도 늑대를 볼 수 없으며, 어차피 어두워서 보이지도 않는다고 했다.

소년은 문가에 서 있었다. 모소는 더 이상 말이 없었다. 소년은 결국 몸을 돌려 다시 걸어 나왔다. 그리고 건물들을 지나 다시 저택으로 가서는 포티오(안뜰) 문가에 서서 바라보았다. 남자들이 술을 마시며 웃어 대고, 맞은편 담 아래서는 송아지가 통째로 구워지고, 기다란 푸른 사막 어스름 속에서 타오르는 기름 램프의 어스레한 빛 아래로 세이보리,[18] 사탕, 과일이 100명은 족히 먹을 만큼 가득 차려진 탁자가 놓여 있었다. 소년은 몸을 돌려 저택 옆으로 돌아가다 모소 데 쿠아드라와 마주치자 자신의 말을 보러 갔다. 뒤쪽 안마당에서 마리

---

18) 허브의 한 종류.

아치[19] 음악이 울려 퍼지고, 말발굽 옆에 개들을 거느리고 동쪽의 시커먼 산을 넘어 길을 따라와 문에 이른 새로운 손님들이 말에서 내려 문기둥의 횃불 불빛 속에서 걸어왔다. 횃불은 땅에서부터 올라오는 철제 파이프에 꽂혀 있었다.

소년처럼 신분이 낮은 손님들의 말은 에스타블로(마구간) 뒤편의 가로대에 묶여 있었는데, 버드도 그 사이에 끼여 있었다. 안장을 그대로 얹은 채 고삐가 안장 머리에 걸려 있었다. 버드는 양철 판자 두 개를 씌워 벽에 못질하여 고정한 구유에서 먹이를 먹고 있었다. 빌리가 말을 걸자 말이 고개를 들어 씹으며 가만히 바라보았다.

에스 수 카바요?(당신 말입니까?) 모소가 말했다.

시. 클라로.(네. 그럼요.)

토도 에스타 비엔?(뭐 불편하신 거라도?)

시. 비엔. 그라시아스.(아뇨. 괜찮습니다. 감사합니다.)

모소들은 늘어선 말을 따라 안장을 벗기고 빗질하고 먹이를 붓고 있었다. 자기 말은 안장을 벗기지 말라는 소년의 말에 그들은 그러겠다고 했다. 소년은 다시 말을 바라보았다. 여기가 마음에 들지, 안 그래?

소년은 마구간으로 돌아가 맞은편 문으로 들어가 섰다. 마구간 안은 어둠이 짙었고, 늑대를 책임지기로 한 모소는 졸고 있는 듯했다. 소년은 빈 칸으로 들어가 부츠로 건초를 걷어차 한쪽 구석에 모으고는 모자를 가슴에 대고 누워 눈을 감았

---

19) 멕시코의 민속 음악을 연주하는 거리 악단.

다. 마리아치 음악이 새된 소리로 울리고, 축사에 사슬로 묶인 사냥개들이 짖어 대는 와중에 소년은 잠이 들었다.

소년은 잠을 자며 꿈을 꾸었다. 아버지에 대한 꿈이었는데, 꿈속에서 아버지는 사막에서 길을 잃고 헤매고 있었다. 스러지는 빛 속에서 아버지의 눈이 보였다. 아버지는 태양이 져 바람이 어둠을 뚫고 불어오는 서쪽을 바라보며 서 있었다. 휩쓸 것이라고는 황무지의 자잘한 모래뿐임에도 회오리바람 한 줄기가 쉴 새 없이 움직여 댔다. 그 궁극의 모래알 속에서 세상은 그 자체의 영원한 회전에 대항해 머무름을 추구하고 있는 듯했다. 아버지는 세상의 테두리 너머로 짙어지는 붉음 속에서 찾아드는 밤을 눈으로 쫓았다. 그 눈은 자신에게로 다가오는 추위와 어둠과 침묵을 섬뜩한 평정 속에서 숙고하는 듯했다. 이윽고 세상 만물이 어둠과 침묵에 휩싸였고, 어디선가 울리다 그쳐 버린 고독한 종소리에 소년은 깨어났다.

횃불을 든 남자들이 소년이 잠든 칸 쪽의 열린 문을 지나 마구간 안을 일렬로 나아가자 반대편에서 그림자가 커다랗게 비틀거렸다. 소년은 일어나 모자를 쓰고 칸 밖으로 나갔다. 그들은 사슬을 잡아당겨 늑대를 끌어내고 있었는데, 부연 빛 속에서 늑대는 배를 보호하기 위해 몸을 바짝 숙여 뒤로 물러나려고 움찔거렸다. 낡은 갈퀴를 든 누군가가 늑대 뒤로 가 찔러 댔고, 개들이 갇힌 도미실리오(건물) 너머 먼 어디에선가 새로운 아우성이 들려왔다.

소년은 그들을 따라 어둠에 잠긴 공터를 가로질렀다. 열려 있는 마차용 나무 문을 통과하자 개 짖는 소리가 점점 요란해졌고 늑대는 몸을 웅크리고 사슬에 뻗댔다. 술에 취해 비틀비틀 따라가던 몇 명이 늑대를 코바르데(겁쟁이)라고 부르며 걷어찼다. 그들은 벽을 따라 처마 아래에 빛을 발하며, 안쪽의 서까래 그림자를 마당의 어둠 속에 늘어뜨린 석조 보데가(창고)를 지나갔다. 내부의 조명에 벽이 활 모양으로 휘어진 듯 보였고, 열린 문으로 드리워진 빛의 자락 속에서 안쪽에 있던 사람들의 그림자가 비틀비틀 멀어졌다. 그들은 흙을 쌓아 만든 문턱 너머로 늑대를 끌고 들어갔다. 격려와 외침 속에서 그들을 위해 길이 열렸다. 흙바닥에 앉아 있다 그들의 기척을 느낀 모소들은 횃불을 받아 들고는, 모두들 들어오자 묵직한 나무 문을 밀어 닫고 빗장을 질렀다.

소년은 군중의 가장자리를 따라 나아갔다. 그들은 기묘하게도 모두 똑같은 목격자 신분으로 거기 모여 있었다. 근처 도시의 사업가, 이웃 목장주, 아구아 프리에타나 카사스 그란데스처럼 먼 곳에서 와 몸에 꽉 끼는 양복을 차려입은 시시한 이달고 데 고테라(하층 귀족) 사이에 상인, 사냥꾼, 혜렌테(감독관), 목장이나 농장의 마요르도모(집사), 카포랄(십장), 바케로, 특별히 허락을 받은 몇몇 날품팔이 들이 섞여 있었다. 여자는 한 명도 없었다. 맞은편 벽에는 기둥 위에 판자를 깔아 만든 관람석이 있고, 건물 중앙에는 지름 6미터 정도로 둥글게 나지막이 말뚝을 박은 투계장인지 에스타카다(우리)인지가 있었다. 말뚝에 둘러 댄 판자는 그곳에서 죽은 투계 만 마리의 피가 말라붙어 시커멨고, 투계장 중앙에는 철제 말뚝이 새로이 박혀 있었다.

늑대가 판자를 넘어 투계장으로 끌려가자 소년은 뒤쪽 사람들을 헤치고 나아갔다. 관람석의 사람들이 서서 보고 있었다. 투계장의 사내는 늑대를 말뚝에 묶고는 사슬이 팽팽해질 때까지 늑대를 끌고 가 다리를 밧줄로 묶어 앞뒤로 쫙 뻗친 뒤 소년이 만들었던 부리망을 벗겼다. 그리고 뒤로 물러나 다리에 감긴 올가미를 풀었다. 늑대가 일어나 둘러보았다. 늑대는 작고 초라해 보였으며, 등을 고양이처럼 굽히고 있었다. 상처를 감았던 붕대가 사라지고 없는 다친 다리를 쓰지 않으려 옆걸음질 치다 사슬이 팽팽해지자 다시 안으로 들어갔다. 머리 위 양철 반사면에서 튕겨 나온 빛에 늑대의 하얀 이빨이 번쩍였다.

조련사의 손에 끌려 이미 우리에 들어와 있던 첫 번째 개들이 껑충껑충 뛰고 밧줄을 당기며 컹컹 짖어 대다 개목걸이에 걸려 뒷발로 번쩍 일어섰다. 그중 두 마리가 앞으로 보내지자 구경꾼들은 개 주인을 소리쳐 부르고 휘파람을 불며 내기를 걸었다. 어린 사냥개들은 어찌할 바를 몰라, 털을 곤두세운 채 늑대를 향해 짖어 대다 서로를 바라보았다. 개들을 향해 조련사가 울타리 난간 너머에서 격려를 보냈다. 조련사의 쉿쉿 소리에 개들은 조심스레 늑대 주위를 맴돌았다. 늑대는 몸을 한껏 웅크리고 이빨을 드러냈다. 군중들이 야유를 보냈다. 얼마 후 우리 맞은편의 남자가 호각을 불자 조련사들이 앞으로 나와 개줄을 잡아 개들을 도로 끌고 가서 난간 너머로 넘겼다. 이에 개들은 다시 뻗대며 뒷발로 벌떡 일어나 늑대를 향해 짖어 댔다.

늑대는 세 다리로 절뚝절뚝 주위를 돌다 철제 말뚝 옆에 웅크렸다. 아마도 그곳을 자신의 케렌시아(본부)로 삼은 듯했다. 늑대의 아몬드 눈이 울타리 너머의 얼굴들을 쭉 훑으며 불빛에 잠깐씩 깜박거렸다. 웅크리고 있던 늑대가 벌떡 일어나 주위를 돌다가 다시 돌아가 웅크렸다. 그리고 일어났다. 새로운 개들이 다리를 버둥거리며 난간 너머로 보내지고 있었다.

조련사가 손을 놓자 개들은 등 털을 곤두세운 채 늑대에게로 다가갔다. 그중 세 마리가 으르렁대며 이빨을 딱딱 부딪자 사슬이 철컹댔다. 늑대는 절대적 침묵 속에서 싸웠다. 땅 위를 구르며 맞붙어 싸우다 새된 깽깽 소리가 울리더니 개 한 마리가 앞발을 쳐든 채 주위를 돌았다. 다른 개 한 마리는 늑대에게 아래턱이 물린 상태였다. 늑대는 그 개를 땅바닥에 내동댕이쳐 그 위에 걸터앉고서야 턱을 문 입을 풀었다. 그리고 목덜미를 물었다가 다시 풀어 헐렁하게 접힌 목살 탓에 미끄러져 놓친 근육을 꽉 물었다.

소년은 관람석 쪽으로 다가갔다. 돌기둥 옆에 서서는, 뒤쪽 사람들의 시야를 가리지 않도록 모자를 벗었다가 아무도 모자를 벗지 않았다는 것을 깨닫고는 도로 썼다. 방해만 없었다면 늑대가 그 개를 죽였겠지만 아르비트로(심판)가 호각을 불자 조련사 하나가 2미터짜리 장대를 들고 나와 늑대의 귀를 쳤다. 늑대는 개를 포기하고 껑충 물러나 웅크린 채 주위를 돌았다. 조련사들이 사슬을 잡아 개들을 끌어냈다. 사내 하나가 나와 나지막한 목조 난간을 넘더니 주위를 돌며 얼빠진 원예가처럼 기계적으로 물통의 물을 뿌려 바닥의 먼지를 가라앉혔고, 늑대는 헐떡이며 엎드려 있었다. 소년은 몸을 돌려 군중의 가장자리를 따라 나아가, 개들이 사라진 뒷문으로 나가 시원한 어둠 속에 발을 디뎠다. 조련사가 벌써 개 두 마리를 새로 데리고 안으로 들어오고 있었다.

보데가 뒷벽에서 담배를 피우던 남자애들이 열린 문의 불빛이 드리워진 소년의 얼굴을 쳐다보았다. 저쪽 오두막에서 개들이 짖어 대는 소리가 끊임없이 요란하게 들려왔다.

쿠안토스 페로스 티에넨?(개가 얼마나 있지?) 소년이 물었다.

가장 가까이 있던 남자애가 쳐다보았다. 자기네는 네 마리 있다고 했다. 이 우스테드?(너는 몇 마리야?)

소년이 모두 다 합쳐 몇 마리냐는 뜻이었다고 설명하자 그들은 어깨를 으쓱할 뿐이었다.

키엔 사베? 바스탄테.(아무도 모르지. 개는 충분해.)

소년은 그들을 지나 오두막으로 갔다. 양철 지붕을 얹은 길쭉한 건물이었다. 소년은 기둥에 걸린 랜턴을 내리고 나무 빗장을 벗겨 문을 밀고는 랜턴을 높이 쳐들어 안으로 들어갔다. 벽을 따라 개들이 껑충껑충 뛰어오르고 짖어 대며 사슬에 묶인 채 돌진했다. 서른 마리는 족히 되었는데, 대부분 이 고장과 북쪽에서 자란 레드본 아니면 블루틱이었지만 종을 알 수 없는 신세계 혈통도 보였고, 투견용 핏불에 못지않은 개도 보였다. 오두막 끝에는 거대한 에어데일테리어 두 마리가 다른 개들과 따로 묶여 있었는데, 랜턴 빛에 타오르는 두 눈에는 투견조차 감히 가질 수 없는 절대적 순수의 무엇인가가 엿보였다. 소년은 개들을 묶고 있는 사슬이 못 미더워 뒤로 물러섰다. 그리고 밖으로 나가 문을 닫고 빗장을 지르고는 랜턴을 도로 기둥에 걸었다. 소년은 벽을 따라 서 있는 남자애들에게 고개를 끄덕인 뒤 다시 보데가 안으로 들어갔다.

잠시 자리를 비운 사이에 군중은 더 늘어난 듯했다. 투견장 맞은편 쪽에 마리아치 악단이 몸에 잘 안 맞는 하얀 복장을 하고 서 있었다. 군중들 틈새로 늑대가 흘긋흘긋 보였다. 늑대가 입을 쩍 벌리고 웅크리고 있다 두 마리 개를 번갈아 공격하면 다른 한 개는 늑대를 맴돌았다. 개 한 마리는 귀가 찢겨 있었는데 자리에서 맴돌며 머리를 흔든 탓에 두 조련사에게 핏방울이 점점이 박혔다. 소년은 군중을 헤치고 나아가다 나무 난간에 이르자 난간을 넘어 우리 안으로 들어갔다.

처음에 사람들은 다른 조련사인가 보다 했지만 소년은 조련사들에게 다가갔다. 우리의 먼 쪽에 웅크린 조련사들은 공격과 방어의 자세를 취하며 개들에게 새된 소리로 명령을 내리고 있었는데, 마치 시합을 기묘하게 시뮬레이션하며 몸을 비틀고 손을 움직이는 것처럼 보였다. 그중 가까운 쪽의 조련사가 소년이 다가오는 것을 보자 일어나 아르비트로를 돌아보았다. 심판은 호각을 입에 대고 서 있었지만 어떡해야 할지 판단을 내리지 못하는 듯했다. 소년은 조련사들을 지나, 사슬에 묶인 늑대가 움직이는 영역인 3.5미터 원 안으로 들어갔다. 누군가가 경고의 소리를 외쳤고 아르비트로가 호각을 불었으나 이내 보데가 안에 침묵이 내려앉았다. 늑대는 헐떡이며 서 있었다. 소년은 늑대를 지나쳐 걸어가 첫 번째 개의 헐렁한 등살을 쥐어 엉덩이를 땅에서 들어 올린 다음 웅크려 개의 사슬을 쥐고는 끌고 가 조련사에게 넘겼다. 조련사는 사슬을 받고는 달아나려는 개를 잡아당겼다. 케 파소?(어쩌라고?)

하지만 소년은 이미 두 번째 개를 향해 가고 있었다. 그 무렵 구경꾼 몇 명이 고함을 치기 시작했고, 보데가 안에 험악한 술렁임이 퍼져 갔다. 조련사들은 아르비트로를 바라보았다. 아르비트로는 다시 호각을 불며 침입자에게 손짓했다. 소년이 두 번째 개를 사슬로 잡아끌자 개는 뒷발만 땅에 댄 채 다른 조련사에게로 질질 끌려갔다. 소년은 다시 몸을 돌려 늑대에게로 갔다.

다리를 벌리고 선 늑대는 옆구리를 들썩이며 까만 입술을 젖혀 완벽한 새하얀 이빨을 드러냈다. 소년은 웅크리고 앉아 말을 걸었다. 늑대가 물려고 덤빌지, 가만히 있을지 장담할 수 없었다. 몇몇 사람들이 에스타카다를 넘어 다가왔지만 늑대의 원에 이르러서는 벽에라도 부딪힌 양 멈추어 섰다. 말을 하는 사람은 아무도 없었다. 모두들 소년이 어떻게 하는지 지켜볼 뿐이었다. 소년은 몸을 일으켜 땅에 박힌 철제 말뚝으로 걸어가서는 사슬을 팔목에 감고 웅크려 고리에 연결된 사슬을 당겨 말뚝을 뽑으려고 했다. 아무도 움직이지 않았고, 아무도 입을 열지 않았다. 소년은 두 손으로 사슬을 잡고 다시 말뚝을 당겼다. 이마에 맺힌 구슬땀이 불빛에 번들거렸다. 세 번째 시도에도 말뚝이 끄떡 않자 소년은 일어나 몸을 돌리더니 늑대의 목에 감긴 개목걸이를 붙잡은 채 사슬을 풀고는 침이 질질 흐르는 늑대의 피투성이 머리를 자기 옆구리에 바짝 붙여 일어났다.

투견장에 들어선 이들은 소년의 손에 잡힌 개목걸이를 제외하고는 늑대의 몸이 자유롭다는 사실을 깨달았다. 그들은 서로를 바라보았다. 몇몇은 슬슬 뒤로 물러서려 했다. 게로(외국인)의 허벅지에 머리를 대고 있는 늑대는 이빨을 드러내며 옆구리를 들썩일 뿐 꿈쩍도 하지 않았다.

에스 미아.(내 거예요.) 소년이 말했다.

관람석의 사람들이 고함을 쳤지만, 사슬 풀린 늑대 가까이에 있는 이들은 어찌해야 할지 망설이는 듯했다. 결국 앞으로 다가온 이는 알구아실도, 아센다도도 아닌 아센다도의 아들이었다. 조금 전 함께 춤을 춘 여인의 체취가 묻은 끈장식 재킷을 입은 이 젊은이가 앞으로 나서자 다른 사람들이 길을 비켜 주었다.

케 키에레스, 호벤?(뭘 원하는 거지, 젊은이?)

소년은 북쪽 산맥의 카혼 보니타에서 만난 사람들에게 했던 말을 되풀이했다. 자신은 이 늑대를 맡아 보호하고 있다고. 하지만 젊은 아센다도는 애처롭다는 듯 웃으며 고개를 젓더니 이 늑대는 거칠고 척박한 필라레스 테라스에서 덫에 걸린 것이며, 늑대를 미국으로 데려가 팔아 치우려고 콜로니아 데 오악사카에서 강을 건너던 소년을 돈 베토의 부관들이 붙잡은 것을 다 안다고 했다.

그는 군중에게 연설을 하듯 높고 분명한 목소리로 말하고는 더 이상 할 말이 없다는 듯 팔짱을 꼈다.

소년은 늑대를 붙잡고 서 있었다. 늑대가 숨을 쉬는 움직임과 가벼운 떨림이 느껴졌다. 소년은 젊은 주인을 바라보다 불빛에 드러난 얼굴들을 둘러보았다. 소년은 자신이 뉴멕시코주의 이달고 카운티에서 왔으며, 늑대는 그곳에서부터 데려온 것이라고 말했다. 강철 덫으로 늑대를 잡아 엿새 동안 남쪽으로 내려온 것이지, 필라레스에서 온 것이 아니라고, 오히려 그 산으로 들어가려고 강을 건너다가 세찬 물결 탓에 도로 돌아나온 것이라고 말했다.

젊은 목장주는 팔짱을 풀고 뒷짐을 졌다. 그리고 몸을 돌려 곰곰이 숙고하듯 몇 걸음을 걷다 다시 몸을 돌려 고개를 들었다.

파라 케 트라호 라 로바 아키? 데 케 시르비오?(늑대를 왜 여기로 데려온 거지? 무슨 목적으로?)

소년은 늑대를 움켜쥔 채 서 있었다. 모두들 답을 기다렸지만 소년은 대답하지 않았다. 소년은 자신을 지켜보는 눈길을 쫓아 사람들을 둘러보았다. 아르비트로는 회중시계를 앞으로 내밀고 서 있었다. 조련사들은 개목걸이를 양손으로 단단히 움키고 서 있었다. 물통을 든 남자도 기다렸다. 젊은 목장주는 몸을 돌려 군중을 휘 돌아보았다. 그리고 미소를 지으며 다시 소년을 바라보았다. 그는 이제 영어로 이야기했다.

여기가 오고 싶을 때 와서 아무 짓이나 하고 가도 되는 나라라고 생각하나 보지.

아닙니다. 절대 그런 식으로 생각하지 않았습니다.

어련하겠어.

우리는 그냥 지나가는 길이었어요. 아무에게도 해를 끼치지 않았어요. 케리아모스 파사르, 노 마스.(그저 지나가려고 한 것뿐입니다.)

파사르 오 트라스파사르?(침입한 게 아니라?)

소년은 고개를 돌려 땅바닥에 침을 뱉었다. 늑대가 자신의 다리에 몸을 기대는 것이 느껴졌다. 소년은 늑대의 발자국이 멕시코에서부터 이어져 있었다고 말했다. 늑대는 국경선에 대해 아무것도 모른다고 말했다. 젊은 주인은 동의한다는 듯 고개를 끄덕였지만 정작 그가 한 말은, 늑대가 뭘 알든 모르든 그건 중요한 게 아니며, 늑대가 국경선을 건넌 것은 유감이지만 그렇다고 국경선이 사라지는 것은 아니라는 것이었다.

구경꾼들은 고개를 끄덕이며 자기네들끼리 쏙닥거렸다. 그리고 소년이 어떤 대답을 하는지 지켜보았다. 소년은 허락만 해 준다면 늑대와 함께 미국으로 돌아가겠다고, 벌금은 얼마든지 내겠다고 말했다. 목장주는 고개를 저으며, 그러기엔 너무 늦었고 알구아실이 포르타스고(통행세) 대신 늑대를 징발했다고 말했다. 국경을 넘을 때 돈을 내야 하는지 전혀 몰랐다고 소년이 항변하자 목장주는 소년이든 늑대든 마찬가지라고 말했다.

그들은 기다렸다. 소년이 고개를 들어 위를 쳐다보니 들보에서 먼지와 연기가 빛을 건너 느릿느릿 휘감기며 올라가고 있었다. 소년은 간청할 만한 상대를 찾아 주위를 둘러보았지만 아무도 없었다. 소년은 손을 뻗어 늑대의 목에 둘러진 가죽 개목걸이를 풀고 일어났다. 가장 가까이에 있던 이들이 뒤로 물러나려 했다. 젊은 목장주가 혁대에서 작은 권총을 뽑아 들었다.

아가랄라.(붙잡아.)

소년은 서 있었다. 구경꾼들 중에서도 몇몇이 총을 꺼냈다. 소년은 마치 무대 위에 서서 군중 속에서 자신과 같은 마음을 가진 사람을 찾고 있는 이처럼 보였다. 언젠가는 그런 마음을 보게 될지 모르나 지금 당장에는 결코 찾을 수 없는 이처럼. 소년은 젊은 목장주를 바라보았다. 그가 늑대를 쏠 것이 분명했다. 소년은 팔을 뻗어 늑대의 피투성이 목에 다시 개목걸이를 채웠다.

퐁가 라 카데나.(사슬도 걸어.) 아센다도가 말했다.

소년은 시키는 대로 했다. 몸을 숙여 사슬 끝을 주워 들어 개목걸이의 고리에 연결시켰다. 그리고 사슬을 바닥에 놓고 늑대에게서 물러났다. 작은 권총들은 나타날 때처럼 소리 없이 사라졌다.

그들은 스르르 갈라져 소년에게 길을 내주고는 가만히 바라보았다. 밖의 어둠에는 추위가 한결 짙어져 있었고, 노동자 숙소의 아궁이에서 땐 장작 연기가 감돌았다. 누군가가 소년 뒤에서 문을 닫았다. 소년이 딛고 선 사각형 빛이 시커먼 문 그림자에 묻히며 서서히 좁아졌다. 안에서 덜컥하고 나무 트랑카(빗장)가 질러졌다. 소년은 어둠을 가로질러, 말들이 모여 있는 에스타블로로 갔다. 젊은 모소가 일어나 인사했다. 소년은 고개를 끄덕이고는 자기 말을 찾아 가로대에서 고삐를 풀고 재갈을 씌웠다. 소년은 안장 아래에서 담요를 빼내 어깨에 걸쳤다. 그리고 말에 올라 다른 말들을 지나쳐 가며 모소에게 고개를 끄덕이고 모자에 살짝 손을 댄 다음 저택으로 나아갔다.

안마당 문이 닫혀 있었다. 소년은 말에서 내려 문을 열고 다시 말에 올랐다. 아치형 대문에 머리가 부딪히지 않도록 몸을 바짝 숙여 지나는데 등자가 회반죽을 쭉 긋다 철제 문설주에 챙강거렸다. 안마당에는 흙으로 빚은 타일이 깔려 있어 말발굽 소리에 하녀들이 일하던 손을 멈추고 고개를 들었다. 하녀들은 식탁보와 접시와 버들 바구니를 들고 있었다. 벽을 따라 세워진 장대 위에 여전히 기름등이 타오르고, 사냥을 나온 박쥐가 타일 위에 띄엄띄엄 그림자를 드리우다 사라졌다가 다시 나타나 마당을 가로질렀다. 소년은 말을 탄 채로 안마당을 지나며 여인들에게 고개를 끄덕이다 몸을 숙여 커다란 접시에 담긴 엠파나다(파이)를 하나 집어 먹었다. 말이 식탁 위로 기다란 주둥이를 내밀자 소년이 얼른 잡아당겼다. 양념한 고기로 속을 넣은 엠파나다를 다 먹은 소년은 상체를 숙여 하나 더 집어 들었다. 여인들은 하던 일로 돌아가 있었다. 소년은 엠파나다를 다 먹고 쟁반에서 달콤한 빵과자를 하나 집어 먹은 뒤 식탁을 따라 말을 몰았다. 여인들이 길을 비켜 주었다. 소년은 다시 고개를 끄덕이며 저녁 인사를 했다. 그리고 빵과자를 하나 더 집어 먹으며 마당을 돌았다. 박쥐가 지나가자 말이 겁을 냈다. 소년은 다시 안마당 문을 지나 진입로를 내려갔다. 잠시 후 여인네 하나가 안마당을 가로질러 문을 닫았다.

길에 들어선 소년은 마을을 향해 남쪽으로 방향을 틀어 천천히 나아갔다. 개들이 짖어 대는 소리가 점점 멀어졌다. 반달이 분노로 가늘게 뜬 실눈처럼 동쪽 산에 걸려 있었다.

불이 밝혀진 마을 변두리에 다다르자 소년은 말을 멈추었다. 그리고 고삐를 당겨 말 머리를 돌렸다. 보데가 문 앞에서 말을 세운 소년은 등자에서 한 발을 빼내 발꿈치로 문을 걷어찼다. 빗장을 지른 문이 덜컹거렸다. 사내들의 고함과 보데가 맞은편 오두막에서 짖어 대는 개 소리가 들려왔다. 소년은 건물 뒤쪽으로 돌아가 보데가와 개들을 넣어 둔 오두막 사이, 벽을 두른 좁은 통로를 나아갔다. 벽을 따라 웅크리고 앉아 있던 사내들이 일어났다. 소년은 고개를 숙여 인사하고 말에서 내려 총집에서 소총을 꺼낸 다음 고삐를 한데 묶어 오두막 모퉁이 기둥에 걸치고는 사내들을 지나쳐 문을 밀고 안으로 들어갔다.

아무도 소년에게 관심을 보이지 않았다. 소년이 군중을 헤치고 나아가 에스타카다에 이르니 우리에는 참혹한 몰골의 늑대가 홀로 있었다. 늑대는 말뚝 곁에 웅크리고 엎드려, 혀를 빼어문 머리를 땅바닥에 늘어뜨리고 있었다. 털은 흙과 피로 범벅이 되어 있고, 노란 눈은 아무것도 보지 못하는 듯했다. 늑대는 거의 두 시간 동안, 축제에 데려온 거의 모든 개들과 2 대 1로 싸운 것이다. 에스타카다 맞은편에는 조련사 둘이 에어데일테리어를 쥐고 있었고, 아르비트로와 젊은 아센다도가 뭔가를 논의하고 있었다. 다른 사람들은 가죽 끈에 묶인 채 침투성이 이빨을 딱딱 부딪치며 조련사를 마구 잡아당기는 에어데일테리어 근처에 얼씬도 하지 못했다. 불빛에 걸린 먼지가 규토처럼 반짝였다. 아구아도르(물 시중꾼)는 물통 곁에 서 있었다.

소년은 울타리를 넘어 늑대에게로 걸어가며 소총의 약실에 총알을 재어 3미터 앞에 멈추어 소총을 어깨에 걸고 피투성이 머리를 겨냥해 발사했다.

폐쇄된 창고를 따라 총성이 메아리치며 모든 이를 침묵에 빠뜨렸다. 에어데일테리어는 넙죽 엎드려 낑낑대다 조련사 뒤에서 빙빙 돌았다. 아무도 움직이지 않았다. 총구에서 빠져나온 푸른 연기가 공중에서 머뭇거렸다. 늑대는 죽어 쓰러져 있었다.

소년은 소총을 낮추고 단추를 눌러 튀어오르는 탄피를 붙잡아 주머니에 넣고 개머리판을 도로 접어 공이치기에 엄지를 댔다. 그리고 주위를 에워싼 군중을 바라보았다. 아무도 입을 열지 않았다. 몇몇이 뒤쪽을 쳐다보고 있었는데, 사람들을 헤치고 에스타카다로 다가온 이는 젊은 목장주가 아니라, 지난번 상류의 마을에서 수레꾼을 감독하던 알구아실의 부관이었다. 그는 울타리를 넘어 우리 안으로 들어와 소년에게 소총을 달라고 했다. 소년은 가만히 서 있었다. 부관이 총집에서 단추를 풀어, 미리 공이치기를 젖혀 둔 45구경 자동 권총을 꺼내 들었다.

데메 라 카라비나.(소총 이리 내.)

소년은 늑대를 바라보았다. 그리고 군중을 바라보았다. 눈동자가 흔들렸지만 소년은 공이치기를 돌려 놓지도, 소총을 내밀지도 않았다. 부관이 권총을 들어 소년의 가슴을 겨냥했다. 에스타카다 맞은편의 구경꾼들이 웅크리거나 무릎 꿇고 앉았고, 몇몇은 두 손으로 머리를 가리고 얼굴을 땅에 처박았다. 침묵을 흩뜨리는 유일한 존재는 나지막이 끙끙대는 어느 개 한 마리뿐이었다. 이윽고 관람석의 누군가가 말했다. 바스탄테. 노 레 몰레스타.(됐네. 그냥 보내 주게.)

알구아실이었다. 모두들 그를 바라보았다. 그는 거친 판자로 짠 관람석 위쪽에 서 있었는데, 좌우의 일곱 명은 고급 카우보이 모자를 쓰고 있었고, 몇몇은 알구아실처럼 시가를 피우고 있었다. 그가 한 손을 흔들어 보였다. 그리고 모두 끝났다고 했다. 소총을 거두라고, 아무도 해치지 않는다고 소년에게 말했다. 부관은 권총을 내렸고, 구경꾼들은 바닥에서 일어나 먼지를 털었다. 소년은 소총을 어깨에 걸친 채 엄지로 공이치기를 바로 했다. 그리고 몸을 돌려 알구아실을 바라보았다. 그는 비키라는 듯 손등을 흔들고 있었다. 소년에게 하는 것인지 군중에게 하는 것인지는 알 수 없었지만 사람들은 자기네들끼리 중얼댔고, 누군가가 시원한 멕시코 밤을 향해 보데가 문을 열어젖혔다.

늑대 가죽을 갖기로 한 사내가 울타리를 건너 다가왔다. 그는 죽은 늑대 주위를 돌다 허리춤에서 칼을 꺼내 늑대 얼굴을 마주했다. 얼마냐고 소년이 묻자 그는 어깨를 으쓱했다. 그리고 소년을 유심히 바라보았다.

쿠안토 키에레 포르 엘?(얼마인가요?)

엘 쿠에로?(가죽 말인가?)

라 로바.(늑대요.)

가죽 주인은 늑대를 쳐다보고는 소년을 바라보았다. 가죽은 50페소라고 말했다.

아셉타 라 카라비나?(대신 이 소총을 가지겠어요?)

가죽 주인이 눈썹을 치켜세우더니 애써 태연을 가장했다.

엔 운 우인체?(원체스터인가?)

클리로. 쿠아렌타 이 쿠아트로.(네. 44구경이에요.)

소년은 어깨에 걸치고 있던 소총을 건넸다. 가죽 주인은 개머리판을 젖혔다 도로 닫았다. 그리고 몸을 숙여 바닥에 떨어진 총알을 주워 소맷자락에 문지른 뒤 약실에 도로 넣었다. 소총을 들어 바로 위쪽의 램프를 겨냥했다. 이 소총 한 자루면 늑대 가죽 열 개는 족히 사고도 남았지만 그는 소총의 무게를 어림하며 소년을 한참 쳐다본 후에야 고개를 끄덕였다. 부에노.(좋아.) 그는 소총을 어깨에 걸치고 손을 내밀었다. 소년은 그 손을 쳐다보다 서서히 손을 내밀었다. 두 사람이 투견장 한가운데에서 악수로 거래를 맺는 동안 사람들은 열린 문으로 우르르 빠져나갔다. 그들은 검은 눈으로 소년을 유심히 살폈다. 늑대 싸움이 실망스러웠겠지만 아무도 내색하지 않았다. 아센다도와 알구아실의 손님으로 온 만큼 그 고장의 예법을 충실히 지켰다. 가죽 주인이 총알은 더 없느냐고 묻자 소년은 고개를 젓고는 무릎을 꿇어 흐느적거리는 늑대를 안았다. 비쩍 마른 늑대를 소년은 간신히 들어 올렸다. 소년이 투견장을 가로질러 울타리를 넘어 뒷문으로 가는 동안 늑대는 머리를 축 늘어뜨린 채 뚜욱뚜욱 핏방울을 떨구었다.

늑대를 안장 머리에 얹어 건물 그림자에서 빠져나온 소년은 목장주의 아내가 준 시트의 자투리로 늑대의 몸을 감쌌다. 말을 타고 떠나려는 이들이 마당을 가득 덮고서 서로 요란하게 고함을 주고받았다. 개들이 주위를 에워싸며 마구 짖어 대자 소년의 말이 겁을 내며 발을 구르고 발길질을 했다. 소년은 보데가의 열린 문을 지나 대문을 통과해 들판을 가로질러 강쪽으로 향했다. 몇 마리 개가 끝까지 쫓아오자 소년은 몸을 숙이고 모자를 휘둘러 쫓아냈다. 마을 너머 남쪽에서 불꽃이 타다닥 포물선을 그리며 치솟더니 어둠 속에서 파르르 부서져 뜨거운 색종이 조각처럼 천천히 떨어졌다. 요란한 폭발음이 번득이는 빛을 넘어 소년에게까지 닿았고, 불꽃이 터질 때마다 앞서 사라진 불꽃의 유령이 어렴풋이 하늘에 걸렸다. 강에 다다른 소년은 하류로 방향을 틀어 얕은 여울을 건너 드넓은 자갈밭으로 나왔다. 어둠 속에서 오리 떼가 소년을 지나쳐 하류로 날아갔다. 날개를 퍼덕거리며. 오리는 하늘 위로 치솟아 서쪽을 향해 어둠 속으로 날아갔다. 소년은 마을과, 축제의 작은 등불과, 강가를 느릿느릿 흘러가는 시커먼 물줄기에 얼룩덜룩 수놓인 불꽃을 지나 나아갔다. 완전히 타 버린 쥐불놀이 통이 버드나무 숲 너머에서 연기를 피워 올렸다. 소년은 산의 모양새와 오르내림을 유심히 살폈다. 강을 지나 불어오는 바람에 젖은 금속 내음이 풍겼다. 늑대의 피가 시트와 바지를 뚫고 소년의 허벅지까지 적셔 오는 게 느껴졌다. 다리에 손을 대어 피 맛을 본 소년은 자신의 피와 전혀 다르지 않다고 생각했다. 불꽃놀이가 끝나 가고 있었다. 달의 반쪽이 검은 산의 망토 위에 걸려 있었다.

강이 만나는 곳에서 소년은 드넓은 자갈밭을 가로질러 여울에 말을 세우고는 맑고 차가운 강물이 이 고장의 어둠 속으로 달려가는 북쪽을 말과 함께 바라보았다. 소년은 소총이 강물에 젖을까 봐 총집으로 손을 뻗으려다 마지막 순간 멈추고는 말을 여울 속으로 몰았다.

말발굽이 강바닥의 자갈에 소리 없이 닿는 것이 느껴지고, 물이 말의 다리를 핥아 대는 소리가 들렸다. 강물이 말의 뱃구레까지 차올라 부츠 안으로 선득한 물기가 밀려들었다. 최후의 고독한 불꽃덩이가 마을 위로 치솟자 강 중간의 그들 모습과, 기묘한 그림자를 드리우는 강가 나무와, 창백한 바위 따위의 주변 풍경이 훤히 드러났다. 바람결에 늑대 냄새를 맡아 마을 밖까지 쫓아 나온 개 한 마리가 거짓 빛 속에서 강가에 얼어붙은 듯이 세 다리로 서 있었다. 그리고 이내 모든 것이 다시 어둠에 서서히 스며들었다.

여울을 건넌 소년과 말은 물방울을 뚝뚝 떨구며 나아갔다. 소년은 어둠에 잠기는 마을을 뒤돌아보고는 강가 버드나무와 갈대 사이로 말을 몰아 서쪽 산으로 향했다. 그렇게 나아가며 그 옛날 아버지가 불렀던 옛 노래와 할머니가 가르쳐 준 감미로운 스페인어 코리도[20]를 흥얼거렸다. 죽은 연인의 총을 대신 들고 옛 전장에서 적과 맞서 싸운 용감한 솔다데라(여전사)의 죽음을 노래한 코리도였다. 소년이 나아감에 따라 맑은 밤하늘에 떠 있던 달이 산의 테두리 아래로 떨어지고, 가장 시커멓던 동녘 하늘에서 별들이 솟았다. 달이 온기를 뿜고 있었던 양 느닷없이 한층 추워진 어둠을 가르며 소년은 마른 개천

---

20) 이야기 형식으로 진행되는 가사 중심의 멕시코 음악.

바닥을 나아갔다. 밤새 나지막한 언덕을 오르내리며 소년은 나직이 흥얼거렸다.

소년이 필라레스의 높다란 절벽 아래 무더기 진 첫 번째 돌더미에 다다랐을 때는 이제 막 새벽이 밝아 오려는 참이었다. 소년은 풀이 무성한 습지대로 말을 몰아 안장에서 내려 고삐를 놓았다. 피 때문에 바지가 뻣뻣했다. 소년은 두 팔로 늑대를 안아 내려 시트를 펼쳤다. 차갑고 딱딱하게 굳은 늑대의 털 위에 피가 말라 있었다. 소년은 말을 개천으로 끌고 가 물가에 두고는 모닥불을 지필 장작을 찾아 기슭을 뒤졌다. 저 너머 시커먼 어둠에 감싸인 남쪽 구릉지에서 들려오는 코요테의 울음은 마치 어둠 그 자체가 빚어낸 듯했다.

불을 지핀 소년은 늑대를 시트에서 들어 옆에 내려놓고 시트를 개천으로 가져가 어둠 속에 웅크리고 앉아 피를 씻은 뒤 모닥불로 돌아왔다. 그러고는 양갈래로 갈라진 팽나무 가지를 잘라 돌멩이로 두들겨 땅에 박아 시트를 걸었다. 모닥불의 열기에 모락모락 김을 내뿜는 시트를 보고 있노라니, 마치 종교 의식에 참여한 신자들이 반대 종파에 의해 목숨을 잃거나 혹은 단순히 겁에 질려 어둠 속으로 달아나는 바람에 황야에 홀로 남겨진 채 불타는 장막처럼 보였다. 소년은 담요를 어깨에 두르고 부들부들 떨며 앉아, 어서 날이 밝아 늑대를 묻을 만한 곳을 찾을 수 있기를 기다렸다. 얼마 후 말이 젖은 고삐를 이파리 사이로 질질 끌며 개천에서 올라와 모닥불 곁에 섰다.

소년은 졸고 있는 참회자처럼 두 손바닥을 위로 하고 잠들었다. 눈을 뜨니 여전히 어두웠다. 모닥불이 사위어 몇 개의 작은 불꽃만이 숯 위를 날름댔다. 소년은 모자를 벗어 부채질해 모닥불을 도로 키우고는 장작을 보탰다. 주변을 둘러보았지만 말은 보이지 않았다. 코요테들은 여전히 필라레스의 석벽을 따라 우짖고 있었고, 동녘 땅이 희미한 잿빛을 띠기 시작했다. 소년은 늑대 옆에 웅크리고 앉아 털을 쓰다듬었다. 그리고 차갑고 완벽한 이빨을 쓰다듬었다. 모닥불을 바라보고 있는 늑대의 눈에는 아무 빛도 어른거리지 않았다. 소년은 엄지로 늑대의 눈을 감기고는 곁에 앉아 늑대의 피투성이 이마에 손을 얹고 제 눈을 감았다. 지난밤 사라진 풍요로운 생명의 매트릭스를 태양이 아직 되살려 놓지 않은 시간, 촉촉이 젖은 산속 풀숲을 별빛을 받으며 달리는 늑대가 보였다. 사슴과 토끼와 비둘기와 들쥐가 늑대의 기쁨을 위해 대기에 풍성히 기록되고, 늑대를 분리하지 않고 일부로 포함하는 하느님에 의해 세계의 모든 국가들이 다스림을 받았다. 늑대가 달리매 문이 닫히고, 모든 것은 두려움과 경이뿐이라는 듯 코요테들은 입을 다물었다. 소년은 늑대의 뻣뻣한 머리를 들어 올렸다. 혹은 쥘 수 없는 것을 쥐려는 듯 손을 뻗었다. 살을 먹고 사는 꽃처럼 더없이 아름답고도 섬뜩한 늑대는 이미 산속을 달리고 있었으므로. 피와 뼈로 만들어졌으나 전쟁의 그 어떤 상처에도 희생될 수 없는 그 무엇. 비가 그러하고 바람이 그러하듯 시커면 세계의 형태를 깎고 다듬고 파낼 수 있는 힘이 우리에게 있다고 믿고 있으리라. 하지만 쥘 수 없는 것은 결코 쥘 수 없고, 삽시간에 지지 않는 꽃은 없으며,

여자 사냥꾼과 바람마저도 두려워하며, 세계는 이로부터 벗
어날 수 없다.

2부

저주받은 모험은 삶을 그때와 지금으로 영원히 가른다. 소년은 안장 머리에 늑대를 얹고 산으로 들어가 높은 고갯길 돌무더기 아래에 묻었다. 늑대의 배 속에 있던 새끼들은 섬뜩하게 옥죄어 드는 한기에 어둠 속에서 소리 없이 울부짖었다. 소년은 늑대와 새끼를 모두 묻고 그 위에 돌을 쌓은 뒤 말을 끌고 그곳을 떠났다. 그리고 산속을 방황했다. 가시나무 가지를 잘라 활을 만들고, 억새로 화살을 만들었다. 마치 한 번도 되어 본 적 없는 아이로 돌아간 듯.

고지대를 돌아다니는 몇 주 사이에 말도, 사람도 여위어 갔다. 말은 드문드문 돋은 겨울 풀을 뜯거나 바위를 덮은 이끼를 갉았고, 소년은 차가운 돌바닥에 그림자를 드리운 채 서 있다 화살을 날려 송어를 잡거나 초록색 노팔선인장 열매를 먹었다. 어느 바람 부는 날 산봉우리 사이에 얕게 팬 곳을 가로지르는데 매 한 마리가 태양 앞을 지나갔다. 그림자가 그들 앞쪽 풀밭을 삽시간에 스치자 말이 겁을 먹었다. 소년은 고개를 들어, 하늘 높이 방향을 트는 매를 바라보다가 어깨에서 활을 빼내 화살을 걸어 시위를 놓았다. 깃이 바람에 슈웅슈웅 울리며 화살이 높아지더니 포물선 모양으로 방향을 틀자, 빙빙 맴을 돌던 매가 창백한 가슴에 화살을 받으며 느닷없이 너울댔다.

매는 방향을 돌려 바람을 타고 미끄러지듯 추락하여 산 너머로 사라졌다. 오직 깃털 하나만을 떨군 채. 아무리 살펴도 매는 결국 찾을 수 없었다. 바위에 떨어져 말라붙은 피 한 방울 외에는. 소년은 안장에서 내려 말을 바람막이로 세운 채 그 곁에 웅크리고 앉아 손목에 칼을 그어 핏방울이 느릿느릿 바위 위로 떨어지는 것을 보았다. 이틀 후 소년은 바비스페강을 굽어보는 벼랑 위에 말을 세웠다. 강은 거꾸로 흐르고 있었다. 혹은 태양이 소년 뒤쪽 동쪽에서 지고 있었다. 소년은 향나무 숲을 병풍 삼아 조악한 야영지를 만들고는, 태양이 어떻게 되는지 혹은 강이 어떻게 되는지 밤이 목격하기를 기다렸다. 다음 날 아침 저 머나먼 평야와 산맥 너머로 날이 밝자 소년은 자신이 시에라스의 동쪽을 따라 강이 다시 북쪽으로 흘러가는 지대를 지나고 있다는 사실을 깨달았다.

소년은 산속으로 더 깊이 들어갔다. 높이 자란 마드로뇨 나무 숲에서 바람에 쓰러진 나무에 걸터앉아 적당한 길이로 밧줄을 잘랐다. 말이 가만히 소년의 모습을 지켜보았다. 소년은 일어나 엉덩이께로 흘러내린 바지의 혁대 고리에 밧줄을 끼우고는 칼을 접었다. 먹을 게 아니야. 소년은 말에게 말했다.

그곳 황량한 고지대에서 추위와 어둠 속에 누워 바람에 귀 기울이던 소년은 스러지는 모닥불의 마지막 몇 점 불꽃과, 뜻 밖의 격자무늬를 따라 타오르는 숯의 붉은 갈망을 보았다. 세 계의 법칙이 그러하듯 나무에 숨겨진 기하학과 체계는 어둠 과 재 속에서만 완전히 모습을 드러내는 듯했다. 늑대 울음은 일절 들리지 않았다. 일주일 후 소년은 기운이 다 빠진 말을 타고 반쯤 굶주린 채 누더기 꼴로 엘 티그레의 광산 마을에 이르렀다.

자그마한 골짜기를 굽어보는 비탈을 따라 집 10여 채가 제 멋대로 박혀 있었다. 사람은 아무도 없었다. 소년이 흙길 중간 에서 고삐를 당기자, 소가죽 문을 대고 흙과 나뭇가지로 엮 은 조잡한 하칼(초가집)을 말이 망연히 쳐다보았다. 소년이 말 을 앞으로 모는데 웬 여인이 거리로 나와 다가오더니 등자 곁 에 서서 모자 아래의 아이 얼굴을 올려다보며 어디가 아프냐 고 물었다. 소년은 아픈 게 아니라 배가 고플 뿐이라고 대답했 다. 여인은 소년에게 말에서 내리라고 했고, 소년은 그렇게 했 다. 활을 어깨에서 빼내 안장 머리에 걸고는 말을 끌고 여인을 따라 여인의 집으로 갔다.

태양으로부터 철저히 차단되어 칠흑 같은 어둠에 묻힌 부엌 에 앉아 소년은 흙그릇에 담긴 프리홀(강낭콩)을 법랑 입힌 커 다란 양철 숟가락으로 퍼먹었다. 천장의 연기 구멍에서 떨어지 는 빛이 유일한 조명이었다. 여인이 흙으로 빚은 나지막한 브 라세로(화로) 옆에 무릎을 꿇고 앉아, 오래되어 금이 쩍쩍 간 코말 위의 토르티야를 뒤집는 동안, 가느다란 연기가 그을음 없은 벽을 따라 오르다 머리 위에서 사라졌다. 밖에서는 닭들이 꼬꼬댁거렸고, 조각조각 이어 붙인 삼베 커튼 니미 디 짙은 어둠에 싸인 방에서는 누군가가 자고 있었다. 집 안에서 연기 냄새와 고약한 기름내가 풍겼는데, 연기에는 피논(소나무)의 방부제 냄새가 희미하게 배어 있었다. 여인이 맨손으로 토르티야를 뒤집어 흙 접시에 얹어 소년에게 주었다. 소년은 감사 인사를 하고는 토르티야 한 장을 접어 강낭콩을 싸 먹었다.

데 돈데 비에네?(어디에서 왔니?)

데 로스 에스타도스 우니도스.(미국에서요.)

데 테하스?(텍사스?)

누에보 메히코.(뉴멕시코요.)

케 린도.(참 아름다운 곳이지.)

로 코노세?(그곳에 가 보셨어요?)

노.(아니.)

여인은 음식을 먹는 소년을 가만히 바라보았다.

에스 미네로?(광부니?)

바케로.(카우보이예요.)

아이, 바케로.(아, 카우보이.)

식사를 다 마친 소년이 마지막 토르티야로 그릇을 깨끗이 닦아 먹자 여인은 그릇을 방 맞은편으로 가져가 물통에 넣었다. 그리고 돌아와 탁자 맞은편의 긴 널빤지 의자에 앉아 소년을 가만히 바라보았다. 아돈데 바?(어디로 가니?)

그건 소년도 몰랐다. 소년은 주위를 막연히 둘러보았다. 맨

흙벽에 나무 못을 박아 건 달력에는 1927년산 뷰익[21]이 컬러로 인쇄되어 있었다. 모피 코트를 입고 터번을 쓴 여인이 그 곁에 서 있었다. 소년은 자기도 어디로 가는지 모르겠다고 말했다. 그들은 앉아 있었다. 소년이 커튼을 친 문가를 턱으로 가리켰다. 에스 수 마리도?(남편 분이세요?)

여인은 아니라고 했다. 자매라고 했다.

소년은 고개를 끄덕였다. 소년은 다시 주위를 둘러보았지만 이미 첫눈에 모든 것을 다 본 터였다. 소년은 어깨 너머로 손을 뻗어 의자 등받이에 걸어 둔 모자를 집어 든 뒤 의자를 밀며 일어섰다.

무치시마스 그라시아스.(대단히 감사합니다.)

클라리타.(별말을.) 여인이 소리쳤다.

여인은 소년에게서 시선을 떼지 않았다. 약간 정신이 나간 듯싶었다. 여인이 다시 소리쳤다. 그리고 고개를 돌려 커튼 너머의 어두운 방을 쳐다보더니 손가락 하나를 들어 보였다. 모멘티토.(잠깐만.) 여인이 일어나 그 방으로 갔다가 몇 분 후 다시 나타났다. 여인은 약간은 부자연스러운 몸짓으로 문설주에 커튼을 모아 붙였다. 얼룩진 분홍색 레이온 잠옷을 입은 여인이 커튼을 지나쳐 다가와 섰다. 여인은 소년을 바라보더니 고개를 돌려 동생을 바라보았다. 아마도 동생이지 싶었지만 나이는 거의 비슷해 보였다. 여인이 다시 소년을 바라보았다. 소년은 손에 모자를 들고 서 있었다. 뒤쪽 문가에서 너덜

---

21) 미국 GM사의 고급 승용차 상표.

너덜한 먼지투성이 커튼을 잡고 서 있는 자매의 태도로 보아 이 여인이 다른 사람 앞에 나타나는 것은 극히 드문 일인 듯했다. 동생 역시도 좋은 소식을 전하는 사자(使者)보다 더 자주 나타날 것 같지 않았다. 잠자던 자매가 옷깃을 여미더니 손을 뻗어 소년의 얼굴을 어루만졌다. 그리고 몸을 돌려 문을 지나 들어가서는 더 이상 모습을 드러내지 않았다. 소년은 여주인에게 감사 인사를 하고 모자를 쓰고는 덜걱대는 가죽 문을 밀어 말이 기다리고 있는 햇살 속으로 나갔다.

바퀴자국이든 발굽 자국이든 그 어떤 왕래의 흔적도 남아 있지 않은 길을 따라 나아가는데 문가에 서 있던 남자 둘이 고함을 치며 뭔가 신호를 보내왔다. 소년은 활을 다시 어깨에 메고 있었는데, 뼈만 앙상한 말 위에 시커먼 누더기 꼴로 앉아 활을 걸치고 있는 모습이 아주 우스꽝스럽거나 불쌍해 보이겠구나 싶었다. 하지만 가까이에서 보니 야유꾼들도 별반 나을 게 없었다. 소년은 그들을 지나쳐 계속 길을 갔다.

자그마한 골짜기를 건너 서쪽의 산으로 들어갔다. 얼마나 오래 돌아다녔는지는 모르겠지만, 분명한 것은 좋든 나쁘든 이 지역에서 볼 것은 모두 보았으므로, 앞으로 무엇을 보든 더 이상 두려울 게 없으리라는 것이었다. 산속 깊은 곳의 궁상스러운 마을에 세워진 초사(오두막)나 위키업[22]에 사는 야생 인디언과, 동굴에서 더욱더 야생의 삶을 살아가는 인디언과 마주치곤 했는데, 다들 소년을 미친 사람으로 여기고는 보

---

22) 인디언식 전통 가옥.

살펴 주었다. 소년에게 먹을 것을 주고, 여인들이 옷을 빨아 기워 주고, 직접 만든 송곳과 매의 발에서 뽑은 인대로 부츠를 꿰매 주었다. 그들은 자기네끼리 자기네 말을 하거나 소년과 어설픈 스페인어로 이야기했다. 젊은이들 대부분이 멕시코인의 목장이나 도시나 광산에 일하러 갔지만 멕시코인은 도통 믿을 수가 없다고 했다. 그들은 강가의 작은 마을에서 멕시코인과 물물교환을 하고, 때로는 가장 바깥쪽 불빛이 빛나는 곳에 서서 축제를 여는 멕시코인들을 지켜보기도 했지만, 대부분은 자기네들끼리 살았다. 그들은 멕시코인이 저지른 죄를 자기네한테 덮어씌운다고, 멕시코인들끼리 술에 취해 사람을 죽여 놓고 죄인을 찾는답시고 군대를 산으로 보낸다고 말했다. 소년은 조국이 어디인지 말했다가 인디언들이 이 나라 역시 알고 있지만 일부러 이 나라에 대한 이야기는 피한다는 것을 깨닫고는 깜짝 놀랐다. 아무도 소년과 말을 바꾸려고 하지 않았다. 아무도 소년에게 왜 이곳으로 왔는지 묻지 않았다. 그저 서쪽의 야키 인디언 지역을 멀리하라고, 야키 인디언에게 걸리면 죽고 만다고 경고할 뿐이었다. 이윽고 여인들이 가죽처럼 바짝 마른 마차카와 말린 옥수수와 그을음 낀 토르티야로 도시락을 쌌고, 노인이 다가와 더없이 진지하게 소년의 눈을 응시하며 알아듣기 힘든 스페인어로 말하고 소년의 안장을 앞뒤로 쓸며 소년을 거의 품에 안다시피 했다. 노인은 사냥감인 듯한 기하학적 형체가 그려진 기묘하고도 화려한 옷을 입고 있었다. 옥과 은 장식을 걸쳤으며, 머리카락이 나이에 비해 까맣고 길었다. 우에르파노(고아)라 할지라도 방랑을 멈추고 정착할 곳을 구해야 한다고, 이런 식으로 돌아다니다가는 열정에 뿌리박게 될 것이며, 그러한 열정은 소년을 다른 사람은 물론이고 심지어는 자기 자신에게서도 멀어지게 만들 것이라고 노인은 충고했다. 세상은 사람의 마음속에 존재하는 대로 보이는 법이라고 했다. 장소가 사람을 품고 있는 것처럼 보이지만 사실은 사람이 장소를 품고 있는 것이며, 따라서 장소를 알기 위해서는 그곳에 가서 그곳 사람들의 마음을 보아야 하며, 이를 위해서는 사람들을 스쳐 지나지만 말고, 사람들 속에서 살아야 한다고 했다. 우에르파노는 자신이 더 이상 사람들의 일원이 아닌 것처럼 느껴지겠지만 그런 감정을 떨쳐 버려야 한다고, 사실 소년의 안에는 다른 사람이 볼 수 있고, 더 깊이 알고 싶어 하는 커다란 영혼이 담겨 있다고, 소년이 세상을 필요로 하는 만큼 세상도 소년을 필요로 한다고, 그것은 소년과 세상이 하나이기 때문이라고 했다. 마지막으로 노인은, 모든 좋은 것이 그러하듯 이것은 그 자체로는 좋지만 또한 위험하기도 하다고 말했다. 그러고는 소년의 안장에서 손을 떼고 뒤로 물러났다. 소년은 조언에 대해 감사하며 사실 자기는 고아가 아니라고 털어놓았다. 그리고 그곳에 서 있는 여인들에게 감사 인사를 하고는 말 머리를 돌려 나아갔다. 그들은 멀어지는 소년을 바라보며 서 있었다. 소년이 마지막 오두막을 지나며 뒤를 돌아보자 노인이 소리쳤다. 에레스. 에레스 우에르파노.(자네, 자네는 고아라네.) 하지만 소년은 한 손을 들어 모자에 대고는 가던 길을 계속 갈 뿐이었다.

이틀 후 소년은 동쪽과 서쪽으로 산맥을 가르는 마찻길에 다다랐다. 숲은 털가시나무와 마드로뇨로 푸르렀으며, 길에는 지나다닌 흔적이 거의 없었다. 하루 종일 한 사람도 마주치지 않았다. 길이 좁아지며 오래된 바퀴축의 흔적이 바위에 새겨진 높은 고개에 이르러 내려다보니 돌무더기가 흩어져 있었다. 오래전 인디언에게 죽임을 당한 여행자들을 기리는 그 고장의 모호네라스 데 무에르테(죽음의 기념비)였다. 사람이 모두 사라져 버린 황폐한 곳인 듯했다. 짐승도 새도 보이지 않고, 바람과 침묵만이 감돌았다.

동쪽 절벽에서 말에서 내린 소년은 좁은 잿빛 바윗길을 따라 말을 끌고 갔다. 가장자리에서 자라는 자그마한 향나무는 오래전에 지나간 바람에 굽어 있었다. 깎아지른 듯한 절벽에는 사람과 동물과 태양과 달과, 한때는 존재했을지 모르나 이곳 세계에는 더 이상 닮은 것이 없는 존재들이 그려져 있었다. 소년은 햇볕 속에 앉아 동쪽 지역을 둘러보았다. 바비스페의 드넓은 골짜기와, 그 뒤를 잇는 옛 바다였던 카레타스 평원과, 조각조각 나뉜 들판과, 성직자와 군인이 지나며 교회가 흙으로 무너져 내린 치치메카 인디언의 옛 땅에서 푸르게 자라는 새 옥수수와, 평원 너머 창백한 푸른 빛으로 줄을 이으며 남쪽과 북쪽으로, 협곡과 봉우리로, 골짜기와 등성이로 할퀴어 대는 산맥이 마치 모두 다가오고 지나갈 세계를 위한 꿈처럼 눈앞에 펼쳐졌다. 바람이 데려다준 높은 곳에서 독수리 한 마리가 꼼짝도 않고 매달려 있었다. 60킬로미터 너머 평원 저지대에 기관차가 느릿느릿 달려가며 연기를 뿜었다.

소년은 너덜너덜한 주머니에서 피뇬 열매를 한 줌 꺼내 바위 위에 뿌리고 돌멩이로 짓이겼다. 말과 이야기하는 버릇을 갖게 된 소년은 열매를 까며 말에게 말을 걸었다. 껍질을 다 벗기자 알맹이를 모아 쥐고 내밀었다. 말은 소년을 바라보다 알갱이를 바라보더니 두 걸음 다가와 고무 같은 입술을 소년의 손바닥에 댔다.

소년은 침 묻은 손바닥을 바짓자락에 문질러 닦고는 남은 열매를 깠고, 말은 가만히 바라보았다. 소년은 일어나 절벽 가장자리를 따라 걷다 돌멩이를 내던졌다. 돌멩이는 빙글빙글 떨어져 내리더니 침묵 속으로 사라졌다. 소년은 귀를 기울였다. 저 아래에서 돌과 돌이 부딪는 희미한 울림이 들려왔다. 소년은 다시 돌아가 따뜻한 바위 위에 팔베개를 하고 누워 모자의 어둠을 응시했다. 고향 집이 머나먼 꿈처럼 아득했다. 심지어 아버지의 얼굴이 떠오르지 않을 때도 있었다.

소년은 잠이 들었다. 꿈속에서 이를 뾰족하게 간 야만인들이 몽둥이를 들고 다가와 에워싸더니 시작도 하지 않은 자기네들 일에 대해 경고했다. 잠에서 깬 소년은 가만히 귀를 기울였다. 야만인들이 모자의 어둠 너머, 바위 사이에 웅크리고 있을 것만 같았다. 그들이 감내해야 하는 살아 있는 세계와 바로 지척에서 기다리고 있는 죽은 세계의 형상을 돌로 돌에 새기면서. 소년은 모자를 들어 가슴에 얹고는 푸른 하늘을 바라보았다. 상체를 일으키고 말을 찾으니 말은 겨우 몇 걸음 너머에서 기다리고 있었다. 소년은 몸을 일으켜 뻣뻣이 굳은 어깨를 돌리고 모자를 쓴 뒤 고삐를 쥐었다. 손으로 말의 앞다리를 쓸자 말이 발굽을 치켜들었다. 소년은 무릎 사이에 말발굽을 끼우고 살펴보았다. 편자가 이미 오래전에 사라진 긴 발굽이 여기저기 해져 있었다. 소년은 주머니칼을 꺼내 가장자리가 눌려 넓적해진 곳을 깎아 내고는 말발굽을 놓고 말을 빙 돌며 이리저리 살피고 나머지 발굽을 깎아 주었다. 산중의 덤불과 나무에 계속 시달려 마구간의 흔적을 완전히 잃어버린 말은 발정이 났을 때처럼 따스한 냄새를 풍겼다. 시커먼 발굽이 묵직하게 달린 말은 외모든 기질이든 야생마가 되기에 충분한 구렁말의 피가 흐르고 있었다. 소년은 말이 자주 화제로 오르는 고장에서 자란 덕분에 무릎 모양이나 얼굴 너비로 드러나는 혈통이 내면에도 영향을 미친다는 것을 알고 있었다. 산속에서의 삶이 황량해질수록 말이 스스로와 벌이는 미묘한 싸움 역시 치열해진다는 것도 소년은 느끼고 있었다. 말이 소년을 버릴 것 같지는 않았지만 버릴 생각을 해 본 적이 있는 것은 분명했다. 소년은 마지막 뒷발의 발굽을 깎은 뒤 말을 좁은 길로 끌고 가 안장에 올라 말 머리를 돌려 골짜기를 내려갔다.

길은 산의 화강암 표면을 실 태엽처럼 굽이굽이 감으며 내려갔다. 마차가 이렇게 좁은 굽잇길을 오간다는 게 놀라울 지경이었다. 길가가 움푹 꺼진 곳에서는 말에서 내려 고삐를 끌고 갔다. 길 한가운데에 그 누구도 옮기지 못할 바윗덩이가 떡하니 놓여 있기도 했다. 소나무 숲을 벗어난 길은 참나무와 향나무 숲으로 이어졌다. 헝클어진 야생의 땅. 사방에 초록빛 샘이 골짜기를 침투하고 있었다. 저녁 빛에 전율하는 회녹색. 소년은 일곱 시간 동안 골짜기를 내려갔는데, 그나마 마지막 몇 시간은 어둠에 묻힌 채였다.

그날 밤 소년은 갈대와 버드나무가 무성한 강가의 구덩이에서 잠을 잔 뒤 아침에 강을 따라 북쪽으로 가다 여울에 이르렀다. 강 맞은편 붉은 충적토 평야에는 흙으로 빚었으나 도로 흙으로 바스러져 가는 마을의 잔해가 남아 있었다. 연기 한 줄기가 푸른 대기에 솟아올랐다. 소년은 말을 여울로 몰고 가 물을 먹였다. 소년 역시 안장에서 몸을 숙여 한 손 가득 물을 퍼 얼굴에 끼얹고는 다시 물을 떠 목을 축였다. 물은 맑고 차가웠다. 상류에서 급류인지 웅덩이인지가 소용돌이치며 나지막이 너울지고, 아침 햇살이 소년의 얼굴을 따스하게 데웠다. 소년이 발꿈치로 말의 옆구리를 꽉 조이자 말은 물방울이 뚝뚝 듣는 주둥이를 들어 여울로 느릿느릿 들어갔다. 강 중간에서 소년은 다시 말을 멈추고는 어깨에서 활을 빼내 강물에 던졌다. 활이 세찬 물살에 떠밀려 빙그르르 돌다 하류의 못으로 둥둥 떠내려갔다. 파리한 나무 초승달은 맴돌며 표류하다 강물을 덮은 햇살에 사라졌다. 익사한 궁수와 음악가와 불을 빚은 자의 유산. 소년은 여울을 건너 맞은편 버드나무 숲과 카리살(갈대밭)을 지나 마을로 들어섰다.

무너지지 않은 건물은 대부분 마을 맞은편 외곽 쪽에 자리하고 있었다. 소년은 그쪽으로 말을 몰았다. 문이 널브러진 사구안(현관)에는 고대의 마차가 반쯤 부서진 잔해로 남아 있었다. 어느 집 마당에는 흙 오르노(아궁이)에 웬 짐승의 눈이 소년을 지켜보았고, 커다란 어도비 교회에는 들보가 산산이 부서져 있었다. 교회 뒷문에 서 있던 사내는 소년보다도 더욱 창백했으며, 모래색 머리카락에 연푸른 눈동자를 갖고 있었다. 사내가 처음에는 스페인어로, 다음에는 영어로 소리쳤다. 말에서 내려 들어오라고.

소년은 말을 교회 문가에 남겨 두고 사내를 따라 자그마한 방으로 들어갔다. 엷은 강판을 손으로 엮어 만든 스토브에 불이 타오르고 있었다. 자그마한 침대 하나가 놓여 있고, 굴곡진 다리가 달린 소나무 탁자가 기다랗게 뻗어 있고, 등받이에 사다리처럼 가로대를 댄 것이 이 고장의 메노파 신도가 만든 듯한 의자가 여러 개 있었다. 온갖 색깔 고양이들이 방 안을 차지하고 있었다. 사내는 양해해 달라는 듯 고양이를 향해 모호한 손짓을 하고는 소년에게도 손짓으로 의자에 앉으라고 했다. 소년은 어깨에서 담요를 벗어 든 채 가만히 서 있었다. 방 안은 매우 따뜻한데도 사내는 몸을 숙여 스토브 문을 열어 장작을 더했다. 스토브 위에는 철제 냄비와 주전자와 띄엄띄엄 그을음이 앉은 프라이팬과 은제 찻주전자가 놓여 있었다. 갈고리발톱 모양 발이 달린 찻주전자는 흠이 깊이 패고 시커멓게 변색되어 다른 세간붙이와 기묘하게 잘 어울렸다. 사내가 일어나 발로 스토브 문을 닫더니 도자기 컵과 접시를 두 개씩 꺼내 식탁에 차렸다. 고양이 한 마리가 일어나 식탁 위를 걸어 각 찻잔을 차례로 살피고는 다시 엎드렸다. 사내가 스토브에서 찻주전자를 들어 찻잔에 따른 뒤 도로 스토브에 놓고는 소년을 바라보았다.

에레스 푸로스 우에소스.(어쩜 뼈밖에 없구나.)

텡고 미에도 에스 베르다드.(그러게 말예요.)

자, 마음 편히 먹으렴. 달걀 좀 먹을래?

달걀 좋죠.

몇 개나 먹니?

세 개요.

빵이 없단다.

그럼, 네 개 먹을게요.

어서 자리에 앉으렴.

예, 아저씨.

사내는 자그마한 법랑 들통을 들고 나지막한 문밖으로 나갔다. 소년은 의자를 당겨 앉았다. 담요를 대충 접어 옆의 의자에 놓고는 가까운 찻잔을 들어 커피를 마셨다. 진짜 커피는 아니었다. 무엇인지는 알 수 없었다. 소년은 방을 둘러보았다. 고양이들이 소년을 지켜보고 있었다. 잠시 후 사내가 돌아오자 들통 바닥에 달걀이 데굴거렸다. 사내는 프라이팬 손잡이를 쥐어 마치 검은 유리라도 보는 양 바닥을 가만히 응시하다 도로 내려놓더니 흙단지에서 기름을 퍼 프라이팬에 발랐다. 그리고 기름이 녹는 것을 지켜보다 달걀을 프라이팬에 깨뜨려 넣고 기름 뜬 숟가락으로 휘저었다.

계란 네 개.

예, 아저씨.

사내가 고개를 돌려 소년을 바라보더니 다시 프라이팬을 바라보았다. 소년에게 한 말이 아닌 모양이었다. 음식이 다 익자 사내는 접시를 꺼내 달걀을 담고 시커멓게 변색된 은 포크를 접시 가장자리에 놓고는 소년 앞에 가져다주었다. 그리고 커피를 더 따른 뒤 찻주전자를 스토브 위에 놓고 맞은편에 앉아 소년이 먹는 것을 지켜보았다.

길을 잃었구나.

소년은 포크 가득 달걀을 얹은 채 동작을 멈추고 그 질문에 대해 숙고했다. 그런 건 아니에요.

여기에 마지막으로 온 사람은 아팠지. 병자였단다.

그게 언제였죠?

사내가 한 손을 들어 모호하게 손짓했다.

그 사람은 어떻게 되었나요?

죽었어.

소년은 계속 음식을 먹었다. 전 아프지 않아요.

교회 마당에 묻었단다.

소년은 먹었다. 전 아프지 않아요. 길을 잃은 것도 아니고요.

참으로 오랜만에 교회 마당에 사람이 묻혔지.

얼마나 오랜만인데요?

글쎄다.

여기는 뭐 하러 왔대요?

산에서 일하던 광부였다. 바레테로(광부). 그런데 병이 나서 여기로 왔어. 하지만 너무 늦었었지. 치료할 방도가 없었단다.

여기에는 사람이 몇이나 살아요?

하나. 나뿐이야.

그럼 아저씨 혼자서 애쓰셨겠네요?

애쓰다니?

치료하려고요.

그래.

소년은 사내를 바라보았다. 그리고 음식을 먹었다. 오늘이 며칠이죠?

일요일이야.

날짜는요?

나도 몰라.

지금이 몇 월인지는 아세요?

아니.

그런데 일요일인 건 어떻게 아나요?

그야 이레마다 돌아오니까.

소년은 먹었다.

나는 모르몬교도란다. 아니 전에는 그랬지. 모르몬교도 집안에서 태어났거든.

소년은 모르몬교가 뭔지 몰랐다. 소년은 방을 바라보았다. 그리고 고양이를 바라보았다.

그들은 오래전 여기에 왔단다. 1896년도에 유타에서 왔지. 주(州)로 편입되는 바람에 여기로 온 거야. 유타 말이다. 나는 모르몬교도였어. 그러다 기독교로 개종했지. 그다음에는 뭔지도 모르는 교에 들어갔고. 그러고는 내가 되었단다.

여기에서는 뭘 하세요?

관리인이야. 지키는 사람이지.

뭘 지키는데요?

교회.

다 무너진 교회인데요.

맞아. 물론이지. 테레모토(지진)에 무너져 버렸지.

그때도 여기 계셨나요?

그때는 태어나지도 않았지.

지진이 언제 났는데요?

1887년.

달걀을 다 먹은 소년은 포크를 접시에 내려놓았다. 그리고 사내를 바라보았다.

여기에 얼마나 오래 계셨나요?

6년쯤.

처음 왔을 때도 여기는 이랬나 봐요.

그래.

소년은 컵을 들어 완전히 들이켠 뒤 접시 위에 놓았다. 식사 정말 감사합니다.

천만에.

소년은 일어나 떠날 준비를 했다. 사내가 셔츠 주머니에 손을 넣어 담배 가루와 자그마한 보자기를 꺼냈다. 보자기에는 옥수수 껍질을 잘라 만든 담배 종이가 들어 있었다. 침대에 있던 고양이 한 마리가 일어나 앞뒤 다리를 쭉 뻗어 기지개를 켜고는 사뿐히 식탁으로 뛰어올라 소년의 접시로 다가와 코를 킁킁거리다 웅크리고 앉아 포크에 남은 달걀 조각을 골라 섬세하게 혀를 놀렸다. 사내는 담배 가루를 부은 담배 종이를 앞뒤로 굴린 뒤 식탁 건너편의 소년에게 내밀었다.

감사합니다만, 안 피워요.

사내는 고개를 끄덕이고는 담배를 입가에 물고 일어나 스토브로 갔다. 그리고 바닥의 통에서 길고 가는 장작을 집어 스토브 문을 열어 불을 붙인 뒤 담배에 댔다. 그는 입바람을 불어 불을 끈 장작을 통에 도로 넣고 스토브 문을 닫고는 찻주전자를 들고 식탁으로 와 소년의 잔에 커피를 따랐다. 사내 자신의 컵은 손도 안 댄 상태로 시커멓게 식어 있었다. 사내는 찻주전자를 스토브에 내려놓고 식탁을 빙 돌아 아까 앉았던 자리에 앉았다. 고양이가 일어나 하얀 도자기 접시에 비친 자기 얼굴을 쳐다보더니 저만치 걸어가 앉아 하품을 하고는 제 몸을 핥았다.

여기는 무엇 때문에 오셨나요?

자네는?

네?

자네는 여기 무엇 때문에 왔지?

저는 여기 온 게 아니에요. 어쩌다 지나가게 된 거죠.

사내는 담배를 빨았다. 나도 마찬가지야. 아무렴 그렇지.

6년이나 이곳을 지나고 있다고요?

사내가 한 손을 살짝 던지는 시늉을 했다. 난 예전의 삶에서 달아나 이단자로서 여기 왔지. 지금도 달아나는 중이야.

숨기 위해 온 건가요?

황폐함 때문이지.

네?

테레모토가 빚어낸 황폐함 말이야.

예.

나는 이 세상에 남겨진 하느님의 손길을 찾고 있어. 하느님의 손을 분노의 손이라고 믿게 되니 인간들이 파괴의 기적을 충분히 조사하지 않았다는 생각이 들더군. 규모가 큰 재해 현장에는 하느님의 손길이 증거로 남아 있는데도 사람들이 그걸 찾아내지 못한 거지. 하느님이 일일이 귀찮게 손자국을 없애 버리지는 않았을 텐데 말이야. 나는 진실을 알고자 하는 열망에 휩싸였어. 심지어 하느님이 재미 삼아서라도 흔적을 남기지 않았을까 싶었지.

어떤 흔적요?

나야 모르지. 무언가, 예상을 깨는 무언가겠지. 전혀 어울리지 않는 무언가. 일그러진 원형이나 진짜가 아닌 무언가. 흙에 남겨진 자국. 쓰러진 지팡이. 원인을 의미하는 게 아냐. 원인이 아니라는 것만은 확실하지. 원인은 스스로 증식해 혼란으로 이끌 뿐이지. 내가 원하는 것은 하느님의 마음을 아는 거야. 하느님이 아무 이유 없이 자신의 교회를 파괴할 리는 없잖아.

여기 살았던 사람들이 뭔가 나쁜 짓을 했다고 믿으세요?

사내는 생각에 잠겨 담배를 피웠다. 그래, 그럴 수도 있지. 그럴 수 있어. 평원의 도시들처럼 말이야. 하느님이 파괴의 손을 든 데는 뭔가 말로 할 수 없는 합당한 증거가 있을 거야. 폐허나 흙이나 들보 아래에 무언가 시커먼 것이 남아 있을 거야. 누가 알겠어?

그래서 무얼 찾았나요?

아무것도. 인형 하나. 접시 하나. 뼈 하나.

사내는 몸을 숙여 식탁 위에 놓은 흙그릇에 담배를 비벼 껐다.

내가 여기 있는 건 어떤 남자 때문이지. 그의 발자취를 쫓아 여기로 온 거야. 다른 길로는 갈 수 없었는지 확인하기 위해서 말이야. 물건을 찾기 위해 여기에 온 것은 아니야. 이야기와 분리된 물건은 아무 의미도 없지. 그저 색깔과 크기를 가진 형체일 뿐이야. 그래, 무게도 있지. 하지만 그 의미를 알 수 없을 때는 더 이상 이름조차 가질 수 없어. 반면 이야기는 이 세상에서 절대 사라질 수 없어. 이야기가 곧 세상이기 때문이지. 여기서 찾아야 할 것이 바로 이야기야. 코리도 말이지. 모든 코리도는 궁극적으로 하나의 이야기를 담고 있네. 그것이 야말로 꼭 말해야 할 것이지.

고양이가 살랑살랑 움직이고, 스토브에서 불이 타닥거렸다. 폐허가 된 마을에는 더없이 깊은 침묵만이 자욱했다.

무슨 이야기인데요?

알타르강 카보르카라는 마을에 남자가 살았어. 노인이었지. 그는 카보르카에서 태어나 카보르카에서 죽었지. 하지만 한때는 이 마을에서 살았어. 여기 우이시아체피크에서 말이야.

카보르카가 우이시아체피크에 대해 무엇을 알고, 우이시아체피크가 카보르카에 대해 무엇을 알겠나? 이 둘이 완전히 다른 세계라는 데 대해선 자네도 동의하겠지. 그럼에도 어떤 한 세계가 있어. 상상 가능한 모든 것이 필요한 세계가. 돌과 꽃과 피로 이루어진 물질처럼 보이지만 사실 이 세계는 전혀 물질이 아니라 이야기라네. 이 세계에 있는 모든 것은 이야기이고, 각 이야기는 보다 작은 이야기의 합이지만, 동시에 모두 똑같은 이야기이며, 모두 다른 이야기를 각 이야기 안에 담고 있네. 따라서 모든 것이 필요하지. 아무리 사소하고 하찮은 것이라고 해도 말이야. 어려운 교훈이지. 그 어떤 것도 필요하지 않은 것은 없어. 그 어떤 것도 무시할 수 없지. 경계선은, 아니 접합선은 우리 눈에 감추어져 있기 때문이야. 세계는 이런 식으로 만들어지지. 무엇을 버릴 수 있을지, 무엇을 뺄 수 있을지 우리는 알 수 없어. 무엇이 일어서고 무엇이 무너질지 우리는 알 수 없어. 이러한 접합선은 우리 눈에 감추어져 있지만 이야기에는 당연히 담겨 있어. 이야기는 건물도 장소도 없이 그저 이야기될 뿐이지만 그 안에 삶이 있고 집이 있어. 우리는 이야기 없이는 아무것도 아니지. 이야기에는 끝이 없어. 카보르카든 우이시아체피크든 세계 어디든 이름이 있든 없든, 내 다시 말하지만 모든 이야기는 하나야. 그래, 모든 이야기는 하나야.

소년은 찻잔을 둥글게 채운 검은, 커피가 아닌 액체를 바라보았다. 그리고 사내를 바라보고 고양이를 바라보았다. 고양이는 하나같이 잠이 든 듯했다. 사내의 목소리야 고양이들에게 이미 익숙할 대로 익숙할 것이며, 외부 세계에서 하느님이 보낸 사람이 없더라도 사내는 혼잣말을 계속했으리라.

여기 살았던 남자는 어떻게 됐죠?

그래. 이 남자의 부모는 불법 침입한 미국인들에 맞서기 위해 다른 사람들과 함께 카보르카의 교회에 들어갔다가 그만 포탄에 맞아 죽고 말았지. 자네도 그 고장의 역사에 대해 좀 알 거야. 돌 더미와 파편을 치우자 죽은 엄마가 남자아이를 꼭 안고 있었지. 아이 아빠는 근처에 쓰러져 있었는데 뭔가를 말하려고 했어. 사람들이 그를 일으켰어. 그의 입에서 피가 흘러내렸지. 사람들이 고개를 숙여 귀를 댔지만 그는 아무 말도 하지 않았어. 가슴이 뭉그러져 핏빛 숨을 쉬었지. 그는 작별 인사를 하듯 한 팔을 들고는 숨을 거두었어.

아이는 이 마을로 오게 되었네. 카보르카에 대해서는 거의 기억하는 게 없었지. 남아 있는 것이라곤 아버지에 대한 기억 몇 가지뿐이었어. 알라메다에서 공연하는 꼭두각시 인형극을 보여 주려고 아빠가 자기를 높이 들어 올린 것을 기억했어. 어머니에 대한 기억은 더 적었지. 아니 어쩌면 전혀 없었을지도 몰라. 그의 삶은 특이해도 너무 특이했어. 불운의 이야기지. 적어도 겉으로 보기에는 그래. 이야기의 끝은 아직 알 수 없지만.

여기서 아이는 어른으로 성장했어. 이 마을에서 말이야. 그는 결혼을 했고, 하느님의 축복 속에서 아들을 얻었어.

1887년 5월 첫 주에 그는 아들을 데리고 여행을 떠났지. 바비스페에 도착하자 아들의 삼촌이자 파드리노(대부)인 사람한테 아들을 맡겼어. 그러고는 혼자 바토피테로 갔지. 어느 농장주들을 대신해 남쪽 지역에서 설탕을 팔아 주기로 했거든. 바토피테에서 하룻밤을 묵었어. 나는 이 여행에 대해 여러 번 생각해 보았지. 이 여행과 이 남자에 대해. 그때 그는 젊었어. 아마 서른도 안 된 나이였을 거야. 노새를 타고 갔지. 아들을 안장 머리에 태우고. 때는 봄이라 강가의 초지를 따라 야생화가 만발했어. 그는 젊은 아내에게 선물을 사 가지고 돌아오겠다고 약속했지. 아내가 서서 배웅하는 모습을 보았지. 아내는 떠나가는 남편에게 손을 흔들어 작별 인사를 했어. 마음속에 새긴 그녀의 모습 말고는 그에게는 아내의 사진조차 없었지. 생각해 봐. 아마도 아내는 점점 멀어져 가는 남편을 보며 울었겠지. 무너져 내릴 운명의 교회 그림자에 싸여. 삶은 기억이야. 그 외에는 아무것도 아니지. 모든 법칙은 씨앗 하나 안에 새겨져 있지.

사내가 그 장면을 손가락으로 식탁에 그렸다. 태양이 어디쯤 떠 있고, 노새를 탄 이는 어디에 있고, 여인은 어디에 서 있는지 왼쪽에서부터 오른쪽으로 풍경을 그려 갔다. 마치 그 일이 일어난 공간을 현재에 되살려 내기라도 하려는 듯.

바비스페에서는 축제가 열렸지. 순회 서커스단이 찾아왔어. 남자는 어릴 적 자신의 아버지가 그랬듯 아들을 종이 등 아래 높이 들어 올렸지. 광대와 마술사와 맨손으로 뱀을 다루는 사람을 구경했지. 다음 날 아침 남자는 아들을 남겨 둔 채 혼자 바토피테로 떠났어. 그리고 바비스페에서 아들이 죽었지. 지진이 일어난 거야. 파드리노는 아이를 품에 안고 울었어. 한데 바토피테는 지진의 피해를 입지 않았어. 심지어 오늘날에도 바비스페강을 면한 산에는 함박웃음이라도 짓듯이 금이 쩍 벌어져 있지. 하지만 바토피테에는 재앙의 소문만 돌 뿐, 자세한 것은 아무것도 알 수 없었어. 다음 날 바비스페로 돌아가던 남자는 걸어서 다른 마을로 가던 사람에게서 소식을 들었어. 도무지 믿을 수 없었지. 남자는 노새를 재촉했어. 바비스페에 도착하고 보니 들은 대로 사방이 온통 폐허고, 가는 곳마다 죽음이 널려 있었지.

남자는 앞으로 무엇을 보게 될지 두려워하며 마을로 들

어섰어. 총성이 들렸지. 파편에 깔린 시체를 뜯어 먹던 개들이 그를 지나쳐 달아나고, 총을 든 사람들이 달려 나와 거리에 서서 고함을 쳤지. 알라메다에는 시체가 갈대 멍석에 주르르 누워 있고, 검은 옷을 입은 늙은 여인들이 줄과 줄 사이를 서성이며 나뭇잎 달린 가지를 흔들어 파리를 쫓았지. 파드리노가 다가와 노새의 등자를 껴안고 울었어. 차마 말을 할 수가 없어 고삐를 쥐고 울면서 그는 노새를 끌고 갔지. 알라메다에는 죽은 상인과 농부와 아내들이 널려 있었어. 죽은 여학생들도 있었지. 모두들 바비스페의 알라메다에 깔린 갈대 멍석에 누워 있었어. 축제 복장을 하고 죽은 개도 있었지. 죽은 광대도 있었고. 그중에서도 가장 어린 사람은 바로 그 남자의 아들이었어. 온몸이 뭉개진 채 늘어져 있었지. 남자는 노새에서 내려 무릎 꿇고는 피투성이가 된 아들을 껴안았어. 그때가 1887년이었지.

남자가 과연 무슨 생각을 했을까? 그의 비통함은 모두의 가슴을 찢어 놓고도 남지 않았을까? 남자는 하느님이 축복으로 보내 주신 아이의 시신을 노새 뒤에 싣고 우이시아체피크로 돌아갔어. 그곳에서는 아이의 엄마가 기다리고 있었고, 아이의 시신이 그가 아내에게 주는 선물이 된 거야.

슬픈 꿈을 꾸다 깨어나 더 큰 슬픔에 맞닥뜨린 사람 같았지. 그가 사랑한 모든 것이 이제 그에게는 고통이 되었어. 우주의 축에서 못이 빠져 버린 거지. 벗어나야 할 위협으로부터 시선을 뗀 거야. 그런 사람을 우리는 잃고 말지. 움직이고 말을 하지만 그저 그림자에 불과해. 아무도 그 사람을 그릴 수 없어. 아주 아주 작은 점마저도 그의 존재를 과장하게 되거든.

누가 그런 사람의 친구가 되고 싶겠나? 우리에게 말은 하지만 우리의 언어를 넘어서는 말을 하는데. 손을 들거나 움직여 마음을 전달하는 것 역시 불가능해. 그는 그런 것을 모두 잃어버렸거든. 그런 거야.

소년은 사내를 가만히 바라보았다. 형형한 눈빛의 그가 손바닥을 위로 들어 한 손을 식탁에 놓았다. 마치 그 손이 바로 잃어버린 그것이라는 듯. 사내가 손가락을 감아 주먹을 꼭 쥐었다.

그는 몇 년 동안 모습을 감추었어. 폐허가 된 마을에 아내를 남겨 두고 떠나 버렸지. 많은 친구들이 죽었어. 그의 아내가 그 후 어떻게 되었는지는 아무도 몰라. 남자는 과테말라에 있었지. 트리니다드에도 있었고. 그가 어떻게 돌아올 수 있었을까? 삶의 일부라도 살아남아 있었다면 굳이 꽃과 슬픔을 안은 채 돌아오지 않았을 거야. 하지만 그에게는 남은 게 아무것도 없었지. 알겠나?

커다란 재앙에서 살아남은 사람은 종종 운명의 힘에서 해방된 듯이 느낀다네. 하느님의 손길에서 말이야. 그 남자는 잊고 있던 것을 자신에게서 다시 보았어. 오래전 그는 공공의 운명에서 예외적으로 살아남았었지. 이제 그는 자신이 왜 잿더미와 잔해 더미에서 두 번이나 살아남았는지 생각해 봤어. 대체 왜? 그렇게 극적으로 살아남은 사람들이 행복할 거라고 생각해선 안 되네. 왜냐하면 행복하지 않거든. 그는 옛 재앙과 새 재앙에서 똑같이 예외적으로 살아남았어. 불멸의 존재였지. 그가 보통 사람이라는 주장은 말도 안 되는 헛소리지. 그는 뿌리도 가지도 없는 나무줄기였어. 한때는 그도 교회에 가서 기도를 했었지. 하지만 이제 교회는 산산이 부서져 폐허가 되었어. 그의 마음 안에 있던 성소 역시 산산이 부서졌지. 폐허는 또 있었어. 그의 영혼 역시 황량한 황무지가 되어 버린 거야. 아마도 그는 분명히 깨달았겠지, 바스러져 흙으로 돌아간 교회처럼 자기 역시 완전히 바스러졌다는 걸. 그리고 생각했겠지, 교회는 다시 세워지지 못할 거라고. 왜냐하면 그러기 위해서는 먼저 하느님이 사람들의 마음에 자리해야 하는데, 하느님이 진실로 존재한다 할지라도 그 어떤 힘도 황폐해진 마음을 되살릴 수는 없으니 말이야. 그는 이단자가 되었어. 그래.

젊은 시절을 방랑으로 보낸 그는 마침내 멕시코시티에 나타나 몇 년을 살았네. 서신을 전해 주는 심부름꾼으로 일했지. 가죽과 캔버스로 된 가방을 들고 다녔는데, 자물쇠가 단단히 채워져 있었지. 서신에 뭐라고 적혀 있는지는 알 수도 없었고, 알고 싶은 마음도 없었어. 그가 매일 차례대로 돌던 석조 건물의 정면에는 옛 총알 구멍이 총총히 박혀 있었지. 사람들의 손길이 닿지 않는 위쪽 벽은, 거리에 설치된 기관총에서 뿜어져 나온 가느다랗고 시커먼 납덩이로 여전히 칠갑이 되어 있었지. 그가 기다리며 서 있던 방은 고위 간부가 끌려 나와 처형되기 전에 대기하던 곳이었지. 그가 정치와 무관한 사람이었다는 걸 굳이 말할 필요는 없겠지? 그는 단순히 서신을 전했을 뿐이야. 사람에게는 스스로를 대표하여 현명하게 행동할 수 있는 능력이 있다는 것을 그는 전혀 믿지 않았어. 떠들어 대는 사람은 예측하지 못한 결과라는 요란한 파도에 쓸려 나갈 뿐 행동이라고는 하지 않는다고 믿었지. 세계에는 또 다른 일정이 있고, 또 다른 체계가 있으며, 이러한 힘에 의해 사람의 인생이 결정된다고 보았지. 사람은 그저 자신이 알지 못하는 그 무엇이 자신을 부르기를 기다릴 뿐이라고.

사내가 의자에 등을 기대며 소년을 쳐다보더니 미소를 지었다. 내 말 오해 말게. 세상사는 세계와 분리되어 존재할 수 없어. 하지만 세계는 세상사에 대해 생각하지 않지. 다른 것에 비해 어떤 것을 특별히 편애하지 않아. 군대가 지나가든 사막의 모래가 지나가든 다 마찬가지야. 전혀 차별하지 않아. 어떻게 차이를 둘 수 있겠나? 누구의 명령으로? 그렇다고 그 남자가 하느님을 부정했던 것도 아냐. 하느님에 대한 현대적 가치관을 따르게 된 것도 아니고. 하느님이 있고, 세상이 있지. 세상은 하느님을 잊었지만 하느님은 그럴 수 없지. 하지만 하느님이 세상을 잊는 것이야말로 그가 바라던 것이었지.

슬픔 말고는 그런 가치관을 갖게 만들 수 있는 것은 없다네. 하지만 도움을 전혀 줄 수 없는 슬픔은 슬픔이 아냐. 슬픔의 옷을 입고 여행하는 검은 자매가 있기 마련이지. 사람은 그렇게 쉽게 하느님에게서 등을 돌리지 않아. 절대 쉽지 않지. 모든 사람의 마음 깊은 곳에는 무엇인가가 자신의 존재를 알고 있다는 지식이 박혀 있어. 아무리 발버둥 쳐도 달아날 수도, 숨을 수도 없는 무엇인가가 있지. 하느님이 없다고는 상상도 할 수 없어. 그 남자도 하느님의 존재를 부인할 수 없었어. 그저 하느님의 끔찍한 면을 믿게 되었을 뿐이지.

그 무렵 그는 은퇴해서 멕시코시티에 살고 있었어. 친구도 없었지. 날마다 공원에 앉아 있었어. 그의 발아래 땅은 바로 고대인들의 피가 퇴비가 된 곳이었어. 그는 지나가는 사람들을 구경했어. 자기네들은 어떤 목표를 가지고 움직인다고 생각하겠지만 사실 그 목표는 움직임을 묘사하는 방법에 지나지 않는다고 그는 확신했네. 사실 움직임은 스스로는 알지 못하는 더 큰 패턴의 움직임에 종속되어 있고, 그 큰 움직임 역시 보다 큰 움직임에 종속되어 있지. 이러한 성찰에서 그는 전혀 위안을 찾을 수 없었어. 그저 스르르 흘러가는 세계를 바라볼 뿐이었지. 사방이 한없이 텅 비어 메아리도 울리지 않았지. 그 무렵부터 그는 기도를 시작했네. 아마 순수한 동기를 가지고 기도한 것은 아니었을 거야. 하지만 동기야 무슨 상관이겠나? 하느님의 마음이 기도에 움직일까? 기도하고 간청한다고 해서 그의 논리를 지지해 주실까? 그가 달리 행동한다고 해서 하느님이 더 기뻐하실까? 아니면 하느님이 놀라기라도 하실까? 그는 이미 마음속으로 하느님에게 반항하는 음모를 짜고 있었지만 정작 자신은 이를 몰랐지. 하느님을 꿈꾸기 전까지는 전혀 말일세.

누가 하느님을 꿈에서 뵐 수 있겠나? 바로 그 남자가 그랬지. 그의 꿈속에서 하느님은 뭔가에 깊이 빠져 있었어. 말을 걸어도 대답하지 않으셨지. 고함을 쳐 보아도 귓등으로도 안 들으셨어. 하느님은 당신의 작품에만 전념하고 계셨어. 유리판이 그와 하느님 사이를 가로막고 있는 듯했지. 하느님은 스스로 발하는 빛 속에 홀로 앉아 세상을 빚고 계셨지. 당신의 손에서 순식간에 세상이 흘러나와 다시 순식간에 사라졌어. 끝도 없이. 끝도 없이. 그래. 하느님은 세상을 연구하고 있었어. 스스로 부과한 임무의 노예가 된 것처럼. 깊이를 알 수 없는 능력을 가진 하느님이 끝을 알 수 없는 목표에 전념하고 있었어. 그 매트릭스 밖에는 그 어떤 혼란도 존재하지 않았지. 태피스트리에는 만들어지고 파괴되는 세상이 담겨 있었고, 그중 한 가닥 실이 바로 그 남자였어. 그는 울면서 깨어났지.

어느 날 그는 일어나 몇 안 되는 재산을, 긴 세월 침대 아래 보관해 둔 낡은 여행 가방에 넣고는 마지막으로 계단을 내려갔지. 그의 옆구리에는 성경이 끼여 있었어. 그저 그런 종파에서 보낸 선교사처럼 말이야. 사흘 후 그는 신성한 기억을 품고 있는 카보르카에 도착했어. 햇살에 실눈을 뜨고 강가에 서서, 수랑(袖廊)이 무너진 라 푸리시마 콘셉시온 데 누에스트라 세뇨라 데 카보르카 교회의 돔이 순수한 황무지의 대기 속에 우뚝 솟아 있는 모습을 보았지. 그랬어.

사내가 느릿느릿 고개를 저었다. 그리고 식탁에서 담배 가루와 종이를 집어 담배를 새로 말았다. 깊이 생각에 잠긴 듯. 담배 만들기가 그에게는 하나의 수수께끼라는 듯. 사내가 일어나 스토브로 가 아까 써서 그을음이 앉은 가느다란 장작으로 다시 담배에 불을 붙이고는 스토브 불을 살핀 뒤 스토브 문을 닫고 식탁으로 돌아와 전처럼 앉았다.

자네도 카보르카를 알 거야. 교회가 무척 아름답지. 몇 해째 계속된 홍수로 많이 파괴되긴 했지만. 성단소(聖壇所)와 종탑 두 개가 무너졌지. 회중석 뒤편과 남쪽 수랑도 마찬가지고. 교회는 말하자면, 세 다리로 서 있는 셈이지. 돔은 유령처럼 하늘에 걸려 있어, 그 긴 세월을 말이야. 정말로 놀라운 일이지. 그 어떤 석공도 그런 건물을 만들 수는 없을 거야. 카보르카 사람들은 오래전부터 교회가 무너지기를 기다리고 있네. 마치 죽기 전에 꼭 마쳐야 할 일처럼 말이야. 결과를 알 수 없는 사건이 대기 중인 셈이지. 어느 덕망 높은 노인이 죽으면 돔이 무너질 거라는 말이 있었지만 그들이 죽고 그들의 자식이 죽어도 여전히 돔은 하늘 위에 떠 있었어. 그러다 마침내 교회 건물은 너무도 큰 의미를 지니게 되어 사람들은 교회를 더 이상 입에 올리지 않게 되었지.

그때 그가 온 거야. 무엇이 자신을 이곳으로 이끌었는지 그는 어쩜 전혀 몰랐을 거야. 하지만 이곳은 그가 찾던 곳이었어. 위태위태한 지붕 아래에 그는 멍석을 깔고 불을 지피고는 자신을 피해 갔던 그것이 자신에게 찾아오기를 기다렸어. 하느님의 이름으로든 그 누구의 이름으로든 상관없었지. 70년 전 그는 폐허가 된 교회의 먼지와 파편들 틈에서 일어나 삶을 살아갔지. 그랬었고. 그러하고. 그리될 것이었지.

사내가 천천히 담배를 빨았다. 그리고 솟아오르는 연기를 응시했다. 느릿느릿 흩어지는 연기 속에 그가 말하는 역사가 새겨져 있다는 듯. 꿈이든 기억이든 건축용 돌이든. 사내가 담뱃재를 흙그릇에 털었다.

마을 사람들이 와서 구경했지. 멀찍이 떨어져서 말이야. 하느님이 과연 이자를 어떻게 할지 궁금했거든. 미치광이일 수도 있고, 성인일지도 몰랐지. 노인은 사람들에게 전혀 관심을 보이지 않았어. 그는 성경에 대고 중얼거리고, 책장을 넘기며 걸어 다녔지. 머리 위쪽 둥근 천장에는 그가 기다리고 있는 바로 그 사건이 묘사된 프레스코화가 그려져 있었지. 돔 서쪽 벽의 바래져 가는 성인의 옷 사이에는 골론드리나(제비)가 흙으로 둥지를 더금더금 지어 놓았지. 노인은 주위를 돌다 때때로 멈추고 성경을 높이 쳐들어 손가락으로 페이지를 탁탁 치며 목청껏 하느님을 불렀지. 마을 사람들은 그 광경을 구경했어. 늙은 은둔자. 과거를 알 수 없는 남자. 몇몇은 성인이 오신 거라고 했고, 몇몇은 미치광이라고 했지만, 하느님을 그런 식으로 외쳐 부르는 걸 처음 본 많은 이들은 분개했어. 하느님의 집에서 하느님에게 대놓고 반항하다니.

노인은 자신을 만들어 준 조물주와 콜린단시아(영역) 싸움이라도 벌이는 듯했어. 경계선이라도 그으려는 것 같았지. 하느님과 인간 사이에 선을 긋고 불가침을 주장하다니. 어느 누가 그런 상상을 하겠나? 세계의 경계는 하느님이 정하신 건데. 인간이 하느님과 경계선을 긋다니 말도 안 되지. 대체 어떻게 그런 흥정을 할 수 있겠어?

마을 사람들이 신부에게 사람을 보냈어. 신부가 와서 노인과 이야기를 나누었지. 교회 바깥에 서서 말이야. 신자는 홀로 교회 안에 있고. 위태위태한 돔의 그림자 아래에 말이야. 신부는 이 잘못된 깨달음을 얻은 노인에게 하느님과 성령과 주님의 뜻과 숭고한 삶의 의미에 대해 말했고, 노인은 잠자코 들으며 특히 마음에 와닿는 부분에서 고개를 끄덕였지. 신부가 말을 마치자 노인은 성경을 높이 들고는 소리쳤어. 너는 아무것도 모른다. 이렇게 말이야. 너는 아무것도 모른다.

사람들은 신부를 바라보았지. 그가 어떤 반응을 보일지 궁금했어. 신부는 노인을 유심히 살피더니 그냥 자리를 떠나 버렸어. 노인의 말에 담긴 확신이 그의 마음을 뒤흔들었던 거야. 신부는 노인의 말을 새삼 새기며, 그 진실성으로 인해 혼란스러워했어. 이미 그런 것들을 알고 있는 노인이 무엇을 더 알아야 한단 말인가?

신부는 다음 날 다시 노인을 찾아갔어. 그다음 날에도. 마을 사람들도 보러 왔지. 마을에서 학식깨나 있다 하는 사람들이었지. 신부와 노인이 무슨 말을 주고받는지 들으러 온 거야. 노인은 돔 그림자 아래에서 서성였고, 신부는 밖에 있었지. 노인은 무시무시할 만큼 민첩하게 성경책을 넘겼어. 마치 돈 세는 전문가처럼 말이야. 신부는 교회법에 의거한 원칙에 나름의 융통성을 발휘해 맞받아쳤지. 사실 둘 다 골수까지 이단자였어.

사내가 몸을 숙여 담배꽁초를 비볐다. 그리고 손가락 하나를 들어 올렸다. 조심하라는 듯. 남쪽 창으로 햇살이 들자 고양이 몇 마리가 기지개를 쭉 켜더니 알아서 자리를 바꾸었다.

하지만 둘은 달랐어. 달랐다고. 신부는 아무것도 건 것이 없었어. 무언가를 잃을 위험이 전혀 없었지. 그는 미치광이 노인과는 전혀 다른 입장에 서 있었어. 위태위태한 돔 아래에 있는 게 아니었지. 정작 성직자인 그가 교회 건물 밖에 서기로 함으로써 그의 말은 힘을 잃고 말았지.

노인은 직관인지 뭔지에 따라 축복과 위험이 가득한 땅에

서 있었지. 그것은 그의 선택이었고 그의 행동이었어. 따라서 노인의 말에 더 힘이 있다고 모두들 동의할 수밖에 없었지. 모두들 노인의 단호한 확신을 보았지. 노인의 말에는 그 어떤 계산도 억제도 없었어. 그의 새 삶에는 방탕함이 전혀 없었지. 알겠나? 그는 오만함으로 삶과 맞싸웠어. 그 위험한 땅에서 노인은 자신을 전대미문의 유일한 목격자로 만든 것이지. 하느님이 선택하신 땅에 서서, 우주만물을 창조하신 조물주께 이래저래 요구를 해 대는 이의 눈에서 볼 수 있는 거라곤 광기 어린 환희뿐이었지. 위험하고도 무상한 땅의 본질이야말로 그런 것이지. 거기가 아니라면 어디서 그렇게 자신의 주장을 펼치겠나?

그렇다면 신부는? 수많은 교리를 알고 있고, 감정적으로는 자유주의자이며, 심지어 관대하기까지 했지. 철학에도 일가견이 있고. 하지만 그가 걸어가는 세상 길은 너무도 넓어서 도저히 길이라고 하기도 어려웠지. 신부는 세상에 대해 더없이 커다란 존경심을 품고 있었어. 나무를 흔드는 바람의 살랑거림 속에서도 하느님의 목소리를 들었지. 심지어 돌조차 신성하다고 느꼈어. 그는 합리적인 사람이었고, 자신의 마음 안에 사랑이 있다고 믿었지.

하지만 아니었어. 하느님은 나무 사이에서 속삭이지 않아. 하느님에게 목소리가 있다면 못 알아들을 리 없지. 하느님의 목소리를 듣는 즉시 사람들은 무릎을 꿇고 영혼이 찢기듯 소리쳐 댈 거야. 그들 안에 두려움은 전혀 없이 오직 갈망에서 샘솟은 야성만을 품은 채, 하느님 곁에 머물게 해 달라고 소리치겠지. 하느님을 믿지 않는 이들은 추방을 당해도 잘 살아

가겠지만, 일단 하느님의 말씀을 들은 이는 하느님이 없는 삶이 암흑과 절망뿐이라는 걸 즉시 깨닫기 때문이야. 나무도 돌도 하느님의 부분이 아니야. 그래. 그 너그러운 신부는 세속의 위험 위에 서 있으면서도 그걸 몰랐어. 중심도 주변도 없이 무한한 하느님의 영역 안에 있다고 믿고 있었지. 이러한 모호함을 이용해 신부는 하느님을 다루고자 했어. 그것이 신부의 콜린단시아였지. 그는 너무도 너그러운 나머지 모든 땅을 양보해 버렸어. 그런 콜린단시아에서는 하느님이 말을 하지 않지.

어디에서나 하느님을 본다는 것은 어디에서도 하느님을 못 본다는 것과 같은 말이야. 우리는 매일매일을 살아가지. 하루가 지나면 내일이 오고. 그러다 어느 날 느닷없이 우리는 어떤 사람을 만나지. 여느 사람과 다를 바 없던 사람, 이미 알고 있던 사람을. 하지만 그는 제단에 전 재산을 쌓는 것처럼 어떤 행동을 하고, 이 행동으로 인해 우리는 우리 가슴에 묻혀 있던 것을, 결코 완전히 잃어버리지도 않았고 잃어버릴 수도 없는 그 무엇을 보게 되지. 그것이 그 순간이야. 바로 그 순간 말이야. 우리가 오래도록 기다렸으나 두려워했으며, 우리를 유일하게 구원해 줄 수 있는 그 순간.

그래. 신부는 떠났어. 마을로 돌아갔지. 노인은 성서를 읽고 논쟁했어. 변호사처럼 말이야. 노인이 성서를 읽는 것은 주님의 영광과 명예를 위해서가 아니라 주님에게 반박하기 위해서였지. 주님의 어두운 본성과 잘못된 호의와 작은 거짓과 지키지 않은 약속과 너무 빨리 들어 올린 손을 미묘하게 그려 낸 구절을 찾아낸 거야. 하느님에게 반박하려고. 노인은 신부가 할 수 없는 게 무엇인지 잘 알고 있었어. 우리가 찾는 것은 훌륭한 적이라는 것도. 우리는 철사와 크레이프 직물로 빚은 악마들 사이에서 우왕좌왕하며 쓰러지려고 하지. 우리에 반하는 무엇인가를 갈망하며. 우리를 사로잡거나 구속할 뭐가를, 안 그랬다가는 경계선을 잃고 너무 멀리 나가 정체성을 완전히 잃고 말지. 급기야 그토록 멀리하고자 했던 공허에 삼켜져 버리는 거지.

카보르카의 교회는 전과 다름없이 서 있었네. 폐허에서 살아가는 넝마 차림의 노인이야말로 이 교회가 원하는 단 한 사람의 신도라는 것을 심지어 신부조차도 깨달았네. 신부는 떠나갔네. 바람에 덜컹덜컹 흔들리는 교회 돔 그림자 아래에 노인이 서 있도록 내버려 두고. 신부는 노인의 주장을 비웃으려고 했지. 교회가 무너지든 그대로 서 있든 그것이 어떻게 하느님의 말씀일 수 있느냐고? 돔이 미치광이 늙은 은둔자에게 성소가 되든 무덤이 되든 그것은 바람의 변덕에 따른 것 아니냐고? 그 어떤 것도 달라질 리 없었지. 그 어떤 것도 알아낼 수 없었고. 결국 그 무엇도 변하지 않을 테니 말이야.

행동은 목격 속에서만 의미가 있네. 목격자가 없다면 그 행동에 대해 누가 무슨 말을 하겠는가? 결국 행동은 아무것도 아니고 목격만이 전부라고 해도 과언이 아닌 셈이지. 노인은 자신이 처한 모순을 깨달았을지도 몰라. 만약 사람들이 정말 노인의 생각대로 목격자라면 노인은 하느님을 피고로 한 소송을 하느님의 청으로 맡게 되었다는 뜻이 아닐까? 많은 철학자가 그러했듯, 처음에는 너무도 강력해서 이겨 낼 수 없을 것처럼 보이던 반대 요인이 점차 자신의 이론에 꼭 필요한 요소처럼 보이고 급기야는 이론의 핵심 사항이 되어 버린 것이지. 수많은 소송으로도 세상은 전혀 바뀌지 않는다는 걸 노인은 깨달았지. 오직 목격자만이 확고히 서 있었어. 그리고 목격자를 목격하는 목격자들이. 참된 진실은 인간의 마음속에서도 여전히 진실이지. 따라서 절대 잘못 말해질 수 없네. 어떤 말로도. 노인은 그리 생각했지. 세계가 이야기라면 그 이야기에 생명을 주는 것은 목격자가 아니겠냐고? 목격자 없이 이야기가 어떻게 존재하겠느냐고? 그런 생각을 하게 되었지. 그러자 하느님이 얼마나 끔찍한 비극에 처해 있는지를 깨달았어. 하느님이란 존재는 이 간단한 것이 없어 위기에 처해 있었지. 하느님을 목격한 이가 없으니 하느님은 스스로를 다른 존재와 경계 지을 수가 없어. 그 어떤 방법으로도 자신이 하느님임을 선포할 수 없지. 나는 이것이고, 저것은 다른 것이라고, 저곳에는 내가 없다고 말할 방법이 없어. 하느님은 세상 모든 것을 창조하셨으니 하느님이 안 계신 곳은 어디에도 없지.

이쯤에서 노인이 미쳤다고 얘기해야겠지. 그 편이 안전하니까. 오직 미치광이만이 하느님에게 책임을 물으며 옷을 찢고 서성인다고 말할 수도 있겠지. 하지만 노인을 하느님에게 반하는 목격자로 만들기 위해 한 번이 아니라 두 번이나 폐허 속에서 살려 냈다는 노인의 주장은 어떡하지?

스토브에서 불이 타닥거렸다. 사내가 의자에 몸을 기댔다. 생각에 잠긴 듯 양쪽 다섯 손가락을 맞댄 채 손을 굽혔다. 막에 싸여 있는 어떤 의견의 힘을 실험하듯. 커다란 잿빛 고양이가 식탁에 올라와 그를 응시했다. 한쪽 귀는 거의 잘려 나가고 없고, 이빨이 바깥으로 튀어나와 있었다. 사내가 의자를 살짝 밀치자 고양이가 그의 무릎팍에 내려와 몸을 말고 앉더니 고개를 돌려 식탁 건너편의 소년을 근엄하게 바라보는 것이 마치 무슨 상담사 같았다. 고양이 상담사. 사내가 보호하려는 듯한 손을 고양이 위에 얹었다. 그리고 소년을 바라보았다. 이야기를 전한다는 것은 결코 쉬운 일이 아니네. 이야기꾼은 마치 해 줄 수 있는 여러 이야기 중 적당한 것을 골라야 하는 것처럼 보이지. 물론 사실은 그렇지 않아. 기실 한 이야기로 여러 이야기를 만들어야 하는 형편이지. 이야기꾼은 이미 들은 이야기라는 청자의 주장에, 드러내 놓고 말을 하든 아니든, 아무튼 그 주장에 반하는 이야기를 고통스레 궁리해야 해. 청자가 듣고 싶어 할 만한 종류의 이야기를 해 주어야 하지. 하지만 이야기 자체에는 사실 그 어떤 종류도 없고, 이야기의 밖에 존재하는 것은 아무것도 없기에 세상 모든 종류가 이야기에 담겨 있다는 것을 이야기꾼은 알고 있어. 모든 것은 이야기야. 이것을 의심하지 말게.

신부는 노인을 더 이상 찾아가지 않았고, 이야기는 끝나지 않은 채로 남았네. 물론 노인은 서성이며 외치는 것을 멈출 생각이 전혀 없었지. 적어도 지난 삶의 불공평함을 잊을 생각은 전혀 없었어. 만 가지 모욕과 비통의 기나긴 목록. 노인은 피해자의 정신을 갖고 있었어. 더 이상 잃을 것이 없었지. 그렇다면 신부는 어땠을까? 모든 신부가 그러하듯 그의 정신은 자신이 하느님과 가까이 있다는 환상으로 흐려져 있었어. 자신을 구원해 줄 예복을 비난할 이유야 없지 않겠나? 신부는 노인에 대한 생각을 아예 머릿속에서 지우고 지냈지. 그런데 어느 날 사람들이 와서 소식을 전했어. 노인이 아프다고. 멍석에 누워 아무하고도 말을 않는다고. 심지어 하느님하고도. 신부는 노인을 보러 갔어. 사람들 말대로였지. 신부는 수랑이 무너진 곳에 서서 노인을 불렀어. 정말 아프냐고 물었지. 노인은 바래져 가는 프레스코화를 응시하며 누워 있었어. 제비가 오가는 모습을 바라보았지. 그러다 신부 쪽으로 고개를 돌리자 초췌한 얼굴이 드러났어. 노인은 다시 고개를 돌렸어. 신부는 사람들이 보통 그러하듯 상대의 약함 속에서 기회를 보고는 몇 주 전 떠난 자리에 서서 하느님의 선함에 대해 설교했지. 노인은 두 손으로 귀를 막았지만 신부는 더 가까이 다가갔어. 마침내 노인이 비틀비틀 일어나더니 돌멩이를 주워 던져 댔고, 신부는 달아났어.

사흘 후 신부는 다시 돌아가서 말했지만 노인은 더 이상 듣지 않았어. 마을 사람들이 그림자 가장자리에 음식을 갖다 놓곤 했는데, 노인은 음식이든 우유 주전자든 손도 대지 않았어. 물론 하느님이 노인을 이긴 것이지. 달리 수가 있겠나? 결국 하느님은 노인의 이단적 교회 찬탈마저 하느님을 위한 찬미처럼 보이게 만드셨지. 하느님에게 선택받았다는 느낌은 노인에게 긴 세월 고통이었던 동시에 살아갈 힘이었지. 하지만 이제 노인이 예상하지 못한 방식으로 선택받음이 끝나려 하고 있었지. 노인의 어두운 눈앞에 지독하게 순수한 진실이 드러났어. 노인은 자신이 정말 선택받았으며, 우주를 창조하신 하느님은 사람들이 생각하는 것보다 훨씬 끔찍하다는 사실을 분명히 보았던 거야. 하느님은 회피하거나 무시하거나 경계를 그을 수 없는 존재였지. 하느님은 당신 안에 세상 만물뿐 아니라 이단의 논리마저 담고 있었지. 그렇지 않은 하느님은 하느님이 아니었지.

신부는 놀랍게도 노인의 모습에 크게 감동받았어. 결국 신부는 두려움을 극복하고 위태위태한 돔 아래로 들어가 노인의 곁으로 갔어. 이 때문이었는지 노인도 마음의 문을 열었어. 노인이 해내지 못한 교회의 붕괴를 이 마지막 만남에서 신부가 해낼지도 모른다고 생각한 거지. 하지만 돔은 굳건히 하늘 위에 떠 있었어. 얼마 후 노인이 입을 열었어. 마치 전우인 양 신부의 손을 꼭 잡고는 자신의 삶에 대해, 과거에 무슨 일이 있었고 그 결과 어떻게 되었는지를 말했어. 그리고 자신이 어떤 교훈을 얻었는지도. 그리고 마지막으로 말했지. 사람은 죽음이 임박해서야 자신의 삶을 보게 되는데, 그렇다면 그게 무슨 소용이냐고? 우리가 삶의 실로 묶여 있는 것은 그저 하느님의 은총이라고. 노인은 신부의 손을 꼭 쥐고는 신부에게 말했어. 서로 맞잡은 손을 보라고, 서로 얼마나 비슷해 보이느냐고. 육신은 기념품에 지나지 않지만, 진실을 이야기한다고. 궁극적으로 모든 인간의 길은 다른 모든 인간의 길이라고. 길을 나아가는 인간들 사이에는 아무 구별이 없기에 길 역시 아무 구별이 없다고. 인간은 모두 하나이며, 그 외에 달리 할 이야기는 없다고. 하지만 신부는 노인의 말을 그저 고해성사로만 받아들였어. 노인이 말을 다 마치자 신부는 사면 기도를 하려고 했어. 그러자 노인이 성호를 긋는 신부의 팔꿈치를 움켜쥐고 두 눈을 응시했어. 노인은 신부의 다른 손을 풀어 자신의 손을 들어 올렸어. 마치 여행을 떠나는 사람처럼. 당신 자신을 구하시오, 당신 자신을 구해, 하고 노인은 거친 목소리로 말했어. 그러고는 눈을 감았지.

잡초가 무성한 거리에는 온통 침묵뿐이었다. 사내가 손을 컵 모양으로 굽혀 고양이 머리를 쓰다듬으며 고양이의 귀를 뒤로 젖혔다. 선하고, 부상당한 것. 고양이는 앞발을 자기 가슴에 만 채 누워 눈을 반쯤 떴다. 얘는 내 투사 고양이라네. 페로 에스 엘 마스 둘세 데 토도. 이 엘 마스 심파티코.(하지만 가장 착해. 가장 마음씨가 고운 녀석이야.)

사내가 고개를 들었다. 그리고 미소 지었다. 이야기꾼의 임무는 그리 간단하지 않아. 물론 자네도 지금쯤 그 신부가 누구인지 눈치챘겠지. 사실 성직자의 견해를 대표한다고 하기에는 적절한 인물이 아니었지. 신부는 한동안 자신의 소명을 계속하려고 분투했지만 결국, 상담을 청하러 온 이들의 눈빛을 견딜 수가 없었어. 가진 것은 말밖에 없는 그가 과연 무슨 조언을 해 줄 수 있겠나? 늙은 서신 배달부가 수도에서 가져온 의문에 신부는 아무런 답도 해 줄 수 없었어. 그 의문에 대해 생각하면 할수록 머릿속은 점점 더 얼크러졌지. 의문을 체계화하려고 하면 할수록 의문은 체계를 벗어났고, 결국 그것은 노인의 의문이 아니라 신부 자신의 의문이 되었지.

노인은 카보르카의 교회 마당에 혈족들 사이에 묻혔어. 그렇게 하느님과 노인은 화해했지. 노인의 콜린단시아만이 아니라 모든 사람의 콜린단시아가 그런 거겠지. 노인은 죽어 가며 신부에게 말했어. 하느님에 대해 잘못 생각했다고, 하지만 마침내 하느님의 뜻을 이해하게 되었다고. 가장 단순한 사람조차도 자신이 하느님에게 펼쳤던 주장과 논쟁 그리고 의문은 입 밖에 내지 않은 채 마음에 품고 있다는 것을 노인은 깨달았지. 가장 소박한 역사도 마찬가지로 그런 것들을 품고 있지. 왜냐하면 세상의 길은 단 하나이며, 하느님에 의해 고정된 것이기에 아주 작은 부분조차도 다를 수 없으며, 길을 나아가며 생기는 모든 결과를 품고 있으며, 길 바깥에는 길도 결과도 그 무엇도 없기 때문이지. 절대 없어. 결국 신부는 진실이 가끔은 깨닫지 못한 자에 의해 전해지기도 한다는 것을 믿게 되었어. 그들은 무게와 실체는 있으나 이름은 없는 그 무엇을 지니고 있다가 어떤 식으로 촉발되어 다른 이에게 그것을 전하는 거지. 진실이 무슨 책략을 부리고 무슨 전략을 쓰는지 그 본질을 전혀 모른 채 그들은 살아가. 그러다 어느 날 평범한 행동으로 은근히 진실이 본색을 드러내면 종속적인 영혼들은 큰 혼란에 빠져 잘 가고 있던 길에서 영원히 떨어져 나와 전혀 낯선 길에 들어서게 되지. 이렇게 새로 태어난 이는 자신이 언제 어떻게 그리되었는지도 몰라. 그런 엄청난 일을 맞닥뜨리기 위해 자신이 뭘 한 것도 아니지. 그럼에도 그는 그런 엄청난 일을 겪어. 원하지도 않았고, 무슨 잘못을 한 것도 아닌데 말이야. 사람들이 한없이 필사적으로 구하지만 결코 잡을 수 없는 자유를 갖게 된 거야.

신부가 마침내 깨달은 것은 삶의 교훈은 결코 삶 자체일 수 없다는 것이었지. 오직 목격자만이 삶의 교훈을 측정할 수 있는 힘을 갖고 있는 거야. 삶은 다른 사람이 존재하기에 있는 거지. 그 덕에 신부는 노인이 깨닫지 못한 것을 깨달을 수 있었지. 하느님은 목격자를 필요로 하지 않는다는 것을. 자신을 찬양하는 목격자든 비난하는 목격자든. 진실은 말이야, 하느님이 없다면 목격자도 있을 수 없다는 거야. 세상이라는 것은 없으며, 그저 세상에 대한 각 개인의 의견이 있을 뿐이지. 선택받은 사람이란 없어. 왜냐하면 선택받지 않은 사람이 없기 때문이야. 하느님에게 모든 사람은 이단자야. 이단자가 맨 처음 하는 일은 자신의 형제에게 이름을 붙이는 거지. 그리하여 하느님 없이 걷게 하는 거지. 우리가 말하는 모든 단어는 공허야. 찬양 없이 들이쉬는 모든 숨은 모독이고. 내 말 잘 듣게. 자네가 전혀 말한 적 없는 것을 듣는 누군가가 있어. 돌 자체도 공기로 만들어졌지. 뭉갤 수 있는 것은 결코 없어. 결국 우리는, 우리 모두는 하느님 자체로 만들어진 거야. 왜냐하면 하느님의 은혜를 제외하고는 그 어떤 것도 진짜가 아니기 때문이지.

소년이 말에 오르자 등자 옆에 서 있던 사내는 아침 햇살에 실눈을 뜨고 올려다보았다. 미국으로 가나?

네, 아저씨.

가족들에게 가겠군.

네.

가족을 얼마나 오래 못 본 건가?

잘 모르겠습니다.

소년은 길을 바라보았다. 무너져 가는 건물들 사이로 뻗은 길은 잡초에 파묻혀 있었다. 지나가는 빗줄기에 무너져 내린 흙벽은 대규모 곤충 군생 작업장을 연상시켰다. 사방 그 어디에도 소리는 없었다. 소년은 사내를 내려다보았다. 지금이 몇 월인지도 모르는걸요.

그래. 그렇겠지.

곧 봄이 오겠죠.

집으로 가게.

예, 아저씨. 그럴 생각이에요.

사내가 물러섰다. 소년은 모자에 손을 댔다.

아침 정말 감사합니다.

바야 콘 디오스, 호벤.(젊은이, 하느님의 축복이 함께하길.)

그라시아스. 아디오스.(감사합니다. 안녕히 계세요.)

소년은 말 머리를 돌려 길을 따라 나아갔다. 마을 끝에서 고삐를 강 쪽으로 틀며 마지막으로 돌아보았지만 사내는 사라지고 없었다.

다음 며칠 동안은 길이 얕은 강굽이를 낀 언덕 자락의 삼각지나 여울로 이어지는 통에 소년은 셀 수도 없이 강을 건너고 또 건넜다. 1758년 종려주일[23] 전날에 아파치의 공격에 불

---

23) 기독교에서 부활주일 바로 전 주일을 가리키며 예수의 예루살렘 입성을 기념하는 날.

타 무너진 타미초파를 지나, 1642년 산타 마리아 마을이 세워졌던 바세라크에 이른 오후에 들어섰다. 청하지도 않았는데 웬 아이가 다가와 말의 굴레를 잡더니 말을 끌었다.

대문을 지날 때 소년은 말 머리에 몸을 바짝 붙여야 했다. 하얗게 석회칠한 사구안을 지나 안뜰로 들어서니 기둥에 묶인 당나귀가 돌방아를 돌리고 있었다. 소년이 말에서 내리자 아이는 씻으라며 수건을 주더니 집 안으로 데려가 저녁까지 주었다.

깨끗한 나무 식탁에는 소년 말고도 다른 남자애 둘이 더 있었는데, 구운 호박이며 양파 수프며 토르티야며 콩을 맛있게 먹고 있었다. 소년보다 어려 보였는데 은근슬쩍 소년이 연장자로서 먼저 입을 열기를 기다리는 눈치였지만 소년은 아무 말도 하지 않았고 결국 모두들 침묵 속에서 식사를 했다. 그들은 소년의 말에게도 먹이를 주었다. 어스름이 내리자 소년은 조악한 매트리스가 깔린 철제 침대가 있는 뒷방으로 안내되었다. 소년은 그 누구에게든 감사하다는 말 외에는 한마디도 하지 않았다. 아마 자신을 다른 사람으로 착각한 것 같았다. 몇 시인지도 모를 한밤중에 깬 소년은 문간에서 자신을 바라보고 있는 형체에 화들짝 놀랐다. 하지만 그것은 밤에 물을 식히려고 어둠 속에 걸어 둔 흙 항아리였지, 다른 종류의 흙으로 빚은 다른 종류의 형체가 아니었다. 소년이 다음으로 들은 소리는 햇살 속에서 아침거리 토르티야를 빚느라 철썩대는 소리였다.

남자애 하나가 둥근 그릇에 담긴 커피를 쟁반에 받쳐 들고

들어왔다. 소년은 커피를 마시며 안뜰로 걸어갔다. 집 어디에
선가 대화를 나누는 여인네들의 목소리가 들렸다. 햇살을 쬐
며 커피를 마시던 소년은 꽃 사이로 날아들거나 정지해 있거
니 몸을 기울이는 벌새를 바라보았다. 얼마 후 여인이 문으로
나와 아침을 먹으라고 불렀다. 소년은 커피 잔을 든 채 몸을
돌리다 아버지의 말이 거리를 지나가는 것을 보았다.

소년은 사구안을 지나 밖으로 나가 보았지만 거리는 텅 비
어 있었다. 소년은 모퉁이로 걸어가 동쪽과 서쪽을 살핀 뒤 광
장으로 가서 북쪽으로 뻗은 큰길을 둘러보았지만 말도 사람
도 보이지 않았다. 소년은 몸을 돌려 집으로 돌아갔다. 걸어가
며 벽이나 현관 너머에서 들리는 말 소리에 촉각을 곤두세웠
다. 오랫동안 집 앞에 서 있는 후에야 소년은 안으로 들어가
아침을 먹었다.

부엌에는 소년 혼자였다. 아무도 없는 듯했다. 소년은 식사
를 마치고 일어나 말을 찾으러 나갔다 집으로 들어가 감사 인
사를 하려고 했지만 아무도 보이지 않았다. 큰 소리로 외쳐도
대꾸하는 이가 없었다. 소년은 억새로 높은 천장을 이고, 외국
에서 들여온 낡고 거대한 검은 목조 옷장과 파란색 페인트를
칠한 목조 침대 두 개가 자리한 방의 문간에 섰다. 맞은편 벽
의 벽감에는 양철에 페인트로 칠한 성모상 곁에 가느다란 양
초 하나가 타오르고 있었다. 모퉁이의 아이용 요람 안에는 자
그마한 개 한 마리가 흐려진 눈으로 고개를 쳐든 채 소년의
기척에 귀 기울이고 있었다. 소년은 부엌으로 돌아가 글을 남
길 만한 것을 찾았다. 결국 그릇에서 밀가루를 꺼내 식탁 위

쪽 식기대에 뿌려 감사 인사를 쓰고는 밖으로 나가 말을 사구 안으로 끌어 대문 밖으로 나갔다. 뒤쪽 안뜰에서 자그마한 노새가 쉴 새 없이 방아를 돌렸다. 소년은 말에 올라 좁은 흙길을 내려가며 마주치는 이들에게 고개를 끄덕였다. 넝마나 다름없는 차림이면서도 젊은 지주인 양 말을 몰았다. 소년의 배속에는 소년을 든든하게 지켜 주면서 동시에 소년에 대한 권리를 주장할 음식 선물이 들어 있었다. 빵을 나누어 준다는 것은 단순한 일이 아니며 그저 감사의 말로 끝날 일도 아니었다. 감사하다고 말을 하든 글을 쓰든 그것으로는 부족했다.

9시경에 소년은 바비스페를 지나쳤다. 소년은 멈추지 않았다. 고기 장수의 수레가 교회 앞 광장에 서 있고, 검은 모슬린을 휘감은 늙은 여인들이 선반에 느른하게 걸린 붉고 긴 조각을 들어 올려 묘하게 음란한 기색으로 뒷면을 살폈다. 소년은 계속 나아갔다. 정오에는 콜로니아 데 오악사카에 도착해 알구아실의 집 앞에서 말을 멈추고는 흙길에 조용히 침을 뱉은 뒤 다시 나아갔다. 다음 날 정오에는 모렐로스를 또다시 지나쳐 오히토로 가는 북쪽 길을 따라갔다. 하루 종일 시커먼 먹구름이 북쪽에 층층이 쌓여 갔다. 폭풍이 우박을 퍼붓기 직전에 소년은 강을 건너 울퉁불퉁한 둔덕을 올랐다. 소년과 말은 길가의 버려진 건물로 피신했다. 우박이 그치고 비가 끈질기게 쏟아졌다. 빗물이 머리 위 흙 지붕을 뚫고 사방에서 낙하하자 말이 불안해했다. 옛 고통의 냄새를 맡았거나, 벽이 너무 가까워 조여 오는 느낌을 받은 모양이었다. 어둠이 내리자 소년은 말에서 안장을 벗기고 바닥에 널린 지푸라기를 발로 모아 한구석에 잠자리를 마련했다. 말이 빗속으로 걸어 나가자 소년은 담요를 덮고 누웠다. 깨진 벽 틈 사이로 길가에 선 말이 보였는데, 폭풍이 서쪽으로 달려가며 소리 없이 변덕스레 내리치는 번개가 그 모습을 비추었다. 소년은 잠이 들었다. 밤늦게 깨었지만 소년을 깨운 것은 그저 빗소리의 그침이었다. 소년은 일어나 밖으로 나갔다. 시커먼 동녘 산줄기 위에 달이 걸려 있었다. 좁은 길 너머의 평지에는 물이 시트처럼 덮여 있었다. 바람 한 점 없는데도 납작한 수평면은 무언가가 지나가기라도 한 양 해골 빛 빛 속에서 어른대고, 물속에서 피부가 쓸려 벗겨진 달이 파르르 떨다 스스로를 추슬렀다. 그리고 세상은 아무 일 없었던 양 다시 고요해졌다.

아침에 소년은 애리조나주 더글러스에서 국경을 건넜다. 국경 수비병이 소년에게 고개를 끄덕였고, 소년도 마주 고개를 끄덕였다.

저 동네에서 계획보다 오래 머물렀던 모양이군.

소년은 두 손을 안장 머리에 얹은 채 말 위에 앉아 있었다. 수비병을 내려다보며 말했다. 뭘 좀 먹어야 하는데 50센트만 꿔 주실래요?

수비병은 한동안 가만히 있다가 주머니로 손을 뻗었다.

저는 클로버데일 위쪽에 살아요. 성함을 말씀해 주시면 돈을 보낼게요.

자, 여기 있다.

공중에서 빙글빙글 회전하는 동전을 소년은 양손으로 감싸고 고개를 끄덕이고는 셔츠 주머니에 넣었다. 성함이 어떻게 되세요?

존 길크라이스트.

이 동네 출신이 아니군요.

그래.

전 빌리 파햄이에요.

만나서 반갑구나.

여기로 가는 사람을 만나는 즉시 50센트를 전해 달라고 부탁할게요. 걱정 마세요.

걱정 안 한다.

소년은 고삐를 느슨하게 쥔 채 앉아 있었다. 그러다 앞쪽의 널찍한 거리와 주변의 황량한 언덕을 둘러보았다. 그리고 다시 길크라이스트를 바라보았다.

이 고장이 맘에 드나요?

아주 좋아.

소년은 고개를 끄덕였다. 저도요. 소년은 모자챙에 손을 댔다. 정말 감사합니다. 큰 신세 졌어요. 소년은 야생마 같은 몽골의 말을 발꿈치로 차고는 미국의 거리로 들어섰다.

소년은 더글러스에서 클로버데일로 가는 옛길을 종일 나아갔다. 저녁 무렵 과달루페에 높이 오르자 이른 어스름과 짙은 추위와 굽이치는 바람이 산길에 들이닥쳤다. 소년은 팔꿈치를 옆구리에 대고 상체를 구부정하게 숙였다. 그리고 자기처럼 이 길을 지났으나 오래전에 죽고 없는 이들이 바위에 남겨 둔 이름과 날짜를 읽었다. 저 아래에는 길게 그림자 진 황혼 속에

애니머스 평원이 아름답게 펼쳐져 있었다. 동쪽 산길을 따라 내려가던 말이 여기가 어디인지를 불현듯 깨달은 듯 주둥이를 쳐들어 울음을 뱉더니 걸음을 빨리했다.

집에 도착한 것은 자정이 지나서였다. 불은 꺼져 있었다. 말을 넣으려고 마구간에 들어서니 말이 한 마리도 없고, 개도 없었다. 소년은 마구간을 반쯤 가로지르기도 전에 무언가가 잘못되었음을 깨달았다. 소년은 말에서 안장을 벗겨 걸고는 건초를 챙겨 준 뒤 칸막이 문을 닫고 집으로 가 부엌문을 열고 안으로 들어갔다.

집은 텅 비어 있었다. 방마다 모두 들어가 보았다. 가구는 대부분 사라지고 없었다. 소년의 자그마한 철제 침대만이 매트리스 하나 달랑 놓인 채 부엌 곁방에 자리하고 있었다. 벽장에는 철사 옷걸이가 서너 개가 걸려 있었다. 식료품실에 가니 복숭아 병조림이 몇 개 있어 소년은 싱크대 앞의 어둠 속에 서서 요리용 숟가락으로 복숭아를 퍼먹으며 창 너머로 목장을 바라보았다. 초지는 떠오르는 달빛에 소리 없이 푸르게 물들어 있고, 어둠 속에서 산 아래로 뻗어 가는 울타리의 그림자가 달빛에 봉합선처럼 땅을 가로질렀다. 싱크대 수도꼭지를 돌렸지만 메마른 헛구역질만 뱉을 뿐 물은 나오지 않았다. 복숭아를 다 먹은 소년은 안방으로 가 문가에 서서 텅 빈 침대틀과 바닥에 널브러진 넝마 조각을 바라보았다. 소년은 현관문으로 가 문을 열고 현관 베란다를 거닐었다. 그러다 개천으로 가 귀를 기울였다. 잠시 후 집으로 돌아온 소년은 부엌 곁방으로 가 자기 침대에 누웠고, 얼마 후 잠이 들었다.

식료품실의 선반에 놓인 병들을 빛줄기가 훑을 무렵 소년은 잠에서 깨어났다. 끓인 토마토 병조림을 찾아내 먹고는 마구간으로 가 솔빗을 챙겨 들고 말을 햇살 속으로 끌고 나와 오랫동안 빗질해 주었다. 그리고 다시 마구간에 데려가 안장을 얹고 말에 올라 대문을 지나 SK 바를 향해 길을 따라 북쪽으로 나아갔다.

마당에 들어서니 샌더스 노인은 지난번 헤어졌을 때와 똑같은 모습으로 현관 베란다에 앉아 있었다. 노인은 소년을 알아보지 못했다. 심지어 말도 알아보지 못했다. 그런데도 이리로 오라고 소리쳤다.

저예요, 빌리 파햄. 소년이 외쳤다. 노인은 한동안 대답하지 않았다. 그러다 집 쪽을 향해 소리쳤다. 레오나. 레오나.

여자애가 문간에 서서 한 손으로 손차양을 만들어 말을 탄 이를 바라보았다. 그러더니 밖으로 나와 할아버지의 어깨에 손을 얹고 섰다. 마치 말을 탄 이가 노인에게 나쁜 소식이라도 가져온 양.

소년이 다시 집으로 돌아간 것은 정오가 지나서였다. 소년은 안장 얹은 말을 마당에 세워 두고는 집 안으로 들어가 모자를 벗었다. 그리고 방마다 돌아보았다. 노인이야 미쳤다고 치더라도 여자애는 뭐라고 설명해야 좋을지 몰랐다. 소년은 안방으로 들어가 오랫동안 서 있었다. 매트리스에 새겨진 녹슨 스프링 자국을 한참 동안이나 바라보았다. 그러다 모자를 문 손잡이에 걸고는 침대로 걸어갔다. 소년은 침대 옆에 섰다.

손을 뻗어 매트리스를 붙잡아 침대 틀 밖으로 끌어내 세워서는 뒤집어 바닥에 쓰러뜨렸다. 매트리스 아랫면에는 거대한 핏자국이 시커멓게 말라 있었는데, 피가 어찌나 두껍게 배었는지 유약을 바른 시커먼 도자기처럼 쩍쩍 금이 가 있고, 가루가 부슬거렸다. 먼지가 쉰내를 풍기며 희미하게 솟아올랐다. 소년은 서 있었다. 허공에 뻗은 두 손이 마침내 침대 기둥에 닿자 소년은 쓰러지지 않으려고 그것을 단단히 움켜야 했다. 얼마 후 소년은 고개를 들었고, 다시 얼마 후 창가로 걸어갔다. 정오 햇살이 들판에 가득했다. 새로이 초록빛을 두른 미루나무가 개천가에 길게 늘어서 있었다. 애니머스 봉우리가 반짝였다. 소년은 그 모든 풍경을 바라보다 바닥에 무릎을 꿇고는 얼굴을 두 손에 파묻고 흐느꼈다.

애니머스를 지나는데 집들이 텅 빈 듯했다. 소년은 가게에 멈추어 건물 옆 수도에서 물병을 채웠지만 안으로 들어가지는 않았다. 소년은 마을 북쪽 들판에서 밤을 보냈다. 아무것도 먹지 않았고 불도 피우지 않았다. 소년이 밤새 뒤척이다 잠을 깰 때마다 카시오페이아의 표식이 북극성을 따라 조금 더 돌아가 있을 뿐 모든 것이 아까 그대로였고, 이렇게 영원히 계속될 것만 같았다. 다음 날 정오에 소년은 로즈버그에 들어섰다.

보안관이 책상에서 고개를 들었다. 그리고 얇은 입술을 오므렸다.

저는 빌리 파햄입니다.

자네가 누군지는 아네. 이리 와 앉게.

소년은 보안관 책상의 맞은편 의자에 앉아 모자를 무릎에 놓았다.

그동안 어디 있었던 건가?

멕시코에 있었습니다.

멕시코라.

예, 보안관님.

가출은 왜 한 건가?

가출하지 않았습니다.

집에서 무슨 말썽이라도 일으킨 건가?

아닙니다, 보안관님. 아버지께서 허용하실 리 없죠.

보안관은 의자에 등을 기댔다. 그리고 검지로 아랫입술을 두드리며, 누더기 차림의 소년을 응시했다. 길의 먼지로 새하얬다. 마르다 못해 앙상할 지경이었다. 바지에는 혁대 대신 밧줄이 감겨 있었다.

멕시코에서 뭘 했나?

저도 모릅니다. 그냥 그곳으로 갔습니다.

그저 머리에 바람이 들어 멕시코로 갈 수밖에 없었다, 이 말인가?

예, 보안관님. 그런 것 같습니다.

보안관은 손을 뻗어 책상 가장자리에서 스테이플이 찍힌 종이를 밀치더니 엄지로 바로 놓았다. 그리고 소년을 바라보았다.

이 일에 대해 잘 아나?

전혀 모릅니다. 그래서 알려고 온 겁니다.

보안관이 소년을 응시했다. 그래, 자네가 그리 이야기한다면야.

이건 이야기가 아닙니다.

알겠네. 수색대를 보냈네. 말 여섯 마리가 지나간 자국이 남아 있었지. 샌더스 씨 말씀으론, 모두 자네 집 말 같다더군. 맞나?

예, 보안관님. 제 말을 포함해 모두 일곱 마리가 있었죠.

제이 톰 부자 말로는, 두 사람이 해 뜨기 두 시간 전에 말들을 몰고 떠났다는군.

그런 것도 알아낼 수 있습니까?

알아낼 수 있네. 그놈들은 걸어서 그곳으로 왔어.

그렇군요. 보이드가 그러던가요?

보이드는 아무 말도 안 하고 있어. 그 애는 달아나 숨었지. 밤새 추위에 벌벌 떨다 다음 날 샌더스 씨네 목장으로 걸어갔어. 샌더스 씨 가족은 처음에 그 애가 하는 말을 전혀 알아듣지 못했지. 밀러가 트럭을 타고 자네 집으로 가서는 엄청난 광경을 목격했네. 자네 부모님은 산탄총에 맞아 돌아가셨네.

빌리는 보안관을 비껴 거리를 바라보았다. 침을 삼키려고 했지만 그럴 수 없었다. 보안관이 소년을 응시했다.

그놈들은 제일 먼저 개를 잡아서 목을 그었지. 그런 다음 누가 나오지 않나 가만히 기다렸어. 한참을 기다려도 인기척이 없자 그중 한 놈이 오줌을 누었네. 개가 짖기를 멈춘 후 모두들 잠이 들기를 기다렸던 게지.

멕시코인들이었습니까?

인디언이었네. 적어도 제이 톰 말로는 인디언이라는군. 그 말이 맞을 거네. 개는 죽지 않았어.

네?

개는 죽지 않았다고. 보이드가 개를 데리고 있지. 찍소리도 못 내지만 말이야.

소년은 무릎에 삐딱하게 놓인, 기름으로 얼룩진 모자를 쳐다보며 앉아 있었다.

그놈들이 가져간 총은 어떤 건가?

총은 못 가져갔을 겁니다. 집에 있던 총은 44구경 카빈총뿐인데, 제가 가지고 갔었거든요.

그놈들이 총만큼은 못 가져갔군, 안 그런가?

예, 보안관님.

더 이상은 아는 게 없네. 자네도 알겠지만.

예, 보안관님.

뭔가가 더 있지?

뭐 말입니까?

자네가 나한테 말하지 않은 것.

멕시코에도 사법권을 행사할 수 있습니까?

아니.

그러면 제가 뭘 알든 그게 무슨 소용이겠습니까?

그건 대답이 아니야.

네, 아니지요. 그거야 보안관님이나 저나 마찬가지죠.

보안관이 잠시 소년을 응시했다.

내가 이 사건에 무관심하다고 생각한다면 그건 오산이네.

소년은 앉아 있었다. 손등을 한쪽 눈에 대더니 다른 쪽 손등도 다른 쪽 눈에 대고 고개를 돌려 다시 창밖을 응시했다. 거리에는 오가는 이가 아무도 없었다. 인도에서 두 여자가 스페인어로 이야기를 나누고 있었다.

말의 생김새를 알려 줄 수 있겠나?

네, 보안관님.

낙인이 찍혀 있나?

한 마리만요. 이름이 니뇨예요. 아버지가 멕시코인에게서 샀죠.

보안관이 고개를 끄덕였다. 알겠네. 보안관이 몸을 숙여 책상 서랍을 열어 양철 서류함을 꺼내 책상에 올려놓고 뚜껑을 열었다.

자네한테 이걸 주어서는 안 되겠지만, 규칙에 목숨 걸 필요야 없지. 이걸 둘 만한 곳이 있나?

글쎄요. 그 안에 뭐가 들었는데요?

서류들이야. 결혼증명서. 출생증명서. 말에 관한 서류도 있지만 대부분 몇 해 전 거야. 자네 어머니의 결혼반지도 들어 있네.

아버지의 손목시계는요?

시계는 없었네. 가구 중 일부는 웹스터네에 있어. 자네가 원한다면 서류는 은행에 맡겨 두지. 재산 관리인을 정해 두지 않아서 달리 방법이 없네.

니뇨와 베일리에 대한 서류가 있을 거예요.

보안관이 상자를 돌려 앞으로 밀었다. 소년은 서류를 뒤적였다.

마거리타 이블린 파햄이 누구인가?

제 누이예요.

어디에 살고 있지?

죽었어요.

그런데 왜 멕시코 이름을 붙인 거지?

외할머니 이름을 땄거든요.

소년은 서류함을 도로 밀치고는 서류 두 장을 이미 그어진
세 줄에 따라 접어 셔츠 안에 넣었다.

그거면 충분한가?

예, 보안관님.

보안관은 뚜껑 덮은 서류함을 책상 서랍에 넣고 서랍을 닫
은 뒤 의자에 몸을 기댄 채 소년을 바라보았다. 설마 거기로
돌아갈 생각은 아니겠지?

어떻게 할지는 아직 정하지 않았습니다. 우선은 보이드부터
데려와야죠.

보이드를 데려온다고?

예, 보안관님.

보이드는 아무 데도 안 갈 거네.

제가 가자면 갈 겁니다.

보이드는 미성년자야. 그 애를 자네한테 맡길 수는 없어. 젠
장. 자네도 사실 아직 미성년자잖나.

부탁드릴 생각은 없습니다.

이보게, 법을 갖고 놀아서는 안 돼.

그럴 생각은 없습니다. 하지만 법이 나를 갖고 놀게 하지도 않을 겁니다.

소년은 모자를 집어 양손에 쥐고 잠시 서 있었다. 서류를 주셔서 감사합니다.

보안관은 일어나려는 듯 의자 팔걸이에 손을 얹었지만 일어 나지는 않았다. 말의 생김새는? 적어 주지 않을 텐가?

그게 무슨 소용이 있죠?

아랫동네에 가 있는 동안 예의범절 같은 건 못 배운 모양이지?

그런 것 같습니다, 보안관님. 뭔가를 배우기는 했지만 예의 범절은 분명히 아니었죠.

보안관이 창을 턱으로 가리켰다. 저건 자네 말인가?

예, 보안관님.

총집이 보이는군. 소총은 어디 있나?

다른 것과 바꿨습니다.

뭐랑 바꾸었나?

말씀드리기가 그렇군요.

말하기 싫은가 보지.

아닙니다, 보안관님. 그저 어떻게 말해야 할지 모르겠습니다.

소년이 햇볕 속으로 나와 주차 요금 징수기에 묶어 둔 말의 고삐를 푸는데, 거리를 지나던 사람들이 돌아보았다. 야생의 고원에서 온 무언가를 보는 양. 과거에서 온 무언가를 보는 양. 굶주림과 헐벗음과 흙먼지가 깃든 눈과 배. 감히 말로 할 수 없는 그 무엇. 그 이국적 형체에는 그들이 더없이 선망하면서도 더없이 비난하는 그 무엇이 배어 있었다. 마음 가는 대로 따랐다면 그들은 아주 사소한 이유로도 소년을 죽이고도 남았으리라.

동생이 지내고 있는 집은 마을의 동쪽에 있었다. 울타리를 두른 마당과 현관 베란다가 딸린 자그마한 집은 회반죽으로 칠해져 있었다. 소년은 버드를 울타리에 묶고 대문을 밀치고 들어가 마당에 난 길을 따라갔다. 개가 집 모퉁이를 돌아 나와 이빨을 드러내며 목덜미의 털을 곤두세웠다.

이 머저리야, 나야.

소년의 목소리를 듣는 순간 개가 귀를 납작 젖히고는 앞에서 뒹굴어 댔다. 짖지도 낑낑거리지도 않았다.

아무도 안 계세요. 소년이 외쳤다.

개가 다시 소년에게 몸을 비볐다. 저리 꺼져.

소년은 다시 소리치고는 현관으로 올라가 문을 두드리고 기다렸다. 아무도 나오지 않았다. 소년은 집 뒤쪽으로 돌아갔다. 부엌문을 살펴보니 잠겨 있지 않아 문을 열고 안을 들여다보았다. 빌리 파햄이에요. 소년이 소리쳤다.

소년은 안으로 들어가 문을 닫았다. 안 계세요. 소년이 외쳤다. 그리고 부엌을 지나 현관 복도에 섰다. 다시 소리치려는데 뒤에서 부엌문이 열렸다. 소년이 몸을 돌렸다. 보이드가 서 있었다. 한 손에는 강철 양동이를 들고, 다른 손에는 문손잡이를 쥐고 있었다. 키가 커 있었다. 동생이 문설주에 몸을 기댔다.

내가 죽은 줄 알았겠지.

형이 죽었다고 생각했다면 여기 있지도 않았을 거야.

동생은 문을 닫고는 양동이를 식탁에 놓았다. 그리고 빌리를 바라보고, 창문을 내다보았다. 빌리가 다시 말을 했지만 동생은 돌아보지 않았다. 빌리는 동생의 눈이 젖어 있다는 것을 알 수 있었다.

갈 준비는 됐니?

응. 형만 기다렸어.

그들은 침실 벽장에서 산탄총을 꺼내고, 화장대 서랍의 하얀 도자기 상자에서 소액 지폐와 동전 19달러를 집어 구식 가죽 동전 지갑에 쑤셔 넣었다. 침대 담요를 벗기고, 빌리가 쓸 혁대와 옷가지를 챙기고는 뒷문 벽에 걸려 있던 카하트 코트 주머니의 총알을 모조리 꺼냈다. 하나는 33구경 벅샷[24]이었고, 나머지는 5번 아니면 7번 총알이었다. 식료품실의 통조림과 빵과 베이컨과 크래커와 사과를 세탁물 주머니에 담고 집 밖으로 나와 안장 머리에 주머니를 단단히 묶은 뒤 둘이서 말에 올라 좁은 모랫길을 나아가자 개가 뒤에서 종종걸음으로 따라왔다. 마당에서 입에 빨래집게를 물고 있던 여인이 지나가는 그들에게 고개를 끄덕였다. 그들은 고속도로와 남태평양 철도를 가로지른 뒤 서쪽으로 방향을 틀었다. 어둠이 내렸을 무렵 로즈버그 서쪽으로 25킬로미터 떨어진 알칼리성 평야에 모닥불이 타올랐다. 그들은 말을 이용해 땅에 박힌 울타리 기

---

24) 네발짐승을 사냥할 때 쓰는 탄환.

둥을 뽑아 장작으로 삼았다. 물에 잠긴 동쪽과 남쪽 땅에 두루미 두 마리가, 대재앙으로 모든 것이 쓸려 간 공원에 유일하게 남은 새 조각상처럼 마지막 햇살 속에 붙박인 듯 서서 자신의 그림자를 바라보고 있었다. 말라서 쩍쩍 갈라진 진흙판이 사방에서 굽이치는 가운데 울타리 기둥 모닥불은 바람에 갈기갈기 찢기고, 둥글게 뭉쳐진 식료품 봉지는 하나씩 펼쳐져 바람에 휩쓸려 짙어 가는 어둠 속으로 사라졌다.

말에게 그 집에서 챙겨 온 오트밀을 먹였다. 빌리는 울타리 철사에 베이컨을 꽂아 모닥불에 올려 두었다. 그리고 산탄총을 무릎에 가로 얹은 채 앉아 있는 보이드를 바라보았다.

아버지가 네가 좀 유별난 데가 있다고 하신 적 있니?

응. 그 비슷하게 말씀한 적 있지.

어떻게 비슷하게.

보이드는 대답하지 않았다.

뭘 먹고 있어?

건포도 샌드위치.

빌리는 절레절레 고개를 저었다. 그러고는 물통의 물을 과일 통조림에 부어 모닥불에 얹었다.

안장은 어떻게 된 거야?

빌리는 한쪽이 잘려 나간 안장 흙받이를 바라볼 뿐 대답하지 않았다.

우리를 쫓아올 거야. 보이드가 말했다.

쫓아오든가 말든가.

우리가 가져온 것을 어떻게 갚지?

빌리는 고개를 들어 동생을 바라보았다. 무법자가 되는 데 익숙해지는 게 나을걸.

아무리 무법자라도 자신을 돌봐 주고 친구가 되어 준 사람들의 것까지 훔치지는 않아.

언제까지 징징댈 셈이야?

보이드는 대꾸하지 않았다. 그들은 음식을 먹고는 담요를 펼쳐 잠을 청했다. 밤새 바람이 불었다. 모닥불이 거세지며 숯을 벌겋게 달구자 배배 꼬여 둘둘 뭉쳐진 빨간 철사가 거대한 심장의 빛나는 갑옷인 양 밤의 어둠 속에서 일시적으로 환하게 타오르다 검게 사위어 갔다. 숯은 바람에 재가 되었고, 그 재는 바람을 타고 멀리 날아갔다. 숯과 재가 있던 자리는 깨끗이 쓸려 시커먼 철사만이 모닥불의 흔적을 드러낼 뿐이었다. 모든 것이 불명료하나 목적지만은 분명한 어둠 속으로 그렇게 밤의 것들은 남김없이 사라졌다.

깨어 있어? 빌리가 말했다.

응.

사람들한테 뭐라고 했어?

아무 말도 안 했어.

왜?

말해 봤자 소용없잖아.

바람이 불었다. 모래가 소용돌이치며 달려갔다.

형?

응?

그들이 내 이름을 알고 있었어.

네 이름을 알고 있었다고?

내 이름을 불렀어. 보이드라고. 보이드.

신경 쓸 거 없어. 잠이나 자.

마치 우리가 친구라도 되는 양 내 이름을 불렀어.

잠이나 자.

형?

왜?

굳이 좋게 꾸며 댈 필요는 없어.

빌리는 대꾸하지 않았다.

있었던 일은 있었던 일이니까.

나도 알아. 잠이나 자.

아침에 그들은 음식을 먹고는 평지 저쪽을 바라보았다. 저 멀리 떠오른 태양에 강철빛 진흙 호수에서 무엇인가가 명료해지고 있었다. 이윽고 말을 탄 사람이 보였다. 1.5킬로미터쯤 멀리 땅을 휘덮은 물에 가느다란 그림자가 느닷없이 길어졌다 줄어들었다 하며 파르르 흔들렸다. 다가오는가 싶으면 멀어지고 멀어지는가 싶으면 다시 다가오는 듯했다. 태양이 동쪽 기슭을 따라 늘어선 붉은 구름 암초를 향해 솟구치는 동안 말을 탄 이는 15킬로미터 폭에 8센티미터 깊이의 호수를 가로지르며 다가왔다. 빌리는 일어나 산탄총을 가져와 담요 아래에 놓고 다시 앉았다.

말은 이 고장의 빛깔을 띠고 있었다. 아니 어쩌면 이 고장의 빛깔에 물들었는지도 모른다. 말을 탄 이가 얕은 호수를 가로지름에 따라 말발굽에 쫓겨난 물은 빛살에 번쩍이다 통에 부은 납처럼 즉각 사라졌다. 호수를 벗어난 그는, 드문드문 풀이 돋은 기슭을 지나 나트륨이 섞인 모랫길을 따라 다가와 그들 앞에 흙빛 말을 세우고는 모자 그늘 아래로 그들을 내려다보았다. 그는 말없이 그들을 바라보다 호수를 돌아보더니 몸을 숙여 침을 뱉고 다시 그들을 바라보았다. 설마 내가 생각하는 그 애들은 아니겠지.

그 애들이 누군데요?

남자는 그 말을 무시했다. 여기서 뭘 하고 있니?

아무것도 안 해요.

남자가 보이드를 바라보았다. 그리고 말을 바라보았다. 담요 아래에 뭘 감췄니?

산탄총요.

날 쏠 셈이었니?

아뇨.

저 애는 네 형이니?

본인한테 직접 물으세요.

이 애 형이니?

네.

여기서 뭘 하고 있니?

지나가는 중이에요.

지나가는 중이라고?

네.

어디로 가는 길이기에?

애리조나주 더글러스로요.

뭐라고?

거기 친구가 있거든요.

여기는 친구가 없나 보지?

마을 체질이 아니라서요.

너희 둘이서 저 말을 타고 가니?

네.

너희들이 누군지 알아.

그들은 대답하지 않았다. 남자는 바람 한 점 없는 아침에 얕은 물을 담고 있는 납 같은 분지를 돌아보았다. 그리고 몸을 숙여 다시 침을 뱉고는 빌리를 바라보았다.

네가 한 말을 보러프 씨한테 그대로 전할 거야. 떠돌이 둘이 있더라고. 아니면 너희가 원한다면 내가 같이 가 줄 테니 함께 돌아가자.

우리는 돌아가지 않을 거예요. 말씀은 감사합니다.

잘 모르는 모양인데 한 가지 말해 주마.

말씀하세요.

고생은 할 만큼 했잖니.

빌리는 대답하지 않았다.

몇 살이지?

열일곱입니다.

사내가 고개를 저었다. 어쨌든 몸조심해라.

궁금한 게 있는데요. 빌리가 말했다.

말해 봐라.

그렇게 멀리서 어떻게 우리를 보셨죠?

네 그림자를 본 거지. 사막 분지호에서는 멀어서 안 보이는 것도 보일 때가 있단다. 다른 사람들은 신기루에 불과하다고 했지만 보러프 씨는 아니라고 장담했지. 이 고장을 잘 알거든. 여기 무엇이 있고 무엇이 없는지 속속들이 알고 있지. 나도 그렇고.

한 시간 후 다시 여길 살펴보고 우리가 보이는지 확인해 보세요.

그럴 거다.

물이 들지 않은 황량한 땅에 앉아 있는 그들에게 사내는 각각 고개를 끄덕여 보이고는 벙어리 개를 바라보았다.

경비견으로는 쓸모가 없겠구나, 안 그래?

목이 베어서 그래요.

나도 알아. 부디 몸조심해라. 남자는 말 머리를 돌려 평야를 가로질러 호수를 건넜다. 태양을 향해 나아가는 모습이 실루엣으로만 보였다. 그들이 말에 올라 분지 가장자리를 따라 남쪽으로 나아갔을 때는 태양이 높이 떠 더 이상 시야에 들지 않았는데도 사내가 사라진 호수 맞은편 기슭에는 여전히 아무것도 보이지 않았다.

아침나절 그들은 주 경계선을 넘어 애리조나주로 들어섰다. 산맥의 나지막한 자락을 타고 가다 북쪽으로 뻗은 샌시몬 계곡으로 내려와 미루나무 숲속 강가에서 점심을 먹었다. 말의 다리를 느슨하게 묶어 놓고 물을 먹인 그들은 얕은 자갈 웅덩이에 벌거벗고 들어가 앉았다. 창백하고 여위고 더러운 몸뚱이. 빌리가 가만히 응시하자 보이드가 결국 고개를 들어 바라보았다.

나한테 아무리 물어봐야 소용없어.

누가 묻는대.

물을 거잖아.

그들은 물속에 앉아 있었다. 개가 풀밭에 앉아 그들을 지켜보았다.

그자가 아버지의 부츠를 신고 있어, 안 그래? 빌리가 말했다.

거봐.

네가 죽지 않아 정말 다행이야.

다행인지 어떤지 나는 모르겠는데.

그런 말이 어딨어.

형은 몰라.

뭘 몰라?

하지만 보이드는 그가 뭘 모르는지를 말하지 않았다.

그들은 미루나무 그늘에서 정어리와 크래커를 먹고 낮잠을 잔 다음 오후에 다시 출발했다.

형이 캘리포니아에 갔다고 생각한 적도 있어. 보이드가 말했다.

캘리포니아에서 내가 뭘 하게?

나야 모르지. 캘리포니아에 카우보이들이 있잖아.

캘리포니아 카우보이라.

나는 캘리포니아에 가기 싫어.

나도 마찬가지야.

텍사스라면 좋지만.

왜?

나도 몰라. 한 번도 안 가 봤거든.

어차피 가 본 데도 없으면서. 그게 이유란 말이야?

유일한 이유야.

그들은 계속 갔다. 기다란 그림자 속에서 산토끼들이 껑충 껑충 달아나다 우뚝 멈췄다. 벙어리 개는 신경도 쓰지 않았다.

법이 멕시코에는 해당이 안 되는 거야? 보이드가 말했다.

미국 법이니까. 미국 법은 멕시코에서 먹히지 않아.

멕시코 법이 있을 거 아냐?

멕시코에는 법 같은 건 없어. 그저 악당들뿐이지.

5번 총알로 사람이 죽을까?

가까이에서 쏘면 죽을 거야. 팔이 쑥 들어갈 만큼 커다란 구멍이 뚫릴걸.

저녁에 그들은 보위 바로 동쪽을 지나는 고속도로를 건너 남쪽의 도스 카베사스 산맥으로 통하는 옛길과 마주쳤다. 그들은 야영할 준비를 했다. 빌리가 얕은 석조 도랑을 따라 장작 거리를 부랴부랴 주워 왔다. 그들은 모닥불 가에서 저녁을 먹고 앉아 쉬었다.

사람들이 우리를 찾으러 다닐까? 보이드가 말했다.

글쎄. 그러겠지.

보이드가 몸을 숙여 나뭇가지로 모닥불을 쑤시더니 그 가지를 불 속에 던졌다. 빌리는 그 모습을 가만히 바라보았다.

잡히는 일은 없을 거야.

나도 알아.

속내 좀 털어놓지그래.

속내 같은 거 없어.

그 일은 누구의 잘못도 아니야.

보이드는 불을 빤히 응시하며 앉아 있었다. 야영지 북쪽의 산등성이를 따라 코요테들이 울어 댔다.

그러다 미쳐 버리겠다.

벌써 미쳤어.

아이가 고개를 들었다. 연한 금발이 백발처럼 보였다. 훨씬 많은 나이에 이른 열네 살 같았다. 아이는 태초부터 그곳에 앉아 있었던 듯, 마치 하느님이 아이 주위에 나무와 바위를 만들었던 듯 보였다. 아이는 스스로 환생한 후 또다시 환생한 듯 보였다. 무엇보다도 아이는 끔찍한 슬픔으로 꽉 차 있는 듯 보였다. 그 누구도 들어 본 적 없는 지독한 상실의 소식을 품고 있는 듯했다. 사건이나 사실이나 사고가 아니라 세상 그 자체의 광대한 비극을 품은 듯.

다음 날 그들은 드높은 아파치 고개를 넘었다. 형 뒤에 앉은 보이드의 가느다란 다리가 말의 옆구리에서 대롱거렸다. 그들은 남쪽 지역을 죽 둘러보았다. 햇살 가득한 하늘 아래 바람이 불고, 남쪽 비탈 위쪽에서 까마귀들이 상승 기류를 타고 올랐다.

네가 가 보지 못한 곳이 하나 있어. 빌리가 말했다.

어딘데?

저기 경계선 너머로 색깔이 변하는 곳 보여?

응.

멕시코야.

가도 가도 멀리 있는 것만 같아.

그게 무슨 말이야?

갈 거면 어서 가자는 말이지.

다음 날 정오에 666번 도로에 이르자 그들은 셀퍼스프링스 계곡에서 뻗어 나온 아스팔트 길을 따라갔다. 그리고 소도시 엘프리다와 맥닐을 통과했다. 저녁에 그들은 더글러스의 주도로를 따라 나아가다 국경 검문소 앞에서 멈추었다. 수비병이 문가에 서 있다 그들에게 고개를 끄덕였다. 그리고 개를 바라보았다.

길크라이스트 씨는 어디에 있습니까? 빌리가 말했다.

비번이네. 내일 아침에 출근할 거야.

그분께 드릴 돈을 맡겨도 괜찮을까요?

그래. 그렇게 해.

50센트만 꺼내 줘, 보이드.

보이드가 주머니에서 가죽 동전 지갑을 꺼내 열었다. 돈은 모두 1센트나 5센트나 10센트짜리 동전뿐이었다. 보이드는 필요한 돈을 헤아려 모아 쥐고는 빌리의 어깨 너머로 수비병에게 건넸다. 빌리가 그 동전을 가져가 이리저리 헤집어 다시 헤아리더니 도로 모아 쥐고는 몸을 숙여 주먹을 내밀었다.

그분께 50센트를 빌렸거든요.

알았어.

빌리는 검지를 모자챙에 댄 뒤 말을 몰았다.

저 개도 데려가는 거니? 수비병이 말했다.

같이 가고 싶어 한다면요.

수비병은 그들이 떠나는 모습을 바라보았다. 개가 그들을 따라 종종걸음 쳤다. 그들은 작은 다리를 건넜다. 멕시코 수비병이 그들을 올려다보더니 고개를 끄덕였고, 그들은 아구아 프리에타로 들어섰다.

나도 돈 셀 줄 알아. 보이드가 말했다.

뭐라고?

나도 돈 셀 줄 안다고. 형이 확인할 필요는 없었어.

빌리는 몸을 돌려 동생을 바라보고는 다시 몸을 바로 했다.

알았어. 다시는 안 그럴게.

그들은 행상에게서 아이스크림을 사서 말을 옆에 두고 길가에 앉아 먹으며, 저녁 거리를 오가는 사람들을 바라보았다. 개는 그들 앞쪽 흙바닥에 불안한 듯 엎드려 있었는데, 마을 개들이 등을 잔뜩 웅크린 채 그들 뒤쪽을 맴돌며 킁킁거렸다.

그들은 식료품점에서 먹을거리와 마른 콩과 소금과 설탕과 말린 과일과 말린 후추를 산 다음, 자그마한 법랑 프라이팬과 뚜껑이 있는 주전자와 부엌용 성냥갑과 몇 가지 부엌 용품을 사고는 남은 돈을 모두 페소로 바꾸었다.

이제 너는 부자야. 빌리가 말했다.

불쌍한 부자겠지. 보이드가 말했다.

내가 처음 여기 왔을 때보다는 훨씬 부자인걸.

퍽도 위안이 되네.

그들은 마을의 남쪽 끝에서 길을 벗어나 파리한 잿빛 자갈이 깔린 강가를 따라 나아가다 사막으로 들어가 어둠 속에서 야영했다. 빌리가 요리한 저녁을 둘이서 먹고는 모닥불을 지켜보며 앉아 있었다.

그 생각은 그만해야 해. 빌리가 말했다.

그 생각 안 해.

그럼 무슨 생각해?

아무 생각도 안 해.

어련하실까.

형한테 무슨 일이 생기면 어떡해?

앞으로 생길 일을 두고 24시간 전전긍긍할 필요는 없어.

그래도 무슨 일이 생기면?

돌아가면 되지.

웹스터 씨네로?

응.

도둑질을 했는데도?

넌 도둑질하지 않았어. 아무 생각도 안 한다더니.

생각 안 해. 그저 미안할 뿐이지.

빌리는 몸을 숙여 모닥불에 침을 뱉었다. 넌 괜찮을 거야.

지금도 괜찮아.

그들은 다음 날 종일 돌이 바닥에 깔린 속세의 강을 따라 나아가다 초저녁에 길가의 작은 마을 오히토에 다다랐다. 보이드는 형의 등에 얼굴을 묻은 채 잠이 들었다가 땀투성이가 되어 벌떡 일어나 무릎 사이에 구겨 넣었던 모자를 부스럭부스럭 펼쳐 머리에 썼다.

여기가 어디야?

나도 몰라.

배고파.

나도 알아. 피차일반이야.

여기서 먹을 것을 구할 수 있을까?

글쎄.

무너져 가는 흙집 문간에 있던 남자 앞에 말을 세우고 이 마을에 먹을 것이 있는지 묻자 남자는 잠시 생각하더니 닭을 한 마리 팔겠다고 했다. 그들은 다시 길을 갔다. 텅 빈 길이 향하고 있는 남쪽 사막에 폭풍우가 쌓이며 일대가 푸른빛을 띠었다. 멀리 야생의 푸른 산맥 위에 거듭 내리뻗는 가느다란 번개 줄기는 유리 단지 속의 폭풍처럼 완전한 침묵 속에 번쩍였다. 빗줄기가 사막을 찢어발기기 시작하자 야생 비둘기들이 한 발 앞서 푸르르 날아올라 물의 벽 속으로 뛰어들어 금세 젖어들었다. 그들은 100미터쯤 더 간 후 말에서 내려 길가 작은 숲에 들어가 고삐를 쥐고 서서는, 흙바닥을 요란하게 두드리는 빗줄기를 지켜보았다. 폭풍이 지나가자 사방에 칠흑 같은 어둠이 깔려 그들은 별 하나 없는 암흑 속에서 부들부들 떨며 서서는 침묵을 뚝뚝 가르는 물방울 소리에 귀 기울였다.

이제 어떡할 거야? 보이드가 말했다.

말을 타고 가야지.

저렇게 폭삭 젖은 말을 타야 하다니.

말도 널 보고 같은 생각을 할걸.

자정이 지났을 무렵 그들은 모렐로스에 당도했다. 그들이 어둠을 몰고 온 듯 길을 따라 등불이 하나둘 꺼져 갔다. 형이 벗어 준 코트를 뒤집어쓴 보이드는 형의 등에 기대어 잠이 들어 휘청였고, 말은 고개를 숙여 진흙탕의 물을 홀짝였고, 개는 웅덩이 사이를 이리저리 앞장서 나아갔다. 올해 봄의 일이건만 아득히 오래전처럼 느껴지는 그날, 축제에 가는 사람들을 따라갔던 남쪽 길로 소년은 말을 몰았다.

길에서 약간 떨어진 어느 하칼(초가집)에서 그들은 남은 밤을 보내고 아침에 모닥불을 지펴 요리를 하고 옷을 말린 뒤 말에 안장을 얹고 다시 길을 따라 남쪽으로 나아갔다. 사흘하고도 이레 동안 강가의 궁상스러운 흙 마을을 하나둘 지나 바세라크에 이르렀다. 딱총나무 아래 하얗게 회칠된 집 앞에 말 두 마리가 고개를 숙이고 서 있었다. 하나는 왼쪽 엉덩이에 새로 낙인을 찍고 거세한 덩치 큰 흰점박이 밤색 말이고, 다른 하나는 그들의 말 케노로, 무장을 갖춘 멕시코 안장이 얹혀 있었다.

저기 봐. 보이드가 말했다.

나도 봤어. 내려.

보이드가 말에서 내리자, 빌리도 내려 고삐를 동생에게 넘기고는 안장 총집에서 산탄총을 꺼냈다. 개는 길에 서서 그들을 뒤돌아보았다. 빌리는 개머리판을 꺾어 장전 여부를 확인한 다음 다시 총을 바로 하고 보이드를 바라보았다.

말을 저기로 끌고 가서 잘 피해 있어.

알았어.

보이드가 말을 끌고 길을 가로지르는 것을 지켜본 빌리는 몸을 돌려 집으로 향했다. 두 소년을 번갈아 쳐다보며 서 있는 개를 보이드가 휘파람을 불어 불렀다.

빌리가 케노를 따라 돌며 목덜미를 다독이자 말이 소년의 셔츠에 이마를 비비더니 달콤한 숨을 길게 뱉었다. 소년은 딱총나무에 산탄총을 기대어 놓고는 등자를 들어 안장 머리에 걸고 고정용 가죽끈을 당겨 뱃대끈을 풀었다. 그것을 안장 머리와 안장 꼬리에 건 다음 안장을 들어 땅바닥에 내려놓았다. 그리고 안장 담요를 벗겨 안장 머리에 걸치고는 산탄총을 집어 들고 고삐를 풀어 길을 건너 보이드에게로 갔다.

빌리는 산탄총을 총집에 도로 꽂은 뒤 다시 집 쪽을 바라보았다. 버드에 타.

보이드가 안장에 올라 형을 바라보았다.

여기서 보이지 않는 곳으로 말들을 데려가. 마을 남쪽 끝에서 만나자. 잘 숨어 있어. 내가 찾을 테니.

어떻게 하려고?

저기 누가 사는지 확인하려는 거야.

만약 그놈들이면?

아닐 거야.

그럼 누구야?

나야 모르지. 누군가가 죽었나 봐. 어서 가.

산탄총을 가지고 있는 게 나을 거야.

필요 없어. 어서 가.

빌리는 동생이 좁은 흙길을 나아가는 모습을 지켜보다 몸을 돌려 집으로 걸어갔다.

대문을 두드리고는 모자를 손에 들고 섰다. 아무도 나오지 않았다. 소년은 모자를 쓰고는 걸어가 담장에 난 낡은 마차 문을 밀쳤지만 빗장이 질러 있었다. 소년은 담 꼭대기를 살폈다. 흙담에는 부서진 날카로운 병이 박혀 있었다. 소년은 칼을 꺼내 문 사이에 집어넣어 해묵은 나무 트랑카를 한 번에 1센티미터씩 움직여 마침내 빗장 끝을 빗장걸이에서 완전히 빼내어 문을 밀어젖히고 안으로 들어가 다시 문을 닫았다. 흙바닥에는 들어오고 나간 흔적이 전혀 없었다. 닭들이 환한 햇살을 쬐며 나무 아래 앉아 있었다. 소년은 기다란 복도로 이어진 현관에 섰다. 나지막한 벤치에는 풀이 심긴 흙 단지가 놓여 있었는데, 조금 전에 물을 주었는지 흙이 축축하고 벤치 아래 타일이 젖어 있었다. 소년은 다시 모자를 벗고는 현관 복도를 따라 걸어가 복도 끝의 문 앞에 섰다. 어둑한 방 안에 여인이 침대에 누워 있었다. 곁에는 검은 레보소를 두른 자매들이 있었다. 탁자에서 초가 타오르고 있었다.

침대의 여인은 눈을 감은 채 누워 유리 묵주를 손에 쥐고 있었다. 죽은 여인이었다. 무릎 꿇고 있던 여인 하나가 고개를 돌려 소년을 바라보았다. 그러고는 소년에게는 보이지 않는 방의 다른 부분을 바라보았다. 잠시 후 남자가 코트를 입으며 나와서는, 문가에 선 소년에게 공손하게 고개를 끄덕였다.

키엔 에스?(누구시죠?)

키가 큰 금발 남자는 외국인 억양으로 스페인어를 말했다. 빌리가 한쪽으로 비켜서자 그는 복도로 나와 섰다.

에스타바 수 카바요 엔프렌테 데 라 카사?(집 앞의 말이 당신 말입니까?)

남자가 한쪽 어깨에 코트를 걸친 채 멈추었다. 그리고 빌리를 쳐다보더니 복도 너머를 바라보았다. 에스타바?(그런데요?)

보이드는 마을 남쪽 강가 카리소(갈대) 밭에서 말과 함께 기다리고 있었다.

누구라도 찾겠다.

보이드는 대답하지 않았다. 빌리는 웅크리고 앉아 갈대 하나를 꺾어 줄기를 분질렀다.

독일인 의사더군. 말을 사고 받은 팍투라(영수증)를 갖고 있었어. 그치 말로는 말이야. 카사스 그란데스에서 소토라는 중개인에게서 받았대.

보이드가 산탄총을 쥐고 일어나 섰다. 총을 총집에 도로 끼우고는 몸을 숙여 침을 뱉었다. 그자가 갖고 있는 게 무슨 서류든 우리 서류보다는 끗발이 셀 거야.

우리는 말이 있잖아.

보이드는 말 너머로 흘러가는 강물을 바라보았다. 우리를 쏘아 죽일 거야.

웃기지 마. 그만 가자.

그냥 그 집에 걸어 들어간 거야?

응.

뭐라고 말했어?

가자니까. 여기 놀러 나온 거 아니잖아.

뭐랬냐니까.

사실대로 말했어. 인디언들이 그 말을 훔쳐 갔다고.

그자는 지금 어디 있어?

모소의 말을 타고 인디언들을 잡으러 하류로 갔지.

총이 있어?

응. 총이 있어.

이제 어떡할 거야?

카사스 그란데스로 가야지.

거기가 어딘데?

나도 몰라.

그들은 케노의 앞뒤 발을 밧줄로 묶고 개까지 묶어 갈대밭에 남겨 둔 채 마을로 돌아갔다. 그들이 맞은편에 주저앉아 있는 동안, 말라깽이 노인은 그들이 가고자 하는 고장을, 깎아 다듬은 나뭇가지로 광장에 그려 보였다. 강과 절벽과 마을과 산맥이 흙바닥에 생겨났다. 노인이 나무와 집을 그리기 시작했다. 구름을. 새를. 그리고 말 한 마리에 함께 탄 두 사람도 그렸다. 빌리가 때때로 몸을 숙여 그중 어느 특정 부분을 지나는 데 얼마나 걸리느냐고 물으면 노인이 고개를 돌려 길에 서 있는 말을 흘겨보고는 시간 단위로 대답을 주었다. 몇 미터 떨어진 벤치에서 햇살에 바랜 전통 복장 차림의 사내 넷이 앉아 그들의 모습을 내내 지켜보고 있었다. 지도를 완성하자 노인은 담요 크기만 한 그림을 흙으로 덮어 버렸다. 그리고 일어나 바지 엉덩이에 묻은 흙먼지를 손으로 탁탁 털었다.

1페소만 줘 봐. 빌리는 말했다.

보이드가 동전 지갑을 열어 내민 동전을 빌리가 받아 건네자 노인은 기품 있게 받고는 모자를 벗었다 다시 썼다. 그는 소년들과 악수를 나누고 동전을 주머니에 넣은 다음 몸을 돌려 햇볕이 환한 작은 소칼로(광장)를 가로질러 뒤 한 번 돌아보지 않고 길을 따라 멀어졌다. 노인이 사라지자 벤치의 사내들이 웃어 댔다. 그중 하나가 지도를 자세히 보겠다는 듯 일어났다.

에스 운 판타스마.(이건 모두 상상이야.)

판타스마?(상상이라고요?)

시, 시. 클라로.(그럼, 그럼. 당연하지.)

코모?(왜죠?)

코모? 포르케 엘 비에호 에스타 로코 에스 코모.(왜냐고? 그야 그 노인네가 미쳤으니까 그렇지.)

로코?(미쳤다고요?)

콤플레타멘테.(완전히 맛이 갔지.)

빌리는 선 채 지도를 바라보았다. 노 에스 코렉토?(그럼 완전히 틀린 건가요?)

사내가 두 손을 번쩍 들어 보였다. 그러고는 이것은 장식용 그림일 뿐이라고 했다. 어쨌든 이것은 그 지도가 정확하냐의 문제가 아니라 그런 지도가 있기는 하냐의 문제라고 했다. 수시로 화재와 지진과 홍수로 뒤덮이기 때문에 눈에 띄는 특징만 알아서는 안 되고 그 고장 자체를 알아야 한다는 것이었다. 게다가 노인이 언제 마지막으로 저 산맥을 넘어 보았겠느냐고 물었다. 마을 밖으로 어디로든 가 보기나 했을까? 노인이 그린 것은 사실상 지도가 아니라 그저 여행을 그린 것이었다. 그렇다면 그 여행은 무슨 여행이었을까? 언제 한 여행이었을까?

운 디부호 데 운 히아베. 운 비아헤 파사도, 운 비아헤 안티구오.(여행 그림이야. 과거의 여행. 케케묵은 옛날 여행.)

사내가 그만 가 보라며 한 손을 쳐들었다. 더 이상 할 말이 없다는 듯. 빌리는 벤치에 앉은 다른 세 사내를 바라보았다. 그들의 눈에서 빛이 어른대는 것이 혹시 지금 장난을 치는 것은 아닌가 싶었다. 하지만 오른쪽에 앉은 사내가 몸을 숙여 담뱃재를 털더니 서 있는 사내를 불러 말하기를, 거기에 가려면 어차피 길을 잃는 것 말고도 다른 위험이 많다고 했다. 계획은 계획이고 여행은 여행이라고. 길을 알려 주고자 하는 노인의 마음에 깃든 선의를 무시하는 것은 잘못이라고, 그 선의만으로도 그들의 여행에 힘과 해답을 빌려줄 수 있다고.

서 있던 사내는 곰곰이 생각하더니 검지를 느릿느릿 흔들어 허공에 새겨진 그 말을 지워 버렸다. 그리고 이 지도는 전혀 믿을 것이 못 된다고 말했다. 어찌 되었든 나쁜 지도는 아예 지도가 없는 것보다 더 안 좋다고, 여행자에게 잘못된 자신감을 심어 주어 지도가 없었더라면 믿고 따랐을, 그리하여 큰 도움이 되었을 직관을 쉽게 무시하게 만든다고 했다. 잘못된 지도를 따라가는 것은 재앙을 초대하는 짓이나 다름없다는 것이었다. 사내는 흙바닥의 그림을 가리켜 보였다. 마치 저 무의미함을 보라는 듯. 벤치의 또 다른 사내가 그 말에 동의하듯 고개를 끄덕이고는 문제의 지도는 가짜라고, 거리의 개들이 그 위에 오줌을 갈겨야 마땅하다고 말했다. 하지만 오른쪽의 사내는 그저 미소를 지으며, 개가 오줌을 누는 거야 우리네 무덤 역시 마찬가지 아니냐고, 그것이 어떻게 논쟁거리가 되느냐고 말했다.

　서 있던 사내가 반박하길, 한 사건의 논쟁거리가 될 수 있는 것은 모든 사건에서 논쟁거리가 될 수 있으며, 어쨌든 우리 무덤은 단순히 번호만 알면 다른 사람의 도움 없이도 쉽게 찾아갈 수 있으며, 우리는 반드시 무덤 속에 들어가게 되어 있다고 했다. 버르장머리 없는 개들로 더럽혀진 무덤에 누워 있는 자들은 오히려 더 조심스럽게 말하고, 현실 세계에 더 적합할 수도 있다는 것이었다. 그러자 여태껏 아무 말도 않던 왼쪽의 사내가 껄껄 웃으며 일어나더니 두 소년더러 따라오라고 손짓했다. 형제는 논쟁자들을 소박한 공원 벤치 테르툴리아(모임)에 남겨 둔 채 사내를 따라 광장에서 벗어나 길로 들어섰다. 빌리는 묶어 둔 말을 풀었다. 사내가 동쪽 길을 가리키며 산맥의 특정한 지형과 라스 라마다 목장에서 끝나는 길에 대해 설명하고, 로스 오르코네스로 가는 지류를 건널 때는 자신의 운이나 하느님의 은혜에 의지해야 한다고 말하는 동안 소년들은 가만히 서서 들었다. 사내는 그들과 악수를 나누고 웃으며 행운을 빌어 주었다. 소년들이 카사스 그란데스까지 얼마나 걸리냐고 묻자 사내는 엄지를 접은 한 손을 들어 보였다. 쿠아트로 디아스.(나흘.) 그리고 동료들이 서로에게 열변을 토하고 있는 광장 쪽을 바라보더니, 오늘 저녁 친구 아내의 장례식에 가야 한다고, 그래서 기분이 이디오싱크라시코(유별난) 상태이니 저들에게 신경 쓰지 말라고 했다. 자신의 경험상 죽음은 인간을 사색적으로 만들거나 현명하게 만들기보다는 하찮은 일에 지나치게 집중하게 만드는 경향이 있다고 했다. 이윽고 그들에게 형제냐고 묻더니, 그렇다는 대답에 서로를 잘 보살펴야 한다고 말했다. 사내는 다시 산 쪽을 턱으로 가리키고는 세라노(산)는 마음씨가 곱지만 다른 곳은 전혀 다르다고 말했다. 그리고 다시 행운과 신의 가호를 빌어 주고는 뒤로 물러나 손을 들어 작별 인사를 했다.

사내들이 보이지 않는 곳에 이르자 그들은 길에서 벗어나 강 쪽으로 가서 강둑길을 따라가다 말과 개를 찾았다. 보이드는 케노에 올랐다. 그들은 계속 나아가다 여울에 이르자 강을 건너 산맥으로 이어진 동쪽 길을 따라갔다.

길처럼 보이던 그것은 이내 길이기를 그만두었다. 강에서 벗어나서 들어선, 마차 폭만 한 길은 최근에 물푸레나무로 긁어 평탄하게 골라 놓긴 했지만, 마을에서 베어 온 그 나무는 임무를 건성으로 수행한 듯했다. 길은 평범한 오솔길로 바뀌어 마른 개울을 따라 이어지다 구릉지로 접어들었다. 막 땅거미가 내릴 무렵 그들은 자그마한 소작지에 이르렀다. 바위로 버팀목을 댄 테라스나 트린체라(참호)에 장대로 지은 오두막들이 옹기종기 모여 있었다. 그들은 마을 위쪽의 평탄한 땅을 야영지로 삼고는 말의 다리를 느슨하게 묶은 뒤 불을 지폈다. 소나무와 향나무 사이로 오두막의 노란 등불이 반짝였다. 잠시 후 그들이 양동이에 콩을 삶고 있는데 랜턴을 든 사내가 길을 따라 올라왔다. 길에서 사내가 그들을 부르자 빌리는 산탄총을 기대 세워 둔 나무로 걸어가서는 사내에게 이리로 오라고 외쳤다. 사내가 모닥불로 와서 섰다. 그리고 개를 바라보왔다.

부에노스 노체스.(안녕하시오.) 사내가 말했다.

부에노스 노체스.(안녕하세요.)

손 아메리카노스?(미국인들이오?)

시.(네.)

사내가 랜턴을 높이 들었다. 그리고 모닥불 너머 어둠에 묻혀 있는 말의 생김새를 살폈다.

돈데 에스타 엘 카바예로?(말 주인은 어디 있소?)

노 아이 오트로 카바예로 마스 케 노소트로스.(바로 우리가 말 주인입니다.) 빌리가 말했다.

사내의 눈길이 그들의 초라한 소지품을 훑었다. 아마도 사내는 그들을 집으로 초대하려고 왔을 테지만 초대하지 않으리라는 것을 빌리는 알았다. 그들은 잠시 침묵에 잠겼고, 사내는 자리를 떠나 왔던 길로 돌아갔다. 사내가 랜턴을 얼굴께로 쳐들어 유리 등피를 올리고 불을 끄는 것을 그들은 나무 사이로 바라보았다. 사내는 어둠 속에서 집으로 내려갔다.

다음 날 길은 서쪽 비탈 아래 바비스페강 계곡을 품은 산맥으로 그들을 이끌었다. 길이 홍수로 깎여 나간 곳이 점점 많아져, 그때마다 그들은 말에서 내려 좁은 개울 바닥을 따라 힘겹게 말을 끌고 가다 굽이굽이 이어진 산길로 돌아갔다. 길이 갈라지는 곳에 이르면 나지막한 참나무와 소나무 사이로 생각들이 무리 지어 갈래갈래 흩어졌다. 그날 밤 그들은 반세기 전 지진으로 쩍 갈라진 바위와 앙상한 나무 사이의 불탄 자리에서 야영했다. 산에서 굴러 내린 바위들이 서로 부딪고 부서지다 불꽃을 일으켜 나무를 산 채로 태워 버렸던 것이다. 가지와 줄기가 부러진 나무 둥치가 사방에서 황혼 속에 창백하게 죽어 있었고, 자그마한 올빼미들이 어둠이 짙어지는 빈터 주위를 이리저리 날아다니며 지독한 침묵만을 뱉어 냈다.

그들은 불 가에 앉아 마지막 남은 베이컨을 콩과 토르티야와 함께 요리해 먹고는 담요를 덮고 땅바닥에서 잠들었다. 주위에 박힌 죽은 잿빛 말뚝 사이에서 바람은 소리 한 올 내지 않았고, 가끔 올빼미들만 비둘기처럼 나직하고 촉촉한 울음소리를 냈다.

그들은 이틀 동안 산을 넘었다. 부슬비가 내렸다. 추위 때문에 그들은 담요로 몸을 휘감았고, 개는 소리와 정신을 잃은 길잡이 숫양처럼 앞에서 종종걸음 쳤고, 말들은 엷은 공기 중에 하얀 깃털 숨을 뿜었다. 빌리가 안장 얹은 말을 번갈아 타자고 권했지만, 보이드는 안장이 있든 없든 케노가 훨씬 좋다고 했다. 그럼 안장을 번갈아 가며 말에 씌우자고 하자 보이드는 고개만 젓고는 말의 맨등에 앉아 부츠로 말의 옆구리를 찼다.

그들은 폐허가 된 낡은 제재소를 지나 시커먼 그루터기가 점점이 박힌 산속 초지를 가로질렀다. 저녁 태양이 내려앉은 계곡을 건너는데, 옛 은광이 뱉은 부스러기가 널려 있었다. 녹슨 기계 형체 사이에 자리한 버드나무 오두막에는 버려진 광산에서 일하는 집시 가족이 살고 있었다. 누더기 꼴의 미치광이 군인들이 숙영지에서 사열을 받듯 크고 작은 사람들이 손을 이마에 대고 태양을 가린 채 요리용 모닥불 앞에 일렬로 서서, 두 소년이 맞은편 비탈을 따라 나아가는 모습을 지켜보왔다. 그날 저녁 토끼를 쏘아 맞힌 그들은 기다란 햇살 아래 말을 멈추고 불을 지펴 토끼를 요리해 먹은 뒤 내장과 뼈를 개에게 주고는 모닥불을 멍하니 응시하며 앉아 있었다.

말들이 여기가 어디인지 알까? 보이드가 말했다.

그게 무슨 말이야?

모닥불을 지켜보고 있던 보이드가 눈을 들었다. 여기가 어디인지 말이 알 것 같냐고.

세상에 그런 질문이 어디 있어?

어디 있긴. 말에 대해 묻지도 못해. 말이 여기가 어디인지 알 수도 있잖아.

망할, 말이 알긴 뭘 알아. 그냥 산속에 있나 보다 하겠지. 여기가 멕시코라는 걸 말이 아느냐는 뜻이야?

아니. 하지만 여기가 펠론칠로 산맥이었다면 말은 여기가 어디인지 알았을 거 아냐. 말을 풀어 놓으면 알아서 집으로 돌아갔을걸.

여기서 말을 풀어 주면 집으로 돌아갈 수 있느냐고 묻는 거야?

나도 몰라.

그 말이잖아.

여기가 어디인지 말이 아느냐고 물었을 뿐이야.

빌리는 불을 응시했다. 도대체 무슨 헛소리인지.

됐어. 없었던 걸로 쳐.

우리 목장이 어디에 있는지 말의 머릿속에 새겨져 있을 것 같냐는 뜻이야?

나도 몰라.

설령 그렇다 해도 말이 집을 찾아가지는 못할 거야.

말이 집을 찾아갈 수 있냐고 물은 게 아니야. 찾아갈 수도
있고 못 찾아갈 수도 있겠지.

여기까지 온 길을 말이 알아서 되짚어 가기란 불가능해.
젠장.

누가 그렇대. 그냥 뭐가 어디에 있는지를 말이 아는지 궁금
했을 뿐이야.

그래, 너 잘났다.

누가 그렇대.

아무렴, 잘났고말고.

빌리는 보이드를 바라보았다. 보이드는 어깨에 담요를 두른
채 싸구려 부츠를 꼬고 앉아 있었다. 그만 잠이나 자지?

보이드가 몸을 숙여 모닥불에 침을 뱉었다. 그러고는 침이
부글부글 끓는 것을 바라보았다. 형이나 자.

아침에 다시 출발할 때까지도 사방은 계속해서 잿빛이었다.
나무 사이로 안개가 떠다녔다. 오늘은 또 어떤 하루가 펼쳐질
지 기대하며 그들은 길을 나섰다. 한 시간도 안 되어 경사면의
동쪽 능선에서 말을 세운 그들은, 세상을 다시 어둠에서 해방
시키기 위해 치와와 평원에서 끓는 유리처럼 둥그렇게 솟아오
르는 태양을 바라보았다.

정오에 그들은 다시 평원을 지나갔는데, 지금까지와는 달
리 풀이 무성하게 자라 있었다. 그들은 쇠풀과 그라마풀을 헤
치며 나아갔다. 오후에 멀리 남쪽으로 가느다란 초록 측백나

무 울타리와 목장의 얇은 하얀 담이 보였다. 수평선에 떠 있는 하얀 배처럼 열기에 반짝이는 그 무엇. 아득히 멀어 정체를 알 수 없었다. 동생도 보았는지 궁금해 빌리가 돌아보니 보이드도 그쪽을 응시하고 있었다. 반짝이다 열기 속으로 사라진 그것은 하늘에 걸려 있는 양 다시 지평선 위에 나타났다. 빌리가 다시 돌아보니 삽시간에 사라지고 없었다.

그들은 더위를 피해 기나긴 황혼 속으로 말을 끌고 걸어갔다. 멀지 않은 곳에 숲이 보이자 그들은 다시 말에 올라 나아갔다. 개가 혀를 빼물고 앞에서 종종걸음 치고, 어스름이 짙어 가는 초지가 푸르름과 시원함 속으로 가라앉고, 그들이 떠나온 산맥이 저녁 하늘에 부피 없이 시커멓게 우뚝 서 있었다.

그들은 숲을 등대 삼아 나아갔다. 빈터에서 소 떼가 자다 말고 투덜대며 일어났다. 소들은 도리질하며 어둠 속으로 종종걸음 쳤고, 말들은 킁킁거리며 뭉개진 풀과 공기의 냄새를 맡았다. 숲속에서 말이 속도를 늦추다 우뚝 멈추더니 어둠에 묻힌 물속으로 조심스레 발을 디뎠다.

그들은 버드만 다리를 느슨하게 묶어 풀어 두고 케노는 말뚝에 묶어, 자는 동안 소들이 가까이 오지 못하게 했다. 먹을 것도 불도 없이 맨바닥에 담요로 몸을 휘감고 누웠다. 말이 풀을 뜯느라 밤에 두 번 밧줄을 그들 위로 늘어뜨리자 빌리가 일어나 잠든 동생의 몸에서 밧줄을 들어 다시 풀밭에 놓았다. 그리고 담요로 몸을 휘감고 어둠 속에 누워 말이 풀 뜯는 소리를 듣고, 소들의 짙은 체취를 맡다가 도로 잠이 들었다.

아침에 그들이 시에네가(늪)의 시커먼 물속에 벌거벗고 앉아 있는데 한 무리의 바케로들이 말을 타고 나타났다. 그들은 맞은편에서 말에게 물을 먹이며 고개를 끄덕여 인사를 한 뒤 물 먹는 말 위에 걸터앉은 채로 담배를 말고 풍경을 살폈다.

아돈데 반?(어디로 가요?) 그들이 외쳤다.

아 카사스 그란데스.(카사스 그란데스에요.) 빌리가 대답했다.

그들은 고개를 끄덕였다. 말들이 물이 뚝뚝 듣는 주둥이를 쳐들어 물속에 웅크린 창백한 형체를 무심히 쳐다보다 다시 고개를 숙여 물을 마셨다. 말이 물을 다 먹자 바케로들은 그들에게 행운을 빌어 주고는 말 머리를 돌려 빠른 걸음으로 숲을 빠져나가 그들이 왔던 남쪽 지역으로 갔다.

그들은 비누풀[25]로 옷을 빨아 아카시아나무에 걸었다. 가시 덕에 옷이 날려 갈 리는 없었지만, 그동안의 여행으로 옷은 수선이 불가능할 정도로 너덜너덜해져 있었다. 셔츠는 투명하게 속이 비칠 정도였는데, 특히 빌리의 셔츠는 등판에 구멍이 날 지경이었다. 그들은 미루나무 아래 담요를 펼쳐 벌거벗은 채 누워 모자로 눈을 가리고 잠이 들었다. 소들이 나무 사이로 다가와 그들을 바라보았다.

빌리가 눈을 뜨니 보이드가 일어나 앉아 나무 사이를 쳐다보고 있었다.

왜 그래?

저기 좀 봐.

빌리는 상체를 일으켜 시에네가 너머를 바라보았다. 인디언

---

25) 패랭이꽃과의 풀로 잎을 비누 대용으로 쓸 수 있다.

아이 세 명이 갈대밭에 웅크리고 앉아 그들을 지켜보고 있었다. 빌리가 담요를 어깨에 두르고 일어서자 아이들이 달아났다.

망할 개는 어디 있지?

모르겠어. 녀석이라고 별수 있겠어?

나무 너머로 연기가 올라오고 목소리가 들렸다. 빌리는 담요를 바짝 당겨서는 아카시아나무로 가 옷을 가져왔다.

그들은 타라우마라족으로, 그들 일족이 그러하듯 맨발로 산으로 돌아가는 중이었다. 가축도 개도 없었다. 스페인어는 한마디도 할 줄 몰랐다. 남자는 엉덩이에 하얀 천을 두르고 짚으로 만든 모자를 쓴 게 다였지만, 여자와 여자애들은 화려한 빛깔의 드레스 차림이었고, 게다가 페티코트를 입은 이들도 적지 않았다. 그중 몇몇은 우아라체스를 신고 있었지만 대부분은 맨발이었고, 신을 신었든 아니든 땅딸막하고 굽은 발에 굳은살이 단단히 박혀 있었다. 짐이라고 해 봐야 모라나무로 만든 활 대여섯 개와, 기다란 갈대 화살이 담긴 염소 가죽 화살통 옆의 나무 아래에 포개져 있는 손으로 짠 천보자기 꾸러미 몇 개가 전부였다.

모닥불 앞에서 요리를 하던 여인들이, 갓 빨아 말린 누더기를 입고 빈터 가장자리에 서 있는 소년들을 무심히 바라보았다. 노인 하나와 남자아이 하나가 손으로 만든 현악기를 연주하고 있었다. 중간에 아이가 손을 멈추었지만 노인은 연주를 계속했다. 타라우마라족은 이곳에서 천 년 넘게 물을 길었고, 세상에서 볼만한 것은 이미 대부분 이곳을 지나쳐 간 터였다. 갑옷을 입은 스페인 사람들, 사냥꾼들, 덫사냥꾼들, 귀족들,

귀족의 여인들, 노예들, 도망자들, 군대들, 혁명가들, 죽은 사람들, 죽어 가는 사람들. 그들이 본 사람들은 모두 후세에게 이야기로 전해졌고, 이야기로 전해진 이들은 모두 후세에게 기억되고 있었다. 지나치게 크다 싶은 모자를 쓰고 북쪽에서 온 파리하고 마른 고아 두 명 정도야 얼마든지 받아들일 수 있었다. 형제는 다른 이들과 약간 떨어진 땅바닥에 앉아, 쥐고 있을 수도 없을 만큼 뜨거운 양철 접시에 담긴 일종의 야채 요리를 먹었다. 호박씨와 콩과 야생 셀러리 조각을 알아볼 수 있었다. 그들은 부츠를 벗어 나란히 세우고 그 위에 접시를 얹어 먹었다. 그들이 음식을 먹고 있는 동안 한 여인이 모닥불에서 오더니 호리병박에서 벽돌 빛깔의 끈적한 액체를 부어 주었다. 무엇으로 만든 것인지는 하느님만이 아시리라. 그들은 그것을 가만히 바라보았다. 마실 것은 없었다. 아무도 입을 열지 않았다. 인디언들은 칠흑처럼 까맸고, 침묵으로써 일시적이고도 불확실하며 더없이 의심스러운 세계에 대한 속내를 드러냈다. 위험한 휴전 상태라도 관찰하듯 신중한 집중이 몸에 배어 있었다. 그들은 희망도 미래도 없이 경계 상태에 놓여 있는 것처럼 보였다. 불확실한 얼음 위의 사람들처럼.

그들은 음식을 다 먹고는 감사 인사를 하고 물러났다. 아무도 감사 인사를 받지 않았고, 아무도 대꾸하지 않았다. 숲속으로 들어가며 빌리가 뒤돌아보았지만 심지어 어린애들조차 그들을 지켜보고 있지 않았다.

저녁이 되자 타라우마라족이 이동했다. 소리 하나 없이 빈터 너머로 자리를 옮긴 것이다. 빌리는 산탄총을 집어 들고 개와 함께 풀밭을 돌아다니며 길고 붉은 황혼 빛에 잠긴 일대를 살폈다. 쇠기름 빛깔의 마른 소들이 미루나무와 아카시아나무 아래에서 지켜보다 콧방귀를 뀌고 멀어졌다. 물을 마시러 오는 자그마한 숲비둘기 말고는 쏠 것이 없었고, 그런 것에 총알을 낭비할 수는 없었다. 소년은 초원에 살짝 솟은 언덕에 서서 서쪽 산맥 너머로 가라앉는 태양을 지켜보다 어둠에 묻혀 돌아갔다. 다음 날 아침 그들은 말을 붙잡아 버드에게 안장을 씌우고 다시금 출발했다.

오후 늦게 콜로니아 후아레스라는 모르몬교도 정착지에 다다른 그들은 과수원과 포도밭 사이를 지나다 나무에서 사과를 따 옷 속에 넣었다. 그리고 좁은 널빤지 다리로 카사스 그란데스강을 건너 단정하게 회칠한 미늘 벽 집들을 지나쳤다. 좁은 거리를 따라 나무들이 심겨 있었고, 집들은 정원과 잔디밭과 하얀 말뚝 울타리에 둘러싸여 있었다.

여기가 대체 뭐하는 곳일까? 보이드가 말했다.

글쎄.

거리 끝에서 좁은 흙길의 첫 번째 모퉁이를 돌자, 마치 마을이 꿈일 뿐이었다는 듯 다시 황무지가 나타났다. 저녁에는 담으로 둘러싸인 고대 치치메카 흙 도시의 폐허를 지나쳤다. 흙 건물과 거리로 이루어진 미로 사이에는 여기저기 무단 거주자들이 어스름 속에 피운 불이 타올랐다. 무단 거주자들이 일어나 돌아다니면 그 그림자가 무너진 벽 위로 술 취한 승무원처럼 비틀댔고, 죽은 도시 위로 솟은 달이 테라스의 흉벽과 지붕 잃은 지하실과 구덩이 화덕과 흙 우리와 쏙독새가 사냥

중인 시커먼 운동장과, 사금파리와 석기와 그 제작자들의 뼈가 쩍쩍 갈라진 흙바닥에 묻힌 마른 수로를 비추었다.

멕시코 북동부 철도의 높이 쌓인 둑길을 따라 카사스 그란데스로 가던 그들은 역을 지나 거리로 들어서서 카페 앞에 말을 묶고는 안으로 들어갔다. 천장의 소켓에 끼워져 강렬한 노란빛을 탁자 위로 드리우는 전구는 그들이 미국 국경선과 아구아 프리에타를 떠난 후 처음으로 보는 전깃불이었다. 그들은 식탁에 앉았다. 보이드는 모자를 벗어 바닥에 내려놓았다. 카페에는 아무도 없었다. 잠시 후 커튼을 친 뒷문에서 여자가 나오더니 그들의 탁자 앞에 서서 그들을 내려다보았다. 주문을 받아 적을 종이도 메뉴판도 없는 모양이었다. 빌리가 스테이크가 되느냐고 묻자 여자는 고개를 끄덕이며 된다고 했다. 그들은 주문을 한 뒤, 말들이 서 있는 거리에 어둠이 내리는 광경을 자그마한 창문으로 바라보았다.

어떻게 생각해? 빌리가 말했다.

뭐를?

아무거나.

보이드는 고개를 저었다. 가느다란 다리를 앞으로 쭉 뻗은 채. 거리 맞은편에서 작업복 차림의 메노파 일가족이 어스레하게 불을 밝힌 가게 앞을 지나갔고, 그 뒤를 햇볕에 바랜 마더허버드[26] 차림의 여인들이 장바구니를 들고 따라갔다.

나한테 삐쳤지?

---

26) 가운처럼 옷자락이 길고 품이 넉넉한 원피스.

아냐.

무슨 생각해?

아무 생각도 안 해.

알았어.

보이드는 거리를 바라보았다. 그러다 고개를 돌려 빌리를 바라보았다. 일이 너무 잘 풀린다고 생각하고 있었어.

뭐가?

케노를 이렇게 데리고 왔으니. 말을 되찾은 거잖아.

그래. 아마 그렇겠지.

빌리는 말을 데리고 국경선을 넘을 때까지는 말을 되찾았다고 할 수 없으며, 어떤 일도 쉽게 풀리지 않으리라는 것을 알고 있었지만 입 밖에 내지는 않았다.

너는 의심밖에 할 줄 아는 게 없는 모양이지.

응.

세상에는 이런 일이 있으면 저런 일도 있는 거야.

나도 알아. 좋은 일도 없지는 않겠지.

너는 온갖 것에 대해 다 걱정하지. 하지만 그렇다고 해서 달라지는 건 없어. 안 그래?

보이드는 거리를 살펴보며 앉아 있었다. 말을 탄 두 사람이 악단 복장인 듯한 차림으로 지나갔다. 그들은 카페 앞에 묶여 있는 말들을 보았다.

그래, 안 그래? 빌리가 말했다.

보이드는 고개를 저었다. 나도 몰라. 걱정을 그만두면 좋아질지 나빠질지도 전혀 모르겠어.

그날 밤 그들은 철도 바로 옆쪽 먼지투성이 잡초 밭에서 잠을 자고는 아침에 수로에서 세수를 하고 말에 올라 도시로 들어가 어제의 그 카페에서 식사를 했다. 빌리가 소토라는 가나데로(가축 상인)를 아느냐고 물었지만 여자는 알지 못했다. 그들은 밀가루로 만든 토르티야와 달걀과 초리소(소시지)로 푸짐하게 아침을 먹고는 남은 돈을 거의 다 낸 뒤 밖으로 나와 말에 올랐다. 소토의 사무실은 카페에서 남쪽으로 세 블록 떨어진 벽돌 건물에 있었다. 빌리가 보니 말을 탄 두 사람이 거리를 건너는 모습이 그 건물의 유리창에 비쳤다. 흔들리는 유리판에 조각조각 나뉘어 고개를 푹 숙인 여윈 말에 이어 토막토막 이어 붙인 듯한 개도 나타났다. 그제야 소년은 이 형편없는 행렬을 이끌고 가는 이가 바로 자기 자신임을 깨달았다. 이윽고 소년의 그림자 위로 가나데로스라는 글자가 보였고, 그 위에는 소토 이 힐리안이라고 적혀 있었다.

저기 봐.

나도 봤어. 보이드가 말했다.

봤으면서 왜 아무 말도 안 했어?

지금 하잖아.

그들은 말을 세웠다. 개가 흙바닥에 앉아 기다렸다. 빌리는 몸을 숙여 침을 뱉고는 보이드를 돌아보았다.

내 부탁 들어줄 거지?

말만 해.

언제까지 이렇게 삐쳐 있을 거야?

마음이 풀릴 때까지.

빌리는 고개를 끄덕였다. 그리고 유리창에 비친 자신들의 모습을 보았다. 기묘해 보였다. 그렇게 말할 줄 알았어. 빌리가 말했다. 하지만 보이드는 가나데로의 기묘한 격자 유리창에 뒤틀려 보이는 말과 쌍을 이룬 남루한 방랑자와 말발굽 곁의 벙어리 개를 유심히 보고 있는 형을 보며 유리창을 턱으로 가리켰다. 나도 형이랑 같은 것을 보고 있어.

그들은 두 번을 더 찾아가서야 사람을 만날 수 있었다. 빌리는 보이드에게 말들을 돌보라고 했다. 케노를 안 보이는 곳에 숨겨.

나도 다 안다고.

빌리는 거리를 건너 문 앞에서 한 손을 들어 유리의 번쩍임을 막고 안을 들여다보았다. 니스를 칠한 검은 벽판과 검은 참나무 가구로 장식한 구식 사무실이었다. 소년은 문을 열고 안으로 들어갔다. 문을 닫자 문의 유리가 삐걱였고, 책상의 남자가 고개를 들었다. 그는 구식 전화기의 수화기를 귀에 대고 있었다. 부에노, 부에노.(좋아요, 좋아.) 사내는 빌리에게 윙크했다. 그리고 한 손으로 다가오라고 손짓했다. 빌리는 모자를 벗었다.

시, 시. 부에노. 그라시아스. 에스 무이 아마블레.(네, 네. 좋습니다. 감사합니다. 정말 친절하시군요.) 사내는 수화기를 내려놓고 전화기를 밀쳤다. 부에노. 펜데호. 콤플레타멘테 신 베르겐사.(좋아. 망할 자식. 양심이라고는 없는 놈이라니까.) 사내가 고개를 들어 소년을 바라보았다. 파살레, 파살레.(들어오게. 들어와.)

빌리는 모자를 들고 서 있었다. 부스코 알 세뇨르 소토.(소토 씨를 찾고 있습니다만.)

노 에스타.(안 계시네.)

쿠안도 레그레사?(언제 돌아오실까요?)

토도 엘 문도 키에레 사베르.(모두들 그걸 궁금해하고 있지.) 자네는 누구지?

저는 빌리 파햄입니다.

그리고?

뉴멕시코주 클로버데일에서 왔습니다.

사실인가?

네. 사실입니다.

세뇨르 소토는 왜 찾지?

빌리는 모자를 4분의 1쯤 돌렸다. 그리고 창문 너머를 바라보았다. 사내가 그를 쳐다보았다.

나는 힐리안이라고 하네. 어쩌면 내가 도울 수 있을지도 모르겠군.

사내는 힐리안을 히이안이라고 발음했다. 그리고 소년의 다음 말을 기다렸다.

그러니까, 여기서 하스라는 독일 의사에게 말 한 마리를 팔았더군요.

사내는 고개를 끄덕였다. 앞으로 무슨 이야기를 들을지 염려하는 기색이었다.

저는 그 말을 여기에 판 사람을 쫓고 있습니다. 아마 인디언일 겁니다.

힐리안이 의자에 등을 기댔다. 그리고 아랫니를 톡톡 두드렸다.

키가 열다섯 반 뼘 정도 되는 거세한 구렁말이에요. 여기에서는 카스타뇨 오스쿠로라고들 부르죠.

그 말에 대해서는 잘 아네. 아무렴.

예. 하지만 그분께 판 말이 그 말만이 아닐지도 몰라요.

그래, 그럴 수도 있지만 실제로 판 건 그 한 마리뿐이지. 그 말에 대해 왜 관심을 가지는 건가?

사실 말 자체에는 별 관심이 없습니다. 그 말을 판 사람을 찾을 뿐입니다.

거리의 소년은 누구인가?

네?

거리의 소년.

제 동생입니다.

왜 안 들어오고 밖에 있나?

밖에 있어도 괜찮습니다.

안으로 들어오라고 하지그래?

괜찮습니다.

안으로 들어오라고 하게.

빌리는 창밖을 처다보았다. 그리고 모자를 쓰고 나갔다.

말을 지켜보랬잖아.

저기 잘 있어.

말들은 골목길의 전신주에 박힌 철제 막대에 고삐가 묶여 있었다.

말을 저렇게 버려두다니 참 잘하는 짓이다.

버려두지 않았어. 여기서 지켜보고 있잖아.

저자가 밖에 서 있는 너를 보았어. 안으로 들어오래.

뭐하러?

난들 알아.

그냥 말을 타고 떠나 버리는 게 낫지 않을까?

괜찮을 거야. 들어와.

보이드는 가나데로의 창문을 바라보았지만 유리에 비친 햇살 때문에 안이 보이지 않았다.

들어와. 우리가 그냥 가면 의심받을 거야.

지금도 의심하고 있을걸.

아냐.

빌리는 보이드를 보았다. 그리고 골목길의 말들을 보았다. 참 딱도 하다.

나도 알아.

빌리는 바지 뒷주머니에 손을 넣고 서서는 발꿈치로 길바닥의 흙을 쿡쿡 찍었다. 그리고 보이드를 바라보았다. 저자를 만나러 여기까지 그 먼 길을 온 거야.

보이드가 몸을 숙여 자기 부츠 사이에 침을 뱉었다. 알았어.

그들이 들어서자 힐리안이 고개를 들었다. 빌리는 동생이 들어오도록 문을 잡고 섰다. 보이드는 모자를 벗지 않았다. 가나데로는 등을 의자에 기대고는 한 명씩 차례로 살폈다. 친형제인지 아닌지 판별이라도 하려는 듯.

이 애는 제 동생 보이드입니다. 빌리가 말했다.

힐리안이 다가오라고 손짓했다.

동생은 자기 행색이 너무 형편없는 것 같아 망설였던 겁니다. 빌리가 말했다.

자기 생각은 자기가 직접 말하게 하게.

보이드는 양쪽 엄지를 허리띠에 박고 서 있었다. 여전히 모자를 벗지 않은 채였다. 나는 행색을 염려한 게 아닙니다.

가나데로는 다시금 소년을 살펴보았다. 텍사스에서 왔군.

텍사스요?

그래.

왜 그렇게 생각하시죠?

텍사스에서 온 거 아닌가?

여지껏 텍사스에는 발도 디딘 적 없는데요.

그럼 닥터 하스는 어떻게 알지?

모릅니다. 본 적도 없어요.

그럼 그의 말에는 왜 관심을 갖지?

그의 말이 아니에요. 그 말은 인디언들이 우리 목장에서 훔쳐 간 거예요.

그렇다면 자네 아버지가 말을 찾아오라며 자네들을 멕시코로 보낸 거로군.

아버지는 우리를 보내지 않았어요. 돌아가셨거든요. 그놈들이 산탄총으로 우리 부모님을 죽이고 말을 훔쳐 갔어요.

가나데로가 눈살을 찌푸렸다. 그리고 빌리를 바라보았다. 이 말이 사실인가?

저도 들어서 알 뿐입니다. 이 녀석이 무슨 말을 할지 기다리는 중이죠.

가나데로는 오래도록 그들을 살펴보았다. 마침내 그가 말하길, 자신은 그들의 나라와 자신의 나라 양쪽을 돌아다니며 말을 사고팔아 현재의 위치에 오르게 되었으며, 가축 상인이라면 누구나 그러하듯 자신 역시도 마주치는 사람들의 살아온 이력을 그네들이 가졌을 대안을 제거함으로써 재구성하는 법을 배웠다고 했다. 자신은 좀처럼 틀리는 법도, 좀처럼 놀라는 법도 없다는 것이었다.

자네들이 한 말은 앞뒤가 안 맞아. 사내가 말했다.

뭐, 사람은 다 자기 식으로 생각하는 법이죠. 보이드가 말했다.

가나데로가 의자에서 몸을 살짝 틀었다. 그리고 이를 두드렸다. 그러다 빌리를 바라보았다. 자네 동생은 나를 머저리로 보는군.

그렇습니다.

가나데로가 눈썹을 치켜세웠다. 자네도 같은 생각인가?

아닙니다. 저는 그렇게 생각하지 않습니다.

어떻게 내가 아니라 저자를 믿을 수 있어? 보이드가 따졌다.

누군들 안 그러겠나? 가나데로가 말했다.

거짓말 듣기를 좋아하는 모양이네요.

가나데로는 그렇다고 말했다. 이쪽 업계에서 일하려면 반드시 필요한 요건이라고 했다. 그리고 빌리를 바라보았다.

아이 오트로 마스.(뭔가 다른 것이 있어.) 뭔가가 더 있어. 그게 뭐지?

할 말은 다 했습니다.

아니, 하지 않은 말이 있어.

빌리는 보이드를 바라보았다. 그래?

무슨 말인지 모르겠군요.

가나데로는 미소 지었다. 그리고 힘겹게 책상에서 일어났다. 서 있으니 앉아 있을 때보다 키가 더 작았다. 그는 참나무 서류함으로 가서 서랍을 열어 서류를 손가락으로 주르르 훑더니 서류철을 하나 꺼내 돌아왔다. 그리고 의자에 앉아 책상 위에 서류철을 펼쳤다.

스페인어 읽을 줄 아나?

네.

가나데로가 검지로 서류를 주르르 훑었다.

그 말은 3월 2일에 경매로 산 것이네. 스물세 마리를 한꺼번에 구입했지.

판매자는 누구였습니까?

라 바비코라.

사내가 서류철을 돌려 책상 맞은편으로 밀쳤다. 빌리는 그것을 들여다보지 않았다. 라 바비코라가 뭐죠?

가나데로의 손질하지 않은 눈썹이 치켜세워졌다. 바비코라가 뭐냐고?

네.

목장이네. 자네 나라 사람이 주인이지. 세뇨르 허스트라고.

그 목장에서는 말을 많이 팝니까?

사들이는 만큼은 아니지.

왜 그 말을 팔았을까요?

키엔 사베?(누가 알겠나?) 카폰(거세한 말)은 이 나라에서는 별로 인기가 없지. 그런 걸 두고 자네 나라 말로 편견이라고 하지, 아마.

빌리는 매매 서류를 내려다보았다.

마음껏 보게. 가나데로가 말했다.

빌리는 서류철을 집어 들어 판매 번호 4186번 아래 길게 늘어선 말들의 이름을 쭉 훑었다.

케 에스 운 바요 로보?(늑대 말이 뭔가요?)

가나데로는 어깨를 으쓱했다.

빌리는 서류를 넘겼다. 말의 생김새에 대한 설명을 쭉 훑었다. 루아노. 바요. 바요 세브루노. 알라산. 알라산 케마도.(흰 점박이 밤색 말. 구렁말. 검은 점박이 구렁말. 적갈색 말. 불타는 적갈색 말.) 그중에 반은 그가 듣도 보도 못한 색깔이었다. 예구아(암말)와 카바요(수말). 카폰과 포트로스(망아지). 니뇨로 생각되는 말도 있었다. 하지만 또 비슷한 말이 보였다. 소년은 서류철을 덮어 가나데로의 책상에 도로 내려놓았다.

어떻게 생각하나? 가나데로가 말했다.

무엇에 대해서요?

여기에 온 것은 말 때문이 아니라 말을 판 사람 때문이라고 하지 않았나.

맞습니다.

아마도 자네 친구는 세뇨르 허스트를 위해 일하는 것 같군. 가능하지.

예, 그럴 수도 있죠.

멕시코에서 사람을 찾기란 그리 쉬운 일이 아냐.

그렇지요.

몬테(산맥)가 드넓게 뻗어 있지.

그렇지요.

사람 하나 사라지는 건 일도 아니야.

맞습니다. 그럴 수 있죠.

가나데로는 앉아 있었다. 검지로 의자 팔걸이를 톡톡 두드리며. 마치 은퇴한 전신 기사처럼. 오트로 마스.(뭔가가 더 있어.) 그게 뭔가?

저도 모릅니다.

사내가 책상으로 상체를 내밀었다. 그리고 보이드를 바라보더니 보이드의 부츠를 내려다보았다. 빌리는 그의 시선을 쫓았다. 사내는 박차 끈 흔적을 찾고 있었다.

집에서 아주 멀리 왔군. 당연한 일이겠지. 사내가 빌리를 바라보았다.

맞습니다. 빌리가 말했다.

내 충고 한마디 해 주지. 의무감을 느껴서 하는 말이네.

하십시오.

집으로 돌아가게.

돌아갈 집이 없어요. 보이드가 말했다.

빌리는 동생을 돌아보았다. 여전히 모자를 벗지 않고 있었다.

왜 우리더러 집으로 돌아가라고 하는지 안 물어? 보이드가 말했다.

왜 돌아가라고 하는지 내가 말해 주지. 가나데로가 말했다.

왜냐하면 나는 자네들이 모르는 것을 알기 때문이야. 과거는 어차피 바꿀 수 없다는 걸. 자네들 생각에야 사람들이 모두 머저리 같아 보이겠지. 그러나 자네들이 굳이 멕시코에 있을 이유는 없어. 생각해 보게.

그만 가. 보이드가 말했다.

우리는 지금 진실에 아주 가까이 와 있어. 나는 진실이 뭔지 모르네. 떠돌이 예언자도 아니니까. 하지만 커다란 문제가 바로 눈앞에 있다는 것쯤은 보이네. 아주 커다란 문제가 말이야. 자네는 자네 형 말을 들어야 해. 자네보다 어른이잖아.

아저씨도 그렇죠.

가나데로가 다시 의자에 등을 기댔다. 그리고 빌리를 바라보았다. 자네 동생은 너무 어려서 과거가 여전히 존재한다고, 과거의 부당함을 지금 치유할 수 있다고 믿고 있어. 아마 자네도 그리 생각하겠지?

저는 아무 생각도 없습니다. 그저 말을 따라 이리로 왔을 뿐이에요.

대체 어떻게 과거를 치유하겠나? 지금 있지도 않은 것을 어떻게 고치겠나? 내 말뜻 알겠나? 치유의 결과는 또 어떻게 보장하겠나? 우리 모두는 어떻게 될지도 모를 미래를 향해 행동하는 것 아니겠나?

저는 한때 이 나라를 떠났지요. 빌리는 말했다. 저를 여기로 다시 데리고 온 것은 미래가 아니었습니다.

가나데로가 한 손 위에 공간을 두고 다른 손을 겹쳤다. 마치 보이지 않는 상자 안에 든 보이지 않는 무엇인가를 쥐는 듯. 자네는 무엇이 자네를 행동으로 이끌고 있는지 모르네. 아무도 그것을 알 수 없어. 설령 예지자라 해도 마찬가지야. 행동의 결과는 종종 예상과는 전혀 다르게 나온다네. 자네는 자네가 하려는 일이 모든 잘못된 결말과 실망을 감수할 만큼 충분히 중요한 것이라고 믿고 있겠지. 그거 아나? 세상 어떤 것도 그만한 가치는 없어.

보이드는 문가에 서 있었다. 빌리는 고개를 돌려 동생을 바라보았다. 그리고 가나데로를 바라보았다. 가나데로가 손등을 저어 공기를 흩뜨렸다. 그래, 그래, 가 보게.

거리에서 빌리는 고개를 돌려, 가나데로가 창 너머로 지켜보고 있지 않은지 살폈다.

돌아보지 마. 보이드가 말했다. 그자가 우리를 보고 있다는 건 형도 알잖아.

그들은 소도시의 남쪽으로 나와 산 디에고로 가는 도로를 따라갔다. 그림자 한 점 없는 정오의 도로 가운데를 침묵 속에서 나아가는 그들 사이를, 발덫이 난 벙어리 개가 종종걸음 치며 오갔다.

그 아저씨가 한 말이 무슨 뜻인지 아니? 빌리가 말했다.

보이드가 말의 맨등에서 살짝 몸을 틀어 뒤돌아보았다.

응. 알아. 형은?

그들은 소도시의 남쪽 교외 지역을 지나갔다. 밭에서 남자와 여자들이 부서질 듯한 회색 식물 사이에서 목화를 따고 있었다. 그들은 길가의 수로에서 말에게 물을 먹이고는 뱃대끈을 느슨하게 풀어 말이 편히 숨을 쉬게 해 주었다. 조각조각

잘린 땅 너머에서 남자 하나가 한손잡이 쟁기를 황소의 뿔에 묶어 땅을 갈고 있었다. 고대 이집트에서 썼던 것과 비슷한 쟁기로, 나무뿌리를 그대로 쓰는 거나 다름없었다. 그들은 말을 타고 계속 길을 갔다. 빌리는 보이드를 돌아보았다. 안장 없는 말 위에 앉은 비쩍 마른 아이. 그림자는 더 깡말라 보였다. 각이 진 명료한 활 모양으로 비스듬히 도로를 밟는 커다란 검은 말이 보이드가 탄 말보다 더 진짜 말 같았다. 오후 늦게 오르막 꼭대기에서 그들은 말을 세우고 조각조각 잘린 시커먼 땅을 내려다보았다. 새로 간 들판에 수문이 열려 있고, 고랑에 고인 물이 저녁 햇살에 반짝이는 것이 길게 쭉 늘인 금속 막대로 만든 격자무늬 같았다. 마치 고대 어느 기업의 대문이 수로 곁의 미루나무와 저녁의 노래하는 새들 너머로 쓰러진 듯했다.

어스름이 짙어 가는 길을 나아가는데 웬 소녀가 보따리를 부드러운 큰 모자처럼 머리에 딱 맞게 이고서 맨발로 걸어가는 것이 보였다. 그들이 달가닥달가닥 천천히 곁을 지나치자 소녀는 몸 전체를 비스듬히 틀어 그들을 바라보았다. 그들은 고개를 끄덕였다. 빌리가 인사를 건네자 소녀도 인사를 했고, 그들은 소녀를 앞질러 나아갔다. 좀 더 가니 수로에서 넘쳐흐른 물이 길가 도랑에 고여 있었다. 그들은 말에서 내려 말을 도랑 가로 끌고 가 풀밭에 주저앉아서는 거위들이 어둠이 스미는 들판을 뻣뻣하게 돌아다니는 것을 바라보았다. 소녀는 길을 따라 지나쳐 갔다. 처음에는 나직이 노래를 부르고 있는 줄 알았는데, 다시 들으니 소녀는 울고 있었다. 소녀가 말을 보고 멈추었다. 말들이 머리를 쳐들어 길을 바라보았다. 소녀가 다시 나아가자 말들은 고개를 낮추어 물을 마셨다. 저 앞에 걸어가고 있는 소녀가 거의 움직이지 않는 자그마한 점처럼 보였다. 그들은 말에 올라 나아갔고, 잠시 후 다시 소녀를 따라잡았다.

빌리는 맞은편 쪽 길가로 말을 몰았다. 소녀를 지나치며 말을 걸어, 소녀가 그날의 마지막 햇살이 남아 있는 서쪽으로 얼굴을 돌려서 대답하도록 하기 위해서였다. 하지만 소녀는 뒤에서 말발굽 소리가 들리자, 역시나 길을 건너 맞은편 쪽으로 갔고, 빌리가 말을 걸어도 고개를 돌리지 않았다. 대답을 했는지는 몰라도 아무튼 소녀의 목소리는 들리지 않았다. 그들은 계속 길을 갔다. 100미터쯤 가서 빌리는 말을 멈추고 내렸다.

뭐하는 거야? 보이드가 말했다.

빌리는 소녀를 돌아보았다. 소녀는 가만히 서 있었다. 달아날 곳은 없었다. 빌리는 고개를 돌려 등자를 들어 안장 머리에 걸고는 뱃대끈을 확인했다.

어두워지고 있어. 보이드가 말했다.

벌써 충분히 어두워졌어.

어서 가자.

갈 거야.

소녀가 다시 걷기 시작했다. 소녀는 맞은편 길가에 바짝 붙어 천천히 걸음을 옮겼다. 소녀가 그들을 지나치려 하자 빌리는 태워 주겠다고 권했다. 소녀는 대답하지 않았다. 보따리를 인 머리를 젓고는 서둘러 길을 걸을 뿐이었다. 빌리는 멀어지

는 소녀를 바라보았다. 이윽고 말을 다독여 주고 고삐를 쥐고
는 말을 끌고 걸어갔다. 보이드는 케노에 앉아 형을 가만히 바
라보았다.

대체 무슨 생각이야?

뭐가?

태워 주겠다니.

그게 뭐 어때서?

보이드가 말의 옆구리를 차 형 곁에서 나아갔다. 뭐하는 거
야?

말을 끌고 가는 거지.

뭐 잘못 먹었어?

아니, 잘 먹었으니 염려 마.

뭐하는 짓이야?

뭐하긴, 말을 끌고 가잖아. 너는 네 말을 타고 가고.

정말 별꼴을 다 보네.

여자애가 무서워?

여자애가 무섭냐고?

응.

빌리는 보이드를 올려다보았다. 보이드는 고개를 젓고는 앞
으로 나아갔다.

소녀의 자그마한 형체가 어둠 속으로 스며들었다. 비둘기들
이 여전히 길 서쪽의 들판으로 날아들었다. 너무 어두워 눈
앞이 캄캄해진 후에도 저 앞에서 비둘기들이 날아드는 소리
가 들렸다. 보이드는 나아가다 멈추고는 기다렸다. 잠시 후 빌

리가 나타났다. 소년은 다시 말을 타고 있었다. 그들은 나란히 길을 갔다.

수로가 흐르는 땅을 지나 길가의 숲속에 흙과 장대로 지은 하칼에서 희미한 오렌지 빛 등불이 반짝였다. 그들은 이곳이 아까 그 소녀가 사는 집인가 보다고 생각했지만, 놀랍게도 소녀는 또다시 저 앞에 나타났다.

그들이 소녀를 따라잡았을 때는 사방이 칠흑같이 어두웠다. 빌리가 곁에서 말의 속도를 늦추고는 목적지가 머냐고 묻자 소녀는 잠시 주저하더니 그렇지 않다고 말했다. 빌리가 안장 뒤쪽에 보따리를 실어 줄 테니 곁에서 편히 걸으라고 권했지만 소녀는 공손하게 거절했다. 소녀는 그를 세뇨르라고 불렀다. 소녀가 보이드를 쳐다보았다. 보이드는 문득 소녀가 길가 숲에 숨을 수도 있었는데 그러지 않았다는 것을 깨달았다. 그들은 작별 인사를 하고 먼저 나아가다가 곧 반대쪽으로 가고 있는 두 명의 말 탄 사내와 마주쳤다. 그들은 어둠 속에서 짧게 인사를 주고받고는 엇갈려 나아갔다. 빌리가 말을 세워 가만히 앉아 그들을 지켜보자 보이드도 그 곁에 말을 세웠다.

대체 뭐 하는 짓인가 하고 생각하고 있지? 빌리가 말했다.

보이드는 손목을 안장 머리에 교차해 얹었다. 그 애를 기다리고 싶은 거야?

응.

좋아. 저놈들이 그 애를 괴롭힐 거라고 생각하지?

빌리는 대답하지 않았다. 말이 발을 들썩이다 멈추었다. 잠시 후 소년이 말했다. 잠시만 기다리자. 1분이면 여기 도착할 거야. 그때 다시 출발하자.

하지만 1분 후에도 소녀는 소식이 없었고, 10분 후에도, 30분 후에도 마찬가지였다.

돌아가자. 빌리가 말했다.

보이드는 몸을 숙여 길에 천천히 침을 뱉고는 말 머리를 돌렸다.

1.5킬로미터도 못 가서 저 앞에 철사 같은 덤불 사이로 모닥불이 어른댔다. 길이 굽이치며 모닥불이 오른쪽으로 서서히 멀어졌다. 그러다 다시 가까워졌다. 800미터쯤 더 가서 그들은 말을 멈추었다. 불은 동쪽의 자그마한 참나무 숲에서 타오르고 있었다. 시커먼 잎들로 이루어진 차양에 불빛이 사로잡혀 그림자가 이리저리 널뛰고, 저 너머 어둠 속에서 말 한 마리가 울어 댔다.

어떻게 할 거야? 보이드가 말했다.

나도 몰라. 생각 좀 해 보자.

그들은 시커먼 길에 말을 세웠다.

아직도 생각 중이야?

그냥 저리로 가는 수밖에 없겠어.

우리가 자기들을 쫓아온 걸 눈치챌 거야.

나도 알아. 어쩔 수 없지.

보이드는 나무 사이로 모닥불을 응시했다.

어떡하고 싶어? 빌리가 말했다.

갈 거면 얼른 가자.

그들은 말에서 내려 말을 끌고 갔다. 개는 길에 가만히 앉아 그들을 지켜보았다. 그러다 일어나 뒤를 따랐다.

숲속 빈터에 이르니 두 사내가 모닥불 맞은편에 서서 그들이 다가오는 것을 지켜보고 있었다. 그자들의 말은 보이지 않았다. 소녀는 땅바닥에 다리를 접고 앉아 무릎에 놓인 보따리를 꽉 쥐고 있었다. 누가 다가오는지를 보더니 고개를 돌려 모닥불을 응시했다.

부에나스 노체스.(안녕하세요.) 빌리가 말했다.

부에나스 노체스.(안녕하시오.) 사내들이 말했다.

그들은 고삐를 잡고 가만히 서 있었다. 사내들은 가까이 오라고 말하지 않았다. 개는 빛이 닿는 곳에 이르자 멈추더니 슬쩍 뒤로 물러나 기다렸다. 사내들이 그들을 살펴보았다. 사내 하나는 담배를 피우고 있었는데, 담배를 들어 살짝 빨더니 가느다란 연기 가닥을 모닥불에 내뿜었다. 그리고 손가락을 아래로 가리키고 팔을 저었다. 말을 근처 나무에 묶어 두라고 했다. 누에스트로스 카바요스 에스탄 아야.(우리 말은 저기 두었소.) 사내가 말했다.

에스타 비엔.(저희는 괜찮습니다.) 빌리는 그렇게 말하고 가만히 서 있었다.

사내는 괜찮지 않다고 말했다. 자기들의 잠자리가 말발굽에 짓밟히는 것을 원하지 않는다고 했다.

빌리는 사내를 바라보았다. 그리고 살짝 몸을 돌려 자신의 말을 바라보았다. 말의 까만 눈동자에 어린 덧없는 모닥불 빛 속에서 두 사내와 한 소녀가 타오르는 모습이 마치 유리 문진 속에 박힌 시커먼 세 폭짜리 병풍 같았다. 소년은 고삐를 뒤

쪽의 보이드에게로 건넸다. 말을 저리로 데려가. 버드의 안장
을 내리지 말고 뱃대끈만 느슨하게 풀어 놔. 저자들의 말이랑
한데 두지 말고.

보이드는 말을 끌어 형과 사내들을 지나쳐 어두운 숲속으
로 들어갔다. 빌리는 앞으로 나와 그들에게 고개를 끄덕여 보
이고는 모자를 살짝 올려 눈을 드러냈다. 그리고 모닥불 앞에
서서 불을 내려다보았다. 그러다 소녀를 바라보았다.

코모 에스타.(안녕하세요.)

소녀는 대답하지 않았다. 빌리가 모닥불 너머를 보니 담배
를 피우던 사내가 웅크리고 앉아 젖은 석탄 빛깔 눈으로, 너
울대는 열기 너머의 소년을 살펴보고 있었다. 옆의 바닥에는
옥수수 속대 마개가 꽂힌 병이 놓여 있었다.

데 돈데 비에네?(어디서 왔소?)

아메리카.(미국에서요.)

테하스.(텍사스로군.)

누에보 메히코.(뉴멕시코입니다.)

누에보 메히코. 아돈데 바?(뉴멕시코라. 어디로 가는 길이오?)

빌리는 사내를 살펴보았다. 가슴을 가로지른 오른팔에 왼
쪽 팔꿈치를 받쳐 수직으로 치켜든 왼쪽 손에는 담배가 기묘
하게 근엄하면서도 우아하게 쥐여 있었다. 빌리는 다시 소녀
를 바라보고는 다시 모닥불 너머의 사내를 보았다. 그의 질문
에 마땅하게 답할 말이 없었다.

에모스 페르디도 운 카바요. 로 부스카모스.(말을 잃어버렸어
요. 그래서 말을 찾고 있죠.)

사내는 대답하지 않았다. 검지 곁에 담배를 낀 채 손목을 새처럼 꺾어 담배를 빨더니 다시 담배를 들어 올렸다. 보이드가 나무 사이에서 나와 모닥불을 빙 돌아 섰지만 사내는 쳐다보지도 않았다. 그저 담배꽁초를 모닥불에 던지고는 양팔로 무릎을 감싼 뒤 거의 눈에 띄지 않을 만큼 살짝 앞뒤로 몸을 흔들었다. 그러다 빌리를 향해 자기들 말을 확인하려고 쫓아온 것이냐고 물었다.

노. 누에스트로 카바요 에스 운 카바요 무이 디스틴토. 로 코노세리아모스 엔 쿠알키에르 루스.(아닙니다. 우리 말은 아주 특이하게 생겼어요. 어두운 곳에서도 단번에 알아볼 수 있죠.)

빌리는 말을 뱉는 순간 사내의 다음 질문에 그럴싸하게 대꾸할 말이 없다는 것을 깨달았다. 빌리는 보이드를 돌아보았다. 보이드도 그것을 알고 있었다. 사내가 몸을 흔들며 그들을 살폈다. 케 키에렌 푸에스?(그럼 뭘 원하오?)

나다. 노 케레모스 나다.(아무것도, 아무것도 원하지 않습니다.)

나다.(아무것도라.) 사내는 음미하듯 그 단어를 발음했다. 그리고 턱을 살짝 옆으로 돌리는 것이 아마도 여러 가능성을 고찰하고 있는 듯했다. 말을 탄 두 사람이 어두운 길에서 말을 탄 다른 두 사람을 마주쳐 지나친 다음 걸어가는 사람을 다시 마주쳤으니, 다른 두 사람이 그 걸어가는 사람을 앞서 지나쳐 왔을 것은 뻔했다. 명백한 사실이었다. 사내의 이가 모닥불빛에 번쩍였다. 사내가 이 사이에서 무엇인가를 뽑아 살펴보더니 다시 먹었다. 쿠안토스 아뇨스 티에네?(몇 살이오?)

요?(나 말인가요?)

키엔 마스?(그럼 누구겠소?)

디에시시에테.(열일곱 살입니다.)

사내는 고개를 끄덕였다. 쿠안토스 아뇨스 티에네 라 무차차?(저 여사애는 몇 살이오?)

노 로 세.(모릅니다.)

케 오피나.(짐작이라도 해 보시오.)

빌리는 소녀를 바라보았다. 소녀는 자기 무릎을 응시한 채 앉아 있었다. 열네 살쯤 되어 보였다.

에스 무이 호벤.(매우 어려 보여요.)

바스탄테.(그렇겠지.)

도세 키사스.(열두 살 정도.)

사내는 어깨를 으쓱했다. 그리고 손을 뻗어 땅바닥의 병을 집어 마개를 뽑고 들이키더니 병목을 그대로 쥐고 있었다. 피를 흘릴 만큼 나이가 들었다면 사내 맛을 보기에도 충분하다고 사내는 말했다. 그러더니 병을 어깨 위로 쳐들었다. 뒤쪽에 있던 다른 사내가 다가와 병을 받아 쥐고 마셨다. 길에서 말 한 마리가 지나가고 있었다. 개가 가만히 서서 귀를 기울였다. 말을 탄 사람은 멈추지 않았다. 마른 흙을 느릿느릿 밟는 말 발굽 소리가 아스라이 멀어지자 개는 도로 엎드렸다. 서 있던 사내는 다시 한 번 병을 들이켜고는 다시 동료에게 건넸다. 앉아 있던 사내가 병을 받아 마개를 꽂아 손바닥으로 누르고는 병의 무게를 어림했다.

키에레 토마르?(좀 들겠소?) 사내가 말했다.

노. 그라시아스.(아뇨. 감사합니다.)

사내는 다시 병을 손에 들고 무게를 어림해 보더니 모닥불 너머로 던졌다. 빌리는 병을 잡고는 사내를 바라보았다. 그리고 병을 불에 비쳐 보았다. 칙칙한 노란 메스칼주가 걸쭉하게 출렁거리는 유리병 바닥에는 죽은 구사노(애벌레)가 몸을 돌돌 만 채 자그마한 태아처럼 이리저리 떠다녔다.

노 키에로 토마르.(저는 괜찮습니다.)

토메.(마시게.)

소년은 다시 병을 바라보았다. 유리병에 묻은 기름이 모닥불빛에 번쩍였다. 소년은 사내를 쳐다보고는 병에서 마개를 비틀어 뺐다.

말을 데려와. 소년이 말했다.

보이드는 형 뒤쪽으로 걸어갔다. 사내가 그 모습을 지켜보았다. 아돈데 바스?(어디 가오?)

그냥 가. 빌리가 말했다.

아돈데 바 엘 무차초?(저 애는 어디 가는 거요?)

에스타 엔페르모.(속이 안 좋대요.)

보이드는 빈터를 가로질러 숲속으로 들어갔다. 개가 일어나 멀어지는 소년을 바라보았다. 사내가 고개를 돌려 빌리를 다시 바라보았다. 빌리는 병을 들어 들이켰다. 술을 마시고 병을 도로 낮추었다. 눈에서 눈물이 흘러내려 손목으로 닦고는 사내를 쳐다본 뒤 다시 병을 들어 마셨다.

병을 내리니 술병은 거의 비어 있었다. 소년은 숨을 들이쉬고는 사내를 바라보았지만 사내는 소녀를 쳐다보고 있었다. 소녀는 일어나 숲 쪽을 바라보고 있었다. 땅이 흔들리는 것이 느껴졌다. 사내가 벌떡 일어나 몸을 돌렸다. 뒤쪽의 다른 사내가 모닥불에서 멀어지더니 팔을 쳐들어 소리 없이 경고하며 빠르게 걸음을 옮겼다. 사내는 나무 사이로 머리를 내미는 말들을 막으려고 했다. 말들은 길게 늘어진 밧줄을 밟지 않으려고 옆걸음질 쳤다.

데모니오스.(망할 새끼들.) 사내가 말했다. 빌리는 술병을 버리고 마개를 모닥불에 내던진 뒤 손을 뻗어 소녀의 손을 잡았다.

바모노스.(어서요.) 소년이 말했다.

소녀는 몸을 숙여 보따리를 집어 들었다. 보이드가 나무 사이에서 전속력으로 달려 나왔다. 케노의 목덜미에 상체를 바짝 붙여서는 한 손에는 빌리의 말고삐를, 다른 손에는 산탄총을 쥔 채 자기 말의 고삐는 서커스 기수처럼 이로 물고 있었다.

바모노스.(어서요.) 빌리가 나직이 말했지만 소녀는 이미 그의 팔을 움켜쥐고 있었다.

보이드가 모닥불을 가르다시피 말을 몰고 와 고삐를 당기자 케노가 발을 쿵쿵 구르며 눈을 희번덕거렸다. 보이드는 고삐를 다시 이로 물고는 산탄총을 빌리에게 던졌다. 빌리는 총을 잡아 소녀의 팔꿈치를 쥐고 말 쪽으로 밀었다. 다른 말 두 마리는 야영지 남쪽 어둠이 내린 들판 속으로 사라지고 없었다. 빌리에게 메스칼주 병을 던졌던 사내가 가늘고 긴 칼을 왼손에 쥔 채 어둠 속에서 불쑥 나타났다. 말들이 콧김을 내뿜고 발을 구르는 소리 외에는 온통 침묵뿐이었다. 아무도 입을 열지 않았다. 개가 말 뒤에서 초조한 듯 빙글빙글 돌았다. 바모노스.(어서요.) 빌리가 말했다. 돌아보니 소녀는 이미 안장과 둘둘 만 담요가 깔린 뒤쪽 말 엉덩이 위에 앉아 있었다. 빌리는 보이드에게서 고삐를 건네받아 말 머리 뒤로 넘긴 뒤 산탄총 공이치기를 권총인 양 한 손으로 젖혔다. 산탄총에 총알이 장전되어 있는지 없는지는 알 길이 없었다. 배 속에는 메스칼 주가 사악한 악마처럼 웅크리고 있었다. 빌리가 등자에 발을 걸자 소녀는 능숙하게 말 옆구리에 몸을 찰싹 붙였다. 빌리는 소녀 너머로 다리를 넘겨 앉아 말을 앞뒤로 움직였다. 사내는 이미 다가와 있었지만 빌리가 그의 가슴팍에 산탄총을 겨누었다. 사내가 불쑥 말 굴레를 잡으려고 했지만 말이 뒷걸음질 쳤다. 빌리가 등자에서 발을 빼내 걷어차자 사내는 몸을 숙여 칼날로 빌리의 부츠와 바지를 쭉 그었다. 빌리가 말 머리를 틀며 양쪽 발꿈치를 말에 바싹 붙이자 사내는 소녀에게 달려들어 소녀의 옷자락을 움켜쥐었지만 옷은 찢겨져 나갔고, 그들은 나지막이 풀이 자란 습지를 가로질러 길로 들어섰다. 길에는 보이드의 말이 별빛 속에서 발을 쿵쿵 구르며 그들을 기다리고 있었다. 빌리는 고개를 저으며 주저앉으려 하는 말의 고삐를 당기고는 어깨 너머로 소녀에게 말했다. 에스타 비엔?(괜찮아요?)

시, 시.(네, 네.) 소녀가 나직이 대꾸했다. 소녀는 소년과 자신 사이에 보따리를 둔 채 몸을 숙여 양팔로 소년의 허리를 꽉 움켜쥐었다.

가자. 보이드가 말했다.

그들은 나란히 전속력으로 말을 몰아 남쪽으로 길을 달렸고, 뒤에서 쫓아오던 개는 점점 뒤처졌다. 달은 없었지만 하늘

298

에 총총히 박힌 별들이 그들의 그림자를 길에 드리웠다. 10분 후 보이드가 빌리의 말고삐를 쥐고 있는 동안 빌리는 양쪽 무릎을 손으로 움켜쥐고 서서 길가 풀숲에 토했다. 개가 어둠 속에서 헐떡이며 나타났고, 말들이 빌리를 쳐다보며 발을 굴렀다. 빌리는 고개를 들어 촉촉이 젖은 눈가를 훔쳤다. 그리고 소녀를 바라보았다. 소녀는 반쯤 벌거벗은 채 말 위에 앉아 있었다. 훤히 드러난 다리가 말의 엉덩이에 대롱거렸다. 소년은 침을 뱉고 소맷자락으로 입가를 닦은 뒤 자신의 부츠를 보았다. 그리고 길바닥에 주저앉아 부츠를 벗어 다리를 살폈다. 부츠를 도로 신고 일어나 길에서 산탄총을 집어 들고 말에게로 걸어갔다. 청바지 자락이 발목 주위에서 펄럭였다.

길에서 벗어나야 해. 그자들이 말을 찾았을 거야.

다쳤어?

괜찮아. 어서 가자.

잠깐 소리나 들어 보자.

그들은 귀를 기울였다.

개가 헐떡이는 소리 말고는 아무것도 안 들려.

조금만 더 들어 보자.

빌리는 고삐를 잡아 말 머리 뒤로 넘기고 등자에 발을 걸고는, 몸을 푹 숙인 소녀 너머로 다리를 넘겨 안장에 올라탔다. 미쳤어. 동생이라는 인간이 완전 또라이라니.

만데?(네?) 소녀가 말했다.

잠시 좀 들어 보자. 보이드가 말했다.

뭐가 들리는데?

아무것도. 기분은 좀 어때?

네 예상대로지.

여자애는 영어를 못 하나 봐. 그치?

당연하지. 무슨 수로 하겠냐?

보이드는 어둠 너머 길 쪽을 응시하며 앉아 있었다. 그놈들이 쫓아올 거야.

빌리는 산탄총을 총집에 꽂았다. 젠장, 나도 알아.

여자 앞에서 욕하는 거 아니야.

뭐라고?

여자 앞에서 욕하지 말라고.

영어를 못 한다고 네가 조금 전에 그랬잖아.

그래도 욕을 하면 안 되지.

미친 새끼. 그놈들이 옷 속에 권총을 숨기고 있지 않을 거라는 걸 어떻게 확신했어?

확신 안 했어. 그래서 형한테 산탄총을 던졌잖아.

빌리는 몸을 숙여 침을 뱉었다. 망할 자식.

여자애는 어떡할 거야?

나도 몰라. 젠장. 내가 어떻게 알겠어?

그들은 말 머리를 돌려 길에서 벗어나, 나무 하나 없는 들판으로 나아갔다. 멀리 납작하게 웅크린 시커먼 산줄기가 하늘 가장자리를 울퉁불퉁 장식했다. 소녀는 한 손으로 빌리의 허리띠를 움켜쥐고는 자그마한 몸을 똑바로 세워 앉았다. 동쪽과 서쪽의 시커먼 산맥 사이에서 별들이 뿜어내는 빛에 비친 그들은 납치된 오지의 여왕을 고향으로 데려다주는 동화

속 인물들 같았다.

그들은 밤이 무한한 깊이의 어둠으로 가라앉는 어느 언덕의 건조한 땅에서 야영할 준비를 했다. 버드의 안장을 벗기지 않고 말들을 묶어 두었다. 하지만 소녀는 아직도 말을 하지 않았다. 소녀는 어둠 속으로 걸어 들어갔고, 그들은 아침까지 그녀를 보지 못했다.

그들이 깨어나니 모닥불이 지펴져 있고, 소녀는 수통의 물을 담아 불 위에 올려놓는 등 어스름 빛 속에서 조용히 움직이고 있었다. 빌리는 담요를 두르고 누워 소녀를 바라보았다. 보따리에 옷이 있었던 것이 분명했다. 소녀는 다시 치마를 입고 있었다. 그는 소녀가 젓고 있는 양철 그릇 안에 무엇이 들어 있는지 알지 못했다. 빌리는 눈을 감았다. 동생이 스페인어로 말하는 소리에 다시 눈을 떠 바라보니 보이드는 불 가에 책상다리를 하고 앉아 양철 컵으로 뭔가를 마시고 있었다.

빌리가 몸을 굴려 일어나 담요를 접는데 소녀가 코코아를 한 잔 건네고는 다시 불 가로 갔다. 그리고 그들의 자그마한 냄비로 토르티야를 굽고 콩을 잔뜩 퍼 얹었다. 그들이 불 가에 앉아 아침을 먹는 동안 주위가 점점 밝아졌다.

버드의 안장은 네가 벗겼어? 빌리가 말했다.

아니. 저 애가 그랬어.

빌리는 고개를 끄덕였다. 그들은 아침을 먹었다.

상처는 좀 어때? 보이드가 말했다.

그냥 긁힌 정도야. 부츠가 좀 심하게 망가지긴 했지만.

이 동네에서는 옷이고 신발이고 남아나는 게 없군.

나만 봐도 잘 알 수 있지. 그런데 뭐에 씌어서 그놈들 말을 그렇게 쫓았던 거야?

나도 몰라. 그냥 그렇게 해야겠다는 생각이 들었어.

그자가 저 애에 대해 하는 말을 들었어?

응. 들었어.

해가 뜨자 그들은 야영지를 치우고는 다시 한 번 자갈과 크레오소트 덤불뿐인 평야를 남쪽으로 가로질렀다. 참나무와 딱총나무가 옹기종기 자라는 사막의 우물에서 점심을 먹은 그들은 말을 풀어 주고는 바닥에서 잠을 잤다. 빌리가 산탄총을 품은 채 자다가 눈을 뜨니 소녀가 그를 지켜보며 앉아 있었다. 빌리가 카바요 엔 펠로(맨등의 말)를 탈 수 있느냐고 묻자 소녀는 탈 수 있다고 답했다. 그들이 다시 출발했을 때 소녀는 보이드의 뒤에 타고 있었다. 말들을 번갈아 쉬게 해 주기 위해서였다. 투덜거릴 줄 알았는데 보이드는 의외로 가만히 있었다. 돌아보니 소녀는 보이드의 허리를 양팔로 감고 있었다. 나중에 다시 돌아보니 소녀는 검은 머리를 보이드의 어깨에 늘어뜨린 채 등에 기대어 잠들어 있었다.

저녁에 그들은 카사스 그란데스강과 피에드라스 베르데스로 뻗은 경작지를 굽어보는 언덕 위에 우뚝 선 산 디에고 농장에 이르렀다. 저 아래 평야에는 풍차가 중국 장난감처럼 돌아가고, 멀리서 개들이 짖어 댔다. 길고 가파른 빛 속에서 암갈색 산맥은 겹겹이 접힌 산 그림자로 짙게 물들고, 10여 마리의 대머리수리가 크레이프 회전목마인 양 느릿느릿 남쪽 하늘을 맴돌았다.

3부

그들이 농장 저택을 지나 진입로를 내려가, 늘씬한 철제 조각상 기둥이 즐비한 주랑을 지나, 모서리를 붉은 사암 벽돌로 장식하고 위쪽 난간에 테라코타 세공을 두른 하얀 석회 담을 지난 것은 거의 어둑발이 내릴 무렵이었다. 저택 정면에는 석조 아치 세 개가 박혀 있었는데, 거기에는 이니셜 L.T. 위에 아시엔다 데 산 디에고라는 글자가 아치형으로 새겨져 있었다. 높다란 팔라디오식 창문[27]을 덮은 덧문은 비바람에 너덜너덜했고, 벽에 바른 회반죽과 페인트는 너덕너덕 떨어져 내리고 있었으며, 주랑 천장은 물얼룩이 진 채로 뒤틀린 나뭇가지들을 휑하니 드러내고 있었다. 그들은 마당을 가로질러 나무 문

---

27) 16세기 이탈리아의 건축가 팔라디오에서 유래한 건축 양식. 아치로 이루어진 중앙 창 양옆으로 좁은 사각형의 창이 대칭을 이룬다.

을 지나 안뜰로 들어가 저녁 하늘로 연기를 뱉고 있는 여러 채의 도미실리오를 향해 나란히 말을 세웠다.

안뜰 한구석에는 골동품 닷지[28] 자동차가 바퀴와 차축과 유리와 좌석이 뜯긴 채 뼈대만 앙상하게 드러내고 서 있었다. 맞은편 끝 쪽 바닥에는 모닥불이 타오르며 화려한 포장마차 두 대를 비추었다. 마차 사이에 세탁물이 걸려 있고, 서커스 단원인 듯 가운과 기모노 차림을 한 남자와 여자들이 불 가를 서성였다.

케 클라세 데 루가르 에스 에스테?(여기는 뭐 하는 곳이지?) 빌리가 물었다.

에스 에히도.(에히도[29]예요.) 소녀가 말했다.

케 클라세 데 헨테?(이 사람들은 뭐 하는 사람들이지?)

노 로 세.(나도 모르겠어요.)

빌리가 말에서 내리자 소녀도 보이드의 뒤에서 내려 다가와 고삐를 받아 쥐었다.

저들은 뭐야? 보이드가 말했다.

나도 몰라.

그들은 안뜰로 들어갔다. 빌리와 소녀는 걸어서. 소녀가 빌리의 말을 끌고 갔다. 보이드는 뒤에서 말을 타고 갔다. 맞은편 끝 쪽의 사람들은 그들에게 전혀 관심을 보이지 않았다. 남자애 둘이 모닥불에서 빼낸 장작으로 램프에 불을 붙이고는

---

28) 1913년 닷지 형제가 만들기 시작하여 1928년 크라이슬러에 인수된 자동차 상표.
29) 멕시코의 공동 농장.

램프 손잡이를 두 갈래로 갈라진 장대에 걸어, 주랑 지붕에 올라선 남자애에게 올려 보냈다. 이윽고 지붕의 남자애는 어스름이 더해지는 하늘을 등진 주랑 위쪽 난간에 램프를 걸었다. 안뜰이 점점 환해지더니 급기야 수탉이 울음을 내질렀다. 다른 남자애들은 벽 아래에 건초 더미를 쌓고 있었고, 주랑의 다른 쪽 입구에서는 사내들이 캔버스 차양을 펼치고 있었다. 캔버스 위의 페인트 그림이 오랜 여행에 이리저리 갈라지고 닳아 있었다.

무대 의상을 입은 두 사람은 입씨름을 벌이는 듯했는데, 그중 한 명이 뒷걸음치며 팔을 크게 휘둘렀다. 마치 더없이 거대한 무엇인가를 묘사하듯. 그러더니 낯선 외국어로 노래를 불렀다. 모두들 우뚝 멈추었다. 노래가 끝나자 사람들이 다시 움직였다.

돈데 에스탄 로스 도미실리오스?(노동자 숙소는 어디 있지?) 빌리가 말했다.

소녀가 벽 너머 어둠 속을 턱으로 가리켰다. 아푸에라.(밖에요.)

어서 가자.

나는 좀 더 보고 싶어. 보이드가 말했다.

뭔지도 모르잖아.

뭔가 대단한 것 같아.

빌리는 소녀에게서 고삐를 받아 들었다. 그리고 모닥불과 그 주위의 사람들을 돌아보았다. 나중에 다시 오면 돼. 아직 준비 중이잖아.

그들은 노동자 숙소인 길쭉한 어도비 건물 세 채가 서 있는 곳으로 향했다. 잡종 개들이 털을 곤두세우고 짖어 대는 동안 그들은 앞쪽 두 채 사이의 통로를 지나갔다. 따스한 저녁, 문가의 모닥불이 내뿜는 부드러운 빛 속에서 그릇이 나직이 달그락대고 손이 섬세하게 토르티야를 빚고 있었다. 사람들이 이 모닥불과 저 모닥불로 옮겨 다니며 어둠 속에서 대화를 나누었고, 아득히 멀리서 기타 소리가 여름밤의 달콤함을 자아냈다.

　　그들은 건물 끝 집을 얻었다. 소녀는 빌리의 말에서 안장을 벗기고는 말 두 마리를 끌고 물을 먹이러 갔다. 빌리는 셔츠 주머니에서 나무 성냥갑을 찾아 성냥을 엄지에 쳐 불을 붙였다. 방 두 개에는 문과 창문이 하나뿐이었고, 껍질 벗긴 나뭇가지를 엇갈려 인 높은 천장을 들보가 가로지르고 있었다. 나지막한 쪽문으로 연결된 두 번째 방의 한구석에는 나무판에 페인트를 칠한 성모상이 놓인 자그마한 재단과 화덕이 있었다. 죽은 잡초가 박혀 있는 단지와 바닥에 시커메진 밀랍 덩이가 가라앉은 물컵도 있었다. 털이 그대로 박힌 생가죽 끈으로 장대를 엮어 만든 어떤 틀이 벽에 기대 세워져 있었다. 조잡한 농기구처럼 보였지만 사실은 침대였다. 빌리는 입바람을 불어 성냥을 끄고는 걸어 나가 문가에 섰다. 보이드는 소녀를 바라보며 문간 계단에 앉아 있었다. 소녀는 마당 한구석의 구유에서 물을 먹고 있는 말들의 고삐를 쥐고 있었다. 온갖 줄무늬와 색깔을 한 개들이 소녀와 말 두 마리와 벙어리 개를 반원으로 빙 둘러싼 채 앉아 있었지만, 소녀는 전혀 신경 쓰지 않왔다. 물을 먹고 있는 말들을 잡고 더없이 침착하게 서 있었다. 말들이 물이 뚝뚝 듣는 주둥이를 쳐들어 주위를 둘러보더니 다시 물을 먹었다. 소녀는 말을 쓰다듬지도, 말을 걸지도 않았다. 그저 말이 물을 다 먹기를 기다렸고, 말들은 오래도록 물을 먹었다.

그들은 무뇨스 씨네 가족과 함께 식사를 했다. 오랜 여행을 한 그들이 무척 고단해 보인 모양이었다. 안주인이 자꾸 음식을 먹으라며 권했고, 바깥주인도 팔을 쭉 뻗어 살짝 들어 올리는 시늉을 했다. 그러고는 빌리에게 어디에서 왔는지, 슬픈 소식이나 사퇴 소식 등 어찌할 수 없는 일들에 대해 들은 것은 없는지 물었다. 그들은 땅바닥에 쭈그리고 앉아 흙 접시와 숟가락으로 식사를 했다. 소녀는 고향에 대해 한마디도 하지 않았고, 다른 이들도 묻지 않았다. 그들이 음식을 먹고 있는데 강력한 테너 목소리가 도미실리오 지붕 위의 어둠 속을 떠다녔다. 소리가 점점 높아지더니 이어서 두 배는 빠르게 낮아졌다. 침묵이 노동자 숙소를 뒤덮었다. 개들이 짖어 대기 시작했다. 더 이상 어떤 일도 없을 듯하자 에히디타리오(농부)들은 다시 대화를 시작했다. 잠시 후 농장 어디에선가 종이 울렸지만, 사람들은 종이 그치고도 한참 후에야 일어나 서로를 불러 댔다.

안주인이 번철과 단지를 집 안으로 들이더니 등불이 밝혀진 문가에 자그마한 아이를 한 팔로 안고 섰다. 그리고 땅바닥에 앉아 있는 빌리에게 일어나라고 손짓했다. 바모노스.(어서요.) 안주인이 소리쳤다. 빌리는 고개를 들어 그녀를 바라보았다. 돈이 없다는 말에 여자는 무슨 말인지 모르겠다는 듯 소년을 가만히 응시했다. 그러다 모두들 보러 간다고, 돈이 있는 사람이 돈이 없는 사람 것을 내 준다고 말했다. 모두들 다 가야 한다고. 몇몇이 뒤에 남아서는 안 된다고. 누가 그런 일을 용납하겠느냐고.

빌리는 일어났다. 보이드를 찾았지만, 보이드도 소녀도 보이지 않았다. 스러지는 모닥불이 내뿜는 연기 사이로 미처 가지 못한 이들이 서두르고 있었다. 여인이 아이를 다른 쪽으로 옮겨 안고는 다가와 마치 어린아이의 손을 쥐듯 빌리의 손을 꼭 쥐었다. 바모노스. 에스타 비엔.(어서요. 괜찮아요.)

그들은 다른 이들을 따라 언덕을 올랐다. 사람들은 노인을 생각해 천천히 움직였고, 노인들은 먼저 가라고 재촉했다. 하지만 아무도 먼저 가지 않았다. 언덕 마루의 빈 저택은 불빛 한 점 없이 우두커니 서 있었지만, 한때 상점과 에스타블로(가판대)가 자리하고 감독관의 집이 있었던 기다란 담장 안에서는 음악이 흘러나왔다. 높다란 문 너머로 빛이 드리우고, 양동이를 잘라 만들어 역청이나 기름으로 밝힌 등이 입구의 석조 아치 양쪽에서 타올랐다. 이곳에서 에히디타리오들은 줄을 서서는, 윤이 나는 검은 양복 차림의 문지기에게 줄 센타보와 페소를 손에 꼭 쥐고 조금씩 조금씩 앞으로 나아갔다. 들것을 든 젊은이 둘이 그들을 지나쳐 갔다. 들것은 장대와 시트로 만든 것으로, 코트와 넥타이 차림의 노인이 그 위에 누워 있었다. 노인은 나무 묵주를 손에 쥔 채 아치 모양의 하늘을 단호히 응시했다. 빌리가 여인의 아이를 쳐다보니 아이는 잠들어 있었다. 문에 이르러 여인이 돈을 내자 문지기는 감사 인사를 한 뒤 동전을 땅바닥의 양동이에 던져 넣었고, 그들은 안뜰로 들어갔다.

화려하게 상식한 작은 마차는 안뜰 더 멀리로 옮겨져 있었다. 사람들이 빽빽이 들어찬 흙땅에는 램프가 반원 모양으로 늘어서 있었고, 머리 위로 뻗은 밧줄에도 램프가 매달려 있었다. 그 위로 주랑 난간에 주르르 매달린 남자아이들의 얼굴은 마치 장식용으로 갖다 둔 극장용 가면 같았다. 광장 뒷길 너머 등불이 켜진 포장마차의 끌채 사이에는 금실, 은실, 끈, 벨벳으로 장식한 마구를 쓴 노새가 서 있었는데, 포장마차나 노새에 탄 사람들 역시 노새만큼이나 번지르르한 차림이었다. 광장 뒤쪽이나 알라메다에서 사람들이 조금씩 들어오는 동안, 남자 하나가 못 구멍을 뚫은 물통을 향로처럼 흔들며 이리저리 걸어 다녀 먼지를 가라앉혔고, 프리마돈나가 옷을 입고 거울에 모습을 비추어 보는 광경이 음란한 실루엣으로 마차 포장에 비쳤다. 아무도 프리마돈나의 실제 모습은 볼 수 없었지만 능히 상상할 수는 있었다.

빌리는 호기심을 품고 연극을 보았지만 거의 이해할 수 없었다. 공연단이 여행 중에 직접 겪은 모험을 무대에 올린 듯했는데, 배우들은 서로의 얼굴을 향해 노래 부르고 흐느끼다 결국에 얼룩덜룩한 광대 옷을 입은 사내가 프리마돈나를 살해하고, 아마도 경쟁자인 듯한 다른 사내도 단검으로 찔러 죽였다. 남자아이들이 커튼 가장자리를 쥐고 달려 나와 무대에 막을 내렸고, 봇줄에 묶여 있던 노새들이 잠을 쫓느라 고개를 들어 발을 굴렀다.

박수갈채는 없었다. 군중은 바닥에 조용히 앉아 있었다. 몇몇 여인네는 울고 있었다. 잠시 후 공연 전에 연설을 했던 단장이 커튼 사이로 나와 감사 인사를 하고는 한쪽으로 비켜서서 절을 하자 남자아이들이 다시 커튼을 젖혔다. 뒤에는 배우들이 손에 손을 잡고 서 있다가 상체를 숙여 절을 했고, 띄엄띄엄 박수 소리와 함께 커튼이 아주 닫혔다.

아침에 햇볕이 들기 전에 빌리는 농장에서 나와 강으로 갔다. 석조 교각 위에 깐 널빤지 다리에 올라, 산맥에서 빠져나와 남쪽으로 달려가는 카사스 그란데스의 맑고도 차가운 강물을 바라보았다. 그러다 몸을 돌려 하류를 바라보았다. 30미터 아래에 프리마돈나가 벌거벗은 채 허벅지를 물에 담그고 서 있었다. 뒤로 늘어뜨려진 젖은 머리가 등에 달라붙어 물에까지 닿았다. 빌리는 얼어붙은 듯 그 자리에 섰다. 여자가 고개를 돌려 머리카락을 앞으로 넘기더니 상체를 숙여 강물에 담갔다. 젖가슴이 물 위에서 흔들렸다. 빌리는 모자를 벗었다. 셔츠 아래에서 심장이 고동쳤다. 여자가 상체를 들어 머리를 모아 쥐고 비틀어 물을 짜냈다. 피부가 백옥 같았다. 배꼽 아래의 검은 털은 음란해 보일 정도였다.

여자가 다시 한 번 몸을 숙여 머리카락을 물에 담그고 좌우로 흔들더니 몸을 일으켰다. 그리고 고개를 크게 돌려 물방울을 커다란 원 모양으로 파르르 털어 내고는 머리를 뒤로 젖히고 눈을 감았다. 동녘 회색 산줄기 위로 태양이 떠오르며 위쪽의 대기가 환해졌다. 여자가 한 손을 들어 올렸다. 이윽고 몸을 움직여 양손을 들어 털었다. 그리고 상체를 숙이며 떨어져 내리는 머리카락을 팔로 막고는 다른 한 손으로 물을 축복하듯 물 표면을 쓸었다. 소년은 지켜보았다. 소년은 지켜보면서, 과거에 언제 어디에서나 곁에 있었던 세계에서 베일이 벗겨지는 것을 보았다. 여자가 몸을 돌려 태양을 향해 노래를 하려는 듯했다. 여자가 눈을 뜨고 다리 위의 소년을 보더니 몸을 돌려 등을 드러낸 채 천천히 강 밖으로 걸어 나가 창백한 미루나무 줄기 사이로 모습을 감추었다. 태양이 떠오르고 강물이 예전처럼 흘러갔지만 모든 것이 과거와는 달랐고, 앞으로도 그러하리라고 소년은 생각했다.

빌리는 느릿느릿 노동자 숙소로 돌아갔다. 새로운 태양 속에서 농부의 그림자들이 농촌극에 나오는 인물들처럼 어깨에 괭이를 짊어지고 곡물 창고의 동쪽 담을 따라 한 명씩 한 명씩 이동했다. 빌리는 무뇨스 부인에게서 아침을 얻어 먹고는 안장을 어깨에 지고 밖으로 나와 자신의 말에 안장을 얹고 말에 올라 주위를 살펴보았다.

정오에 오페라단을 실은 포장마차가 대문을 지나 언덕을 내려가 다리를 건너, 마타 오르티스와 라스 바라스와 바비코라로 이어진 길을 따라 남쪽으로 향했다. 바랜 금빛 문자와 비바람에 시달린 붉은 페인트와 햇볕에 물감이 날아간 태피스트리가 강렬한 정오의 햇살에 비친 모습은 흡사 지난밤의 화려함에서 몰락한 우아함인 듯 보였다. 덜컹덜컹 느리게 남쪽으로 향하며 열기와 고립 속에서 한 점 점이 되어 가는 포장마차는 새롭고도 더욱 엄숙한 모험을 향해 떠나는 듯했다. 주님의 날이 선사한 빛이 그네들의 들뜬 희망을 모조리 가라앉힌 듯. 빛과, 빛으로 인해 보이는 풍경은 그네들의 참된 의도와 어울리지 않는다는 듯. 바닥을 따라 달려가는 바람에 풀이 출렁이는 아시엔다 남쪽 구릉지의 언덕에서 소년은 가만히 바라보았다. 포장마차는 강 맞은편의 미루나무 숲 사이를 천천히 나아갔고, 자그마한 노새들이 터덕터덕 걸음을 옮겼다. 소년은 상체를 숙여 침을 뱉고는 발꿈치로 말의 옆구리를 때렸다.

오후에 소년은 낡은 레시덴시아(저택)의 빈 방들을 거닐었다. 가구와 샹들리에가 모조리 뜯겨 나가고 없었고, 바닥 마루도 대부분 사라진 상태였다. 칠면조가 방 사이를 돌아다녔다. 집 안에서는 낡고 축축한 짚 냄새가 풍겼고, 축 늘어지고 부서진 회반죽에 박힌 물얼룩은 옛 왕국과 고대 세계를 새로운 양식의 세피아 빛 지도로 그려 놓은 듯했다. 응접실 구석에는 마른 가죽과 뼈만 남은 죽은 짐승이 나동그라져 있었다. 개인 듯했다. 소년은 안뜰로 나갔다. 안뜰을 감싼 담장의 회반죽 사이로 흙벽돌이 맨몸을 드러냈다. 안뜰 중간에 돌로 쌓은 우물이 있었다. 아득히 멀리서 종이 울렸다.

저녁에 사내들은 작게 무리 지어 모닥불과 모닥불 사이를 오가며 담배를 피우고 대화를 나누었다. 무뇨스 부인이 소년의 부츠를 갖다주자 소년은 그것을 모닥불 빛에 비추어 살폈다. 부츠 가죽에 난 기다란 구멍은 송곳과 끈으로 기워져 있었다. 소년은 감사 인사를 하고 부츠를 신었다. 사람들로 북적대는 흙바닥에 무릎 꿇고 앉은 여자들은 모닥불 위로 상체를 숙여 뜨거운 철판 번철 위의 토르티야를 맨손으로 뒤집으며 효소 없는 빵의 가장자리에 모닥불의 검댕 묻은 지문을 눈금인 양 새겼다. 끝없는 의식이 끝없이 되풀이되었다. 멕시코 땅의 위대한 유산이. 소녀는 여자들이 저녁을 준비하는 것을 거들고는, 남자들이 음식을 다 먹은 후에야 보이드 곁에 앉아 조용히 식사했다. 보이드는 전혀 신경 쓰지 않는 듯했다. 빌리는 보이드에게 이틀 후 떠날 거라고 말해 두었는데, 소녀가 눈을 들어 모닥불 너머로 자신을 바라보는 폼이 보이드한테서 그 소식을 전해 들은 모양이었다.

소녀는 다음 날 종일 밭에서 일하고 저녁에 들어와 커튼 뒤에서 대야와 천 조각으로 몸을 씻은 뒤 밖에 나가 앉아, 꼬마들이 건물 사이 흙 마당에서 공놀이하는 것을 지켜보았다. 빌리가 말을 타고 들어오자 소녀는 일어나 다가와 고삐를 받아 들고는, 자기도 함께 갈 수 있느냐고 물었다.

빌리는 말에서 내려 모자를 벗어 땀투성이 머리카락을 손가락으로 쓸고 모자를 도로 쓴 다음 소녀를 바라보았다. 노.(아니.) 소년은 말했다.

소녀는 말을 쥐고 서 있었다. 그리고 고개를 돌렸다. 까만 눈동자가 흔들렸다. 빌리는 왜 같이 가고 싶어 하는지 물었지만, 소녀는 고개를 저을 뿐이었다. 두렵냐고, 여기에 두려운 뭔가가 있느냐고 빌리는 다시 물었다. 소녀는 대답하지 않았다. 빌리가 몇 살이냐고 묻자 소녀는 열네 살이라고 했다. 빌리는 고개를 끄덕였다. 그리고 발꿈치로 흙바닥을 찍어 초승달 모양을 새겼다.

알기엔 레 부스카.(너를 쫓는 사람이 있구나.)

소녀는 대답하지 않았다.

노 세 푸에데 케다르 아키?(여기서 지내면 되잖아?)

소녀는 고개를 저으면서 그럴 수 없다고 말했다. 달리 갈 곳도 없다고.

빌리는 차분한 저녁 햇살에 감싸인 농장 건물들을 둘러보았다. 그리고 자신 또한 갈 곳이 없다고, 그런데 그녀에게 무슨 도움이 되겠느냐고 말했다. 하지만 소녀는 고개를 젓더니 그들이 가는 곳이면 어디든 함께 가겠다고 했다.

다음 날 새벽에 빌리가 말에 안장을 얹는데 농부들이 음식을 가지고 나왔다. 토르티야, 칠리, 카르네 세카,[30] 살아 있는 닭, 치즈 덩어리 등을 도저히 말에 실을 수도 없을 만큼 많이 주는 것이었다. 무뇨스 부인이 무언가를 건네고 물러서기에 빌리가 살펴보니 동전 뭉치를 싼 천 조각이었다. 빌리는 돌려주려 했지만 부인은 돌아서서 한마디 말도 없이 집 안으로 들어갔다. 그들이 농장을 떠날 때 소녀는 보이드의 허리에 팔을 두르고 말의 맨등 위에 앉아 있었다.

그들은 종일 남쪽으로 가다 강가에서 푸짐하게 점심을 먹고는 나무 아래에서 낮잠을 잤다. 오후 늦게 라스 바라스 몇 킬로미터 남쪽의 마데로 도로에서 말들이 멈추더니 입바람을 뿜었다.

저기 좀 봐. 보이드가 말했다.

---

30) 멕시코 육포인 마차카의 다른 이름.

오페라 공연단이 길가 야생화 벌판에서 야영하고 있었다. 포장마차가 나란히 세워져 있고, 그 사이에 캔버스 포장 덮개 한 장이 라마다(나뭇가지 틀)에 걸려 있었는데, 그 그림자 아래에서 프리마돈나가 거다란 갠비스 해머 위에 누워 편히 쉬고 있었다. 곁에 놓인 탁자 위에는 찻주전자와 일본 부채가 놓여 있었다. 축음기가 포장마차의 열린 문간에서 음악을 뿜고, 맞은편 벌판에는 적잖은 일꾼들이 손에 모자를 들고 농기구에 기댄 채 음악을 듣고 있었다.

말이 다가오는 소리에 프리마돈나가 일어나 앉더니 손차양을 해 바라보았다. 태양을 등지고 있는 데다 캔버스 덮개 덕에 어차피 그림자가 지는데도.

집시처럼 들판에서 사나 봐. 빌리가 말했다.

저들은 원래 집시야.

누가 그래?

모두들.

말은 음악 소리가 나오는 곳을 찾아 귀를 90도로 세웠다.

무슨 문제가 생겼나 봐.

왜 그렇게 생각해?

겨우 여기밖에 못 와 있으니.

그냥 여기서 좀 오래 쉬기로 했나 보지.

뭐 하러? 여기에는 아무것도 없잖아.

빌리는 상체를 숙여 침을 뱉었다. 그럼 저 여자가 혼자 여기 있다는 거야?

나야 모르지.

말이 아까 왜 멈추었을 것 같아?

내가 어떻게 알아.

저 여자가 망원경으로 우리를 살펴보고 있어.

프리마돈나는 탁자에서 집어 든 오페라글라스로 그들이 있는 길 쪽을 응시하고 있었다.

가자.

좋아.

그들은 길을 따라 말을 끌고 갔다. 소녀를 앞서 보내 프리마돈나에게 도움이 필요한지 물어보라고 시켰다. 음악이 멈추었다. 여인이 포장마차에 대고 소리치자 잠시 후 다시 음악이 시작되었다.

노새가 죽었나 봐. 보이드가 말했다.

그걸 어떻게 알아.

그냥 알아.

빌리는 야영지를 쭉 둘러보았다. 짐승이라고 할 만한 것은 한 마리도 보이지 않았다.

저기 참나무 숲 너머에 묶여 있겠지.

아냐.

소녀가 돌아오더니 노새 한 마리가 죽었다고 했다.

젠장. 빌리가 말했다.

세상에. 보이드가 말했다.

서로 미리 짠 거지?

짜긴 뭘 짜?

노새 말이야. 저 애가 신호를 보냈던 거야.

죽은 노새의 신호라니.

그래.

보이드는 몸을 숙여 침을 뱉고는 고개를 저었다. 소녀는 한 손으로 손차양을 하고 서서 그들을 기다렸다. 빌리가 그녀를 바라보았다. 얇은 옷. 먼지투성이 다리. 발에는 가죽끈과 생가죽으로 엮은 우아라체스를 신고 있었다. 사람들이 언제 떠난 거냐고 빌리가 묻자 소녀는 이틀 전이라고 말했다.

가서 괜찮은지 살펴보자.

저 여자가 안 괜찮다고 하면 어쩔 건데? 보이드가 말했다.

난들 아냐.

그냥 모른 척하고 가면 되잖아.

네 사람 구하기 취미는 어디로 갔냐?

보이드는 대꾸 없이 말에 올랐다. 빌리는 고개를 돌려 동생을 바라보았다. 보이드는 등자에서 발을 빼내 몸을 숙여 소녀에게 팔을 내밀었다. 소녀가 등자에 발을 걸자 보이드는 그녀를 끌어 올리고는 말을 앞으로 몰았다. 가자. 형 고집을 누가 꺾겠어.

빌리는 두 사람을 따라 들판을 가로질렀다. 그들이 다가오자 일꾼들은 다시 자그마한 괭이로 땅을 파기 시작했다. 빌리는 보이드와 나란히 나아가다, 해먹에 누워 있는 프리마돈나 앞에서 나란히 말을 멈추고는 인사를 건넸다. 프리마돈나는 고개를 끄덕였다. 그리고 쫙 펼친 부채 너머로 그들을 유심히 살폈다. 동양적 풍경이 그려진 부채의 살은 은실을 박아 넣은 상아로 만들어져 있었다.

로스 옴브레스 안 살리도 포르 마데로?(다른 사람들은 마데로에 갔습니까?)

여자는 고개를 끄덕였다. 그리고 그들이 곧 돌아올 거라고 했다. 여자는 부채를 살짝 낮추어 남쪽 길을 바라보았다. 지금 당장이라도 그들이 나타날 거라는 듯.

빌리는 말 위에 앉아 있었다. 무슨 말을 해야 할지 막막했다. 잠시 후 소년은 모자를 벗었다.

미국인이로군. 여자가 말했다.

예. 아마 저 애가 말했겠지요.

숨길 필요 없어.

우리는 아무것도 숨기지 않습니다. 그저 우리 도움이 필요하실까 해서 들른 겁니다.

여자는 놀랍다는 듯 화장한 눈썹을 둥글게 치켜세웠다.

문제가 생긴 게 아닌가 싶었거든요.

여자가 보이드를 바라보았다. 보이드는 남쪽 산맥으로 시선을 돌렸다.

우리도 어차피 그리로 가는 길입니다. 원하신다면 메시지든 뭐든 전해 드리죠.

여자가 해먹에서 살짝 일어나 마차를 향해 소리쳤다. 바스타. 바스타 라 무시카.(그만 꺼. 음악 끄라고.)

여자는 한 손으로 탁자를 짚고 앉아 귀를 기울였다. 잠시 후 음악이 그치자 여자는 다시 해먹에 누워 부채를 펼쳐 부채선 너머로, 말 위에 앉아 있는 젊은 히네테(기수)를 바라보았다. 빌리는 누군가가 입구에 나오지 않을까 싶어 포장마차를 쳐다보았지만 전혀 기적이 없었다.

노새는 왜 죽었지요? 빌리가 물었다.

노새라. 온 길바닥에 피가 쏟아져서 죽었지.

네?

여자가 나른하게 손을 들어, 반지를 낀 가느다란 손가락들을 흔들었다. 마치 노새의 영혼이 승천하는 모습을 묘사하는 것 같았다.

노새가 계속 문제를 일으켰지만 아무도 노새를 설득할 수 없었지. 가스파리토한테 노새를 맡기는 게 아니었어. 그 성미에 노새를 어떻게 다루겠어. 결과가 어떻게 되었는지는 너도 능히 짐작하겠지.

글쎄요.

술을 너무 마셨어. 이런 문제에는 늘 술이 끼어들지. 그리고 두려움도. 다른 노새들이 비명을 질러 댔어. 티에넨 무초 미에도.(겁에 질렸지.) 피투성이가 되어 비명을 지르고 넘어지고 미끄러지고 또 비명을 질렀어. 노새를 어떻게 말로 설득하겠어? 어떻게 노새의 마음을 진정시키겠어?

여자는 한쪽으로 단호히 손짓했다. 뜨겁고 건조한 고독과 자그마한 습지에서 울리는 새소리와 저녁의 시작 속에서 바람에 몸을 던지듯. 그런 동물들이 예전 상태로 돌아가는 게 과연 가능할까? 물으나 마나지. 더구나 노새처럼 극적인 기질을 갖고 있는 동물은. 노새들은 이제 더 이상 평화를 누릴 수 없어. 전혀. 알겠니?

그 사람이 노새한테 무슨 짓을 했기에요?

마체테(벌채용 칼)로 노새의 머리를 떼어 내려고 했어. 그랬지. 저 애가 아무 말 않던가? 영어를 못 하나?

네. 그냥 노새가 죽었다고만 했어요.

프리마돈나는 의심스럽다는 듯 소녀를 바라보았다. 어디서 저 애를 얻었나?

저 애는 그냥 길을 따라 걷고 있었어요. 그런데 마체테로 노새 목을 잘라 낼 수 있을 것 같지는 않은데요.

당연히 못 하지. 그런 짓을 하려 하는 인간은 술 취한 머저리뿐이야. 칼로 해서 안 되니까 톱질을 했다네. 로헬리오가 붙잡자 로헬리오에게까지 칼을 휘둘렀어. 로헬리오도 학을 뗐지. 당연하지. 둘은 길바닥에 쓰러졌어. 온통 피투성이에 흙투성이였지. 노새들 발치에서 엎치락뒤치락. 마차가 뒤집힐 것만 같았지. 역겨운 일이었어. 누가 이 길로 오기라도 한다면 어쩌려고? 하필 그때 사람들이 와서 그 꼴을 본다면 어쩌려고?

노새는 어찌 됐죠?

노새? 당연히 죽었지.

아무도 총으로 노새를 죽여 주지 않았나요?

당연히 죽여 줬지. 그래야 이야기가 될 것 아냐. 바로 내가 총으로 쏘았어. 내가 직접 앞으로 나가 그 노새를 죽여 주었지. 어떻게 생각해? 로헬리오는 그러지 말라고 막았어. 그랬다가는 다른 노새들이 겁을 먹을 거라고. 상상이 돼? 이야기의 이 대목에서? 로헬리오는 가스파리토를 해고하려고 했어. 가스파리토더러 미치광이라고 했지만, 사실 그는 그저 보라촌(술주정뱅이)일 뿐이야. 물론 베라 크루스에서부터 그랬지. 그

322

리고 집시이고. 상상이 돼?

저는 여기 분들이 모두 집시라고 생각했어요.

여자가 해먹에서 일어나 앉았다. 코모? 코모? 키엔 로 디세?(뭐? 뭐라고? 누가 그러던?)

토도 엘 문도(모두가요.)

에스 멘티라. 멘티라. 메 엔티엔데스?(거짓말이야. 거짓말. 내 말 알겠니?) 여인이 몸을 숙여 흙바닥에 두 번 침을 뱉었다.

그 순간 마차 입구가 시커메졌다. 자그마한 검은 남자가 셔츠 바람으로 밖을 노려보며 서 있었다. 프리마돈나는 해먹에 도로 누워서 남자를 바라보았다. 마치 그의 출현으로 볼만한 그림자라도 생겼다는 듯. 남자는 방문자와 그들의 말을 둘러보더니 셔츠 주머니에서 엘 토로 담뱃갑을 꺼내 담배 한 개비를 입에 물고는 성냥을 찾아 주머니를 뒤졌다.

부에나스 타르데스.(안녕하세요.) 빌리가 말했다.

남자가 고개를 끄덕였다.

집시가 오페라를 부를 수 있을 것 같아? 집시가? 집시가 할 수 있는 거라고는 기타를 뚱땅대고, 말을 색칠하는 것뿐이야. 참, 조잡스러운 춤도 추지.

여자가 해먹에서 똑바로 일어나 앉아 어깨를 획 올리며 양손을 뻗었다. 그러고는 길고도 날카로운 음을 뱉었는데, 고통의 소리도 아니요, 다른 무엇의 소리도 아니었다. 말들이 놀라 뒤로 물러서며 몸을 굽히는 바람에 말을 탄 이들이 고삐를 당겼으나 말들은 여전히 몸을 비틀며 발을 구르고 눈을 희번덕였다. 들밭의 일꾼들은 고랑에 얼어붙은 듯 서 있었다.

이게 뭐였는지 아니? 여자가 말했다.

글쎄요. 소리가 매우 크네요.

도 아구도(C 샤프)야. 집시가 이런 음을 낼 수 있을 것 같아? 깩깩대기나 하는 집시가?

거기에 대해선 별로 생각해 보지 않아서요.

그런 집시가 있으면 한번 데려와 봐. 정말 보고 싶군.

말에 색칠은 누가 하고요?

그야 당연히 집시가 하지. 누가 하겠어? 말에 색칠하는 사람, 말 이빨을 치료하는 사람.

빌리는 모자를 벗어 소맷자락으로 이마를 훔치고 다시 모자를 썼다. 마차 입구의 남자는 페인트칠한 나무 계단을 반쯤 내려와 앉아 담배를 피우고 있었다. 남자가 몸을 숙여 개를 향해 손가락을 튕겼다. 개가 뒤로 물러났다.

노새가 죽은 곳이 어디죠? 빌리가 말했다.

여자가 팔을 들어 접힌 부채로 가리켰다. 길 위였지. 여기서 100미터도 안 떨어진 곳이야. 더 이상 갈 수가 없었어. 훈련받은 노새. 무대 경험이 있는 노새. 봇줄에 묶여 술 취한 머저리에게 살육당한 노새.

계단의 남자는 담배를 마지막으로 깊이 빨고는 꽁초를 개에게 휙 던졌다.

단원들에게 전할 메시지가 있나요? 빌리가 말했다.

하이메에게 말해, 우리는 잘 있으니 서두르지 말고 천천히 오라고.

하이메가 누군데요?

푼치넬로.[31] 그는 푼치넬로야.

네?

파야소.(광대.) 광대 말이야.

광대요.

그래. 광대.

오페라에서요?

그래.

분장 없이 알아볼 수 있으려나.

만데?(뭐라고?)

제가 어떻게 그를 알아보냐고요.

알아볼 거야.

그 사람은 늘 다른 사람들을 웃기나요?

그 사람은 늘 자기 뜻대로 사람들을 움직이지. 때로는 젊은 아가씨를 울리기도 하고. 하긴 그건 다른 이야기지만.

그 사람이 당신을 왜 죽이죠?

프리마돈나가 해먹에 몸을 뉘었다. 그리고 빌리를 지긋이 응시했다. 그러다 들판의 일꾼들을 바라보았다. 잠시 후 여자는 계단의 남자에게로 고개를 돌렸다.

디가노스, 가스파르. 포르 케 메 마타 엘 푼치네요?(말해 봐, 가스파르. 푼치넬로가 날 왜 죽이지?)

남자가 고개를 들어 여자를 바라보았다. 그리고 말을 탄 이들을 바라보았다. 테 메타, 포르케 엘 사베 수 세크레토.(그야,

---

31) 이탈리아 인형극의 주인공 광대.

그자가 당신 비밀을 알기 때문이지.)

파프. 노 에스 포르케 레 세 엘 수요?(푸흐. 내가 그자의 비밀
을 알아서가 아니고?)

노.(응.)

아 페사르 데 로 케 피엔사 라 헨테?(사람들이 뭐라 생각하든
상관없이?)

아 페사르 데 쿠알키에르.(그 무엇이든 상관없이.)

이 케 에스 에스테 세크레토?(무슨 비밀인데?)

남자가 한 발을 쳐들어 부츠를 돌려 살폈다. 검은 가죽 부
츠의 옆면은 끈으로 동여져 있었다. 이 고장에서는 좀처럼 보
기 힘든 종류였다. 엘 세크레토, 에스 케 엔 에스테 문도 라 마
스카라 에스 라 케 에스 베르다데라.(이 세상의 가면은 진실이라
는 비밀.)

레 엔텐디오?(이해했니?) 프리마돈나가 말했다.

빌리는 이해했다고 말했다. 그리고 그녀도 그렇게 생각하느
냐고 물었지만 프리마돈나는 한 손을 나른하게 저을 뿐이었
다. 아리에로 말이 그렇다는 거지. 키엔 사베?(누가 알겠어?)

당신의 비밀 때문이라고 했잖아요.

푸흐. 나한테는 비밀 같은 거 없어. 어쨌든 이제는 별로 재
미도 없어. 매일 밤마다 죽임을 당하느라 기운이 다 빠졌어.
생각할 힘도 없다고. 사소한 일에 집중하는 편이 훨씬 나아.

저는 그가 질투 때문에 죽인다고 생각했어요.

그래. 물론이지. 하지만 심지어 질투도 그 사람의 힘을 실
험하는 것이지. 두랑고에서의 질투, 몽클로바에서의 질투, 몬

터레이에서의 질투. 더위 속에서의 질투, 빗속에서의 질투, 추위 속에서의 질투. 그러한 질투는 천 개의 가슴에 쌓인 원한을 빼 온 것이 분명해. 안 그래? 사람이 어떻게 그런 일을 하겠어? 그러니 사소한 일을 연구하는 편이 훨씬 낫지. 그러다 보면 큰 것도 깨닫게 되거든. 사람은 작은 것 속에서 발전하는 거야. 노력이 보상을 받지. 마음가짐이든 손의 움직임이든. 아리에로는 이 문제에서 구경꾼일 뿐이야. 가면을 쓴 자들에게는 아무것도 달라지지 않는다는 것을 그는 모르지. 배우는 연기를 할 힘이 없어. 그저 세상이 시키는 대로 움직이는 거지. 가면이 있든 없든 배우에게는 매한가지야.

여자는 오페라글라스의 손잡이를 쥐고 주위 풍경을 쭉 훑었다. 길을. 길 위에 드리워진 기다란 그림자를. 너희 셋은 어디로 가는 거지? 여자가 물었다.

우리는 잃어버린 말을 찾으러 가는 중이에요.

그 말을 누가 지키고 있었는데?

아무도 대답하지 않았다.

여자가 보이드를 바라보았다. 그리고 부채를 펼쳤다. 요란하게 펼쳐진 얇은 고급 종이에는 눈이 부리부리한 용이 그려져 있었다. 여자가 다시 부채를 탁 접었다. 그 말을 언제까지 찾을 거지?

찾을 때까지요.

포드리아 세르 운 비아헤 라르고.(아주 긴 여행이 되겠구나.)

키사스.(아마도요.)

긴 여행은 종종 자기 자신을 잃게 만들지.

네?

알게 될 거야. 형제가 함께 그토록 긴 여행을 하기란 어려워. 길은 나름의 이유를 가지고 있지만, 두 여행자는 그 이유를 서로 다르게 이해하지. 정말 이유를 이해하기라도 한다면 말이야. 이 나라의 코리도를 유심히 들으렴. 그럼 알게 될 거야. 너의 삶에서 무엇을 대가로 치렀는지도. 많은 사람들은 자기 앞에 무엇이 놓여 있는지를 보고 싶어 하지 않지. 너는 보게 될 거야. 길의 모양은 길이야. 길은 다른 길과 같은 것이 아니라 그것만의 유일한 길이지. 길에서 시작된 모든 여행은 언젠가는 끝이 나. 말을 찾든 아니든.

그만 가 봐야겠어요. 빌리가 말했다.

안달레 푸에스.(가거라.) 신의 가호가 함께하길.

길에서 푼치넬로를 만나면 당신이 기다리고 있다고 전할게요.

푸흐. 괜한 헛수고 말아라.

아디오스.(안녕히 계세요.)

아디오스.(안녕.)

빌리는 계단 위의 남자를 바라보았다. 아스타 루에고.(그만 가 볼게요.)

남자는 고개를 끄덕였다. 아디오스.(안녕.)

빌리는 고삐를 당겨 말 머리를 돌렸다. 그리고 뒤돌아보며 모자챙에 손을 댔다. 프리마돈나는 우아하게 몸을 눕히며 부채를 펼쳤다. 아리에로는 무릎에 손을 얹은 채 몸을 숙여 마지막으로 한 번 더 개에게 침을 뱉으려고 했다. 그들은 들판을 가로질러 길로 향했다. 빌리가 돌아보니 프리마돈나가 오페라글라스로 그들을 지켜보고 있었다. 다가오는 황혼과 그림자가 어린 길 위를 나아가는 그들 모습을 보면 그들을 더 잘 평가할 수 있다는 듯. 무에서 데이니 다시 무로 돌아가며, 나무도 바위도 어둠이 스미는 저 너머 산줄기도 필요로 하는 모든 것을 딱 필요한 만큼만 품고 있는 저 시각적 땅에 살고 있다는 듯.

그들은 강가 참나무 숲에서 야영 준비를 마치고 모닥불 곁에 앉았다. 소녀가 에히도에서 받은 음식으로 저녁을 차렸다. 식사가 다 끝나자 소녀는 남은 음식을 개에게 주고는 접시와 단지를 씻고 말들을 살피러 갔다. 다음 날 아침 늦게 다시 출발한 그들은 정오에 비포장도로에서 벗어나 고추밭 아래쪽 가장자리의 오솔길을 따라 숲을 지나 열기에 조용히 반짝이는 강으로 향했다. 말들이 걸음을 빨리했다. 오솔길이 굽이돌며 관개수로를 따라 이어지다 숲으로 들어갔다가 다시 숲 밖으로 나와 강가의 버드나무 숲과 갈대밭으로 이어졌다. 시원한 바람이 강물을 넘어 불어오고, 갈대의 하얀 술이 바람에 고개 숙이며 나직이 쌕쌕거렸다. 숲 너머에서 물 떨어지는 소리가 들렸다.

갈대밭이 끝나자 관개수로에서 빠져나온 물 사이로 건널 만한 여울이 드러났다. 여울 위쪽 웅덩이로 낡은 물결무늬 배수관이 물을 뿜고 있었다. 물이 콸콸 쏟아지며 물보라를 튀기는 자리에 남자아이 대여섯이 완전히 벌거벗고 멱을 감고 있었다. 아이들은 말을 타고 여울을 지나는 이들을 보고, 소녀를 보았지만 전혀 개의치 않았다.

망할. 보이드가 말했다.

그리고 발꿈치로 말의 갈빗대를 때려 모래 여울을 지나갔다. 그는 소녀를 돌아보지 않았다. 소녀는 따뜻한 눈빛으로 남자애들을 바라보고 있었다. 그러다 빌리를 돌아보더니 보이드의 허리에 다른 한 팔을 마저 둘렀다. 그들은 계속 나아갔다.

강에 이르자 소녀는 말에서 미끄러지듯 내려 고삐를 쥐고 두 마리 말을 강물로 데려가 버드의 뱃대끈을 늦추고 말들이 물을 먹는 동안 곁에 서 있었다. 보이드는 부츠 한 짝을 손에 든 채 강기슭에 앉아 있었다.

왜 그래? 빌리가 말했다.

아무것도 아냐.

보이드가 부츠를 손에 든 채 자갈밭을 절뚝절뚝 내려가 둥근 돌을 집어 들고 앉더니 팔을 부츠 속에 집어넣어 돌멩이로 두드렸다.

못이 튀어나왔어?

응.

저 애더러 산탄총을 가져오라고 해.

형이 해.

소녀는 말과 함께 강에 서 있었다.

트라이가메 라 에스코페타.(총을 이리 가져와.) 빌리가 외쳤다.

소녀가 돌아보았다. 그리고 말 옆으로 돌아가 총집에서 산탄총을 꺼내 가져왔다. 빌리는 손목을 움직여 개머리판을 젖혀 총알을 꺼낸 뒤 총신을 분리하여 보이드 앞에 웅크리고 앉았다.

자, 내가 해 볼게.

보이드가 긴넨 부츠를 빌리는 땅바닥에 내려놓고 손을 집어넣어 못이 나온 곳을 더듬은 뒤 총신 접합부를 아래로 해 부츠 속에 넣고 쿵쿵 찧은 다음 손을 넣어 다시 밑창을 살피고는 부츠를 보이드에게 건넸다.

별것도 아닌 게 사람 고생시키네.

보이드가 부츠를 신고 일어나 이리저리 걸어 보았다.

빌리는 산탄총을 다시 조립하여 엄지로 약실에 총알을 밀어 넣고 개머리판을 바로 한 뒤 자갈밭에 세워 들고 앉아 있었다. 소녀는 강물을 먹는 말에게로 돌아가 있었다.

저 애가 봤을까? 보이드가 말했다.

뭐 말이야?

벌거벗은 애들.

빌리는 태양을 등지고 선 보이드를 실눈으로 올려다보았다. 글쎄, 봤겠지. 번개에 맞아 눈이 먼 것도 아닌데. 안 그래?

보이드가 소녀가 서 있는 강 쪽을 바라보았다.

하긴 처음 본 것도 아니겠지. 빌리가 말했다.

그게 무슨 뜻이야?

아무것도 아냐.

웃기고 있네.

아무것도 아냐. 사람들은 벌거벗은 사람들을 보게 마련이라고. 내 신경 좀 그만 긁어. 젠장. 나는 그 오페라 여자가 강에서 실오라기 하나 안 걸치고 있는 것도 봤어.

뻥치네.

뻥 아냐. 그 여자가 목욕을 하던걸. 머리를 감고 있었어.

언제?

머리를 감고는 셔츠처럼 비틀어 짜더라니깐.

정말 완전히 벌거벗었다는 거야?

천 쪼가리 하나 안 걸치고.

그런데 왜 여태 말 안 했어?

내가 뭐든 다 말해야 하냐?

보이드가 입술을 질근질근 깨물었다. 그런데도 다가가서 말을 걸다니.

뭐라고?

그 여자한테 가서 말을 걸었잖아. 마치 아무것도 안 본 것처럼.

그럼 내가 어떡해야 했는데? 전에 당신이 벌거벗은 것을 봤다고 고해성사라도 할까?

보이드가 자갈밭에 웅크리고 앉아 모자를 벗어 양손으로 쥐었다. 그리고 흘러가는 강물을 바라보았다.

거기 계속 있었어야 한다고 생각해?

에히도에?

응.

거기서 기다리면 말이 잘도 찾아오겠다.

보이드는 대꾸하지 않았다. 빌리는 일어나 자갈밭을 따라 걸었다. 소녀가 말들을 끌고 오자 빌리는 산탄총을 총집에 도로 꽂고 보이드를 바라보았다.

어서 가자. 빌리가 소리쳤다.

알았어.

빌리는 뱃대끈을 조이고는 소녀에게서 고삐를 받아 들었다. 돌아보니 보이드는 여전히 앉아 있었다.

뭐 하는 거야?

보이드가 어기적어기적 일어났다. 이제 그건 아무것도 아냐. 전과는 다르잖아.

그러고는 빤히 빌리를 바라보았다. 내 말뜻 알겠어?

그래. 알아.

사흘 후 그들은 서쪽 산맥의 라 노르테냐에서 뻗어 나온 옛 마찻길이 바비코라 고원 평야를 지나 산타 마리아 계곡을 거쳐 나미키파로 이어지는 교차로에 이르렀다. 며칠 동안 덥고 건조한 날이 계속되어, 하루가 끝날 무렵이면 사람도 말도 길과 같은 빛깔로 물들어 있었다. 들판을 가로질러 강에 이르자 소녀는 야영 준비를 했고, 빌리는 안장과 담요를 내던지고 말들을 하류로 데려갔다. 그리고 부츠와 옷을 벗고 안장 없이 말에 올라 강 속으로 말을 몰았다. 보이드의 말은 고삐를 잡고 끌고 들어갔다. 그러고는 벌거벗은 몸에 모자만 쓴 채 물속의 말 등에 앉아 길의 흙먼지가 밝고 시원한 물결을 따라 연한 얼룩이 되어 떠내려가는 것을 바라보았다.

말들이 물을 먹었다. 그러다 주둥이를 쳐들어 하류를 바라보았다. 노인 하나가 건너편 숲 사이에서 황소 두 마리를 작대기로 몰고 있었다. 황소는 집에서 만든 포플러나무 멍에를 메고 있었는데, 멍에가 햇볕에 어찌나 하얗게 바랬는지 마치 고대의 뼈가 황소 목 위에 얹혀 있는 것처럼 보였다. 느릿느릿 구르듯 강 속으로 들어온 소들이 두리번대며 주위를 살피다 말들을 쳐다보더니 고개를 숙여 물을 먹었다. 노인은 강가에 서서 말 등 위에 벌거벗고 앉은 소년을 바라보았다.

코모 레 바?(안녕하세요?) 빌리가 말했다.

비엔, 그라시아스 아 디오스. 이 우스테드?(하느님 덕에 안녕하다네. 자네도 안녕한가?)

비엔.(네.)

그들은 날씨와 곡물에 대해 이야기했다. 노인이 알고 있는 많은 것을 소년은 하나도 몰랐다. 노인이 바케로냐고 묻자 소년은 그렇다고 대답했고 노인은 고개를 끄덕였다. 그러고는 아주 좋은 말들이라고, 누가 봐도 알겠다고 말했다. 노인의 시선이 상류로 향했다. 바람 한 점 없는 대기에 푸른 연기 줄기가 솟고 있었다.

미 에르마노.(제 동생이에요.) 빌리가 말했다.

노인이 고개를 끄덕였다. 지저분한 흰 만타(망토) 차림이었다. 정신병원에서 나와 땅 그 자체를 어리석은 분노로 천천히 휘젓고 다니는 흙투성이 정신병자들처럼, 이 고장 일꾼들이 들판에서 일할 때 흔히 입는 옷이었다. 황소가 물이 뚝뚝 드는 주둥이를 차례차례 쳐들었다. 노인이 축복이라도 내리듯 작대기를 기울였다.

레 구스탄.(말을 좋아하는군.)

클라로.(그럼요.)

빌리는 말들이 물을 먹는 것을 바라보았다. 그러다 황소들이 일하기를 좋아하느냐고 물었다. 노인은 질문을 가만히 음미하더니 잘 모르겠다고 답했다. 황소에게는 선택의 여지가 없다고. 그러고는 말들을 바라보았다. 이 로스 카바요스?(말들은 어떤가?)

소년은 말들이 일하는 것을 좋아하는 것 같다고 말했다. 심지어 어떤 말은 즐기기까지 한다고. 소 떼를 모는 것을 즐거워한다고. 말은 황소와는 전혀 다르다고.

물총새가 강에서 날아올라 방향을 바꾸며 울어 대더니 다시 강으로 돌아와 상류로 날아갔다. 아무도 새를 쳐다보지 않았다. 노인이 말했다. 온 세상이 다 알고 있듯 황소는 하느님과 가까운 짐승이라고, 황소의 침묵과 반추는 위대한 침묵과 깊은 생각의 그림자와 같은 것이라고.

노인이 고개를 들었다. 그리고 빙그레 웃었다. 어쨌든 황소는 죽임을 당해 고기가 되지 않으려면 일을 해야 한다는 것을 알고 있고, 그것은 그들에게 아주 유용한 지식이라고 말했다.

노인이 강으로 들어와 짐승들을 강에서 내쫓았다. 소들은 자갈밭으로 기어올라 입바람을 뿜고는 목을 비비 꼬았다. 노인이 작대기를 어깨에 짊어진 채 고개를 돌렸다.

에스타 레호스 데 수 카사?(집이 먼가?)

소년은 집이 없다고 말했다.

노인이 얼굴을 찌푸렸다. 노인은 집이 없을 수는 없다고 말했고, 소년은 집이 정말 없다고 말했다. 노인은 누구나 세상에는 머물 곳이 있으며, 소년을 위해 기도하겠다고 말했다. 그리고 어스름이 새로 내린 버드나무와 플라타너스 사이로 소들을 몰고 이내 시야에서 사라졌다.

소년이 모닥불로 돌아왔을 때는 어둠이 짙어져 있었다. 개가 벌떡 일어났고 소녀가 다가와, 흙먼지를 깨끗이 씻어 내고는 물을 뚝뚝 흘리는 말들을 데려갔다. 불 가를 걷던 소년은 말리려고 놓아둔 안장을 뒤집었다.

저 애가 엄마를 만나러 나미키파로 가고 싶대. 보이드가 말했다.

빌리는 선 채로 동생을 내려다보았다. 가고 싶으면 가면 되지.

내가 같이 갔으면 해.

너랑 같이 가고 싶어 한다고?

응.

왜?

나도 몰라. 무서운가 봐.

빌리는 모닥불을 응시했다. 너도 가고 싶어?

아니.

그럼 더 떠들 것도 없네.

말을 타고 가라고 했어.

빌리는 천천히 웅크리고 앉아 팔꿈치를 무릎에 괴었다. 그리고 절레절레 고개를 저었다. 안 돼.

그럼 어떻게 집에 가?

저 애가 훔친 말을 타고 가는 걸 누가 보기라도 하면 어떻게 될 것 같아? 젠장. 설사 다른 말을 내줘도 마찬가지야.

원래 우리 말이잖아.

그래, 망할 우리 말이지. 그러면 말은 어떻게 돌려받을 건데?

저 애가 도로 데리고 올 거야.

보안관도 같이 데리고 오겠지. 집에 가고 싶다면 애초에 왜 집에서 달아난 거래?

나도 몰라.

나도 마찬가지야. 십중팔구 말을 돌려받지 못할 거야.

나도 알아.

빌리는 모닥불에 침을 뱉었다. 이런 나라에서 여자로 태어난다는 건 정말 끔찍한 일일 거야. 집에 갔다 와서는 어떻게 할 거래?

보이드는 대답하지 않았다.

지금 우리가 어떤 처지인지는 저 애도 알고 있어?

응.

그런데 왜 나한테는 말을 안 하지?

형이 자기를 버리고 떠날까 봐 무섭대.

그래서 말을 데리고 가겠다고.

응. 그런 모양이야.

내가 말을 못 내주겠다면?

그래도 가겠지.

그럼 가라고 해.

소녀가 돌아왔다. 소녀가 영어를 알아들을 리 없는데도 그들은 대화를 중단했다. 소녀는 모닥불에 요리 도구를 올리고는 물을 뜨러 강으로 갔다. 빌리는 보이드를 바라보았다.

저 애랑 같이 달아날 생각은 아니겠지?

절대 아냐.

상황이 아주 안 좋다면.

그런 게 어딨어.

저 애가 돌봐 줄 사람 하나 없이 혼자 남겨졌다거나, 가족한테 버림받는다거나, 누군가에게 괴롭힘 당한다거나 하면 말이야. 그러면 저 애랑 같이 갈 생각이지?

보이드가 몸을 숙여 장작 두 개를 꺼내 시커메진 끝을 손가락으로 눌러 가루로 만들더니 손을 바지 자락에 문질렀다. 그러는 내내 한 번도 빌리를 쳐다보지 않았다. 아냐. 안 그럴 거야.

아침에 그들은 교차로로 나아갔고, 그곳에서 소녀와 헤어졌다.

돈이 얼마나 있어? 보이드가 말했다.

알거지에 가깝지.

그걸 저 애한테 주면 안 될까?

그럴 줄 알았다. 도대체 우린 뭘 먹고 살고?

반만 나눠 줘.

알았어.

소녀는 안장 없이 말 위에 앉아 눈물이 그렁그렁한 검은 눈으로 보이드를 내려다보더니 말에서 내려 그를 꼭 껴안았다. 빌리는 가만히 바라보았다. 남쪽 하늘을 보니 구름이 휘덮어 우중충했다. 빌리는 몸을 숙여 길에 마른 침을 뱉었다. 가자.

보이드가 소녀를 말 위로 올려 주자 소녀는 고개를 돌려 손으로 입을 가리고 그를 내려다보다 말 머리를 돌려 흙길을 따라 동쪽으로 나아갔다.

그들은 빌리의 말을 또다시 같이 타고는 흙길을 따라 남쪽으로 향했다. 먼지구름이 길 위에 왕관을 씌우고, 길가 아카시아가 바람에 몸을 비틀며 신음을 뱉었다. 오후 늦게 어둠이 몰려들며 빗방울이 흙바닥과 모자챙을 타다닥 두드렸다. 그들은 말을 타고 가는 세 남자와 엇갈려 나아갔다. 말도 구색이 안 맞았지만 마구는 더더욱 그랬다. 빌리가 돌아보니 두 남자가 이쪽을 돌아보고 있었다.

그때 그 애를 괴롭히려던 그 멕시코 놈들일까?

나도 몰라. 아닐 거야. 형 생각은 어때?

나도 몰라. 아니겠지.

그들은 빗속을 지나갔다. 잠시 후 보이드가 말했다. 그놈들은 우리를 알아볼 거야.

그래. 알아보겠지.

산속으로 접어들면서 길이 좁아졌다. 주위에는 온통 황량한 소나무뿐이고, 초원에 돋은 갈대처럼 마른 풀은 말에게 충분한 영양분을 제공할 수 없을 듯했다. 그들은 산길에서 번갈아 말에서 내려 말을 끌고 가거나 곁에서 걸어갔다. 어스름이 지면 소나무 숲에서 야영했는데, 밤 추위가 다시 드세졌다. 라스 바라스로 들어섰을 때는 이틀 동안 아무것도 먹지 못한 상태였다. 그들은 기찻길을 건너, 흙 부벽이 떠받치는 커다란 어도비 창고 건물을 지났다. 간판에 푸로 마이스(옥수수 정제)와 콤프로 마이스(옥수수 판매)라고 적혀 있었다. 판자벽에 노란 소나무 널빤지 더미가 쌓여 있고, 공기 중에는 피논나무 타는 냄새가 자욱했다. 그들은 치장 벽토를 바르고 양철 지붕을 인 나지막한 기차역을 지나 도시로 들어갔다. 집들은 어도비 건물로, 나무 널 지붕에는 송진이 발라져 있었고, 마당에는 장작이 쌓여 있었으며 울타리는 소나무 널빤지로 짜여 있었다. 다리 하나가 없지만 배짱이 두둑해 보이는 개 한 마리가 거리로 절뚝절뚝 들어오더니 몸을 휙 돌려 그들을 막고 섰다.

물어, 용맹아. 보이드가 말했다.

젠장. 빌리가 말했다.

그들은 이 원시적으로 보이는 고장에서 그나마 카페라고 불릴 만한 곳에서 음식을 먹었다. 텅 빈 방에 탁자 세 개가 놓여 있고, 난로는 없었다.

여기보다 밖이 더 따뜻하겠어. 빌리가 말했다.

보이드가 창문 너머로, 거리에 서 있는 말들을 살폈다. 그리고 카페 뒤쪽을 돌아보았다.

여기 장사를 하기는 하는 걸까?

잠시 후 여자가 뒷문에서 나와 그들 앞에 섰다.

케 티에네 데 코메르?(음식이 뭐가 있나요?) 빌리가 말했다.

테네모스 카브리토.(염소 고기가 있어요.)

케 마스?(또요?)

엔칠라다스 데 포요.(닭고기 엔칠라다.)

케 마스?(또요?)

카브리토.(염소.)

난 염소는 안 먹어. 빌리가 말했다.

나도 마찬가지야.

도스 오르데네스 데 라스 엔칠라다스. 이 카페.(엔칠라다로 주세요. 커피도요.)

여자는 고개를 끄덕이고 탁자를 떠났다.

보이드는 온기를 더하려고 손을 무릎 사이에 꼈다. 밖에서 잿빛 연기가 거리를 훑고 지나갔다. 아무도 돌아다니지 않았다.

추운 게 더 나쁠까, 배고픈 게 더 나쁠까?

둘 다 나빠.

여자가 다시 나타나 그들 앞에 접시를 놓더니 카페 앞쪽에 대고 손으로 내쫓는 시늉을 했다. 개가 유리 앞에 서서 안쪽을 들여다보고 있었다. 보이드가 모자를 벗어 유리를 향해 흔들자 개가 자리를 떴다. 보이드는 다시 모자를 쓰고 포크를 집어 들었다. 여자가 뒤쪽으로 가더니 한 손에는 커피 잔 두 개를, 다른 손에는 옥수수 토르티야가 담긴 바구니를 들고 왔다. 보이드는 입에서 무언가를 꺼내 접시에 놓고 들여다보았다.

뭐야? 빌리가 말했다.

나도 몰라. 닭 털 같아.

그들은 엔칠라다를 포크로 헤집어 안에 먹을 만한 것이 있는지 찾아보았다. 사내 둘이 들어와 그들을 보더니 뒤쪽 탁자에 앉았다.

콩을 먹어. 빌리가 말했다.

응. 보이드가 말했다.

그들은 콩을 토르티야에 담아 먹고는 커피를 마셨다. 뒤쪽의 두 사내는 음식을 기다리며 조용히 앉아 있었다.

엔칠라다는 왜 안 먹느냐고 저 아줌마가 묻지 않을까. 빌리가 말했다.

그야 모르지. 설마 사람들이 이런 것을 먹을까?

글쎄. 음식을 갖고 나가서 개한테 주자.

여기 음식을 갖고 나가 바로 앞에서 개한테 주자는 거야?

개가 먹기만 한다면야.

보이드가 의자를 밀치고 일어났다. 가서 냄비를 가져올게. 개는 길 아래에서 먹이면 될 거야.

좋아.

아줌마한테는 음식을 그냥 싸 가겠다고 말하고.

보이드가 냄비를 가져오자 그들은 접시의 음식을 싹싹 긁어 냄비에 담고 뚜껑을 덮은 뒤 커피를 마셨다. 여자가 두툼하고 육즙이 잘잘 흐르는 고기와 쌀과 피코 데 가요[32]가 담긴 커다란 접시 두 개를 가지고 나왔다.

젠장. 우라지게도 맛있겠다. 빌리가 말했다.

계산서를 달라고 하니 여자가 다가와 7페소라고 말했다. 빌리는 돈을 내고는 뒤쪽을 턱으로 가리키며 저건 뭐냐고 물었다.

카브리토.(염소.) 여자가 말했다.

밖으로 나오자 개가 벌떡 일어나 기다렸다.

젠장. 그냥 여기서 먹이자. 빌리가 말했다.

---

32) 멕시코식 샐러드.

저녁에 보키야로 가던 중 그들은 1000마리는 될 법한 수송 아지 코리엔테(물결)를 국경 도시 노코의 우리로 몰고 가는 바케로 무리와 마주쳤다. 라 바비코라 남쪽 깊은 구석 케마다에서 사흘 진 출발했다는 그들은 촌스럽고 지저분한 몰골이었고, 송아지들은 거칠고 섬뜩했다. 바케로들이 먼지구름 속에서 고함을 치면 유령 빛깔 말들이 뻘건 눈알이 박힌 머리를 음울하게 숙인 채 걸음을 옮겼다. 그들 중 몇이 손을 들어 인사를 건넸다. 젊은 구에로(금발)들은 손바닥만 한 둔덕으로 올라가 말에서 내려서서, 태양이 떠나가는 서녘 땅으로 모락모락 연기를 피워 올리며 창백한 혼돈이 떠내려가는 것을 바라보았다. 짙푸른 침묵의 저녁 속으로 바케로들의 마지막 고함소리와 소들의 마지막 신음 소리가 멀어져 갔다. 소년들은 말에 올라 다시 길을 갔다. 그들은 어둠 속에서 통나무로 벽을 쌓고 나무 널로 지붕을 인 집들이 모여 있는 고지대 평야의 촌락을 지나갔다. 연기와 음식 냄새가 선선한 공기 속에 감돌았다. 그들은 창문에서 길로 드리워진 노란 등불 무리를 통과해 다시 추위와 어둠 속으로 들어갔다. 아침에 바로 그 길에서, 그들은 남쪽 산의 호수에서 토실토실한 몸이 푹 젖은 채 내려오는 베일리와 톰과 니뇨를 마주쳤다.

말들은 역시나 물방울이 뚝뚝 흐르는 다른 말 대여섯 마리와 함께 시원한 아침 공기를 주둥이로 저으며 종종걸음으로 길을 향해 왔다. 말들이 길가의 풀을 뜯자 말을 탄 두 사람이 뒤쪽에서 마구 몰아 댔다.

빌리는 고삐를 당겨 말을 길가에 바짝 붙이고는 한쪽 다리를 안장 너머로 넘겨 내려서서 보이드에게 고삐를 건넸다. 무리 지은 말들이 신기하다는 듯 귀를 종긋 세우고 앞으로 다가왔다. 아버지의 말이 막 고개를 저으며 긴 울음을 토해 냈다.

어떻게 이런 일이? 어떻게 이런 일이? 빌리가 말했다.

소년은 말을 탄 이들을 바라보았다. 남자애들이었다. 아마도 자기네와 비슷한 또래이지 싶었다. 아이들은 무릎까지 젖어 있었고, 그들이 탄 말도 온통 젖어 있었다. 그들은 금발들을 보았고, 금발들이 말을 한쪽에 붙이는 것도 보았다. 모두들 호기심 가득한 얼굴로 다가왔다. 빌리는 총집에서 산탄총을 꺼내 개머리판을 젖혀 장전이 되었는지 확인한 다음 재빨리 개머리판을 쳐 올려 도로 바로 했다. 다가오던 말들이 길에서 멈추었다.

올가미를 던져. 니뇨를 놓치지 마.

빌리는 팔을 굽혀 산탄총을 고정한 채 길로 걸어갔다. 보이드는 안장 꼬리를 획 넘어 안장에 올라타서는 올가미를 묶어 둔 밧줄을 집어 들고 감긴 것을 풀었다. 다른 말들은 멈추었지만 니뇨만은 고개를 쳐들고 코를 쿵쿵거리며 길을 따라 다가왔다.

그래 니뇨. 착하지, 이 녀석.

뒤에서 말을 몰던 두 남자애가 고삐를 당겼다. 그들은 어찌해야 좋을지 몰라 말 위에 앉아 있었다. 빌리는 길을 건너 니뇨에게로 갔고, 니뇨는 고개를 흔들며 길로 들어섰다.

케 파사?(무슨 일이에요?) 바케로들이 외쳤다.

저 망할 자식한테 올가미를 던져. 안 그러면 총알 맛을 볼

줄 알아. 빌리가 말했다.

보이드가 올가미를 쳐들었다. 니뇨는 이미 길 위의 사람과 말 위의 사람 사이에 갇혀 있었기에 앞으로 달아났다. 올가미가 자신을 향해 날아오자 피하려고 했시만 길 위의 흙더미를 밟아 휘청이는 바람에 한 번에 올가미에 걸리고 말았다. 보이드는 밧줄을 안장 머리에 감았다. 버드가 몸을 돌려 길에 주저앉았으나 니뇨는 올가미에 묶이는 순간 걸음을 멈추어 나직한 울음을 뱉고는 뒤쪽의 말들과 남자애들을 바라보았다.

케 에스탄 아시엔도?(뭐하는 거야?) 남자애들이 소리쳤다. 그들은 아까 멈추었던 자리에 그대로 있었다. 다른 말들은 고개를 돌려 다시 길가의 풀을 뜯고 있었다.

작은 밧줄을 꺼내 고삐를 만들어.

니뇨를 타려고?

응.

내가 탈게.

됐어. 더 길게 해. 더 길게.

보이드가 올가미를 지어 임시 고삐를 만들어 주머니칼로 잘라서는 빌리에게 던졌다. 고삐를 받아 든 빌리는 니뇨를 묶은 밧줄을 따라 다가가며 나직이 속삭였다. 남자애들이 앞으로 말을 몰았다.

빌리는 니뇨의 머리에 임시 고삐를 씌우고는 목의 올가미를 느슨하게 풀었다. 말에게 속삭여 다독여 주고는 올가미를 완전히 벗겨 땅바닥에 던진 뒤 보이드가 있는 곳으로 말을 끌고 갔다. 올가미가 흙길 위로 질질 끌려갔다. 남자애들이 다시 멈추었다. 케 파사?(뭐야?) 그들이 외쳤다.

빌리는 산탄총을 보이드에게 던지고는 양손을 말 등에 대고 훌쩍 뛰어올라 다리 하나를 맞은편으로 넘기고 앉아 다시 산탄총으로 손을 뻗었다. 니뇨가 발을 구르며 고개를 저었다.

우리 베일리한테도 네 올가미 맛 좀 보여 줘야지. 빌리가 말했다.

보이드가 길 아래쪽의 남자애들을 쳐다보았다. 그리고 말을 앞으로 몰았다.

노 몰레스테 에소스 카바요스.(우리 말을 내버려 둬.) 남자애들이 외쳤다.

빌리는 니뇨를 길가로 몰았다. 보이드는 길에서 여유로이 풀을 뜯고 있는 말들에게 다가가 올가미를 던졌다. 올가미는 베일리를 향해 날아갔고, 고개를 들어 물러서려는 베일리의 머리가 정확히 올가미 속으로 들어갔다. 빌리는 아버지의 말 위에 앉아 지켜보았다. 나라면 열 번에 한 번 성공할까 말까인데. 빌리는 말에게 말했다.

키에네스 손 우스테데스?(뭐 하는 짓이야?) 남자애들이 외쳤다.

빌리가 말을 앞으로 몰았다. 그리고 맞받아 소리쳤다. 소모스 프로프리에타리오스 데 에스토스 카바요스.(우리 말을 찾아가는 거야.)

바케로들은 말 위에 앉아 있었다. 그들 너머로 보키야 쪽에서 트럭이 달려오고 있었다. 너무 멀어서 아직 소리는 안 들렸지만 남자애들은 미국인들의 시선을 보고 고개를 틀어 뒤돌아보았다. 아무도 움직이지 않았다. 가늘던 엔진 소리가 점점 커지면서 트럭이 서서히 다가왔다. 바퀴에서 솟은 먼지가 천천히 주위로 퍼졌다. 빌리는 말을 길 밖으로 몰고는 산탄총을 허벅지에 받쳐 똑바로 세워 들었다. 트럭이 다가왔다. 그리고 힘겹게 지나쳤다. 운전사가 말과 산탄총을 든 소년을 바라보았다. 트럭 짐칸에는 일꾼들 여덟아홉 명이 징집병처럼 빽빽이 앉아 있었는데, 먼지와 자동차 연기 사이로 말과 소년을 무표정하게 쳐다볼 뿐이었다.

빌리는 니뇨를 앞으로 몰았다. 돌아보니 바케로는 한 명만 남아 있었다. 다른 한 명은 이미 캄포(들판)를 가로질러 남쪽으로 향하고 있었다. 빌리는 서 있는 말들에게 다가가 톰을 무리에서 떼어 놓고 나머지 말들을 길 밖으로 내몬 뒤 고개를 돌려 보이드를 바라보았다. 가자. 빌리가 말했다.

그들은 톰을 묶지도 않은 채 앞세우고는, 홀로 남은 바케로를 향해 나아갔다. 보이드는 올가미에 걸린 베일리를 끌고 갔다. 어린 바케로는 그들이 다가오는 것을 가만히 바라보았다. 그러다 말 머리를 길가로 돌려 풀숲으로 들어가더니, 그들이 지나가는 것을 그저 바라보았다. 빌리는 다른 바케로를 찾아 캄포를 둘러보았지만 언덕을 넘었는지 보이지 않았다. 빌리는 말의 속도를 늦추어 바케로에게 소리쳤다.

아돈데 세 푸에 수 콤파드레?(네 친구는 어디로 갔지?)

어린 바케로는 대답하지 않았다.

빌리는 말을 다시 앞으로 몰고 산탄총을 어깨에 기대 똑바로 들었다. 그러다 고개를 돌려, 길가에서 풀을 뜯는 말들과 바케로를 다시 한 번 쳐다보고는 보이드가 곁에 올 때까지 말의 속도를 늦추었다가 나란히 나아갔다. 500미터쯤 가서 돌아보니 바케로가 그들의 뒤를 천천히 따라오고 있었다. 빌리는 조금 더 가다 멈추어, 무릎에 산탄총을 받쳐 세운 채 말을 45도쯤 돌렸다. 바케로 역시 멈추었다. 그들이 다시 나아가자 바케로 역시 다시 출발했다.

이거 곤란하게 됐는걸.

집을 떠났을 때부터 우리는 곤란했어. 보이드가 말했다.

다른 녀석은 사람들을 부르러 갔을 거야.

나도 알아.

니뇨는 사람을 태운 적이 별로 없나 봐.

그랬겠지.

빌리는 보이드를 바라보았다. 햇살을 피해 모자를 앞으로 숙여 얼굴에 그림자를 드리운 동생의 모습은 지저분하고 남루했다. 마치 전쟁이나 역병이나 가뭄의 결과로 이 나라에 새로이 생겨난 어린 기수 같았다.

정오가 되자, 멀리서 반짝이는 보키야 아시엔다의 나지막한 담을 따라 다섯 명의 남자들이 말을 타고 나타났다. 그중 넷은 안장 옆이나 손에 소총을 지니고 있었다. 그들이 세차게 고삐를 당기자 말들이 발을 쿵쿵 구르며 옆걸음질 쳤고, 남자들은 서로 가까이 있으면서도 멀찍이 떨어져 있는 양 서로를 요란하게 불러 댔다.

두 형제는 말들을 확인했다. 톰이 귀를 쫑긋 세운 채 종종걸음으로 앞으로 가 버렸다. 빌리는 몸을 돌려 뒤를 바라보았다. 뒤쪽에도 말을 탄 남자가 셋 있었다. 빌리는 보이드를 바라보았다. 개가 길가로 걸어가 주저앉았다. 보이드는 몸을 숙여 침을 뱉고는 울타리가 없는 남쪽 초지를 바라보았다. 저 멀리 연갈색 호수에는 하늘을 뒤덮은 구름이 그대로 담겨 있었다. 비쩍 마른 암갈색 송아지 대여섯 마리가 고개를 들어 길 위의 말들을 응시했다. 보이드는 뒤쪽에서 다가오는 이들을 돌아보고는 빌리를 바라보았다.

달아날 수 있을까?

아니.

우리 말이 더 빠를 거야.

저자들이 탄 말이 어떤 말인지 모르잖아. 어쨌든 버드는 니뇨를 따라가지 못할 거야.

빌리는 다가오는 남자들을 유심히 살폈다. 그리고 산탄총을 보이드에게 건넸다. 이거 치워. 그리고 서류를 꺼내.

보이드는 뒤로 손을 뻗어 안장주머니의 장미꽃 장식을 친친 감싼 끈을 풀었다.

저걸 저렇게 두지 마. 어서 치워.

보이드는 총을 총집에 꽂았다. 서류를 너무 믿는군.

빌리는 대꾸하지 않았다. 그는 길을 따라 나란히 다가오는 다섯 남자를 가만히 응시했다. 한 명을 제외하고는 모두들 소총을 세워 들고 있었다. 길가에 서 있던 톰이 다가오는 말들을 향해 히이힝 울었다. 남자 하나가 소총을 총집에 꽂더니 밧줄을 꺼내 들었다. 그가 다가오자 톰이 몸을 돌려 길 밖으로 달아나려 했지만, 남자가 말에 박차를 가하며 던진 올가미는 말의 목에 정확히 떨어졌다. 톰은 걸음을 멈추고 길 밖에 그대로 섰다. 남자가 감긴 밧줄을 풀어 길에 늘어뜨리자, 다른 남자들이 다가왔다.

보이드가 니뇨의 증서가 담긴 갈색 봉투를 건넸다. 빌리는 한 손에는 봉투를, 다른 손에는 임시 고삐를 느슨하게 쥔 채 앉아 있었다. 다리 안쪽이 말이 뿜어낸 땀으로 축축했고, 말의 체취가 풍겨 왔다. 다가오는 이들을 향해 말이 고개를 끄덕이고 울어 대며 발을 굴렀다.

남자들은 몇 걸음 앞에서 멈추었다. 그중 연장자로 보이는 사람이 동료를 둘러보며 고개를 끄덕였다. 부에노. 부에노.(좋아. 좋아.) 외팔이인 그의 오른쪽 소맷자락은 접힌 채 어깨에 핀으로 고정되어 있었다. 그는 묶인 고삐로 말을 몰았는데, 허리띠에는 권총이 꽂혀 있었고, 이 지역에서 더 이상 볼 수 없는 납작한 모자에다 무릎까지 오는 수공예 장식 부츠 차림으로 승마 채찍을 들고 있었다. 그가 보이드를 쳐다보더니 다시 빌리와 빌리가 손에 쥐고 있는 봉투를 바라보았다.

데메 수스 파펠레스.(그 서류 이리 주게.)

주지 마. 보이드가 말했다.

안 주면 어떻게 보여 줘?

로스 파펠레스.(서류.) 남자가 말했다.

빌리는 말을 앞으로 몰고 가 상체를 내밀어 봉투를 건넨 뒤 말을 도로 뒤로 물렸다. 남자는 봉투를 이에 물고 끈을 풀어 서류를 꺼내 펼쳐 도장을 유심히 살피다가 종이를 햇빛에 비추어 보았다. 그리고 쭉 훑은 뒤 도로 접어, 겨드랑이에 끼고 있던 봉투에 집어넣고는 오른쪽 사내에게 건넸다.

영어로 된 서류인데 읽을 수 있느냐고 빌리가 물었지만 남자는 대답하지 않았다. 그저 몸을 살짝 숙여 보이드가 타고 있는 말을 유심히 살필 뿐이었다. 이윽고 그는 서류는 소용이 없으며, 아직 철이 없어 벌인 짓이니 죄는 묻지 않겠다고 말했다. 그리고 이 문제에 대해 따지고 싶다면 바비코라의 세뇨르 로페스를 만나 보라고 했다. 남자가 고개를 돌려 오른쪽 남자에게 뭔가를 말하자 그자는 봉투를 셔츠 안에 집어넣더니 또 다른 남자와 함께 소총을 왼손에 세워 든 채 앞으로 나왔다. 보이드는 빌리를 바라보았다.

올가미를 풀어 줘. 빌리가 말했다.

보이드는 밧줄을 쥔 채 가만히 있었다.

내 말대로 해. 빌리가 말했다.

보이드가 몸을 숙여 베일리의 턱 아래 올가미를 느슨하게 풀어 벗겨 냈다. 말은 고개를 틀어 길가 도랑을 건너더니 종종걸음으로 멀어졌다. 빌리는 니뇨에서 내려 임시 고삐를 벗겨 내고는 말의 엉덩이를 찰싹 쳤다. 말이 고개를 돌려 베일리의 뒤를 따랐다. 그 무렵 뒤쪽에서 오던 자들이 도착해 이렇다 저렇다 말도 없이 말들을 쫓아갔다. 헤페(대장)가 미소를 지었다. 그리고 모자에 손을 댄 뒤 고삐를 쥐고 말 머리를 세차게 돌렸다. 바모노스.(가자.) 그와 네 남자는 자신들이 왔던 보키야를 향해 길을 따라 돌아갔다. 평원에서는 어린 바케로들이 처음 계획대로 말들을 서쪽 길로 몰고 가 이내 정오의 아지랑이 속으로 사라졌다. 남은 것은 침묵뿐이었다. 빌리는 길에 서서 상체를 숙여 침을 뱉었다.

할 말 있으면 해.

할 말 없어.

없으면 말고.

준비됐어?

응.

보이드가 부츠를 등자에서 빼내자 빌리는 그 등자에 발을 끼워 동생의 뒤에 올라탔다.

더럽게 무식한 새끼들이야. 보이드가 말했다.

할 말 없다며.

보이드는 대꾸하지 않았다. 길가 수풀에 숨었던 벙어리 개가 다시 나타나 기다렸다. 보이드는 말 위에 가만히 앉아 있었다.

뭘 기다려? 빌리가 말했다.

어느 쪽으로 갈지 형이 말해야지.

어느 쪽은 어느 쪽이겠냐?

사흘 후에 산타 아나 데 바비코라에서 만나기로 했잖아.

좀 늦어도 괜찮아.

서류는?

말도 없는데 서류가 무슨 소용이야? 서류가 이 나라에서 얼마나 잘 먹히는지는 이미 봤잖아.

여기 남아서 우리를 쫓아오던 애의 부츠에 소총이 꽂혀 있었어.

나도 봤어. 내가 장님인 줄 아니.

보이드가 말 머리를 돌려 서쪽 길로 향했다. 개가 뒤처지더니 말의 옆으로 드리워진 그림자 속에서 종종걸음 쳤다.

포기할까? 빌리가 말했다.

내 사전에 포기란 없어.

여기는 우리 동네하고는 완전히 달라.

누가 모르나.

상식은 어디다 내버린 거야. 여기까지 와서 송장이 되어 돌아갈 수는 없잖아.

보이드가 부츠 뒷굽으로 말의 옆구리를 꾹 누르자 말이 더욱 재게 발을 놀렸다. 겨우 이 정도 가지고 뭘 그래?

사람을 태운 말 두 마리와 사람을 태우지 않은 말 세 마리가 남긴 흔적을 쫓아가다 보니 한 시간 후 그들은 처음 말을 보았던 호수 근방에 다다랐다. 보이드는 발밑의 땅을 살피며 천천히 길가를 따라 말을 몰다, 편자를 단 말발굽과 편자를 달지 않은 말발굽이 길에서 벗어나 풀로 덮인 높다란 북쪽 구릉지로 향한 흔적을 발견했다.

녀석들은 어디로 가는 걸까?

글쎄. 하긴 어디서 왔는지도 모르잖아. 빌리는 말했다.

그들은 오후 내내 북쪽을 향해 갔다. 막 황혼이 드리워질 무렵 언덕에 오르자 8킬로미터 너머의 푸르고 시원한 초지에서 10여 마리 말들을 몰고 가는 이들이 보였다.

그놈들일까? 보이드가 말했다.

얼추 비슷해 보이는데. 빌리가 말했다.

그들은 계속 길을 갔다. 어둠이 내려도 계속 나아가다 앞이 보이지 않을 만큼 캄캄해지자 말을 멈추고 귀를 기울였다. 풀잎을 스치는 바람 소리 말고는 어떤 소리도 들리지 않았다. 샛

별이 서녘 하늘에 나직이 앉아 줄어든 태양처럼 붉게 빛났다. 빌리는 말에서 내려 동생에게서 고삐를 받아 들고 말을 끌고 갔다.

소 배 속에라도 들어온 것처럼 시커멓군.

나도 알아. 구름이 껴서 그래.

뱀한테 물려 죽기 딱 좋겠다.

나야 부츠가 있으니 괜찮지만 말이 큰일이야.

나지막한 언덕에 오르자 보이드는 등자에 발을 받치고 섰다.

그놈들이 보여? 빌리가 말했다.

아니.

뭐가 보여?

아무것도 안 보여. 뭐가 보여야 보지. 어둠 위에 어둠이 있고, 또 그 위에 어둠이 있을 뿐이야.

아직 모닥불을 지필 겨를이 없었나 봐.

아니면 밤새 쉬지 않고 갈 생각이든지.

그들은 언덕의 능선을 따라 나아갔다.

저기야. 보이드가 말했다.

나도 보여.

그들은 멀리 돌아 나지막한 분지로 내려가 바람을 피할 곳을 찾았다. 보이드가 말에서 내려 풀이 무성한 비탈에 서자 빌리는 고삐를 건넸다.

말을 묶어 둘 만한 걸 찾아. 다리에 밧줄을 묶거나 말뚝에 매어 두지는 말고. 잘못했다가는 저놈들 말 떼로 섞여 들 수도 있어.

빌리는 안장과 담요와 안장주머니를 끌어 내렸다.

모닥불을 피울 거야? 보이드가 말했다.

불은 뭐로 지피고?

보이드가 말을 끌고 어둠 속으로 사라졌다가 잠시 후 다시 돌아왔다.

묶어 둘 만한 게 아무것도 없어.

이리 줘.

빌리는 올가미를 만들어 말의 머리에 씌우고 다른 쪽 끝을 안장 머리에 감았다.

내가 안장을 베고 잘게. 녀석이 12미터 이상 움직이면 내가 깰 거야.

이렇게 시키면 건 생전 처음이야. 보이드가 말했다.

나도 알아. 아무래도 비가 내릴 모양이야.

아침에 그들은 언덕 능선을 따라 걸으며 북쪽을 살폈지만 불도 연기도 보이지 않았다. 날씨가 변해 하늘은 맑고 고요했다. 풀로 덮인 구릉지에는 아무것도 없었다.

대단한 동네군. 빌리가 말했다.

녀석들이 달아난 걸까?

반드시 찾아내고 말 테니 염려 마.

그들이 북쪽으로 1.5킬로미터쯤 갔을 때 흔적이 나타났다. 차갑게 식은 모닥불 앞에 빌리가 웅크리고 앉아 입바람으로 재를 치우고 숯에 침을 뱉었지만 희미한 쉿 소리조차 나지 않았다.

아침에는 불을 피우지 않았군.

우리를 본 걸까?

아닐 거야.

아침에 몇 시에 여기에서 떠났는지 알 길이 없어.

그러게.

우리를 습격하려고 어디 매복해 있는 거면 어떡해?

매복이라고?

응.

그런 말은 어디서 들었어?

나도 몰라.

이 근방에는 숨을 데가 전혀 없어. 그냥 일찍 출발한 것뿐
이야.

그들은 말에 올라 나아갔다. 풀을 밟고 지나간 말발굽 자
국이 보였다.

조심해야겠어. 언덕으로 오르지 말고 언덕 아래로 돌아가
야 해. 보이드가 말했다.

나도 그럴 생각이야.

흔적을 놓칠 수도 있어.

그럴 일은 없을 거야.

땅이 돌투성이나 단단한 곳으로 바뀌면? 그 생각도 했어?

세상이 끝나면 어떡할 건데? 그 생각은 했어? 빌리가 말했다.

응. 물론 했지.

9시경에 그들은 3킬로미터 너머의 능선을 따라 아이들이
말을 몰고 가는 모습을 보았다. 한 시간 후 동서로 뻗은 길
에 들어서자 형제는 말을 세우고 땅을 유심히 살폈다. 흙길에

는 수많은 말 떼가 이동한 자국이 남아 있었다. 그들은 말 떼가 사라진 동쪽을 멀리 내다보았다. 그리고 말 머리를 동쪽으로 향했다. 정오에 내리막길과 오르막길이 골을 이룬 곳에 말들이 지나가며 남긴 흙구름이 여전히 머물고 있었다. 한 시간 후 그들은 교차로 혹은 북쪽의 산맥에서부터 이어진 도랑이 길과 교차하여 남쪽의 구릉지로 뻗어 가는 곳에 이르렀다. 길에는 자그마한 갈색 남자가 좋은 미국산 말에 앉아 있었다. 존 B. 스테츤 모자를 쓰고, 뒷굽이 툭 불거져 날카로운 경사를 이룬 값비싼 래티고 부츠[33)를 신은 그 남자는 나이를 가늠하기가 어려운 얼굴이었다. 남자가 모자를 뒤로 젖히더니 말없이 담배를 피우며, 길을 따라 다가오는 그들을 가만히 바라보았다.

빌리는 말의 속도를 늦추고는 다른 말이나 다른 사람은 없는지 주위를 유심히 살폈다. 그러다 약간 거리를 두고 멈추어서 자신도 모자를 살짝 젖혔다. 부에노스 디아스.(안녕하세요.) 빌리가 말했다.

남자는 검은 눈으로 잠시 그들을 살폈다. 안장 머리에 느슨하게 겹쳐 놓은 두 손의 손가락 사이에서 느슨하게 끼워진 담배가 타들어 가고 있었다. 남자가 살짝 몸을 움직여 뒤쪽의 도랑을 쭉 훑었다. 말들이 달려가며 남긴 희미한 먼지구름이 여전히 공기 중에 여름날 꽃가루처럼 떠 있었다.

어쩔 생각이지? 남자가 말했다.

---

33) 입구에 화려한 무늬가 새겨진 고급 부츠.

네? 빌리가 말했다.

어떻게 할 생각인가. 한번 말해 보게.

남자가 담배를 들어 천천히 빨고는 느긋하게 연기를 뿜었다. 조금도 서두를 필요가 없다는 기색이었다.

누구시죠? 빌리가 말했다.

나는 키하라고 하네. 시먼스 씨를 위해 일하지. 나우에리치크 지역 감독관이야.

남자는 말 위에 앉아 있었다. 그리고 다시 느긋하게 담배를 피웠다.

우리 말을 찾고 있다고 말해. 보이드가 말했다.

무슨 말을 할지는 내가 정해. 빌리가 말했다.

무슨 말 말인가? 남자가 말했다.

뉴멕시코의 우리 목장에서 훔쳐 간 말요.

남자가 그들을 유심히 살폈다. 그러다 보이드를 턱으로 가리켰다. 자네 동생인가?

네.

남자는 고개를 끄덕였다. 그리고 담배를 피웠다. 남자가 길에 담배를 던졌다. 말이 그것을 바라보았다.

매우 심각한 일이라는 것은 알고 있겠지.

우리도 매우 심각합니다.

남자는 다시 고개를 끄덕였다. 따라오게.

남자가 말 머리를 돌려 출발했다. 그는 미국인들이 따라오는지 어쩌는지 뒤돌아보지도 않았지만, 그들은 따라갔다. 감히 남자와 나란히 말을 몰지는 않았다.

3시경에 그들은 달려가는 말들이 일으킨 먼지구름에 완전히 휩싸였다. 저 앞에서 달가닥달가닥 말발굽 소리가 들렸지만 말은 보이지 않았다. 키하다는 말을 길 밖으로 몰아 소나무 숲 사이로 들어갔다가 말 떼 앞쪽에 다시 나타났다. 앞에서 달려가던 카포랄이 키하다를 보고 한 손을 들자 바케로들이 앞으로 나와 말들을 몰았다. 카포랄이 다가와 말을 세우고 키하다와 이야기를 나누었다. 카포랄이 뼈만 앙상한 말 위에 같이 탄 두 소년을 돌아보았다. 그러더니 바케로들을 불렀다. 길 위의 말들은 초조한 듯 한데 모여 빙빙 돌고 있었다. 바케로가 뒤로 가 말들을 숲에서 쫓았다. 말들이 모두 진정하고 길에 가만히 서자 키하다가 빌리를 향해 고개를 돌렸다.

어느 게 너희 말이지?

빌리는 안장에서 몸을 틀어 말 떼를 살폈다. 30여 마리 말들이 가만히 서 있거나 느릿느릿 발을 구르며, 햇살에 번쩍이는 황금 먼지 속에서 머리를 주억거렸다.

커다란 갈색 말요. 그리고 옆에 있는 연한 갈색 말도요. 눈사이에 흰 점이 있는 녀석 말예요. 그리고 저기 등이 얼룩덜룩한 녀석도요. 티그레(호랑이)처럼요.

말들을 데리고 나오게. 키하다가 말했다.

그러죠. 빌리가 보이드를 돌아보았다. 내려.

내가 할게. 보이드가 말했다.

내려.

동생더러 하라고 하게. 키하다가 말했다.

빌리는 키하다를 바라보았다. 카포랄이 말 머리를 돌려 감독관과 나란히 섰다. 빌리는 한쪽 다리를 안장 위로 넘겨 땅에 내려 물러섰다. 보이드가 안장으로 올라와 밧줄을 꺼내 올가미를 만들더니 무릎을 치며 말을 앞으로 몰아 말 떼 가장자리로 다가갔다. 바케로들은 담배를 피우며 앉아 소년을 바라보았다. 보이드는 말들을 쳐다보지 않고 천천히 나아갔다. 말의 왼쪽에 늘어뜨린 올가미를 길가의 소나무 숲을 향해 나직이 흔들다가 동요하는 말들 위로 홀리헌식 백핸드[34]로 올가미를 던져 니뇨의 머리에 정확히 씌우고는 중간에 긴 말들에게 밧줄이 닿지 않도록 팔을 쳐들었다. 단번에 해낸 것이다. 보이드는 밧줄을 감으며, 올가미에 걸린 말에게 이리로 오라고 나직이 속삭였다. 바케로들은 그 모습을 지켜보며 담배를 피웠다.

니뇨가 다가왔다. 베일리도 뒤를 따랐다. 두 말은 낯선 말들 사이에서 고개를 크게 저으며 주뼛주뼛 말들을 밀치고 다가왔다. 보이드는 녀석들을 뒤쪽에 바짝 붙이고는 길가로 나아갔다. 그리고 감겨 있던 밧줄의 다른 쪽 끝을 풀어 올가미를 만들었다. 그런 뒤 말 떼 뒤쪽에 다가가 쳐다보지도 않고 올가미를 던져 톰의 머리에 씌웠다. 그는 말 세 마리를 끌고 길가의 말 떼를 지나 멈추었다. 말들이 버드와 서로서로 주둥이를 비비고 고개를 주억거렸다.

키하다가 고개를 돌려 카포랄에게 말했고, 카포랄은 고개를 끄덕였다. 키하다가 고개를 돌려 빌리를 바라보았다.

---

34) 올가미를 돌리다 뒤쪽에서 던지는 방식.

네 말들을 데려가거라.

빌리는 동생에게서 고삐를 받아 들고 말들을 잡고 길에 서 있었다. 문서를 하나 써 주십시오. 빌리가 말했다.

무슨 문서.

권리 양도 증서든 콘둑타(운송장)든 팍투라든 뭐든 좋습니다. 우리가 말들을 데리고 이 나라를 떠날 때 필요한 증서에 이름을 써 주시면 됩니다.

키하다는 고개를 끄덕였다. 그리고 몸을 돌려 안장 주머니 속에서 검은 가죽 수첩을 꺼냈다. 그는 수첩을 펼쳐 수첩 등에서 연필을 뽑아 쥐고 뭔가를 적었다.

자네 이름이 뭔가?

빌리 파햄입니다.

그는 썼다. 다 쓰자 수첩에서 종이를 찢은 뒤 연필을 도로 꽂아 수첩을 덮고 종이를 빌리에게 건넸다. 빌리는 종이를 받아 들고는 읽어 보지도 않고 접은 뒤 모자를 벗어 땀받이 띠 안쪽에 꽂고 다시 모자를 썼다.

감사합니다. 정말 감사합니다.

키하다는 다시 고개를 끄덕이고는 카포랄에게 말했다. 카포랄이 바케로들에게 소리쳤다. 보이드는 몸을 숙여 고삐를 쥐고는 흙길 가의 소나무 숲 사이로 말을 몰아 말 머리를 돌리고 멈추었다. 바케로들이 다시 말 떼를 모는 모습을 보이드와 말들은 가만히 바라보았다. 그들이 지나갔다. 우르르 무리 지어 달리며 눈알을 굴려 대는 말들을 뒤에서 몰던 바케로들이, 숲속에 말들을 데리고 말 위에 앉아 있는 보이드를 쳐다보았다. 보이드는 한 손을 들고 턱을 살짝 젖히며 말했다. 아디오스, 카바예로.(모두들 안녕히.) 이윽고 보이드는 뒤에 남겨졌고, 말 떼는 모두 그곳을 지나 산으로 들어섰다.

저녁에 그들은 석회암 덩어리를 깎아 만든 아브레바데로(수조)에서 말에게 물을 먹였다. 머리 위에서 느릿느릿 맴을 도는 풍차 날개가 산중 초지에 비스듬히 드리운 긴 그림자 역시 시커먼 회전목마처럼 느릿느릿 맴을 돌았다. 니뇨에게 안장을 씌워 타고 온 빌리는 말에서 내려 편히 숨을 쉬도록 뱃대끈을 느슨하게 풀었고, 보이드는 베일리에게서 미끄러지듯 내렸다. 그들은 파이프에서 떨어지는 물을 먹고는 웅크리고 앉아, 말들이 물을 먹는 모습을 지켜보았다.

말들이 물 먹는 모습을 보니 참 좋지? 빌리가 말했다.

응.

빌리는 고개를 끄덕였다. 나도 좋아.

그 종이가 소용이 있을까?

금덩이만큼이나 소용이 될걸.

어지간히도 그렇겠다.

그래. 어지간히도 그럴 거야.

보이드가 풀을 한 줄기 뽑아 입에 물었다.

그자가 왜 말을 그냥 내줬을까?

우리 말이라는 걸 알았으니까.

그걸 어떻게 알아?

척 보고 안 거지.

그래도 자기가 가지면 그만이었을 텐데.

그래. 그랬을 거야.

보이드가 침을 뱉고 풀을 다시 물었다. 그리고 말을 바라보았다. 오지게 운이 좋았어. 말들을 이렇게 데리고 가다니.

나도 알아.

우리 운이 얼마나 더 좋을까?

나머지 두 말도 찾을 수 있는 운 말이야?

응. 그래. 아니면 다른 운이라도.

나도 모르지.

동감이야.

그 애가 자기 말대로 거기 올 것 같아?

응. 올 거야.

그래. 그렇겠지.

육지를 가로질러 남쪽으로 가던 비둘기들이 수조에 내려앉으려다 그들을 보고는 도로 푸드덕 날아올랐다. 파이프에서 물이 시원한 금속음을 내며 흘러내렸다. 서쪽에 층층이 쌓인 구름 아래로 가라앉는 태양이 금빛 빛살을 거두어들여 땅에는 온통 푸른색과 침묵과 시원함만 감돌았다.

그들이 다른 말들도 가지고 있었을 거라고 생각하지? 보이드가 말했다.

누구 말이야.

누군지 알면서. 보키야에서 온 자들.

그야 모르지.

하지만 그렇게 생각하잖아.

그래. 그렇게 생각해.

빌리는 키하다가 준 종이를 모자의 땀받이 띠에서 꺼내 펼쳐 읽고는 다시 접어 끼우고 모자를 썼다. 찜찜하지?

찜찜하지 않으면 이상한 거지.

글쎄. 젠장.

그자가 그 말들은 어떻게 했을 것 같아?

너도 알잖아.

보이드가 입에 물고 있던 풀을 빼내 너덜더덜한 셔츠 주머니의 단춧구멍에 끼워 동그랗게 묶었다.

응. 어차피 더 이상 따지고 자시고 할 수도 없잖아.

글쎄. 어쩐지 그자한테 아직 할 말이 남아 있는 것 같아.

다음 날 정오에 그들은 말들을 뒤에서 몰며 보키야 이 아넥사스로 들어섰다. 보이드가 말과 함께 남아 있는 동안 빌리가 티엔다(가게)로 들어가 고삐를 만들, 1센티미터 굵기 남짓의 새끼줄 12미터를 샀다. 카운터의 여자는 옷감 두루마리에서 천을 풀어 재고 있었다. 천 자락을 턱으로 고정한 채 팔로 길이를 잰 다음 면도칼과 칼로 옷감을 끊어 접어서는 카운터 너머의 여자애에게 건넸다. 여자애가 구리 동전과 옛날 틀라코 동전과 페소 동전과 구깃구깃한 지폐를 내놓자 카운터의 여자는 금액을 헤아린 다음 고맙다고 인사했고, 여자애는 옷감을 옆구리에 낀 채 가게를 나갔다. 그러자 카운터의 여자가 창가로 가 여자애를 바라보았다. 그 옷감은 여자애의 아버지가 쓸것이라고 했다. 멋진 셔츠를 만들 수 있겠다고 빌리가 대꾸하니 여자는, 그것은 셔츠감이 아니라 관의 안감을 댈 천이라고 했다. 빌리는 창밖을 내다보았다. 여자는 그 애의 가족이 부자가 아니라고 했다. 아센다도의 아내 밑에서 일하면서 그런 사치를 배운 것이라고, 보다(결혼)를 위해 모은 돈으로 옷감을 산 것이라고. 여자애는 옷감을 옆구리에 낀 채 흙길을 건너고 있었다. 모퉁이에 서 있던 세 남자는 여자애가 다가오자 시선을 피하더니 여자애가 지나간 후 그중 둘이 멀어져 가는 여자애를 바라보았다.

그들은 하얗게 회칠한 흙담 그늘에 앉아, 행상에게서 산 기름투성이 갈색 종이에서 타코[35]를 꺼내 먹었다. 개가 가만히 바라보았다. 빌리는 빈 종이를 둥글게 뭉치고는 손을 바지 자락에 문질렀다. 그리고 칼을 꺼낸 뒤 새끼줄을 쥐고 양팔을 쫙 벌려 길이를 가늠했다.

여기서 고삐를 씌우게? 보이드가 말했다.

응. 왜? 어디 다른 데 약속이라도 있냐?

저기 알라메다에서 하면 안 돼?

그러자.

그자들이 말에 왜 낙인을 안 찍었을까?

글쎄. 아마 전국적으로 말을 사고 팔아서겠지.

우리가 낙인을 찍자.

대체 뭘로 낙인을 찍는다는 거야?

---

35) 튀긴 토르티야에 저민 고기 등을 싸서 먹는 멕시코 요리.

그야 모르지.

빌리는 새끼줄을 자른 칼을 내려놓고 보살(재갈)을 만들었다. 보이드가 마지막 타코 조각을 입에 넣고 씹었다.

이 타코 안에 뭐가 들었을까?

고양이.

고양이?

응. 저 개가 너를 쳐다보는 거 안 보여?

그럴 리 없어. 보이드가 말했다.

길에서 고양이를 한 마리라도 봤어?

너무 더우니까 그렇지.

그늘에는?

그늘 어디에 웅크리고 있을 거야.

이 동네에서 고양이를 몇 마리나 봤는데?

형이 고양이를 먹을 리 없잖아. 내가 고양이를 먹게 내버려 둘 리는 더더욱 없고.

그야 모르지.

절대 그럴 리 없어.

배가 너무 고프면 그럴 수도 있지.

그렇게 고프지도 않았잖아.

무지 고팠어. 넌 안 그랬냐?

응. 안 그랬어. 설마 우리가 정말 고양이를 먹은 거야?

아냐.

그걸 형이 어떻게 알아?

알지. 너도 알잖아. 알라메다로 가자며 거 참 말도 많다.

형을 기다렸지.

참, 도마뱀도 있지. 닭고기와 전혀 구분이 안 된다던데.

젠장.

그들은 말을 거리 맞은편으로 몰고 가, 페인트칠된 나무 그늘 아래에서 고삐를 만들었다. 혹시라도 말이 달아나려고 할 경우 밟아서 쓰러지도록 기다란 밧줄을 늘어뜨렸다. 보이드는 말라서 버석거리는 풀밭에서 개를 베고 누워, 모자로 눈을 가리고는 잠이 들었다. 거리는 오후 내내 텅 비어 있었다. 빌리는 말에게 고삐를 씌워 조이고는 풀밭으로 걸어가 길게 누워 이내 잠이 들었다.

어스름이 내릴 무렵, 어쩌다 자기 목장을 떠나 말을 타고 온 한 사내가 알라메다 맞은편에 말을 세워서는 잠이 든 그들과 말들을 보았다. 사내는 몸을 숙여 침을 뱉었다. 그리고 말머리를 돌려 왔던 길을 되돌아갔다.

빌리가 깨어 일어나서는 보이드를 보았다. 보이드는 모로 누워 개를 팔로 두르고 있었다. 빌리는 손을 뻗어 동생의 모자를 흙바닥에서 주워 들었다. 개가 한쪽 눈을 떠 그를 바라보았다. 거리를 따라 다섯 사람이 말을 타고 다가오고 있었다.

보이드. 빌리가 말했다.

보이드가 일어나 모자를 찾아 더듬었다.

저기 사람들이 온다. 빌리가 말했다. 그리고 일어나 거리로 들어가 버드의 뱃대끈을 조이고는 고삐를 풀고 안장에 올랐다. 보이드는 모자를 쓰고 말들에게로 걸어갔다. 니뇨의 고삐를 풀어, 철판으로 만든 자그마한 벤치로 끌고 가 그 위에 올라서서 한쪽 다리를 말의 맨등 위로 넘겼다. 심지어 말을 세우지도 않은 채 단번에 올라타서는 말 머리를 돌려 나무들을 지나쳐 거리로 들어갔다. 말을 탄 사람들이 다가왔다. 빌리는 보이드를 바라보았다. 보이드는 손바닥을 말의 어깻죽지 사이에 댄 채 살짝 몸을 굽히고 앉아 있었다. 그러다 몸을 숙여 침을 뱉고는 손목으로 입가를 훔쳤다.

그들이 서서히 다가왔다. 그들은 나무 아래에 서 있는 말들은 처다보지도 않았다. 외팔이를 제외하고는 모두 젊은 남자였고, 총을 갖고 있는 것 같지 않았다.

저기 우리 친구가 있군. 빌리가 말했다.

헤페로군.

헤페라고 부를 만큼 대단한 인간은 아닐 거야?

왜?

헤페가 여기 직접 왔겠어. 사람을 보내지. 저들 중 아는 얼굴이 있어?

아니. 왜?

그저 얼마나 큰 조직을 상대하는 건지 궁금해서.

예의 그 수공예 장식 부츠에 예의 그 납작한 모자를 쓴 예의 그 남자는 마치 옆으로 지나가겠다는 듯 그들 앞에서 말을 살짝 옆으로 틀었다. 그러다 말을 반대로 휙 돌렸다. 그들 앞에 말을 세운 그는 고개를 끄덕였다. 부에노.(안녕한가.)

키에로 미스 파펠레스.(서류가 있어요.) 빌리가 말했다.

젊은 남자들은 서로를 바라보았다. 망코(외팔이)가 두 소년을 유심히 살폈다. 이윽고 정신이 나간 게 아니냐고 물었다. 빌리는 대답하지 않고 주머니에서 종이를 꺼내 펼쳤다. 그리고 이 말들에 대한 팍투라가 있다고 말했다.

팍투라 데 돈데?(어디에서 받은 증서지?) 망코가 말했다.

데 라 바비코라.(바비코라에서요.)

외팔이가 빌리에게서 시선을 떼지 않은 채 고개를 돌려 흙 길에 침을 뱉었다. 라 바비코라.(바비코라라고.)

시.(네.)

피르마도 포르 키엔?(누가 서명했지?)

피르마도 포르 엘 세뇨르 키하다.(키하다 씨가요.)

외팔이는 무표정하게 앉아 있었다. 키하다 노 에스 알구아실.(키하다는 보안관이 아니야.)

에스 헤렌테.(감독관이시죠.)

망코가 어깨를 으쓱했다. 그리고 묶인 고삐를 안장 머리에 얹고는 한 팔을 내밀었다. 페르미타메.(이리 줘 보게.)

빌리는 종이를 접어 셔츠 주머니에 넣었다. 그리고 아직 말 두 마리를 못 찾았다고 말했다. 외팔이가 다시 어깨를 으쓱했다. 자신이 도울 수는 없다고 했다. 어린 미국인들을 도울 수는 없다고.

당신 도움은 필요 없어요. 빌리가 말했다.

코모?(뭐라고?)

하지만 빌리는 이미 말 머리를 오른쪽으로 돌려 거리 중앙으로 말을 몰고 가고 있었다. 거기 있어, 보이드. 빌리가 말했다. 헤페가 오른쪽 사내에게 고개를 돌렸다. 그리고 말들을 챙기라고 지시했다. 테 로스 엥카르고.(자네 책임이야.)

노 토케 에소스 카바요스.(우리 말에 손대지 마요.)

코모? 코모?(뭐라고? 뭐가 어쨌다고?) 헤페가 말했다.

보이드가 나무 아래에서 말을 몰고 나왔다.

거기 가만히 있어. 내 말대로 해. 빌리가 말했다.

말을 탄 사내 둘이 묶인 말들을 향해 다가가고 있었다. 세 번째 사내가 보이드의 말을 막으려고 나왔지만 보이드가 그를 앞질러 거리로 들어섰다.

물러나 있어. 빌리가 말했다.

세 번째 사내가 말을 세웠다. 그리고 헤페를 바라보았다. 니뇨가 눈을 희번덕이며 발을 굴렀다. 망코가 고삐를 이로 물고는 옆구리에 찬 총집에서 총을 뽑으려 했다. 니뇨가 눈알을 희번덕인 것이 거리의 다른 말들에게도 달갑지 않은 깨달음을 전한 모양이었다. 헤페의 말 또한 고개를 획획 저으며 발을 굴렀다. 빌리가 잽싸게 모자를 벗어 말을 앞으로 몰고 가 헤페가 탄 말의 눈에 대고 모자를 흔들어 대자 말이 앞발을 번쩍 쳐들었다 내리고는 두 번 뒷걸음쳤다. 헤페는 굵고 납작한 안장 머리를 움켜쥐었지만, 그 순간 말이 다시 걸음을 내디며 90도로 방향을 꺾다 그만 벌러덩 쓰러졌다. 빌리의 말이 앞뒤로 서성이다 발굽으로 헤페의 모자를 짓이기고 방향을 트니 모자가 휘리릭 날아갔다. 빌리가 말 머리를 돌리면서 보니 니뇨가 서 있고, 니뇨의 허리 위에 보이드가 부츠 발로 서 있었다. 헤페의 말은 무릎을 꿇고 버르적거리다 벌떡 일어나 고삐와 등자를 덜렁거리며 거리로 달려갔다. 헤페는 길에 쓰러져 있었다. 그는 주위 말들의 분노 어린 몸짓을 살피느라 눈을 이리저리 굴렀다. 그러다 길바닥에 뭉개져 있는 자신의 모자를 보았다.

권총이 길에 나동그라져 있었다. 부하들 둘이 나무 아래 있는 말들을 제압하려 했지만, 말들이 고삐를 당겨 대며 제멋대로 뛰어나가려고 들었다. 부하 하나가 말에서 내려 헤페를 부축하려고 다가갔다. 네 번째 부하가 고개를 돌려 권총을 바라보았다. 보이드가 말에서 미끄러지듯 내리면서, 동시에 고삐를 말 머리 뒤로 넘기고는 권총을 길 가운데로 걷어찼다. 니뇨가 다시 앞발을 번쩍 쳐들려고 드는 바람에 넘어질 뻔한 보이드는 말을 진정시킨 뒤 네 번째 부하의 앞을 막고는, 이미 방향을 틀려는 그자 말의 콧구멍에 손가락 두 개를 찔러 넣었다. 말이 뒤로 물러나며 머리를 마구 흔들었다. 보이드는 니뇨를 빠른 속도로 끌고 거리로 들어갔다. 그러고는 몸을 숙여 권총을 집어 들어 허리춤에 꽂고는 니뇨의 갈기를 움켜 말 등에 훌쩍 올라탄 뒤 말 머리를 돌렸다.

빌리는 거리에 서 있었다. 바케로 한 명이 더 말에서 내려 이제 두 명이 헤페 곁에 무릎 꿇고 앉아 부축해 일으키려 했다. 하지만 헤페는 앉지 못했다. 둘이서 그를 일으켰지만 헤페가 맥없이 한쪽으로 쓰러져 그들 품에 안겼다. 그들은 그가 정신이 혼미한 모양이라며 계속 말을 걸고 뺨을 두드렸다. 길가에 구경꾼들이 모여들고 있었다. 나머지 바케로 두 명도 말에서 내려 고삐를 놓고 달려갔다.

그래 봐야 소용없어. 빌리가 말했다.

바케로 하나가 고개를 돌려 쳐다보았다. 코모?(뭐라고?)

에스 이누틸. 세 케브로 엘 에스피나소.(소용없어. 등이 부러
진 거야.)

만데?(뭐?)

등이 부러졌어.

마을에서 1.5킬로미터쯤 멀어지자 서쪽으로 흐르는 강이
나왔다. 바케로들이 거리에 무릎을 꿇고 있는 동안 보이드는
그들의 말까지 몰고 왔다. 곧 어두워질 터였다. 그들은 자갈밭
에 앉아, 선선해지는 하늘을 등지고 강물에 서 있는 말들을
바라보았다. 개가 강으로 가 물을 먹더니 고개를 들어 그들을
돌아보았다.

어쩔 생각이야? 보이드가 말했다.

아무 생각 없어.

그들은 말들을 보며 앉아 있었다. 아홉 마리였다.

바위 위를 지나간 도마뱀 자국도 추적해 낼 수 있는 사람
을 데리고 올 거야.

그렇겠지.

그놈들 말은 어떻게 하지?

글쎄.

보이드는 침을 뱉었다.

그놈들이 자기들 말을 되찾으면 우리를 내버려 두지 않을까.

웃기는 소리.

그놈들이 아침까지 기다리지는 않을 거야.

나도 알아.

그놈들이 우리한테 무슨 짓을 할지도 알아?

제법 잘 알지.

보이드가 강물에 돌멩이를 던졌다. 개가 고개를 돌려, 돌멩이가 사라진 곳을 바라보았다.

어둠 속에서 말들을 묶지도 않고 몰고 갈 수는 없어.

나도 그럴 생각은 없어.

그럼 무슨 생각인지 한번 말해 봐.

빌리가 일어나, 물을 먹는 말들을 바라보았다. 그놈들 말을 저기 언덕으로 따로 떼어 내 보키야 쪽으로 보내는 거야. 그러면 조만간 거기에 도착하겠지.

좋아.

권총 이리 줘.

어쩌려고?

그자 안장주머니에 넣으려고.

죽었을까?

지금은 안 죽었더라도 곧 죽을 거야.

그러면 총을 돌려줘도 소용없잖아.

빌리는 강물에 서 있는 말들을 바라보았다. 그리고 보이드를 내려다보았다. 소용없어도 상관없어.

보이드가 허리춤에서 권총을 빼내 건넸다. 빌리는 권총을 자기 허리춤에 쑤셔 넣고 강으로 걸어 들어가 버드에 올라탄 뒤 보키야의 말 다섯 마리를 떼어 내 강 밖으로 몰았다.

우리 말이 따라가게 하지 마.

따라가지 않을 거야.

내가 없는 동안 누가 와도 모른 척해.

어서 가기나 해.

모닥불 지피지도 말고.

가라니까. 내가 머저리인 줄 알아.

빌리가 말을 몰고 언덕 너머로 사라졌다. 태양이 가라앉으며 고지대의 시원한 긴 저녁이 내려앉았다. 말 세 마리가 차례로 강에서 나와 기슭의 잘 자란 풀을 뜯기 시작했다. 빌리가 돌아왔을 때는 사방이 어둑했다. 소년은 평원에서 야영지를 향해 똑바로 다가왔다.

보이드가 일어났다. 방향은 잘 잡아 줬겠지.

응. 준비됐어?

형이 돌아오기만 기다렸지.

그럼 가자.

그들은 말을 모아 강을 건너 산을 향해 나아갔다. 주위의 평원은 생명 하나 없이 푸르게 물들어 있었다. 가느다란 뿔로 화한 달이 서쪽에 접시처럼 등을 대고 누워 있고, 바로 그 위에 금성이 환한 빛을 뿜는 것이 꼭 배 위로 떨어지는 별 같았다. 그들은 강을 벗어나 평원을 계속 나아갔다. 밤이 지나고 아침이 밝아 올 무렵 그들은 강에서 서쪽으로 1.5킬로미터 떨어진 나지막한 언덕에서 시커멓게 말라 죽은 나무들로 케마다(불)를 지피고는 물도 없는 그곳에서 잘 준비를 했다. 말에서 내려 물의 흔적을 찾아보았지만 허탕이었다.

전에는 여기에 물이 있었을 텐데. 빌리가 말했다.

아마 불이 났을 때 물도 다 말랐나 봐.

샘이나 그런 게 있었을 텐데.

여긴 풀도 없잖아. 아무것도 없어.

오래전에 화재가 난 것 같아. 아주 오래전에.

어떡할 거야?

그냥 견뎌야지. 곧 해가 뜰 거야.

좋아.

이불 푹 덮고 잘 자. 내가 망을 볼 테니.

진짜 이불이 있으면 좋겠다.

무법자란 무릇 짐을 많이 들고 다니지 않는 법이야.

말들은 말뚝에 매어 두었다. 빌리는 산탄총을 든 채 근처의 시커먼 고목 사이에 앉았다. 달은 오래전에 지고 없었다. 바람도 없었다.

그자가 말도 없이 니뇨의 증서만 가지고 어떻게 할까? 보이드가 말했다.

몰라. 증서에 맞는 말을 찾겠지. 잠이나 자.

소용도 없는 망할 증서 같으니.

나도 알아.

뒈지게 배고프다.

언제부터 그렇게 욕을 했냐?

밥을 못 먹은 때부터.

물이나 마셔.

마셨어.

그럼 잠이나 자.

동녘에 벌써 빛살이 들고 있었다. 빌리는 일어서서 귀를 기울렸다.

뭐가 들려? 보이드가 말했다.

아니.

여기는 어쩐지 으스스해.

나도 알아. 어서 자.

빌리는 앉아 산탄총을 무릎 위에 놓았다. 말들이 초지에서 사각사각 풀 뜯는 소리가 들렸다.

자?

아니.

증서를 되찾았어.

니뇨 거 말이야?

응.

웃기지 마.

아니, 진담이야.

어디서 찾았는데?

안장주머니에 있던걸. 권총을 넣으려고 보니 안에 들어 있었어.

우라질.

빌리는 산탄총을 쥐고 앉아, 말의 기척과 그 너머 세상의 침묵에 귀 기울였다. 잠시 후 보이드가 말했다. 권총은 도로 넣어 놨어?

아니.

왜?

그냥.

그럼 내내 가지고 있었던 거야?

응. 어서 자.

사위가 환해지자 빌리는 일어나 주변을 돌아다니며 살폈다. 개가 일어나 쫓아왔다. 빌리는 언덕마루에 웅크리고 앉아 산탄총에 몸을 기댔다. 1.5킬로미터 너머 평원에서 연한 빛깔의 방목 소들이 북쪽으로 나아가며 풀을 뜯고 있었다. 그 외에는 아무것도 없었다. 죽은 나무들 사이로 돌아온 소년은 잠이 든 동생을 내려다보았다.

보이드.

응.

준비됐니?

동생이 일어나 앉아 주위를 둘러보았다. 응.

북쪽의 아시엔다로 가자. 거기 아주머니가 우리를 숨겨 줄 거야.

언제까지?

글쎄.

내일 그 애를 만나기로 했잖아.

나도 알아. 어쩔 수 없지.

아시엔다로 가는 데 며칠이나 걸려?

몰라. 어서 가자.

그들은 강이 보일 때까지 계속 북쪽으로 나아갔다. 강이 갈라지는 곳의 숲 가장자리에서 소들이 풀을 뜯고 있었다. 그들은 말을 세우고는 남쪽의 높다란 초록 구릉지를 돌아보았다.

산탄총으로 소를 맞출 수 있겠어? 보이드가 말했다.

충분히 가깝다면야. 응.

권총은?

굉장히 가까이 다가가야 해.

얼마나 가까이?

소를 잡지는 않을 거야. 가자.

뭐라도 먹어야지.

나도 알아. 가자.

강에 도착해서는 여울을 건너 길을 찾았지만 길이 보이지 않았다. 그들은 강을 따라 북쪽으로 나아가다 오후 일찍 산호세 푸에블리토(마을)에 이르렀다. 나지막한 잿빛 흙 오두막이 옹기종기 모여 있었다. 바큇자국이 팬 길을 따라 그들이 말을 일렬로 끌고 가는데 여인네 몇이 나지막한 문간에서 걱정스레 내다보았다.

왜들 저러지? 보이드가 말했다.

나야 모르지.

우리가 집시라고 생각하나 봐.

아니면 말 도둑이라고 생각하든지.

염소가 나지막한 지붕 아래에서 마노[36] 빛 눈으로 그들을 응시했다.

아이 카브론.(아 염소.) 빌리가 말했다.

뭐 이런 망할 곳이 있나. 보이드가 말했다.

어느 여인이 음식을 해 주었다. 그들은 흙바닥에 깐 멍석에

---

36) 보석의 일종. 주로 고운 적갈색이나 흰색을 띤다.

앉아, 집에서 말려 만든 흙그릇에 담긴 차가운 아톨레(음료)를 마셨다. 토르티야로 그릇 바닥을 깨끗이 닦으니 토르티야에 흙 얼룩이 졌다. 그들은 여인에게 돈을 내려고 했지만 여인은 받지 않았다. 빌리가 니뇨(아이)들에게 주라며 다시 돈을 내밀자 여인은 이곳에는 니뇨가 한 명도 없다고 답했다.

그들은 강가 미루나무 숲에서 밤을 보내기로 하고 강가 풀밭에 박힌 말뚝에 말들을 매어 두고 옷을 벗고는 어둠이 내린 강물로 헤엄쳐 들어갔다. 물은 시원하고 보드라웠다. 개가 기슭에 앉아 그들을 바라보았다. 아침에 빌리가 해 뜨기 전에 일어나 걸어가 니뇨를 풀어 야영지로 끌고 와 안장을 얹고는 산탄총을 들고 말에 올랐다.

어디 가? 보이드가 말했다.

먹을 것 좀 구해 보려고.

알았어.

여기 가만히 있어. 금방 돌아올 테니.

내가 어딜 간다고 그래?

그야 모르지.

누가 오면 어떻게 해?

아무도 안 올 거야.

혹시라도 오면?

빌리는 동생을 바라보았다. 담요를 어깨에 두르고 웅크리고 앉아 있는 모습이 무척이나 초췌하고 초라해 보였다. 보이드에게서 시선을 돌려 미루나무의 창백한 줄기 너머를 바라보니 굽이치는 불모의 초지가 잿빛 여명 속에 드러나고 있었다.

권총을 너한테 두고 가라는 말이야?

그것도 좋지.

쏠 줄은 알아?

젠장, 당연히 알지.

안전장치가 두 개 있어.

나도 알아.

좋아.

빌리는 안장주머니에서 권총을 꺼내 동생에게 건넸다.

약실에 총알이 하나 있어.

알았어.

쏘지 마. 권총용 총알은 그게 다니까.

안 쏠게.

좋았어.

언제 올 거야?

금방 올게.

알았어.

소년은 산탄총을 안장 머리에 얹은 채 하류로 나아갔다. 벅
샷 총알을 빼낸 뒤 안장주머니를 뒤져 5번 총알 두 개를 꺼내,
하나는 총에 장전하고 다른 하나는 셔츠 주머니에 넣었다. 그
리고 천천히 나아가며 나무 사이로 강을 주시했다. 1.5킬로미
터쯤 가자 물 위에 오리가 떠 있었다. 빌리는 말에서 내려 고
삐를 놓고 산탄총을 집어 들고는 강가의 버드나무 사이로 살
금살금 걸어갔다. 그리고 모자를 벗어 땅에 내려놓았다. 말이
뒤에서 소리 내어 울기에 돌아보며 나직이 꾸짖고는 다시 고

개를 들어 강 쪽을 바라보았다. 오리들은 여전히 물 위에 있었다. 시커먼 검은머리흰죽지 세 마리가 백랍 빛 고요한 물 위에서 꼼짝도 않고 있었다. 물안개가 연기처럼 솟구쳤다. 빌리는 바짝 몸을 숙여 버드나무 사이로 조심스레 나아갔다. 말이 다시 울었다. 오리들이 푸드덕 날아올랐다.

빌리는 일어나 뒤를 돌아보았다. 이런 망할 자식. 하지만 말은 그가 아니라 강 너머를 바라보고 있었다. 고개를 돌린 빌리는 말을 탄 사람 다섯을 발견했다.

빌리는 얼른 엎드렸다. 그들은 맞은편 숲 사이를 일렬로 나아가며 상류로 향하고 있었다. 빌리를 못 본 듯했다. 오리들이 새로운 아침 햇살 속에서 맴을 돌다 하류로 날아갔다. 그들이 고개를 들어 쳐다보더니 계속 나아갔다. 니뇨는 버드나무 사이 빤히 보이는 곳에 서 있었지만 그들은 말을 보지 못했다. 말은 다시 울지 않았고, 그들은 그대로 지나 상류로 사라졌다.

빌리는 일어나 모자를 들어 얼른 머리에 쓰고는 말이 놀라지 않도록 조심스레 다가갔다. 그리고 고삐를 잡고 올라 말 머리를 돌려 서둘러 몰았다.

강에서 벗어나 초지를 빙 돌아갔다. 미루나무의 위쪽 가지에 벌써 햇살이 내려앉고 있었다. 빌리는 계속 말을 몰며 뒤쪽의 안장주머니를 뒤져 벅샷 총알을 찾았다. 강 너머에서는 말을 탄 이들이 보이지 않았다. 말들이 말뚝에 매여 풀을 뜯고 있는 것을 보고 빌리는 야영지로 말 머리를 돌렸다.

한마디 말도 안 했건만 보이드는 즉각 상황을 파악하고는 말들을 챙기러 갔다. 빌리는 말에서 훌쩍 뛰어내려 담요를 말아 묶었다. 보이드가 뒤에서 말들을 몰며 뛰어왔다.

긴 밧줄을 모두 떼어 내. 말들이 달릴 수 있게.

보이드가 몸을 돌렸다. 한 손을 뻗어 첫 번째 말에 닿으려는 순간 그들이 숲에서 나왔고, 보이드의 셔츠 뒷자락이 붉게 부풀어 오르더니 동생이 풀썩 쓰러졌다.

빌리는 소총 총알이 날아가는 것을 실제로 보았다는 걸 나중에야 깨달았다. 총알이 귓전을 슈웅 하며 스치는 순간 시간이 얼어붙은 듯 자그마한 총알이 눈앞에서 빙그르르 돌며 한쪽 면이 햇살에 반짝였다. 총신을 통과하며 깨끗하게 닦인 납 총알은 보이드의 몸을 지나친 탓에 한층 느려져 있었지만 여전히 소리보다 빨리 움직이며 그의 왼쪽 귀를 스쳐, 허공에서 들려오는 속삭임인 양 쓰윽쓰윽 공기를 빨아들이는 소리와 위잉위잉 나직이 진동하는 충격파를 내뿜었다. 이윽고 총알은 나뭇가지에 부딪혀 튕기며 뒤쪽 황야로 요란하게 날아갔다. 빌리는 간발의 차로 목숨을 건진 것이었다. 이윽고 뒤늦게 총성이 울려 왔다.

납작하게 강물을 가로지른 가느다란 총성이 황야에서 다시 튕겼다. 소년은 미친 듯이 달려가는 말들 사이에서 이미 달리고 있었다. 그리고 무릎을 꿇고는, 피가 흥건한 바닥에 쓰러져 있는 동생을 뒤집었다. 오 하느님. 오 하느님.

소년은 동생의 머리를 들어 올렸다. 너덜너덜한 셔츠가 피로 축축했다. 보이드. 보이드.

아파, 형.

알아.

아파.

강 너머에서 소총이 다시 탕 울렸다. 다른 말들은 모두 숲에서 달아났지만 니뇨만은 고삐를 늘어뜨린 채 발을 구르며 서 있었다. 빌리는 총성이 울리는 쪽으로 고개를 돌려 한 손을 번쩍 들었다. 노 티레. 노 티레. 노스 렌디모스. 노스 렌디모스 아키.(쏘지 마요. 쏘지 마요. 항복해요. 항복.) 빌리가 외쳤다.

총성이 다시 울렸다. 빌리는 보이드를 내려놓고는, 막 달아나려는 니뇨에게로 달려가 고삐를 붙잡았다. 그리고 동생이 쓰러져 있는 곳으로 부랴부랴 말을 끌고 와 고삐를 밟고 서서는 동생을 들어 안장에 앉혔다. 그리고 고삐를 말 머리 너머로 던지며 안장 머리를 움켜쥐고 몸을 날려 동생 뒤쪽에 걸터앉은 뒤 비틀비틀 쓰러지려는 동생의 허리를 꽉 쥐고 양쪽 발꿈치를 니뇨의 배에 단단히 붙였다.

숲에서 나와 평원으로 들어설 무렵 총알이 세 발 더 날아왔지만 말은 이미 전속력으로 달리고 있었다. 보이드가 피투성이 몸을 흐느적대며 기대자 빌리는 동생이 죽었다고 생각했다. 저 앞쪽에 다른 말들이 달려가는 것이 보였다. 그중 한 마리가 뒤로 처졌는데, 부상을 입은 모양이었다. 개는 어디에도 보이지 않았다.

따라잡힌 말은 베일리였다. 뒷다리 무릎 오금 바로 위쪽에 총알이 박힌 베일리는 그들이 지나쳐 가자 걸음을 멈추었다. 빌리가 돌아보니 말은 가만히 서 있었다. 마치 영혼이 빠져나간 것 같았다.

그는 1.5킬로미터쯤 더 달려가 다른 말 두 마리를 따라잡

왔다. 빌리가 돌아보니 평원에는 말을 탄 사람 다섯이 가느다란 먼지 줄기에 휩싸여 부리나케 쫓아오고 있었다. 그중 몇몇이 채찍을 위아래로 마구 휘두르고, 모두의 옆구리에 소총이 비죽 나와 있는 광경을 새로 돋은 아침 해가 선명히 비추었다. 빌리가 다시 앞쪽을 보니 풀 이외에는, 푸르른 산맥으로 이어진 평원에 점점이 돋은 팔미야[37]뿐이었다. 달아날 곳도, 숨을 곳도 없었다. 빌리는 발꿈치로 니뇨를 세차게 때렸다. 버드와 톰이 뒤처지려 하자 빌리가 고개를 돌려 말들을 불렀다. 다시 앞쪽을 보니 저 멀리 왼쪽에서 오른쪽으로 흙먼지가 일며 자그마하고 시커먼 뭔가가 움직이고 있었다. 길이 있는 것이 분명했다.

빌리는 몸을 숙여 동생을 꽉 잡고는 니뇨에게 속삭이며 양쪽 발꿈치를 말의 옆구리 아래 바짝 붙였다. 말이 등자를 펄럭이며 텅 빈 황야를 쿵쿵 달렸다. 빌리가 돌아보니 버드와 톰은 여전히 곁에서 달려오고 있었다. 니뇨는 두 사람을 싣고 달리느라 지쳤을 터였다. 추격자들은 얼추 멀어진 듯싶었다. 이윽고 그중 한 명이 멈추더니 소총에서 뭉게뭉게 연기를 피우며 가느다란 총성이 황야로 사그라졌다. 그리고 끝이었다. 길 위의 마차는 사라지고 없었지만 그것이 지나치며 남긴 먼지구름은 희미하게나마 여전히 떠돌고 있었다.

길은 비포장 흙길이었다. 울타리나 도랑이 없어서 언제 들어왔는지도 모른 채 그들은 이미 길에 들어와 있었다. 빌리는

---

37) 일종의 나무고사리.

고삐를 세차게 당겨 헐떡이는 말의 머리를 돌렸다. 버드가 뒤에서 달려오고 있었다. 빌리는 버드를 세우려다가 아무것도 없는 남쪽 황야에서 낡고 오래된 트럭이 농부들을 싣고 다가오는 것을 보았다. 빌리는 버드를 내비려 두고 니뇨를 남쪽으로 몰며 모자를 흔들었다.

트럭에 브레이크가 없어서 운전사는 빌리를 보자 기어를 바꾸어 속도를 늦추었다. 짐칸의 일꾼들이 우르르 몰려와 부상당한 아이를 내려다보았다.

토멜로. 토멜로.(태워 주세요. 태워 주세요.) 빌리가 그들에게 외쳤다. 말이 발을 구르며 눈알을 희번덕거렸다. 사내 하나가 팔을 뻗어 고삐를 잡아 트럭 짐칸의 쇠꼬챙이에 반매듭을 지었다. 다른 사람들이 아이를 향해 손을 뻗었고, 몇몇은 길로 내려와 아이를 같이 들어 올렸다. 피는 그네들 삶의 일부였고 따라서 무슨 일인지 묻는 사람도 없었다. 그들은 보이드를 엘 구에리토(금발 아이)라고 부르며 트럭에 싣고는 피 묻은 손을 셔츠 앞자락에 문질러 닦았다. 한 사람이 운전석 지붕에 한 손을 얹고 서서 평원의 말 탄 이들을 바라보았다.

프론토, 프론토.(빨리, 빨리.) 그가 외쳤다.

바모노스.(어서 가요.) 빌리가 운전사에게 소리쳤다. 그리고 몸을 숙여 고삐의 반매듭을 당겨 풀고는 트럭 문을 주먹으로 두들겼다. 트럭에 있던 사람들이 트럭에서 내린 사람들에게 손을 내밀었고, 운전사가 기어를 높이자 트럭이 벌컥벌컥 흔들리며 빠르게 달려갔다. 사내 하나가 피로 얼룩진 손을 내밀었고 빌리는 그 손을 잡았다. 짐칸의 울퉁불퉁한 바닥에 깐 셔츠와 서라피[38] 위에 보이드가 누워 있었다. 죽었는지 살았는지도 가늠이 안 되었다. 사내가 빌리의 손을 꽉 쥐었다. 노테 프레오쿠페스.(걱정 말게.) 그가 소리쳤다.

그라시아스, 옴브레. 에스 미 에르마노.(고맙습니다, 아저씨. 저 애는 제 동생이에요.)

바모노스.(어서.) 사내가 외쳤다. 트럭이 나지막한 신음을 뱉으며 힘겹게 달렸다. 초지에는 말을 탄 이들이 이미 둘로 나뉘어 그중 두 명이 트럭을 쫓아 북쪽으로 달려가고 있었다. 말을 세운 빌리를 향해 농부들이 손을 흔들고 휘파람을 불며, 어서 가라는 듯 머리 위로 크게 원을 그렸다. 빌리는 이미 안장 위로 올라가 등자를 찾아 발을 끼웠다. 피로 물든 바지 자락이 선득했다. 빌리는 말을 몰았다. 버드는 1.5킬로미터 너머 초지에 있었다. 돌아보니 추격자들은 100미터도 안 되는 거리에 있었다. 빌리는 니뇨의 목덜미에 몸을 기대고는 목숨이 다할 때까지 달리자고 부탁했다.

소년은 버드를 향해 달렸지만 따라잡고 보니 버드의 눈에도 아까 베일리와 똑같은 표정이 어려 있었다. 빌리는 버드 역시 잃었다는 것을 깨달았다. 추격자들을 돌아보고는 말에게 마지막으로 한 번 더 온 힘을 다해 달라고 격려하며 그는 말을 달려 나갔다. 멀리서 소리가 다시 납작하게 울렸다. 평원에서 발사된 소총 소리였다. 빌리가 돌아보니 추격자 하나가 말에서 내려 말 곁에 무릎을 꿇은 채 총을 쏘고 있었다. 빌리는

---

38) 멕시코 지방에서 남자가 어깨에 걸치는 기하학적 무늬의 모포.

바짝 몸을 숙인 채 말을 몰았다. 다시 돌아보니 두 추격자는 더욱 작아졌고, 마지막으로 돌아보았을 때는 더욱 작아져 있었지만 버드는 어디에도 보이지 않았다. 톰 역시 다시는 볼 수 없었다.

9시경 빌리는 자갈투성이 마른 계곡을 따라 흠뻑 젖고 탈진한 말을 끌고 갔다. 빌리는 바위를 피해 걸으며 말에게 계속 말을 걸었다. 모랫바닥을 지난 뒤에는 고삐를 놓고 돌아가서 풀빗자루로 흔적을 지웠다. 바지 자락이 마른 피로 뻣뻣했고, 소년도 말도 당장 물을 먹어야만 했다.

빌리는 뱃대끈을 늦추고는 말을 내버려 둔 채 계곡을 올라가 틈새에 엎드려 동쪽과 남쪽 지역을 살폈다. 아무것도 보이지 않았다. 빌리는 도로 내려와, 가만히 서 있는 말의 고삐를 쥐고 안장 머리를 잡다가 가죽에 시커멓게 얼룩진 핏자국을 보았다. 소년은 고삐를 두 겹으로 접어 한 손에 쥐고, 다른 손은 소금기 어린 땀으로 질척한 아버지의 말의 어깻죽지에 얹고는 잠시 가만히 서 있었다. 망할 새끼들, 차라리 날 맞추지. 빌리는 말했다.

푸른 어스름 속에서 북쪽에 한 점 빛이 돋았다. 소년은 처음에 그것이 북극성인 줄 알았다. 빛이 수평선 위로 높아지는지 지켜보다가 빛이 그대로 있자 소년은 지친 말을 끌고 살짝 방향을 틀어 빛을 향해 황량한 초지를 가로질렀다. 말이 주뼛주뼛 망설이자 빌리는 뒤로 가 고삐 이음끈을 쥐고는 곁에서 걸으며 속삭였다. 온몸에 하얀 소금이 어찌나 더께가 졌던지 어두워지는 평야에 나타난 기현상처럼 말이 환하게 빛났다.

빌리는 할 말이 다 떨어지자 이야기를 들려주었다. 어릴 적 외할머니가 들려준 이야기를 스페인어로 해 주고는, 이야깃거리마저 다 떨어지자 노래를 불러 주었다.

서쪽의 머나먼 산맥 위에 부스러기만 남은 가느다란 달이 걸려 있었다. 금성은 벌써 지고 없었다. 어둠 속에 총총히 박힌 별들이 어슴푸레 빛났다. 저렇게 많은 별이 왜 존재하는지 빌리는 짐작도 가지 않았다. 한 시간을 더 힘겹게 나아가다 멈추고는 말의 땀이 다 말랐는지 살펴본 뒤 안장에 올랐다. 빛을 찾아보았지만 사라지고 없었다. 빌리는 별을 보고 가던 방향을 가늠해 계속 나아갔다. 잠시 후 평원을 뒤덮고 있던 시커먼 어둠의 갑(岬)에서 다시 불빛이 나타났다. 빌리는 노래를 멈추고는 기도문을 열심히 떠올려 보았다. 결국 그는 보이드에게 기도했다. 죽지 마. 너는 내가 가진 전부야.

자정이 다 되어 갈 무렵 울타리가 나타났고 동쪽으로 방향을 꺾어 계속 가니 대문이 나왔다. 빌리는 말에서 내려 말을 끌고 안으로 들어가 대문을 도로 닫은 뒤 말에 올라 빛을 향해 창백한 흙길을 나아갔다. 개들이 벌써 일어나 짖어 대며 달려왔다.

문가에 나타난 여자는 젊지 않았다. 그녀는 혁명으로 눈을 잃은 남편과 함께 외딴 농장에서 살고 있었다. 여자가 고함을 치자 개들이 살금살금 달아났다. 여자가 들어오라며 옆으로 비켜섰고 천장 낮은 자그마한 방에 남편이 고위 인사라도 맞이하듯 서 있었다. 키엔 에스?(누구지?) 그가 말했다.

여자가 길 잃은 미국인이라고 말하자 남자는 고개를 끄덕였다. 그가 몸을 돌리는 순간 세월의 주름이 앉은 얼굴에 일순 기름등 불빛이 닿았다. 안구에 눈알 없이 눈꺼풀만 닫혀 있어 고통스러운 몰입에 빠져 있는 듯한 표정이었다. 마치 옛날의 실수에 사로잡혀 있는 듯한.

그들은 녹색으로 칠해진 소나무 탁자에 앉았다. 여자가 우유가 담긴 컵을 가져다주었다. 사람은 우유도 마신다는 사실을 소년은 깜빡 잊고 있었다. 여자가 등유 스토브의 둥근 불판에 대고 성냥을 긋고 주전자를 올렸다. 물이 끓자 달걀을 숟가락에 얹어 하나씩 넣고는 도로 뚜껑을 덮었다. 눈먼 남자는 허리를 꼿꼿이 세우고 앉아 있었다. 마치 자기가 손님인 것처럼. 달걀이 다 익자 여자는 김이 모락모락 나는 달걀을 그릇에 담아 가져와서는 탁자에 앉아 소년을 가만히 바라보았다. 소년은 달걀을 하나 집어 들려다 재빨리 놓았다. 여자가 미소 지었다.

레 구스탄 로스 블랑키요스?(달걀 좋아하오?) 눈먼 남자가 말했다.

시. 클라로.(네. 그럼요.)

그들은 앉아 있었다. 그릇에 담긴 달걀이 모락모락 김을 뿜었다. 갓 없는 등유 램프가 내뿜는 빛이 가면처럼 그들의 얼굴에 걸렸다.

디가메. 케 노베다데스 티에네?(말해 봐요. 무슨 소식 없소?)

빌리는 도난당한 말을 찾아 이곳까지 왔다고 말했다. 동생과 함께 왔지만 헤어지게 되었다고. 눈먼 남자는 소리를 잘 들기 위해 고개를 기울였다. 그는 혁명에 관한 소식을 듣고 싶어 했지만 소년은 혁명에 대해서는 아무것도 아는 게 없었다. 그러자 눈먼 남자는 시골은 조용하지만 이것이 꼭 좋은 징조는 아니라고 말했다. 소년은 여자를 바라보았다. 여자는 맞는 말이라는 듯 엄숙하게 고개를 끄덕였다. 남편을 매우 존경하는 듯했다. 빌리는 그릇에서 달걀 하나를 집어 그릇 가장자리에 두드려 깬 뒤 껍질을 벗겼다. 소년이 먹는 동안 여자는 자신들이 살아온 내력을 이야기했다.

눈먼 남자는 소박한 집안에서 태어났다고 했다. 오리헤네스 우밀데스.(소박한 집안.) 그는 1913년 두랑고라는 도시에서 눈을 잃었다. 그해 초 그는 동쪽으로 말을 달려 마클로비오 에레라[39]에게 합류하여, 2월 3일에 나미키파에서 싸워 이겼다. 4월에는 콘트레라스와 페레이라 휘하의 반란군과 함께 두랑고에서 싸웠다. 연방군 무기고에서 프랑스제 구식 데미 컬버린포[40]가 발견되자 그가 포를 맡았다. 그들은 도시를 점령할 수 없었다. 그는 살아남았지만 지위를 잃었다. 그는 다른 많은 이들과 함께 포로로 잡혔다. 포로들에게는 정부에 대한 충성을 맹세할 기회가 주어졌는데, 맹세를 거부하는 이들은 벽에 세워져 바로 총살당했다. 그중에는 온갖 국적의 사람들이 있었다. 미국인, 영국인, 독일인. 그리고 듣도 보도 못한 나라에서 온 사람들. 하지만 그들 역시 벽으로 갔고, 끔찍한 일제 사

---

39) 멕시코의 혁명가.
40) 15~17세기 유럽에서 사용한, 가늘고 긴 포신을 지닌 컬버린포 중 크기가 작은 종류.

격의 총성과 연기 속에서 죽어 갔다. 그들은 서로의 옆으로 소리 없이 쓰러졌고, 심장의 피가 뒷벽의 회반죽을 덮었다. 그는 그것을 똑똑히 보았다.

두랑고를 수비하던 사람들 중에는 물론 외국인은 거의 없었지만, 한 명이 있었다. 비르츠라는 이름의 독일인으로, 우에르티스타 지지자이자 연방군 대위였다. 사로잡힌 반란군들이 울타리용 철망으로 장난감처럼 서로 엮인 채 거리에 서 있는데, 그자가 다가와 몸을 숙여 차례로 한 명씩 한 명씩 살펴보며 눈에서 죽음을 읽었다. 그러는 동안에도 총살은 계속되었다. 그자는 스페인어를 아주 잘했지만 독일어 억양을 그대로 갖고 있었다. 그는 포병에게 말했다, 바보 중에서도 가장 멍청한 자만이 잘못되고도 저주받은 이유를 위해 죽는다고. 포로는 그의 면전에 침을 뱉었다. 그러자 독일인은 아주 괴이한 짓을 했다. 씩 미소 짓더니 입가에 묻은 포로의 침을 혀로 핥는 것이었다. 그는 거대한 덩치에 손도 거대했는데, 그 손으로 어린 포로의 머리를 움켜쥐더니 키스라도 하려는 듯 상체를 숙였다. 하지만 그것은 키스가 아니었다. 독일인이 포병의 얼굴을 꽉 쥐고 있어서 다른 사람들 눈에는 프랑스 군대식으로 양쪽 뺨에 뽀뽀하는 듯이 보였지만, 실은 그자의 뺨이 움푹 펠 때마다 포로의 눈알이 차례로 빨려 나왔던 것이다. 독일인이 눈알을 내뱉자 눈알은 축축이 젖은 기이한 줄에 매달려 포로의 뺨에서 대롱거렸다.

그럼에도 포로는 서 있었다. 고통이 이루 말할 수 없었지만, 산산조각 나 다시는 되돌려놓을 수 없는 세계에 대한 분노가 더 컸다. 심지어 눈을 손으로 더듬을 수도 없었다. 그는 절망 감에 비명을 뱉으며 손을 마구 저어 댔다. 적의 얼굴을 볼 수 없었다. 어둠의 건축가이자 빛을 훔친 도둑의 얼굴을. 발아래 짓뭉개진 흙길만이 보일 뿐이었다. 사람들의 부츠로 뒤범벅된 흙길이. 그리고 자신의 입이 보였다. 포로들이 방향을 돌려 행 군하며 그의 팔짱을 끼고 다독였다. 발아래에서 땅이 미친 듯 이 흔들렸다. 아무도 그런 광경은 본 적이 없었다. 그들은 두 려움 속에서 말했다. 그의 두개골에 난 붉은 구멍이 등불처럼 번쩍였다. 저 깊은 곳에 있던 불꽃을 그 악마 같은 인간이 빨 아올린 듯했다.

포로들이 숟가락으로 눈알을 도로 안구에 넣으려고 했지 만, 아무도 성공하지 못했고 눈알은 그의 뺨에 포도처럼 늘 어진 채 말라 갔다. 세상이 색깔을 잃고 희미해지더니 영원히 사라졌다.

빌리는 눈먼 남자를 바라보았다. 그는 허리를 꼿꼿이 세우 고 담담히 앉아 있었다. 여자는 기다렸다. 이윽고 다시 입을 열었다.

물론 어떤 사람들은 비르츠라는 자가 그의 목숨을 구했다 고 말했다. 그가 눈이 멀지 않았더라면 분명 벽으로 갔을 테 니. 다른 사람들은 차라리 총살당하는 것이 나았다고 말했다. 아무도 눈이 먼 당사자에게는 어떻게 생각하는지 묻지 않았 다. 그는 빛이 엷어지다 결국엔 온통 어둠으로 뒤덮이는 동안 차가운 석조 카르셀(감옥)에 앉아 있었다. 눈알이 말라 쪼글쪼 글해졌고, 눈알을 붙들고 있던 줄 역시 마르면서 세상이 사라졌다. 마침내 그는 잠이 들었고, 전투 동안 지나쳤던 산속의 고장과, 화려한 빛깔의 새와 야생화와, 산중 도시의 길가에 맨발로 서 있는 아가씨들을 꿈꾸었다. 아가씨들의 눈 역시 세상 그 자체처럼 깊고 시커먼 약속의 구덩이가 파여 있었다. 멕시코의 푸르른 하늘에는 온통 미래의 인간이 매일 최종 리허설을 하며 서 있었고, 종이 해골을 쓰고 뼈 모양으로 색칠한 옷을 입은 죽음이 새된 소리로 연설하며 발치의 조명 앞을 왔다 갔다 했다.

아세 베인티오초 아뇨스.(28년 전 일이죠.) 여자가 말했다. 이 무초 아 캄피아도. 이 아 페사르 데 에소 토도 에스 로 미스모.(많은 것이 변했지요. 하지만 그런데도 모든 것이 그대로죠.)

소년은 손을 뻗어 마지막 달걀을 집어 껍질을 깠다. 그 순간 눈먼 남자가 입을 열었다. 반대로 아무것도 변하지 않았지만 모든 것은 다르다고. 하느님은 매일매일 세상을 만드시기에 세상은 매일 새롭다고. 하지만 세상은 여전히 더하지도 덜하지도 않은 악을 품고 있다고.

소년은 달걀을 깨물었다. 그리고 여자를 바라보았다. 여자는 눈먼 남자가 뭔가 더 말하기를 기다리는 기색이었지만 그는 아무 말도 하지 않았다. 여자가 다시 말을 이었다.

반란군들이 다시 돌아와 6월 18일에 두랑고를 점령하여 그는 카르셀에서 풀려나 거리에 섰다. 도시 외곽에서 달아나는 연방군을 쫓으며 총을 쏘아 대는 소리가 메아리쳐 울렸다. 그는 혹시 아는 목소리가 들리지 않을까 하여 가만히 귀를 기울였다.

키엔 에스 우스테드, 시에고?(이봐요, 당신은 누구요?) 그들이 말했다. 그는 이름을 말했지만 아무도 그를 알지 못했다. 누군 가가 나무를 깎아 지팡이를 만들어 그에게 주었다. 그는 유일 한 재산인 그것을 가지고 파랄로 가는 길을 홀로 걸어갔다.

보이지 않는 태양을 향해 숭배하듯 고개를 돌림으로써 시 간을 가늠했다. 주위에서 나는 소리도, 밤의 차가움과 축축함 도, 새들의 노랫소리와 피부에 소문처럼 닿는 빛의 첫 번째 온 기도 그가 시간을 가늠하는 것을 도왔다. 그가 지나가면 마을 사람들이 음식과 물을 주고 가야 할 길을 일러 주었다. 개들 이 털을 곤두세우며 거리로 달려나와 덤비려다 도로 살금살 금 달아났다. 그는 실명이 자신에게 선사한 권위에 사뭇 놀랐 다. 더 이상 필요한 것은 없는 듯했다.

비가 내린 후 길가에는 야생화가 만발했다. 그는 생나무 지 팡이로 바큇자국을 더듬으며 느릿느릿 나아갔다. 부츠를 오래 전에 도둑맞아서 처음 며칠은 맨발로 걸어야 했다. 그의 마음 은 절망으로 가득 찼다. 아니 절망으로 넘쳐흐를 듯했다. 절망 이 아예 그 안에 터를 잡고 살고 있었다. 숙주 안의 공간을 그 모양 그대로 채워 숙주 그 자체가 되어 버린 기생충처럼. 그 는 절망이 자신의 목을 스멀스멀 기어오르는 것을 느꼈다. 아 무것도 먹을 수가 없었다. 그는 세상의 어둠 속에서 이름 모를 누군가가 내민 컵에서 물을 홀짝이고는 그 컵을 도로 어둠 속 으로 물렸다. 카르셀에서 석방된 것은 그에게 아무런 의미도 없었다. 그에게는 자유가 저주와 다르지 않게 느껴졌지만, 그 럼에도 그는 파랄로 가는 길을 따라 북쪽으로 조금씩 조금씩 나아갔다.

밖에서 홀로 맞은 추운 밤에 비가 내렸다. 걸음을 멈추고 귀를 기울이자 비가 사막을 가로지르며 다가오는 소리가 들렸다. 바람은 젖은 크레오소트 덤불 냄새를 품고 있었다. 그는 얼굴을 들어 길가에 섰다. 비와 바람을 제외하고는 다시는 세상과 접촉하지 못할 터였다. 사랑도 증오도. 그를 세상과 묶어 주었던 유대감은 딱딱하게 굳어 버렸다. 그가 움직이면 세상 또한 닿을 수 없을 만큼 멀리 움직였고, 그렇다고 벗어날 수도 없었다. 그는 길가 수풀에 앉아 비를 맞으며 울었다.

감옥 밖으로 나온 셋째 날 아침 그는 후안 세바요스라는 소도시에 이르렀다. 그 끔찍한 눈을 지르감은 채 지팡이를 높이 들고 길에 서서는 고개를 돌려 귀를 기울였다. 하지만 개들은 이미 달아난 뒤였다. 한 여인이 그의 오른쪽에 와서 손을 잡아 주어도 되느냐고 묻자 그는 손을 내밀었다.

이 아돈데 바?(어디로 가시죠?) 여자가 말했다.

그는 모른다고 답했다. 그저 길을 따라, 바람을 따라, 하느님의 뜻을 따라 갈 뿐이라고.

라 볼룬타드 데 디오스.(하느님의 뜻을 따라.) 여자가 말했다. 마치 그중에 하나를 택하듯.

여자는 그를 자신의 집으로 데려갔다. 그는 거친 판자로 짠 탁자에 앉았다. 여자는 과일과 포솔레를 주며 먹으라고 권했지만 그는 하나도 먹을 수 없었다. 여자는 어디서 왔느냐고 물었지만 그는 자신의 처지가 부끄러워 어쩌다 그런 불행에 처했는지 말할 수 없었다. 날 때부터 장님이었느냐는 물음에 그는 질문을 곰곰이 생각해 보고는 잠시 후 그렇다고 대답했다.

그가 떠날 때 그의 발에는 누덕누덕 기운 낡은 우아라체스가 신겨 있고, 그의 어깨에는 얇은 서라피가 둘러져 있었다. 너덜너덜해진 바지의 주머니에는 구리 동전 서너 개가 들어 있었다. 거리에서 대화를 나누던 사람들이 그가 다가오자 입을 다물더니 그가 지나간 뒤에야 다시 말을 시작했다. 마치 그가 자기들을 염탐하러 온 어둠의 부하라도 되는 양. 마치 눈먼 사람이 들은 말은 자기들의 의도와 상관없이 살아나 자기들의 의도와는 전혀 다른 의미가 되어 세상 다른 곳에서 마주치기라도 한다는 양. 그는 몸을 돌려 지팡이를 높이 들어 소리쳤다. 우스테데스 노 사벤 나다 데 미.(당신들은 나를 몰라요.) 그들은 침묵했다. 그는 몸을 돌려 걸어갔고, 잠시 후 그들이 다시 떠드는 소리가 들렸다.

그날 밤 그는 평원 멀리서 울리는 총성을 듣고 어둠 속에서 일어나 귀를 기울였다. 바람에서 화약 냄새를 찾아 킁킁거리고, 사람과 말의 소리가 들리지 않나 촉각을 곤두세웠지만 희미한 총성과 드문드문 묵직한 포성만이 울리더니 이윽고 침묵이 내려앉았다.

다음 날 아침 일찍 그가 더듬거리던 지팡이가 판자 다리를 울렸다. 그는 멈추었다. 그리고 팔을 뻗어 지팡이로 앞쪽을 두드렸다. 그는 판자에 조심스레 발을 딛고 멈춰 서서 귀를 기울였다. 아래에서 나직이 물 흘러가는 소리가 들렸다.

그는 좁은 강기슭을 따라가다 골풀을 헤치고 강물로 향했다. 지팡이로 앞을 더듬었다. 지팡이가 물을 내리치자 그는 걸음을 멈추었다. 그리고 고개를 들어 귀를 기울였다.

키엔 에스타?(누구 없소?) 그가 소리쳤다.

아무도 대꾸하지 않았다.

그는 서라피를 한쪽에 내려놓고 누더기 옷을 모두 벗은 뒤 지팡이를 다시 쥐었다. 지저분한 말라깽이 몸을 훤히 드러낸 채 그는 강물로 걸어 들어갔다.

자신을 쓰러뜨릴 만큼 물이 깊을지 궁금해하며 그는 계속 나아갔다. 어차피 영원한 밤의 땅에서 그는 이미 반쯤 죽었다고 생각했다. 세상과는 이미 꽤 멀어져 있기에 별반 달라질 것은 없다고, 어둠 속 죽음의 영토 외에 달리 갈 곳이 어디겠냐고.

하지만 물은 겨우 그의 무릎께에 닿았다. 그는 강물 속에 지팡이를 짚고 서서 마음을 가다듬었다. 그리고 앉았다. 시원한 물이 나릿나릿 흘러갔다. 그는 고개를 숙여 물의 냄새를 맡고 맛을 보았다. 그렇게 오랫동안 앉아 있었다. 멀리서 종이 천천히 세 번 울리고는 그쳤다. 그는 무릎을 꿇고 앉아 서서히 몸을 숙여 얼굴을 물에 담갔다. 지팡이를 멍에처럼 목에 얹고 두 손으로 꼭 쥐었다. 그는 숨을 참았다. 지팡이를 꼭 움키고 오랫동안 그대로 있었다. 더 이상 참을 수 없자 그는 숨을 내쉬고 물속에서 숨을 들이쉬려고 했지만 그럴 수가 없었고, 다음 순간 그는 강물에 무릎 꿇은 채 헐떡이며 기침을 뱉었다. 손에서 놓친 지팡이가 점점 떠내려갔다. 그는 일어나 기침을 하고 공기를 빨아들이다 허우적허우적 손바닥으로 강물을 두드렸다. 다리에 서 있던 사내는 그를 보고 미치광이라고 여겼으리라. 강물을 다독이려는 줄 알았으리라. 불모의 안구를 보기 전까지는.

아 라 이스키에르다.(왼쪽이오.) 사내가 소리쳤다.

눈먼 남자는 동작을 멈추었다. 그리고 허리를 낮추어 팔을 저었다.

아 수 이스키에르다.(당신의 왼쪽.) 사내가 소리쳤다.

눈먼 남자는 왼쪽의 강물을 더듬었다.

아 트레스 메트로스.(3미터.) 사내가 소리쳤다. 프론토. 세바.(앞쪽으로. 흘러가고 있어요.)

그는 손으로 주위를 더듬으며 비트적비트적 걸어갔다. 다리 위의 사내가 방향을 일러 주어 마침내 지팡이를 움켜잡은 눈먼 남자는 강물에 주저앉아 마음을 추스르며 지팡이를 꼭 끌어안았다.

케 아세, 시에고?(이봐요, 뭐하는 거요?) 사내가 소리쳤다.

나다. 노 메 몰레스타.(아무것도 아니오. 귀찮게 하지 마시오.)

요? 레 몰레스토? 시에고, 시에고.(나 말이오? 내가 귀찮게 한다고? 이봐요, 이봐.)

사내는 말했다. 그가 물에 빠진 줄 알았다고, 그래서 구하러 가려고 했는데 그가 물장구를 치며 일어나더라고.

눈먼 남자는 다리와 길을 등진 채 앉아 있었다. 담배 냄새가 나자 잠시 후 그는 사내에게 담배가 있느냐고 물었다.

포르 수푸에스토.(물론 있죠.)

그는 일어나 물가로 걸어갔다. 돈데 에스타 미 로파?(내 옷은 어디 있소?)

사내가 그에게 옷이 있는 곳을 가르쳐 주었다. 그는 옷을 입고는 길로 돌아가 사내와 함께 다리에 앉아 담배를 피웠다. 등에 닿는 햇살이 포근했다. 사내는 빠져 죽기에는 물이 너무 얕다고 말했고, 눈먼 남자는 고개를 끄덕였다. 어차피 사적인 일을 하기에는 적당한 곳이 아니었다고 사내는 말했다

눈먼 남자는 근처에 교회가 있느냐고 물었고, 사내는 없다고 했다. 사방 어디를 둘러봐도 아무것도 없다고. 눈먼 남자는 종소리를 들었다고 했고, 사내는 장님 삼촌이 있었는데 나지도 않은 소리를 굉장히 자주 듣더라고 했다.

눈먼 남자는 어깨를 으쓱했다. 그리고 자신은 최근에 눈이 멀었다고 말했다. 사내는 종소리가 왜 교회에서 났다고 생각하는지 물었고, 눈먼 남자는 다시 한 번 어깨를 으쓱하고는 담배를 피웠다. 그러다 교회에서 달리 무슨 소리를 내겠느냐고 물었다.

사내는 왜 죽고 싶어 했느냐고 물었고, 눈먼 남자는 그것은 중요하지 않다고 말했다. 사내는 눈이 멀어서였느냐고 물었고, 눈먼 남자는 그것도 여러 이유 중 하나라고 말했다. 그들은 담배를 피웠다. 마침내 눈먼 남자가 말했다. 어차피 실명은 세상과는 어느 정도 이별하는 것이 아니겠느냐고. 자신은 삶이라는 주제로는 설명할 수 없는 어둠 속에서 말하는 한낱 목소리에 지나지 않는다고. 세상과 세상 안의 모든 것은 그에게 그저 소문에 지나지 않는다고. 의혹에 지나지 않는다고. 그는 어깨를 으쓱했다. 그리고 눈이 멀고 싶지 않았다고 말했다. 진작죽었어야 했다고.

사내는 눈먼 남자의 이야기를 묵묵히 들은 후 조용히 앉

아 있었다. 눈먼 남자는 사내의 담배가 강물에 닿으며 희미하게 치잇대는 소리를 들었다. 마침내 사내가 말하길, 용기를 잃는 것은 죄악이라고, 어차피 세상은 예전 그대로 남아 있다고 했다. 나름 타당한 말이었다. 눈먼 남자가 대꾸를 않자 사내는 그더러 자신을 만져 보라고 했고, 눈먼 남자는 싫다고 했다.

콘 페르미소.(실례하겠소.) 사내가 말했다. 그러고는 눈먼 남자의 손을 잡아 손가락을 자신의 입술에 갖다 댔다. 눈먼 남자의 손가락은 그곳에 가만히 놓여 있었다. 마치 사내에게 침묵을 다짐시키듯.

토카.(만져 봐요.) 사내가 말했다. 눈먼 남자는 가만히 있었다. 사내가 다시 그의 손을 쥐어 자신의 얼굴 위로 이리저리 옮겼다. 토카. 시 엘 문도 에스 일루시온 라 페르디다 델 문도 에스 일루시온 탐비엔.(만져 봐요. 세상이 환상에 지나지 않는다면 세상을 잃는 것 역시 환상에 지나지 않소.)

눈먼 남자는 손을 사내의 얼굴에 댄 채 앉아 있었다. 그러다 손을 움직이기 시작했다. 그 얼굴에서는 나이를 가늠할 수 없었다. 검은지 하얀지도 알 수 없었다. 그는 좁은 코를 더듬었다. 곧게 뻗은 거친 머리카락도. 그는 얇은 눈꺼풀 아래의 눈알을 더듬었다. 아침 고지대 황야에는 그들의 숨소리 말고는 아무 소리도 들리지 않았다. 그는 손가락 아래에서 눈알이 움직이는 것을 느꼈다. 작은 자궁인 양 자그마한 것이 재빨리 움직였다. 그는 손을 거두었다. 그리고 아무것도 알 수 없다고 했다. 에스 우나 카라. 푸에스 케?(이건 얼굴이군요. 그래서 어쨌다는 거요?)

사내는 말없이 앉아 있었다. 어떻게 대답해야 할지 고민하는 듯. 사내가 눈먼 남자에게 울 수 있는지 물었다. 눈먼 남자가 누구나 울 수 있는 것 아니냐고 말하자 사내는 눈이 있던 곳에서 눈물을 흘릴 수 있는지 알고 싶다고 했다. 어떻게 눈물을 흘리느냐고? 눈먼 남자도 알 수 없는 일이었다. 그는 담배의 마지막 모금을 빨고는 꽁초를 강물에 떨구었다. 그리고 말했다. 그가 사는 세상은 다른 사람들이 생각하는 것과는 매우 다르다고, 사실은 세상이라고 할 수도 없다고. 눈이 먼다는 것은 아무것도 알 수 없다는 것과 마찬가지라고. 잠자는 것보다 더욱 죽음에 가까운 것이라고. 이것은 환상이냐 환상이 아니냐의 문제가 아니라고. 그는 광대한 육지에 박힌 바리알(늪)이든 강이든 길이든 저 너머 산이든 그 위의 푸른 하늘이든 모든 것은 세상을, 참되고 영원한 세상을 가까이 오지 못하게 막는 장난질에 불과하다고 했다. 세상의 빛은 사람의 눈 안에만 있고, 사실 세상은 영원한 어둠 속에서 움직이고, 어둠이 세상의 참된 본질이자 조건이고, 이러한 어둠 속에서 세상의 모든 부분부분이 완벽하게 결합되어 돌아가지만 볼 것은 아무것도 없다고 했다. 세상은 인간이 상상도 할 수 없는 세상의 중심과 어둠과 비밀을 느끼지만, 세상의 본질은 보이거나 보이지 않는 것을 통해 알 수 있는 게 아니라고 했다. 태양을 응시할 수 있다 해서 그것이 무슨 소용이겠느냐고.

이 말에 그의 새 친구는 침묵에 잠긴 듯했다. 그들은 다리 위에 나란히 앉아 있었다. 태양이 그들 위에서 빛을 발했다. 마침내 사내는 그에게 어쩌다 그런 생각을 하게 되었는지 물었고, 눈먼 남자는 오랫동안 생각해 왔던 것이라고, 눈이 멀면 생각할 것이 많아진다고 했다.

그들은 일어났다. 눈먼 남자는 친구에게 어느 쪽으로 가느냐고 물었다. 사내는 머뭇거렸다. 그러다 눈먼 남자에게 어느 쪽으로 가느냐고 물었다. 눈먼 남자는 지팡이로 가리켰다.

알 노르테.(북쪽.)

알 수르.(남쪽.) 사내가 말했다.

눈먼 남자는 고개를 끄덕였다. 그리고 어둠 속에서 손을 내밀었다. 그들은 작별 인사를 나누었다.

아이 루스 엔 엘 문도, 시에고. 코모 안테스, 아시 아오라.(이봐요, 세상에는 빛이 있어요. 예전과 다름없이 말이죠.) 사내가 말했다.

하지만 눈먼 남자는 몸을 돌리고 이전처럼 파랄로 가는 길로 걸음을 옮겼다.

이 대목에서 여자가 말을 멈추고 소년을 바라보았다. 소년의 눈꺼풀이 묵직했다. 머리가 꾸벅거렸다.

에스타 데스피에르토, 엘 호벤?(깨어 있소, 젊은이?) 눈먼 남자가 말했다.

소년은 몸을 똑바로 하고 앉았다.

시. 에스타 데스피에르토.(네. 깨어 있어요.) 여자가 말했다.

아이 루스?(빛이라고?)

시. 아이 루스.(네. 빛요.)

눈먼 남자는 격식을 차려 허리를 꼿꼿이 세운 채 앉아 있었다. 두 손바닥을 식탁에 얹은 채. 마치 세상을, 혹은 세상 안의 자신을 진정시키듯. 콘티누아스.(계속하게.) 그가 말했다.

부에노.(그러죠.) 여자가 말했다. 코모 엔 토도스 로스 쿠엔
토스 아이 트레스 비아헤로스 콘 키에네스 노스 엥콘트라모
스 엔 엘 카미노. 야 노스 에모스 엥콘트라도 라 무헤르 이 엘
옴브레.(모든 이야기에서처럼 이 이야기에서도 길을 가다 세 사람을
만나요. 이미 여자와 남자는 앞에 나왔죠.) 여자가 소년을 바라보
았다. 푸에데 아세르타르 키엔 에스 엘 테르세로?(세 번째는 누
구일 것 같아요?)

운 니뇨?(아이요?)

운 니뇨. 엑삭타멘테.(아이. 맞아요.)

페로 에스 베리디카, 에스타 이스토리아?(하지만 이 이야기는
실제로 있었던 일이죠?)

눈먼 남자가 끼어들어 말했다. 실제로 있었던 일이라고. 손
님을 즐겁게 해 주기 위해서 혹은 교훈을 주기 위해서 지어낸
이야기가 아니라고. 그들은 오직 진실만을 말할 뿐이고, 그렇
지 않다면 굳이 이야기하지도 않는다고.

빌리는 파랄까지는 아주 먼 길인데 어떻게 겨우 세 명만 만
날 수 있느냐고 물었고, 눈먼 남자는 다른 사람들도 많이 만
나서 도움을 받았지만 이 이야기 속의 세 사람하고만 실명에
대해 이야기했다고, 그러므로 영웅이 맹인이고 주제가 시각인
쿠엔토(이야기)에서 주요 인물은 당연히 그 세 사람이라고 했
다. 베르다드?(안 그렇소?)

에스 에로에, 에스테 시에고?(그 눈먼 남자가 영웅이란 말인가
요?)

눈먼 남자는 한동안 대답하지 않았다. 이윽고 그는 이야기를 다 들어 보면 알 거라고 말했다. 이야기를 듣고 직접 판단하라고. 그러고는 한 손으로 여자를 가리켰고, 여자는 다시 이야기를 이어 갔다.

눈먼 남자는 앞서 말한 대로 길을 따라 북쪽으로 갔고, 아흐레 후 오로 강가의 로데오라는 마을에 다다랐다. 사방에서 그에게 선물을 주었다. 여자들이 다가왔다. 그리고 그를 세웠다. 여자들은 자신이 지니고 있던 것을 그에게 안겨 주고는 길 안내를 자청했다. 그의 팔꿈치를 잡고 걸으며 마을과 들판과 곡식의 모습을 설명해 주고, 지나가는 집에 살고 있는 사람들 이름을 일러 주고, 세세한 집안 사정과 노인네의 병환에 대해 들려주었다. 또한 자기네 삶의 슬픔에 대해서도 이야기했다. 친구의 죽음, 연인의 변심에 대해. 그들이 남편의 불성실에 대해 이야기할 때는 그의 마음이 불편해지기도 했다. 그들은 그의 팔을 잡고 창녀의 이름을 속삭였다. 아무도 비밀을 지켜 달라고 요구하지 않았고, 아무도 그에게 이름을 묻지 않았다. 전과는 다른 방식으로 세상이 그에게 모습을 드러낸 것이었다.

그해 6월 26일에 우에르티스타 군대가 동쪽의 토레온으로 가던 중 로데오를 지나쳤다. 밤늦게 도착한 그들은 다수가 취해 있었고 모두들 말(馬)도 없이 걸어서 왔다. 그들은 알라메다를 숙영지로 삼아 벤치를 태워 모닥불을 지폈다. 잿빛 여명이 들 무렵 자기네 마음대로 반란군 지지자들을 골라잡아 그란하(농장)의 토담에 주르르 세우고 담배를 한 대씩 피워 물린 다음, 아이들이 지켜보는 앞에서 총살했다. 아내들과 어머니들은 통곡을 내지르며 머리를 쥐어뜯었다. 눈먼 남자는 바로 그다음 날 도착해 잿빛 흙길을 따라 길게 늘어선 장례 행렬에 얼결에 끼어들었다. 주위에서 무슨 일이 일어나고 있는지 깨닫기도 전에 그는 어린 소녀의 손에 이끌려 마을 외곽의 흙투성이 묘지로 인도되었다. 봉헌물인 싸구려 유리 그릇과 질그릇 단지와 조잡한 나무 십자가에 둘러싸인 곳에는 등유와 굴뚝 검댕을 어설프게 칠하여 짠 검은 목관 세 개 중 첫 번째가 놓여 있었다. 트럼펫을 든 이가 우울한 군가를 연주하는 동안, 마을의 노인 하나가 신부 자리에 서서 이야기했다. 신부가 없었기 때문이다. 여자애가 그의 손을 꼭 쥐고는 그에게 몸을 기댔다.

에라 미 에르마노.(오빠의 장례식이에요.) 여자애가 속삭였다.

로 시엔토.(유감이로구나.) 눈먼 남자가 말했다.

사람들은 관에서 죽은 남자를 들어 올려, 무덤 안에 들어가 있던 두 남자에게 건넸다. 두 남자는 맨땅에 시신을 누이고는 떨어져 내린 팔을 도로 가슴 위에 얹고 얼굴을 천으로 덮었다. 이윽고 서투른 임시 산역꾼들이 팔을 뻗었고, 친구들이 기다리고 있다가 손을 잡아 무덤에서 끌어 올렸다. 남자들이 해진 옷차림의 시신 위로 한 번씩 삽을 떠 흙을 뿌리자 잿빛 초석이 부드득부드득 떨어졌고, 여자들이 흐느꼈다. 빈 관과 뚜껑은 다른 시신을 담아야 하기에 다시 사람들이 어깨에 짊어졌다. 눈먼 남자는 자그마한 묘지에 새로운 사람들이 도착하는 소리를 들었고, 이내 멀지 않은 곳에 있는 사람들 사이로 이끌려 또다시 간단한 추도사를 들었다.

키엔 에스?(누구지?) 그가 속삭였다.

여자애가 그의 손을 꼭 쥐고 속삭였다. 오트로 에르마노.(다른 오빠예요.)

세 번째 장례식을 하는 동안 눈먼 남자는 상체를 숙여, 얼마나 많은 가족이 더 묻혀야 하느냐고 물었고, 여자애는 이번이 마지막이라고 했다.

오트로 에르마노?(다른 오빠니?)

미 파드레.(제 아버지세요.)

흙이 다시 부드득 떨어졌고, 여인들이 통곡했다. 눈먼 남자는 모자를 썼다.

돌아가는 길에 그들은 묘지로 향하는 또 다른 행렬과 마주쳤고, 눈먼 남자는 죽은 자의 끔찍한 무게를 짊어진 또 다른 걸음과 또 다른 울음소리를 들었다. 아무도 입을 열지 않았다. 행렬이 다 지나가자 여자애가 그를 다시 길로 이끌었고, 그들은 아까처럼 나아갔다.

그는 여자애에게 가족 중 살아남은 사람이 있느냐고 물었고, 여자애는 어머니 역시 몇 해 전 돌아가셨기 때문에 살아남은 사람은 자기뿐이라고 했다.

지난밤에 내린 비에 살인자들이 남기고 간 모닥불 자리가 젖어 축축한 재 냄새를 풍겼다. 그자들이 토담을 피로 시커멓게 물들이고 떠난 후 마을 여자들은 그 담을 깨끗하다 못해 아예 피라고는 묻은 적이 없었던 양 새하얗게 씻어 냈다. 여자애는 처형에 대해 이야기하며 죽은 사람의 이름을 하나하나 댔고, 그가 어떤 사람인지, 어떻게 서 있었는지, 어떻게 쓰러졌는지 설명했다. 여자들은 마지막 사람이 총살당할 때까지 가로막혀 있다가 대장이 옆으로 비켜선 후에야 우르르 달려나와 죽어 가는 이들을 품에 안았다고 한다.

이 투?(너도?) 눈먼 남자가 물었다.

여자애는 먼저 아버지에게 갔으나 이미 숨을 거둔 뒤였다. 이윽고 큰오빠와 작은오빠를 차례로 안았다. 그러나 그들 역시 이미 죽어 있었다. 여자애는 땅에 주저앉아 시신을 붙잡고 몸을 앞뒤로 흔들며 울고 있는 여자들 사이로 걸어갔다. 병사들은 사라지고 없었다. 거리에서 개싸움이 벌어졌다. 잠시 후 남자들이 카레타를 가지고 왔다. 여자애는 아버지의 모자를 손에 쥔 채 걸었다. 모자를 어떻게 해야 할지 알 수 없었다.

여자애가 자정에 아버지의 모자를 무릎에 얹은 채 교회에 앉아 있는데, 세풀투레로(장의사)가 와서 말을 걸었다. 그는 여자애에게 집으로 가라고 했지만, 여자애는 침대에는 아버지와 오빠들이 죽어 누워 있고, 바닥에는 촛불이 타오르고 있어 잘 곳이 없다고 말했다. 집이 죽은 자들로 가득 차서 교회로 왔다는 것이다. 세풀투레로는 유심히 들었다. 그리고 생나무로 짠 신도석에 그녀와 나란히 앉았다. 늦은 시간이라 교회는 텅 비어 있었다. 그들은 각자 모자를 쥔 채 나란히 앉아 있었다. 여자애는 짚으로 짠 솜브레로[41]를, 장의사는 먼지투성이 검은 중절모를. 여자애는 울고 있었다. 한숨을 쉬는 장의사 자신도 지치고 낙담한 듯 보였다. 그는 말했다. 사람들은 그

---

41) 챙이 넓고 춤은 높고 뾰족한 멕시코의 전통 모자.

런 짓을 한 자들을 하느님께서 벌주실 거라고들 말하지만, 그건 말뿐이고 지금껏 겪어 본 바에 의하면 사람은 하느님의 뜻을 감히 알 수 없다고, 사악한 짓을 한 자가 행복한 인생을 살다 평화롭게 죽어서 명예롭게 묻히는 일이 왕왕 있다고. 이 세상에 너무 많은 정의를 기대하는 것은 잘못이라고. 악은 결코 승리할 수 없다는 말은 지나치게 과장된 것이라고, 악이 소용없다면 인간이 악을 멀리할 테고, 그러면 악을 마다하는 것을 어떻게 선이라고 부를 수 있겠느냐고. 직업상 누구보다 죽음을 훨씬 자주 대하다 보니 깨달았는데, 시간이 이별의 아픔을 치유하는 것은 사실이지만 그것은 마음에서 사랑하는 이에 대한 기억이 서서히 사라질 때에만 가능하다고 했다. 사실 사랑하는 이는 오직 우리 마음에만 살아 있는데, 세월이 흐르면 얼굴이 희미해지고 목소리가 어렴풋해지고 만다. 꼭 붙잡아. 세풀투레로가 속삭였다. 그들과 이야기해. 그들의 이름을 부르고. 그래야 슬픔이 사그라들지 않아. 슬픔이야말로 모든 선물의 달콤함이야.

여자애는 그란하 벽 앞에 서서 눈먼 남자에게 그 말을 다시 들려주었다. 아가씨들은 학살당한 이들의 피가 고인 웅덩이로 다가가 파뉴엘로(손수건)나 속치마 조각을 적셨다고. 이성을 잃고는 어떻게 치유해야 할지 기억을 짜내는 간호사 무리처럼 수많은 여인들이 오고 갔다고. 피는 곧 흙 속으로 스며들었고, 비가 오기 전 어둠이 내리면 개 떼가 도착해 젖은 흙을 한 입 가득 퍼먹으며 컹컹 짖어 대고 싸움을 벌이다 슬금슬금 달아났다고. 새 날이 밝자 죽음도 피도 살인도 흔적 없이 사라졌다고.

그들은 침묵 속에 서 있었다. 이윽고 눈먼 남자는 소녀의 얼굴을 더듬어 뺨과 입술을 만졌다. 그는 그렇게 해도 되는지 양해를 구하지 않았다. 여자애는 가만히 서 있었다. 눈먼 남자는 여자애의 눈을 하나씩 하나씩 더듬었다. 여자애가 그에게 군인이었느냐고 물었고, 그는 그랬다고 답했고, 여자애는 많은 사람을 죽였느냐고 물었고, 그는 아무도 안 죽였다고 답했다. 여자애가 자신도 눈을 감고 그의 얼굴을 더듬어 보고 싶다고, 그렇게 해서 무엇을 알 수 있는지 확인하고 싶다고 말하자 그는 몸을 숙였다. 여자애가 느끼는 것과 자신이 느끼는 것이 다를 거라고 그는 말하지 않았다. 여자애는 그의 눈에 손을 대려다 망설였다.

안달레. 에스타 비엔.(만지렴. 괜찮아.) 그가 말했다.

여자애는 움푹 팬 안구 위로 주름진 눈꺼풀을 만졌다. 손끝으로 살며시 어루만지고는 눈이 아프냐고 묻자 그는 기억의 고통만이 있을 뿐이라고, 때때로 밤에 실명 자체가 꿈인 꿈을 꾸다 깨어나 자신의 눈이 정말 있는지 더듬어 본다고 말했다. 그러한 꿈은 고문이나 다름없다고, 하지만 그런 꿈을 계속 꾸고 싶다고. 세상에 대한 기억이 희미해져 꿈에서마저 세상이 희미해진다면 자신은 세상의 그림자조차 없는 절대 어둠에 갇히게 될까 봐 두렵다고. 세상은 보이는 것보다 보이지 않는 것이 더 많기에 어둠 속에 무엇이 있을지 몰라 두렵다고.

거리에서 사람들이 발을 질질 끌며 지나갔다. 페르시그네세.(성호를 그으세요.) 여자애가 속삭였다. 눈먼 남자는 아이의 손을 놓는 대신 지팡이를 허리에 기대어 세우고는 왼손으로 어색하게 성호를 그었다. 행렬이 지나갔다. 여자애가 그의 손을 다시 힘주어 쥐자 그들은 걸어갔다.

여자애는 아버지의 옷을 뒤져 그에게 코트와 셔츠와 바지를 주었다. 집에 있던 몇 안 되는 옷가지를 모슬린 자루에 넣어 주둥이를 꽉 묶고는 부엌칼과 몰카헤테(돌그릇)와 숟가락 몇 개와 음식을 챙겨 낡은 살티요 서라피로 쌌다. 집은 선선하고, 흙 냄새를 풍겼다. 집을 둘러싼 담과 사육장 사이에서 닭 몇 마리와 염소 한 마리와 아이 하나가 돌아다니는 소리가 들렸다. 그는 여자애가 들통에 담아 온 물로 씻고 천으로 닦은 뒤 옷을 입었다. 그리고 좁은 단칸방에 서서 여자애가 돌아오기를 기다렸다. 문은 길을 향해 열려 있었고, 묘지를 향해 가던 사람들은 그가 거기 서 있는 것을 보았다. 여자애가 돌아와 다시 그의 손을 쥐더니 새 옷 덕분에 구아포(멋지다)라고 말하고는 사 온 사과 한 알을 주었다. 그들은 단칸방에 서서 사과를 먹고는 꾸러미를 쥐고 함께 출발했다.

여자가 등받이에 몸을 기댔다. 소년은 여자가 말을 계속하리라 생각했지만 여자는 더 이상 아무 말도 하지 않았다. 그들은 침묵 속에 앉아 있었다.

에라 라 무차차.(아주머니가 바로 그 여자애로군요.) 소년이 말했다.

시.(그래요.)

소년은 눈먼 남자를 바라보았다. 그는 기름 램프가 드리운 빛에 반쯤 그림자 진 얼굴을 찡그린 채 앉아 있었다. 소년이 자신을 살피고 있다는 것을 눈치챈 모양이었다. 에스 우나 카란토냐?(얼굴이 흉하지?) 그가 말했다.

노.(아뇨.) 빌리는 말했다. 이 아데마스, 노 메 디호 케 로스 아스펙토스 데 라스 코사스 손 엥가뇨사스?(게다가 겉모습은 환상일 뿐이라고 말씀하셨잖습니까?)

눈먼 남자의 얼굴에 표정이 드러나지 않아서 아무도 그가 말을 할지 안 할지 알 수 없었다. 잠시 후 그가 축복하려는 듯 혹은 절망하려는 듯 기묘한 자세로 식탁에서 한 손을 들었다. 파라 미, 시.(나에게는 그렇지.) 그가 말했다.

빌리는 여자를 보았다. 여자는 손을 식탁 위에 포갠 채 아까처럼 앉아 있었다. 소년은 그자의 손에 똑같은 고통을 당한 사람들에 대해 들은 적이 있느냐고 물었고, 눈먼 남자는 듣긴 했지만 직접 보거나 만나지는 못했다고 했다. 눈을 잃은 사람은 같은 처지의 동료를 찾지 않는다고 했다. 그는 언젠가 치와와의 알라메다에서 지팡이가 타닥타닥 다가오는 소리를 듣고는 자신의 처지를 외치며 상대방도 그러한 어둠 속에 있는지 물었다. 지팡이 소리가 멈추었다. 아무도 대답하지 않았다. 이윽고 지팡이 소리가 다시 들리더니 점점 멀어져 거리를 오가는 다른 소리에 묻혀 사라졌다고 했다.

그는 살짝 몸을 숙였다. 엔티엔다 케 야 엑시스테 에스테 오그로. 에스테 추파도르 데 오호스. 엘 이 오트로스 코메 엘. 에요스 노 안 데사파레시도 델 문도. 이 눙카 로 아란.(그 괴물은 여전히 존재한다는 걸 명심하게. 눈알을 빨아 먹는 자 말이야. 그자와, 그자와 비슷한 자들이 존재하지. 그들은 세상에서 사라지지 않아. 앞으로도 결코.)

그러한 자들이 사람의 눈알을 뽑는 것은 단순히 전쟁 때문이 아니겠느냐고 빌리가 묻자 눈먼 남자는 그것은 그들 자체의 본성 때문이지 전쟁 때문이라고는 할 수 없다고 말했다. 그러한 자들이 어떻게 태어나거나 어디에서 오는지는 아무도 모르지만 그들이 존재하는 것만은 분명하다고. 다른 이의 눈알을 훔친 자는 세상 역시 훔치고, 따라서 그자는 영원히 숨을 수 있다고 했다. 그자가 어디에 있는지 그 누가 알겠느냐고.

이 수스 수에뇨스. 세 안 에초 마스 팔리도스?(그러면 꿈은요. 꿈도 사라졌나요?)

눈먼 남자는 한동안 가만히 앉아 있었다. 잠이 든 것일 수도 있었고, 할 말이 떠오르기를 기다리는 것일 수도 있었다. 마침내 남자가 입을 열었다. 처음 몇 해 동안은 꿈이 예상 외로 생생했다고, 그래서 꿈을 간절히 기다렸지만 꿈도 기억과 마찬가지로 조금씩 희미해져 더 이상 남지 않게 되었다고 했다. 흔적조차 남지 않고 완전히. 세상의 모습이, 사랑하는 이들의 얼굴이, 마침내 자기 자신의 모습마저 잊혔다. 그는 더 이상 과거의 자신이 아니었다. 그러므로 무엇인가의 끝에 다다라 더 이상 할 것이 전혀 없는 사람처럼 다시 시작하는 수밖에 없었다. 노 푸에도 레코르다르 엘 문도 데 루스. 아세 무초스 아뇨스. 에세 문도 에스 운 문도 프라힐. 울티마멘테 로 케 비네 아 베르 에라 마스 두라블레. 마스 베르다데로.(빛의 세계는 전혀 기억이 나지 않네. 벌써 오래전부터 그랬지. 이 세계는 아주 연약해. 하지만 내가 보는 세계는 더 강하고, 더 참되지.)

그는 눈이 먼 첫해에는 주변 세계가 그의 움직임을 기다렸다고 말했다. 눈이 보이는 사람들은 보고 싶은 곳을 고를 수 있지만, 눈이 먼 사람에게는 세상이 나름의 의지를 드러낸다고. 모든 것이 통보도 없이 느닷없이 손에 닿는다고, 기원과 목적지는 그저 소문이 된다고. 움직이는 것은 세상과 부딪는 것이라고. 가만히 앉아 있으면 세상은 사라진다고. 엔 미스 프리메로스 아뇨스 데 라 오스쿠리다드 펜세 케 라 세게다드 푸에 우나 포르마 데 라 무에르테. 에스투베 에키보카도. 알 페르데르 라 비스타 에스 코모 운 수에뇨 데 카이다. 세 피엔사 케 노 아이 닝군 폰도 데 에스테 아비스모. 세 카에 이 카에. 라 루스 레트로세데. 라 메모리아 데 라 루스. 라 메모리아 델 문도. 데 수 프로피아 카라. 데 라 카란토냐.(어둠에 묻힌 처음 몇 해 동안에는 실명이 일종의 죽음이라고 생각했지. 내가 잘못 알았던 거야. 눈을 잃는 것은 떨어지는 꿈과 같지. 바닥이 없는 심연으로 떨어지는 거야. 떨어지고 또 떨어지지. 빛은 점점 멀어져만 가고. 빛의 기억도. 세상의 기억도. 심지어 자기 자신의 얼굴도. 그 추한 얼굴도.)

그가 천천히 한 손을 올려 그대로 멈추었다. 마치 무언가를 가늠하듯. 만약 이러한 추락이 죽음으로 떨어지는 것이라면, 죽음은 사람들이 흔히 생각하는 것과는 전혀 다른 것이라고 그는 말했다. 이러한 추락 속에서 세상은 어디에 있는가? 세상 역시 빛과 빛의 기억과 함께 멀어지는가? 혹은 세상 역시 함께 떨어지는 것은 아닐까? 그는 어둠 속에서 자기 자신과 자신에 대한 기억까지 모두 잃었지만, 더없이 깊은 상실의 어

둠 속에도 땅이 있으며, 거기서 새로이 시작해야 된다는 것을
깨달았던 것이다.

엔 에스테 비아헤 엘 문도 비시블레 에스 노 마스 케 운 디
스트라이미엔토. 파라 로스 시에고스 이 파라 토도스 로스
옴브레스. 울티마멘테 사베모스 케 노 포데모스 베르 엘 부
엔 디오스. 바모스 에스쿠찬도. 메 엔티엔데스, 호벤? 데베모
스 에스쿠차르.(이 여행에서 보이는 세계는 한낱 혼란을 야기할
뿐이라네. 눈이 먼 이들에게든 눈이 보이는 이들에게든 마찬가지야.
결국 우리는 선하신 하느님은 볼 수 없다는 것을 깨닫게 되지. 그리
고 귀를 기울이게 되네. 내 말 알겠나, 젊은이? 우리는 귀를 기울여
야 해.)

그가 더 이상 말이 없자 소년은 세풀투레로가 교회에서 여
자애에게 해 준 충고는 잘못된 것이었느냐고 물었고, 눈먼 남
자는 세풀투레로는 자신의 빛에 따라 충고한 것이니 비난할
일이 아니라고 했다. 그러한 사람들은 심지어 죽은 자들에게
도 충고를 한다고. 혹은 신부와 친구와 아이들이 모두 집으로
돌아간 후 그들을 하느님에게로 인도한다고. 세풀투레로가 자
신이 전혀 알지 못하는 어둠에 대해서도 이야기하려 들 수도
있겠지만, 만약 어둠에 대해 잘 알고 있다면 그때는 세풀투레
로일 수가 없는 거라고. 소년이 그렇다면 어둠에 대한 지식은
오직 눈먼 사람들만 알 수 있느냐고 묻자 눈먼 남자는 그렇지
않다고 했다. 대부분의 사람들은 시간이 없어 무딘 연장을 갈
지도 못한 채 느릿느릿 작업하는 목수처럼 살아간다고 했다.

이 라스 팔라브라스 델 세풀투레로 아세르카 데 라 후스티

시아? 케 오피나?(그러면 정의에 대한 장의사의 말은요? 그것에 대해서는 어떻게 생각하시죠?) 소년은 말했다.

　그러자 여자가 손을 뻗어 달걀 껍질이 담긴 그릇을 쥐더니, 니무 늦었다고, 남편은 쉬어야 한다고 말했다. 소년은 알겠다고 했지만 눈먼 남자는 신경 쓸 것 없다고 했다. 안 그래도 바로 그 질문에 대해 얼마간 생각을 하고 있었다고. 자기 이전의 많은 사람들 또한 그러했고, 자기가 죽은 이후의 많은 사람들 또한 그러할 것이라고. 심지어 세풀투레로도 모든 이야기에는 어둠의 이야기와 빛의 이야기가 있음을 깨달았을 것이라고, 그렇지 않았다면 그런 지식을 갖지 못했을 것이라고. 하지만 그 이야기를 들려주기 위해서는 보다 많은 체계가 필요하며, 사람들은 그것을 입에 담지 않는다고 했다. 사악한 자들은 자신이 행하는 사악한 행동이 충분히 공포스럽다면 사람들이 감히 반대하지 못하리라는 것을 알고 있다고. 사람들이 감당할 수 있는 것은 작은 악이며, 따라서 작은 악에 대해서만 반대할 수 있다고. 참된 악은 자신의 행동에 반대하려는 작은 그릇의 소유자들을 진정시키는 힘을 가지고 있으며, 심지어는 악에 대한 명상을 통해 자신의 발에는 낯설기만 한 정의의 길을 발견할 수도 있으며, 그 길로 가지 않을 수는 없다고. 심지어 자신이 발견한 것에 질겁하고 그것에 대항할 다른 체계를 찾으려고 할 것이라고. 하지만 이 모든 것 안에는 아마도 그가 알지 못할 두 가지가 있다고. 정의로운 자가 찾고 있는 체계는 결코 정의 자체가 아니라 그저 체계일 뿐이며, 악의 무체계는 사실상 악 그 자체임을 그는 모른다고. 정의로운 자는 악에 대

한 무지로 인해 매번 모퉁이에서 비틀거리지만, 악한 자에게
는 어둠이든 빛이든 똑같이 명백하게 보인다는 것 또한 그는
모른다고. 우리가 지금 이야기하는 이 사람은 애초에 질서와
체계가 없는 것들에 질서와 체계를 부여하려고 든 것이라고.
그는 세계 자체가 진실에 대해 증언하기를 요구하지만, 사실
진실은 자신의 욕망일 뿐이라고. 최종적으로 그는 피로써 자
신의 말을 보장하려고 하지만, 그 무렵이면 말은 향취를 잃고
바래며 고통은 늘 새롭다는 것을 깨닫는다고.

키사스 아이 포카 데 후스티시아 엔 에스테 문도.(어쩌면 이
세상에는 정의라는 것이 거의 없는지도 모르지.) 눈먼 남자가 말
했다. 하지만 세풀투레로가 생각한 것과는 다른 이유로 그러
하다고 했다. 우리가 보는 세상은 우리가 아는 세상인데, 이러
한 세계관은 쉽게 무너지기 때문이라고. 세상이 우리에게 주
는 도움에는 또한 참된 길이 놓여 있는 곳을 못 보게 하는 힘
이 있다고. 천국의 열쇠는 지옥문도 열 수 있다고. 신성한 것
들이 모두 모여 있는 제단이리라고 상상하는 세계는 사실 먼
지에 불과하다고. 세상이 살아남기 위해서는 매일 새로 채워
져야 한다고. 우리는 바라든 바라지 않든 처음부터 다시 시작
해야 한다고. 소모스 돌리엔테스 엔 라 오스쿠리다드. 토도스
노소트로스. 멘 에틴에데스? 로스 케 푸에덴 베르, 로스 케
노 푸에덴.(우리는 어둠 속에서 애도하는 자라네. 우리 모두. 내 말
알겠나? 보이든, 보이지 않든.)

소년은 등불이 비추고 있는 얼굴을 유심히 보았다. 로 케
데베모스 엔테데르.(우리가 꼭 알아야 하는 것은 말이네.) 눈먼

남자가 말했다. 에스 케 울티마멘테 토도 에스 폴보. 토도 로 케 포데모스 토카르. 토도 로 케 포데모스 베르. 엔 에스타 테 네모스 라 에비덴시아 마스 프로푼다 데 라 후스티시아, 데 라 미세리코르디아. 엔 에스테 베모스 라 벤디시온 마스 그란데 데 디오스.(결국 모든 것은 먼지라는 거야. 우리가 만질 수 있는 모든 것. 우리가 볼 수 있는 모든 것. 이 속에서 우리는 정의나 자비보다 더욱 심오한 증거를 보게 되지. 이 속에서 우리는 더없이 큰 하느님의 축복을 보네.)

여자가 일어났다. 너무 늦었다고 했다. 눈먼 남자는 일어날 생각이 전혀 없어 보였다. 여전히 그대로 앉아 있었다. 소년은 그를 보았다. 이윽고 소년은 왜 그것이 축복이냐고 물었고, 눈먼 남자는 한참 동안 대답을 하지 않았다. 그러다 마침내 그는 만질 수 있는 것은 먼지가 되며, 이런 것들을 현실로 오해할 일이 없기 때문이라고 대답했다. 기껏해야 그것들은 실제에 대한 흔적일 뿐이라고. 아니 어쩌면 흔적조차 되지 못한다고. 세계의 궁극적 어둠을 헤쳐 가기 위해 치워야 할 방해물에 지나지 않는다고.

아침에 소년이 말에 안장을 얹으려고 밖으로 나오니 여자가 보타(들통)에 든 곡식을 마당의 새들에게 뿌려 주고 있었다. 야생 찌르레기 떼가 나무에서 푸드덕 내려와 닭들 사이로 돌아다니며 곡식을 쪼아 댔지만 여자는 전혀 개의치 않았다. 소년은 여자를 가만히 바라보았다. 무척 아름다웠다. 소년은 말에 안장을 얹고 돌아가 작별 인사를 하고는 말에 올라 나아갔다. 돌아보니 여자가 손을 들고 서 있었다. 온통 새들에

에워싸인 채. 바야 콘 디오스.(하느님의 축복이 함께하길.) 여자
가 소리쳤다.

소년은 길로 들어섰다. 얼마 가지 않아 덤불에서 개가 튀어
나와 말 뒤를 쫓아왔다. 심하게 싸웠는지 온통 피투성이에 상
처투성이였고, 가슴에는 발톱 하나가 박혀 있었다. 빌리는 말
을 세우고 개를 내려다보았다. 개는 몇 걸음 절뚝절뚝 걷다 멈
추었다.

보이드는 어디 있니? 빌리가 말했다.

개가 귀를 쫑긋 세우고 주위를 둘러보았다.

이런 멍청이 같으니라고.

개가 집 쪽을 바라보았다.

보이드는 트럭에 있어. 여기 없다구.

빌리는 말을 몰았고, 개는 뒤처졌다. 그렇게 그들은 길을 따
라 북쪽으로 나아갔다.

정오 전에 북쪽의 카사스 그란데스로 가는 큰길에 다다르
자 소년은 텅 빈 교차로에 말을 세우고는 산맥을 바라보고
남쪽을 돌아보았다. 하늘과 길과 황무지 이외에는 아무것도
없었다. 태양은 거의 머리 바로 위에 박혀 있었다. 소년은 먼
지투성이 가죽 총집에서 산탄총을 꺼내 개머리판을 꺾어 총
알을 빼낸 뒤 뒤꽁무니를 살펴 크기를 확인했다. 5번 총알이
라 벅샷을 대신 넣을까 하다가 결국 원래 총알을 도로 밀어
넣고는 개머리판을 바로 하여 총을 총집에 꽂은 뒤 길을 따
라 북쪽의 산 디에고로 향했다. 개가 말 발치에서 절뚝절뚝
따라왔다. 보이드는 어디 있니? 보이드는 어디 있어? 소년은

말했다.

　그날 밤 소년은 여자가 준 담요로 몸을 휘감고 들판에서 잤다. 1.5킬로미터 너머 평야를 가로지르는 강의 지류로 말은 달려가고 싶으리라. 소년은 식어 가는 땅바닥에 누워 별을 바라보았다. 왼쪽 말뚝에 매어 둔 말의 시커먼 형체가 보였다. 말이 하늘을 향해 고개를 쳐들어 별자리 사이로 귀를 기울이다 다시 고개를 숙이고 풀을 뜯었다. 이름 없는 밤 속에서 창백한 빛을 발하며 펼쳐진 세계를 유심히 살피던 소년은 하느님께 동생에 대해 기도하려고 애쓰다 잠이 들었다. 그러다 괴로운 꿈에서 깨어나 다시는 잠들지 못했다.

　꿈속에서 소년은 어둠에 잠긴 집을 향해 눈 쌓인 능선을 허우적허우적 헤쳐 갔고, 늑대들이 뚝 떨어져 그를 쫓아오며 울타리처럼 에워쌌다. 늑대들은 여윈 주둥이를 서로의 옆구리에 비비다 소년의 무릎을 지나 달려가더니 눈에 코를 박고 고랑을 파다 고개를 흔들었다. 추위에 늑대들의 숨결이 응어리져 앞에서 가마솥이 끓는 듯했고, 달빛에 파랗게 빛나는 눈 속에 웅크려 꼬리에 코를 박고 낑낑대는 늑대들의 눈이 연하디 연한 황옥 빛을 띠었다. 집이 가까워지자 바들바들 떨리는 몸으로 아양을 부리는 늑대들의 이빨이 하얗게 번쩍이고, 빨간 혀가 삐져나왔다. 늑대들은 대문에서 더 이상 들어가지 않았다. 늑대들은 어둠에 묻힌 산줄기를 돌아보았다. 소년은 눈밭에 무릎 꿇고는 늑대들을 향해 팔을 뻗었다. 늑대들이 야생의 주둥이로 소년의 얼굴을 어루만지다 도로 물러섰다. 숨결은 따스했고 땅의 냄새와 땅속 핵의 냄새가 풍겼다. 마지막 늑대가 물러서자 늑대들은 소년 앞에 초승달 모양으로 섰다. 늑대들의 눈은 세계의 좌표를 알리는 등불 같았다. 이윽고 늑대들이 돌아서서 눈 사이로 성큼성큼 달려가 겨울밤 속으로 입김을 뿜으며 사라졌다. 집에는 소년의 부모님이 잠들어 있었다. 소년이 침대로 기어들자 보이드가 고개를 돌려 속삭였다. 꿈을 꾸었다고, 꿈속에서 형이 집을 나갔다고, 꿈에서 깨어 형의 빈 침대를 보고는 그 꿈이 진짜인 줄 알았다고.

어서 자. 빌리가 말했다.

형, 나 혼자 내버려 두고 도망가지 않을 거지?

그럼.

약속해?

그럼. 약속하지.

무슨 일이 있어도?

응. 무슨 일이 있어도.

형?

어서 자.

형.

쉿. 이러다 부모님 깨시겠다.

하지만 꿈속에서 보이드는 나직이 속삭였다. 부모님은 깨지 않을 거라고.

새벽은 한참 후에야 꾸물꾸물 기어왔다. 소년은 일어나 황량한 초지로 나가 빛을 찾아 동쪽을 살폈다. 잿빛 여명 속에서 아카시아의 비둘기들이 울어 댔다. 북쪽에서 바람이 달려왔다. 소년은 담요를 말고는, 마지막 남은 토르티야와 삶은 계

란을 먹었다. 여자가 준 것이었다. 소년이 말에 안장을 얹고
출발하는데 태양이 동녘에서 솟았다.

한 시간도 안 돼 비가 내렸다. 소년은 안장 뒤쪽의 담요를
풀어 어깨에 둘렀다. 주위에 온통 샛빛 벽을 친 빗줄기는 이내
바하다(비탈)의 단호한 잿빛 흙을 두드려 댔다. 말이 터벅터벅
나아갔다. 개는 바로 곁에서 걸었다. 그들이 처한 모습 그대로
였다. 낯선 땅에 추방당한 자, 집 없는 자, 쫓기는 자, 지친 자.

소년은 강의 지류 사이에 박힌 드넓은 바리알과 서쪽으로
한없이 굽이치는 길을 따라 종일 나아갔다. 빗줄기는 가늘어
졌지만 비는 멎지 않았다. 하루 종일 비가 왔다. 평야 앞쪽에
말을 탄 이가 두 번 나타났고, 그때마다 소년은 말을 멈추었
지만 그들은 가던 길을 계속 갔다. 저녁에 소년은 철도를 건너
마라 오르티스라는 마을에 이르렀다.

소년은 자그마한 푸른색 티엔다 앞에서 멈추었다. 그리고
말에서 내려 고삐를 가게 기둥에 반매듭으로 묶은 다음 안으
로 들어가 부분적 어둠 속에 섰다. 여자의 목소리가 들려왔다.
소년은 이 마을에 의사가 있느냐고 물었다.

메디코? 메디코?(의사요? 의사 말예요?)

여자는 카운터 끝쪽 의자에 앉아 파리채 같은 것을 안듯이
들고 있었다.

엔 에스테 푸에블로.(이 마을에요.) 빌리가 말했다.

여자는 소년을 유심히 뜯어보았다. 어디가 아픈지, 혹은 어
디를 다쳤는지 알아내려는 듯. 여자는 카사스 그란데스에 가
야 의사가 있다고 했다. 그러더니 엉거주춤 일어나 쉿쉿거리며

파리채를 흔들어 쫓는 시늉을 했다.

네? 소년이 말했다.

여자가 깔깔거리며 의자에 털썩 앉더니 고개를 저으며 손으로 입을 가렸다. 노. 노. 엘 페로. 엘 페로. 디스펜사메.(아뇨. 아네요. 개요. 개가 있어서요. 실례했네요.)

소년이 돌아보니 개가 문가에 서 있었다. 여자는 여전히 깔깔거리며 힘겹게 몸을 일으키고 철사테 안경을 집어 들었다. 그리고 콧등에 걸치고는 소년의 팔을 잡고 밝은 쪽으로 끌고 갔다.

구에로. 부스카 엘 에리도, 노?(금발이로군. 부상자를 찾고 있나요?)

에스 미 에르마노.(제 동생입니다.)

그들은 침묵 속에 서 있었다. 여자는 그의 팔을 잡은 손을 풀지 않았다. 소년은 여자의 눈을 응시하려고 했지만 빛이 안경알에 튕겨 나갔다. 알 하나가 먼지로 불투명해져 있는 것이, 그쪽 눈은 아예 시력이 없어 닦을 필요가 없는 듯 보였다.

엘 비비아?(살아 있나요?) 소년이 말했다.

여자는 말했다. 이 가게 앞을 지날 때까지는 살아 있었다고, 사람들이 트럭을 쫓아 마을 끝까지 갔다고, 금발 아이는 마타 오르티스의 경계선까지는 살아 있었지만 그 후에도 살아 있는지는 아무도 모른다고.

소년은 여자에게 감사 인사를 하고는 몸을 돌렸다.

에스 수 페로?(당신 개인가요?)

소년은 동생의 개라고 했다. 여자는 개의 표정이 걱정스러운 것을 보고 그럴 줄 알았다고 했다. 그리고 말이 서 있는 거리를 내다보았다.

에스 수 카바요.(당신 말이로군요.)

시.(네.)

여자는 고개를 끄덕였다. 부에노. 몬테, 카바예로. 몬테 이바야 콘 디오스.(좋아요. 가 봐요, 젊은 양반. 하느님의 축복이 함께하길.)

소년은 감사 인사를 하고는 말에게로 걸어가 고삐를 풀고 안장에 올랐다. 그리고 여자가 서 있는 문가로 고개를 돌려 모자챙에 손을 댔다.

모멘토.(잠깐만.) 여자가 소리쳤다.

소년은 기다렸다. 잠시 후 여자애가 나와 여자를 지나쳐 오더니 말 등자에 붙어 서서 소년을 올려다보았다. 여자애는 매우 예뻤고, 매우 수줍어했다. 여자애가 주먹 쥔 손을 내밀었다.

케 티에네?(그게 뭐죠?) 소년이 말했다.

토멜로.(가져가요.)

소년이 손을 내밀자 여자애가 자그마한 심장 모양 은을 떨어뜨렸다. 소년은 그것을 빛에 비추어 보았다. 그리고 무엇이냐고 물었다.

운 밀라그로.(기적의 선물이에요.)

밀라그로?(기적의 선물요?)

시. 파라 엘 구에로. 엘 구에로 에리도.(네. 그분을 위한 선물이에요. 다친 그분요.)

소년은 심장을 뒤집어 보고는 여자애를 바라보았다.

노 에라 에리도 엔 엘 코라손.(그 애는 심장을 다치지 않았어요.) 소년이 말했다. 하지만 여자애는 시선을 피할 뿐 대꾸하지 않았고, 소년은 감사 인사를 하고는 심장을 셔츠 주머니에 넣었다. 그라시아스. 무차스 그라시아스.(고마워요. 정말 고마워요.)

여자애가 뒤로 물러섰다. 케 호벤 탄 발리엔테.(정말 용감한 분이세요.)

소년은 맞다고 대답해 주고는 다시 모자에 손을 댄 다음, 여전히 파리채를 쥔 채 문가에 서 있는 여자에게 손을 들어 인사했다. 그리고 마타 오르티스에 단 하나 나 있는 흙길을 따라 북쪽의 산 디에고로 향했다.

하늘이 온통 비구름으로 뒤덮여 별빛 하나 없는 어둠 속에서 소년은 다리를 건너고 언덕을 올라 도미실리오로 향했다. 그때의 그 개들이 짖어 대고 뛰어오르며 주위를 맴도는 동안 소년은 불이 어슴푸레하게 밝혀진 문가와, 축축한 공기 중에 연기가 여전히 안개인 양 자욱한 모닥불을 지나갔다. 소년이 도착했다는 소식을 전하러 뛰어다니는 이는 아무도 없었지만, 무뇨스 씨네 집 앞에는 안주인이 서서 기다리고 있었다. 소년은 말을 세우고 그녀를 바라보았다.

엘 에스타?(여기 있나요?)

시. 엘 에스타.(그래요. 여기 있어요.)

엘 비베?(살아 있나요?)

엘 비베.(살아 있어요.)

소년은 말에서 내려, 주위에 모여든 무리 중 가장 가까이 있던 남자애에게 고삐를 건네고는 모자를 벗고 나지막한 문으로 들어갔다. 안주인이 뒤를 따랐다. 보이드는 맞은편 벽 쪽에 멍석을 깔고 누워 있었다. 개는 이미 멍석 위에 몸을 웅크리고 있었다. 보이드 옆에는 음식이며, 꽃이며, 나무나 흙이나 천으로 만든 성물이며, 밀라그로 상자며, 단지며, 바구니며, 유리병이며, 조각상이 놓여 있었다. 바로 위쪽 벽감에 놓인 조잡한 나무 성모상 발치의 유리등에서 촛불이 타오르고 있을 뿐 다른 조명은 없었다.

레갈로스 데 로스 오브레로스.(농부들이 준 선물이에요.) 안주인이 속삭였다.

델 에히도?(여기 에히도 사람들이요?)

일부는 에히도 사람들이 준 것이지만, 대부분은 보이드를 여기로 데리고 온 농부들이 준 것이라고 했다. 트럭이 다시 돌아와 사람들이 모자를 손에 든 채 줄지어 들어와 선물을 곁에 놓았다고.

빌리는 웅크리고 앉아 보이드를 바라보았다. 그리고 담요를 젖히고 셔츠를 올렸다. 염이라도 한 듯 모슬린 천으로 친친 휘감겨 있었다. 모슬린 천에 배어든 피가 까맣게 말라 있었다. 빌리가 동생의 이마에 손을 얹자 보이드가 눈을 떴다.

몸은 좀 어때, 파트너?

형이 잡혔는 줄 알았어. 보이드가 나직이 중얼거렸다. 형이 죽은 줄로만 알았어.

나야 여기 멀쩡히 잘 있지.

니뇨는 역시 대단한 녀석이라니까.

그래. 정말 대단해.

보이드는 온몸이 불덩이 같고 창백했다. 오늘 내가 뭔지 알아?

몰라. 뭔데?

열다섯 살이지. 내일까지 살아남지 못한다면 말이야.

그건 걱정 마.

빌리는 안주인을 향해 고개를 돌렸다. 케 디세 엘 메디코?(의사가 뭐라던가요?)

안주인은 고개를 저었다. 의사는 없었다. 브루하(치료사) 할머니를 불렀지만, 그녀가 한 일이라곤 약초 바른 헝겊으로 상처를 감싸고 마실 차를 준 게 다였다.

이 케 디세 라 브루하? 에스 그라베?(그럼 그분은 뭐라 하세요? 위독하대요?)

안주인이 고개를 돌렸다. 벽감의 촛불이 그녀의 검은 얼굴에 흐르는 눈물을 비추었다. 여자가 아랫입술을 깨물었다. 아무 대답도 하지 않았다. 이런 망할. 소년은 중얼거렸다.

새벽 3시에 소년은 카사스 그란데스로 들어섰다. 높다란 철도 둑길을 건너 알라메다를 계속 오르니 불 밝힌 술집이 보였다. 소년은 말에서 내려 안으로 들어갔다. 바 근처 탁자에 한 남자가 머리를 두 팔에 얹고 잠들어 있을 뿐 술집은 텅 비어 있었다.

옴브레.(이봐요.) 빌리가 말했다.

남자가 벌떡 일어났다. 눈앞의 소년에게서는 심상치 않은 소식을 전하려는 듯한 분위기가 완연했다. 남자는 양손을 탁자에 얹은 채 긴장하여 앉았다.

엘 메디코.(의사요.) 빌리는 말했다. 돈데 비베 엘 메디코.(의사는 어디 사나요.)

나무 대문에 달린 쪽문의 사물쇠를 열고 빗장을 젖힌 의사네 모소는 어둠에 잠긴 사구안에 가만히 서 있었다. 그는 애원하는 소년의 사연을 조용히 들었다. 빌리가 말을 다 마치자 그는 고개를 끄덕였다. 부에노. 파살레.(알았어요. 들어와요.)

그가 한쪽으로 비켜서자 빌리는 안으로 들어갔고, 모소는 다시 문단속을 했다. 에스페레 아키.(여기서 기다려요.) 그가 달그락달그락 자갈길을 걸어 어둠 속으로 사라졌다.

빌리는 한참을 기다렸다. 사구안 뒤쪽에서 풀과 흙과 부식토 냄새가 풍겨 왔다. 살랑살랑 불어오는 바람. 잠이 든 것들이 일렁이는 소리. 대문 밖에서 니뇨가 나직이 울었다. 마침내 안뜰에 빛이 보이더니 모소가 나타났다. 그의 뒤에는 의사가 있었다.

옷을 차려입지 않은 채 가운 차림으로 나온 의사는 한 손을 가운 주머니에 꽂고 있었다. 덩치가 자그마하고, 머리가 흐트러져 있었다.

돈데 에스타 수 에르마노?(동생은 어디 있나?)

엔 엘 에히도 데 산 디에고.(산 디에고 에히도에 있습니다.)

이 쿠안다 오쿠리오 에세 악시덴테?(사고는 언제 일어난 건가?)

아세 도스 디아스.(이틀 전입니다.)

의사는 엷은 노란 불빛이 드리워진 소년의 얼굴을 유심히 살폈다.

열이 높은가?

모르겠어요. 네. 꽤 높아요.

의사는 고개를 끄덕였다. 부에노.(알겠네.) 의사는 모소에게 자동차를 준비하라고 지시한 뒤 빌리에게 고개를 돌렸다. 좀 기다리게. 5분이면 되네.

그가 한 손을 들어 손가락을 쫙 펼쳤다.

네, 그러겠습니다.

치료비를 낼 여력이야 당연히 안 되겠지.

밖에 아주 좋은 말이 있습니다. 그 말을 드리지요.

자네 말은 필요 없네.

말에 대한 서류도 갖고 있습니다. 텡고 로스 파펠레스.(서류가 있어요.)

의사는 이미 몸을 돌려서 가려던 참이었다. 말을 이리 들이게. 여기다 두고 가면 돼.

차에 안장을 실을 자리가 있을까요?

안장?

안장은 가져가고 싶습니다. 아버지가 주신 거거든요. 그런데 안장을 들고 갈 방도가 없어서요.

말 위에 싣고 가면 되잖나.

말을 안 받으시겠습니까?

그래. 치료비는 됐네.

소년이 니뇨의 고삐를 쥔 채 거리에 서 있는 동안 모소는 빗장을 젖혀 커다란 대문을 열었다. 소년이 말을 끌고 들어가려고 하자 모소가 물러서라고 말리더니, 기다리라고 말하고는 몸을 돌려 사라졌다. 잠시 후 시동 걸리는 소리가 들렸고, 모소가 낡은 닷지 쿠페형[42] 자동차를 몰고 사구안을 통과했다. 거리로 나오자 그는 시동을 켠 채 내려서는 고삐를 쥐고 말을 끌고 대문으로 들어가 뒤켠으로 갔다.

몇 분 후 의사가 나타났다. 검은 양복 차림이었다. 그의 뒤에는 모소가 왕진 가방을 들고 따라왔다.

리스토?(준비됐나?) 의사가 말했다.

리스토.(준비됐습니다.)

의사는 차를 돌아 걸어가 운전석에 올랐다. 모소가 왕진 가방을 건네고 차문을 닫았다. 빌리가 조수석에 타자 의사가 전조등을 켰지만 시동이 죽어 버렸다.

의사는 가만히 앉아 기다렸다. 모소가 차문을 열고 의자 밑으로 손을 뻗어 크랭크를 꺼내 차 앞으로 걸어가자 의사가 전조등을 껐다. 모소가 몸을 숙여 크랭크를 구멍에 끼우고 올린 뒤 한 바퀴 돌리자 시동이 다시 부르릉 걸렸다. 의사가 엔진 소리를 높이더니 다시 전조등을 켜고 창문을 내려 모소에게서 크랭크를 받아 들었다. 그리고 자동차 바닥의 변속 레버를 1단으로 옮겨 차를 출발시켰다.

거리는 좁고 어슴푸레했다. 전조등의 연노란색 광선이 길 끝의 담을 훑었다. 한 가족이 막 거리에 들어서고 있었다. 남편은 맨 앞에서 걷고, 그 뒤를 아내와 어린 두 딸이 바구니와

---

42) 2인승 세단형.

엉성하게 묶인 꾸러미를 들고 따라가고 있었다. 그들은 전조등 불빛에 사슴처럼 얼어붙었다. 그들의 모습은 뒤쪽 벽에 거대하게 드리워진 그림자를 흉내 낸 듯했다. 남자는 곧추서 있고, 여자와 큰딸은 스스로를 보호하려는 듯 한 팔을 쳐들고 있었다. 의사가 커다란 나무 운전대를 왼쪽으로 틀자 전조등 불빛이 휙 쏠리며 그들은 다시 멕시코의 이름 없는 검은 밤 속으로 사라졌다.

사고에 대해 말해 보게. 의사가 말했다.

가슴에 소총을 맞았어요.

언제?

이틀 전에요.

말을 하나?

네?

동생이 말을 하냐고? 의식이 있나?

예. 의식이 있어요. 말은 별로 안 했지만요.

그렇군. 하긴 그렇겠지. 남쪽으로 차를 몰며 의사는 조용히 불을 붙여 담배를 피웠다. 의사가 차에 라디오가 있으니 틀고 싶으면 틀라고 했지만, 빌리는 의사가 듣고 싶었다면 직접 틀었겠지 싶었다. 잠시 후 의사가 라디오를 틀었다. 텍사스 바로 곁인 아쿠냐에서 방송하는 미국 힐빌리[43] 음악이 울려 나왔다. 의사는 조용히 담배를 피우며 차를 몰았고, 길가 도랑에서 풀을 뜯는 소 떼의 뜨거운 눈이 전조등 불빛에 번쩍였고,

---

43) 미국 중서부의 향토색 짙은 민요 또는 그런 풍의 대중음악.

불빛 너머 어둠 속에는 황무지가 사방에 펼쳐졌다.

전조등 불빛이 스쳐 가는 창백한 미루나무 줄기와, 강이 남긴 홈 사이로 뻗은 에히도 길을 달려가다 덜컹덜컹 목조 다리를 건너 언덕을 올라 농장에 이르렀다. 에히도의 개들이 불빛에 짖어 대며 이리저리 서성였다. 빌리가 길을 가리키자 차는 잠이 든 공동체의 어둠에 잠긴 문을 지나 어스레한 노란 불이 밝혀진 곳 앞에서 멈추었다. 그 안에는 소년의 동생이 축제 때의 성상처럼 선물에 에워싸여 누워 있을 터였다. 엔진과 전조등을 끈 의사가 왕진 가방을 향해 손을 뻗었지만 빌리가 벌써 챙겨 든 뒤였다. 의사는 고개를 끄덕이고는 차에서 내려 모자를 바로 하고 빌리를 뒤세우고 집으로 들어갔다.

무뇨스 씨네 안주인이 언제나와 같은 옷차림으로 이미 옆방에서 나와 봉헌초가 드리운 희미한 빛 속에 서서 의사에게 인사를 했다. 의사는 그녀에게 모자를 건네고는 단추를 풀어 코트를 벗어 뒤집은 뒤 안주머니에서 안경집을 꺼냈다. 그리고 코트를 안주인에게 건네고는 왼쪽과 오른쪽의 커프스단추를 차례로 떼어 내 바지 주머니에 넣었다. 그러고는 풀 먹인 새하얀 소맷자락을 두 번 접어 올린 뒤 멍석에 앉아 안경집에서 안경을 꺼내 쓰고 보이드를 바라보았다. 그가 한 손을 보이드의 이마에 얹었다. 코모 에스타스? 코모 테 시엔테스?(좀 어떠니? 기분이 어때?)

눙카 메호르.(오지게 좋아요.) 보이드가 씨근거리며 말했다.

의사가 미소 지었다. 그리고 안주인을 바라보았다. 이에르바메 알고 데 아구아.(물 좀 갖다 주세요.) 의사가 주머니에서 자그마한 니켈 손전등을 꺼내 들고 보이드 위로 몸을 숙였다. 보이드는 눈을 감았지만 의사가 아래 눈꺼풀을 당겨 살펴보았다. 의사는 손전등 불빛을 이리저리 흔들어 눈동자를 검사했다. 보이드는 고개를 돌리려고 했지만 의사가 아이의 뺨을 손으로 막고 있었다. 베아메.(나를 보렴.) 의사가 말했다.

의사가 담요를 젖혔다. 자그마한 무언가가 모슬린 위를 기어 달아났다. 보이드는 농부들이 밭에서 일할 때 입는, 목깃도 단추도 없는 하얀 면옷만 한 장 걸치고 있었다. 의사가 옷을 걷어 올려 보이드의 오른쪽 팔꿈치를 소매에서 빼고 옷을 머리 위로 당긴 다음 왼쪽 소매를 조심스레 벗기더니, 쳐다보지도 않고 빌리에게 그 옷을 건넸다. 보이드를 휘감은 면 시트는 상처에서 배어나온 피가 까맣게 말라 있었다. 의사가 손바닥을 아래로 해 붕대 아래에 찔러 넣어 손을 가슴에 댔다. 레스피레. 레스피레 프로푼도.(숨을 쉬렴. 깊이 숨을 쉬어.) 보이드는 숨을 쉬었지만, 그 숨은 얕고 힘겨웠다. 의사가 검은 얼룩이 진 왼쪽으로 손을 옮겨서는 다시 숨을 쉬라고 했다. 의사는 몸을 숙여 왕진 가방의 걸쇠를 풀어 청진기를 꺼내 목에 걸고는 끝이 삽 모양인 가위를 꺼내 지저분한 모슬린 천을 잘라 피로 뻣뻣이 굳은 천을 걷어 냈다. 손가락을 보이드의 벌거벗은 가슴에 대더니 왼쪽 가운뎃손가락과 오른쪽 가운뎃손가락을 두드렸다. 그리고 손을 떼었다가 다시 두드렸다. 보이드의 움푹 팬 누르스름한 배로 손이 내려가며 손가락을 살며시 눌렀다. 의사는 보이드의 얼굴을 주시하고 있었다.

티에네스 무초스 아미고스. 노?(친구가 참 많구나. 안 그러니?)

코모?(네?) 보이드가 쌔근대며 말했다.

탄토스 레갈로스.(선물이 많잖니.)

의사가 청진기를 귀에 꽂고는 집음판을 보이드의 가슴에 대고 귀를 기울였다. 집음판이 오른쪽에서 왼쪽으로 옮겨 갔다. 레스피레 프로푼도. 포르 라 보카. 오트라 베스. 부에노.(숨을 깊이 쉬어. 입으로. 한 번 더. 좋았어.) 의사는 집음판을 보이드의 심장에 대고 귀를 기울였다. 눈을 꼭 감은 채.

형. 보이드가 속삭였다.

쉿. 의사가 말하며 손가락을 입술에 댔다. 노 아블라.(말하지 마라.)

의사가 청진기를 도로 목에 두르더니 조끼 주머니에서 사슬 달린 황금 회중시계를 꺼내 엄지로 뚜껑을 젖혔다. 두 손가락을 보이드의 턱 아래 목 옆을 누른 채 앉아 하얀 도자기 숫자판을 촛불 쪽으로 기울여서는 바늘처럼 가느다란 초침이 자그마한 검은 로마 숫자를 부채꼴로 분할하는 것을 조용히 지켜보았다.

쿠안도 푸에도 요 아블라?(언제 말할 수 있죠?) 보이드가 속삭였다.

의사가 빙그레 미소 지었다. 아오라 시 키에레스.(원한다면 지금도 좋지.)

형?

응.

여기 있을 필요 없어.

나는 괜찮아.

여기 있기 싫으면 가도 돼. 괜찮아.

어차피 갈 곳도 없어.

의사가 시계를 도로 조끼 주머니에 넣었다. 사카 라 렝구아.(혀를 내밀어 보렴.)

보이드의 혀를 검사한 의사는 손가락을 보이드의 입 안으로 넣어 뺨의 안쪽을 더듬었다. 그리고 몸을 굽혀 왕진 가방을 집어 자기 옆에 놓고는 가방을 열어 빛 쪽으로 살짝 기울였다. 오돌토돌한 묵직한 가죽을 검게 염색한 가방은 닳은 모서리와 가장자리가 도로 갈색으로 돌아가 있었다. 황동 걸쇠는 의사에 앞서 의사의 아버지까지 80년의 세월을 견디느라 닳아 있었다. 의사가 혈압 측정기를 꺼내 보이드의 가느다란 팔뚝에 감고는 고무구를 눌러 압박대를 펌프질했다. 그리고 집음판을 보이드의 팔꿈치 오금에 대고 귀를 기울였다. 바늘이 떨어졌다 도로 뛰어올랐다. 골동품 같은 안경알 중앙에, 가느다랗게 곧추선 봉헌초의 불꽃이 자리했다. 자그마한 그것은 더없이 확고부동했다. 늙어 가는 그의 눈 속에서 불타오르는 성스러운 의문의 빛처럼. 의사가 압박대를 풀고 빌리를 돌아보았다.

아이 우나 메사 치카 엔 라 카사? 오 우나 시야?(이 집에 작은 탁자가 있나? 아니면 의자라도?)

아이 우나 시야.(의자가 있어요.)

부에노. 트라이갈라. 이 트라이가메 우나 콘테니도르 데 아구아. 우나 보타 오 쿠알키에라 코사 케 텡가.(좋아. 가져오게. 물도 좀 가져오고. 양동이에든 어디에든.)

시, 세뇨르.(네, 선생님.)

이 트라이가 운 바소 데 아구아 포타블레.(그리고 마실 물도 좀 가져오고.)

알겠습니다.

엘 데베 토마르 아구아. 메 엔티엔데스?(물을 꼭 가져오게. 내 말 알겠지?)

알겠습니다.

이 데하 아비에르타 라 푸에르타. 네세시타모스 아이레.(문은 열어 놓게. 환기를 좀 시켜야겠어.)

알겠습니다. 그렇게 하겠습니다.

빌리는 의자를 뒤집어 가로대에 팔을 끼워 들고 왔다. 한 손에는 물이 담긴 흙 오야(단지)가 들려 있고, 다른 손에는 우물 물이 담긴 컵이 들려 있었다. 의사가 일어나 하얀 앞치마를 쓰고 수건과 시커먼 비누를 쥐었다. 부에노.(좋았어.) 의사가 비누를 수건으로 말아 겨드랑이에 끼고는 빌리에게서 조심스레 의자를 받아 들어 바로 세워 놓더니, 살짝 틀어 방향을 조절했다. 그리고 오야를 받아 의자에 놓고는 몸을 숙여 왕진 가방을 뒤져 구부러진 유리관을 꺼내서는, 빌리가 들고 있는 컵에 꽂았다. 동생에게 물을 먹이라고 했다. 조금씩 조금씩 먹여야 한다고.

알겠습니다. 빌리가 말했다.

부에노.(좋았어.) 의사는 겨드랑이에서 수건을 빼내고 한쪽씩 소매를 걷어 올렸다. 그리고 빌리를 내려다보았다.

노 테 프레오쿠페스.(걱정 말게.)

예. 노력해 보겠습니다.

의사는 고개를 끄덕이고는 몸을 돌려 손을 씻으러 갔다. 빌리는 멍석에 앉아 몸을 숙여 보이드의 입에 유리관을 댔다. 담요를 도로 덮어 줄까? 추워? 춥지 않지?

안 추워.

그래, 마셔.

보이드는 마셨다.

천천히 마셔. 빌리는 컵을 기울였다. 이렇게 입고 있으니 꼭이 동네 농군 같다.

보이드는 유리관을 힘껏 빨다 고개를 돌려 기침을 했다.

천천히 마시라니까.

보이드는 누워서 숨을 추슬렀다. 그리고 다시 물을 마셨다. 빌리는 컵을 치우고 기다렸다가 다시 컵을 내밀었다. 유리관이 달그락대며 물을 빨아들였다. 빌리는 컵을 기울였다. 보이드가 물을 남김 없이 마시더니 숨을 가다듬며 누워 빌리를 바라보았다. 꼬락서니 한번 기막히군. 보이드가 말했다.

빌리는 컵을 의자에 놓았다. 내가 너를 제대로 돌봐 주지 못했어, 그렇지?

보이드는 대꾸하지 않았다.

의사 선생님 말이, 곧 나을 거래.

보이드는 얕은 숨을 헐떡이며 누워 고개를 뒤로 젖혔다. 그리고 천장의 시커먼 들보를 응시했다.

아주 말짱하게 나을 거래.

내 귀에는 그런 말이 안 들리던걸.

의사가 돌아오자 빌리는 컵을 집어 들고 일어나 섰다. 의사는 손을 닦고 있었다. 엘 테니아 세드, 베르다드?(동생이 무척 목말라했지?)

예, 그랬습니다.

안주인이 김이 모락모락 오르는 양동이를 들고 문으로 들어왔다. 빌리가 가서 양동이를 받아 쥐자 의사가 화덕 위에 놓으라고 손짓했다. 의사는 수건을 접어 가방에 넣고는 비누를 그 위에 얹고 앉았다. 부에노. 부에노.(좋았어. 좋아.) 그리고 빌리를 돌아보았다. 아유다메.(좀 도와주게나.)

그들은 함께 보이드를 옆으로 뉘었다. 보이드는 숨을 헐떡이며 한 손으로 허공을 휘저었다. 그러다 빌리의 어깨를 잡았다.

마음 편히 먹어, 파트너. 얼마나 아픈지 나도 알아.

퍽도 알겠다. 보이드가 씩씩거렸다.

에스타 비엔. 아스타 비엔 아시.(됐어. 딱 됐어.) 의사가 말했다.

의사는 시커멓게 얼룩진 시트를 보이드의 가슴에서 살며시 떼어 내 안주인에게 건넸다. 그런 후 시커먼 약초를 바른 습포제 하나를 보이드의 가슴에, 다른 커다란 습포제를 보이드의 어깨에 댔다. 그리고 환자 위로 몸을 숙여 습포제를 차례로 살며시 누르고는 약초가 삐져나오지 않았는지 살핀 뒤 시험하듯 코를 킁킁거려 부패의 냄새를 확인했다. 부에노. 부에노.(좋았어. 좋아.) 의사가 두 습포제 사이의 겨드랑이를 살며시 눌렀다. 겨드랑이는 퍼렇게 멍들고 부어 있었다.

라 엔트라다 에스 엔 엘 페초, 노?(총알이 아직도 가슴에 있군, 안 그런가?)

시.(그러게요.) 빌리가 말했다.

의사는 고개를 끄덕이고 수건과 비누를 집더니 수건을 오야에 담가 적셔 보이드의 등과 가슴을 문질렀다. 습포제 주위와 겨드랑이는 특히 조심해서 문질렀다. 그리고 수건을 오야에 담가 헹구고 비틀어 짠 뒤 몸을 숙여 비누 거품을 닦아 냈다. 수건을 뒤집으니 때가 시커멓다. 노 에스타스 데마시아도 프리오? 에스타스 코모도? 부에노. 부에노.(너무 춥지는 않니? 편안해? 좋았어. 좋아.)

그렇게 다 닦아 낸 뒤 의사는 수건을 곁에 놓고 오야를 바닥에 내려놓은 뒤 몸을 숙여 가방에서 접힌 수건을 꺼내 의자에 놓고 손끝으로 조심스레 펼쳤다. 그 안에는 고온 살균 처리된 또 다른 수건 꾸러미가 테이프로 고정되어 있었다. 의사는 살며시 수건을 젖혀 테이프를 떼어 내고는 수건 가장자리를 엄지와 검지로 섬세하게 쥐고서 활짝 펼쳤다. 안에는 네모난 거즈와 모슬린 천과 솜뭉치가 들어 있었다. 그리고 자그맣게 접힌 수건들. 천 붕대 뭉치. 의사는 그것들에는 손도 대지 않고 수건에서 손을 떼어 가방에서 법랑 입힌 자그마한 트레이 두 개를 꺼냈다. 그러고는 하나는 가방 가까이에 놓고, 다른 하나는 양동이의 뜨거운 물을 가득 담아 양손으로 조심스레 들어 의자로 가져와 붕대에 닿지 않게 의자 가장자리에 놓았다. 그리고 칸막이가 질러진 가방의 한 칸에서 니켈강 도구를 골랐다. 끝이 날카로운 가위, 핀셋, 지혈겸자 여남은 개. 보이드는 바라보았다. 빌리도 바라보았다. 의사가 도구를 트레이에 놓더니 자그마한 공 모양의 빨간 주입기를 꺼내 역시 트레이에 놓았다. 그는 비스무트[44]가 든 자그마한 양철 상자를 꺼낸 다음 자그마한 질산은 막대 두 개를 꺼내 은박 포장지를 벗겨 트레이 곁의 수건 위에 놓았다. 그리고 요오드 병을 꺼내 뚜껑을 살짝 돌려 안주인에게 건네더니 트레이 위에 두 손을 대고는 거기에 요오드를 부으라고 지시했다. 안주인이 다가와 요오드 병에서 뚜껑을 벗겼다.

안달레.(어서요.)

안주인이 부었다.

마스. 운 포키토 마스.(더요. 조금 더요.)

현관문이 열려 있어 유리등 속의 불꽃이 퍼덕이며 몸을 꼬았다. 그 바람에 어슴푸레한 빛이 밝아지다 사그라들더니 완전히 꺼질 듯했다. 소년이 누워 있는 초라한 침상 위로 몸을 숙인 그들 셋은 마치 암살 의식이라도 치르는 것처럼 보였다. 바스탄테. 부에노.(됐어요. 잘 했어요.) 의사가 말했다. 그리고 요오드가 뚝뚝 떨어지는 손을 높이 들었다. 두 손은 녹슨 듯 갈색으로 물들어 있었다. 트레이 속에서 요오드가 대리석 무늬를 띤 피처럼 떠다녔다. 의사가 안주인에게 고개를 끄덕였다. 퐁가 엘 레스토 엔 엘 아구아.(나머지는 물에 다 부어요.)

안주인이 남은 요오드를 트레이에 붓자 의사는 손가락으로 물을 검사해 본 뒤 지혈겸자 하나를 재빨리 꺼내 네모난 모슬린 천을 집어 트레이에 푹 담갔다가 들어 올려 물을 뺐다. 그리고 다시 안주인을 바라보았다. 부에노. 키타 라 카타플라스

---

44) 피부 감염과 상처를 치료하는 데 쓰이는 물질.

마.(습포제를 떼어 내요.)

안주인이 한 손으로 입을 가렸다. 그리고 보이드를 바라보고 의사를 바라보았다.

안달레 푸에스. 에스타 비엔.(어서요. 괜찮아요.)

안주인은 성호를 긋고는 몸을 숙이고 손을 뻗어 습포제를 감싼 천을 들어 올린 뒤 엄지를 습포제 아래로 밀어 넣어 습포제를 당겼다. 더부룩한 약초와 시커먼 피로 덩어리진 습포제가 힘들게 떨어져 나왔다. 마치 신나게 밥을 먹고 있던 무언가처럼. 안주인은 뒤로 물러나 그것을 지저분한 시트 뭉치에 넣어 보이지 않게 했다. 깜박이는 봉헌초 불빛 속에 누워 있는 보이드의 몸에는 왼쪽 젖꼭지에서 몇 센티미터 왼쪽 위에 작고 둥근 구멍이 나 있었다. 창백한 상처는 피가 엉어 딱지가 져 있었다. 의사가 몸을 숙여 솜뭉치로 그곳을 조심스레 닦았다. 요오드가 보이드의 피부에 얼룩졌다. 상처에서 서서히 피가 솟더니 가느다란 줄기가 되어 보이드의 가슴을 가로질렀다. 의사는 상처 위에 깨끗한 사각 거즈를 얹었다. 그들은 거즈가 피로 차츰차츰 까맣게 물드는 것을 바라보았다. 의사가 안주인을 쳐다보았다.

라 오트라?(다른 것도요?) 안주인이 말했다.

시. 포르 파보르.(네. 그래 주세요.)

안주인은 몸을 숙여 보이드의 등에서 습포제를 떼어 냈다. 더 크고, 더 시커멓고, 더 보기 흉했다. 습포제 아래에는 들쑥날쑥한 구멍이 시뻘건 아가리를 벌리고 있었다. 상처 주위는 딱지와 시커먼 피가 두껍게 엉겨 있었다. 의사는 상처 위에 사각 거즈 더미를 얹고는 그 위에 ·네모난 모슬린 천을 덮은 뒤 손끝으로 꾹 누르고 가만히 있었다. 모슬린 천이 서서히 시커멓게 물들었다. 의사는 모슬린 천을 더 얹었다. 자그마한 핏방울이 보이드의 등으로 흘러내렸다. 의사가 그것을 닦더니 다시 상처를 손끝으로 눌렀다.

피가 멎자 의사는 모슬린 천 한 장을 트레이의 요오드 용액에 담가, 등의 상처를 여전히 누른 채 그 주위를 깔끔하게 닦았다. 그리고 지저분해진 천을 물이 담기지 않은 트레이에 버렸다. 소독이 다 끝나자 의사는 손등으로 안경을 밀어 바로 하고는 빌리를 바라보았다.

동생의 손을 잡게.

만데?(네?)

손을 잡아.

노 세 시 메 바 페르미티르.(동생이 싫어할 거예요.)

엘 테 페르미테.(그러지 않을 거네.)

빌리가 멍석 가장자리에 앉아 보이드의 손을 잡자 동생이 형의 손을 꼭 잡았다.

제기랄, 그래 어디 해 봐. 보이드가 속삭였다.

케 디세?(뭐라는 건가?)

나다. 안달레.(아무것도 아니에요. 시작하세요.)

의사가 무균 천을 집어 자그마한 손전등을 닦은 뒤 불을 켜고는 입에 물었다. 그리고 그 천을 곁의 트레이에 버린 뒤 요오드 액에 담긴 지혈겸자를 집어 보이드 위로 몸을 숙여 상처 위의 거즈와 모슬린 천을 살짝 떼어 내 구멍에 손전등 빛을 비추었다. 피가 이미 새로이 솟고 있는 구멍에 지혈겸자를 대고 맞물렸다.

보이드는 머리를 숙였다 뒤로 젖혔지만 비명을 지르지는 않았다. 의자는 트레이에서 다른 지혈겸자를 집어 천으로 피를 톡톡톡 닦고는 상처에 손전등을 비추어 유심히 살핀 다음 다시 겸자를 맞물렸다. 보이드의 목에서 팽팽히 솟구친 힘줄이 촛불에 반짝였다. 우노스 포코스 미누토스 마스. 우노스 포코스 미누토스.(조금만 더 참으면 되네. 조금만.)

의사는 지혈겸자를 두 개 더 맞물린 뒤 작은 공 모양의 빨간 주입기를 트레이에서 집어 들어 용액을 가득 채우고는 안주인에게 수건을 소년의 등에 대라고 지시했다. 그리고 상처에 조금씩 용액을 뿜었다. 무균 천으로 상처를 닦고는 다시 용액을 뿌려 핏덩어리와 이물질을 씻어 냈다. 의사가 트레이로 손을 뻗어 지혈겸자를 하나 집어 상처에 맞물렸다.

포브레시토.(가엾어라.) 안주인이 말했다.

우노스 포코스 미누토스 마스.(조금만 더 참으면 돼.) 의사가 말했다.

의사는 상처에 다시 주입기 용액을 붓고는 질산은 막대 하나를 집더니, 한 손에 겸자를 들고 모슬린 천을 집어 핏덩어리와 딱지를 닦았다. 그러면서 다른 손으로는 질산은 막대로 지졌다. 질산은 피부에 파리한 잿빛 흔적을 남겼다. 겸자가 다시 한 번 맞물리자 또다시 상처에서 피가 솟구쳤다. 안주인이 수건을 접어 보이드의 등에 댔다. 의사는 핀셋을 구멍에 집어넣어 무언가 자그마한 것을 끄집어내 빛에 비추었다. 밀알만

한 그것을 빛의 자그마한 원뿔 속에서 이리저리 뒤집었다.

케 에스 에소?(그게 뭐죠?) 빌리가 말했다.

의사는 빌리가 더 잘 보도록, 손전등을 입에 문 채 몸을 숙였다. 플로모.(납이네.) 의사가 말했다. 그것은 보이드의 여섯 번째 갈비뼈에서 떼어 낸 자그마한 조각으로, 뼈의 조가비 모양 가장자리에 박혀 희미하게 반짝이고 있었다고 했다. 의사가 파편을 핀셋째로 수건에 내려놓고는 검지로 보이드의 갈빗대를 가슴에서 등 쪽으로 더듬었다. 그러면서 보이드의 표정을 살폈다. 테 두엘레? 아야? 아야?(아프니? 여기는? 여기는?) 보이드는 고개를 돌려 버렸다. 숨조차 쉬기 힘든 듯 신음을 뱉었다.

의사가 트레이에서 끝이 날카로운 가위를 집고 빌리를 흘긋 보더니 상처 가장자리의 죽은 조직을 잘라 내기 시작했다. 빌리는 손을 뻗어 보이드의 손을 양손으로 꼭 잡았다.

레 인테레사 엘 페로.(개가 흥미로워하는군.) 의사가 말했다.

빌리는 문 쪽을 돌아보았다. 개가 가만히 앉아 그들을 지켜보고 있었다. 꺼져. 빌리가 말했다.

에스타 비엔. 노 로 몰레스타. 에스 데 수 에르마노, 노?(괜찮아. 내쫓지 말게. 자네 동생 개 아닌가?)

시.(맞습니다.)

의사는 고개를 끄덕였다.

가위질이 끝나자 의사는 안주인에게 소년의 가슴 쪽 상처 아래에 수건을 대라고 지시하고는 그곳에도 용액을 붓고 닦아 냈다. 그리고 다시 용액을 붓고 모슬린 천으로 문질렀다. 마침내 의사가 주저앉더니 입에서 손전등을 빼내 수건 위에 놓고는 빌리를 바라보았다.

에스 운 무차초 무이 발리엔테.(아주 용감한 녀석이야.)

에스 그라베?(위독한 상태입니까?) 빌리가 말했다.

에스 그라베. 페로 노 에스 무이 그라베.(위독하지. 하지만 아주 위독한 건 아니야.)

케 세리아 무이 그라베?(아주 위독한 건 어떤 거죠?)

의사가 손목으로 안경을 밀어 올렸다. 방 안에 한기가 서려 있었다. 의사가 내뿜는 숨이 희미하게 돋아나다, 사위어 가는 빛 속에서 사그라들었다. 의사의 이마에 빛의 땀방울이 흘러내렸다. 의사는 허공에 대고 십자가를 그었다. 에소. 에소 에스 무이 그라베.(이것 말이야. 이것이야말로 아주 위독한 것이지.)

의사가 손을 뻗어 손전등을 다시 집더니 사각 모슬린 천으로 감쌌다. 그리고 이에 물고는 주입기를 집어 들어 다시 채우고 곁에 놓은 뒤, 등의 상처를 따라 둥글게 꽂혀 있는 지혈겸자 하나를 서서히 풀었다. 아주 서서히. 그리고 두 번째 겸자를 풀었다.

의사가 주입기를 집어 들어 조심스레 상처를 씻고 모슬린 천으로 닦은 뒤 질산은 막대를 집어 들어 살며시 상처에 댔다. 상처의 위쪽에서부터 아래쪽으로 내려갔다. 마지막 지혈겸자를 풀어 트레이에 놓더니 두 손을 보이드의 등에 얹은 채 가만히 앉아 있었다. 마치 어서 나으라고 타이르듯. 이윽고 의사가 비트무스 통을 집어 뚜껑을 돌려 열고는 상처 위로 가져가 하얀 가루를 뿌렸다.

양쪽 상처에 사각형 거즈를 얹은 다음, 등의 상처에 무균 처리된 자그마한 수건을 덧대어 테이프로 고정했다. 그리고 빌리와 함께 보이드를 일으켜 앉히고는 붕대 한 뭉치를 겨드랑이 아래로 돌려 가며 재빨리 감았다. 의사는 붕대 끝자락을 자그마한 강철 쬠쇠 두 개로 고정시키고는, 옷을 도로 입혀 보이드를 다시 눕혔다. 보이드는 힘없이 고개를 젖히며 씩씩 긴 숨을 들이쉬었다.

푸에 무이 아포르투나도.(운이 정말 좋았어.) 의사가 말했다.

코모?(네?)

케 노 세 레 안 푼산도 로스 풀모네스. 케 노 세 레 아 케브라도 라 그란 아르테리아 쿠알 에라 무이 세르카 데 라 디렉시온 데 라 발라. 페로 소브레 토도 케 노 아이 니 그란 인펙시온. 무이 아포르투나도.(폐가 무사했으니 말이야. 게다가 총알이 조금만 빗나갔어도 대동맥이 터졌을 거야. 하지만 무엇보다도 대단한 건 괴저가 생기지 않았다는 거지. 정말 운이 좋았어.)

의사가 치료 도구를 수건으로 싸서 가방에 넣은 뒤 트레이를 양동이에 비우고 모슬린 천으로 닦아 내어 가방에 넣고는 걸쇠를 잠갔다. 그리고 손을 닦은 후 일어나 주머니에서 커프스단추를 꺼내 소매를 내려 단추로 고정했다. 내일 다시 와서 붕대를 갈겠다고 안주인에게 말하고는, 필요한 물품을 두고 가겠다며 어떻게 쓰는 것인지 시범을 보여 주었다. 환자에게 물을 많이 먹이라고 했다. 몸을 따뜻하게 하라고. 의사가 빌리에게 왕진 가방을 건네고 몸을 돌리자 안주인이 코트 입는 것을 거들었다. 의사는 모자를 쓰고 안주인에게 감사 인사를 하고는 나지막한 문으로 고개를 숙여 나갔다.

빌리는 왕진 가방을 들고 뒤따르다, 크랭크를 들고 차 앞으로 돌아 나오는 의사를 막았다. 그리고 의사에게 가방을 건네고는 그에게서 크랭크를 받아 들었다. 페르미타메.(제가 하겠습니다.)

빌리는 어둠 속에서 몸을 숙여 손가락으로 라디에이터 그릴을 더듬어 구멍을 찾아서는 크랭크를 끼워 넣었다. 그리고 일어나 크랭크를 돌렸다. 시동이 부르릉 걸리자 의사가 고개를 끄덕였다. 부에노.(잘 했네.) 의사는 흙받이를 따라 뒤로 가 카뷰레터의 조절판을 낮추고는 몸을 돌려 빌리에게서 크랭크를 받아 들고 몸을 숙여 의자 아래에 집어넣었다.

그라시아스.(고맙네.)

아 우스테드.(제가 드릴 말씀입니다.)

의사는 고개를 끄덕였다. 그리고 문가에 서 있는 안주인을 바라보더니 다시 빌리를 바라보았다. 주머니에서 담배를 꺼내 입에 물었다.

세 케다 콘 수 에르마노.(동생을 잘 돌보게.)

시. 아셉테 엘 카바요, 포르 파보르.(네. 부디 말을 받아 주십시오.)

의사는 말은 됐다고 했다. 아침에 모소 편에 말을 보내겠다고. 그리고 동쪽 하늘을 바라보니 첫 잿빛 여명이 어둠에 감싸인 아시엔다의 지붕선을 드러내고 있었다. 야 에스 데 마냐나. 비에네 라 마드루가다.(벌써 아침이로군. 새벽이 시작되고 있어.)

그렇군요.

동생 곁에 있게. 말은 보내지.

의사는 차에 올라 문을 닫고 전조등을 켰다. 특별히 볼 것
이 없었음에도 에히디타리오들이 문으로 나와 벽에 길게 늘
어서 있었다. 그들의 표백하지 않은 면옷이 전조등 불빛에 파
리하게 물들어 있었다. 남자와 여자 들은 무릎께에 아이를 달
고는, 차가 서서히 방향을 틀어 길을 따라 멀어지는 모습을 지
켜보았다. 차 옆에서 개들이 달려가며 짖어 대다, 살짝 주름져
흙 위를 굴러가는 타이어를 물려고 고개를 들이밀었다.

보이드가 아침 늦게 깨어났을 때 빌리는 곁에 앉아 있었다.
정오에 깨어났을 때에도, 저녁에 깨어났을 때에도 빌리는 여
전히 곁에 있었다. 노을빛 속에서 고개를 주억거리며 앉아 있
던 빌리는 자신을 부르는 소리에 화들짝 놀랐다.

형?

빌리는 눈을 떴다. 그리고 몸을 숙였다.

물이 다 떨어졌어.

가져다줄게. 컵은 어딨지?

여기에. 형?

응?

나미키파로 가야 해.

절대 안 돼.

우리한테 버림받았다고 여길 거야.

널 두고 갈 수는 없어.

난 괜찮을 거야.

널 두고 거기로 갈 수는 없어.

아니, 갈 수 있어.

너는 누가 돌보고?

내 말 들어. 이제는 한고비 넘겼으니 괜찮아. 그러니 내 말 대로 해. 말을 돌려받아야 하잖아.

모소가 다음 날 정오에 당나귀를 타고 니뇨를 끌고 왔다. 농부들이 밭에 나가고 없는지라 모소는 다리를 건너 숙소 건물들을 지나며 세뇨르 파라모(파햄 씨)라고 외쳐 댔다. 빌리가 밖으로 나가자 모소가 당나귀를 세우고 고개를 끄덕였다. 수 카바요.(말을 가져왔어요.)

빌리는 말을 보았다. 잘 먹이고 빗질하고 씻기고 쉬게 한 다음이라 완전히 다른 말처럼 보였다. 빌리는 모소에게 그렇게 말했다. 모소는 살짝 고개를 끄덕이고는 안장 머리에서 밧줄을 풀어 당나귀에서 내렸다.

포르 케 노 몬타바 엘 카바요?(왜 말을 타고 오지 않았나요?)

모소는 어깨를 으쓱하고는 자기 말이 아니기 때문이라고 했다.

키에레 몬타를로?(타 보실래요?)

모소는 다시 어깨를 으쓱했다. 그리고 밧줄을 쥔 채 가만히 서 있었다.

빌리는 말에게로 다가가 안장 머리에 걸려 있던 고삐를 풀어 말에 씌우고는 니뇨의 목에 감긴 밧줄을 풀었다.

안달레.(어서요.)

모소는 밧줄을 감아 당나귀의 안장 머리에 걸고는 말에게로 걸어가 말을 쓰다듬은 뒤 고삐를 쥐고 등자에 발을 걸어 안장에 올랐다. 그리고 말 머리를 돌려 숙소 건물 사이 파세오(통로)를 빠른 걸음으로 몰고는 이시엔다를 지나 언덕으로 올랐다가 다시 말 머리를 돌렸다. 보이지 않는 곳까지 말을 타고 가는 것이 꺼려졌기 때문이다. 그는 말을 뒤로 물려서는 말 머리를 틀어 8 자를 두세 번 그리며 내려오다 전속력으로 언덕을 질주해 미끄러지듯 문 앞에서 멈추고는 단번에 말에서 뛰어내렸다.

레 구스타?(좋았나요?)

클라로 케 시.(그럼요.)

모소는 몸을 숙여 말의 목덜미에 손바닥을 대더니 고개를 끄덕였다. 그러고는 몸을 돌려 당나귀에 오르더니 뒤 한 번 돌아보지 않고 파세오를 내려갔다.

빌리는 해가 막 지려는 무렵에 출발했다. 무뇨스 씨네 안주인이 아침까지 기다리라고 말렸지만 소년은 듣지 않았다. 의사는 그날 오후 늦게 왔다가 붕대와 황산마그네슘을 두고 떠났다. 안주인은 만사니야(셰리주)와 아르니카[45]와 애기똥풀 뿌리로 차를 달여 보이드에게 먹였다. 그녀가 식료품이 담긴 낡은 모랄(자줏빛) 캔버스를 건네자 빌리는 안장 머리에 걸고는 말에 올라 말 머리를 돌린 뒤 그녀를 내려다보았다.

---

45) 국화과의 식물.

돈데 에스타 라 피스톨라?(권총은 어디에 뒀죠?)

안주인은 보이드의 베개 아래에 있다고 말했다. 빌리는 고 개를 끄덕였다. 그리고 다리와 강 쪽 길을 내려다보고는 다시 안주인을 바라보았다. 다른 사람이 에히도에 다녀가지는 않았 느냐고 물었다.

시. 도스 베세스.(왔었지. 두 번.)

빌리는 다시 고개를 끄덕였다. 에스 펠리그로소 파라 우스 테데스.(저희 때문에 여기 분들까지 위험해지셨네요.)

안주인은 어깨를 으쓱했다. 그러고는 인생 자체가 위험이라 고 말했다. 우리들이야 선택의 여지가 없다고.

빌리는 미소 지었다. 미 에르마노 에스 옴브레 데 라 헨 테?(제 동생도 우리에 속하나요?)

시. 클라로.(그럼. 당연하지.)

빌리는 길을 따라 강가의 미루나무와 마타 오르티스를 지 나 남쪽으로 향했다. 서쪽 하늘의 서늘한 자오선을 타고 달이 떠오르자 소년은 길에서 벗어나 남은 밤을, 미리 봐 두었던 숲 에서 보냈다. 서라피로 몸을 휘감고, 벗어 놓은 부츠 위에 모 자를 얹고는 날이 밝도록 푹 잤다.

다음 날 소년은 종일 나아갔다. 차 서너 대가 지나갔을 뿐 말을 탄 사람은 한 번도 마주치지 않았다. 그의 동생을 산 디 에고로 실어다 준 트럭이 저녁에 북쪽에서 먼지구름을 일으키 며 느릿느릿 다가오다 삐그덕거리며 섰다. 짐칸의 일꾼들이 손 을 흔들며 소리치자 빌리는 다가가 모자를 젖히고 손을 내밀 었다. 그들은 트럭 가장자리에 우르르 모여 손을 뻗었고, 소년은 말 위에서 몸을 숙여 모두와 일일이 악수를 나누었다. 그들은 이렇게 돌아다니는 것은 위험하다고 했다. 보이드에 대해서는 묻지 않았다. 빌리가 동생 이야기를 하자 그들은 손사래를 치며 아까 보고 왔다고 했다. 음식을 먹었고, 기운 회복을 위해 용설란 술을 작은 컵으로 한 잔 마셨으며, 예후가 아주 좋다고 했다. 성모께서 그런 지독한 부상에서 그를 구해 준 것이 분명하다고 했다. 에리다 탄 그라베. 탄 오리블레. 에리다 탄 페아.(정말 부상이 심했지. 끔찍했어. 아무렴 지독했고말고.)

그들은 보이드가 베개 아래에 권총을 둔 채 누워 높은 소리로 속삭였다고 했다. 탄 호벤. 탄 발리엔테. 이 펠리그로소 포르 토도 에소. 코모 엘 티그레 에리도 엔 수 쿠에바.(대단한 젊은이야. 정말 용감해. 하지만 바로 그렇기 때문에 위험하기도 하지. 동굴 속의 부상당한 재규어처럼.)

빌리는 그들을 바라보았다. 그리고 서쪽의 식어 가는 땅을, 길게 드리워진 그림자들을 바라보았다. 비둘기들이 아카시아 나무 위에서 노래하고 있었다. 일꾼들은 보이드가 보키야 이 아넥사스 거리 총격전에서 망코를 죽였다고 믿고 있었다. 망코가 경고도 없이 총을 발사했지만, 그것은 구에리토의 용기를 알아보지 못한 실수였다고 했다. 그들은 세세한 사항을 늘어놓았다. 구에리토가 어떻게 흙바닥에서 피를 흘리다 일어나 권총을 뽑아 말 위의 망코를 쏴 죽였는지. 그들은 빌리에게 존경을 표하며 그들 형제가 어떻게 정의의 길을 가게 되었는지 물었다.

소년은 그들의 얼굴을 쭉 둘러보았다. 그들의 눈은 소년을 감동시켰다. 운전사와 운전석에 있던 두 사람이 차에서 내려 짐칸 뒤쪽에 섰다. 모두들 소년의 대답을 기대하고 있었다. 결국 소년은 말했다. 사건이 매우 과장되었다고, 동생은 겨우 열다섯 살이라고, 자신이 동생을 좀 더 잘 보살폈어야 했다고. 동생을 이런 이상한 나라로 데려와 개처럼 길에서 총에 맞게 해서는 안 되는 거였다고. 그들은 고개를 저으며 보이드의 나이를 되풀이해 말했다. 킨세 아뇨스. 케 구아포. 케 호벤 탄 엔 포르사도.(열다섯 살이라니. 그런 미남이 그 어린 나이에 그렇게 대단한 일을 하다니.) 마지막으로 소년이 동생을 보살펴 주어 고맙다고 인사한 후 모자챙에 손을 대자 그들은 다시 우르르 몰려들어 손을 뻗었고 소년은 다시 그들과 악수를 나누고는 운전사와 다른 두 사람과도 악수를 나누었다. 그런 다음 말 머리를 돌려 트럭을 지나쳐 남쪽으로 나아갔다. 그의 뒤에서 트럭 문 닫히는 소리, 기어 바꾸는 소리가 들렸다. 곧이어 트럭이 먼지를 더하며 느릿느릿 움직였다. 짐칸의 일꾼들이 손을 흔들고, 몇몇은 모자를 벗어 들었다. 그중 한 명이 동료의 어깨를 짚고 일어나 한 손을 주먹 쥐어 번쩍 들고 소리쳤다. 아이 후스티시아 엔 엘 문도.(세상에는 정의가 살아 있다오.) 그리고 그들은 멀어져 갔다.

그날 밤 소년은 몸 아래 땅이 꿈틀대는 것을 느끼고는 잠에서 깨어 일어나 말을 찾았다. 말은 어두운 황무지의 하늘을 배경으로 머리를 쳐든 채 서쪽을 바라보며 서 있었다. 기차가 해안 지방으로 달려가며 전조등의 연노란 원뿔형 빛이 차분하게 나릿나릿 황무지를 훑고, 침묵에 빠진 시커먼 황무지와 걸

도는 이국적 기계음이 멀리서 철겅거렸다. 마침내 승무원 차의 작고 네모난 차창도 천천히 뒤를 쫓았다. 그것까지 지나가자 희미한 연기의 흔적만이 황무지 위에 걸려 있다가, 길고도 고독한 기적 소리가 메아리치며 라스 바라스 교차로라고 불리는 일대를 가로질렀다.

소년은 안장 머리에 산탄총을 얹은 채 정오에 보키야에 들어섰다. 주위에는 아무도 없었다. 소년은 산타 아나 데 바비코라로 이어진 남쪽 길을 나아갔다. 어둑발이 길어질 무렵 그는 북쪽 보키야로 향하는, 말을 탄 무리와 마주쳤다. 검은 머리카락을 매끈하게 붙이고, 뜨거운 벽돌로 다림질한 싸구려 면셔츠와 광을 낸 부츠 차림의 젊은이들과 남자애들이었다. 토요일 밤이라 춤추러 가는 길이었다. 그들은 광산에서 쓰는 자그마한 암노새나 당나귀를 몰며 의젓하게 고개를 끄덕였다. 빌리도 고개를 끄덕이며 그네들의 움직임 하나하나를 주시했다. 산탄총은 허벅지 사이에 개머리판을 끼워 세워져 있었다. 빌리의 멋진 말이 그들을 향해 콧구멍을 벌름거렸다. 산타 마리아 강 계곡 위쪽의 향나무 고원에 위치한 라 핀타를 지날 무렵 달이 떴다. 산타 아나 데 바비코라에 들어섰을 때는 자정이라 마을이 온통 어둠에 잠긴 채 텅 비어 있었다. 빌리는 알라메다에서 말에게 물을 먹이고는 나미키파로 가는 서쪽 길을 따라갔다. 한 시간 후 산타 마리아 강의 원류 중 하나인 자그마한 개울에 이르자 소년은 길에서 벗어나 강가 풀숲에서 말의 다리를 느슨하게 묶어 놓고 서라피로 몸을 감싸고는 꿈 없는 기진함 속에서 잠들었다.

눈을 뜨니 태양이 높이 솟아 있었다. 빌리는 부츠를 들고 개천으로 들어가 서서는 몸을 굽혀 얼굴을 씻었다. 몸을 일으켜 말을 찾으니 말이 길 쪽을 바라보며 서 있었다. 몇 분 후 말을 탄 이가 길을 따라 다가왔다. 소년의 어머니가 타던 말 위에는 소녀가 푸른색 새 면 원피스와 자그마한 밀짚모자 차림으로 앉아 있었다. 모자에 단 초록 리본이 소녀의 등 뒤로 늘어져 있었다. 빌리는 소녀가 지나쳐 가는 것을 지켜보았다. 소녀가 시야에서 사라지자 빌리는 풀밭에 앉아, 앞에 세워 놓은 부츠와 느릿느릿 흘러가는 개천 물과 아침 미풍에 끊임없이 누웠다 일어났다를 반복하는 풀들을 바라보았다. 부츠로 손을 뻗어 발을 끼우고 일어나 말에게 걸어가 안장과 고삐를 씌우고 올라타서는 길을 따라 소녀를 뒤쫓았다.

소녀는 말발굽 소리에 모자에 손을 댄 채 고개를 뒤로 돌렸다. 그리고 말을 세웠다. 빌리는 말의 속도를 늦추어 천천히 다가갔다. 소녀가 검은 눈으로 뚫어져라 응시했다.

에스타 무에르토? 에스타 무에르토?(죽었나요? 죽었어요?)

노.(아니.)

노 메 미엔타.(거짓말 말아요.)

레 후로 포르 디오스.(하느님께 맹세코 무사해.)

그라시아스 아 디오스. 그라시아스 아 디오스.(하느님 감사합니다. 하느님 감사합니다.)

소녀가 말에서 내려 고삐를 놓더니 새 옷 차림으로 울퉁불퉁한 흙바닥에 무릎 꿇고 십자가를 긋고는 눈을 감고 두 손 모아 기도했다.

한 시간 후 그들은 산타 아나 데 바비코라를 다시 지났지만, 소녀는 여전히 말이 없었다. 정오가 다 된 무렵이었는데, 유일하게 난 흙길 양편에는 무너질 듯 나지막한 흙집이 늘어서 있고, 여섯 그루의 페인트칠한 나무가 가로수랍시고 서 있는 길의 끝에 다시 황량한 고원이 펼쳐져 있었다. 상점이라고 할 만한 곳은 전혀 보이지 않았지만, 설령 티엔다가 있다 해도 어차피 살 것도 없었다. 소녀는 열두어 걸음 뒤에서 조용히 따라올 뿐, 소년이 이따금 뒤돌아보아도 미소를 짓거나 알은체하지 않았다. 소년도 더 이상 뒤돌아보지 않았다. 집을 떠날 때 분명 음식을 챙겨 왔을 테지만 소녀는 그것에 대해 말하지 않았고, 소년도 말하지 않았다. 마을 북쪽을 벗어나고 얼마 후 소녀의 목소리가 들리자 소년은 말을 세우고 말 머리를 돌렸다.

티에네스 암브레?(배고파요?) 소녀가 말했다.

소년은 엄지로 모자를 젖히고는 소녀를 바라보았다. 쇳덩어리라도 삼킬 지경이야. 소년이 말했다.

만데?(네?)

그들은 길가 아카시아 숲에서 음식을 먹었다. 소녀는 보자기에 싼 토르티야와, 옥수수 껍질로 싸서 끈으로 묶은 타말레[46]를 서라피 위에 차리고는 강낭콩이 든 자그마한 단지의 뚜껑을 열어 나무 숟가락을 꽂았다. 그리고 보자기 하나를 더 끄

---

46) 바나나 잎이나 옥수수 껍질에 옥수수 가루, 다진 고기, 고추 등을 싸서 찐 멕시코 요리.

르니 엠파나다 네 접시가 들어 있었다. 붉은색 고춧가루를 뿌린 차가운 옥수수 가루 둘. 염소 치즈 작은 덩어리의 4분의 1 조각.

소녀는 다리를 접고 앉아 모자챙이 얼굴에 그림자를 드리우도록 고개를 돌렸다. 그들은 음식을 먹었다. 소년이 보이드 소식이 궁금하지 않느냐고 묻자 소녀는 이미 알고 있다고 말했다. 소년은 소녀를 가만히 바라보았다. 옷에 휘감긴 몸이 가녀리게만 보였다. 왼쪽 손목이 퍼렇게 변색되어 있었다. 그 외에는 피부가 너무도 깨끗해 그 부분만 기묘한 가짜처럼 보였다. 마치 물감을 칠한 듯이.

티에네스 미에도 데 로스 옴브레스.(너는 남자를 두려워하는구나.) 소년이 말했다.

쿠알레스 옴브레스?(어떤 남자요?)

토도스 로스 옴브레스.(모든 남자.)

소녀가 고개를 돌려 소년을 바라보았다. 그러다 고개를 숙였다. 소년은 소녀가 그 질문에 대해 곰곰이 생각하나 보다 싶었지만, 소녀는 서라피에서 에스카라바호(딱정벌레)를 쓸어 내고는 손을 뻗어 엠파나다 하나를 집어 맛있게 먹었다.

이 키사스 티에네스 라손.(하긴 그러는 게 당연하겠지.)

키사스.(그럴지도요.)

소녀는 말이 길가에서 풀을 뜯으며 꼬리를 치는 것을 바라보았다. 소년은 소녀가 더 이상 말을 하지 않겠구나 생각했다. 하지만 소녀는 자신의 가족에 대해 말하기 시작했다. 할머니는 혁명으로 미망인이 되었다가 다시 결혼했지만 그해가 가기도 전에 다시 남편을 잃고 세 번째로 결혼했는데, 또다시 남편을 잃자 더 이상 결혼을 하지 않았다. 워낙 미인인 데다 세 번째 남편이 죽었을 때 스무 살도 채 안 되었는지라 기회는 무수히 많았지만 모두 다 마다했다 토레온에 사는, 세 번째 남편의 삼촌이 사실임을 맹세하기 위해 가슴에 한 손을 얹고 말해 준 바에 따르면, 세 번째 남편은 지니고 있던 검과 권총을 쓸모없는 물건인 양 야자나무와 모래밭에 떨구고는 소총 총알을 선물처럼 움킨 채 말에서 떨어졌고, 주인 잃은 말은 총알과 포탄과 비명이 빗발치는 혼란 속에서 등자를 펄럭이며 멀어졌다가 다시 돌아와 무감각한 평원 위의 시신들 사이를 다른 말들과 함께 실루엣을 이루며 돌아다녔다. 그사이 어스름이 사방에 스미고 가시나무에서 쫓겨났던 작은 새들이 돌아와 지저귀더니 눈먼 달이 동쪽에서 하얗게 떠오르고, 자그마한 자칼 늑대들이 옷에 감싸인 죽은 이의 살점을 뜯어먹으려고 달려왔다.

소녀는 할머니가 이 세상의 많은 것들에 대해 회의적이었고, 남자에 대해서도 마찬가지였다고 말했다. 전쟁을 제외한 모든 일에서는 재능과 활기가 있는 남자들이 성공했지만 전쟁에서는 그런 남자들이 죽었다. 할머니는 소녀에게 종종 남자에 대해 이야기해 주었는데, 그 이야기는 더없이 진지했다. 무모한 남자들은 여자들 눈에 대단히 매력적으로 보이는데, 이는 다른 것들과 마찬가지로 불운한 일이지만, 이를 바꾸기 위해 할 수 있는 일은 거의 없다고 했다. 여자란 본디 힘들고 가슴 아픈 삶을 살게 되어 있으며, 그렇지 않다고 말하는 사람들은 그저 진실을 대면할 마음이 없는 것이라고 했다. 또한 이러한 현실은 어차피 바꿀 수 없는 것이므로 있지도 않은 안락을 구하기보다는 기쁨이든 슬픔이든 온 마음을 다해 따르는 편이 낫다고 했다. 안락을 구하는 것은 몰라도 한참 모르는 짓이며 오히려 불행만 더 불러들인다고. 여자들은 누구나 이것을 알지만 그저 입 밖에 내지 않을 뿐이라고. 마지막으로 할머니는 여자가 무모한 남자에게 끌리는 것은 자신을 위해 죽지 않을 남자는 소용이 없다는 것을 마음 깊은 곳에서 알고 있기 때문이라고 했다.

소녀는 식사를 마쳤다. 그리고 두 손을 무릎에 포개어 앉아 있었는데, 그러한 자세는 그녀가 들려준 이야기와 묘하게 잘 어울렸다. 길은 텅 비어 있었고, 사방이 고요했다. 소년은 소녀에게, 보이드가 정말 사람을 죽였다고 생각하느냐고 물었다. 소녀가 고개를 돌려 소년을 유심히 바라보았다. 마치 소년이 말을 알아들으려면 한참은 걸리는 사람이라는 듯. 마침내 소녀는 입을 열었다. 소문이 온 고장에 퍼져 있다고, 구에리토가 라스 바리타스의 헤렌테를 죽였다는 것을 온 세상이 다 안다고. 그자는 소코로 리베라를 배신하고 자신의 사람들을 라바비코라의 구아르디아 블랑카(백인 수비대)에게 팔아먹은 자라고.

이야기를 가만히 듣던 빌리는 소녀가 말을 마치자, 망코는 말에서 떨어져 등이 부러진 것이며, 자신이 직접 그 광경을 목격했다고 말했다.

그리고 기다렸다. 잠시 후 소녀가 고개를 들었다.

키에레스 알고 마스?(할 얘기가 또 있나요?)

노. 그라시아스.(아니. 잘 먹었어.)

소녀가 남은 음식을 싸기 시작했다. 소년은 가만히 지켜볼 뿐 거들지 않았다. 소년이 일어나자 소녀가 서라피를 접어 남은 음식을 놓고 만 뒤 끈으로 다시 묶었다.

노 사베스 나다 데 미 에르마노.(너는 내 동생에 대해 아무것도 몰라.)

키사스.(그럴지도 모르죠.)

소녀가 둘둘 만 서라피를 어깨에 걸머지고 일어났다.

포르 케 노 메 콘테스타?(왜 내 질문에 대답하지 않지?) 소년이 말했다.

소녀가 고개를 들어 소년을 바라보았다. 그리고 대답했다고 말했다. 어느 집안에나 다른 가족과는 다른 사람이 하나 있으며, 다른 가족들은 자신이 그를 잘 알고 있다고 믿지만, 사실은 전혀 그렇지 않다고 소녀는 말했다. 소녀 역시 그런 사람이기에 그것을 잘 안다면서. 그러고는 몸을 돌려, 흙길 가장자리에서 풀을 뜯고 있는 말들에게로 가 안장 꼬리 뒤쪽에 서라피를 묶고 뱃대끈을 조인 후 안장에 올랐다.

소년도 말에 올라 소녀를 지나쳐 길로 들어섰다. 그러다 멈추어 뒤를 돌아보고는 말했다. 보이드에게는 가족만이 알 수 있는 것이 있으며, 가족들은 모두 죽었기에 자기 외에는 아무도 그것을 모른다고. 모든 사소한 것들. 아이였을 적 아팠던 순간이나 전갈에 물려서 자기가 죽는다고 여겼던 일. 할머니와, 보이드의 쌍둥이 여동생이 죽어서 아마 그가 두 번 다시

가지 못할 고장에 오래전 묻힌 일을 비롯해 심지어 그 자신도 거의 기억하지 못하는 그 옛날 일.

사비아스 케 엘 테니아 우나 헤멜라? 케 무리오 쿠안도 테니아 싱코 아뇨스?(그 애한테 쌍둥이 여동생이 있었다는 것을 아니? 다섯 살에 죽은 여동생이 있다는 걸?)

소녀는 보이드한테 쌍둥이 여동생이 있었다거나, 그 동생이 죽었다는 사실은 전혀 몰랐지만 이제 그에게는 다른 사람이 있으므로 그런 사실은 전혀 중요하지 않다고 말했다. 그러고는 말을 몰아 빌리를 지나쳐 나아갔다.

한 시간 후 그들은 걸어가는 세 여자애를 앞질렀다. 그중 둘은 천을 덮은 바구니를 같이 들고 가고 있었다. 소토 마이네스 마을에 가는 중이었는데, 갈 길이 아직 한참 남아 있었다. 뒤에서 말발굽 소리가 나자 여자애들이 돌아보더니 깔깔 웃으며 서로 밀치락달치락 붙어 섰다. 말이 지나가자 여자애들은 서로를 길가로 밀어 대다 검은 눈을 재빨리 들어 올려다보며 입을 가린 손 너머로 까르르 웃음을 뿜어 댔다. 빌리는 모자에 손을 대고 그냥 지나쳐 갔지만, 소녀는 멈추더니 그들과 나란히 나아갔다. 빌리가 돌아보니 소녀는 여자애들과 이야기를 나누고 있었다. 서로 비슷한 또래였지만 소녀는 예의 그 낮고도 단호한 목소리로 여자애들을 꾸짖었다. 그러다 고개를 돌려 말을 앞으로 몰고 가더니 한 번도 뒤돌아보지 않았다.

그들은 종일 길을 갔다. 보키야에 들어선 것은 어둠이 내린 뒤였다. 빌리는 산탄총을 세워 들고 마을을 가로질렀다. 망코가 쓰러졌던 곳에 이르자 소녀는 십자가를 긋고 자기 손가락에 키스했다. 그리고 그들은 나아갔다. 페인트칠한 채 드문 드문 서 있는 알라메다의 나무들이 창을 넘어온 불빛에 뼈처럼 파리한 몸을 드러냈다. 유리를 댄 창문도 있었지만, 대부분은 기름 먹인 정육점 종이가 발라져 있어 움직임도 그림자도 비치지 않았다. 그것들은 그저 비바람에 오래전 길도 지형도 사라진 무용한 낡은 지도나 양피지처럼 누르스름한 사각형일 뿐이었다. 마을 외곽 쪽 길가에서 모닥불이 타오르고 있었다. 그들은 속도를 늦추어 조심스레 지나갔지만 모닥불은 쓰레기를 태우는 것인 듯했고, 주위에 아무도 없었다. 그들은 어둠 속에서 서쪽으로 나아갔다.

그날 밤 그들은 호숫가 풀밭에서 야영하며 마지막 남은 음식을 나누어 먹었다. 밤에 혼자 말을 타고 오는 것이 무섭지 않았느냐고 소년이 묻자 소녀는 어쩔 수 없는 상황이니 그저 하느님의 뜻에 자신을 맡기는 수밖에 없었다고 했다.

하느님이 항상 돌보아 주느냐고 소년이 묻자 소녀는 호수를 지나온 바람에 잉걸불이 환해지다 어스레해지다 다시 환해지는 모습을 오래도록 주시했다. 마침내 소녀가 말했다. 하느님은 모든 것을 돌보시며, 인간은 하느님의 심판을 피할 수 없듯 하느님의 돌보심 또한 피할 수 없다고. 심지어 사악한 자도 하느님의 사랑에서 벗어날 수 없다고. 소년은 소녀를 가만히 바라보았다. 그리고 말했다. 하느님을 그런 식으로 생각해 본 적은 한 번도 없으며, 기도도 잘 하지 않는다고. 소녀는 모닥불을 그대로 응시한 채 고개를 끄덕이고는 알고 있다고 말했다.

소녀가 담요를 집어 들고 호숫가로 갔다. 소년은 그녀가 멀어지는 것을 바라보다 부츠를 벗고 서라피로 몸을 휘감고서 불편한 잠 속에 빠져들었다. 밤중에 혹은 새벽에 잠에서 깬 소년은 얼마나 잤는지 확인하려고 고개를 돌려 모닥불을 보았다. 불은 땅바닥에 차갑게 식어 있었다. 잿빛 여명의 흔적을 좇아 동쪽을 보았지만 별과 암흑뿐이었다. 소년은 막대기로 재를 들쑤셨다. 놀랍게도 빨간 등걸불이 모닥불의 시커먼 심장 속에서 비밀스레 나타났다. 마치 절대 건드려서는 안 되나 건드리고 만 그 무엇의 눈알처럼. 소년은 일어나 서라피를 어깨에 두르고 호수로 가서 물에 비친 별들을 바라보았다. 시커먼 호수는 바람이 잠잠해져 고요하기 이를 데 없었다. 마치 이 황량한 고원지대에 난 구멍이라 별들이 모두 여기로 빨려드는 것만 같았다. 무언가가 소년을 깨운 것이 분명했다. 길을 지나가는 말발굽 소리를 들었으며, 그자들이 모닥불을 본 것은 아닐까 싶었지만 모닥불은 이미 꺼져 있었다. 어쩌면 소녀가 일어나 모닥불로 와서 잠든 소년을 바라보며 서 있었는지도. 얼굴에 빗방울이 떨어졌던 게 기억났지만 비는 내리지 않았고, 내리다 그친 것도 아니었다. 그러다 꿈이 떠올랐다. 꿈속에서 소년은 이곳이 아닌 다른 나라에 있었고, 자신의 곁에 무릎 꿇은 소녀는 이 소녀가 아니었다. 그들은 어두워지는 도시에서 비를 맞으며 무릎 꿇고 있었고, 소년은 죽어 가는 동생을 품에 안고 있었지만 동생의 얼굴이 보이지 않아 동생의 이름을 부를 수 없었다. 비가 뚝뚝 떨어지는 시커먼 거리 어디에선가 개가 짖어 댔다. 그뿐이었다. 소년은 바람 한 점 없이 시커먼 고요와 별뿐인 호수를 둘러보다가 차가운 바람이 스치는 것을 느꼈다. 소년은 호숫가에 자란 사초 사이에 웅크리고 앉았다. 자신이 다가올 세상에 그 누구도 원치 않을 필연이 이미 새겨져 있을까 봐 두려워한다는 것을 소년은 알고 있었다. 느릿느릿 태피스트리가 풀리며 보이지 않는 것과 보이는 것들이 드러났다. 소년은 산에서 죽은 암늑대와 돌 위에 남겨진 매의 피를 보았고, 모소들이 장대에 지고 거리를 나아가는, 검은 천에 덮인 유리관을 보았다. 바비스페의 시커먼 물 위를 죽은 뱀처럼 떠내려가는 버림받은 활과, 테레모토가 휩쓸고 지나가 폐허가 된 마을의 고독한 교회지기와, 카보르카 교회의 무너져 가는 수랑 아래 있는 은둔자를 보았다. 창고의 철판 벽에 고정된 전구에서 뚝뚝 듣는 빗물을 보았다. 진흙 밭에 묶인, 황금 뿔을 가진 염소를 보았다.

마지막으로 소년은 닿을 수도 없고, 갈 수도 없는 어떤 세상의 창 너머에 있는 동생을 보았다. 동생을 보는 순간 소년은 예전에도 꿈에서 동생의 그러한 모습을 본 적이 있다는 것을 깨달았고, 동생이 자신에게 미소 지으며 형도 웃어 주기를 기다리고 있다는 것을 깨달았다. 동생이 먼저 시작했지만 그 의미를 알 수 없는 웃음. 소년은 결국 지나가는 풍경을 그저 보기만 할 뿐 더 이상 설명할 수 없는 지경에 다다른 듯했다. 그곳에 오랫동안 무릎 꿇고 있었던 것이 분명했다. 동녘 하늘이 여명으로 점점 잿빛으로 연해지고, 별들이 마침내 파리한 호수에 재로 사그라들고, 새들이 반대편 호숫가에서 지저귀며 세상이 다시 한번 모습을 드러냈다.

그나마 마지막 남은 토르티야는 바짝 말라 가장자리가 딱

딱했다. 그들은 그것으로 아침을 때우고 일찍 출발했다. 소녀는 소년의 뒤를 따라왔지만, 그들은 한마디도 나누지 않았다. 이런 식으로 정오가 되도록 나아가 나무 다리를 건너 라스바라스에 이르렀다.

사람이 얼마 없었다. 그들은 자그마한 티엔다에서 콩과 토르티야를 사고, 강철 드럼통을 잘라 나무 테두리를 대어, 탄광수레에서 떼어 낸 주철 바퀴를 붙여 만든 가판대의 할머니에게서 타말레 네 개를 샀다. 여자애가 돈을 냈다. 그들은 가게 뒤쪽 피뇬나무 장작더미에 앉아 조용히 음식을 먹었다. 타말레에서 숯 냄새와 맛이 풍겼다. 그들이 음식을 먹고 있는데 어떤 남자가 다가와 웃으며 고개를 끄덕였다. 빌리는 소녀를 바라보았고, 소녀는 빌리를 바라보았다. 빌리는 말을 바라보았다. 산탄총의 개머리판이 안장 아래 총집에 비죽 나와 있었다.

노 메 레쿠에르다스.(나를 기억하지 못하는군.) 남자가 말했다.

빌리는 다시 그를 바라보았다. 그리고 그의 부츠를 보았다. 산 디에고 남쪽 길가 숲에서 오페라 포장마차 계단에 앉아 있던 남자였다.

레 코노스코. 코모 레 바?(기억나요. 잘 지내시죠?) 빌리가 말했다.

비엔.(그럼.) 남자가 소녀를 바라보았다. 돈데 에스타 수 에르마노?(동생은 어디 있니?)

야 에스타 엔 산 디에고.(산 디에고에 있어요.)

아리에로는 알겠다는 듯 고개를 끄덕였다. 어떤 상황인지 감이 잡힌다는 듯.

돈데 에스타 라 카라바나?(포장마차는 어디에 있어요?) 빌리
가 말했다.

남자는 자기도 모른다고 했다. 길가에서 기다렸지만 아무도
돌아오지 않았다고.

코모 노?(아니 왜요?)

아리에로는 어깨를 으쓱했다. 그리고 손목으로 허공을 가르
며 자르는 시늉을 했다. 세 푸에.(떠난 거지.)

콘 엘 디네로.(돈을 갖고 튀었군요.)

클라로.(그래.)

그는 여행을 계속할 돈도, 방법도 없었다고 했다. 그가 떠날
무렵 두에냐(여주인)는 노새를 한 마리만 빼고 모두 팔았고,
한바탕 말다툼이 벌어졌다고 했다. 그녀는 어찌 되었느냐고
빌리가 묻자 남자는 다시 어깨를 으쓱했다. 그리고 거리를 바
라보았다. 이윽고 다시 빌리를 바라보았다. 먹을 것을 사게 몇
페소 나눠 줄 수 없느냐고 물었다.

빌리는 돈이 한 푼도 없다고 말했지만, 소녀는 이미 일어나
말에게로 걸어갔다 돌아와 아리에로에게 동전 몇 개를 건넸
다. 남자는 소녀에게 몇 번이나 고맙다며 고개를 숙이고 모자
에 손을 댄 뒤 동전을 주머니에 넣고는 행운을 빌고 몸을 돌
려 거리를 따라 내려가더니 이 고원지대 마을의 유일한 술집
으로 들어갔다.

포브레시토.(가엾어라.) 소녀가 말했다.

빌리는 마른 풀에 침을 뱉었다. 그리고 아리에로는 거짓말
을 했을 거라고, 게다가 그는 주정뱅이에 불과하며 돈을 준 것

은 괜한 짓이었다고 말했다. 소년은 일어나 말에게로 걸어가 뱃대끈을 조이고 고삐를 쥐고 안장에 올라 철도와 북쪽 길을 향해 마을을 가로지르면서도, 소녀가 쫓아오는지 뒤 한번 돌아보지 않았다.

사흘 후 산 디에고에 이를 때까지도 소녀는 거의 말을 하지 않았다. 마지막 밤, 소녀는 해가 진 후에도 계속 에히도로 가자고 했지만 소년은 마다했다. 그들은 마타 오르티스에서 몇 킬로미터 남쪽 강가에서 야영했다. 소년이 떠내려온 나무로 자갈밭에 불을 지피자 소녀가 마른 콩과 토르티야 남은 것을 요리했다. 라스 바라스를 떠난 이후 그들이 먹은 음식은 줄곧 그것뿐이었다. 소년과 소녀가 마주 보고 앉아 음식을 먹는 동안 모닥불이 파리한 등걸불 바구니로 변했고, 달이 동쪽에서 떠올랐고, 하늘 높이 남쪽으로 날아가는 새들이 아련한 울음을 내지르고는 까맣게 변하는 서쪽 가장자리를 가느다란 암호처럼 나아가 그 너머 시커먼 어둠 속으로 향했다.

라스 그루야스 예간.(두루미들이 가네요.) 소녀가 말했다.

소년은 새 떼를 바라보았다. 두루미들은 수십만 년 넘게 피에 새겨진 보이지 않는 복도를 따라 가느다란 사다리꼴을 이루며 남쪽으로 날아가고 있었다. 새들이 사라지고, 어린애 뿔피리 같은 가느다란 마지막 울음이 밤의 습격에 떠내려갈 때까지 소년은 가만히 바라보았다. 이윽고 소녀가 일어나 서라피를 집어 자갈밭을 내려가 미루나무 사이로 사라졌다.

다음 날 정오에 그들은 판자 다리를 건너 낡은 아시엔다에 이르렀다. 밭에 있어야 할 사람들이 숙소 문 앞에 주르르

서 있는 것을 보고는 소년은 오늘이 축제일임을 깨달았다. 소년은 소녀를 앞질러 나아가 무뇨스 씨네 집 앞에 말을 세우고 내려 고삐를 놓고는 모자를 벗어 들고 고개 숙여 나지막한 문으로 들어갔다.

보이드는 벽에 등을 기댄 채 멍석에 앉아 있었다. 유리등 속에서 비틀대는 봉헌초 불꽃 아래에서 자기 장례식 날 벌떡 일어난 사람처럼 시트를 온통 휘감고 있었다. 벙어리 개가 누워 있다 일어나더니 주인 곁으로 다가갔다. 돈데 에스타바스?(어디에 있었던 거야?) 보이드가 말했다. 그는 형에게 말하고 있지 않았다. 형을 뒤따라 웃으면서 들어온 소녀에게 말하고 있었다.

다음 날 빌리는 강을 따라 말을 몰고 가 종일 돌아오지 않았다. 키만 멀대 같은 마른 엽조 떼가 남쪽으로 날아가고, 버드나무와 미루나무에서 떨어진 잎이 강물에서 빙그르르 맴을 돌다 뒤집혀 떠내려갔다. 미끄러지듯 달려가는 잎들 아래 돌바닥으로 글자인 양 그림자가 드리워졌다. 해가 진 후에야 소년은 모닥불을 순찰하는 파수병처럼 연기를 헤치며 빛 웅덩이에서 빛 웅덩이로 말을 몰고 나타났다. 다음 며칠 동안 소년은 목동들과 함께 일하며 양들을 언덕 아래로 몰고 가 농장의 높은 아치형 대문 너머로 몰아넣었다. 떼 지어 몰려다니거나 서로에게 기어오르려고 드는 양들 곁에는 에스킬라도르(양털깎이)들이 가위를 들고 대기하고 있었다. 폐허나 다름없는 천장 높은 창고로 한 번에 여섯 마리씩 양을 몰고 가면 에스

킬라도르들이 무릎 사이에 양을 끼운 채 가위질했고, 남자아이들은 비에 움푹 팬 바닥에 떨구어진 양털을 모아 기다란 면 주머니에 넣고 발로 꾹꾹 밟았다.

저녁은 선선했다. 소년은 모닥불 가에 앉아 에히디타리오와 함께 커피를 마셨고, 농장의 개들은 찌꺼기를 찾아 이 모닥불에서 저 모닥불로 돌아다녔다. 그 무렵 보이드는 저녁이면 말 위에 꼿꼿하게 앉아 천천히 돌아다녔고, 소녀는 니뇨를 타고 그 뒤를 바짝 쫓았다. 강가에서의 총격전으로 모자를 잃어버린 보이드는 농부들에게서 얻은 낡은 밀짚모자를 쓰고, 줄무늬 아마포 셔츠를 입고 있었다. 그들이 돌아오자 빌리는 도미실리오 아래쪽에 발이 느슨하게 묶인 채 서 있는 말들에게로 가서 안장도 없이 니뇨를 타고 강으로 가, 두에냐가 벌거벗은 채 목욕하던 시커먼 여울로 말을 몰고 들어갔다. 물을 마시던 말이 물방울이 뚝뚝 듣는 주둥이를 쳐들면 그들은 함께 귀를 기울였다. 흘러가는 강물, 물 위 어디에선가 울고 있는 오리, 때로는 1.5킬로미터 남쪽에서 여전히 강을 가로질러 날아가며 가늘고 새된 울음을 뱉는 두루미 떼. 소년이 황혼 속에서 맞은편 강기슭으로 가자, 강이 미루나무 사이에 흘리고 간 흙 위에 보이드가 지나간 말발굽 자국이 남아 있었다. 빌리는 그들의 흔적을 따라가며, 말을 탄 이들의 머릿속을 짐작해 보았다. 농장으로 돌아간 것은 늦은 밤이었다. 소년은 나지막한 문으로 들어가, 동생이 잠들어 있는 침상 위에 앉았다.

보이드. 소년이 말했다.

동생이 눈을 떠 몸을 돌려 파리한 촛불빛 속으로 들어가 빌리를 올려다보았다. 흙벽에서 새어 나온 낮의 열기로 방 안이 따뜻해서 보이드는 윗도리를 벗고 있었다. 붕대를 떼어 낸 가슴이 못내 창백한 데다 어찌나 깡말랐는지 파리한 피부 위로 갈빗대가 움쑥불쑥 솟아 있었다. 동생이 불그스름한 빛 속으로 들어서는 순간 가슴의 구멍이 보였고 빌리는 전혀 볼 권리가 없으며, 볼 준비가 되어 있지 않은 비밀스러운 무언가를 뜻하지 않게 본 양 고개를 돌렸다. 보이드가 모슬린 이불을 당겨 도로 누우며 형을 바라보았다. 자르지 않아 길게 자란 금발에 감싸인 얼굴 역시 너무나 말라 보였다. 왜 그래?

이야기 좀 하자.

어서 자.

이야기 좀 하자니까.

괜찮아. 모두 다 괜찮아.

아니, 안 그래.

형도 참 걱정은. 난 괜찮아.

나도 알아. 하지만 내가 안 괜찮아.

며칠 후 아침 소년이 잠에서 깨어 밖으로 나가니 두 사람이 사라지고 없었다. 줄지어 선 건물들 끝으로 가 강을 내려다보았다. 아버지의 말이 밭에 서 있다 고개를 들어 소년을 바라보더니 길 아래쪽 강과 다리와 그 너머 길을 바라보았다.

소년은 집에서 짐을 챙겨 니뇨에게 안장을 얹고 출발했다. 아무에게도 작별 인사를 하지 않았다. 소년은 강가 미루나무 숲 옆에서 말을 세운 후, 산에 올라 저지대를 둘러보다 서쪽을 보았다. 가느다란 검은 수평선에서 천둥 구름이 뽑혀 나오고 있었다. 고대 세계가 살아 있는 것들의 씨앗과 돌에 달라붙어 있고 인간의 핏속에서 살아가는 멕시코의 둥근 하늘이 온통 쪽빛으로 팽팽했다. 소년은 말 머리를 돌려 길을 따라 남쪽으로, 그림자 없는 잿빛 하루로 향했다. 안장 머리에는 산탄총이 총집 없이 가로 얹혀 있었다. 그날 새롭게 명백히 들끓은, 세상에 대한 적개심은 스스로를 의탁할 명분이 더 이상 없는 이들이라면 누구나 그러하듯 차갑게 확대되었다.

소년은 몇 주나 그들을 찾았지만 오직 그림자와 소문뿐이었다. 청바지의 시계 주머니에서 자그마한 심장 모양의 밀라그로가 잡히자 검지로 꺼내 손바닥에 올려놓고 한참을 살펴보았다. 소년은 남쪽으로 쿠아우테모크까지 갔다. 그리고 다시 북쪽으로 나미키파까지 갔지만, 소녀를 아는 사람은 아무도 없었다. 소년은 서쪽으로 라 노르테냐와 분수계(分水界)까지 갔다. 여행이 계속될수록 소년은 여위어 갔고, 길에서 피어오른 흙먼지에 창백해졌지만, 그들을 다시 볼 수는 없었다. 소년은 새벽녘 부에나벤투라의 교차로에서 말 위에 앉아, 강과 고독한 라구나(늪지) 위를 날아가는 물새를 보았다. 물새는 시커먼 물 위에서 붉은 일출을 등지고 날개를 퍼덕였다. 소년은 고원 위의 자그마한 흙 마을과 알라모와 갈레아나와 일전에 지나쳤던 마을을 지나 북쪽으로 갔다. 마을 주민들은 다시 지나가는 소년을 알아보았고, 소년의 여행은 일종의 이야기가 되었다. 12월 초 소년은 추위를 막을 것도 거의 없이 고원지대에서 추운 밤을 보냈다. 차가운 비가 내리는 자정에 다시 한번 카사스 그란데스로 들어섰을 때는 이틀간 먹지 못한 상태였다.

소년은 사구안 문을 한참 동안 두드렸다. 집 뒤에서 개가 짖어 댔다. 마침내 불이 켜졌다.

대문을 연 모소는 빗속에서 말을 쥐고 서 있는 소년을 보았지만 전혀 놀라는 기색이 없었다. 모소가 동생에 대해 묻자 빌리는 무사히 회복되었으나 사라졌다고 말하고는 이런 시간에 폐를 끼쳐 미안하지만 의사를 만나고 싶다고 했다. 모소는 시간은 문제가 되지 않는다고 했다. 어차피 의사는 죽었으니까.

소년은 의사가 언제, 왜 죽었는지 묻지 않았다. 그저 모자를 벗어 양손으로 들었을 뿐이다. 로 시엔토.(정말 유감입니다.)

모소는 고개를 끄덕였다. 그들은 침묵 속에 서 있었다. 이윽고 소년은 모자를 쓰고 몸을 돌려 등자에 한 발을 걸어 안장에 올라서는 까맣게 젖은 말 위에 앉아 모소를 내려다보았다. 소년은 의사가 좋은 사람이었다고 말한 뒤 거리 아래 소도시의 빛을 바라보다가 다시 모소를 바라보았다.

나디에 사베 로 케 레 에스페라 엔 에스테 문도.(이 세상에 앞으로 일어날 일을 아는 사람은 아무도 없다오.) 모소가 말했다.

데 베라스.(정말 그렇지요.) 소년은 말했다.

소년은 고개를 끄덕이고 모자챙에 손을 댄 다음 말 머리를 돌려 시커먼 거리를 따라 나아갔다.

4부

소년은 뉴멕시코주 콜럼버스에서 국경을 건넜다. 국경 초소의 수비병이 소년을 힐긋 보더니 들어오라며 손을 흔들었다. 요즘은 소년 같은 사람을 워낙 자주 봐서 미심쩍을 것도 없다는 듯. 빌리는 어쨌든 말을 멈추었다. 전 미국인이에요. 그렇게 안 보이겠지만요.

살이란 살은 죄다 저 동네에다 두고 온 모양이구나. 수비병이 말했다.

부자가 돼서 돌아오지 않은 것은 확실하죠.

등록하려고 오는 거겠지.

나쁘지 않죠. 적당한 옷만 구할 수 있으면요.

그건 걱정 마라. 평발은 아니겠지?

평발요?

그래. 평발은 군대에서 안 받아 줘.

군대요?

그래. 군대. 멕시코에는 얼마나 있었던 거니?

저도 모르겠어요. 이번 달이 몇 월인지도 모르는걸요.

무슨 일이 있었는지 알기는 하니?

아뇨. 무슨 일이 있었는데요?

이런 말도 안 돼. 애야, 지금 이 나라는 전쟁 중이야.

소년은 데밍을 향해 곧게 뻗은 흙길을 따라 북쪽으로 나아갔다. 날이 추워 어깨에 담요를 두르고 있었다. 청바지는 무릎이 헐어 속이 훤히 비쳤고, 너덜너덜한 부츠는 찢어지기 일보 직전이었다. 셔츠에 달랑거리던 주머니는 이미 오래전 찢어 내버린 뒤였고, 떨어져 나갔던 셔츠 등판은 용설란으로 꿰매었고, 재킷 목깃은 뜯겨 싸구려 레이스처럼 대롱거려 파산한 멋쟁이라는 생뚱맞은 이미지를 소년에게 선사했다. 어쩌다 지나쳐 가던 자동차의 운전사들은 좁은 흙길이 허용하는 한 최대한 공간을 내주고는 피어오르는 먼지 사이로 소년을 이국적인 그 무엇인 양 쳐다보았다. 말로만 듣던 옛 시절의 그 무엇. 책에서만 보던 그 무엇. 소년은 하루 종일 나아가 저녁에 플로리다 산맥 자락의 나지막한 구릉지를 넘은 뒤 어스름이 쌓이고 쌓여 시커먼 어둠이 되어 가는 고원지대를 가로질렀다. 어둠 속에서 소년은 자신이 온 남쪽으로 말을 타고 가는 다섯 사람을 지나쳤다. 소년은 그들에게 스페인어로 인사했고, 그들도 저마다 부드러운 목소리로 인사했다. 빽빽한 어둠과 좁은 길이 그들을 공모자로 만든 듯이. 아니면 찾아야 할 공모자가 있다는 듯이.

소년은 자정에 데밍에 들어서서 큰길을 끝에서 끝까지 나
아갔다. 편자 없는 말발굽이 고요 속의 아스팔트를 덜걱덜걱
울렸다. 추위가 매서웠다. 문이 열린 곳은 한 군데도 없었다.
소년은 스프루스 거리와 골드 거리의 모퉁이에 자리한 버스
터미널에서 밤을 보냈다. 가방을 베개 삼아 베고 지저분한 서
라피로 몸을 감싸고는 얼룩지고 더러운 모자를 얼굴에 얹은
채 타일 바닥에서 잠을 청했다. 땀으로 시커메진 안장은 산탄
총을 총집에 꽂은 채 벽에 기대 두었다. 소년은 부츠를 신은
채로 잠들었다가 밤에 두 번 깨어나, 가로등에 묶어 둔 말을
보러 나갔다.

아침에 카페가 문을 열자 소년은 카운터로 가서 어디에서
입대 신청을 할 수 있는지 물었다. 여자는 모병 사무소가 사
우스실버 거리의 군사훈련장에 있지만, 이렇게 일찍은 문을
열지 않을 것이라고 했다.

감사합니다.

커피 좀 마실래?

아뇨. 돈이 없어요.

앉으렴.

감사합니다.

소년이 스툴에 앉자 여자는 커피가 담긴 하얀 도자기 머그
잔을 가져다주었다. 소년은 감사 인사를 하고 커피를 마셨다.
잠시 후 석쇠 앞에 있던 여자가 돌아와 달걀과 베이컨이 담긴
접시와 토스트 접시를 소년 앞에 내려놓았다.

그냥 주더라고는 아무한테도 얘기하지 마라. 여자가 말했다.

모병 사무소가 닫혀 있어 데밍 출신의 두 남자애와 외딴 목장 출신의 한 남자애와 함께 계단에서 기다리고 있자니 하사관이 와서 문을 열었다.

그들은 책상 앞에 섰다. 하사관이 그들을 유심히 살펴보았다.

너희 중 열여덟 살이 안 된 사람이 누구지?

아무도 대답하지 않았다.

보통 네 명에 하나꼴이고, 지금 내 앞에 네 명이 서 있어.

제가 열일곱 살입니다. 빌리가 말했다.

하사관이 고개를 끄덕였다. 그럼 엄마한테 사인을 해 달라고 해라.

어머니는 안 계십니다. 돌아가셨어요.

아빠는?

역시 돌아가셨습니다.

그럼, 친척한테 사인을 해 달라고 해. 삼촌이든 누구든. 혈연관계를 공증받은 문서도 가져오고.

친척은 없습니다. 형제가 하나 있지만, 저보다 동생입니다.

어디서 일하나?

아무 데서도 안 합니다.

하사관이 의자에 등을 기댔다. 어디 출신이지?

클로버데일 쪽입니다.

친척이 한 명은 있겠지.

제가 아는 한 없습니다.

하사관이 연필로 책상을 톡톡톡 두드렸다. 그러다 창밖을 바라보았다. 그리고 다른 남자애들을 보았다.

정말 군대에 들어가고 싶나?

그들은 서로를 바라보았다. 예, 그렇습니다. 그들은 말했다.

확실한 것 같지 않은데.

확실합니다.

하사관이 절레절레 고개를 젓더니 의자를 획 돌려 글이 찍힌 용지를 타자기에 감아 넣었다.

저는 기병대에 들어가고 싶습니다. 목장에서 온 남자애가 말했다. 제 아버지는 지난 전쟁 때 기병대에 계셨습니다.

블리스 요새에 가서 그렇게 말해라.

알겠습니다. 안장도 가져가야 합니까?

그런 건 전혀 필요 없다. 그곳에 가면 어머니처럼 너를 잘 돌봐 줄 거다.

알겠습니다.

하사관은 그들의 이름과 생년월일과 비상 연락처와 주소를 한 명씩 한 명씩 기입한 뒤 식권 네 장에 서명을 하여 나누어 주고는 건강검진을 받을 병원의 위치를 일러 주고 필요한 서류를 건넸다.

건강검진을 받고 식사를 한 뒤 여기로 돌아오거라.

저는 어떡하죠? 빌리가 말했다.

여기서 기다려. 다른 사람들은 그만 나가도 좋다. 오후에 보자.

그들이 떠나자 하사관이 빌리에게 서류와 식권을 주었다.

두 번째 종이 아래쪽을 봐라. 그게 부모 동의서야. 군대에 들어오고 싶거든 네 어머니의 사인을 그 위에 적어서 가져와.

그렇게 하려면 어머니가 천국에서 내려오셔야 한다 해도 그건 내 알 바 아니다. 내 말 알겠지?

알겠습니다. 여기에다가 돌아가신 어머니의 이름을 적으면 되는 거군요.

나는 그런 말 안 했다. 내가 그런 말 하던가?

안 하셨습니다.

가 봐. 밥 먹고 여기로 와.

알겠습니다.

소년이 몸을 돌려 나갔다. 문 뒤에 서 있던 사람들이 지나가도록 길을 비켜 주었다.

파햄. 하사관이 말했다.

소년은 돌아섰다. 예, 하사관님.

오후에 꼭 여기로 와야 한다. 알겠지?

알겠습니다.

하긴 갈 곳도 없을 테니.

소년은 거리를 따라 걸어가 묶어 놓은 고삐를 풀고 말에 올라 서류를 손에 쥔 채 실버 거리와 웨스트스프루스 거리를 나아갔다. 동서로 뻗은 거리에는 어디나 나무가 있었고, 남북으로 뻗은 거리에는 어디나 광석이 있었다. 소년은 밤을 보낸 버스 터미널의 대각선상에 위치한 맨해튼 카페 앞에 말을 묶었다. 그 옆에는 빅토리아 랜드 앤 캐틀 사(社)가 자리하고 있었고, 지주들이 신는 워킹힐 부츠를 신고 챙이 좁은 모자를 쓴 남자 둘이 길가에서 한담을 나누며 서 있었다. 소년이 지나가자 그들이 쳐다보았다. 고개를 끄덕여 주었지만 그들은 가만히 있었다.

소년은 카페 칸막이 자리로 들어가 탁자에 서류를 놓고 메뉴판을 보았다. 웨이트리스가 다가오자 런치 세트를 주문했지만 런치 세트는 11시 이후부터 된다고 했다. 지금은 아침 세트를 먹을 수 있다고 했다.

아침은 이미 먹었어요.

하루에 아침을 몇 번 먹어야 되는지 법전에 나와 있는 것도 아니잖아.

아침 세트는 양이 얼마나 되는데요?

얼마나 먹을 수 있는데?

모병 사무소에서 받은 식권이 있어요.

알아. 탁자 위에 놓인 걸 봤어.

달걀 네 개를 먹을 수 있을까요?

몇 개나 먹고 싶은지 말만 하렴.

여자는 반숙보다 약간 더 익힌 달걀 네 개와 튀긴 햄 슬라이스와 버터를 넣은 그리츠[47]가 담긴 타원형 도자기 접시를 내려놓고는 비스킷 접시와 그레이비 소스가 든 조그마한 사발을 가져왔다.

더 먹고 싶으면 얼마든지 말만 해.

그럴게요.

스위트롤 먹을래?

예, 좋지요.

---

47) 옥수수를 거칠게 갈아서 구운 멕시코 요리.

커피 더 줄게.

예.

소년은 여자를 올려다보았다. 40대가량에 머리가 검고, 이가 매우 부실해 보였다. 여사가 씩 미소를 지었다. 사내란 모름지기 한 접시쯤은 뚝딱 해치워야지.

그런 사내가 바로 지금 눈앞에 있으니 염려 마세요.

소년은 음식을 다 먹고는 커피를 마시며, 어머니의 사인을 받아야 할 서류를 꼼꼼히 살폈다. 그렇게 서류를 읽고 생각하며 앉아 있다 잠시 후 웨이트리스에게 만년필을 빌려 달라고 했다.

여자가 만년필을 가져와 건넸다. 가져가면 안 돼. 내 게 아니거든.

그럼요.

여자가 카운터로 돌아가자 소년은 고개를 숙여 서류의 빈칸에 루이자 메이 파햄이라고 적었다. 어머니의 이름은 캐롤린이었다.

소년이 밖으로 나오니 다른 세 남자애가 카페를 향해 인도를 올라오고 있었다. 그들은 오래전부터 절친한 친구였던 양 이야기를 나누고 있었다. 그러다 소년을 보더니 이야기를 뚝 그쳤다. 소년은 그들에게 인사를 건넸고, 그들도 인사를 하고 카페로 들어갔다.

의사의 이름은 모이르였고, 병원은 웨스트파인 거리에 있었다. 소년이 도착했을 때 그곳에는 대여섯 명이 기다리고 있었는데, 대부분 입대 서류를 손에 쥐고 앉아 있는 젊은이나 남자애였다. 소년은 카운터의 간호사에게 이름을 대고는 의자에 앉아 다른 이들과 함께 기다렸다.

간호사가 마침내 소년의 이름을 불렀을 때 소년은 깜빡 잠이 들었다가 놀라 깨어나, 이곳이 어디인가 하며 주위를 두리번거렸다.

파햄. 간호사가 다시 불렀다.

소년이 일어났다. 접니다.

간호사가 서류를 건네더니 소년을 복도에 세우고 한쪽 눈을 종이로 막고서 벽의 시력 검사표를 읽으라고 했다. 소년이 맨 아랫줄의 문자를 읽자 이번에는 다른 쪽 눈을 검사했다.

시력이 좋구나.

예. 어릴 때부터 그랬습니다.

그랬겠지. 어릴 때 눈이 나빴다가 좋아지는 법은 없으니.

소년이 진찰실에 들어서자 의사가 의자에 앉으라고 한 뒤 손전등으로 소년의 눈을 검사하고 귀에 차가운 기구를 대고 들여다보았다. 그리고 셔츠의 단추를 풀라고 했다.

말을 타고 왔구나.

예, 선생님.

어디서 왔지?

멕시코요.

그렇군. 가족들 중 병이 든 사람이 있나?

없습니다. 모두 돌아가셨어요.

그렇군.

의사가 청진기의 차가운 원뿔형 집음판을 소년의 가슴에

대고 유심히 들었다. 그리고 손끝으로 가슴을 눌렀다. 다시 집음판을 가슴에 대더니 눈을 감은 채 소리를 들었다. 의사가 몸을 바로 하고 귀에서 청진기를 뺀 뒤 의자에 등을 기댔다. 심장에서 잡음이 들리는구나.

그게 무슨 뜻이죠?

네가 군대에 못 간다는 뜻이지.

소년은 열흘 동안 고속도로 가의 어느 마구간에서 일하고 자면서 엘패소로 갈 차비와 옷 살 돈을 모은 뒤 말을 마구간 주인에게 맡겨 두고는 진주 단추가 달린 새 푸른색 셔츠와 새 코트 차림으로 동쪽으로 떠났다.

엘패소는 바람이 사납게 불어 몹시 추웠다. 소년이 모병 사무소를 찾아가자 모병관은 예의 그 서류를 기입하였고, 소년은 다른 남자들과 함께 줄을 서서 옷을 벗어 바구니에 담고는 숫자가 적힌 황동 번호표를 받은 뒤 서류를 쥔 채 벌거벗고 서서 기다렸다.

검사실에 들어서자 소년은 의사에게 진단서를 건넸고, 의사는 소년의 입과 귀를 들여다보았다. 그리고 청진기를 소년의 가슴에 댔다. 소년더러 돌아서라고 하더니 등에도 청진기를 댔다. 이어서 다시 가슴에 대고 소리를 들었다. 의사가 책상에서 스탬프를 집어 들어 빌리의 진단서에 쿡 찍고 서명을 한 뒤 진단서를 건넸다.

불합격이야.

왜죠?

심장박동이 불규칙하구나.

제 심장은 멀쩡해요.

멀쩡하지 않아.

제가 죽나요?

언젠가는. 아마 그리 심각한 상태는 아닐 거야. 하지만 군대에는 갈 수 없어.

선생님께서 마음만 먹으면 통과시켜 주실 수 있잖아요.

그럴 수야 있지. 하지만 그렇게는 안 해. 언젠가는 들통날 거야. 늦든 빠르든.

소년이 밖으로 나와 샌 안토니오 거리를 걸은 것은 아직 정오도 되지 않은 때였다. 소년은 사우스엘패소 거리를 따라가다 스플렌디드 카페로 들어가 점심을 먹은 후 버스 터미널로 걸어가 해 지기 전에 다시 데밍에 도착했다.

아침에 소년이 마구간으로 들어가니 챈들러 씨가 안장실에서 마구를 정리하고 있었다. 그가 고개를 들었다. 그래, 합격했니?

아뇨, 사장님. 또 물먹었어요.

거 안됐구나.

그러게요. 정말 유감이에요.

어떡할 거니?

앨버커키로 가서 시도해 볼까 해요.

애야, 전국에는 수많은 모병 사무소가 있단다. 그걸 다 돌아다니다가는 평생이 다 갈걸.

알고 있어요. 한 번만 더 가 보려고요.

소년은 토요일까지 일하고 봉급을 받은 뒤 일요일 아침에 버스에 올랐다. 여행은 하루 종일 계속되었다. 어둠이 소코로 북부를 휘감자 하늘 가득 물새 떼가 맴을 돌다 고속도로 동쪽의 강가 습지에 내려앉았다. 소년은 차가운 검은 차창에 비친 자신의 얼굴을 바라보았다. 새들의 울음소리를 들으려고 귀 기울였지만 부르릉대는 버스 엔진 소리에 묻혀 들리지 않았다.

YMCA에서 잠을 잔 소년은 모병 사무소가 문을 열자마자 들어갔다가 다시 정오가 되기 전에 남쪽행 버스에 올랐다. 약을 먹어야 되느냐는 물음에 의사는 그럴 필요는 없다고 했다. 그래서 일시적으로나마 심장이 정상적으로 뛰게 해 주는 약은 없느냐고 물었다.

어디 출신이지?

뉴멕시코주 클로버데일요.

모병 사무소를 몇 군데나 가 봤니?

이번이 세 번째예요.

얘야, 의사가 귀머거리가 아닌 이상 소용없어. 그냥 집으로 돌아가렴.

갈 집이 없어요.

무슨 데일에서 왔다며? 어디라고?

클로버데일요.

클로버데일.

그렇긴 하지만 지금은 집이 없어요. 달리 갈 곳도 없고요. 군대야말로 제가 갈 곳이죠. 어차피 죽을 건데 군대에 안 넣어 줄 건 뭔가요? 전 전혀 두렵지 않아요.

나도 너를 넣어 줄 수 있다면 좋겠다만, 불가능하단다. 이건 내가 어떻게 할 수 있는 일이 아니야. 나도 다른 사람처럼 규칙을 따라야 해. 멀쩡한 사람이 입대를 거부당하는 일은 다반사란다.

그렇군요.

네가 죽을 거라고 누가 그러던?

글쎄요. 안 죽을 거라고 한 의사도 없는걸요.

하긴. 설령 네가 말처럼 튼튼한 심장을 가졌다 해도 네가 안 죽을 거라고 장담할 의사는 없지. 안 그러냐?

그렇겠죠.

그만 가 봐라.

네?

그만 가 보라고.

버스가 데밍의 버스 터미널 뒤쪽 주차장에 들어선 것은 새벽 3시였다. 소년은 챈들러 마구간의 안장실에 들어가 안장을 챙기고 니뇨를 마구간 복도로 끌어내 안장 담요를 던지듯 얹었다. 추위가 매서웠다. 바깥에 딱 하나 있는 노란 알전구가 내뿜는 빛이 마구간의 참나무 널빤지 위로 퍼져 가는 말의 입김을 비추었다. 마부 루이스가 담요를 어깨에 휘감은 채 문가에 와서 섰다. 그리고 빌리가 말에 안장을 얹는 것을 바라보았다. 그가 군대에 합격했느냐고 물었다.

노.(아뇨.)

로 시엔토.(유감이로구나.)

요 탐비엔.(그러게요.)

아돈데 바?(어디로 갈 거니?)

노 세.(글쎄요.)

레그레사 아 메히코?(멕시코로 돌아갈 거니?)

노.(아뇨.)

루이스는 고개를 끄덕였다. 부엔 비아헤.(좋은 여행 되길 빈다.)

그라시아스.(감사합니다.)

소년은 마구간 복도를 따라 발을 끌고 문밖으로 나와 안장에 올라 출발했다.

데밍을 벗어나, 헤르마나스와 하치타로 이어진 옛길을 따라 소년은 남쪽으로 향했다. 말은 새로 편자를 박고 그동안 잘 먹어 기운이 쌩쌩했다. 해가 떠 높이 솟았다가 다시 내려앉아 어둠이 스민 후에도 소년은 계속 나아갔다. 고원지대에서 담요로 몸을 휘감고 잠이 들었다가 새벽이 되기도 전에 벌벌 떨며 일어나 다시 말에 올랐다. 소년은 하치타 서쪽에서 길을 벗어나 리틀해치트 산맥 자락의 구릉지로 들어갔다. 그리고 남쪽의 펠프스 도지 제련소로 이어진 철도를 건너 해 질 녘에 얕은 소금 호수에 다다랐다.

끝 간 데 없이 펼쳐진 납작한 물 위로 가라앉는 태양이 호수를 붉게 물들였다. 소년은 말을 호수 쪽으로 몰았지만, 호수의 맞은편 기슭이 보이지 않자 말은 가기를 거부했다. 소년은 말 머리를 돌려 호수를 따라 남쪽으로 향했다. 길레스피 산이 눈에 뒤덮인 채 납죽 박혀 있고, 그 너머로 눈 덮인 애니머스 봉우리의 모서리가 저물어 가는 햇살에 붉게 달아올랐다. 남쪽에는 창백한 고대의 멕시코 코르디예라스(산맥)가 눈에 보이는 세계를 에워싸고 있었다. 폐허가 된 낡은 울타리에 이르자 소년은 말에서 내려, 호리호리한 울타리 기둥에서 못을 뽑아 모닥불을 피우고는 책상다리를 하고 앉아 불을 가만히 응시했다. 말은 모닥불 가장자리의 어둠 속에 서서 황량한 소금땅을 망연히 쳐다보았다. 다 네 팔자야. 하나도 안 불쌍해. 소년은 말했다.

아침에 소년은 얕은 소금 호수를 건너 정오가 되기 전 옛 플라야스 길에 이르러 그 길을 따라 산맥을 향해 서쪽으로 향했다. 고갯길에 눈이 쌓여 있었지만 지나간 흔적은 전혀 없었다. 소년은 아름다운 애니머스 골짜기로 들어가 애니머스에서 뻗어 나온 길을 따라 남쪽으로 가 해 진 후 두 시간쯤 되어 샌더스 씨네 목장에 다다랐다.

소년이 대문에서 소리치자 여자애가 현관으로 나왔다.

빌리 파햄이야. 소년이 외쳤다.

누구라고?

빌리 파햄.

어서 와, 빌리 파햄. 여자애가 소리쳤다.

소년이 거실에 들어서니 샌더스 씨가 서 있었다. 더 늙고, 더 작고, 더 연약해진 모습이었다. 어서 들어오너라. 그가 말했다.

제가 너무 지저분해서.

들어와. 우리는 네가 죽은 줄만 알았다.

아니에요. 이렇게 멀쩡히 살아 있는걸요.

노인은 악수를 하고는 그 손을 꼭 쥐었다. 소년 너머 문 쪽을 바라보고 있었다. 보이드는 어디 있니?

그들은 식당에서 저녁을 먹었다. 여자애가 음식을 차리고 식탁에 앉았다. 그들은 로스트비프와 감자와 콩을 먹었다. 여자애가 리넨 천으로 덮인 커다란 접시를 건네자 소년은 옥수수빵 한 조각을 집어 버터를 발랐다. 정말 엄청 맛있어요.

얘가 워낙 요리 솜씨가 좋잖니. 노인이 말했다. 얘가 결혼을 하겠다고 나를 버리고 가면 큰일인데 말이야. 내가 요리를 했다가는 고양이들마서 다 달아날걸.

참, 할아버지도. 여자애가 말했다.

밀러도 불합격시키려고 했어. 노인이 말했다. 다리 때문에. 그런데 앨버커키에서 받아 줬다더군. 거기서는 마구잡이로 모아 대는 모양이야.

저는 불합격시키던걸요. 밀러가 기병대에 들어갔을까요?

그건 아닐 거야. 기병대는 아예 있지도 않을걸.

소년은 느긋하게 음식을 씹으며 탁자 너머를 바라보았다. 압착 유리 샹들리에의 노란빛이 드리워진, 찬장 위 낡은 사진과 초상화는 그 옛날 이주에서 살아남은 유물처럼 보였다. 심지어 노인조차도 저 유물들과는 동떨어진 존재인 듯했다. 세피아 빛깔의 건물과 오래된 널빤지 지붕. 말 위의 사람들. 넥타이를 맨 양복 차림에 바지 자락을 부츠 속에 집어넣고 소총을 앞쪽에 세워 들고 사진관의 종이 선인장 사이에 앉아 있는 남자들. 케케묵은 고릿적 드레스를 입은 여자들. 총부리로 위협당하여 사진을 찍은 듯 신중하거나 혹은 불안한 눈빛.

저기 저 끝의 사진은 존 슬로터란다.

어느 게요?

밀러의 증명서 아래에 맨 윗칸 오른쪽 사진. 그의 집 앞에서 찍은 것이지.

인디언 여자애는요?

메이라는 아파치 애야. 그들이 습격한 인디언 부락에서 데려왔지. 아파치들이 소들을 훔쳤거든. 1895년인가 6년인가 그랬지. 아마 아파치 몇 놈을 죽이기도 했을걸. 저 애는 그때 아주 꼬맹이였어. 선거 포스터로 만든 옷을 입고 있던 애를 존이 친딸인 양 거두어 키웠지. 아주 끔찍하게 아꼈어. 저 사진을 찍고 얼마 안 있어 불이 나 죽었지만.

그 사람을 아세요?

그럼. 한때 그 밑에서 일한 적도 있는걸.

인디언을 죽인 적 있으세요?

아니. 한두 번인가 죽일 뻔은 했지. 내 밑에서 일하던 인간들을 말이다.

저 노새 위의 사람은 누구예요?

제임스 오트리야. 저치는 자기가 뭘 타든 전혀 개의치 않았지.

짐말 위에 재규어를 싣고 가는 사람은요?

노인은 고개를 저었다. 이름은 알지만 말해 줄 수가 없구나.

노인이 커피를 들이켜고 일어나 찬장에서 담배와 재떨이를 집어 들었다. 이 재떨이는 시카고 세계 박람회 때 산 거야. 구리와 납의 합금으로 만들었지. 1833~1933 진보의 세기라고 적혀 있어. 이리로 가자.

그들은 거실로 갔다. 식당에서 나와 거실로 가는 길에는 벽판을 댄 참나무 펌프식 오르간이 벽에 기대서 있었다. 레이스가 오르간 위에 덮여 있었다. 노인의 아내가 젊은 여인의 모습으로 그려진 초상화가 액자에 끼워져 있었다.

이젠 쓸모없는 물건이지. 요즘은 아무도 저걸 치지 않아. 노인이 말했다.

제 할머니는 오르간을 연주하곤 하셨어요. 교회에서요.

여자들이 음악을 연주하곤 했어. 하지만 이제는 다들 축음기를 틀지.

노인이 몸을 숙여 부지깽이로 스토브 문을 열어 불을 들쑤시고 장작을 하나 더 넣고 문을 닫았다.

자리에 앉자, 노인이 젊은 시절 멕시코에서 소를 몰던 일을, 1916년 뉴멕시코주 콜럼버스에 비야[48]가 쳐들어왔던 일을, 보안관이 조직한 민병대가 악당을 국경까지 바짝 뒤쫓던 일을, 1886년의 대가뭄을, 공짜나 다름없이 산 소 코리엔테를 바싹 마른 평원을 가로질러 북쪽으로 몰고 갔던 일을 이야기했다. 소들이 어찌나 말랐던지, 저녁에 서쪽 황무지에 타오르는 태양 앞을 지나는데 속이 훤히 비칠 것 같았다고.

어떡할 생각이냐?

모르겠어요. 일자리를 구해 봐야죠.

우리 목장은 그만 문을 닫아야 할 지경이야.

네. 여기서 일자리를 얻으려던 건 아니었어요.

이놈의 전쟁. 대체 앞으로 어찌 될지 알 수가 있어야지.

---

48) 멕시코의 혁명가.

그러게요. 정말 큰일이에요.

노인은 자고 가라고 했지만 소년은 그러지 않았다. 그들은 현관 베란다에 섰다. 목초지에 온통 깊은 침묵과 추위가 자욱했다. 말이 대문에서 그들을 향해 울었다.

푹 쉬고 아침에 출발하면 좋겠구먼. 노인이 말했다.

네. 하지만 지금 가야 해요.

그렇다면 할 수 없지.

어차피 밤에 말 타는 걸 좋아해요.

그래. 나도 늘 그랬지. 조심해라, 얘야.

예, 할아버지. 그럴게요. 감사합니다.

그날 밤 소년은 드넓은 애니머스 평원에 자리 잡았다. 바람이 풀을 뒤치는 가운데 서라피와, 노인이 준 모직 담요로 몸을 감고 누웠다. 자그마한 모닥불을 피웠지만 장작거리가 거의 없어 불길은 이내 사위었고, 잠이 깬 소년은 겨울 별들이 어둠 속으로 미끄러져 죽음을 맞는 것을 보았다. 다리를 느슨하게 묶어 놓은 말이 부스럭부스럭 서성이고, 풀잎이 말의 주둥이에서 서걱서걱 찢기고, 말이 쉬익쉬익 숨을 쉬거나 철썩철썩 꼬리를 쳤다. 남쪽 멀리 해치트 산맥 너머 멕시코 땅에 번개가 번쩍였다. 소년은 자신이 이 골짜기가 아니라 아득히 먼 곳 낯선 이들 사이에 묻히리라는 것을 알았다. 차가운 별빛 아래 바람에 몸을 뒤척이는 풀들은 마치 부딪혀 곤두박질치는 지구 그 자체인 듯했다. 소년은 다시 잠들기 전 나직이 속삭였다. 세상 모든 것 중 유일하게 확실한 한 가지는 세상 그 무엇도 확실하지 않다는 거라고. 다가올 전쟁이든. 그 무엇이든.

소년은 이제는 해시나이브즈가 없는 해시나이브즈 목장에서 일했다. 그들은 그를 리틀콜로라도의 방목지 캠프에 보냈다. 석 달 동안 다른 사람이라고는 세 명밖에 못 보았다. 3월에 봉급을 받고는 윈슬로의 우체국에 가서 샌더스 씨에게 20달러를 보내 갚은 뒤 퍼스트 거리의 술집에 가 바의 스툴에 앉아 모자를 엄지로 젖히고는 맥주를 주문했다.

어떤 맥주로? 바텐더가 말했다.

아무 거라도 좋아요.

맥주 마시기엔 좀 어린 것 같은데.

그럼 어떤 걸로 하겠냐고는 왜 물었어요?

안 준다고 묻지도 못하냐.

저 아저씨가 마시는 건 뭐예요?

소년이 턱으로 가리킨, 바 아래쪽의 남자는 소년을 유심히 바라보고 있었다. 이건 드래프트란다. 드래프트로 달라고 하면 줄 거야.

그렇군요. 감사합니다.

천만에.

소년은 거리로 나가 다음 술집으로 들어가 바의 스툴에 앉았다. 바텐터가 다가와 섰다.

드래프트 줘요.

바텐더는 바의 다른 쪽으로 가서 둥근 유리잔에 맥주를 따르고 다시 와 바에 내려놓았다. 빌리가 바에 1달러를 놓자 바텐더는 금전등록기로 가 땡 소리를 울리더니 다시 돌아와 75 센트를 와르르 쏟았다.

어디 출신이니?

클로버데일 근처예요. 해시나이브즈 목장에서 일하죠.

거기는 이제 해시나이브즈가 없지. 배비츠가 팔아 버렸거든.

네. 그랬다더군요.

양치기한테 팔았지.

네.

어떻게 생각하니?

아무 생각 없어요.

난 있어.

빌리는 바 아래쪽을 보았다. 술에 취한 듯한 군인 한 명을 빼고는 텅 비어 있었다. 군인은 소년을 바라보고 있었다.

그래도 낙인까지 판 것은 아니겠지? 바텐더가 말했다.

네.

그래. 해시나이브즈도 없는데 해시나이브즈 낙인을 찍을 수는 없지.

주크박스 켤 거니? 군인이 말했다.

빌리는 그를 바라보았다. 아뇨. 관심 없어요.

그럼 그냥 냅둬.

그럴 생각이에요.

맥주 맛이 이상하니? 바텐더가 말했다.

아뇨. 괜찮은 것 같은데요. 왜요?

안 마시고 있어서.

빌리는 맥주를 바라보았다. 그리고 바를 한 바퀴 둘러보았다. 군인이 살짝 몸을 틀어 한 손을 무릎에 놓고 앉아 있었다. 일어날지 말지 마음을 못 정하고 있는 것 같았다.

그래서 맥주가 맛이 갔나 했지. 바텐더가 말했다.

괜찮은 것 같아요. 하지만 혹시 이상하면 말씀드릴게요.

담배 있냐? 군인이 말했다.

담배 안 피워요.

담배를 안 피운다고.

네.

바텐더가 셔츠 주머니에서 럭키스트라이크스 갑을 꺼내 바에 놓고 군인 쪽으로 휘익 밀었다. 여기요, 병사.

고마워요. 군인은 갑을 흔들어 삐져나온 담배 한 개비를 입에 물어 빼고는 주머니에서 라이터를 꺼내 불을 붙이고 바에 내려놓은 뒤 담뱃갑을 도로 바텐더에게 밀었다. 주머니에는 뭐가 있지?

누구보고 하는 말이에요? 빌리가 말했다.

군인이 바를 향해 연기를 훅 불었다. 너보고 하는 말이지.

내 주머니에 뭐가 있든 남 일에 신경 꺼요.

군인은 대꾸도 없이 가만히 앉아 담배를 피웠다. 바텐더가 손을 뻗어 담뱃갑을 집어 담배 한 개비를 꺼내 불을 붙이고는 담뱃갑을 도로 셔츠 주머니에 넣었다. 뒤쪽 선반에 팔짱을 끼고 기대선 바텐더의 손에서 담배가 타들어 갔다. 아무도 입을 열지 않았다. 누군가가 도착하기를 기다리고 있는 것처럼.

내가 몇 살인지 아니? 바텐더가 말했다.

빌리는 그를 쳐다보았다. 아뇨. 내가 알 리가 없죠.

6월이면 서른여덟 살이란다. 6월 14일에.

빌리는 대꾸하지 않았다.

그래서 군대에 못 갔지.

빌리는 군인을 바라보았다. 군인은 담배를 피우며 앉아 있었다.

입대 신청을 했어. 나이를 속였지만 먹히지 않더군.

저 애는 신경 안 써요. 군인이 말했다. 저 애한테 군복은 아무 의미도 없으니.

바텐더가 담배를 빨고 바를 향해 연기를 뿜었다. 옷깃에 떠오르는 태양이 달린 놈들이 세컨드 거리를 십열 종대로 행군한다면 저 애한테도 의미가 있을걸.

빌리는 맥주잔을 집어 들어 완전히 비워 내려놓고는 일어나 모자를 누르고 마지막으로 군인을 쳐다본 뒤 몸을 돌려 거리로 나갔다.

소년은 에이자 밑에서 9개월을 더 일한 후 월급 대신 받은 짐말 한 마리와, 침낭과 담요와 낡은 32구경 스티븐스 단발 소총을 가지고 떠났다. 소코로 서쪽 고원을 남쪽으로 가로질러 막달레나를 통과해 세인트오거스틴 평원을 가로질렀다. 실버시티에 들어서니 눈이 내렸다. 소년은 팰리스 호텔에 방을 잡고는 거리에 떨어지는 눈송이를 가만히 바라보았다. 거리에는 아무도 없었다. 잠시 후 소년은 밖으로 나가 불러드 거리의 사료 가게로 갔지만 문이 닫혀 있었다. 그래서 식료품점으로 가 아침 식사용 시리얼 여섯 상자를 사서 말에게 먹이고는 말을 호텔 뒷마당에 두고 호텔 식당에서 저녁을 먹고 방에 올라가 잠자리에 들었다. 아침에 내려오니 식당에는 소년뿐이었다. 밖으로 나가 옷을 사려고 했지만 상점은 모두 닫혀 있었다. 온통 잿빛인 거리는 추위가 매서웠고 심술궂은 바람이 북쪽에서 치달았다. 주위에 아무도 없었다. 소년은 불이 켜진 잡화점의 문을 밀었지만 역시나 잠겨 있었다. 호텔로 돌아가 직원에게 오늘이 일요일이냐고 물으니 금요일이라고 했다.

소년은 거리를 바라보았다. 가게가 모두 문을 닫았던데요.

크리스마스거든. 크리스마스에는 가게가 전부 문을 닫아.

소년은 북부 텍사스의 팬핸들[49]로 들어갔다가 이듬해의 거의 대부분을 마타도르스 목장에서 일하고, 나중에 티 다이아몬드 목장으로 옮겼다. 그리고 남쪽으로 내려가 잠깐씩 일했는데, 어떨 때는 일주일을 채 넘기지 않았다. 전쟁이 나고 세번째 해 봄에는 창문에 황금 별[50]이 보이지 않는 목장은 그 일대에서 거의 찾아볼 수 없었다. 빌리는 뉴멕시코주 막달레나의 자그마한 목장에서 3월까지 일하다 어느 날 봉급을 받은 뒤 말에 안장을 얹고 침낭을 짐말에 묶고는 다시 남쪽으로 떠났다. 스타인스 동쪽에서 콘크리트로 포장된 고속도로를 마지막으로 가로지르고 이틀 후 SK 바 목장 대문에 다다랐다. 시원한 봄날, 노인은 무릎에 성경책을 올려놓은 채 현관 베란다의 흔들의자에 모자를 쓰고 앉아 있었다. 그는 누구인지 알

---

49) 주 외곽에 좁고 길게 뻗어 있는 돌출부 지역.
50) 가족 가운데 전사한 사람이 있으면 그 희생을 기리기 위해 창문에 황금 별이 박힌 깃발을 내거는 것이 미국의 풍습이다.

아보려는 듯 상체를 내밀어 살펴보았다. 마치 30센티미터만 더 가까이서 보면 말 탄 이를 정확히 볼 수 있겠다는 듯. 노인은 더 늙고 약해진 듯했다. 2년 전 보았을 때보다 더 몸이 작아져 있었다. 빌리는 자신의 이름을 외치고는, 어서 이리 오라는 노인의 말을 따랐다. 현관 계단에 이른 그는 페인트가 너덜거리는 난간에 한 손을 얹고 노인을 올려다보았다. 노인은 읽던 곳을 표시하기 위해 성경 갈피에 손가락 하나를 집어넣고 앉아 있었다. 정말 파햄이니?

네. 빌리예요.

그는 계단을 올라 모자를 벗고 노인과 악수했다. 노인의 눈은 더 연한 하늘빛으로 엷어져 있었다. 노인은 그의 손을 오래도록 잡고 있었다. 이게 꿈이냐 생시냐. 네 생각을 천 번은 했단다. 하늘 안 무너지니 어서 앉아라.

빌리는 갈대로 좌판을 엮은 낡은 의자를 끌어당겨 앉고는 모자를 무릎에 놓은 뒤 목초지와 그 너머 산맥을 둘러보다 노인을 바라보았다.

밀러 이야기는 들었겠지.

아뇨. 여기 소식은 통 몰라요.

콰절런 환초[51]에서 전사했단다.

정말 안됐군요.

꽤나 힘겨운 세월이지, 아무렴.

---

51) 태평양 마셜 제도 서쪽에 있는 환초. 2차 세계대전 중 미국에 의해 함락되었다.

그들은 가만히 앉아 있었다. 산들바람이 불어왔다. 현관 베란다 처마 모서리에 걸려 있는 아스파라거스펀 화분이 살랑살랑 흔들리자 그 그림자가 베란다 바닥 위에 나릿나릿 불규칙하게 오갔다.

잘 지내시죠? 빌리가 말했다.

그럼, 나야 잘 있지. 가을에 백내장 수술을 받았지만 무사히 회복되었단다. 레오나는 결혼해서 떠났어. 남편은 배를 타러 갔고, 그 애는 로즈웰에 살고 있지. 어찌 살고 있는지는 몰라. 일자리를 구했다지. 그 애를 이해하려고 애를 쓰지만 마음이 뭐 뜻대로 돼야지.

그러게요.

하루빨리 눈을 감든가 해야지, 원.

건강하게 오래오래 사셔야죠.

그런 말 마라.

노인이 의자에 등을 기대며 성경에서 손가락을 뺐다. 비가 오겠군.

네. 그럴 것 같아요.

비 냄새가 나니?

네.

이 냄새 참 좋아했는데.

그들은 앉아 있었다. 잠시 후 빌리가 말했다. 비 냄새를 맡을 수 있으세요?

아니.

그들은 앉아 있었다.

보이드랑 연락은 되니?

아뇨. 멕시코에서 돌아오지 않았어요. 왔는데 소식을 못 들었을지도 모르고요.

노인은 한참 동안 아무 말도 하지 않았다. 어스름이 내리는 남쪽을 바라볼 뿐이었다.

한번은 애리조나의 포장도로에 비가 내리는 걸 본 적이 있지. 비가 800미터에 걸쳐 도로의 한쪽 차선에만 내리고, 다른 쪽 차선은 그대로 말라 있는 거야. 정확히 중앙선을 경계로 비가 한쪽에만 내렸지.

그 말 믿어요. 저도 그런 식으로 비가 내리는 걸 본 적이 있거든요.

정말 신기했더랬지.

한번은 눈보라가 치는데 천둥이 울리는 거예요. 천둥번개가 마구 쳐 댔죠. 번개는 보이지 않았어요. 하지만 사방에서 빛이 번쩍번쩍거리는 것이 솜뭉치에 에워싸인 것처럼 하얬죠.

예전에 멕시코 친구가 어떤 말을 해 줬는데, 믿어야 할지 말아야 할지 모르겠어.

눈보라 속의 번개를 본 것도 멕시코에서였어요.

아마 이 나라에서는 그런 일이 일어나지 않을 거야.

빌리는 빙그레 웃었다. 그리고 바닥에서 발을 떼지 않은 채 부츠를 꼬고 풍경을 바라보았다.

그 부츠 맘에 드는구나.

앨버커키에서 산 거예요.

아주 좋은 것 같은데.

그래야 할 텐데요. 돈을 꽤 줬거든요.

전쟁 탓에 오만 것이 가격이 뭣같이 올랐으니 원. 그나마 물건이라도 있으면 다행이게.

비둘기들이 목초지를 가로질러 집 서쪽의 가축용 못을 향해 날아들었다.

결혼은 했니?

아뇨.

사람들은 남자가 결혼도 않고 혼자 지내는 걸 꼴 보기 싫어하지. 대체 왜 그러는지 몰라. 나더러도 재혼하라고 어찌나 성화를 해 대던지. 마누라가 죽었을 때 나는 환갑이 다 된 나이였지. 특히 처제가 잔소리를 해 댔어. 이미 최고의 여자를 아내로 얻었었는데, 그런 행운이 두 번이나 올 리 없잖아.

그러게요. 두 번이나 그런 행운을 누리기는 어렵죠.

버드 랭퍼드 삼촌이 곧잘 하던 말이 생각나는군. 마누라를 안 팬다는 것은 곧 지옥에 처박히겠다는 거나 마찬가지라고 했지. 그런데 삼촌은 한 번도 결혼을 안 했거든. 그걸 어떻게 알았는지 도통 모르겠더군.

저는 정말 하나도 모르겠어요.

뭘 말이냐.

여자요.

그래. 적어도 너는 거짓말은 않는구나.

여자가 대체 무슨 쓸모가 있는지.

말이 물에 빠진 생쥐 꼴이 되기 전에 마구간에 넣어 두지 그러냐.

이만 가 봐야 해요.

빗속을 뚫고 가겠다니. 좀 있으면 저녁이 준비될 거야. 멕시코 여자가 요리를 해 준단다.

아무래도 마음먹었을 때 가는 게 좋을 것 같아요.

여기서 저녁 먹고 가거라. 오자마자 이별이라니.

빌리가 마구간에서 나오니 바람은 더 거세졌지만 비는 아직 내리지 않았다.

저 말 기억나는구나. 네 아버지가 타던 말이지.

네.

어떤 멕시코인한테서 샀지. 그래서 말이 영어를 한마디도 못 알아듣는다고 네 아버지가 말하곤 했지.

노인이 흔들의자에서 일어나 성경을 겨드랑이에 꼈다. 심지어 의자에서 일어나는 것도 이제는 힘이 들어. 설마 정말 그렇게까지 되랴 싶지?

사람들이 하는 말을 말이 알아들을까요?

사람도 사람 말을 못 알아듣는데 뭘. 자, 들어가자. 가정부가 벌써 두 번이나 고함을 쳤단다.

빌리는 날이 밝기 전에 일어나 컴컴한 집 안을 가로질러 불켜진 부엌으로 갔다. 여자가 식탁에 앉아, 교황의 모자처럼 생긴 낡은 나무 라디오를 듣고 있었다. 시우다드 후아레스에서 내보내는 방송이었다. 그가 문가에 서자 여자가 라디오를 끄고 돌아보았다.

에스타 비엔. 노 티에네 케 아파가를로.(괜찮아요. 안 끄셔도 돼요.)

여자는 어깨를 으쓱하고는 일어났다. 어차피 방송이 끝났다고 했다. 아침을 먹겠느냐는 물음에 그는 먹겠다고 했다.

여자가 아침을 준비하는 동안 그는 마구간으로 가서 말들을 빗질하고 발굽을 깨끗이 청소한 뒤 니뇨에게 안장을 얹기만 하고 뱃대끈은 조이지 않았다. 짐말에게 낡은 비살리아 안장을 얹고 뱃대끈을 조이고 담요를 묶은 뒤 집으로 돌아갔다. 여자는 오븐에서 음식을 꺼내 식탁에 차렸다. 달걀과 햄과 밀가루 토르티야와 콩이 담긴 접시를 그 앞에 놓고 커피를 부었다.

키에레 크레마?(크림은요?)

노 그라시아스. 아이 살사?(아뇨, 고맙습니다. 살사 소스 있습니까?)

여자는 살사 소스가 담긴 작은 화산암 몰카헤테를 그의 팔꿈치께에 놓았다.

그라시아스.(고맙습니다.)

부엌에서 나갈 줄 알았는데 여자는 그가 음식 먹는 것을 가만히 바라보며 서 있었다.

에스 파리엔테 델 세뇨르 샌더스?(샌더스 씨랑 친척인가요?) 여자가 말했다.

노. 엘 에라 아미고 데 미 파드레.(아뇨. 제 아버지와 친하셨죠.)

그는 여자를 올려다보았다. 시엔타테. 푸에데 센타르세.(앉으세요. 앉으셔도 괜찮아요.)

여자가 살짝 손을 움직였다. 그는 그것이 무슨 의미인지 알지 못했다. 여자는 그대로 서 있었다.

수 살루드 노 에스 부에나.(샌더스 씨 건강이 안 좋으신 것 같아요.)

여자는 그렇다고 말했다. 눈에 문제가 있으며, 전쟁에서 죽은 조카 때문에 무척 상심했다고. 코노시오 아 수 소브리노?(그 조카를 아나요?)

시. 이 우스테드?(네. 아주머니도 아세요?)

여자는 모른다고 했다. 여기 일하러 왔을 때는 이미 조카가 죽은 뒤였다고. 사진을 보았는데 아주 잘생겼더라고.

그는 마지막 달걀을 먹고는 토르티야로 접시를 깨끗하게 닦아 먹은 뒤 커피를 마저 비우고 입가를 닦은 다음 고개를 들어 감사 인사를 했다.

티에네 케 아세르 운 비아헤 라르고?(앞으로 여행을 오래 할 건가요?) 여자가 물었다.

그는 일어나 냅킨을 식탁에 놓고 다른 의자에 두었던 모자를 집어 머리에 썼다. 그리고 지금까지 참으로 긴 여행을 했다고 했다. 여행이 어떻게 끝날지 모르며, 목적지에 다다라서도 자신이 그것을 알 수 있을지는 모르겠다고 했다. 자신을 위해 기도해 달라고 스페인어로 청하자 여자는 진작 그러려고 마음먹고 있었다고 대답했다.

그는 베렌도에서 멕시코 세관을 통과하며 말들을 등록한 뒤, 도장이 찍힌 서류를 접어 안장주머니에 넣고 아두아네로 (세관원)에게 1달러짜리 은화를 주었다. 아두아네로는 정중하게 경례하며 그를 카바예로라고 불렀다. 그는 멕시코의 치와와주를 향해 남쪽으로 나아갔다. 지난번 이곳을 통과한 것이 벌써 7년 전이었다. 그때 그는 열세 살이었고, 아버지는 지금 그가 타고 있는 말을 타고 있었다. 그들은 산속 버려진 목장의 구석 초지에서 소 떼를 키우던 두 미국인의 소 800마리를 아스센시온 서쪽으로 몰고 갔었다. 그때는 이곳에 카페가 있었는데 지금은 보이지 않았다. 그는 좁은 흙길을 따라가다, 길가 숯불 곁에서 흙먼지를 뒤집어쓰고 앉아 있는 여인에게서 타코 세 개를 사서 말에 앉은 채로 먹으며 갔다.

이틀 후 저녁에 소도시 하노스에, 혹은 어둠이 짙어지는 평원 위에 점점이 박힌 빛에 도착했다. 그는 바큇자국이 새겨진 오래된 마찻길에 말을 세우고 진홍빛 황혼에 시커멓게 돋은 서쪽의 시에라를 바라보았다. 그 너머에 바비스페강과 북쪽 모서리에 여전히 눈을 인 높다란 필라레스가 있을 터였다. 오래전 그가 다른 말을 타고 지나갔던 알토 플라노(고원지대)에는 밤이면 여전히 추위가 기승을 부리리라.

그는 동쪽에서 어둠을 뚫고 나타나, 고대의 성벽이 둘러쳐진 소도시의 무너져 가는 흙탑을 지나, 오롯이 흙으로만 이루어져 100년 세월을 폐허로 보낸 도시를 느릿느릿 나아갔다. 높이 솟은 흙 교회 마당의 장대 구조물에 매달린 낡은 초록색 스페인 종을 지나, 사내들이 조용히 담배를 피우며 앉아 있는 열린 문가를 지나쳤다. 사내들 뒤쪽으로 노란 기름등 불빛 속에서 여자들이 집안일을 하고 있었다. 온 하늘에 숯 연기가 안개가 되어 걸려 있는 음울한 도시 어디에선가 음악 소리가 들려왔다.

506

그는 음악을 따라 좁은 흙길을 나아가다 마침내, 로진이 덕지덕지 말라붙은 생소나무 판자를 못으로 얼기설기 엮어 황소 가죽 경첩에 매단 문 앞에 이르렀다. 그가 들어간 집은, 사람이 살고 있는 버려졌든 좁은 거리 양편에 늘어서 있는 다른 오두막과 다를 것이 없어 보였다. 그가 들어서자 음악이 뚝 끊기며 악사들이 돌아보았다. 방에는 탁자가 여러 개 있었는데, 화려하게 조각을 새긴 굽은 탁자 다리는 비 오는 밖에 방치되기라도 한 양 하나같이 진흙으로 얼룩져 있었다. 탁자 하나에 네 남자가 앉아 있었고, 병 하나와 잔 여러 개가 놓여 있었다. 뒤쪽 벽에는 어디서 가져왔는지 모를 화려한 브런즈윅[52] 바가 설치되어 있고, 조각이 새겨진 먼지투성이 선반에는 상표가 붙어 있거나 없는 병 대여섯 개가 놓여 있었다.

에스타 아비에르토?(영업합니까?) 그가 말했다.

사내 하나가 의자를 밀치고 흙바닥에 일어나 섰다. 키가 어찌나 큰지, 천장에 단 하나 있는 갓 씌운 전등 너머의 어둠에 머리가 묻혀 보이지 않을 정도였다. 시, 카바예로. 코모 노?(그럼요, 손님. 왜 안 하겠습니까?) 사내가 말했다.

사내는 바로 가서 못에 걸린 앞치마를 빼서 허리에 두르고는 어스레한 조명이 조각을 비춰 주는 마호가니 뒤에 손을 맞잡고 섰다. 교회에 서 있는 푸주한처럼 보였다. 빌리가 탁자의 세 남자에게 고개를 끄덕이며 인사를 했지만 아무도 대꾸하

---

52) 1845년 창립하여 당구대, 캐비닛, 탁자 등 나무 제품을 시작으로 현재는 주로 선박, 스포츠용품 등을 생산하는 미국의 제조업체.

지 않았다. 음악가들이 악기를 들고 일어나 줄지어 거리로 나갔다.

그는 모자를 살짝 젖히고는 술집을 가로질러 두 손을 바에 얹고 뒤쪽 선반의 술병을 유심히 살폈다.

데메 운 워터필스 이 프레이저.(워터필스 프레이저로 주시오.)

바텐더가 한 손가락을 쳐들었다. 탁월한 선택이라는 듯. 그리고 팔을 뻗어, 온갖 종류의 술잔 중 텀블러를 꺼내 바에 놓고 위스키 병을 집어 잔을 반쯤 채웠다.

아구아?(물은요?)

노 그라시아스. 토메 알고 파라 우스테드.(아뇨, 괜찮소. 당신도 한잔 드시오.)

바텐더는 고맙다고 말하고는 텀블러를 하나 더 꺼내 술을 붓고 병을 바에 내려놓았다. 병 위에 수북히 쌓인 먼지에 새겨진 바텐더의 손자국이 불빛에 누렇게 빛났다. 빌리는 잔을 들어 술잔 가장자리 너머로 바텐더를 바라보았다. 살루드.(건강을 위해.) 그가 말했다.

살루드.(건강을 위해.) 바텐더가 말했다. 그들은 마셨다. 빌리는 술잔을 내려놓고 손가락을 빙빙 돌려 바텐더의 술잔과 자신의 술잔을 가리켰다. 그리고 고개를 돌려 탁자의 세 사내를 바라보았다. 이 수스 아미고스 탐비엔.(당신 친구들도.)

부에노. 코모 노.(좋지요. 사양할 까닭이 없죠.)

바텐더는 앞치마를 두른 채 병을 들고 술집을 가로질러 그들의 유리잔에 술을 부었고, 그들은 그의 건강을 기원하며 건배를 했다. 그도 자신의 잔을 들었고, 모두들 술을 마셨다. 바텐더는 바로 돌아와 술병과 술잔을 손에 든 채 어정쩡하게 서 있었다. 빌리는 술잔을 바에 놓았다. 마침내 탁자에서 누군가가 함께 마시자고 했다. 빌리는 술잔을 들어 그들을 바라보며 감사 인사를 했다. 누가 합석을 정했는지는 알 수 없었다.

빌리가 아까 바텐더가 앉았던 의자를 빼내 앉아 고개를 드니 셋 중 나이가 가장 많은 이가 상당히 취해 있었다. 땀으로 얼룩진 구아야베라(셔츠) 차림으로 의자에 푹 구겨진 채 앉아 턱이 셔츠의 열린 목깃에 닿아 있었다. 붉은 테가 둘러진 눈에 음울한 검은 홍채가 깊이 없이 박혀 있었다. 치명적이거나 탐욕스러운 무엇인가를 봉인하기 위해 박아 넣은 납 광채처럼. 눈꺼풀이 오랜 간격을 두고 느릿느릿 깜박거렸다. 말을 한 사람은 그의 오른쪽에 있던, 좀 더 젊은 사내였다. 이 나라에서 여행자가 위스키를 마시려면 아주 오래 걸리는 법이라고 했다.

빌리는 고개를 끄덕였다. 그리고 탁자 위의 술병을 바라보았다. 노란색이 은근히 감도는 병은 살짝 비틀려 있었다. 마개도 상표도 없이 바닥에 앙금이 가느다랗게 쌓여 흔들렸다. 여윈 몸을 둥글게 만 용설란 벌레. 토마모스 메스칼.(메스칼주라오.) 사내가 의자에 등을 기대고는 바텐더에게 외쳤다. 벵가. 시엔타테 콘 노소트로스.(이리 오게. 같이 마시자고.)

바텐더가 위스키 병을 바에 내려놓자 빌리가 가져오라고 했다. 바텐더는 앞치마를 벗어 못에 걸고 병을 들고 다가왔다. 빌리는 탁자 위의 잔들을 가리키며 말했다. 오트라 베스.(한잔씩 더.)

오트라 베스.(한 잔씩 더.) 바텐더가 차례로 잔에 술을 부었다. 하지만 마지막 차례인 술 취한 사내의 잔에는 아까 따른 술이 그대로 있어 어찌할까 망설였다. 젊은 남자가 사내의 팔꿈치를 잡았다. 알폰소. 토메.(알폰소. 어서 마셔요.)

알폰소는 술을 마시지 않았다. 새로 온 하얀 자를 멍하니 응시했다. 술 때문에 정신을 못 차린다기보다는 한때 잃어버린 원시 상태로 다시 돌아간 듯 보였다. 젊은 사내가 탁자 너머의 미국인을 바라보았다. 에스 운 옴브레 무이 세리오.(워낙에 진지한 성품이라오.)

바텐더는 병을 들고 서 있다 옆의 탁자에서 의자를 가져와 앉았다. 모두들 술잔을 들었다. 술을 마시려는데 하필 그때 알폰소가 입을 열었다. 키엔 에스, 호벤?(젊은이는 누군가?)

그들은 멈추었다. 그리고 빌리를 바라보았다. 빌리는 술잔을 들어 마시고 빈 잔을 내려놓은 뒤 탁자 맞은편의 눈을 다시 응시했다.

운 옴브레. 노 마스.(그냥 한 인간입니다. 그뿐이죠.)

아메리카노.(미국인이로군.)

클라로. 아메리카노.(네. 미국인입니다.)

에스 바케로?(카우보이요?)

시, 바케로.(네. 카우보이예요.)

술 취한 사내는 움직이지 않았다. 눈 역시 움직이지 않았다. 마치 혼잣말을 하는 듯했다.

토메, 알폰소.(술이나 마셔요, 알폰소.) 젊은 남자가 말했다. 그리고 자기 잔을 들어 주위를 둘러보았다. 다른 이들도 잔을 들었다. 모두들 술을 마셨다.

이 우스테드?(안 드세요?) 빌리가 말했다.

술 취한 사내는 대답하지 않았다. 축축이 젖은 빨간 아랫입술이 늘어서 새하얀 이가 드러나 있었다. 아예 소리를 듣지 못하는 기색이었다.

에스 솔다도?(군인이오?)

솔다도 노.(아닙니다.)

젊은 사내가 말하길, 술 취한 사내는 혁명이 일어났을 때 군인으로 토레온과 사카테카스에서 싸웠고, 여러 차례 부상을 당했다고 했다. 빌리는 술 취한 사내를 바라보았다. 빛이라고는 없는 검은 눈. 젊은 사내가 말하길, 술 취한 사내는 사카테카스에서 가슴에 총알을 세 발이나 맞고 거리에 쓰러져 어둠과 추위에 에워싸여 있다가 개에게 피를 빨렸다고 했다. 애국자의 가슴에는 그때의 총알 구멍이 여전히 선명하다고.

오트라 베스.(한 잔씩 더.) 빌리가 말했다. 바텐더가 병을 들고 몸을 숙여 술을 따랐다.

모두의 잔이 채워지자 젊은 사내가 잔을 들고 혁명을 위해 건배했다. 그들은 마셨다. 그리고 잔을 내려놓고 손등으로 입가를 훔치고 술 취한 사내를 바라보았다. 포르 케 비에네 아키?(어디서 오는 길이오?) 술 취한 사내가 말했다.

그들은 빌리를 바라보았다.

아키?(어디냐뇨?) 빌리가 말했다.

하지만 술 취한 사내는 대답은 하지 않고 묻기만 했다. 젊은 사내가 살짝 몸을 숙여 나직이 속삭였다. 엔 에스테 파이스.(이 나라에서 말이오.)

엔 에스테 파이스.(이 나라에서라.) 빌리가 말했다. 그들은 그의 대답을 기다렸다. 빌리는 몸을 숙이며 팔을 뻗어 술 취한 이의 술잔을 집어 메스칼주를 바닥에 버리고는 잔을 도로 탁자에 놓았다. 아무도 움직이지 않았다. 빌리는 바텐더에게 손짓했다. 오트라 베스.(한 잔씩 더.)

바텐더는 굼뜬 손길로 병을 집어 다시 한 번 한 잔씩 천천히 술을 따랐다. 그리고 병을 내려놓고 손을 무릎에 문질렀다. 빌리는 잔을 들었다. 그리고 동생을 찾기 위해 이 나라에 왔다고 말했다. 동생은 약간 미쳤으며, 형을 떠나지 말았어야 했는데 떠났다고 했다.

그들은 술잔을 쥔 채 앉아 있었다. 그리고 술 취한 사내를 바라보았다. 토메, 알폰소.(마셔요, 알폰소.) 젊은 사내가 말했다. 그리고 잔을 가리켜 보였다. 바텐더가 자기 잔을 들어 마시더니 빈 잔을 도로 탁자에 놓고 의자에 등을 기댔다. 자기의 말을 움직인 뒤 결과를 기다리는 체스 선수처럼. 그리고 맞은편에서 가장 젊은 사내를 바라보았다. 그는 모자를 눌러쓴 채 약간 떨어져 앉아서는 술이 가득 찬 잔을 제물처럼 두 손으로 쥐고 있었다. 아무도 입을 열지 않았다. 술집 전체가 소리 죽여 웅웅거리기 시작했다.

모든 의식의 끝은 유혈로 끝나게 마련이다. 하지만 술 취한 사내는 술로 인해 책임 의식이 흐릿해진 상태였고, 그 곁의 젊은 사내는 소리 없이 호소했다. 그가 미소를 지으며 어깨를 으쓱하더니 노르테아메리카노(미국인)에게 잔을 들어 올려 마

512

셨다. 그가 술잔을 내려놓자 술 취한 사내가 몸을 비틀거렸다. 그러다 살짝 몸을 숙여 잔을 향해 손을 뻗자, 젊은 사내는 병의 회복을 축하하기라도 하는 양 미소를 지으며 잔을 들어 올렸다. 하지만 술 취한 사내는 잔을 집어 천천히 탁자 밖으로 가져가 위스키를 바닥에 쏟고는 잔을 도로 탁자에 놓았다. 그리고 메스칼주 병을 비틀비틀 집어 기름 같은 누런 액체를 잔에 부은 뒤 병을 도로 탁자에 놓았다. 앙금과 벌레가 유리병 바닥에서 시계 방향으로 느릿느릿 맴돌았다. 그는 다시 등받이에 몸을 기댔다.

젊은 사내는 빌리를 바라보았다. 어둠이 짙어 가는 도시에서 개 한 마리가 짖어 댔다.

노 레 구스타 엘 위스키?(위스키를 좋아하지 않나 보죠?) 빌리가 말했다.

술 취한 사내는 대답하지 않았다. 메스칼주가 담긴 유리잔이 아까 빌리가 들어왔을 때 그대로 놓여 있었다.

에스 엘 세요.(도장 때문이라오.) 젊은 사내가 말했다.

엘 세요?(도장요?)

시.(그래요.)

그의 말에 따르면 술 취한 사내는 억압적인 정부가 찍은 도장에 반대한다고 했다. 그래서 그런 도장이 찍힌 병에 든 술은 절대 마시지 않는다는 것이었다. 그것은 명예가 달린 문제라며.

빌리는 술 취한 사내를 바라보았다.

엔 멘티라.(거짓말이오.) 술 취한 사내가 말했다.

멘티라?(거짓말이라고요?)

시. 멘티라.(그렇소. 거짓말.)

빌리는 젊은 사내를 바라보았다. 금방 한 말이 거짓말이냐고 묻자 그는 신경 쓰지 말라고 했다. 나다 에스 멘티라.(거짓말은 한마디도 하지 않았소.)

노 에스 쿠에스티온 데 닝군 세요.(절대 도장 때문이 아니오.) 술 취한 사내가 말했다.

그는 느리지만 분명하게 말했다. 그리고 젊은 사내에게로 고개를 돌려 한마디 했다. 이윽고 다시 고개를 바로 해 빌리를 응시했다. 빌리는 손가락을 둥글게 저었다. 오트라 베스.(한 잔씩 더.) 바텐더가 팔을 뻗어 병을 집었다.

좋은 미제 위스키를 놔두고 냄새나는 고양이 오줌을 먹고 싶다면 형씨 좋을 대로 하시오. 빌리가 말했다.

만데?(뭐라고?) 술 취한 사내가 말했다.

바텐더는 어정쩡하게 앉아 있었다. 그러다 몸을 숙여 빈 잔에 술을 붓고 코르크 마개를 집어 도로 술병에 꽂았다. 빌리가 술잔을 들었다. 살루드.(건강을 위해.) 빌리는 마셨다. 모두들 마셨다. 술 취한 사내만 빼고. 거리에서 낡은 스페인 종이 한 번, 그리고 또 한 번 울렸다. 술 취한 사내가 상체를 내밀었다. 그의 손은 그의 술잔을 지나쳐 메스칼주 병을 다시 움켜쥐었다. 그는 병을 들어 손을 살짝 돌려 가며 빌리의 잔에 가득 술을 부었다. 마치 이 자그마한 텀블러는 미리 정해진 방식에 따라 술을 채워야 한다는 듯. 이윽고 술병을 바로 세워 탁자에 놓고는 의자에 등을 기댔다.

바텐더와 젊은 두 사내는 자기 잔을 든 채 앉아 있었다. 빌리는 메스칼주를 보았다. 그리고 의자에 등을 기댔다. 문 쪽을 바라보았다. 거리에 서 있는 니뇨가 보였다. 달아났던 악사들은 이미 다른 거리의 어느 술집에선가 연주를 하고 있었다. 어쩌면 다른 악단일지도. 빌리는 팔을 뻗어 잔을 집어 들어 빛에 비추었다. 연기 같은 앙금이 잔 속에서 뱅글뱅글 돌았다. 자그마한 파편들. 아무도 움직이지 않았다. 빌리는 잔을 기울여 들이켰다.

살루드.(건강을 위해.) 젊은 사내가 외쳤다. 그들은 마셨다. 바텐더도 마셨다. 그들은 빈 잔을 탁자에 탁 내려놓고 빙그레 미소 지었다. 그때 빌리가 한쪽으로 몸을 숙여 메스칼주를 바닥에 뱉었다.

무거운 침묵 속에 푸에블로 자체가 주위의 사막으로 빨려 들어간 듯했다. 그 어떤 소리도 들리지 않았다. 술 취한 사내는 잔을 향해 손을 뻗으려다 그대로 얼어붙었다. 젊은 사내는 눈을 내리깔고 있었다. 램프 그림자 탓에 그 눈은 감은 것처럼 보이기까지 했는데, 어쩌면 정말 감았는지도 모를 일이었다. 술 취한 사내가 뻗으려던 팔을 도로 거두어 탁자 아래로 내렸다. 빌리는 한 손가락을 공중에 대고 돌렸다. 오트라 베스.(한 잔씩 더.)

바텐더가 빌리를 바라보았다. 그리고 술잔 옆에 주먹을 내려놓고 앉아 있는 납빛 눈의 애국자를 바라보았다. 에라 데마시아도 푸에르테 파라 에. 데마시아도 푸에르테.(저 청년이 먹기에는 너무 독해요. 너무 독한 술이에요.) 바텐더가 말했다.

빌리는 술 취한 사내에게서 시선을 떼지 않았다. 마스 멘티라스.(또 다른 거짓말이로군.) 빌리는 말했다. 바텐더의 말처럼 술이 독하냐의 문제가 아니라고.

그들은 메스칼주 병을 바라보며 앉아 있었다. 병 옆에는 시커먼 반달 모양 그림자가 드리워져 있었다. 술 취한 사내가 움직이지도, 말을 하지도 않자 빌리는 위스키 병을 향해 손을 뻗어 빈 잔들에 술을 붓고 병을 도로 탁자에 내려놓았다. 그리고 의자를 밀치고 일어섰다.

술 취한 사내가 탁자 가장자리에 두 손을 얹었다.

지금까지 아무 말도 않고 있던 사내가 영어로 말했다. 만약 빌리가 지갑을 꺼낸다면 저 사람이 쏠 거라고.

당연히 그렇겠죠. 빌리는 말했다. 그리고 탁자 너머의 사내에게서 시선을 떼지 않은 채 바텐더에게 말했다. 쿠안토 데보?(얼마죠?)

싱코 돌라레스?(5달러?) 바텐더가 말했다.

빌리는 두 손가락을 셔츠 주머니에 집어넣어 돈을 꺼내 엄지로 펼쳐 5달러짜리 지폐를 빼 탁자에 놓았다. 그리고 영어로 이야기한 사내를 바라보았다. 저자가 등 뒤에서 쏠까요?

사내는 모자챙에 가려진 얼굴을 들고 미소 지었다. 아니, 안 그럴 거요.

빌리는 모자챙에 손을 대고 탁자의 사내들에게 고개를 끄덕였다. 카바예로스.(그럼 이만.) 빌리는 채워진 술잔을 그대로 두고 문을 향해 몸을 돌렸다.

불러도 돌아보지 마시오. 젊은 남자가 말했다.

빌리는 멈추지도, 돌아보지도 않았다. 문에 거의 다다랐을 때 사내가 불렀다. 호벤.(젊은이.)

빌리는 멈추었다. 말들이 거리에서 고개를 들어 바라보았다. 빌리는 자신의 키만큼도 떨어져 있지 않은 문 너머로 바깥을 바라보았다. 걸어. 그냥 걸어. 빌리는 중얼거렸다. 그러나 걷지 않았다. 뒤돌아보았다.

술 취한 사내는 아까 그대로였다. 그는 의자에 앉아 있고, 영어로 말했던 젊은 남자가 일어나 한 손으로 그의 어깨를 짚고 곁에 서 있었다. 무법 시대의 사진에 나올 법한 광경이었다.

메 야마 엠부스테로?(나를 거짓말쟁이라고 했소?) 술 취한 사내가 말했다.

노.(아뇨.) 빌리는 말했다.

엠부스테로?(거짓말쟁이라고?) 그가 셔츠를 와락 움키어 뜯었다. 과거에도 이 같은 일을 자주 겪는 바람에 낡아 헐거워진 양, 똑딱단추로 채워져 있던 셔츠는 소리 없이 쉽게 열렸다. 그는 다시 총알을 초대하듯 셔츠를 활짝 열어 젖혔다. 털 하나 없는 부드러운 가슴에는 아슬아슬하게 심장을 피해 완벽한 이등변삼각형을 이룬 총알 자국 세 개가 성흔처럼 박혀 있었다. 탁자의 그 누구도 움직이지 않았다. 애국자와 총알 흉터를 바라보는 사람도 없었다. 전에도 무수히 보았으므로. 그들은 문 앞에 서 있는 구에로를 바라보았다. 아무도 움직이지 않았고, 아무 소리도 나지 않았다. 빌리는 자신이 이곳에 도착한 것이 알려져 있을 뿐만 아니라 운명 지어져 있었다는 느낌을 받았다. 그는 도시의 무언가에 귀를 기울였다. 그것은 자신에게 귀 기울이지 않기를 바라면서. 빌리는 또한 자신이 들어오자 달아나 이곳 분지 어디에선가 아마도 침묵에 귀 기울이고 있을 악사들에게 귀를 기울였다. 육신의 좁고 어두운 복도로 피를 끌어당기며 느릿느릿 뭉툭한 울림을 뱉는 자신의 심장 소리를 제외한 모든 소리에 빌리는 귀를 기울였다. 그리고 돌아보지 말라고 경고한 사내를 바라보았지만, 그가 할 수 있는 경고는 그게 다였다. 빌리가 본 것은 자신이 곧 죽음을 맞게 될 이 하찮은 공화국의 역사에 단 하나 명백하게 남아 있는 유물이었다. 권위도, 의미도, 생존권도 없는 그 유물이 이곳 술집의 어스레한 빛 속에서 빌리 앞에 앉아 있었다. 사람의 혀에서 나온 것이든 펜에서 나온 것이든 그것이 거짓말로 규정되기 위해서는 뜨거운 논쟁이 벌어져야 한다. 이윽고 그 모든 것이 지나갔다. 빌리는 모자를 벗어 들고 섰다. 그러나 옳든 그르든 다시 모자를 쓰고 몸을 돌려 문으로 걸어갔다. 그러고는 고삐를 매어 둔 말을 풀어 안장에 올라 짐말을 끌고 좁은 흙길을 따라 한 번도 뒤돌아보지 않고 나아갔다.

도시를 완전히 벗어나기 전에 중간 구슬 크기의 빗방울이 모자챙에 뚝 떨어졌다. 그리고 또 한 방울. 빌리는 구름 한 점 없는 하늘을 올려다보았다. 동녘 하늘에 별들이 불타고 있었다. 바람도, 비 냄새도 없건만 비는 계속 떨어졌다. 말이 가기 싫다며 뻗대자 빌리는 어둠에 잠긴 도시를 돌아보았다. 서너 개의 자그마한 사각 창에 어스레한 붉은 불이 밝혀져 있었다. 딱딱한 흙길을 강타하는 빗소리가 마치 어둠 속 어딘가에서 다리를 건너는 말발굽 소리 같았다. 취기가 몰려오고 있었다.

그는 말을 세우고 말 머리를 돌려 도로 돌아갔다.

문이 보이자 무작정 들어갔다. 짐말의 고삐를 놓고 문머리에 부딪지 않도록 말의 목덜미에 상체를 바짝 붙였다. 안에도 여진히 내리는 빗속에 말을 세우고 머리 위에서 여전히 빛나는 별들을 바라보았다. 그는 말 머리를 돌려 밖으로 나와 다른 문으로 들어갔다. 모자를 톡톡 두드리던 빗방울이 돌연 멈추었다. 그는 말에서 내려 어둠 속에서 발을 더듬어 바닥을 확인했다. 그리고 밖으로 나가 짐말을 데리고 들어와 다이아몬드 매듭을 풀어 담요를 땅에 놓고 안장을 벗긴 짐말의 다리에 느슨하게 밧줄을 묶은 뒤 도로 빗속으로 내보냈다. 그리고 니뇨의 뱃대끈을 풀어 안장과 안장주머니를 내려 안장을 벽에 기대 세우고는 무릎을 꿇어 담요를 묶은 밧줄을 더듬어 매듭을 풀고 담요를 펼치고 앉아 부츠를 벗었다. 취기가 완연히 솟구쳤다. 그는 모자를 벗고 드러누웠다. 말이 그의 머리를 지나쳐 나가 문밖을 내다보며 서 있었다. 나를 밟기만 해 봐, 이 자식. 그가 말했다.

아침에 깨어나니 비는 그쳐 있었고 햇살이 환했다. 끔찍한 기분이었다. 밤중에 여러 번 일어나 비틀비틀 밖으로 나가 토했더랬다. 말들을 찾아 축축이 젖은 눈을 두리번거리다 다시 비척비척 들어온 일이 기억났다. 자다 일어나 발에 신고 있는 부츠를 찾아 돌아다니지 않았더라면 아마 기억하지 못했으리라. 그는 모자를 집어 머리에 쓰고 문 쪽을 바라보았다. 문간에 웅크리고 앉아 그를 지켜보던 아이들이 벌떡 일어나 뒤로 물러섰다.

돈데 에스탄 로스 카바요스?(말은 어디 있지?) 그가 말했다.

아이들은 말이 밥을 먹고 있다고 했다.

너무 빨리 일어선 바람에 그는 문설주에 몸을 기대고 손으로 두 눈을 가렸다. 갈증 때문에 속에서 불이 이는 듯했다. 그는 다시 고개를 들어 문밖으로 나가 아이들을 바라보았다. 아이들이 길 쪽을 가리켰다.

주르르 늘어선 나지막한 흙집을 따라 걸어가는데 아이들이 뒤에서 졸래졸래 쫓아왔다. 말들은 도시의 남쪽 길을 가로지르는 작은 개울가 풀밭에서 풀을 뜯고 있었다. 그는 니뇨의 고삐를 쥐고 섰다. 아이들이 바라보고 있었다.

키에레스 몬타르?(타 볼래?) 그가 말했다.

아이들은 서로를 바라보았다. 다섯 살가량 된 가장 어린 녀석이 두 손을 번쩍 들고는 가만히 기다렸다. 그는 아이를 들어올려 말 위에 비스듬히 앉힌 다음 자그마한 계집아이를 앉히고서 마지막으로 가장 나이가 많은 남자아이를 앉혔다. 가장 나이가 많은 아이에게 어린아이들을 잘 잡고 있으라고 말하자 아이는 고개를 끄덕였다. 그는 다시 고삐와, 짐말의 굴레에 묶은 긴 밧줄을 쥐고 길을 향해 말들을 끌고 갔다.

한 여자가 마을에서 나오고 있었다. 아이들이 여자를 보더니 자기들끼리 속삭였다. 여자는 천으로 덮인 푸른색 들통을 들고 있었다. 여자가 철사 손잡이를 양손으로 쥔 채 길가에 섰다. 그러다 들판을 가로질러 그들 쪽으로 다가왔다.

그는 모자에 손을 대고 아침 인사를 했다. 여자는 걸음을 멈추고 들통을 쥔 채 서 있었다. 그러다 그를 찾고 있었다고 말했다. 잠자리와 안장이 그대로 남아 있어서 멀리 가지 않았을 줄 알았다고. 동네 외곽의 카이다스(폐허)에서 말을 탄 이가 병이 나 잠들어 있다고 아이들이 말해 줘서 막 뜨거운 메누도(수프)를 요리해서 가져왔으니, 먹으면 다시 기운이 나서 여행을 계속할 수 있을 것이라고 했다.

여자가 몸을 숙여 들통을 땅에 놓고 덮개 천을 벗겨 그에게 건넸다. 그는 그것을 쥐고 서서는 들통을 바라보았다. 안에는 얼룩이 박힌 양철 사발이 접시로 덮여 있고, 그 옆에 접힌 토르티야 몇 장이 꽂혀 있었다. 그는 여자를 바라보았다.

안달레.(어서 들어요.) 여자가 들통을 손으로 가리켰다.

이 우스테드?(아주머니는요?)

야 코미.(벌써 먹었어요.)

그는 말 위에 나란히 앉아 있는 아이들을 바라보았다. 이윽고 가장 나이가 많은 아이한테 고삐와 밧줄을 내밀었다.

토마 운 파세오.(타고 놀으렴.)

아이는 손을 뻗어 받아 쥐더니 짐말의 밧줄을 여자애에게 건네고 고삐 하나를 여자애의 머리 너머로 건넨 뒤 발꿈치로 말을 때렸다. 빌리는 여자를 바라보았다. 에스 무이 아마블레.(정말 친절하시군요.) 여자는 음식이 식기 전에 얼른 먹으라고 했다.

그는 땅바닥에 웅크리고 앉아 그릇을 꺼내려고 했지만 너무 뜨거웠다. 콘 페르미소.(내가 꺼내 줄게요.) 여자가 손을 뻗어 그릇을 들통 밖으로 꺼내어 접시를 벗겨 그 위에 그릇을 놓아 그에게 내밀었다. 그리고 다시 손을 뻗어 숟가락을 꺼내 그에게 주었다.

그라시아스.(감사합니다.) 그는 말했다.

여자는 맞은편에 무릎 꿇고 앉아, 빌리가 음식 먹는 모습을 바라보았다. 기름기 도는 맑은 수프 속에서 내장 조각이 느긋한 플라나리아처럼 떠돌았다. 그는 정말 아팠던 것이 아니라 지난밤 마신 술 탓에 약간 탈이 났을 뿐이라고 말했다. 여자는 이해한다고, 그건 전혀 중요하지 않다고, 왜 우리에게 병이 생기는지는 하느님 외에는 아무도 모른다고 했다.

그는 들통에서 토르티야 한 장을 꺼내 찢어 접어 수프에 담갔다. 그리고 내장 조각을 숟가락으로 떴지만 조각이 스르르 미끄러져 나갔다. 그는 내장을 그릇에 대고 숟가락 가장자리로 눌러 두 조각 냈다. 메누도는 뜨겁고, 양념이 많이 들어가 있었다. 그는 먹었고 여자는 바라보았다.

아이들이 말을 타고 그의 뒤쪽으로 와서 가만히 기다렸다. 그가 고개를 들어 그들을 바라보며 손가락을 한 바퀴 돌리자, 아이들은 다시 출발했다. 그는 여자를 바라보았다.

손 수요스?(자녀 분들인가요?)

여자는 고개를 저었다. 자기 아이들이 아니라고 했다.

그는 고개를 끄덕였다. 그리고 아이들이 멀어지는 것을 바라보았다. 그릇이 다소 식었기에 가장자리를 잡아 기울여 마시고는 토르티야를 한 입 베어 물었다. 무이 사브로소.(잘 먹었습니다.) 그는 말했다.

여자는 아들이 하나 있었지만 20년 전에 죽었다고 했다.

그는 여자를 바라보았다. 20년 전에 아이를 잃었을 만큼 나이가 많아 보이지 않았지만, 몇 살이라고 단정 지을 수도 없는 얼굴이었다. 그는 그때 무척 젊었겠다고 말했고, 여자는 그렇긴 했지만 젊은이들의 슬픔은 무시되는 경향이 있다고 말했다. 그리고 가슴에 한 손을 댔다. 아이들은 자신의 영혼 속에 살고 있다고 했다.

그는 들판 너머를 보았다. 아이들은 강가에서 말 위에 비스듬히 앉아 있었는데, 남자애는 말이 물을 먹기를 기다리는 듯했다. 말은 다음 일을 대비하며 기다리고 있었다. 그는 메누도를 마저 다 마시고 마지막 토르티야 조각을 접어 그릇을 싹싹 닦아 먹은 뒤 그릇과 숟가락과 접시를 도로 들통에 넣고 여자를 바라보았다.

쿠안토 데 데보, 세뇨라.(얼마를 드리면 될까요, 부인.)

세뇨리타. 나다.(미혼이에요. 돈은 됐어요.)

그는 셔츠 주머니에서 접힌 지폐를 꺼냈다. 파라 로스 니뇨스.(아이들 용돈이라도 주세요.)

니뇨스 노 텡고.(아이는 없어요.)

파라 로스 니에토스.(그럼 손자들이라도.)

여자가 깔깔깔 웃으며 고개를 저었다. 니에토스 탐포코.(손자도 없어요.)

그는 돈을 쥔 채 앉아 있었다.

에스 파라 엘 카미노.(여비로 쓰도록 해요.)

부에노. 그라시아스.(그러죠. 감사합니다.)

데메 수 마노.(손을 줘 봐요.)

코모?(네?)

수 마노.(손요.)

그가 손을 내밀자 여자는 그 손을 잡아 손바닥을 위로 향하게 뒤집어 두 손으로 꼭 쥐고 유심히 살폈다.

쿠안토스 아뇨스 티에네?(몇 살이죠?)

그는 스무 살이라고 했다.

탄 호벤.(아주 젊군요.) 여자는 손끝으로 그의 손바닥을 훑었다. 그러다 입술을 오므렸다. 아이 라드로네스 아키.(여기에 도둑이 있어요.)

엔 미 팔마?(제 손바닥에요?)

여자가 등을 젖히며 눈을 감고 깔깔 웃었다. 웃음에는 가벼운 열광이 어려 있었다. 메 예바 후다스. 노.(아이고 하느님. 그게 아녜요.) 여자가 절레절레 고개를 저었다. 얇은 꽃무늬 시프트 원피스 안에서 젖가슴이 흔들렸다. 여자의 이는 새하얗고 완벽했다. 아무것도 입지 않은 다리는 갈색이었다.

돈데 푸에스?(그럼 어디에요?) 그가 말했다.

여자는 아랫입술을 깨물고는 검은 눈으로 그를 유심히 보았다. 아키. 엔 에스테 푸에블로.(여기요. 이 마을에.)

아이 라드로네스 엔 토도스 라도스.(도둑이야 세상 어디에나 있죠.)

여자는 고개를 저었다. 멕시코에는 도둑이 사는 마을이 있고, 도둑이 살지 않는 마을이 있다고 했다. 그리고 그것은 합당한 합의에 의해 정해진다고 했다.

그가 여자에게 도둑이냐고 묻자 여자는 다시 깔깔깔 웃어댔다. 아이, 디오스 미오, 케 옴브레.(아, 맙소사, 이런 사람이 있

다니.) 여자가 그를 바라보았다. 키사스.(그럴 수도 있죠.) 여자
가 말했다.

그는 여자에게 만약 도둑이라면 어떤 물건을 훔치느냐고
물었지만, 여자는 빙그레 웃을 뿐 그의 손을 뒤집어 유심히
살폈다.

케 베?(뭘 보나요?)

엘 문도.(세계.)

엘 문도?(세계요?)

엘 문도 세군 우스테드.(당신의 세계.)

에스 히타나?(집시인가요?)

키사스 시. 키사스 노.(그럴 수도 있고, 아닐 수도 있죠.)

여자가 다른 쪽 손을 그의 손 위에 얹었다. 그리고 들판 너
머, 아이들이 말을 타고 있는 모습을 바라보았다.

케 비오?(뭐가 보였죠?)

나다. 노 비 나다.(아무것도. 아무것도 안 보였어요.)

에스 멘티라.(거짓말이죠.)

시.(네.)

그가 왜 본 것을 말해 주지 않느냐고 묻자 여자는 미소만
빙그레 지으며 고개를 저었다. 좋은 점괘가 전혀 없더냐고 묻
자 여자는 더욱 진지한 표정이 되어 고개를 끄덕이고 다시 그
의 손바닥을 위로 돌렸다. 여자는 그가 장수할 것이라고 말했
다. 엄지 아래쪽으로 둥글게 뻗은 손금을 여자가 손가락으로
더듬었다.

콘 무차 트리스테사.(하지만 슬픔이 많은 삶이로군요.)

바스탄테.(꽤 많죠.) 여자는 슬픔 없는 삶은 없다고 했다.

페로 우스테드 아 비스토 알고 말로. 케 에스?(하지만 뭔가 불길한 것을 보았잖아요. 그게 뭐죠?)

여자는 자신이 본 것이 무엇이든, 그것이 좋은 것이든 나쁜 것이든 아무 도움도 되지 않는다고, 하느님의 뜻에 따라 그도 모든 것을 알게 될 것이라고 말했다. 그리고 고개를 살짝 기울여 그를 유심히 바라보았다. 마치 그가 순발력만 있다면 꼭 물을 질문을 기다리고 있다는 듯. 하지만 그는 무슨 질문을 해야 할지 몰랐고, 그 순간은 삽시간에 지나갔다.

케 노베다데스 티에네 데 미 에르마노.(내 형제에 관한 것은 없나요?)

쿠알 에르마노?(어느 형제?)

그는 미소 지었다. 그리고 형제는 하나뿐이라고 했다.

여자는 그의 손을 펴서 쥐었다. 하지만 쳐다보지도 않고 말했다. 에스 멘티라. 티에네 도스.(거짓말 말아요. 형제는 둘이에요.)

그는 고개를 저었다.

멘티라 트라스 멘티라.(거짓말 위의 거짓말.) 여자가 고개를 숙여 그의 손바닥을 유심히 살폈다.

케 베?(뭐가 보이죠?)

베오 도스 에르마노스. 우나 아 무에르토.(형제 둘. 한 사람은 죽었군요.)

그가 죽은 누이가 하나 있다고 말했지만 여자는 고개를 저었다. 에르마노. 우노 케 비베, 우노 케 아 무에르토.(형제예요. 하나는 살아 있고, 하나는 죽었어요.)

쿠알 에스 쿠알?(누가 살아 있고, 누가 죽었죠?)

노 사베스?(모르나요?)

노.(네.)

니 요 담포코.(니도 몰라요.)

여자가 그의 손을 놓고 일어나 들통을 집어 들었다. 그리고 말 위의 아이들을 다시 한번 바라보았다. 비 오는 밤을 밖에서 보내지 않고 집 안에서 보내서 다행이라고, 비는 친구가 되기도 하지만 배신하기도 한다고 했다. 또한 비는 하느님의 뜻에 따라 내리지만, 악마는 스스로 시간을 선택한다고, 악마가 찾는 사람은 자신 안에 어떤 어둠을 약간은 가지고 있는 이라고 했다. 마음은 스스로를 배신한다고, 사악한 자는 선한 자들에게서 감추어진 것을 보는 눈을 가지고 있을 때가 많다고 했다.

이 수스 오호스?(당신의 눈도요?)

여자가 고개를 젓자 검은 머리가 여자의 어깨를 쓸었다. 여자는 아무것도 보지 못했다고 했다. 그냥 재미로 본 것뿐이라고. 그리고 돌아서서 길을 향해 들판을 가로질렀다.

그는 종일 남쪽으로 나아가 저녁에 카사스 그란데스를 지나, 3년 전 동생과 함께 갔던 길을 따라 남쪽으로 향했다. 어스름 속에 검게 물드는 폐허를 지나, 쏙독새가 여전히 사냥하는 고대의 운동장을 지나. 다음 날 그는 산 디에고 아시엔다에 도착해 강가의 옛 미루나무 숲에 말을 멈추었다. 그런 뒤 판자 다리를 가로질러 농장으로 갔다.

무뇨스 씨네 집은 텅 비어 있었다. 방마다 돌아다녔지만 가구는 하나도 보이지 않았다. 성모상이 있던 벽감에는 오래된 잿빛 밀랍 촛농이 먼지에 뒤덮인 회반죽 위에 고여 있을 뿐이었다.

그는 문가에 서 있다 밖으로 나와 말에 올라 건물들을 지나 대문으로 들어갔다.

안뜰에서 바구니를 짜고 있던 노인은 그들이 떠났다고 했다. 어디로 갔느냐고 물었지만 노인은 목적지라는 개념 자체를 잘 모르는 듯했다. 노인은 세상을 가리키며 크게 손짓했다. 그는 말 위에 앉아 안뜰을 바라보았다. 낡은 자동차. 스러져가는 건물들. 창틀 없는 창문에 올라앉은 암컷 칠면조. 노인은 다시 고개 숙여 바구니를 짰고, 그는 인사한 후 말 머리를 돌려 짐말을 끌고 높은 아치 대문과 노동자 숙소를 지나 언덕을 내려가 다시 다리를 건넜다.

이틀 후 그는 라스 바라스를 지나 라 보키야를 향해 동쪽으로 방향을 틀었다. 그곳 길에서 그와 그의 동생은 호수에서 나온 아버지의 말들이 물방울을 뚝뚝 떨구며 길로 들어서는 것을 처음 보았더랬다. 고원지대에 오랫동안 비가 내리지 않아 길에서 흙먼지가 거치적거렸다. 마른 바람이 북쪽에서 불어왔다. 호수 너머 머나먼 평원 바비코라에서 먼지가 뭉게뭉게 피어올랐다. 저녁에는 커다란 붉은 와코 비행기가 서쪽에서 날아와 맴을 돌다 숲 사이로 내려앉았다.

그가 평원에서 야영하며 피운 자그마한 모닥불이 바람 탓에 대장간 화덕처럼 끌어올라 바싹 마른 가지들을 집어삼켰다. 그는 타오르는 모닥불을 바라보고 또 바라보았다. 남쪽으로 달아난 불꽃이 어둠 속의 고함처럼 바스러져 사라졌다. 다음 날 그는 바비코라와 산타 아나 데 바비코라를 지나 나미키파를 향해 북쪽으로 길을 잡았다.

마을은 강 위쪽 절벽에 세워진 광산촌에 지나지 않았다. 그는 마을 아래쪽 버드나무 숲 동쪽에 말들을 매어 두고 강에서 먹을 감고 옷을 빨았다. 아침에 마을로 향하는데 길을 따라 나아가는 결혼 행렬과 마주쳤다. 평범한 나무 카레타가 깃발로 장식되어 있었다. 방수 캔버스 천이 위태위태한 버드나무 장대에 묶여 신부를 햇볕으로부터 보호하고 있었다. 자그마한 잿빛 노새 한 마리가 비틀비틀 끌고 가는 수레에 신부는 홀로 앉아 일렁이는 차양 아래 양산을 활짝 펼쳐 들고 있었다. 수레 곁에는 검은색이나 회색 양복을 입은 사내들이 따라가고 있었는데, 수레가 그를 지나쳐 가자 신부가 고개를 돌려 길가의 말 위에 앉아 있는 그를 불길한 징조의 창백한 목격자인 양 바라보더니 십자가를 긋고는 다시 고개를 돌렸다. 행렬은 계속 나아갔다. 그는 나중에 마을에서 다시 수레를 보았다. 그 시간에 길에 먼지가 일지 않는다는 이유 하나 때문에 결혼식이 정오경에 끝났던 것이다.

그는 그들을 따라 마을로 들어가 좁은 흙길을 지나갔다. 주위에는 아무도 없었다. 그는 몸을 숙여 아무 문이나 두드리고 가만히 기다렸지만 아무도 나오지 않았다. 그가 등자에서 발을 빼내 문을 쾅쾅 걷어차자 빗장이 제대로 걸려 있지 않았는지 문이 스르륵 열려 나지막한 어둠을 드러냈다.

올라.(여보세요.) 그가 외쳤다.

아무도 응답하지 않았다. 그는 좁은 길을 돌아보았다. 그리고 문 너머를 살펴보았다. 맞은편 벽의 접시 위에서 초가 타고 있고, 수의 차림의 노인이 야생화에 둘러싸인 채 받침대에 누워 있었다.

그는 말에서 내려 고삐를 놓고 나지막한 문으로 들어가 모자를 벗었다. 노인의 손은 가슴에 포개져 있고, 신발이 신겨 있지 않은 맨발은 발가락이 벌어지지 않도록 실로 묶여 있었다. 빌리는 어둠을 향해 나직이 소리쳤지만, 사실 그 집에 방이라고는 그 방 하나뿐이었다. 네 개의 빈 의자가 한쪽 벽에 세워져 있었다. 어디에나 고운 먼지가 쌓여 있었다. 뒷벽 높은 곳에 자그마한 창문이 하나 있어 그는 방을 가로질러 뒤뜰을 내다보았다. 기울어진 끌채가 달린 낡은 장의 마차와, 그 너머로 관이 보였다. 생나무 장대로 짠 관은 뒤뜰 맞은편 열려 있는 창고의 받침대에 놓여 있었다. 관 뚜껑이 창고 벽에 기대 세워져 있었다. 관과 뚜껑은 바깥쪽만 까맣게 칠해져 있을 뿐, 안쪽은 생나무 그대로였고 안감이 덧대져 있지도 않았다.

그는 고개를 돌려 차가운 판자 위의 노인을 바라보았다. 콧수염과 머리카락은 은빛이 도는 회색이었다. 가슴에 포개진 손은 크고 억세 보였다. 손톱은 깨끗하지 않았다. 피부는 검고 먼지투성이에, 맨발은 네모나고 울퉁불퉁했다. 노인이 입고 있는 양복은 좀 작아 보였으며, 심지어 이 고장에서도 더이상 보기 힘든 디자인이었다. 노인이 평생 동안 입었던 양복이 아닐까 싶었다.

그는 길가에서 종종 보았던, 데이지 모양의 자그마한 노란

꽃을 집어 들어 바라보다 다시 노인을 바라보았다. 방에서 밀 랍 냄새와 희미한 부패의 냄새가 감돌았다. 천연수지를 태운 후에 남는 희미한 향취. 케 노베다데스 아오라 비에호?(요즘 새 로운 소식은 없나요, 어르신?) 그는 말했다. 그리고 노인의 셔츠 주머니 단춧구멍에 꽃을 꽂고 밖으로 나가 문을 닫았다.

마을의 그 누구도 그 소녀가 어찌 되었는지 알지 못했다. 그 애의 어머니는 마을을 떠나고 없었고, 그 애의 언니는 오래 전에 멕시코시티로 가 버렸다. 그런 여자애들이 어찌 되었을 지 그 누가 알겠는가? 오후에 수레 위의 상자에 신랑 신부가 앉아 있는 결혼 행렬이 거리를 지나갔다. 흰 베일을 쓴 신부와 검은 양복을 입은 신랑이 앉은 수레가 북과 코넷의 연주에 삐 걱삐걱 음을 더했다. 신혼부부들은 두려움이 담긴 눈으로 얼 굴을 잔뜩 찌푸린 채 미소를 머금었다. 그네들 옷에 그려진, 창백한 뼈와 춤을 추는 이야기 속 인물들처럼 보였다. 기진하 여 쓰러져 잠든 동포들의 꿈과 꿈 사이를 건너듯, 희미한 덜걱 거림과 희박한 공포 속에서 새벽을 향해 죽어 가며 홀로 감당 해야 하는 돌이킬 수 없는 밤의 왼쪽에서 오른쪽으로 굼뜨게 옮겨 가듯 수레는 삐걱삐걱 나아갔다.

저녁에 사람들은 죽은 노인을 싣고 가 공동묘지의 기울어 진 낡은 판자 사이에 묻었다. 소박한 이곳 고지대에서는 비석 대신 판자를 썼다. 아무도 조문객 사이에 낀 구에로의 권리를 문제 삼지 않았고, 미국인은 그들에게 소리 없이 고개를 끄덕 인 다음 나지막한 집으로 들어갔다. 탁자에 차려진 음식은 대부분 이웃들이 그나마 가장 괜찮은 걸로 골라 가져온 것들이었다. 그가 타말레를 먹으며 벽에 기대어 서 있는데 한 여자가 다가와, 그 소녀를 찾는 것은 쉽지 않을 거라고, 그녀는 악명 높은 반디다(산적)가 되었다고, 많은 사람들이 그녀를 찾고 있다고 했다. 라 바비코라에서 그녀에게 현상금을 걸었다는 소문이 돈다고 했다. 그녀가 가난한 이들에게 은과 보석을 선물로 주었다는 소문이 있는가 하면, 그녀가 마녀나 악마라는 소문도 있다고 했다. 확실하지는 않지만 이그나시오 사라고사에서 살해당했다는 말도 떠돈다고 했다.

그는 여자를 유심히 바라보았다. 이 고장의 평범한 여자처럼 보였다. 불완전하게 염색된 엉성한 검은색 원피스. 검은 염색약은 손목에 시커먼 팔찌 모양을 여러 개 아로새겨 놓았다.

이 포르 케 메 디세 에스토 푸에스?(왜 제게 알려 주는 거죠?) 그가 말했다.

여자는 윗입술을 깨문 채 서 있었다. 마침내 말하길, 그가 누구인지 알기 때문이라고 했다.

이 키엔 소이?(내가 누구인데요?)

여자는 그가 구에리토의 형이라고 했다.

그는 벽에 기대고 있던 한쪽 발을 내리고는 여자와, 여자 너머의 조문객들을 바라보았다. 검은 옷을 입은 조문객들은 축제에 나온 죽음의 형상들처럼 일렬로 움직이며 탁자에서 음식을 집어 들었다. 그는 다시 여자를 바라보았다. 그리고 물었다. 동생이 어디에 있는지 아느냐고.

여자는 대답하지 않았다. 사람들의 움직임이 굼떠지더니 나지막한 애도 소리가 속삭임으로 사그라들었다. 서로에게 복을 비는 조문객들의 기원이 반복의 역사 속에 계속되다가 나무토막이 홈에 끼워지듯 뚝 그쳤다. 자물쇠의 회전판이나 낡은 기계의 나무 톱니바퀴가 맞물려 돌아가듯. 노 사베?(모르나요?)

노.(네.)

여자는 검지를 자기 입술에 댔다. 마치 침묵하라고 타이르듯. 그러다 그를 만지려는 듯 손을 뻗었다. 여자는 말했다. 그의 동생이 산 부에나벤투라의 공동묘지에 누워 있다고.

그가 밖으로 나와 고삐를 풀어 말에 올랐을 때는 사방이 깜깜했다. 그는 창문 너머로 비어져 나온 누르스름한 밀랍초 빛들을 지나, 자신이 왔던 남쪽을 향해 길을 되짚어 갔다. 첫 번째 언덕을 넘자 마을이 사라지고 별들이 머리 위 어둠 곳곳에서 바글거렸다. 꾸준한 말발굽 소리와 희미하게 바득대는 가죽과, 말이 내뿜는 숨소리 외에는 아무 소리도 들리지 않았다.

질문을 받아 주는 사람이면 누구에게든 질문을 하며 그는 몇 주를 나아갔다. 테모사치크의 산중 마을의 한 보데가에서 그는 북쪽에서 온 젊은 구에로에 대한 코리도를 처음으로 들었다. 펠로 탄 루비오. 피스톨라 엔 마노. 케 부스카스 호벤? 케 테 레반타스 탄 템프라노.(눈부신 금발. 손에는 권총을 쥐고. 젊은이여, 그대는 무엇을 찾고 있나요? 왜 이리 일찍 일어나나요?) 그는 코리데로(가수)에게 그 젊은이가 누구냐고 물었지만, 노랫말처럼 정의를 구하려는 젊은이인데 오래전에 죽었다는 답만을 들었다. 코리데로는 프렛이 달린 악기를 한 속에 쥐고 탁자에 놓인 술잔을 집어 들어 질문자에게 소리 없이 건배했다.

그러고는 코리도의 노랫말처럼 피로 물든 길을 나아가며 세계의 심장이 흘린 핏속에 자신의 삶을 새긴 모든 정의로운 이들을 추도하며 건배했다. 진지한 사람이라면 오직 그들의 노래만을 부른다고 했다.

4월 말 마데라에서 그는 말을 마구간에 넣어 두고 철도 너머 들판에 벌어진 축제에 걸어갔다. 산중 도시는 추위가 여전해 대기 중에는 제재소의 수지(樹脂)와 피논나무를 태운 연기가 그득했다. 들판에서는 호객꾼들이 허름한 텐트 안에 숨겨진 기적이나 만병통치약에 대해 외쳐 대고 있었다. 꼭대기에 조명이 달린 텐트는 그림이 그려진 채로 풀밭에 밧줄로 고정되어 있었다. 행상에게서 사과주를 한 잔 산 그는 마을 사람들의 검고 진지한 얼굴과 축제의 빛 아래 발화점처럼 보이는 검은 눈을 바라보았다. 여자애들이 손을 잡고 지나갔다. 순진하고도 대담하게 힐긋대며. 그는 그림이 칠해진 포장마차 앞에 섰다. 붉은색과 금색으로 장식된 연단에서 한 남자가 군중을 향해 소리쳤다. 로테리아(복권)의 인물들이 그려진 회전판이 포장마차 벽에 고정되어 있고, 몸에 착 달라붙는 붉은색 원피스에 검은색과 은색 볼레로 재킷을 걸친 여자애가 나무 연단 위에 서서 회전판을 돌릴 자세를 취하고 있었다. 연단 위의 남자가 여자애를 돌아보며 지팡이를 들어 올리자 여자애가 미소를 지으며 회전판을 위에서 아래로 당겼고, 회전판이 삐걱거리며 돌아갔다. 모든 사람이 그곳을 주시하고 있었다. 회전판 가장자리에 박힌 못이 가죽 멈추개를 타다닥 때리며 돌다 서서히 느려지며 멈추었고, 여자애가 군중을 향해 돌아보며 미소 지었다. 사회자가 다시 지팡이를 쳐들어 멈추개에 걸린 자리에 희미하게 그려진 인물을 외쳤다.

라 시레나.(세이렌.[53])

아무도 움직이지 않았다.

알기엔?(안 계신가요?)

사회자가 군중을 휘 둘러보았다. 사람들은 밧줄을 쳐서 임시로 만든 쿠아드라(홀) 안에 가만히 서 있었다. 복권 장수가 그들을 일종의 집단으로 규정하듯 그들을 향해 지팡이를 내밀었다. 검은 에나멜이 칠해진 지팡이의 꼭대기에 박힌 반신상 은장식은 사회자와 무척 닮아 있었다.

오트라 베스.(한 번 더.) 그가 소리쳤다.

사회자의 눈이 사람들을 훑었다. 그러다 가장자리에 홀로 서 있는 빌리에게 시선을 멈췄다 거두었다. 회전판이 삐걱대며 다소 휘청휘청 돌자 회전판 위의 인물들이 흐릿해졌다. 가죽 멈추개가 타다닥거렸다.

이가 없는 자그마한 사내가 가만가만 다가와 그의 바지 자락을 당겼다. 그리고 카드 더미를 부채 모양으로 펴 들었다. 물결무늬가 불가해한 상징처럼 카드 뒷면에 새겨져 있었다. 토메. 프론토, 프론토.(여기요. 빨리, 빨리.)

쿠안토?(얼마죠?)

에스타 리브레. 토메.(공짜예요. 어서요.)

---

53) 그리스 신화에 나오는 바다 요정. 아름다운 노랫소리로 지나가는 뱃사람을 홀려 배를 난파시켰다 한다.

그는 주머니에서 1페소 동전을 꺼내 내밀었지만 자그마한 사내는 고개를 저었다. 빌리는 회전판을 바라보았다. 타악다 악다악.

나다, 나다. 텡가 프리사.(공짜예요, 공짜. 서둘러요.)

회전판이 점점 느려졌다. 그는 카드를 한 장 뽑았다.

에스페레. 에스페레…….(멈춥니다. 멈춥니다…….) 사회자가 소리쳤다.

회전판이 마지막으로 나직이 탁 소리를 뱉고는 멈추었다.

라 칼라베라.(기사입니다.) 사회자가 소리쳤다.

그는 카드를 뒤집었다. 카드에는 기사가 그려져 있었다.

알기엔?(안 계신가요?) 사회자가 소리쳤다. 사람들이 서로서로 쳐다보았다.

그의 옆에 있던 자그마한 사내가 그의 팔꿈치를 움켜쥐고 쌕쌕거렸다. 로 티에네. 로 티에네.(여기예요. 여기.)

케 가노?(상품이 뭐죠?)

자그마한 사내는 성마르게 고개를 저었다. 그리고 카드를 쥔 그의 손을 높이 올리려 했다. 직접 보면 안다면서.

베르 케?(보다뇨, 뭘요?)

아덴트로. 아덴트로.(안에 있어요. 안에.) 자그마한 사내가 팔을 뻗어 카드를 낚아채 높이 쳐들었다. 그리고 소리쳤다. 아키. 아키 테네모스 라 칼라베라.(여기요. 여기 기사 카드가 있어요.)

사회자가 지팡이를 군중의 머리 너머로 조금씩 속도를 더하며 휘젓더니, 불현듯 은장식이 빌리와 바람잡이를 가리켰다.

테네모스 가나도르. 아델란테, 아델란테.(여기 당첨자가 있습니다. 이리 나와요, 이리.)

벵가.(어서 가요.) 바람잡이가 속삭였다. 그리고 빌리의 팔꿈
치를 당겼다. 하지만 빌리는 화려한 페인트 그림 사이로 괴로
운 옛 경험의 글자를 보았다. 오래전 그와 보이드가 산 디에고
아시엔다에 처음 들어섰을 때 연기 자욱한 안마당에 금도금한
바퀴를 달고 서 있던 유랑극단의 포장마차를 본 것이다. 차양
아래 누워 영원히 돌아오지 않을 사람과 말을 기다리던 아름
다운 여주인공 곁에 좌초되어 있던 길가의 포장마차. 그는 바
람잡이의 손을 뿌리쳤다. 노 키에로 베르.(보고 싶지 않소.)

시, 시.(예, 예.) 바람잡이는 못 들은 척했다. 에스 운 에스펙
타쿨로. 눙카 아 비스토 나다 코모 에스토.(대단한 구경거리이
고말굽쇼. 듣도 보도 못한 진기한 것입죠.)

그는 바람잡이의 가느다란 손목을 움켜쥐었다. 오이가, 옴브
레. 노 키에로 베를로, 메 엔티엔데?(이봐, 내 말 잘 들어. 나는 보
고 싶지 않아. 내 말 알겠어?)

바람잡이는 몸을 움츠리며, 강단 위에서 지팡이를 짚고 기
다리고 있는 사회자를 향해 어깨 너머로 절망적인 시선을 던
졌다. 모두들 빛의 가장자리에 서 있는 당첨자를 보기 위해
고개를 돌리고 있었다. 회전판의 여자애는 요염하게 서서 검
지를 뺨의 보조개에 대고 돌렸다. 사회자가 지팡이를 들어 쏠
듯이 저었다. 아델란테. 케 파소?(나오세요. 뭘 꾸물대시나?) 사
회자가 외쳤다.

그는 바람잡이를 밀치며 손목을 풀었지만 바람잡이는 쓰러
지기는커녕 오히려 그의 옆구리에 찰싹 붙어 손가락을 살짝

움직여 그의 옷을 움켰다. 그러고는 그의 귀에 대고 포장마차 안의 구경거리에 대해 쏙살거렸다. 사회자가 다시 소리쳤다. 모두가 기다린다고. 하지만 빌리는 이미 몸을 틀었고, 사회자는 마지막으로 한 번 더 불렀다. 그가 무슨 말을 하자 구경꾼들이 와자하게 웃으며 어깨 너머를 돌아보았다. 바람잡이는 절망적으로 바라타(벌레)를 붙잡은 채 서 있었지만, 사회자는 회전판을 한 번 더 돌리는 대신, 누가 무료입장할지 회전판 아가씨가 직접 고르겠다고 말했다. 여자애가 빙글빙글 웃으며 화장한 눈으로 얼굴들을 훑다 앞쪽의 남자애를 골랐지만 사회자가 너무 어려서 들어갈 수 없다고 하자 여자애는 입을 비쭉이며 무이 구아포(잘생긴) 남자면 그만 아니냐고 말했다. 그러더니 옷을 빌려 입은 듯 뻣뻣한 차림으로 앞에 서 있던 갈색 피부의 품팔이꾼을 고르고는 계단을 내려가 손을 내밀었다. 사회자가 표 다발을 꺼내 쥐자 사람들이 표를 사려고 우르르 몰려들었다.

그는 줄에 걸린 조명 아래를 지나 들판을 가로질러 말을 맡겨 둔 곳으로 가서 에스타블레로에게 돈을 내고 니뇨를 다른 짐승들 사이에서 끌어내 말 등에 올랐다. 그리고 물결치는 안개 속에서 타오르는 축제의 불빛을 돌아보고는 철도를 건너 마데라를 떠나 테모사치크로 이어진 남쪽 길을 나아갔다.

일주일 후 이른 새벽 날이 밝기 전 그는 다시 바비코라를 가로질렀다. 시원하고 고요했다. 개도 없었다. 타가닥타가닥 말발굽 소리뿐. 말과 말을 탄 이의 푸른 달그림자가 끊임없이 곤두박질치며 거리에 드리워졌다. 새로 뿌린 프레스노(재)로 뒤

덮인 북쪽 길 가장자리를 따라 부드러운 재를 밟으며 나아갔다. 새벽 어둠으로 고립된 평원에 솟은 검은 향나무. 검은 소. 떠오르는 새하얀 태양.

그는 해묵은 미루나무가 요정처럼 둥글게 서 있는, 풀이 무성한 시에네가에서 말들에게 물을 먹이고 담요로 몸을 말고 잠이 들었다. 깨어나 보니 웬 사내가 말 위에 앉아 자신을 지켜보고 있었다. 그는 일어나 앉았다. 사내가 미소를 지었다. 테코노스코.(구면이로군.)

빌리는 손을 뻗어 모자를 집어 들어 머리에 썼다. 네. 저도 알아보겠어요.

만데?(뭐라고?)

돈데 에스타 수 콤파녜로?(당신 친구는 어디 있죠?)

사내는 안장 머리에서 모호하게 한 손을 들었다. 세 무리오. 돈데 에스타 라 무차차?(죽었지. 여자애는 어디 있나?)

로 미스모.(마찬가지로 죽었죠.)

사내가 씩 웃었다. 그리고 하느님의 뜻은 헤아리기 어렵다고 말했다.

티에네 라손.(그러게요.)

이 수 에르마노?(동생은?)

노 세. 무에르토 탐비엔, 탈 베스.(몰라요. 아마 역시 죽었을 거예요.)

탄토스.(다들 가다니.)

빌리는 풀을 뜯고 있는 말을 바라보았다. 그는 권총을 넣어 둔 안장주머니를 베고 잤었다. 사내의 눈이 그의 눈길을 쫓았다. 죽음이 다른 이들을 선택했기에 남은 사람들은 죽음을 유예받을 수 있었다고 말하며 사내는 공모자처럼 미소를 지었다. 마치 동류를 만났다는 듯. 사내가 안장 머리에 두 손을 포갠 채 몸을 숙여 침을 뱉었다.

케 피엔사?(어떻게 생각하나?)

빌리는 그것이 질문인지 확실히 알 수 없었다. 그래서 사람은 다 죽게 마련이라고 말했다.

사내는 말 위에 앉아 그 말을 진지하게 가늠했다. 마치 보다 신중히 숙고해야 할 깊이가 담긴 말이라는 듯. 그리고 사람들은 죽음의 선택을 불가해한 것으로 여기지만 모든 행동에는 다음 행동이 뒤따르게 마련이고, 운명인 양 자기 스스로 죽음을 향해 발을 디디는 것은 어느 정도 사실이라고 했다. 게다가 죽음은 탄생과 동시에 정해진 것이고, 모든 방해를 넘어서 죽음을 향해 걸어가는 것이 삶이라는 것도 진실일 수밖에 없다고 했다. 이 두 가지 사고방식은 기실 한 가지이며, 가지 말아야 할 엉뚱한 곳에 가서 기묘하게 죽음을 맞는 것을 보면 아무리 죽음으로의 길이 구불구불 얼기설기 이어져 있어도 사람은 기어이 그 길을 찾아내고 만다고 했다. 사내가 빙그레 미소 지었다. 마치 죽음이 삶과 존재의 조건이자 그 결과물임을 이해한 듯한 말투였다.

케 피안사 우스테드?(어떻게 생각하나?)

빌리는 아까 말한 것 외에 달리 의견이 없다고 했다. 사람의 삶이 어딘가에 있는 책에 미리 쓰여 있든, 매일매일의 선택으로 결정되든 현실은 하나이고, 그 현실을 살아 내야 한다는 것에는 아무런 차이가 없다고 했다. 사람이 스스로의 삶을 결정한다는 것이 사실인 만큼이나 필연적으로 그러한 삶을 살게 된다는 것 또한 사실이 아니겠느냐고 했다.

비엔 디초.(옳은 말이네.)

사내가 저 너머를 바라보았다. 자신은 사람들의 생각을 읽을 수 있다고 했다. 빌리는 그러면 왜 두 번이나 어떻게 생각하느냐고 물었느냐고 말했다. 그리고 지금 자신이 무슨 생각을 하고 있는지 말해 보라고 했지만, 사내는 모든 생각은 다 매한가지라고 말할 뿐이었다. 그리고 여자 때문에 그 어떤 남자에게든 원한을 품고 있지는 않은데, 그것은 여자란 몰수되기 위해 걸어다니는 물건일 뿐이며, 진정한 남자라면 진지하게 여기지 않을 한낱 게임에 불과하기 때문이라고 했다. 그리고 창녀를 위해 살인을 하는 남자들을 전혀 높이 평가하지 않는다고 했다. 어쨌든 창녀는 죽었고, 세상은 잘 굴러가고 있죠. 빌리는 말했다.

사내는 다시 미소 지었다. 사내는 입 안에 물고 있던 무언가를 한쪽으로 굴려 이에 물고 빨다 도로 굴렸다. 그리고 모자에 손을 댔다.

부에노. 엘 카미노 에스페라.(좋았어. 길이 기다리고 있군.)

사내가 다시 모자에 손을 대고 박차를 가하여 앞뒤로 말을 몰았다. 말이 눈알을 희번덕이며 웅크리고 발을 구르다 나무 사이를 빠르게 달려 길로 들어서더니 이내 시야에서 사라졌다. 빌리는 안장주머니를 열어 권총을 꺼내 탄창을 젖혀 총알을 확인하고 공이치기를 젖히고는 오랫동안 가만히 앉아 귀를 기울인 채 기다렸다.

　7주 만에 처음 본 신문 날짜에 따르면 5월 15일에 그는 카사스 그란데스에 다시 도착해 마구간에 말을 맡기고 카미노 렉토 호텔에 방을 잡았다. 아침에 일어나 타일이 깔린 복도를 지나 욕실로 갔다. 다시 돌아온 그는 아침 햇살이 낡은 카펫의 거친 올에 떨어지는 창가에 서서, 아래쪽 정원에서 들려오는 여자애의 노랫소리를 들었다. 여자애는 누에세스(호두)인지 피칸 열매인지가 수북이 쌓인 하얀 캔버스 천 위에 앉아 있었다. 꿇어앉은 무릎께에 납작한 돌이 놓여 있었고 여자애는 노래를 부르며 돌방망이로 피칸 열매를 부수었다. 검은 머리카락을 손 주위로 베일처럼 드리운 채 몸을 숙여 일하며 노래했다.

　푸에블로 데 바치니바(바치니바 마을)
　아브릴 에라 엘 메스.(때는 4월이었지.)
　히네테스 아르마도스(무장한 이들 여섯이)
　예가론 로스 세이스.(말을 타고 왔다네.)

　여자애는 돌과 돌 사이에 열매를 넣어 껍질을 깨고 씨앗을 골라 옆의 단지에 넣었다.

　시 테니아 미에도(그는 두려워했을지 모르나)
　노 세 레 베이아 엔 수 카라.(그 얼굴에는 두려움이 없었지.)
　쿠안토스 바얀 예간도(많은 이들이 왔지만)
　엘 구에리토 레스 에스페라.(금발은 홀로 맞았네.)

여자애는 섬세한 손가락으로 씨앗을 껍질 사이에서 골라냈다. 절묘하게 갈라진 반구형 씨앗 안에는 자신을 길러 준 나무의 모든 특징이, 훗날 자신이 자라 이루게 될 나무의 모든 특징이 적혀 있다. 여자애는 두 연을 반복해서 노래했다. 그는 셔츠를 입고 모자를 쓰고 계단을 내려가 안뜰로 나갔다. 그가 자갈을 밟으며 다가가자 노래가 뚝 그쳤다. 그는 모자에 손을 대고 인사했다. 여자애가 고개를 들어 미소를 지었다. 열여섯 정도로 보였다. 매우 아름다웠다. 그는 방금 부른 코리도의 나머지 가사를 아느냐고 물었고, 여자애는 모른다고 했다. 그저 오래된 코리도일 뿐이라고. 매우 슬픈 노래로, 끝부분에서 구에리토와 그의 노비아(신부)가 탄약이 떨어져 서로의 품에 안겨 죽는다고 했다. 그리고 파트론(지주)의 부하들이 사라지자 마을 사람들이 나와 구에리토와 노비아를 비밀 장소로 데려가 묻고, 자그마한 새들이 날아오르는 것으로 노래가 끝나는데 정확한 가사는 기억나지 않는다고, 자기 노랫소리가 들렸다니 부끄럽다고 했다. 그는 미소 지었다. 그리고 목소리가 무척 곱다고 말하자 여자애가 고개를 돌리고 혀를 찼다.

그는 안뜰 너머 서쪽 산맥을 바라보았다. 여자애가 그러는 그를 유심히 살펴보았다.

데메 수 마노.(손 좀 줘 보세요.) 여자애가 말했다.

만데?(네?)

데메 수 마노.(손 좀 줘 보세요.) 여자애가 주먹 쥔 손을 들어 보였다. 그가 웅크리고 앉아 손을 내밀자 여자애는 껍질을 깐 열매를 한 줌 집어 그의 손 위에 자신의 손을 포개고는, 이것이 비밀 선물이며 다른 사람이 엿볼지도 모른다는 듯 주위를 둘러보았다. 안달레 푸에스.(어서요.) 여자애가 말했다. 그는 감사 인사를 하고 일어나 안뜰을 도로 가로질러 방으로 돌아갔다. 다시 창밖을 내다보니 여자애는 사라지고 없었다.

다음 며칠 동안 그는 바비코라의 고지대를 돌아다녔다. 밤이면 비바람을 가려 줄 습지대에서 모닥불을 피웠고, 때때로 초지로 걸어 나가 세계의 고요 속에 누워 불타는 창공을 뜯어보았다. 그리고 모닥불로 돌아가서는 종종 보이드에 대해 생각했다. 바로 이런 곳에서 밤에 모닥불 가에 앉아 있던 동생을. 바하다의 땅 속에 숨어 작열하는 불은 마치 어둠 속으로 비밀리에 설핏 새어 나온 지구의 불타는 핵 같았다. 그는 자신이 과거가 전혀 없는 사람처럼 느껴졌다. 오래전 죽어, 과거도 찬란한 미래도 없는 다른 존재가 되어 버린 것만 같았다.

말을 타고 가다 이따금 고지대 초지를 가로지르는 바케로 무리와 마주치기도 했는데, 그들은 산을 능숙하게 오르는 노새를 타고 있거나 소들을 몰고 갔다. 밤이면 산중 추위가 매서웠지만 그들에게는 얇은 옷과, 잠잘 때 몸을 감쌀 서라피 한 장이 전부였다. 그들은 바비코라에서 기르는 얼굴이 하얀 소들을 마스카레냐스라고 불렀고, 그들 자신은 백인 밑에서 일하기에 아그링가도스라고 불렀다. 그들이 관습대로 편안하게 말 위에 앉아 가파른 비탈을 소리 없이 일렬로 나아가 풀이 무성한 고지대 베가(평원)를 향해 고개를 넘으면 나지막이 걸린 태양은 안장 머리에 묶인 양철 컵을 긁어 댔다. 밤에는 산속에서 타오르는 그들의 모닥불이 보였지만 그는 결코 그들에게로 가지 않았다.

어느 날 해 지기 직전 그는 길에 들어서서 서쪽으로 길을 잡았다. 쩍 벌어진 드넓은 앞쪽 계곡에서 타오르던 붉은 태양이 비스러지며 진홍빛으로 물든 하늘에 차츰차츰 빨려들었다. 어둠이 내릴 무렵 멀리 초원의 어느 집에서 노란 불이 하나 반짝였다. 비막이 판자로 지은 자그마한 오두막이 나오자 그는 말을 세우고 소리쳤다.

사내가 문에서 나와 현관에 섰다. 키엔 에스?(누구요?)

운 비아혜로.(길 가던 나그네입니다.)

쿠안토스 손 우스테데스?(몇이나 되오?)

요 솔로.(혼자입니다.)

부에노. 데스몬테. 파살레.(좋아요. 들어와요. 어서.)

그는 말에서 내려 고삐를 현관 기둥에 묶고 계단을 올라 모자를 벗었다. 사내는 문을 잡고 있다 뒤따라 들어와서는 문을 닫고 난로를 턱으로 가리켰다.

그들은 앉아 커피를 마셨다. 사내의 이름은 키하다로, 서부 소노라에서 온 야키 인디언이었다. 보이드더러 부모님의 말을 말들 사이에서 골라 내 데려가라고 했던 바로 그 바비코라의 나우에리치크 담당 헤렌테였다. 사내는 산속을 떠돌아다니는 고독한 구에로를 이미 보고 알구아실더러 체포하지 말라고 일러 둔 터였다. 사내는 그가 누구이며, 왜 왔는지 안다고 했다. 그리고 의자에 등을 기댔다. 컵을 들어 마시고 난롯불을 바라보았다.

우리 말을 돌려주셨던 바로 그분이군요.

사내는 고개를 끄덕였다. 그리고 상체를 내밀어 빌리를 바라보더니 다시 난롯불을 바라보았다. 그의 손에 들린, 손잡이 없는 두꺼운 도자기 컵은 화학자의 회반죽 같았다. 사내는 팔꿈치를 무릎에 괴어 양손으로 컵을 쥐고 있었다. 빌리는 사내가 무슨 말을 더 하리라 생각했지만 그는 아무 말도 하지 않았다. 빌리는 커피를 마시고 컵을 쥔 채 앉아 있었다. 난롯불이 타닥거렸다. 바깥 세계는 온통 고요하기만 했다. 제 동생은 죽었나요?

그래.

이그나시오 사라고사에서요?

아니. 산 로렌소에서.

여자애도요?

아니. 잡혀갈 때 온통 피투성이인 채로 쓰러져서 사람들은 여자애도 총을 맞았나 보다고 생각했지만, 여자애는 괜찮았어.

그 애는 어찌 되었나요?

모르겠네. 아마 가족에게로 돌아갔겠지. 아직 어린애니.

나미키파에서 그 애에 대해 알아봤는데, 어디 있는지 아무도 모르더군요.

나미키파 사람들은 절대 말해 주지 않을 거네.

제 동생은 어디 묻혔죠?

부에나벤투라에.

비석이 있나요?

판자가 있지. 사람들의 인기를 한몸에 받았어. 유명인사였지.

그 애는 라 보키야에서 망코를 죽이지 않았어요.

알고 있네.

제가 거기 있었어요.

그래. 그런데 그 애가 갈레아나에서 두 사람을 죽였네. 왜 그랬는지는 아무도 몰라. 라티푼디오(대지주) 밑에서 일하는 사람들도 아닌데. 하지만 그중 한 명의 형제가 페드로 로페스의 친구였지

알구아실 말이군요.

그래, 그 알구아실.

빌리는 언젠가 한 번 산속에서 그와 그 무리를 본 적이 있었다. 황혼 속에 산등성이를 셋이서 내려오고 있었다. 허리에 짧은 검을 찬 알구아실은 아무에게도 대꾸하지 않았다. 키하다가 의자에 도로 몸을 기대고 다리를 꼬았다. 컵은 무릎에 놓여 있었다. 그들은 난롯불을 바라보았다. 마치 무엇인가가 그 안에서 달구어지고 있다는 듯. 키하다가 컵을 들어 마셨다. 그리고 다시 컵을 내려놓았다.

바비코라에는 라티푼디오가 있지. 허스트 씨가 모든 부와 힘을 갖고 있네. 그리고 누더기 차림의 캄페시노(농부)가 있지. 어느 쪽이 더 셀 것 같나?

잘 모르겠습니다.

그는 이제 바람 앞의 촛불 신세야.

허스트 씨가요?

그래.

그럼 왜 바비코라에서 일하시죠?

돈을 주니까.

소코로 리베라가 누구죠?

키하다가 손가락에 낀 금반지로 컵 가장자리를 나직이 두드렸다. 소코로 리베라는 대지주에 반대하는 농부들을 모아 조직화하려고 했지. 그러다 5년 전에 구아르디아스 블랑카스에 의해 라스 바리타스라는 파라헤(지역)에서 다른 두 사람과 함께 살해당했네. 크레센시오 마시아스와 마누엘 히메네스와 함께 말이야.

빌리는 고개를 끄덕였다.

멕시코의 영혼은 아주 오래되었지. 멕시코의 영혼을 안다고 주장하는 이는 거짓말쟁이가 아니면 머저리야. 아니면 둘 다이거나. 양키한테 다시 배신당한 지금 멕시코인들은 자신의 인디언 혈통을 주장하느라 안달하지. 하지만 우리는 그걸 원치 않아. 특히 야키 인디언들은. 우리 야키 인디언들은 기억력이 아주 좋거든.

그렇겠지요. 우리가 말을 데리고 떠난 후 제 동생을 다시 본 적이 있나요?

아니.

동생 일은 어떻게 아시죠?

그 애는 현상수배됐었어. 달리 갈 데가 없으니 결국 카사레스한테 보호를 청했지. 적의 적한테 간 거지.

그 애는 겨우 열대여섯 살이었어요.

나쁘지 않군.

그들이 잘 보호해 주지 않았던 거군요. 그렇죠?

그 애는 보호받는 걸 원치 않았어. 총을 쏘고 싶어 했지. 좋은 적을 만들어 주는 것은 좋은 친구를 만들어 주는 것이기 도 하지.

아직도 허스트 씨 밑에서 일하나요?

그래.

사내가 고개를 돌려 빌리를 바라보았다. 난 멕시코인이 아니야. 그러니 의리를 지키거나 의무감을 가질 까닭이 없지. 나에겐 다른 것들이 있어.

직접 보았다면 쏘셨을까요?

자네 동생 말인가?

네.

그래야 한다면 그랬을 거야.

아마도 아저씨 커피를 마셔서는 안 될 것 같군요.

그런 것도 같군.

그들은 오래도록 앉아 있었다. 마침내 키하다가 상체를 숙여 자기 컵을 내려다보았다. 그 애는 고향으로 갔어야 했어.

네.

왜 안 갔지?

저도 모르겠어요. 아마도 여자애 때문이었겠죠.

그 애가 따라가지 않았을까?

따라갔을 것 같아요. 하지만 우리는 돌아갈 집이 없었죠.

어쩌면 그 애를 보호했어야 할 사람은 바로 자네가 아니었을까 싶군.

보호하기가 쉽지 않았어요. 아저씨도 그렇게 말했잖아요.

그래.

코리도에서는 뭐라고 해요?

키하다는 고개를 저었다. 코리도는 모든 것을 이야기하지만, 아무것도 이야기하지 않기도 하지. 구에리토 노래는 오래전부터 있었어. 자네 동생이 태어나기도 전부터.

제 동생이 그 노래의 주인공이 아닌가요?

주인공이 맞네. 그 노래는 사람들의 소망을 담고 있지. 그리고 그럴싸한 이야기도. 코리도는 가난한 자의 역사야. 역사의 진실에는 충실하지 않지만 사람의 진실에는 충실하지. 그노래는 모든 사람이기도 한 한 사람의 이야기를 하고 있어. 두사람이 만나면 둘 중 하나가 될 수밖에 없다고 코리도는 믿고 있지. 하나는 거짓말이 생기는 것이고, 나머지 하나는 죽음이 생기는 것이지.

죽음이 진실이라는 말처럼 들리네요.

그래. 죽음이 진실이라는 말 같군. 키하다가 빌리를 바라보았다. 설령 노래 속의 구에리토가 자네 동생이라 해도 그는 더이상 자네 동생이 아니네. 동생을 되찾을 수는 없어.

동생을 데리고 돌아갈 거예요.

허가를 못 받을 거네.

누구를 찾아가야 하죠?

찾아가야 할 사람은 없네.

그래도 누군가가 있다면 말예요.

하느님에게 호소할 수 있겠지. 하지만 다른 방법은 없네.

빌리는 고개를 저었다. 그리고 컵의 하얀 테두리 속에서 찰랑이는 자신의 검은 얼굴을 바라보았다. 잠시 후 고개를 들었다. 그리고 난롯불을 바라보았다. 하느님을 믿나요?

키하다는 어깨를 으쓱했다. 믿음이 있는 날에는.

인생이 어디로 흘러갈지는 아무도 몰라요. 안 그런가요?

그렇지.

기대한 것과는 전혀 다르게 흘러가죠.

키하다는 고개를 끄덕였다. 사람이 자기 삶을 미리 안다면 얼마나 많은 이들이 그렇게 살겠다고 선택할까? 사람들은 앞날에 대해 이야기하지. 하지만 앞날이란 없어. 하루하루는 그저 과거에 의해 정해지는 거네. 세계는 그 결과에 놀라지. 심지어 하느님마저도.

우리는 말을 되찾으려고 여기로 온 거예요. 나와 내 동생 말예요. 그 녀석은 사실 말에는 관심도 없었지만, 멍청한 나는 그걸 깨닫지 못했죠. 동생에 대해 아무것도 몰랐어요. 그런데도 잘 안다고 생각했죠. 하지만 녀석이야말로 나에 대해 잘 알았을 거예요. 그 애를 데려가 고향 땅에 묻어 주고 싶어요.

키하다가 커피를 완전히 들이켜고 컵을 무릎에 엎어 쥔 채 앉아 있었다.

좋은 생각이 아니라고 생각하시는군요.

몇 가지 문제에 부딪히겠구나 하고 생각했지.

그뿐만이 아니잖아요.

그래.

지금 묻혀 있는 자리가 제 동생한테 가장 맞는 곳이라고 여기시잖아요.

죽은 자에게 국적이란 무의미하다고 보네.

그래요. 하지만 남은 혈육들은 그렇지 않죠.

키하다는 대답하지 않았다. 그러다 한참 후 몸을 움직였다. 상체를 숙였다. 도자기 컵을 손바닥 위에 들어 올려 유심히 살펴보았다. 세계에는 이름이 없지. 세로(언덕)와 시에라와 사막의 이름은 오직 지도상에만 존재해. 우리는 길을 잃지 않기 위해 이름을 붙이지. 하지만 우리는 이미 길을 잃었기 때문에 이름을 붙이는 거라네. 세계는 결코 잃을 수 없어. 우리가 바로 세계야. 이름과 좌표는 바로 우리 자신의 이름이기에 그걸로는 우리를 구할 수 없어. 우리의 길을 찾아줄 수도 없고. 자네 동생은 세계가 그를 위해 선택해 준 자리에 있네. 마땅히 있어야 할 곳에 있는 거지. 하지만 그곳은 자네 동생이 스스로 선택한 곳이기도 해. 무시해선 안 될 운명이지.

잿빛 하늘, 잿빛 땅. 그는 비에 젖은 몸으로 구부정한 말 위에 구부정히 앉아 산중의 모래 섞인 진창길을 종일 나아갔다. 돌풍에 휘말린 빗줄기가 앞길을 유린하며 그의 비옷을 두들기고 지나온 길의 말발굽 자국을 지워 갔다. 저녁에 지구의 곡면과 지구의 날씨를 가늠하며 구름장 위 높이 날아가는 두루미의 울음이 다시 들려왔다. 새들의 금속 눈은 하느님이 정해 준 길에 맞춤했다. 홍수에 잠긴 새들의 심장.

그날 저녁 산 부에나벤투라에 들어선 그는 줄기가 하얗게 칠해진 나무들 사이로 웅덩이가 고인 알라메다와 새하얀 낡은 교회를 지나 가예고로 가는 옛길에 접어들었다. 비는 그쳤지만 알라메다의 나무들과 높다란 흙집의 카날레(처마)에서 빗방울이 뚝뚝 떨어졌다. 나지막한 구릉지를 통해 가예고의 동쪽으로 뻗은 길은 소도시에서 1.4킬로미터 떨어진 단구에 자리한 공동묘지에 이르렀다.

그는 큰길에서 벗어나 진창길을 터벅터벅 나아가 목제 대문 앞에서 말을 멈추었다. 무너진 것이나 다름없는 나지막한 토담으로 둘러싸인 공동묘지의 황량하고 드넓은 벌판에는 가시나무와 굴러다니는 돌이 가득했다. 그는 말을 세우고 황야를 둘러보았다. 그러다 고개를 돌려 짐말을 바라보고는, 서쪽에서 낙하하는 저녁 햇살과 잿빛 비구름을 바라보았다. 바람이 골짜기를 타고 내려왔다. 그는 말에서 내려 고삐를 놓고 대문을 지나쳐 자갈투성이 거친 벌판을 가로질렀다. 갈까마귀 한 마리가 고사리 숲에서 날아올라 바람을 타고 멀어지며 가늘게 까악까악댔다. 나지막한 표지판과 십자가 사이에 붉은 사암 고인돌이 서 있는 황야는 마치 저 너머 푸른 산맥과 그 자락의 언덕들로 둘러싸인, 아득히 먼 과거의 유적지 같았다.

대부분의 무덤은 아무 표시도 없이 돌무더기가 쌓여 있는 게 다였다. 어떤 곳에는 판자 두 개를 못으로 고정하거나 철사로 감아 만든 조악한 나무 십자가가 꽂혀 있었다. 사방에 흩어져 있는 자갈은 돌무더기에서 굴러 나온 잔해였다. 붉은 고인돌만 빼면 전투 후에 전사자들을 묻은 곳처럼 보였다. 야생의 거친 풀들을 휩쓰는 바람 소리 말고는 아무 소리도 들리지 않았다. 이끼가 시커멓게 덮인 석판과 표지판과 무덤 사이를 구불구불 감아도는 좁고 불확실한 오솔길을 따라 그는 걸어갔다. 중간쯤 갔을 때 가지 친 나무 같은 붉은 돌기둥이 보였다.

그의 동생은 남쪽 담장 바로 밑 나무판자로 만든 십자가 아래에 묻혀 있었다. 십자가에는 불에 달군 못으로 팔 엘 24 데 페브레로 1943 수스 에르마노스 엔 아르마스 데디칸 에스 테 레쿠에르도 D. E. P.(1943년 2월 24일에 사망하다. 그의 무장한 형제들이 추모하다. 평화로이 잠들길.)라고 새겨져 있었다. 한 때 화환을 이루고 있었을 녹슨 철사 고리가 십자가에 기대어 져 있었다. 이름은 적혀 있지 않았다.

그는 웅크리고 앉아 모자를 벗었다. 남쪽에서 축축이 젖은 쓰레기 더미에서 피어난 검은 연기가 시커먼 먹구름을 향해 솟았다. 이곳의 황량함은 아름다운 그 무엇이었다.

그가 부에나벤투라로 다시 돌아왔을 때는 사방이 컴컴했다. 그는 교회 문 앞에서 말에서 내려 안으로 들어가 모자를 벗었다. 제단의 자그마한 초 서너 개가 드리운 꺼질 듯한 빛 속에서 고독한 형체 하나가 무릎 꿇고 기도하고 있었다. 그는 통로를 걸어갔다. 헐렁해진 바닥 타일이 부츠 아래에서 따그락거렸다. 그는 몸을 숙여, 기도하는 이의 팔을 건드렸다. 세뇨라.(아주머니.)

여자가 고개를 들었다. 주름진 검은 얼굴은 더욱 검은 레보소 자락에 가려 거의 보이지 않았다.

돈데 에스타 엘 세풀투레로?(장의사는 어디에 있습니까?)

무에르토.(죽었다오.)

키엔 에스타 엥카르가도 델 세멘테리오?(누가 묘지를 관리하지요?)

디오스.(하느님께서.)

돈데 에스타 엘 사세르도테.(신부님은 어디 계시죠?)

세 푸에.(떠났다오.)

그는 어둑한 교회를 둘러보았다. 여자는 또 다른 질문을 기다리는 듯했지만 그는 더 이상 뭐라고 물어야 할지 알 수 없었다.

케 키에레, 호벤?(뭘 찾으시오, 젊은이?)

나다. 에스타 비엔.(아닙니다. 괜찮습니다.) 그는 여자를 내려다보았다. 포르 키엔 에스타 오란도?(무엇을 위해 기도하십니까?)

여자는 그저 기도할 뿐이라고 했다. 기도하는 이에게 어떤 운명을 내릴지는 전적으로 하느님에게 맡긴다고. 모두를 위해 기도한다고. 그를 위해서도 기도하겠다고.

그라시아스.(감사합니다.)

노 푸에도 아세를로 데 오트로 모도.(기도밖에 다른 수가 없잖소.)

그는 고개를 끄덕였다. 그는 그녀를, 멕시코의 이 늙은 여인을 잘 이해했다. 자신의 기도와 순종으로는 달랠 수 없었던 피와 폭력 속에 오래전 아들들을 잃은 여인. 그녀의 연약한 몸은 언제나 이 땅에 있었으며, 그녀의 조용한 번민 역시 언제나 이 땅에 있었으니. 교회 담 너머에서 밤은 철갑상어의 비늘과 깃털로 덮인 천 년 공포를 품고 있었다. 전쟁과 고문과 절망의 가장 극심한 피해자인 아이들 위로 그 공포가 들이닥치지 않았다면 늙은 여인은 이 땅에 계속 존재할 수 없었으리라. 결국 이 잔혹한 역사는 씨앗 염주를 늙은 손으로 옮긴 채 몸을 숙여 중얼거리는 이 자그마한 여인으로 헤아려질지니. 단호하고 엄숙하며 무자비한. 바로 그러한 하느님 앞에서.

다음 날 아침 일찍 그가 떠날 때 비는 그쳐 있었지만 구름은 아직 물러나지 않아 우중충한 잿빛 하늘 아래 대지 역시 우중충했다. 남쪽에 시에라 델 니도의 거친 봉우리가 구름 사이로 어렴풋이 나타났다가 도로 사라졌다. 그는 나무 대문 앞에서 말에서 내려 짐말의 다리를 느슨하게 묶고 삽을 빼낸 뒤 다시 말에 올라 삽을 어깨에 메고 오솔길을 따라 자갈밭을 나아갔다.

묘지에 이르자 그는 말에서 내려 삽을 던지고 안장주머니에서 장갑을 꺼내고는 잿빛 하늘을 쳐다보았다. 그런 후 안장을 벗기고 다리를 느슨하게 묶어 말이 자갈 사이에 돋은 풀을 뜯도록 두었다. 그리고 몸을 돌려 웅크리고 앉아 자갈 사이에 헐렁하게 꽂힌 부서질 듯한 나무 십자가를 흔들어 빼냈다. 내던져질 때 쇠못에 부딪혀 흠터가 생긴 조잡한 삽은 대장간에서 이어 붙인 팰로버디 장대 자루와 삽날의 이음매가 조악하기 짝이 없었다. 그는 삽을 들어 무게를 어림해 보고는 다시 하늘을 바라보다 몸을 숙여 동생의 관을 덮은 돌무더기를 퍼내기 시작했다.

한참을 돌을 폈다. 그는 모자를 벗었고, 잠시 후에는 셔츠를 벗어 담에 걸어 놓았다. 정오경이 되자 1미터쯤 땅이 파였다. 그는 삽을 땅에 꽂고는 안장과 안장주머니를 두었던 곳으로 걸어갔다. 풀밭에 앉아 콩을 토르티야로 싸서 만든 도시락을 꺼내 먹고 캔버스 천을 덧댄 아연 물통에서 물을 마셨다.

아침 내내 길에는 버스 한 대 지나간 것이 다였다. 버스는 비탈을 느릿느릿 기어올라 동쪽의 가예고를 향해 협곡을 통과했다.

오후에 개 세 마리가 와서는 돌 시이에 앉아 지켜보았다. 그가 돌멩이를 집어 들자 개들이 머리를 황급히 숙이고 고사리 숲 사이로 사라졌다. 나중에 자동차가 한 대 달려와 묘지 입구 앞에서 멈추더니 두 여자가 오솔길을 따라 내려와 서쪽 구석으로 갔다. 차를 몰고 온 남자는 담 위에 앉아 담배를 피우며 빌리를 바라보았지만 말을 걸지는 않았다. 빌리는 무덤을 팠다.

오후도 중반이 지났을 무렵 삽날이 관에 닿았다. 어쩌면 땅 속에는 아무것도 없을지도 모른다고 생각했었는데. 그는 땅을 팠다. 관 뚜껑이 분명히 드러난 것은 막 해가 질 무렵이었다. 그는 관의 모서리를 따라 흙을 파 손잡이를 찾아 손을 더듬었지만 아무것도 만져지지 않았다. 관 전체가 분명히 드러날 때까지 흙을 파내고 나니 어스름이 짙어져 있었다. 그는 삽을 흙더미에 꽂고는 니뇨를 데리러 갔다.

안장을 얹은 말을 묘지로 끌고 가 밧줄을 꺼내 반으로 접어 안장에 감은 뒤 다른 쪽 끝을 관에 감아 삽날로 쳐내려 관 중간으로 옮겼다. 그리고 삽을 한쪽에 던지고는 무덤을 기어올라 말을 천천히 끌고 갔다.

밧줄이 팽팽해졌다. 그는 돌아보았다. 그리고 말을 다시 천천히 앞으로 몰았다. 구덩이의 관이 나직한 폭발음을 내더니 밧줄이 헐렁해졌다. 말이 멈추었다.

그는 구덩이로 갔다. 부서진 관 사이로 수의를 입은 보이드의 뼈가 보였다. 그는 흙바닥에 주저앉았다. 해는 이미 지고 없고 사방에 어둠이 짙어 갔다. 말이 밧줄 끝에 서서 기다렸다. 갑자기 한기를 느낀 그는 일어나 담으로 걸어가서 셔츠를 입고 돌아와 섰다.

그냥 구덩이를 도로 메우는 거야. 한 시간도 안 걸릴 거야.

그는 안장주머니로 걸어가 성냥갑을 꺼내 돌아와서 성냥에 불을 붙여 구덩이 위로 내밀었다. 관은 움푹 꺼져 있었다. 퀴퀴한 지하실 냄새가 시커먼 구덩이에서 피어올랐다. 그는 성냥을 흔들어 끄고는 말에게로 걸어가 밧줄을 풀어 둘둘 감으며 돌아와 바람 한 점 없는 푸른 어스름 속에 서서 북쪽 하늘을 바라보았다. 구름 아래 초저녁 별들이 반짝였다. 그래, 할 수 있어. 그는 말했다.

그는 관에서 밧줄을 빼내 흙더미에 얹었다. 그리고 삽을 집어 들어 부서진 쪽의 기다란 나무판을 삽날로 찍어 뜯어냈다. 그는 관에 대고 나무판을 탁탁 두드려 흙을 털고는 성냥으로 불을 붙여 땅에 비스듬히 꽂았다. 그리고 무덤 안으로 기어내려가 퍼덕이는 파리한 불빛 속에서 삽을 지렛대 삼아 뚜껑의 나무판을 완전히 뜯어냈다. 동생은 넝마처럼 썩어 가는 멍석 위에 언제나처럼 너무 큰 옷을 입고 누워 있었다.

말을 타고 묘지 입구로 나가 안장에서 내린 그는 남쪽을 떠도는 짐말을 발견하고 다시 말에 올라 짐말을 데려와 묘지 입구를 지나쳐 무덤으로 돌아갔다. 그는 말에서 내려 담요를 묶은 끈을 풀어 바닥에 담요를 활짝 펼쳤다. 바람 한 줄기 불지 않는 묘지의 무덤가에서 판자 횃불은 여전히 타오르고 있었다. 그는 구덩이로 내려가 유골을 모아 들고 밖으로 나왔다. 무게가 전혀 느껴지지 않았다. 뼈를 내려놓은 방수천을 접어 꾸러미로 묶으며 끝을 손잡이처럼 길게 빼는 그를 말은 가만히 바라보았다. 자갈 깔린 고속도로에서 비탈을 오르는 트럭의 신음 소리가 들려오더니 빛이 느릿느릿 황무지를 쓸어 황량한 돌더미들을 넘어가자 트럭이 파리한 어스름 속에서 동쪽으로 나아갔다.

무덤을 흙으로 도로 메우고 나니 자정이 다 되어 있었다. 그는 발로 흙을 다지고 돌멩이를 삽으로 떠 그 위를 덮고는, 담에 기대 놓았던 십자가를 돌무더기에 꽂은 뒤 십자가 밑동 주위로 돌멩이를 쌓아 넘어지지 않도록 했다. 진작 사위어 버린 나무 횃불의 시커먼 끄트머리를 집어 담 너머로 휙 던졌다. 삽 역시도 휙 던졌다.

그는 보이드를 들어 올려 짐받이용 나무 안장에 얹고 담요를 접어 말의 엉덩이에 싣고는 단단히 묶었다. 그리고 걸어가 모자를 집어 머리에 쓴 뒤 물병을 집어 안장 머리에 걸고는 말에 올라 말 머리를 돌렸다. 그는 한동안 가만히 앉아 마지막으로 주위를 둘러보았다. 그러다 다시 내렸다. 그는 무덤으로 걸어가 나무 십자가를 당겨 짐말의 안장 왼쪽에 묶고는 말에 도로 올라 짐말을 끌고 공동묘지를 가로질러 대문을 지나 길을 따라 내려갔다. 고속도로에 다다르자 그는 길을 가로질러 산타 마리아 강이 두 줄기로 갈라지는 곳을 향해 산야를 가로질렀다. 북극성을 오른쪽에 둔 채 나아가며 때때로 동생의 유골이 든 캔버스 방수천이 무사한지 돌아보았다. 자그마한 사막여우가 짖어 댔다. 이 나라의 늙은 신들이 그의 발자국을 좇아 어둠이 더해 가는 땅을 가로질렀다. 아마도 그의 이름을 허영의 오랜 장부에 올리고 있으리라.

이틀 밤이 지난 후 그는 카사스 그란데스를 그냥 지나쳐 소도시의 불빛이 차츰차츰 작아지도록 내버려 둔 채 서쪽으로 나아갔다. 구스만과 사비날에서 뻗어 나온 옛 길을 가로질러 카사스 그란데스강에 이른 뒤에는 강기슭에 연한 북쪽 오솔길을 따라갔다. 이른 아침 햇살이 제대로 익기 전에 그는 반쯤 버려지고 반쯤 폐허가 된 마을 코랄리토스를 가로질렀다. 집마다 사라진 아파치들에 대항하기 위한 총안이 뚫려 있었다. 벌거벗은 광재 더미가 하늘을 등지고 시커먼 화산인 양 돋아 있었다. 철도를 가로질러 마을 북쪽에서 나와 잿빛 여명 속에서 한 시간쯤 나아갔을 때 말을 탄 네 사람이 숲에서 튀어나와 말을 세웠다.

그는 고삐를 당겼다. 그들은 말없이 앉아 있었다. 그들이 탄 시커먼 말들이 그를 탐색하듯 코를 치켜들었다. 숲 너머로 납작하게 빛나는 강이 칼처럼 놓여 있었다. 그는 사내들을 유심히 살폈다. 움직인 것 같지 않았지만 왠지 더 가까워진 듯 보였다. 그들은 둘씩 무리 지어 있었다.

케 티에네 아야?(저건 뭐요?) 그들이 말했다.

로스 우에소스 데 미 에르마노.(내 동생의 유골이오.)

그들은 침묵 속에 앉아 있었다. 그중 한 명이 앞으로 말을 몰았다. 사내는 달려오며 길을 가로지르더니 다시 가로질렀다.

장난스럽게 허리를 곧추세운 채. 불길한 마장마술(馬場馬術)을 선보이듯. 팔이 닿을 만한 거리에서 말을 세운 사내는 손목을 안장 머리에 교차해 얹고서 상체를 숙였다.

우에소스?(유곤이라고?)

시.(그렇소.)

사내 너머 동쪽에서 새로이 빛이 돋으며 모자 아래 사내의 얼굴에 그림자가 졌다. 나머지 세 사내는 아직도 시커먼 어스름 속에 있었다. 사내가 허리를 곧추세우고 앉아 있다 그들을 돌아보았다. 그리고 다시 빌리를 바라보았다.

아브랄로.(열어 봐.)

노.(싫소.)

노?(싫어?)

그들은 가만히 앉아 있었다. 사내가 웃는 양 모자 아래 하얀 것이 번쩍였다. 하지만 기실 그는 자기 말의 고삐를 이로 물었던 것이다. 두 번째로 번쩍인 것은 사내가 옷 어디에선가 꺼내 든 칼이었다. 칼은 강 속 깊은 곳의 물고기처럼 아주 잠깐 몸을 뒤척여 빛을 사로잡았다. 빌리는 말의 오른쪽으로 뛰어내렸다. 반돌레로(강도)는 짐말의 밧줄을 잡았지만 짐말이 뒷걸음치다 주저앉자 말을 앞으로 몰아 칼로 밧줄을 끊었다. 짐말은 밧줄 끝에서 우왕좌왕했다. 동료들 몇이 웃어 대는 동안 사내는 짐말을 잡아당겨 밧줄을 자기 안장에 감고는 팔을 뻗어, 뼈를 감싼 방수천의 끈을 끊었다. 꾸러미가 바닥에 나뒹굴었다.

빌리는 안장주머니를 열어 권총을 꺼내려 했지만 니뇨가

몸을 돌려 발을 구르다 고개를 저으며 뒷걸음쳤다. 반돌레로가 짐말의 밧줄을 풀어 내던지더니 말에서 내렸다. 짐말은 머리를 돌려 총총히 달아났다. 사내는 땅 위의 꾸러미 위로 몸을 숙여 한쪽 끝에서부터 반대쪽 끝까지 끈이든 천이든 가리지 않고 칼로 한 번에 쭉 가르고는 위쪽 천을 젖혀 보이드의 가엾은 모습을 잿빛 여명 속에 드러냈다. 헐렁한 코트 차림으로, 가죽 같은 피부에 뼈가 도드라진 손을 가슴에 얹은 채 구멍 뚫린 얼굴을 치켜들고 있어 마치 냉담한 새벽에 매서운 추위에 시달리는 연약한 존재처럼 보였다.

이 망할 자식. 이 망할 자식. 빌리가 말했다.

에스 운 엥가뇨? 에스 운 엥가뇨?(나를 속여? 나를 속여?)

사내가 바싹 마른 시신을 걷어찼다. 그리고 칼을 든 채 돌아섰다.

돈데 에스타 엘 디네로?(돈은 어디 있어?)

라스 알포르하스.(안장주머니.) 동료 하나가 소리쳤다. 빌리는 니뇨의 목 아래로 들어가 다시 안장 오른쪽 주머니를 향해 손을 뻗었다. 반돌레로가 발아래 떨어진 담요 뭉치를 칼로 찢어 걷어차 안을 헤집다 발로 쿵쿵 밟고 몸을 돌려 니뇨의 고삐를 걸머쥐었다. 하지만 말은 그들 사이에서 배출되는 광기를 감지했는지 앞발을 번쩍 쳐들어 유골을 밟고 뒷걸음치다 다시 앞발을 번쩍 들어 저어 댔다. 반돌레로가 균형을 잃고 비틀대다 벨트가 말의 앞발에 걸려 찢겨 나가며 바지 앞자락이 훤히 드러났다. 그는 말 아래에서 기어 나와 미친 듯이 욕을 퍼붓더니 요동치는 고삐를 다시 걸머쥐었다. 뒤쪽의 사내들이 껄껄 웃어 댔다. 설마 그런 일이 벌어지리라고 그 누가 상상도 하기 전에 반돌레로가 말의 가슴에 칼날을 박아 넣었다.

말이 멈춰 서더니 파르르 떨었다. 칼날이 말의 흉골에 닿자 반돌레로는 뒤로 물러나 두 손을 쳐들었다.

이 망할 새끼. 빌리가 말했다. 그는 파르르 떠는 말의 아래턱 끈을 쥔 채 칼 손잡이를 잡아 칼날을 말의 가슴에서 빼내어 내던졌다. 피가 솟구쳐 말의 가슴과 앞발을 타고 흘러내렸다. 그는 모자를 벗어 상처에 대고 누르며 말에 탄 사내들을 미친 듯이 돌아보았다. 그들은 아까 그대로 말 위에 앉아 있었다. 그들 중 하나가 상체를 숙여 침을 뱉고는 다른 이들에게 턱짓을 했다. 바모노스.(가자.)

반돌레로는 빌리에게 칼을 도로 주워 오라고 요구했다. 빌리는 들은 척도 하지 않았다. 그저 말의 가슴에 모자를 댄 채 손을 또다시 뒤로 뻗어 안장주머니를 열려고 했지만 손이 닿지 않았다. 반돌레로가 손을 뻗어 끈을 잡아 안장주머니를 땅바닥에 내리더니 말 뒤로 질질 끌고 갔다.

바모노스.(가자.) 아까 그 사내가 외쳤다.

하지만 반돌레로는 이미 권총을 찾아내 번쩍 들어 보였다. 그리고 안장주머니를 뒤집어 내용물을 쏟더니 빌리의 짐을 마구 걷어찼다. 여벌의 옷을, 면도기를. 그러다 셔츠를 들어 살피더니 자기 어깨에 걸친 뒤 권총을 공이치기를 당겨 탄창을 빙그르 돌리다 다시 공이치기를 바로 했다. 그리고 캔버스 천이 벗겨진 유해를 밟고 가 공이치기를 젖혀 권총을 빌리의 머리에 대고 돈을 달라고 했다. 빌리는 말의 가슴에 댄 모자가 피로 따뜻하게 물들며 끈적해지는 것을 느꼈다. 피가 펠트 천 사이로 스며 나와 그의 팔을 타고 흘러내렸다. 지옥에나 박혀.

바모노스.(가자.) 아까 그 사내가 외쳤다. 그리고 말 머리를 돌렸다.

권총을 든 사내는 그들을 바라보았다. 텡고 케 엥콘트라르 미 쿠치요.(내 칼을 찾아야 한단 말이야.) 사내가 소리쳤다.

사내는 공이치기를 바로 한 뒤 권총을 허리춤에 꽂으려고 했지만 벨트가 없었다. 사내가 고개를 돌려, 가시덤불투성이 상류 쪽 강기슭 너머로 날이 환해지는 것을 바라보았다. 말들이 내쉬는 입김이 깃털처럼 피어올랐다 사그라졌다. 대장이 어서 말을 타라고 재촉했다. 칼은 필요 없다고, 아무 이유도 없이 멀쩡한 말을 죽였다고.

그리고 그들은 사라졌다. 빌리는 피에 흠뻑 젖은 찌그러진 모자를 들고 서서는, 말들이 상류에서 강을 건너는 소리를 들었다. 그리고 강이 흘러가고 새들이 깨어나는 소리와 자신의 숨소리와 말의 힘겨운 헐떡임을 들었다. 말의 목에 팔을 두르니 파르르 떨리는 전율과 말이 자신에게 몸을 기대 오는 것이 느껴졌다. 그는 말이 죽을까 봐 두려웠고, 말의 가슴에서 자신의 가슴에서와 똑같은 절망을 느꼈다.

모자를 비틀어 피를 짜낸 그는 손을 바지 자락에 문질러 닦고는 안장을 풀어 길바닥의 다른 잔해들 사이에 아무렇게나 내려놓은 뒤 말을 천천히 나무 사이로 끌고 가 자갈밭을 지나 강으로 들어갔다. 차가운 물이 부츠 속으로 달려들었다.

그는 말에게 속삭인 뒤 몸을 숙여 모자 가득 물을 퍼 말의 가슴에 부었다. 입김을 하얗게 피어올리던 말의 숨결이 빨려들듯 헉헉대는 것이 완전히 잘못된 것 같았다. 손바닥으로 상처를 덮었지만 피가 손가락 사이로 흘러넘쳤다. 그는 셔츠를 벗어 접어 말의 가슴에 대고 눌렀으나 셔츠는 이내 피로 흠뻑 물들어 피가 줄줄 흘러내렸다.

그는 고삐가 강물에 끌려가게 내버려 둔 채 말을 다독이며 속삭이다 말을 남겨 두고 기슭으로 가 버드나무 뿌리 아래 진흙 한 움큼을 집어 들었다. 그리고 돌아와 진흙을 상처에 바르고는 손바닥으로 꾹꾹 눌렀다. 셔츠를 헹구어 물을 짠 뒤 진흙 위에 접어 놓고는 잿빛 여명이 드리운 물안개 속에서 기다렸다. 피가 멎을지 확신이 서지 않았지만 피가 멎었다. 파리한 첫 번째 햇살이 동쪽 평원을 가로지르자 잿빛 풍경과 새들이 입을 다무는 듯했다. 새로운 태양빛에 황량한 바비스페 너머 멀찍이 솟은 서쪽 산봉우리가 세계의 꿈처럼 새벽 속에 떠올랐다. 말이 고개를 돌려 앙상한 긴 얼굴을 그의 어깨에 얹었다.

그는 말을 끌고 기슭을 지나 길로 돌아가 말을 태양과 마주 보게 했다. 말의 입 안에 피가 있나 살펴보았지만 없었다. 우리 니뇨. 우리 니뇨. 그는 안장과 안장주머니를 길바닥에 그대로 내버려 두었다. 짓밟힌 담요도. 동생의 몸은 캔버스 천 속에서 뒤틀린 채 노란 팔목을 쳐들고 있었다. 그는 팔꿈치로 밀어 말을 천천히 걷게 한 다음 진흙으로 얼룩진 셔츠를 상처에 댔다. 부츠 속에서 강물이 찰랑였고, 온몸에 한기가 들었다. 그는 길을 따라 올라가다, 강가를 지나는 이들의 눈에 띄지 않도록 야생 마호가니 숲으로 들어갔다. 그리고 혼자 되돌아 나와 안장과 안장주머니와 담요를 챙겼다. 그리고 마지막으로 동생의 유골을 가지러 갔다.

뼈는 마른 살가죽으로 이어져 있는 듯 보였지만 기실 제각각 떨어져 있었음에도 단 하나도 흩어져 있지 않았다. 길에 무릎 꿇은 그는 무게 없는 팔을 다시 접어 캔버스 천으로 싼 다음 끊어진 밧줄을 서로 묶어 정리했다. 유골을 다 수습하고 나니 해가 높이 떠 있었다. 그는 유골을 안아 들고 숲으로 돌아가 땅바닥에 내려놓았다. 그리고 강으로 걸어가 모자를 씻어 물을 짜내고는 강물을 가득 담아 말에게 가져갔다. 하지만 말은 물을 먹지 않았다. 말은 가랑잎 위에 누워 있었고, 셔츠도 바닥에 떨어져 있었다. 진흙이 차츰차츰 떨어져 내려 피가 다시 흘러나와 마른 마호가니 가랑잎의 비뚤배뚤한 작은 컵을 시커멓게 채웠고, 말은 고개를 들지 못했다.

그는 걸어 나가 짐말을 찾았지만 보이지 않았다. 그는 강으로 가 웅크리고 앉아 셔츠를 빨아 입고는 버드나무 아래 새 진흙을 한 움큼 퍼 처음의 진흙 위에 덧바른 뒤 부들부들 떨며 앉아 말을 바라보았다. 잠시 후 그는 길로 돌아가 짐말을 찾았다.

짐말은 보이지 않았다. 그는 상류로 올라가 길가에서 물병과 컵과 면도기를 집어 들고 숲으로 돌아갔다. 말이 가랑잎 위에서 바들바들 떨고 있었다. 그는 담요를 꺼내 말 위에 덮어 주고는 말의 어깨에 손을 얹고 앉아 있다 잠시 후 잠이 들었다.

절망이 반쯤 깃든 꿈에서 화들짝 깨어나 말을 살펴보니 말은 조용히 숨을 쉬며 누워 있었다. 그는 시간을 가늠해 보려고 태양을 바라보았다. 꾸덕꾸덕 말라 가는 셔츠의 주머니를 열어 돈을 꺼내 활짝 펴 말렸다. 그리고 안장주머니에서 나무 성냥을 꺼내 역시 주르륵 펼쳐 말렸다. 그는 강도를 만난 곳으로 돌아가 길가 덤불을 뒤져 칼을 찾아냈다. 양쪽 날이 날카롭게 벼려진 싸구려 구식 군용 단도였다. 그는 칼날을 바지 자락에 문지르고는 다른 물건들과 함께 두었다. 그리고 보이드에게로 걸어갔다. 붉은 개미 행렬이 뼈에 자리잡고 있었다. 그는 가랑잎 위에 웅크리고 앉아 개미를 바라보다 일어나 개미를 밟아 뭉개고는 캔버스 천을 안아 들어 나뭇가지에 건 뒤 돌아가 말 옆에 앉았다.

종일 아무도 지나가지 않았다. 오후에 그는 다시 한번 짐말을 찾으러 갔다. 상류로 가 버렸는지 강도들이 데려갔는지 알수 없지만 아무튼 두 번 다시 볼 수 없었다. 어둠이 내리자 마른 성냥으로 불을 피워 콩을 삶고는 불 가에 앉아, 어둠 속을 흐르는 강물 소리에 귀를 기울였다. 동쪽에서 솟았던 면옷 빛깔 낮달이 머리 위로 솟아오르자 그는 담요를 덮고 누워, 새들이 북쪽 상류로 가며 달을 가로지르지 않는지 기다렸다. 그러나 새들이 설령 지나갔다 해도 그는 보지 못하고 이내 잠이 들었다.

밤에 자고 있는데 보이드가 다가와 과거에 수백 번 그랬듯이, 깊이 숨은 불씨 옆에 웅크리고 앉아 그리 냉소적이지 않은 미소를 살짝 짓고는 모자를 벗어 들고 안을 들여다보았다.

꿈속에서 그는 보이드가 죽었다는 것을 알고 있었다. 따라서 동생이 나타난 것은 살아서 조심해야 할 것은 죽어서 두 배가 된다는 경고가 분명했다. 그는 동생이 떠나온 무(無)로 동생을 다시 돌아가게 해 주려면 어떤 말이나 몸짓을 해야 할지 알 수 없었다. 마침내 그가 죽으니 어떠냐고 묻자 보이드는 빙그레 웃으며 고개만 돌릴 뿐 아무 대답도 하지 않았다. 그들은 무엇에 대해서도 이야기하지 않았다. 그는 꿈에서 깨지 않으려고 했지만 유령은 차츰차츰 희미해졌고 그는 깨어나 나뭇가지들이 가시나무처럼 얽힌 틈새로 별을 바라보며 누워 보이드가 있는 곳은 어떤 곳일지 상상해 보았다. 하지만 보이드는 죽어서 유골이 되어 상류 숲의 캔버스 천에 싸여 있었다. 그는 얼굴을 땅에 대고 흐느꼈다.

아침에 자고 있는데 하류 쪽 숲에서 아리에로가 고함 치고 채찍질하는 소리와 요란한 노랫소리가 들려왔다. 그는 부츠를 신고 말이 가랑잎 위에 누워 있는 곳으로 갔다. 뻣뻣하게 굳어 있으면 어쩌나 하고 염려했던 말의 옆구리가 담요 아래에서 부풀어 올랐다 가라앉았다. 그가 무릎을 꿇자 말이 한쪽 눈을 떴다. 눈에는 하늘과 굽은 나무와 바짝 들이댄 그의 얼굴이 담겨 있었다. 그는 더께더께 말라 갈라진, 가슴의 진흙에 손을 얹었다. 피가 말라붙어 털이 뻣뻣해져 있었다. 그는 근육질 어깨를 다독이며 말에게 말을 걸었고, 말은 주둥이로 조금씩 숨을 뿜었다.

그는 다시 모자로 물을 떠 왔지만 말은 일어나지도 물을 먹지도 못했다. 그는 앉아서 손으로 물을 떠 말의 입을 축이고는 아리에로가 점점 다가오는 소리를 들었다. 잠시 후 그는 일어나 길로 나가 서서 그들을 기다렸다.

멍에를 쓴 황소 여섯 마리가 나무 사이에서 나타났다. 아리에로들은 그가 생전 처음 보는 복장을 하고 있었다. 화려한 빛깔의 셔츠와 허리띠로 보아 집시나 인디언 같았다. 그들이 고삐와 막대기로 몰아 대는 황소는 차가운 아침 공기에 하얀 입김을 내뿜으며 힘겹게 걸음을 옮겼다. 황소 뒤에는 생나무를 손으로 짠 판에 트럭 차축을 붙여 만든 수레가 달려 있었고, 그 수레 위에는 비행기가 얹혀 있었다. 케케묵은 구형 비행기로, 분해된 날개가 동체 옆에 묶여 있었다. 수직안정판의 방향타는 수레가 덜컹일 때마다 길을 바로잡듯 변덕스럽게 왔다 갔다 했고, 황소들은 힘이 부친 듯 비트적거렸고, 생뚱맞은 고무바퀴는 좁은 길을 에워싼 잡초 사이 돌멩이 위에서 쭈글쭈글해졌다.

몰이꾼들은 그를 보자 반갑게 손을 들어 소리쳤다. 조만간 만날 줄 알았다는 듯. 그들은 목걸이와 은팔찌를 차고 있었고, 귀에는 고리 모양 금귀고리가 달려 있었다. 그들은 상류 쪽 강굽이의 평평한 길가 풀밭을 가리키며 그곳에서 쉴 거라고 소리쳤다. 증기로 구부린 물푸레나무 뼈대에, 햇볕에 바래 대황 빛깔이 된 리넨 조각이 너덜거리는 비행기는 방향타와 승강타로 이어진 전선과 케이블이 훤히 드러나 보였고, 좌석의 가죽이 햇볕에 시커멓게 타 갈라지거나 돌돌 말려 있었다. 또 변색된 니켈 홈에 끼워진 유리 숫자판이 황무지의 모래에 시달려 허옇게 얼룩져 있었다. 날개 버팀대는 한쪽에 길게 꾸러미로 묶여 있었고, 프로펠러 날개는 엔진 커버를 따라 구부러져 있었으며, 착륙장치 버팀대는 동체 아래에 구겨져 있었다.

그들은 그를 지나쳐 나아가 강굽이의 평지에서 멈추더니 황소를 돌보라며 가장 어린 자를 남겨 두고는 담배를 말고 50구경 탄피와 천 쪼가리로 만든 에스클라라호를 주고받으며 돌아왔다. 두랑고에서 온 집시인 그들은 말이 어디가 문제냐는 질문부터 했다.

그는 말이 부상당했으며, 상태가 심각한 것 같다고 했다. 그들 중 한 명이 언제 그랬냐고 물었고 그는 어제 그랬다고 대답했다. 집시는 자기보다 어린 자를 수레로 보내 낡은 캔버스 뮈제트 가방[54]을 가지고 오게 했다. 그들은 다 같이 말을 보러 숲으로 들어갔다.

집시는 가랑잎 위에 무릎 꿇고 앉아 말의 눈부터 살폈다. 그리고 가슴의 갈라진 진흙을 떼어 내 상처를 살폈다. 집시가 빌리를 올려다보았다.

에리다 데 쿠치요.(칼에 찔렸어요.) 빌리가 말했다.

집시는 표정을 바꾸지도, 빌리에게서 시선을 떼지도 않았다. 빌리는 다른 이들을 둘러보았다. 그들은 말 주위에 웅크리고 앉아 있었다. 말이 죽으면 이자들이 먹으려고 들겠구나 싶었다. 그는 네 명의 강도를 만났는데, 그중 한 미치광이가 말을 찔렀다고 설명했다. 집시는 고개를 끄덕였다. 그리고 손으로 턱 아래를 쓰다듬었다. 집시는 말을 다시 살펴보지 않았다.

---

54) 어깨끈이 달린 작은 가방.

말을 팔고 싶으냐는 집시의 물음에 빌리는 말이 살아날 수 있다는 것을 깨달았다.

그들은 웅크리고 앉아 모두 그를 주시하고 있었다. 빌리는 집시를 바라보았다. 이 말은 아버지의 말이며 헤어질 수 없다고 말하자 집시는 고개를 끄덕이더니 배낭을 열었다.

포르피리오. 트라이가메 아구아.(포르피리오. 물 좀 떠 오게.)

빌리가 밤을 보낸 곳 쪽을 집시가 바라보았다. 바람 한 점 없는 대기에 밧줄처럼 가느다란 연기가 한 줄기 피어오르고 있었다. 집시는 동료에게 물을 끓이라고 외치고는 다시 빌리를 바라보았다. 콘 수 페르미소.(그럼 치료하겠소.)

포르 수푸에스토.(부탁드립니다.)

라드로네스.(강도라고.)

시. 라드로네스.(네. 강도요.)

집시가 말을 내려다보았다. 그러다 보이드의 뼈를 담은 꾸러미를 걸어 둔 나무 쪽을 턱으로 가리켰다.

케 티에네 아야?(저건 뭐요?)

로스 우에소스 데 미 에르마노.(내 동생의 유골입니다.)

우에소스.(유골이라.) 집시는 고개를 돌려, 동료가 양동이를 들고 간 강 쪽을 바라보았다. 다른 세 명은 웅크리고 앉아 기다리고 있었다. 라파엘. 레냐.(라파엘. 장작.) 집시가 말했다. 그리고 빌리에게로 고개를 돌려 씨익 웃었다. 집시는 자그마한 숲을 둘러보다 손바닥을 뺨에 대더니, 잊고 있던 무언가를 기억해 낸 사람처럼 기묘한 손짓을 했다. 검지에 금과 보석으로 된 화려한 반지가 끼여 있고, 목에 금빛 밧줄 하나를 차고 있었다. 그가 다시 웃더니, 동료들이 가고 있는 모닥불 쪽을 가리켰다.

그들은 나무를 모아 불을 다시 지피고는 돌멩이로 받침대를 만들어 양동이를 그 위에 얹어 물을 끓였다. 양동이에 자그마한 초록 잎을 여러 움큼 넣고는 낡은 황동 심벌즈처럼 보이는 것으로 덮은 뒤 모두들 불 가에 앉아 양동이를 바라보았다. 잠시 후 불꽃 사이에서 김이 솟았다.

라파엘이라고 불렸던 자가 나뭇가지로 뚜껑을 들어 한쪽으로 밀고는 초록색 거품을 젓더니 뚜껑을 도로 덮었다. 연한 초록빛 물줄기가 양동이 옆으로 흘러내리며 모닥불이 쌕쌕거렸다. 대장은 앉아서 담배를 말고 있었다. 그리고 천 주머니를 옆 사람에게 건네고는 몸을 숙여 모닥불에서 불타는 나뭇가지를 꺼내 머리를 한쪽으로 기울인 채 담배에 불을 붙인 뒤 도로 불구덩이에 넣었다. 이 고장의 강도들이 무섭지 않느냐는 빌리의 질문에, 집시는 강도들 역시 길의 사람들이기 때문에 히타노(집시)는 잘 괴롭히지 않는다고 대답했다.

이 아돈데 반 콘 엘 아에로플라노?(비행기는 어디로 가져가는 건가요?)

집시는 턱짓을 하며 말했다. 알 노르테.(북쪽에.)

그들은 담배를 피웠다. 양동이에서 뭉게뭉게 김이 피었다. 집시가 미소 지었다.

콘 레스펙토 알 아에로플라노, 아이 트레스 이스토리아스. 쿠알 키에레 오이르?(이 비행기에는 세 가지 역사가 있다오. 어느 것을 알고 싶소?)

빌리는 미소 지었다. 그러고는 진짜 역사를 알고 싶다고 했다.

집시가 입술을 모았다. 그럴듯한 역사를 고르는 듯했다. 마침내 그는 이런 비행기가 두 대 있었다는 사실을 말할 필요가 있다고 말했다. 두 대 다 젊은 미국인이 몰던 중 1915년 불행한 여름에 산중에 추락했다고.

집시는 담배를 깊이 빨고 모닥불을 향해 연기를 뿜었다. 몇 가지 사실이 알려져 있다고 했다. 공통점이 있으니 그것에서부터 시작하겠다고 했다. 비행기는 소노라의 높은 산에 추락했고, 날아다니는 모래와 바람에 마구 갉혔다. 지나가는 인디언이 이를 발견하고는 황동 검사기를 계기판에서 떼어 가 부적으로 썼다. 비행기는 황량한 산중에서 주인을 잃은 채 거의 30년 가까이 쇠락해 갔다. 지금까지는 모두 하나의 역사였다. 비행기가 두 대든 한 대든. 어느 비행기에 대해서 말하든 역사는 같았다.

집시는 담배꽁초를 엄지와 검지 사이에 끼우고 조심스레 빨며, 자신의 코를 지나 바람 없는 대기로 솟는 연기를 피해 검은 한쪽 눈을 찡그렸다. 마침내 빌리가 물었다. 그렇다면 그 다음 대목부터는 두 비행기의 역사가 달라지느냐고. 집시는 고개를 끄덕였다. 대답은 안 했지만 그 질문이 맘에 드는 기색이었다. 집시는 죽은 조종사의 아버지가 비행기를 팔로마스 동쪽의 국경까지 가져오도록 계약을 했다고 했다. 대리인을 푸에블로 케 코노세(그가 알던 소도시인) 마데라에 보냈는데, 어쩌면 대리인 자신이 바로 그러한 요구를 한 당사자일지도 몰랐다.

집시가 미소 지었다. 그리고 완전히 다 타도록 담배를 피우고는 재를 모닥불에 던진 뒤 천천히 연기를 뱉었다. 집시가 엄지를 핥아 무릎에 문질렀다. 길의 사람들에게 사물의 진실은 항상 중요한 것이라고 했다. 전략가는 자신의 술책으로 세계의 진실을 혼란시키지 않는다고, 그래 봐야 소용이 없다고 했다. 엘 멘티로소 데베 프리메로 사베르 라 베르다드. 데 아쿠에르도?(거짓말쟁이는 제일 먼저 진실을 알게 된 자이지. 그렇지 않소?)

집시가 모닥불을 턱으로 가리켰다. 물을 떠 온 사내가 일어나 나뭇가지로 불을 들쑤시고는 양동이 밑에 장작을 더한 뒤 자리로 돌아갔다. 집시는 사내가 일을 마칠 때까지 기다렸다. 그리고 다시 입을 열었다. 집시는 말했다. 캔버스 천을 바른 자그마한 복엽비행기의 정체성은 그 역사를 제외하고는 아무 의미도 없다고, 그것은 이 낡은 기계에게 똑같은 정체성 문제가 야기된 똑같은 상태의 자매가 있기 때문이라고. 사람들은 사물의 진실이 그 사물을 소유한 자들의 의견에 관계없이 그 사물 안에 존재하며, 가짜는 아무리 겉모습을 똑같이 복제한다 해도 거짓일 수밖에 없다고 믿는다고. 만약 산에서 끌어내 국경으로 가져오도록 고객이 돈을 치른 비행기가 사실은 고객의 아들이 몰다 죽은 비행기가 아니라면 이 비행기가 그 비행기를 매우 닮은 것은 아무짝에도 도움이 안 되며 사람을 속이는 세상의 왜곡이 하나 더 느는 것뿐 아니냐고. 그렇다면 진실은 어디에 있는가? 인간은 비행기들의 역사를 존중해야 마땅하다. 무엇인가가 중요한 것은 그것이 겪은 역사 때문이라고 할 수 있다. 그렇다면 그 역사는 어디에 있는가?

집시는 비행기가 놓여 있는, 숲 너머 상류를 바라보았다. 마치 그 모양을 감상하는 듯했다. 혁명 전쟁과 앙헬레스[55]의 전략과 비야의 전술에 대한 풀리지 않은 신비가 저 원시적 구조물 안에 감추어져 있다는 듯. 이 포르 케 로 키에레 엘 클리엔테? 케 데스푸에스 데 토도 노 에스 나다 마스 케 엘 아타우드 데 수 이호?(그렇다면 고객은 왜 그것을 원하는 거겠소? 아들의 죽음보다 더 중요한 것이 있을 리 없는데.)

아무도 대답하지 않았다. 잠시 후 집시는 이야기를 계속했다. 한때는 고객이 그저 기념물 삼아 비행기를 갖고 싶어 한다고 생각했다고. 아들의 뼈는 시에라에 이미 오래전 흩어지고 없을 테니. 하지만 이제는 생각이 바뀌었다고 했다. 비행기가 산에 남아 있는 한 비행기의 역사는 조각나 있는 것이다. 시간 속에 유예된 것이다. 산속에 비행기가 남아 있다는 것은 이야기 전체가 하나의 이미지로 얼어붙어 있는 것이다. 비와 눈과 태양에 긴 세월 시달린 잔해를 제거한다면 자신의 꿈을 쥐락펴락하는 비행기의 힘 역시 제거할 수 있다고 고객은 생각한 것이다. 집시는 상냥하면서도 느긋하게 한 손을 움직이며 말했다. 라 이스토리아 델 이호 테르미나 엔 라스 몬타냐스. 이 포르 아야 케다 라 레알리다드 데 엘.(그의 아들의 역사는 산에서 끝났지만, 그 현실은 여전히 머물러 있지.)

집시는 고개를 저었다. 간단한 일도 더없이 힘든 일로 드러나는 경우가 적지 않다고 했다. 어쨌든 산에서 가져온 이 선물

---

55) 멕시코의 혁명가.

은 현실을 전혀 바꿀 수 없으므로 어떤 식으로든 아버지의 마음을 다독일 수는 없다고 했다. 산에서는 아무 문제도 안 되었던 비행기의 정체성이 다시 문제가 될 터였다. 결정을 강요하게 될 터였다. 그것은 어려운 문제였다. 그리고 많은 경우 그러하듯 하느님이 결국 손을 들어 직접 결정하실 터였다. 궁극적으로 두 비행기 다 산에서 끌고 나왔으며, 한 대는 리오 파피고치크에 있고, 나머지 한 대는 바로 그들 앞에 있었다. 코모 로 베.(바로 당신 눈앞에 말이오.)

그들은 기다렸다. 라파엘이 다시 일어나 불을 쑤시고는 양동이에서 뚜껑을 들어 김이 모락모락 나는 수프를 저은 뒤 다시 뚜껑을 덮었다. 그사이 대장 집시는 새로 담배를 말아 불을 붙였다. 그리고 어떻게 이야기를 이을지 생각했다.

소도시 마데라. 얼룩지고 변덕스러운 지도는 조악한 종이에 인쇄되어 접힌 자국에 따라 이미 찢겨 있었다. 은화 페소로 가득한 캔버스 은행 가방. 두 사내는 거의 우연히 만났으며, 서로를 전혀 신뢰하지 않았다. 집시의 입술이 가늘어졌지만 미소라고 하기에는 어울리지 않았다. 집시는 기대가 적으면 실망도 적은 법이라고 했다. 그들은 2년 전 가을에 그 산으로 가서 나뭇가지로 썰매를 만들어 비행기 잔해를 파피고치크 강의 대협곡 가장자리까지 끌고 갔다. 밧줄과 권양기로 비행기를 강물 위에 띄우고는 뗏목을 만들어 동체와 날개와 받침대를 메사 트레스 리오스 도로를 잇는 다리로 싣고 간 뒤, 거기서부터 다시 육지로 팔로마스 서쪽 국경까지 갔다. 강에 닿기 전 산에서 눈보라가 몰아쳤다.

대낮에 피운 파리한 모닥불 주위에 둘러앉은 다른 사내들은 대장의 말에 귀를 기울이고 있는 듯했다. 최근에 이 무리에 들어온 양. 집시는 느긋하게 말을 이었다. 비행기를 끌고 갔던 지역의 풍경을 묘사했다. 그 황량함과 풀이 무성한 고지대 베가와 극지대처럼 날이 짧으며 큰 강이 실개천처럼 보이는 깊고도 거대한 협곡을. 그들은 그 고장을 떠났다가 봄에 다시 돌아갔다. 남은 돈이 전혀 없었다. 한 여자 예언자가 그들에게 가지 말라고 경고했다. 같은 부족의 예언자였다. 집시는 예언자의 말을 심사숙고했지만 예언자가 무엇을 하지 않는지도 잘 알았다. 꿈이 미래를 말해 준다면 또한 미래를 가로막기도 한다. 하느님은 우리가 미래를 아는 것을 원치 않으시기 때문이다. 세계가 섭리에 따라 펼쳐지는데, 마술이나 꿈으로 그러한 세계 위에 드리운 시커먼 베일을 꿰뚫어보고서 예언을 따른다면 하느님은 세계를 비틀어 전혀 다른 미래를 만드실 터이고, 그렇다면 마술사가 무슨 소용이 있겠는가? 꿈과 꿈을 꾼 이는? 집시는 다른 이들이 이 말에 대해 곰곰이 생각하도록 말을 멈추었다. 어쩌면 자기 역시 곰곰이 생각하고 싶었는지도 모른다. 이윽고 집시가 말을 이었다. 그때의 산속이 얼마나 추웠는지에 대해 말했다. 그 지역에 사는 특정 종류의 새와 동물에 대해 말했다. 앵무새. 재규어. 너무나 외딴 동굴에 살아 세상이 미처 보지 못하고 죽이지 않은, 다른 시대를 사는 사람들. 비행기 동체와 날개가 푸른 강물 위에 매달려 깊은 협곡으로 소리 없이 나릿나릿 하강하며 점점 작아져, 바람을 타고 올라가는 재처럼 느리게 맴을 도는 저 아래 독수리들에게로 다가가는 동안 타라우마라 인디언들은 가파른 절벽의 바위벽에 반쯤 벌거벗은 채 서 있었다.

거센 물살과, 협곡에 박혀 있던 거대한 바위와, 밤에 산을 적시는 비와, 강이 기차처럼 울부짖으며 좁은 틈새를 통과하던 광경과, 밤에 몇 킬로미터나 되는 지구의 외피를 뒤덮은 비가 유목(流木)을 태운 불꽃에 씩씩거리던 소리와, 강물의 포효에 여자처럼 바르르 떨던 견고한 바위와, 말을 해도 단어가 공기 중에 흩어져 버리는 지독한 소음 속의 지하 세계에 대해 집시는 말했다.

그들은 비가 내리고 강이 솟구치는 협곡을 아흐레 동안 나아가다 결국은 불도, 음식도 없이 바위투성이 절벽 높은 곳에 피난 중인 쥐새끼처럼 매달렸다. 세상 자체가 갈라져 모든 것을 집어삼키듯 협곡 전체가 바르르 떨렸다. 밤에 보초를 세운 대장 집시는 스스로에게 물었다. 도대체 무엇을 망보는 거냐고? 그래서 그것이 다가오면 어떻게 할 거냐고?

양동이 위 황동 심벌즈의 한쪽 가장자리가 슬쩍 올라가더니 초록색 거품이 부글부글 솟구쳐 양동이를 타고 흘러내리다 심벌즈가 소리 없이 다시 내려갔다. 히타노는 생각에 잠긴 듯 팔을 뻗어 담뱃재를 모닥불에 털었다.

누에베 디아스. 누에베 노체스. 신 코미다. 신 푸에고. 신 나다.(아흐레 낮. 아흐레 밤. 음식도 없이. 물도 없이. 아무것도 없이.) 강물이 불어 권양기 밧줄과 덩굴로 뗏목을 묶었지만 또다시 강물이 불어 장대와 널빤지를 모조리 삼켜 버리니 어찌할 도리가 없었다. 비가 쏟아졌다. 처음에는 날개가 쓸려 갔다. 그들은 포효하는 어둠 속에서 포위된 원숭이처럼 바위에 매달려 대혼란에 겨워 서로에게 소리 없이 비명을 질렀다. 그의 오른팔인 마시오는 어차피 날개가 없어 아무짝에도 소용없을 비행기 동체를 구하겠다고 내려갔다가 그 자신이 강물에 휩쓸려 떠내려갈 뻔했다. 열흘째 아침에 비가 그쳤다. 그들은 젖은 잿빛 여명 속에서 바위를 따라 나아갔지만 모험은 아예 있지도 않았던 양 흔적도 없이 홍수에 묻히고 말았다. 강물은 계속 불었고, 다음 날 아침 그들은 최면에 빠진 듯 골짜기를 내려다보며 앉아 있었다. 거대한 흰 물고기처럼 상류의 폭포에서 떨어져 내린 익사자는 강바닥에서 무엇인가를 찾는 양 소용돌이 거품 속에 얼굴을 박은 채 맴돌다 하류로 여행길을 떠났다. 옷이 모두 벗겨지고 피부도 얼마 안 남은 데다, 바위에 스치며 뜯겨 희미한 보풀처럼만 남은 머리카락으로 보아 이미 여행을 오래 한 듯했다. 소용돌이 거품 속에서 맴을 돌 때는 뼈 없는 사람처럼 흐느적댔다. 몽마(夢魔)나 마네킹처럼. 하지만 그들의 아래쪽으로 흘러갈 때 보니 익사자를 이루고 있는 것이, 보이지 않았으면 좋았을 것이 훤히 보였다. 뼈와 인대와 자그마한 갈빗대와, 벗겨지고 녹아든 피부 아래 시커먼 형체를 드러낸 장기. 익사자는 뱅글뱅글 돌다 하류로 가려고 분투라도 하는 양 속도를 모아, 끓어오르는 골짜기에서 탈출했다.

집시가 잇새로 나직이 바람을 뿜었다. 그리고 모닥불을 가만히 바라보았다.

이 엔톤세스 케?(그리고 어떻게 되었나요?) 빌리가 말했다.

집시는 고개를 저었다. 이런 일을 회상하는 것이 고통스럽다는 듯. 마침내 그들이 협곡을 기어올라 산을 떠나 사우아리 파까지 가 기다린 끝에, 디비사데로스로부터 뻗어 나온, 거의 통행 불능이나 다름없는 길에 트럭이 한 대 나타났다. 그들은 나흘 동안 트럭 짐칸에 앉아 갔다. 진흙투성이인 채로 무릎에 삽을 얹고 있다 헤아릴 수 없이 여러 번 트럭에서 내려, 운전수가 운전석에서 고함을 치고 으르렁대는 동안 그들은 죄수처럼 진창의 흙을 퍼냈다. 바카노라로 가며. 토니치로 가며. 그리고 다시 누리를 떠나 북쪽의 산 니콜라스와 예코라로 가 산맥을 넘어 테모사치크로 가, 처음 그들과 계약한 자가 선급금의 반납을 요구할 마데로로 갔다.

집시는 담배꽁초를 모닥불에 던지고는 발목을 꼰 다리를 끌어당겨 두 손으로 안고 상체를 숙인 채 불꽃을 바라보았다. 빌리가 비행기를 찾았느냐고 물었고, 집시는 남은 것이 없으니 찾을 것도 없었다고 대답했다. 빌리가 왜 마데로로 돌아갔느냐고 묻자 집시는 그 질문을 곰곰이 생각했다. 마침내 집시가 말하길, 자신이 처음 그자를 만나 산에 가도록 고용된 것은 우연이 아니며, 비가 내려 파피고치크에 홍수가 난 것 역시 우연이 아니라고 믿었기 때문이라고 했다. 모두들 앉아 있었다. 양동이를 살피던 자가 세 번째로 일어나 거품을 휘젓더니 양동이를 식히려고 옆에 내려놓았다. 빌리는 불 가의 엄숙한 얼굴들을 돌아보았다. 올리브 빛 피부 아래의 뼈들. 세계의 방랑자들. 그들은 경계하는 동시에 긴장을 푼 채로 숲속에 둘러 앉아 있었다. 그들은 그 어떤 것과도, 심지어 자신이 앉아 있는 공간과도 아무런 소유 관계를 맺지 않고 있었다. 그들은 지금까지의 삶에서 자신들의 아버지와 똑같은 깨달음을 얻었다. 깨달음의 그러한 이동은 일종의 고유성이었다. 그는 그들을 바라보며 말했다. 그들이 지금 길을 따라 북쪽으로 나르고 있는 비행기는 나른 비행기인가 보라고.

검은 눈이 일제히 자그마한 대장에게로 쏠렸다. 집시는 오랫동안 앉아 있었다. 더없이 고요했다. 길에서 황소 한 마리가 요란하게 오줌을 갈겼다. 마침내 집시가 입을 열었다. 그는 운명은 타당한 이유가 있어 이 문제에 개입한 것이리라 믿는다고 했다. 운명이 일을 막거나 헛된 일로 만들기 위해 인간사에 개입할 수도 있겠지만, 운명이 진실을 부인하고 거짓을 지지한다는 것은 모순된 세계관이라고 했다. 당신의 뜻에 반하여 세계를 움직이는 하느님에 대해 말하는 것은 진실에 반하여 세계를 움직이는 하느님에 대해 말하는 것과 서로 전혀 다른 것이며, 후자의 경우 모든 것이 무의미해진다고 했다. 그렇다면 가짜 비행기가 물에 쓸려 간 것은 진실을 바로잡기 위한 하느님의 뜻이라고 생각하느냐고 빌리가 묻자, 집시는 그렇지 않다고 했다. 두 비행기에 대해 궁극적 결정을 내린 것은 하느님이라고 말하지 않았느냐고 빌리가 말하자, 집시는 그 말은 맞지만 이를 통해 하느님께서 무언가를 말씀하시고자 한 것은 아니라고 생각한다고 했다. 자신은 미신을 믿지 않는다고 했다. 다른 집시들은 빌리가 이 말에 어떻게 반응할지 바라보았다. 그들이 비행기의 정체성을 그리 중요하게 여기지 않는 것 같다고 빌리가 말하자 히타노는 고개를 돌려 근심스러운 검은 눈으로 빌리를 가만히 바라보았다. 그리고 비행기의 정체성은 대단히 중요하며, 사실상 그들의 의문의 핵심을 이루고 있다고 했다. 현재 남아 있는 것이 과거의 사건에 대한 견고한 증거가 되는 것이야말로 세상의 큰 문제라는 말은 어떤 관점에서 보면 위험하다고까지 할 수 있다. 세월을 견뎌 낸 과거의 인공물이 마치 스스로의 의지로 그리되기라도 했다는 양 현재 남아 있는 것에 가짜 권위가 덧붙여진다. 하지만 목격자들은 목격한 것을 넘어 살 수 없다. 다가올 세상에서는 살아 남은 것이 사라진 것에 대해 결코 말하지 않고 그저 오만함을 뽐낼 뿐이다. 사라진 세계의 상징과 요약인 양 행세하지만 기실 그 어느 쪽도 아니다. 어쨌든 과거는 한낱 꿈에 지나지 않고, 세계에 대한 과거의 영향력은 크게 과장되어 있다고 집시는 말했다. 왜냐하면 세계는 매일 새로이 만들어지고, 사라진 껍질에 매달려 세계에 새로운 껍질을 하나 더 만들어 내는 것은 오직 인간뿐이기 때문이다.

라 카스카라 노 에스 라 코사.(껍질은 본질이 아니지.) 집시는 말했다. 똑같아 보이지만 똑같지 않아.

이 라 테르세라 이스토리아?(그럼 세 번째 역사는요?) 빌리가 말했다.

라 테르세라 이스토리아, 에스 에스타. 엘 엑시스테 엔 라 이스토리아 데 라스 이스토리아스. 에스 케 울티마멘테 라 베르다드 노 푸에데 케다르 엔 닝군 오트로 루가르 시노 엔 엘 아블라.(세 번째 역사는, 바로 이것이지. 이야기의 역사 속에 존재하는 역사 말이야. 궁극적으로 진실은 다른 어디가 아니라 이야기 속에 살아 있지.) 집시가 손을 들어 손바닥을 바라보았다. 마치 자기가 할 일이 아닌 것을 하고 있었던 양. 과거는 서로 반대 의견을 주장하는 자들 사이에 항상 논쟁거리가 되지. 기억은 세월에 따라 흐릿해져. 이미지를 저장할 창고는 없지. 꿈속에서 우리를 찾아오는 사랑하는 이들은 기실 낯선 사람이야. 심지어 똑바로 보는 것보다 힘겨운 일이지. 우리는 목격자를 찾지만, 세상에 목격자란 없어. 그것이 세 번째 역사지. 저마다 자신에게 남은 것으로 만들어 내는 역사. 파편 조각들. 뼈 몇 개. 죽은 자의 말. 이것으로 어떻게 세계를 만들까? 이렇게 만들어진 세계에서 어떻게 살까?

집시가 양동이를 바라보았다. 모락모락 피어오르던 김이 어느새 그쳐 있었다. 집시가 고개를 끄덕이며 일어났다. 라파엘이 일어나 배낭을 집어 한쪽 어깨에 메고 양동이를 들자, 다른 이들도 그를 따라 강가 숲을 지나 말이 누워 있는 곳으로 이동했다. 그중 한 명이 무릎 꿇고 앉아 말의 머리를 들어 올리자 라파엘이 배낭에서 가죽 깔때기와 기다란 고무호스를 꺼냈고, 다른 이들이 말의 입을 잡아 벌리자 라파엘이 기름 바른 호스를 말의 목구멍으로 집어넣고 그 끝에 깔때기를 끼우고는 아무런 의식 없이 양동이의 물을 깔때기에 부었다.

다 끝나자 대장 집시가 말의 가슴에서 마른 피를 다시 닦아 내 상처를 살피더니 양동이 바닥의 익은 잎을 두 움큼 집어 상처에 붙이고는 삼베 천을 덮어 말의 목과 앞다리 뒤쪽으로 돌려 묶었다. 치료를 마친 집시는 일어나 물러서서는 말을 내려다보며 오래도록 생각에 잠겼다. 말은 참으로 기묘해 보였다. 머리를 반쯤 쳐든 채 눈을 껌벅이더니 쌔근대며 목을 뻗어 바닥에 머리를 뉘었다. 부에노.(좋았어.) 집시가 말했다. 그리고 빌리를 바라보며 미소 지었다.

그들은 길에 섰다. 히타노가 모자챙을 바로 하고, 조각을 새긴 새(鳥) 뼈를 턱 아래로 끌어 올려 모자 끈을 조인 뒤 황소와 수레와 비행기를 바라보았다. 그리고 숲 사이로, 타스카테 나무의 나지막한 가지에 걸려 있는 보이드의 유골을 바라보았다. 그리고 빌리를 바라보았다.

에스토이 레그레산돌레 아 미 파이스.(고향으로 돌아갈 겁니다.) 빌리가 말했다.

집시는 다시 미소 짓고는 길을 따라 북쪽을 바라보았다. 오트로스 우에소스. 오트로스 에르마노스.(다른 뼈. 다른 형제.) 집시는 아이였을 적에 가바초(미국인)의 땅을 숱하게 여행했다고 했다. 아버지를 따라 서부 도시의 거리를 돌며 이런저런 고물을 모아 팔았다고 했다. 때때로 트렁크나 상자에서 오래된 사진이 나오기도 했다. 이러한 사진은 사진 속의 사람을 알고 있는, 살아 있는 사람에게만 가치가 있는데, 세월이 흐르면서 그런 사람들이 모두 사라졌다. 하지만 그의 아버지는 집시였고, 집시적 사고방식을 가지고 있었기에 갈라지고 빛 바랜 사진을 수레 위에 가로지른 철사에 빨래집게로 걸어 두었다. 그렇게 사진은 남아 있었다. 아무도 사진에 대해 묻지 않았다. 아무도 사진을 사고 싶어 하지 않았다. 얼마 후 꼬마 아이는 이들의 사진을 경고를 들려주는 이야기로 여기고는 세피아 빛 얼굴에서 살아생전의 비밀스러운 이야기를 찾으려고 했다. 이 얼굴들은 꼬마 아이에게 무척 친숙해졌다. 현관 계단이

나 마당 의자에 앉아 있는 그들은 구식 옷으로 보아 죽은 지 오래된 게 분명했다. 꼬마 아이는 그들에 대해 가만히 생각했다. 모든 과거와 모든 미래와 모든 죽은 꿈이 카메라가 순간적으로 붙잡은 빛 속에서 부식되어 있었다. 꼬마 아이는 이들의 얼굴을 살폈다. 희미한 불만의 표정. 후회의 표정. 사실상 아직 오지 않았음에도 이제는 영원한 과거가 되어 버린 것들에 대해 차츰차츰 싹터 오는 쓰라림.

집시가 아닌 자들은 불가해한 존재라는 아버지의 말대로였다. 사진은 아무리 뜯어봐도 알 수 없었다. 철사줄에 매달린 사진으로 인해 꼬마 아이는 세상에 대해 의문을 품게 되었다. 세상에는 어떤 힘이 있으며, 집시가 아닌 자들은 그런 사진을 불길하다 여겨 쳐다보려고도 하지 않지만 늘 그렇듯 진실은 그보다 더 음침했다.

바래져 가는 사진 속의 친척은 다른 이의 마음속에서만 소용이 있지 그 외에는 달리 소용이 없기에, 다른 이의 마음에 자리한 그 마음은 한없이 끔찍하게 마모되어 결국 그 어디에도 소용없게 된다는 것을 아이는 깨달았다. 모든 묘사는 우상이었다. 모든 사진은 이단이었다. 사진 속에서 그들은 자그마한 불멸성을 얻을 수 있으리라 여겼지만 망각을 피할 수는 없었던 것이다. 이것이 아버지가 아이에게 말하고자 한 것이었고, 그들이 길의 사람이 된 이유였다. 또한 아버지가 수레에 철사줄과 빨래집게로 사진을 매달아 둔 이유이기도 했다.

집시는 말했다. 죽은 자와 관련된 여행은 어렵다고 알려져 있지만, 사실 모든 여행엔 죽은 자가 함께하는 법이라고. 죽은 자가 이 세상에 아무 영향도 줄 수 없다고 믿는 것은 경솔한 생각이며, 그 영향력을 상상도 못한 이에게도 죽은 자는 종종 막강한 영향력을 발휘한다고. 죽은 자가 떠난 것은 이 세상이 아니라 사람의 마음속에 있는 세상의 그림일 뿐임을 사람들은 알지 못한다고. 세상은 어떤 형태로든 영원히 존재하기에 세상을 떠난다는 것은 불가능하며, 세상 안에 담긴 만물 역시 마찬가지라고. 낡은 가재도구 사이에 영원히 이름을 잃은 채 놓여 있는 얼굴들 속에는 도착도 하기 전에 시간이 늘 전령을 죽여 버리는 탓에 결코 전해질 수 없는 메시지가 적혀 있다고.

집시가 빙그레 미소 지었다. 펜사모스, 케 소모스 라스 빅티마스 델 티엠포. 엔 레알리다드 라 비아 델 문도 노 에스 피하다 엔 닝군 루가르. 코모 세리아 포시블레? 노소트로스 미스모스 소모스 누에스트라 프로피아 호르나다. 이 포르 에소 소모스 엘 티엠포 탐비엔. 소모스 로 미스모. 푸히티보. 이네스크루타블레. 데사피아도.(우리는 우리가 시간의 희생자라고 생각하지. 사실 세상의 길은 그 어디에도 정해져 있지 않아. 어떻게 그럴 수 있겠나? 우리 자신이 바로 우리의 여행인데. 그렇기 때문에 우리는 또한 시간이기도 하지. 우리는 똑같아. 일시적이고. 수수께끼 같고. 동정받지 못하지.)

집시가 고개를 돌려 동료들에게 집시어로 말하자 그중 한 명이 수레 옆쪽 못에 걸린 생가죽 채찍을 집어 들고 공기를 획 갈겼다. 그 순간 숲에서 총성 같은 메아리가 울리더니 수레가 벌컥 움직이기 시작했다. 집시가 고개를 돌려 미소 지었다. 이 세상은 사람들이 생각하는 것처럼 넓지는 않다고, 따라서 언젠가 다른 길에서 또 만날 날이 올 거라고 했다. 빌리가 얼마를 내면 되느냐고 묻자 집시는 손사래를 치며 빚을 탕감해 주었다. 파라 엘 카미노.(여비로 쓰게.) 그리고 몸을 돌려 다른 이들을 따라 길을 나아갔다. 빌리는 주머니에서 꺼낸, 피로 얼룩진 얇은 지폐를 손에 쥔 채 서 있었다. 빌리가 소리치자 집시가 돌아보았다.

그라시아스.(감사합니다.)

집시가 한 손을 들었다. 포르 나다.(천만에.)

요 노 소이 운 옴브레 델 카미노.(저는 길의 사람이 아닌걸요.)

하지만 집시는 빙그레 웃으며 한 손을 저어 보일 뿐이었다. 그러고는 모든 길 위에는 규칙이 있다고 말했다. 길 위에는 어떤 예외도 없다고. 그리고 집시는 몸을 돌려 다른 이들을 따라 성큼성큼 걸어갔다.

저녁에 말이 일어나 휘청대는 다리로 일어섰다. 그는 고삐를 씌우지 않고 말의 곁에서 나란히 걸어갔다. 말은 강물에 조심조심 발을 딛고는 끝도 없이 물을 마셨다. 저녁에 그가 집시한테 받은 토르티야와 염소 치즈로 식사를 준비하고 있는데 말을 탄 이가 길을 따라왔다. 혼자서. 휘파람을 불며. 사내가 나무 사이에서 멈추었다. 그러다 천천히 다가왔다.

빌리가 일어나 길로 나가자 사내가 고삐를 당겨 말을 세웠다. 그리고 더 잘 보기 위해, 그리고 더 잘 보이기 위해 모자를 살짝 뒤로 젖혔다. 사내는 빌리와 모닥불과 저 너머 숲에 누워 있는 말을 보았다.

부에나스 타르데스.(안녕하세요.) 빌리가 말했다.

사내는 고개를 끄덕였다. 그가 탄 말은 좋은 것이었고, 부츠와 스테츤 모자도 고급이었으며, 자그마한 검은 푸로(시가)를 피우고 있었다. 사내가 시가를 입에서 꺼내 침을 뱉고는 도로 물었다.

영어 할 줄 아나?

네. 할 줄 알아요.

정신이 반쯤 나간 놈이 아닌가 했네. 대체 여기서 뭘 하고 있지? 말은 왜 저 모양이고?

그저 내 일을 하고 있을 뿐이에요. 말 역시 마찬가지고요.

사내는 그 말에 조금도 개의치 않는 기색이었다. 말이 죽었나?

아뇨. 죽지 않았어요. 노상강도한테 칼을 맞았죠.

노상강도한테?

네.

그들이 말을 거세했다는 건가?

아뇨. 단검으로 가슴을 찔렀어요.

대체 왜?

나도 모르죠.

기가 막히군.

동감입니다.

사내는 생각에 잠겨 시가를 피웠다. 그리고 강의 서쪽 너머를 바라보았다. 이 동네는 도통 이해가 안 돼. 단 하나도. 내가 보지 못한 자네 동료한테든 그 어디에든 혹시 커피 있나?

좀 있어요. 모닥불로 오면 끓여 드리죠. 양은 얼마 안 되지만 얼마든지 환영이에요.

그럼 고맙게 마시겠네.

사내는 조심스레 말에서 내려 고삐를 등 뒤로 넘기고 모자를 바로 한 뒤 말을 끌고 왔다. 눈곱만큼도 모르겠어. 내 비행기가 여기를 지나가는 걸 보았나?

숲에 어스름이 내리는 동안 그들은 불 가에 웅크리고 앉아 커피가 끓기를 기다렸다. 집시들이 이렇게 열심히 하리라고는 상상도 못했네. 심히 회의적이었지. 그래도 난 내 잘못을 깨달았을 때는 바로 인정한다네.

네. 아주 좋은 장점이죠.

그렇지.

그들은 토르티야에 콩을 싸서 녹인 치즈를 발라 먹었다. 치즈는 염소 냄새가 역했다. 빌리는 찻주전자의 뚜껑을 나뭇가지로 들어 올려 안을 들여다보고는 뚜껑을 도로 덮었다. 그리고 사내를 바라보았다. 사내는 땅바닥에 책상다리로 앉아 양쪽 부츠 굽을 한 손에 쥐고 있었다.

여기 온 지 꽤 되어 보이는군.

모르겠어요. 어떻게 보이는데요?

바로 돌아가야 할 것처럼.

네. 아마 맞을 거예요. 여기 온 게 이번이 세 번째죠. 그런데 이제서야 처음으로 찾던 것을 찾아냈어요. 하지만 그게 내가 정말 원하던 것인지는 전혀 모르겠어요.

사내는 고개를 끄덕였다. 군이 설명할 필요는 없다는 표정이었다. 있잖나, 다음번에 여기서 다시 나를 만날 때는 아주 추운 날일 거야. 망할 서리가 온통 뒤덮고 있겠지. 보나마나야.

빌리는 커피를 따랐다. 그들은 마셨다. 양철 컵에 담긴 커피는 끔찍하게 뜨거웠지만 사내는 개의치 않는 듯했다. 사내는 커피를 마시며 시커먼 나무 사이로 강을 바라보았다. 은빛 물줄기가 달빛이 드리워진 자갈밭 위로 굽이굽이 흘러가고 있었다. 하류에는 진주 빛 달 그릇이 구름 암초에 얹혀 있어 마치 초를 세워 둔 두개골처럼 보였다. 사내가 어둠 속에 커피 찌꺼기를 쫙 뿌렸다.

그만 가야겠네.

여기서 자고 가도 돼요.

밤에 말 타는 걸 즐기거든.

네.

밤에는 더 멀리 갈 수 있지.

이 동네엔 온통 강도가 들끓어요.

강도라. 사내는 불을 바라보며 생각에 잠겼다. 잠시 후 얇고 검은 시가를 주머니에서 꺼내 가만히 바라보았다. 그러다 이로 시가 끝을 잘라 내 모닥불에 뱉었다.

시가 피우나?

담배를 아예 안 배웠습니다.

종교에서 금지해서?

내가 아는 한 아닙니다.

사내는 몸을 숙여 모닥불에서 불타는 나뭇가지를 꺼내 시가에 갖다 댔다. 시가에 불을 옮기느라 불꽃이 한참 너울댔다.

마침내 불이 붙자 사내는 나뭇가지를 도로 모닥불에 놓고 동그란 연기를 뱉은 뒤 그 중심에 보다 작은 원을 뱉었다.

집시들이 여기서 언제 떠났나?

모르겠어요. 정오쯤.

그럼 15킬로미터쯤 갔겠군.

더 늦게 떠났는지도 몰라요.

내가 어딘가에서 지체할 때마다 그들에게도 문제가 생기지. 어김없이 꼭 그래. 내 탓이야. 세뇨리타에게 한눈을 팔다 옆길로 새거든. 저 너머 아가씨들은 참 근사하단 말이야. 특히 영어를 말하지 않을 때면 더 그렇지. 저기 가 봤나?

아뇨.

사내는 모닥불로 팔을 뻗어, 시가에 불을 붙일 때 쓴 나뭇가지를 꺼내 흔들어 불을 끄더니 몸을 틀어, 빨갛게 달아 연기만 피우는 나뭇가지 끝을 허공에 대고 어린애처럼 그림을 그렸다. 잠시 후 나뭇가지를 도로 모닥불에 놓았다.

말은 얼마나 심각한가?

잘 모르겠어요. 이틀 동안 쓰러져 있었어요.

집시더러 봐 달라고 하지 그랬나. 말에 대해서라면 모르는 게 없다잖나.

정말인가요?

나야 모르지. 아무리 아픈 말도 파는 동안에는 건강해 보이게 할 수 있다는 것만은 확실해.

저 말은 팔지 않을 거예요.

어떻게 하면 좋을지 말해 주지.

어떻게 하면 좋은데요?

여기다 계속 모닥불을 피워.

왜요?

퓨마 때문에. 말고기라면 사족을 못 쓰거든.

빌리는 고개를 끄덕였다. 그런 말들이 있죠.

왜 다들 그렇게 얘기하는지 아나?

왜 다들 그렇게 얘기하는지 아느냐고요?

그래.

아뇨. 왜죠?

그 말이 맞기 때문이지.

많은 사람들이 하는 말은 맞다고 여기나 봐요?

내 경험상 그래.

내 경험상으로는 아닌데요.

사내는 담배를 피우며 생각에 잠겨 모닥불을 바라보았다. 잠시 후 사내가 말했다. 사실 내 경험으로도 그렇지는 않아. 그냥 말이 그렇다는 거지. 아까 저 너머에 갔다는 말도 뻥이야. 나는 군대 부적격자지. 언제나 그랬고, 앞으로도 그럴 거야.

집시가 비행기를 산에서 끌어내려 파피고치크 강으로 갔나요?

그들이 그러던가?

네.

그 비행기는 플로레스 마곤의 탈리아페로 목장 마구간에서 가져온 거야. 그 산에서는 아예 날 수도 없어. 기껏해야 1.8킬로미터 정도까지밖에 못 올라가거든.

저 비행기를 몰던 사람은 죽었나요?

나야 모르지.

그래서 여기 온 것 아닌가요? 비행기를 찾아서 가져가려고?

내가 여기 온 건 텍사스주 매캘런에서 어떤 여자를 만났는데, 그 여자 아버지가 나를 쏘아 죽이려고 해서야.

빌리는 모닥불을 바라보았다.

달아나려고 오히려 덫으로 뛰어든다고들 하지. 총에 맞아본 적 있나?

아뇨.

난 두 번 맞았지. 두 번째는 토요일 오후 대낮에 쿠아우테모크 시내에서였다네. 모두들 달아났지. 그런데 두 메노파 여자가 거리에 쓰러진 나를 마차에 태워 갔어. 안 그랬으면 지금도 거기 누워 있을 거야.

어디에 맞았는데요?

바로 여기. 사내가 고개를 돌려 오른쪽 관자놀이를 덮은 머리카락을 젖혔다. 보이나? 흉터가 또렷하지.

사내가 몸을 숙여 모닥불에 침을 뱉고 시가를 바라보다 도로 입에 물었다. 그리고 시가를 피웠다. 난 미친 놈이 아냐.

누가 그렇다고 했나요.

그래. 하지만 생각은 했겠지.

오히려 내가 미쳤다고 아저씨가 생각한 건 아니고요.

그럴지도 모르지.

진짜 있었던 일인가요? 아니면 그냥 뻥인가요?

아니. 진짜 있었던 일이야.

내 동생은 이 동네에서 총에 맞아 죽었죠. 나는 동생의 유골을 집으로 가져가려고 왔어요. 여기 남쪽에서 총에 맞아 죽었죠. 산 로렌소라는 소도시에서요.

여기서는 마음만 먹으면 순식간에 죽을 수 있어.

아버지는 뉴멕시코에서 총에 맞아 죽었어요. 저기 있는 건 바로 아버지의 말이죠.

잔인한 세상이지.

아버지는 1919년에 텍사스를 떠났죠. 지금의 내 나이쯤 되었을 때요. 거기서 태어난 건 아니고요. 미주리주 출신이에요.

엄마는 드바카 카운티의 목장에서 태어났고요. 엄마의 엄마는 멕시코 토박이라 영어를 한마디도 못했죠. 돌아가실 때까지 우리와 함께 살았어요. 내가 일곱 살 때 죽은 여동생이 하나 있는데, 아직도 기억이 생생해요. 포트 섬너에 가서 동생 무덤을 찾으려고 했지만 찾을 수 없었죠. 이름이 마거릿이에요. 참 예쁜 이름이죠. 딸이 생긴다면 꼭 마거릿이라고 이름 붙일 거예요.

그만 가야겠군.

네.

모닥불 잘 지피고.

네.

자네는 이 세상에서 자네 몫의 고통을 이미 다 겪은 사람처럼 말하는군.

나는 그냥 떠들어 댔을 뿐이에요. 대부분의 사람보다는 운이 좋았던 걸 알아요. 살 가치가 있는 삶은 딱 하나뿐이고, 나는 바로 그런 삶을 타고났죠. 내 삶은 나머지 모든 삶의 가치를 지니고 있어요. 하지만 내 동생은 나보다 더 나은 녀석이었어요. 완전히 타고났었죠. 또 나보다 영리하기도 했고요. 말에 대해서만이 아니라 모든 것에 대해서요. 아버지도 그걸 알았죠. 그리고 내가 그걸 안다는 것도 알았어요. 그냥 이 말을 하고 싶었던 거예요.

그만 가야겠다.

조심해 가세요.

그러마.

사내가 일어나 모자를 바로 했다. 맑은 하늘에 달이 높이 떠 있었다. 숲 너머 강은 금속을 쏟아부어 놓은 듯했다.

앞으로 세계는 크게 변할 거야. 그거 알고 있나?

알아요. 지금도 세계는 크게 변하고 있죠.

나흘 후 그는 어린 나무를 엮어 만든 트래보이에 동생의 유골을 싣고 말을 매어 강을 따라 북쪽으로 나아갔다. 국경에 닿기까지는 사흘이 걸렸다. 그는 독스프링스 서쪽 국경선을 표시하는 첫 번째 하얀 첨탑을 지나 말라 버린 옛 저수지를 가로질렀다. 자연물로 만든 옛 예술 작품이 곳곳에 부서져 있는 저수지 바닥의 갈라진 흙을 트래보이 장대가 덜컥덜컥 긁고 갔다. 최근에 비가 내린 후 코요테와 영양과 소가 지나간 자국이 흙바닥에 선명했고, 세 갈래로 갈라진 학의 발바닥이 불모의 흙에 미끄러져 내려 주위를 되는 대로 서성인 흔적도 가득했다. 그날 밤 그는 고국의 땅에서 잠이 들어, 하느님의 순례자들이 그날의 마지막 황혼 속에서 어둠이 내려앉은 경계를 힘겹게 나아가는 꿈을 꾸었다. 순례자들은 뭔가 심오한 모험을 마치고 돌아오는 듯했지만, 전쟁이나 탈출이 아닌 어떤 노동을 마치고 다른 노동을 하러 오는 듯했다. 시커먼 도랑이 그들이 향하는 곳과 그를 가르고 있었는데, 그는 그들의 도구를 보고 그들이 무엇을 하다 왔는지 짐작해 보려고 했지만 그들은 아무것도 지니지 않은 채, 어스름이 점점 짙어 가는 하늘을 배경으로 침묵 속에서 터벅터벅 사라졌다. 둥근 어둠 속에서 깨어난 그는 무언가가 밤의 사막을 지나간 듯한 느낌에 오래도록 깨어 있었지만 그것이 다시 돌아올지는 알 수 없었다.

다음 날 그는 헤르마나스를 지나 흙길을 따라 서쪽으로 나아가다 저녁에 하치타의 교차로에서 가게 앞에 말을 세우고 석양이 걸려 있는 애니머스 봉우리를 향해 남서쪽을 돌아보며, 다시는 저곳에 가지 않으리라는 것을 깨달았다. 그는 종일 트래보이를 끌며 애니머스 골짜기를 천천히 가로질렀다. 애니머스 마을에 들어선 것은 재의 수요일[56]인 다음 날 아침이었다. 그가 처음으로 마주친 사람은 이마에 그을음이 묻은 멕시코인들로, 다섯 아이와 여자 하나가 흙길 가장자리를 일렬로 걸어 마을에서 나오고 있었다. 그가 인사를 건넸지만 그들은 트래보이 위의 시신을 보고는 십자가를 긋고 조용히 지나

---

56) 기독교 절기인 사순절의 첫날로, 참회의 상징으로 재의 축성 예식을 행한다.

쳐 갔다. 그는 철물점에서 삽을 사서 마을 남쪽 자그마한 공동묘지로 갔다. 그리고 다리를 느슨하게 묶은 말을 묘지 밖에서 풀을 뜯도록 내버려 둔 채 홀로 무덤을 팠다.

나트륨과 칼슘을 함유한 마른 흙을 허리께까지 팠을 때 보안관이 차를 세우고는 내려 묘지 입구를 지나 걸어왔다.

넌 줄 알았다.

빌리는 손을 멈추고 삽에 기대서는 눈을 가늘게 떴다. 벗어 둔 누더기 셔츠를 집어 들어 이마의 땀을 닦은 뒤 가만히 기다렸다.

저쪽은 네 동생인 모양이구나.

네, 보안관님.

보안관은 고개를 저었다. 그리고 풍경으로 시선을 던졌다. 손을 댈 수 없는 그 무언가가 있다는 듯. 보안관이 빌리를 바라보았다.

딱히 할 말은 없겠지.

네. 딱히 할 말은 없습니다.

그래. 하지만 마음대로 돌아다니며 사람을 묻어서는 안 돼. 판사한테 가서 사망 증명서를 받을 수 있는지 알아보자. 네가 지금 파고 있는 그곳이 누구 땅인지조차 모르잖아.

네, 보안관님.

내일 로즈버그로 오거라.

그러겠습니다.

보안관은 모자를 벗어 다시 고개를 젓고는 몸을 돌려 차를 향해 묘지 입구로 걸어갔다.

다음 날 그는 북쪽의 실버시티를 지나 서쪽의 애리조나주 덩컨으로 간 뒤 다시 산맥을 넘어 북쪽의 글렌우드와 리저브로 갔다. 그리고 카리소소 목장과 GS 목장에서 일하다 별 다른 이유 없이 떠나 그해 7월 다시 남쪽의 실버시티로 흘러가 옛길을 따라 동쪽의 산타리타 탄광을 거쳐 샌로렌초와 블랙레인지를 지났다. 바람이 산을 타고 북쪽으로 달려갔고, 구름의 이동에 따라 초지에 시커멓게 그늘이 졌다. 고개를 숙이고 터벅터벅 나아가는 말 위의 그는 모자를 눈까지 내린 채 허리를 꼿꼿이 세우고 앉아 있었다. 자갈밭에 있는 것이라고는 아카시아와 크레오소트뿐이었고, 울타리도 풀도 보이지 않았다. 몇 킬로미터를 나아가 아스팔트 길이 나오자 그는 말을 세웠다. 트럭이 부웅 스치고 지나가 저 멀리로 사라졌다. 130킬로미터 너머 오건 산맥의 바위 등선이 저녁 햇살의 벽판 같은 빛을 받아 구름 아래에서 반짝였다. 그는 산맥이 어둠 속에 점점 묻히는 것을 가만히 바라보았다. 사막에서 불어온 바람이 빗방울을 뱉어 댔다. 그는 길가 도랑을 건너 아스팔트로 들어가 천천히 말을 몰며 뒤돌아보았다. 길가에 저절로 돋은 돌피가 바람에 몸을 틀며 휘청였다. 그는 건물들이 보이는 쪽으로 말 머리를 돌려 나아갔다. 트럭에서 떨어져 나온 타이어 케이스가 늙은 도마뱀이 벗어던져 햇볕에 까맣게 탄 허물처럼 쭈글쭈글하고 돌돌 말린 채로 고속도로 가장자리에 버려져 있었다. 바람이 북쪽으로 휘익 달려가더니 빗줄기가 떨어지며 눈앞에 별안간 장막이 드리워졌다.

길 바로 옆에는 한때 작은 역 노릇을 했을 어도비 건물 세

채가 서 있었는데, 지붕은 거의 무너질 지경이었고, 들보도 대부분 뜯겨 나가고 없었다. 낡고 녹슨 오렌지색 주유기 앞에 기계에서 부서져 나온 유리 파편이 늘어서 있었다. 그는 말을 끌고 가장 큰 건물로 들어가 안장을 벗겨 바닥에 내려놓았다. 한쪽 구석에 건초가 쌓여 있었는데, 건초를 흩뜨릴 셈이었는지 안에 무엇이 있나 확인할 셈이었는지 그는 발로 건초 더미를 걷어찼다. 바싹 말라 먼지투성이인 건초는 뭔가가 위에서 잠들었던 듯 꺼져 있었다. 그는 밖으로 나가 건물 뒤쪽에서 낡은 휠캡을 들고 와 캔버스 수통의 물을 부어 말 앞에 들고 섰다. 부러진 나무 창틀 너머로 빗속에서 검게 반짝이는 길이 보였다.

그가 담요를 꺼내 건초 위에 펼쳐 주저앉아 정어리 통조림을 먹으며 비 내리는 풍경을 보고 있는데 누런 개 한 마리가 건물 옆에서 돌아 나와 열린 문으로 들어와 섰다. 개는 먼저 말을 보았다. 그리고 고개를 돌려 그를 보았다. 주둥이가 잿빛으로 변한 늙은 개는 뒷다리를 심하게 저는 데다 머리가 몸통에 비스듬히 붙어 있어 움직임이 기괴해 보였다. 뼈가 어긋난 것인지 관절염에 걸린 것인지 게처럼 옆으로 걸으며 바닥에 주둥이를 대고 킁킁거려 사람의 냄새를 맡더니 주둥이를 쳐들어 반쯤 실명한 흐릿한 눈으로 그림자 사이에서 그를 가려내려 애썼다.

빌리는 통조림을 조심스레 곁에 내려놓았다. 습기 찬 공기에서 개 냄새가 풍겨 왔다. 문 안에 서 있는 개 뒤쪽 잡초와 자갈 위로 빗방울이 떨어졌다. 비참하게 젖은 데다 부러진 곳과 흉진 곳이 어쩌나 많은지 미치광이 해부학자가 여러 개들의 여러 부위를 하나로 합쳐 놓은 듯했다. 개는 서 있다가 기괴한 몰골을 부르르 떨더니 절뚝절뚝 신음하며 한쪽 구석으로 가서는 돌아본 후 세 번 맴을 돌고 엎드렸다.

그는 칼을 바지 자락에 문질러 닦아 통조림 위에 얹고는 주위를 살펴보았다. 그리고 벽에서 흙벽돌을 빼내 던졌다. 개는 기묘한 신음을 뱉을 뿐 움직이지 않았다.

꺼져. 그가 고함쳤다.

개가 낑낑거리며 그대로 엎드려 있었다. 말이 그를 쳐다보더니 개를 쳐다보았다. 그는 방을 가로질러 빗속으로 나가 건물 옆으로 걸어갔다. 1미터 길이의 파이프를 들고 돌아온 그는 점점 개에게 다가갔다. 꺼져. 꺼지라고. 그가 고함쳤다.

개가 신음하며 일어나 고개 숙여 벽을 따라 물러서서는 절뚝절뚝 마당으로 나갔다. 그가 담요로 돌아가는데 개가 그를 지나쳐 다시 살금살금 들어왔다. 그는 몸을 돌려 파이프를 쥔 채 달려들었고 개는 휘리릭 달아났다.

그는 개를 쫓아갔다. 밖에서 개는 길가에 멈추더니 빗속에서 돌아보았다. 한때 사냥개였을 텐데 산이나 고속도로에 죽도록 버려진 듯했다. 수만의 냉대를 저장한 하느님의 선지자는 그 본질을 알지니. 그는 몸을 숙여 마당의 잘잘한 자갈을 한 줌 집어 던졌다. 개가 기형의 머리를 쳐들어 기묘하게 짖어 댔다. 그가 다가가자 개는 길로 들어갔다. 그는 개를 따라 달리며 자갈을 던지고 고함을 지르다 기다란 파이프를 던졌다. 파이프는 개 바로 뒤쪽 길바닥을 챙그랑 울리며 미끄러졌고,

개는 다시 짖어 대다 비틀린 다리로 절뚝절뚝 달려가며 기괴한 머리를 목 위에서 대롱거렸다. 개는 달려가며 주둥이를 옆으로 쳐들어 다시 끔찍한 소리로 짖어 댔다. 이 땅의 생명체가 아닌 듯. 비단으로 만들어진 끔찍한 합성물이 과거의 세계로부터 탈주해 나온 듯. 개는 부상당한 다리로 빗속에서 비트적비트적 나아가며 절망을 가득 담아 울어 댔다. 밤의 장막이 그 모습도, 그 소리도 바스러뜨렸다.

그는 정오의 사막이 내뿜는 하얀 햇볕 속에서 깨어나 지독한 냄새를 풍기는 담요를 덮은 채 벌떡 일어났다. 헐벗은 나무 창틀의 그림자가 맞은편 벽에 박혀 있다 점점 희미해졌다. 구름이 태양을 지나쳐 가는 모양이었다. 그는 담요를 내던지고는 부츠를 신고 모자를 쓰고 일어나 밖으로 나갔다. 파리한 잿빛으로 길을 비추던 햇볕이 세상의 가장자리를 따라 물러나고 있었다. 자그마한 새들이 길가 황무지의 고사리 숲에서 깨어나 재잘대며 아스팔트 위의 타란튤라거미 무리 주위를 날아다녔다. 거미는 육지의 게처럼 시커먼 도로를 가로지르다 꼭두각시 인형처럼 아치형으로 굳은 채 서서 자기들 아래에 느닷없이 생겨난 어스름을 여덟 개의 다리로 시험했다.

그는 길을 쭉 훑고는 점점 엷어지는 빛을 바라보았다. 구름의 시커먼 형체가 북쪽 지평선을 따라 이어져 있었다. 밤새 비가 그쳐 부러진 무지개인지 웅덩이인지가 황무지에 어스레한 네온 빛 활처럼 돋아 있었다. 그가 다시 돌아보니 어스름이 더욱 짙어진 길은, 태양도 여명도 없는 동쪽을 향해 여전히 뻗어 있었다. 그가 다시 북쪽을 보니 빛은 더 빠르게 물러가고 있었고, 그가 깨어난 정오는 이제 기괴한 황혼과 기괴한 어둠으로 변하고 있었다. 날아올랐던 새들이 길가 고사리 숲에 도로 내려앉아 모두 침묵에 잠겼다.

그는 걸어갔다. 차가운 바람이 산을 쓸고 달려왔다. 수목한 계선 위에 여름 눈(雪)을 인 산줄기의 서쪽 비탈을 가로질러 높다란 전나무 숲을 지나 미루나무 사이를 통과해 아래의 황량한 평원을 휩쓸었다. 비는 밤에 그쳐 있었다. 그는 길을 따라 걸으며 개를 찾아 소리쳤다. 소리치고 또 소리쳤다. 불가해한 어둠 속에 서서. 바람 소리 말고는 아무 소리도 들리지 않았다. 얼마 후 그는 길바닥에 주저앉았다. 모자를 벗어 아스팔트 위에 놓고 그는 얼굴을 숙여 두 손으로 감싸고 흐느꼈다. 그는 오래도록 그렇게 앉아 있었다. 얼마 후 동쪽이 잿빛이 되었고, 얼마 후 하느님이 창조한 올바른 태양이 다시 한번 떠올라 아무런 차별 없이 만물을 비추었다.

'국경 삼부작'의 두 번째 작품,
새로운 문체의 도전

코맥 매카시의 『모두 다 예쁜 말들(All the Pretty Horses)』(1992)을 번역하고 몇 년 후 『핏빛 자오선(Blood Meridian)』(1985)을 한글로 옮기며 사뭇 궁금했다. 두 작품에 어떤 차이가 느껴졌기 때문이다. 하긴 7년이라는 긴 시간이 가로놓여 있으니, 이 두 권이 서로 똑같기만 하다면 그것이 도리어 문제일 터였다. 그런데 2008년에 국내에서 출간된 『로드(The Road)』(2006)를 펼치고는 소스라치게 놀랐다. 감히 상상도 못한 큰 변화가 두 눈을 후려쳤던 것이다. 문장의 길이만 보고는 내가 아는 그 코맥 매카시가 아닌 줄 알았다. 현란하면서도 건조한 장문은 다 어디로 갔단 말인가? 하지만 읽어 보니 역시 코맥 매카시였다. 건조하면서도 현란한 단문과 인간의 내면을 파헤치는 엄혹한 주제 의식은 여전했다. 아니, 더욱 웅숭깊어진 듯했다. 그래도 너무 궁금했다. 이토록 급격한 문체의 변화는 대체 어디서 기인한 것일까? 『로드』와 『모두 다 예쁜 말들』 사이에서 매카시는 무엇을 보고 겪고 느꼈던 것일까?

이 들끓는 호기심 때문에 『국경을 넘어(The Crossing)』(1994) 와 『평원의 도시들(Cities of the Plain)』(1998) 번역까지 덜컥 맡았다 해도 결코 과언이 아니다. 코맥 매카시를 번역한다는 것은 번역 폐인이 되는 지름길이다.(번역 폐인이란 방에 박혀 원서와 모니터를 노려볼 때는 피가 바짝바짝 마르면서도 더없이 행복해하지만, 외출 시에는 얼이 어딘가로 가출해 버려 멍한 눈과 부스스한 머리를 한 번역가를 의미한다. 단, 어디까지나 역자의 주관적 정의다.)

이렇게 폐인이 되다시피 하여 『국경을 넘어』를 팠지만 솔직히 매카시의 심중은 여전히 알 길이 없다. 그래도 감히 추측을 해 본다면, 어휘와 문체의 실험은 충분히 했으니 보다 쉽게 읽히되 주제를 한층 깊이 파고드는 쪽으로 차츰차츰 방향을 옮겨 간 것이 아닐까 싶다. 문학평론가 김헌식은 어느 서평에서 "문체로 일어선 자 문체로 망한다."라고 했다. 매카시가 모든 작품마다 같은 문체를 고집했다면 독자들에게 이토록 오래 사랑받지는 못했을 것이다. 1965년에 등단한 매카시는 20년 넘게 비평가들에게만 인정받을 뿐 대중에게서는 사랑받지 못하는 긴 무명 시절을 보냈다. 그러다 『핏빛 자오선』으로 대중의 관심을 끌어내고 『모두 다 예쁜 말들』로 대작가로서의 입지를 다졌다. 나였다면 오랜 도전과 응전 끝에 성공을 일구어 낸 방식을 벗어나 새로운 변화를 모색한다는 것이 못내 떨리고 두려웠을 것이다. 하지만 매카시는 세월을 살아 내며 얻은 연륜과 지혜와 상처에 따라 제 스스로를 도려내고 갈라냄으로써 인간의 더 깊은 내면을 직시하고 형상화하고자 한 것은 아닐까?

『모두 다 예쁜 말들』에 이어 '국경 3부작'을 이루고 있는 『국경을 넘어』와 『평원의 도시들』에는 바로 그런 과정이 배어 있고, 그렇기에 번역하는 내내 몇 배의 긴장감이 내 속에 똬리틀고 날름거렸다. 따라서 『국경을 넘어』의 번역이 마음에 안드는 분들은 『로드』를 원망하라. 내가 『로드』를 읽고 또다시 코맥 매카시에게 반하는 불상사(?)만 없었더라면 『국경을 넘어』의 번역은 다른 사람의 손에 넘어갔을 것이다. 『핏빛 자오선』을 번역한 후 "이제는 쉬운 책만 골라서 번역하리라!"라고 그 얼마나 부르짖었던가! 오늘도 그 같은 다짐을 되뇌며 '국경 3부작'의 마지막 작품 『평원의 도시들』을 노려본다.

끝으로, 책의 내용이 궁금해 옮긴이의 말부터 뒤적이는 독자들을 위해 줄거리를 간단히 요약하자면 다음과 같다. 늑대에 대한 편견과 경제적 이득 때문에 늑대를 박멸시킨 미국에 늑대 한 마리가 건너온다. 늑대를 사로잡은 소년은 늑대를 죽이는 대신 멕시코로 되돌려 보내려고 긴 여행을 떠나지만 잔혹한 세상 앞에 부딪히고 패대기쳐진다.

김시현

작가 연보

1933년   미국 로드아일랜드주 프로비던스에서 찰스 조지프 매
         카시와 글레디스 크리스티나 맥그레일 사이에서 여섯
         남매 중 한 명으로 태어남. 부모는 아일랜드 가톨릭교
         도였음.

1937년   변호사인 아버지를 따라 가족 모두 테네시주 녹스빌로
         이주함. 세인트 메리 교구 학교와 녹스빌 가톨릭 고등
         학교에 다녔고, 녹스빌에 있는 성모 무염시태 성당에서
         복사로 활동하며 미사 집전을 도왔음. 매카시는 학교
         교육이 별로 가치 있다고 생각하지 않았고, 자신의 관
         심사를 좇는 것을 선호함.

1951년   테네시 대학교에 입학했으나 1953년 미 공군에 합류하
         기 위해 중퇴하고 1957년까지 사 년간 복무. 알래스카
         에 주둔하는 동안 독서에 탐닉함.

1957년   테네시 대학교로 돌아가 학생 문예지 《더 피닉스》에 C. J. 매카시란 이름으로 단편 소설 「익사 사건」과 「수전을 위한 경야」를 발표함. 매카시는 이 작품들로 1959년과 1960년에 잉그램 메릴 재단에서 수여하는 문예 창작 기금을 받았으나 1959년 테네시 대학교를 완전히 중퇴하고 시카고로 떠남.

1959년   작가로서의 경력을 위해 자신의 이름을 찰스에서 코맥으로 개명. 코맥은 아일랜드의 고모들이 그의 아버지에게 지어 준 가족 애칭임. 다른 자료에서는 그가 블라니 성을 지은 아일랜드 족장 코맥 매카시를 기리기 위해 이름을 바꿨다고도 함.

1961년   대학 동창이던 리 홀먼과 결혼. 결혼 후 녹스빌 외곽 스모키 산맥 부근으로 이주.

1962년   아들 컬런이 태어남. 아기를 돌보고 집안일을 하면서 매카시는 아내에게 일자리를 구해 자신이 소설을 쓰는 데 집중할 수 있도록 도와달라고 부탁. 이에 실망한 리가 이혼을 청구 후 와이오밍으로 이주함.

1965년   시카고에 있는 자동차 부품 공장에서 파트 타임으로 일하며 꾸준히 쓴 첫 번째 장편 소설 『과수원지기』를 랜덤하우스에서 출간. 랜덤하우스의 편집자 앨버트 어스킨은 그 후 이십 년간 매카시의 작품들을 맡아 편집하게 됨.

1966년   포크너 작품과의 유사성과 독특한 이미지 사용에 대한 비평가들의 호평 속에서 소설 『과수원지기』로 포크너 상을 받음. 미국문예아카데미에서 받은 여행 지원금으로 여객선 실바니아호를 타고 아일랜드로 가던 중 가수 겸 댄서로 일하던 앤 드라일을 만나 잉글랜드에서 결혼함. 록펠로 재단에서 받은 지원금으로 남부 유럽을 여행, 이비사섬에서 두 번째 소설 집필.

1968년   두 번째 장편 소설인 『바깥의 어둠』 출간.

1969년   테네시주 루이빌로 이주. 극심한 빈곤 속에서 다음 작품을 쓰기 시작함.

1973년   애팔래치아 산맥 남부를 배경으로 하는 세 번째 장편 소설 『신의 아들』을 발표함.

1976년   두 번째 아내와 이혼 후 텍사스주 엘파소로 이주. 1974년 PBS 방송국의 리처드 피어스가 매카시에게 텔레비전 드라마 「비전스」의 한 해 각본을 의뢰함. 1928년에 출간한 남북전쟁 이전에 유명한 기업가였던 윌리엄 그레그를 다룬 전기에서 영감을 받아 각본을 완성. '정원사의 아들'이라 이름 붙인 에피소드는 1977년 1월 6일 방영된 이후 수많은 해외 영화제에서 상영되었고, 1977년 에미상 시상식에서 두 개 부문 후보에 오름.

1979년   테네시강 녹스빌에서의 경험을 바탕으로 쓴 반자전적 소설 『서트리』 출간.

1981년   맥아더 펠로우 상 수상. 상금으로 후속작을 쓰기 위한 미국 남서부 여행을 떠남.

1985년   『핏빛 자오선』 출간. 《뉴욕 타임스》로부터 "일리아스 이래 가장 유혈이 낭자한 소설"이란 평을 얻으며 문단에

센세이션을 일으킴.

1992년　『모두 다 예쁜 말들』 출간. 육 개월 만에 양장본으로 19만 부 판매. 전미 도서상과 전미 비평가협회상 수상.

1994년　『국경을 넘어』 출간.

1998년　『평원의 도시들』 출간. 이로써 국경 삼부작을 모두 완성함.

2005년　1980년대를 배경으로 하는 서부극 『노인을 위한 나라는 없다』 발표. 2007년 코언 형제가 동명의 영화로 제작하여 아카데미 시상식 네 개 부문 시상, 전 세계 일흔다섯 개 이상의 상을 받음.

2006년　폐허가 된 100년 후 도시의 참혹한 삶을 그린 『로드』를 출간하여 퓰리처상 수상. 2007년 오프라 윈프리 북클럽 도서로 선정. 2009년 동명의 영화가 개봉하여 호평을 받음.

세계문학전집 **380**

국경을 넘어

1판 1쇄 펴냄   2009년 7월 24일
2판 1쇄 펴냄   2011년 3월 18일
3판 1쇄 펴냄   2021년 7월 16일
3판 2쇄 펴냄   2022년 12월 28일

지은이   코맥 매카시
옮긴이   김시현
발행인   박근섭, 박상준
펴낸곳   (주)민음사

출판등록   1966. 5. 19. (제 16-490호)
서울특별시 강남구 도산대로1길 62(신사동) 강남출판문화센터 5층 (우편번호 06027)
대표전화 02-515-2000   팩시밀리 02-515-2007
www.minumsa.com

ISBN 978-89-374-6380-8 04800
ISBN 978-89-374-6000-5 (세트)

* 잘못 만들어진 책은 구입처에서 교환해 드립니다.

세계문학전집 목록

세계문학전집은 계속 간행됩니다.